Christoph Martin Wieland

Geschichte des Agathon

Erste Fassung

Unter Mitwirkung von Reinhard Döhl
Herausgegeben von Fritz Martini

Philipp Reclam jun. Stuttgart

Die vorliegende Ausgabe folgt in der Textgestalt, für die neben Fritz Martini auch Reinhard Döhl verantwortlich zeichnet, und in den Anmerkungen der Edition: Christoph Martin Wieland: Werke. Bd. 1. München: Hanser, 1964. Nähere Angaben siehe Seite 603 ff. Literaturhinweise und Nachwort wurden neu geschrieben.

Umschlagabbildung: Frontispiz des Zweiten Teils der zweiten Fassung des Romans von 1773.

RECLAMS UNIVERSAL-BIBLIOTHEK Nr. 9933

Bibliographisch ergänzte Ausgabe 1996
Gesamtherstellung: Reclam, Ditzingen. Printed in Germany 2008

ISBN 978-3-15-009933-9

www.reclam.de

Geschichte

des

Agathon.

—— quid Virtus, et quid Sapientia possit
Utile proposuit nobis exemplar. ——

Erster Theil.

Frankfurt und Leipzig, 1766.

Vorbericht

Der Herausgeber der gegenwärtigen Geschichte siehet so wenig Wahrscheinlichkeit vor sich, das Publicum überreden zu können, daß sie in der Tat aus einem alten Griechischen Manuscript gezogen sei; daß er am besten zu tun glaubt, über diesen Punct gar nichts zu sagen, und dem Leser zu überlassen, davon zu denken, was er will. Gesetzt, daß wirklich einmal ein Agathon gewesen, (wie dann in der Tat, um die Zeit, in welche die gegenwärtige Geschichte gesetzt worden ist, ein comischer Dichter dieses Namens den Freunden der Schriften Platons bekannt sein muß:) gesetzt aber auch, daß sich von diesem Agathon nichts wichtigers sagen ließe, als wenn er geboren worden, wenn er sich verheiratet, wie viel Kinder er gezeugt, und wenn, und an was für einer Krankheit er gestorben sei: was würde uns bewegen können, seine Geschichte zu lesen, und wenn es gleich gerichtlich erwiesen wäre, daß sie in den Archiven des alten Athens gefunden worden sei?

Die Wahrheit, welche von einem Werke, wie dasjenige, so wir den Liebhabern hiemit vorlegen, gefodert werden kann und soll, bestehet darin, daß alles mit dem Lauf der Welt übereinstimme, daß die Character nicht willkürlich, und bloß nach der Phantasie, oder den Absichten des Verfassers gebildet, sondern aus dem unerschöpflichen Vorrat der Natur selbst hergenommen; in der Entwicklung derselben so wohl die innere als die relative Möglichkeit, die Beschaffenheit des menschlichen Herzens, die Natur einer jeden Leidenschaft, mit allen den besondern Farben und Schattierungen, welche sie durch den Individual-Character und die Umstände einer jeden Person bekommen, aufs genaueste beibehalten; daneben auch der eigene Character des Landes, des Orts, der Zeit, in welche die Geschichte gesetzt wird, niemal aus den Augen gesetzt; und also alles so gedichtet sei, daß kein hinlänglicher Grund angegeben werden könne, warum es nicht eben so wie es erzählt wird, hätte geschehen können, oder noch einmal wirklich geschehen werde. Diese Wahrheit allein kann Werke von dieser Art nützlich machen, und diese Wahrheit getrauet sich der Herausgeber den Lesern der Geschichte des Agathons zu versprechen.

Seine Hauptabsicht war, sie mit einem Character, welcher gekannt zu werden würdig wäre, in einem manchfaltigen Licht, und von allen seinen Seiten bekannt zu machen. Ohne Zweifel gibt es wichtigere als derjenige, auf den seine Wahl gefallen ist. Allein, da er selbst gewiß zu sein wünschte, daß er der Welt keine Hirngespenster für Wahrheit verkaufe; so wählte er denjenigen, den er am genauesten kennen zu lernen Gelegenheit gehabt hat. Aus diesem Grunde kann er ganz zuverlässig versichern, daß Agathon und die meisten übrigen Personen, welche in seine Geschichte eingeflochten sind, wirkliche Personen sind, dergleichen es von je her viele gegeben hat, und in dieser Stunde noch gibt, und daß (die Neben-Umstände, die Folge und besondere Bestimmung der zufälligen Begebenheiten, und was sonsten nur zur Auszierung, welche willkürlich ist, gehört, ausgenommen) alles, was das Wesentliche dieser Geschichte ausmacht, eben so historisch, und vielleicht noch um manchen Grad gewisser sei, als irgend ein Stück der glaubwürdigsten politischen Geschichtschreiber, welche wir aufzuweisen haben.

Es ist etwas bekanntes, daß öfters im menschlichen Leben weit unwahrscheinlichere Dinge begegnen, als der Chevalier de Mouhy selbst zu erdichten sich getrauen würde. Es würde also sehr übereilt sein, die Wahrheit des Characters unsers Helden deswegen in

Verdacht zu ziehen, weil es öfters unwahrscheinlich ist, daß jemand so gedacht oder gehandelt habe, wie er. Wenn es unmöglich sein wird, zu beweisen, daß ein Mensch, und ein Mensch unter den besondern Bestimmungen, unter welchen sich Agathon von seiner Kindheit an befunden, nicht so denken oder handeln könne, oder wenigstens es nicht ohne Wunderwerke, Einflüsse unsichtbarer Geister, oder übernatürliche Bezauberung hätte tun können: So glaubt der Verfasser mit Recht erwarten zu können, daß man ihm auf sein Wort glaube, wenn er positiv versichert, daß Agathon wirklich so gedacht oder gehandelt habe. Zu gutem Glücke finden sich in den beglaubtesten Geschichtschreibern, und schon allein in den Lebensbeschreibungen des Plutarch Beispiele genug, daß es möglich sei, so edel, so tugendhaft, so enthaltsam, oder, nach der Sprache des Hippias, und einer ansehnlichen Classe von Menschen zu reden, so seltsam, so eigensinnig und albern zu sein als es unser Held in einigen Gelegenheiten seines Lebens ist.

Man hat an verschiedenen Stellen des gegenwärtigen Werks die Ursachen angegeben, warum man aus dem Agathon kein Modell eines vollkommen tugendhaften Mannes gemacht hat. Da die Welt mit ausführlichen Lehrbüchern der Sittenlehre angefüllt ist, so steht einem jeden frei, (und es ist nichts leichters) sich einen Menschen einzubilden, der von der Wiege an bis ins Grab, in allen Umständen und Verhältnissen des Lebens, allezeit und vollkommen so empfindt, denkt und handelt, wie eine Moral. Damit Agathon das Bild eines wirklichen Menschen wäre, in welchem viele ihr eigenes erkennen sollten, konnte er, wir behaupten es zuversichtlich, nicht tugendhafter vorgestellt werden, als er ist; und wenn jemand hierin andrer Meinung sein sollte, so wünschten wir, daß er uns (wenn es wahr ist, daß derjenige der Beste ist, der die besten Eigenschaften mit den wenigsten Fehlern hat,) denjenigen nenne, der unter allen nach dem natürlichen Lauf Gebornen, in ähnlichen Umständen, und alles zusammen genommen, tugendhafter gewesen wäre, als Agathon.

Es ist möglich, daß irgend ein junger Taugenichts, wenn er siehet, daß ein Agathon den reizenden Verführungen der Liebe und einer Danae endlich unterliegt, eben den Gebrauch davon machen kann, welchen der junge Chärea beim Terenz von einem Gemälde machte, welches eine von den Schelmereien des Vater Jupiters vorstellte, – und daß er, wenn er mit herzlicher Freude gelesen haben wird, daß ein so vortrefflicher Mann habe fallen können, zu sich selbst sagen mag: Ego homuncio hoc non facerem? ego vero illud faciam ac lubens.

Es ist eben so möglich, daß ein übelgesinnter oder ruchloser Mensch, den Discurs des Sophisten Hippias lesen, und sich einbilden kann, die Rechtfertigung seines Unglaubens und seines lasterhaften Lebens darin zu finden: Aber alle rechtschaffnen Leute werden mit uns überzeugt sein, daß dieser junge Bube, und dieser ruchlose Freigeist beides gewesen und geblieben wären, wenn gleich keine Geschichte des Agathon in der Welt wäre.

Dieses letztere Beispiel führt uns auf eine Erläuterung, wodurch wir der Schwachheit gewisser gutgesinnter Leute, deren Wille besser ist, als ihre Einsichten, zu Hülfe zu kommen, und sie vor unzeitig genommenem Ärgernis oder ungerechten Urteilen zu verwahren, uns verbunden glauben. Wir gestehen gerne, daß wir in das Bewußtsein der Redlichkeit unsrer Absichten eingehüllt, nicht daran gedacht hätten, daß diese Sorgfalt nötig wäre, wenn uns nicht die Anmerkung stutzen gemacht hätte, welche einer unsrer Freunde, ohne unser Vorwissen, auf der Seite pag. * unter den Text zu setzen, gut befunden.

Diese Erläuterung betrifft die Einführung des Sophisten Hippias in unsere Geschichte, und den Discurs, wodurch er den Agathon von seinem liebenswürdigen und tugendhaften Enthusiasmus zu heilen, und zu einer Denkungsart zu bringen hofft, welche er nicht ohne guten Grund für geschickter hält, sein Glück in der Welt zu machen. Leute, die aus gesunden Augen gerade vor sich hin sehen, würden ohne unser Erinnern aus dem ganzen Zusammenhang unsers Werkes, und aus der Art, wie wir bei aller Gelegenheit von diesem Sophisten und seinen Grundsätzen reden, ganz deutlich eingesehen haben, wie wenig wir dem Mann und dem System günstig sind; und ob es sich gleich weder für unsere eigene Art zu denken, noch für den Ton und die Absicht unsers Buches geschickt hätte, mit dem heftigen Eifer gegen ihn auszubrechen, welcher einen jungen Magister treibt, wenn er, um sich seinem Consistorio zu einer guten Pfründe zu empfehlen, gegen einen Tindal oder Bolingbroke zu Felde zieht: So hoffen wir doch bei vernünftigen und ehrlichen Lesern keinen Zweifel übrig gelassen zu haben, daß wir den Hippias für einen schlimmen und gefährlichen Mann, und sein System, (in so fern es den echten Grundsätzen der Religion und der Rechtschaffenheit widerspricht) für ein Gewebe von Trugschlüssen ansehen, welche die menschliche Gesellschaft zu grunde richten würden, wenn es moralisch möglich wäre, daß der größere Teil der Menschen damit angesteckt werden könnte. Wir glauben also vor allem Verdacht über diesen Artikel sicher zu sein. Aber da unter unsern Lesern ehrliche Leute sein können, welche uns wenigstens eine Unvorsichtigkeit Schuld geben, und davor halten möchten, daß wir diesen Hippias entweder gar nicht einführen, oder wenn dieses der Plan unsers Werkes ja erfodert hätte, seine Lehrsätze ausführlich hätten widerlegen sollen: So sehen wir für billig an, ihnen die Ursachen zu sagen, warum wir das erste getan, und das andere unterlassen haben.

Weil nach unserm Plan der Character unsers Helden auf verschiedene Proben gestellt werden sollte, durch welche seine Denkensart und seine Tugend erläutert, und dasjenige, was darin übertrieben, und unecht war, nach und nach abgesondert würde; so war es um so viel nötiger ihn auch dieser Probe zu unterwerfen, da Hippias, bekannter maßen, eine historische Person ist, und mit den übrigen Sophisten derselben Zeit sehr vieles zur Verderbnis der Sitten unter den Griechen beigetragen hat. Überdem diente er den Charakter und die Grundsätze unsers Helden durch den Contrast, den er mit selbigen macht, in ein desto höheres Licht zu setzen. Und da es mehr als zu gewiß ist, daß der größeste Teil derjenigen, welche die große Welt ausmachen, wie Hippias denkt, oder doch nach seinen Grundsätzen handelt; so war es auch in dem Plan der moralischen Absichten, welche wir uns bei diesem Werke vorgesetzt haben, zu zeigen, was für einen Effect diese Grundsätze machen, wenn sie in den gehörigen Zusammenhang gebracht werden. Und dieses sind die hauptsächlichsten Ursachen, warum wir diesen Sophisten (welchen wir nicht schlimmer vorgestellt haben, als er wirklich war, und seine Brüder noch heutiges Tages sind) in die Geschichte des Agathon eingeflochten haben.

Eine ausführliche Widerlegung dessen, was in seinen Grundsätzen irrig und gefährlich ist: (Denn in der Tat hat er nicht allemal unrecht,) wäre in Absicht unsers Plans ein wahres hors d'œuvre gewesen, und schien uns auch in Absicht der Leser überflüssig; indem nicht nur die Antwort, welche ihm Agathon gibt, das beste enthält, was man dagegen sagen kann; sondern auch das ganze Werk (wie einem jeden in die Augen fallen wird, sobald man das Ganze wird übersehen können) als eine Widerlegung desselben anzusehen ist. Agathon widerlegt den Hippias beinahe auf die nämliche Art wie Diogenes den Sophisten, welcher leugnete, daß eine Bewegung sei: Diogenes ließ den Sophisten schwatzen, so lang er wollte; und da er fertig war, begnügte er sich vor seinen Augen ganz gelassen auf und ab zu gehen. Dieses war unstreitig die einzige Widerlegung, die er verdiente.

Wir würden dem zweiten Teile, dessen Ausgabe von der Aufnahme des ersten abhangen wird, den Vorteil der Neuheit und den Lesern zu gleicher Zeit ein künftiges Vergnügen rauben, wenn wir den Inhalt desselben vor der Zeit bekannt machten. Genug, daß man unsern Helden in der Folge in eben so sonderbaren und interessanten Umständen und Verwicklungen sehen wird, als in dem ersten Teil. Alles, was wir vorläufig von der Entwicklung sagen können, ist dieses: daß Agathon in der letzten Periode seines Lebens, welche den Beschluß unsers Werkes macht, ein eben so weiser als tugendhafter Mann sein wird, und (was uns hiebei das beste zu sein deucht,) daß unsre Leser begreifen werden, wie und warum er es ist; warum vielleicht viele unter ihnen, weder dieses noch jenes sind; und wie es zugehen müßte, wenn sie es werden sollten.

Agathon

Erster Teil

Erstes Buch

Erstes Capitel

Anfang dieser Geschichte

Die Sonne neigte sich bereits zum Untergang, als Agathon, der sich in einem unwegsamen Walde verirret hatte, von der vergeblichen Bemühung einen Ausgang zu finden abgemattet, an dem Fuß eines Berges anlangte, welchen er noch zu ersteigen wünschte, in Hoffnung von dem Gipfel desselben irgend einen bewohnten Ort zu entdecken, wo er die Nacht zubringen könnte. Er schleppte sich also mit Mühe durch einen Fußweg hinauf, den er zwischen den Gesträuchen gewahr ward; allein da er ungefähr die Mitte des Berges erreicht hatte, fühlt er sich so entkräftet, daß er den Mut verlor den Gipfel erreichen zu können, der sich immer weiter von ihm zu entfernen schien, je mehr er ihm näher kam. Er warf sich also ganz Atemlos unter einen Baum hin, der eine kleine Terrasse umschattete, auf welcher er die einbrechende Nacht zuzubringen beschloß.

Wenn sich jemals ein Mensch in Umständen befunden hatte, die man unglücklich nennen kann, so war es dieser Jüngling in denjenigen, worin wir ihn das erstemal mit unsern Lesern bekannt machen. Vor wenigen Tagen noch ein Günstling des Glücks, und der Gegenstand des Neides seiner Mitbürger, befand er sich, durch einen plötzlichen Wechsel, seines Vermögens, seiner Freunde, seines Vaterlands beraubt, allen Zufällen des widrigen Glücks, und selbst der Ungewißheit ausgesetzt, wie er das nackte Leben, das ihm allein übrig gelassen war, erhalten möchte. Allein ungeachtet so vieler Widerwärtigkeiten, die sich vereinigten seinen Mut niederzuschlagen, versichert uns doch die

Geschichte, daß derjenige, der ihn in diesem Augenblick gesehen hätte, weder in seiner Mine noch in seinen Gebärden einige Spur von Verzweiflung, Ungeduld oder nur von Mißvergnügen hätte bemerken können.
Vielleicht erinnern sich einige hiebei an den Weisen der Stoiker von welchem man ehmals versicherte, daß er in dem glühenden Ochsen des Phalaris zum wenigsten so glücklich sei, als ein Morgenländischer Bassa in den weichen Armen einer jungen Circasserin. Da sich aber in dem Lauf dieser Geschichte verschiedne Proben einer nicht geringen Ungleichheit unsers Helden mit dem Weisen des Seneca zeigen werden, so halten wir für wahrscheinlicher, daß seine Seele von der Art derjenigen gewesen sei, welche dem Vergnügen immer offen stehen, und bei denen eine einzige angenehme Empfindung hinlänglich ist, sie alles vergangnen und künftigen Kummers vergessen zu machen. Eine Öffnung des Waldes zwischen zween Bergen zeigte ihm von fern die untergehende Sonne. Es brauchte nichts mehr als diesen Anblick, um die Empfindung seiner widrigen Umstände zu unterbrechen. Er überließ sich der Begeisterung, worin dieses majestätische Schauspiel empfindliche Seelen zu setzen pflegt, ohne eine lange Zeit sich seiner dringendsten Bedürfnisse zu erinnern. Endlich weckte ihn doch das Rauschen einer Quelle, die nicht weit von ihm aus einem Felsen hervor sprudelte, aus dem angenehmen Staunen, worin er etliche Minuten sich selbst vergessen hatte; er stand auf, und schöpfte mit der hohlen Hand von diesem Wasser, dessen fließenden Cristall, seiner Einbildung nach, eine wohltätige Nymphe seinen Durst zu stillen, aus ihrem Marmorkrug entgegen goß; und anstatt die von Cyprischem Wein sprudelnde Becher der Athenischen Gastmähler zu vermissen, deuchte ihm, daß er niemals angenehmer getrunken habe. Er legte sich hierauf wieder nieder, entschlief unter dem sanftbe-

täubenden Gemurmel der Quelle, und träumte, daß er seine geliebte Psyche wieder gefunden habe, deren Verlust das einzige war, was ihm von Zeit zu Zeit einige Seufzer auspreßte.

Zweites Capitel

Etwas ganz Unerwartetes

Wenn es seine Richtigkeit hat, daß alle Dinge in der Welt in der genauesten Beziehung auf einander stehen, so ist nicht minder gewiß, daß diese Verbindung unter einzelnen Dingen oft ganz unmerklich ist; und daher scheint es zu kommen, daß die Geschichte zuweilen viel seltsamere Begebenheiten erzählt, als ein Romanen-Schreiber zu dichten wagen dürfte. Dasjenige, was unserm Helden in dieser Nacht begegnete, gibt mir neue Bekräftigung dieser Beobachtung ab. Er genoß noch der Süßigkeit des Schlafs, den Homer für ein so großes Gut hält, daß er ihn auch den Unsterblichen zueignet; als er durch ein lermendes Getöse plötzlich aufgeschreckt wurde. Er horchte gegen die Seite, woher es zu kommen schiene, und glaubte, in dem vermischten Getümmel ein seltsames Heulen und Jauchzen zu unterscheiden, welches von den entgegenstehenden Felsen auf eine fürchterliche Art widerhallte. Agathon, der nur im Schlaf erschreckt werden konnte, beschloß diesem Getöse mit eben dem Mut entgegen zu gehen, womit in spätern Zeiten der unbezwingbare Ritter von Mancha dem nächtlichen Klappern der Walkmühlen Trotz bot. Er bestieg also den obern Teil des Berges mit so vieler Eilfertigkeit als er konnte, und der Mond, dessen voller Glanz die ganze Gegend weit umher aus den dämmernden Schatten hob, begünstigte sein Unternehmen. Das Getümmel nahm immer zu, je näher er dem Rücken des

Berges kam; er unterschied izt den Schall von Trummeln und das Flüstern regelloser Flöten, und fing an zu erraten, was dieser Lerm zu bedeuten haben möchte; als sich ihm plötzlich ein Schauspiel darstellte, welches fähig scheinen könnte, den Weisen selbst, dessen wir oben erwähnet haben, seiner eingebildeten Göttlichkeit vergessen zu machen. Ein schwärmender Haufen von jungen Thracischen Weibern war es, welche von der Orphischen Wut begeistert, sich in dieser Nacht versammelt hatten, die unsinnigen Gebräuche zu begehen, die das heidnische Altertum zum Andenken des berühmten Zuges des Bacchus aus Indien eingesetzt hatte. Ohne Zweifel könnte eine ausschweifende Einbildungskraft, oder der Griffel eines la Fage von einer solchen Scene ein ziemlich verführerisches Gemälde machen; allein die Eindrücke die der würkliche Anblick auf unsern jungen Helden machte, waren nichts weniger als von der reizenden Art. Das stürmisch fliegende Haar, die rollenden Augen, die beschäumten Lippen und die aufgeschwollnen Muskeln, die wilden Gebärden und die rasende Fröhlichkeit, mit der diese Unsinnigen in frechen Stellungen, ihre mit zahmen Schlangen umwundnen Thyrsos schüttelten, ihre Klapperbleche zusammen schlugen, oder abgebrochne Dithyramben mit lallender Zunge stammelten; alle diese Ausbrüche einer fanatischen Wut, die ihm nur desto schändlicher vorkam, weil sie den Aberglauben zur Quelle hatte, machten seine Augen unempfindlich, und erweckten ihm einen Ekel vor Reizungen, die mit der Schamhaftigkeit alle ihre Macht auf ihn verloren hatten. Er wollte zurück fliehen, aber es war unmöglich, weil er in eben dem Augenblick, da er sie erblickte, von ihnen bemerkt worden war. Der unerwartete Anblick eines Jünglings, an einem Ort und bei einem Feste, welches kein männliches Aug entweihen durfte, hemmte plötzlich den Lauf ihrer lärmenden Fröhlichkeit, um alle ihre Aufmerksamkeit auf diese Erscheinung zu wenden.

Hier können wir unsern Lesern einen Umstand nicht länger verhalten, der in diese ganze Geschichte einen großen Einfluß hat. Agathon war von einer so wunderbaren Schönheit, daß die Rubens und Girardons seiner Zeit, weil sie die Hoffnung aufgaben, eine vollkommnere Gestalt zu erfinden, oder aus den zerstreuten Schönheiten der Natur zusammen zu setzen, die seinige zum Muster nahmen, wenn sie den Apollo oder Bacchus vorstellen wollten. Niemals hatte ihn ein weibliches Aug erblickt, ohne die Schuld ihres Geschlechts zu bezahlen, welches die Natur für die Schönheit so empfindlich gemacht zu haben scheint, daß diese einzige Eigenschaft den meisten unter ihnen die Abwesenheit aller übrigen verbirgt. Agathon hatte ihr in diesem Augenblick noch mehr zu danken; sie rettete ihn von dem Schicksal des Pentheus. Seine Schönheit setzte diese Mänaden in Erstaunen. Ein Jüngling von einer solchen Gestalt, an einem solchen Ort, zu einer solchen Zeit! Konnten sie ihn für etwas geringers halten, als für den Bacchus selbst? In dem Taumel worin sich ihre Sinnen befanden, war nichts natürlichers als dieser Gedanke; auch gab er ihrer Phantasie auf einmal einen so feurigen Schwung, daß, da sie die Gestalt dieses Gottes vor sich sahen, sie alles übrige hinzudichteten, was ihm zu einem vollständigen Dionysus mangelte. Ihre bezauberten Augen stellten ihnen die Silenen und die Ziegenfüßigen Faunen vor, die um ihn her schwärmten, und Tiger und Leoparden die mit liebkosender Zunge seine Füße leckten; Blumen, so deucht es sie, entsprangen unter seinen Fußsohlen, und Quellen von Wein und Honig sprudelten von jedem seiner Tritte auf, und rannen in schäumenden Bächen die Felsen hinab. Auf einmal erschallte der ganze Berg, der Wald und die benachbarten Felsen von ihrem lauten Evan, Evan! mit einem so entsetzlichen Getöse der Trummeln und Klapperbleche, daß Agathon, bei dem das, was er in diesem Augenblick sah und hörte, alles überstieg, was er jemals gesehen, gehört, gedichtet oder geträumt hatte, von Entsetzen und Erstaunung gefesselt, wie eine Bildsäule stehen blieb, indes, daß die entzückten Bacchantinnen gaukelnde Tänze um ihn her machten, und durch tausend unsinnige Gebärden ihre Freude über die vermeinte Gegenwart ihres Gottes ausdrückten.

Allein die unmäßigste Schwärmerei hat ihre Grenzen, und weicht endlich der Obermacht der Sinnen. Zum Unglück für den Helden unsrer Geschichte kamen diese Unsinnigen allmählich aus einer Entzückung zurück, worüber sich vermutlich ihre Einbildungskraft gänzlich abgemattet hatte, und bemerkten immer mehr menschliches an demjenigen, den seine ungewöhnliche Schönheit in ihren trunknen Augen vergöttert hatte. Etliche, die das Bewußtsein ihrer eignen stolz genug machte, die Ariadnen dieses neuen Bacchus zu sein, näherten sich ihm, und setzten ihn durch die Art womit sie ihre Empfindungen ausdrückten in eine desto größere Verlegenheit, je weniger er geneigt war, ihre ungestümen Liebkosungen zu erwidern. Dem Ansehn nach würde unter ihnen selbst ein grimmiger Streit entstanden, und Agathon zuletzt das tragische Schicksal des Orpheus, der ehmals aus ähnlichen Ursachen von den thracischen Mänaden zerrissen worden war, erfahren haben, wenn nicht die Unsterblichen, die das Gewebe der menschlichen Zufälle leiten, in eben dem Augenblick ein Mittel seiner Errettung herbeigebracht hätten, da weder seine Stärke, noch seine Tugend ihn zu retten hinlänglich war.

Drittes Capitel

Unvermutete Unterbrechung des Bacchus-Festes

Eine Schar Cilicischer Seeräuber, welche frisches Wasser einzunehmen bei nächtlicher Weile an dieser Küste geländet, hatten von fern das Getümmel der Bacchantinnen gehört, und sogleich für einen Aufruf zu einer ansehnlichen Beute aufgenommen. Sie erinnerten sich, daß die vornehmsten Frauen dieser Gegend die geheimnisvollen Orgya um diese Zeit zu begehen pflegten; und daß sie, wenn sie sich zu solchem Ende versammelten, in ihrem schönsten Putz aufzuziehen pflegten, ob sie gleich vor Besteigung des Berges sich dessen wieder entledigten, und alles bis zu ihrer Wiederkunft von einer Anzahl Sclavinnen bewachen ließen. Die Hoffnung, außer diesen Weibern, von denen sie die schönsten für die Asiatischen Harems bestimmten, eine Menge von kostbaren Kleidern und Juwelen zu erbeuten, schien ihnen wohl wert, sich etwas länger aufzuhalten. Sie teilten sich also in zween Haufen, davon der eine sich derer bemächtigte, welche die Kleider hüteten, indessen daß die übrigen den Berg bestiegen, und mit großem Geschrei unter die Thracierinnen einstürmend, sich von ihnen Meister machten, ehe sie Zeit oder Mut hatten, sich zur Wehr zu setzen. Die Umstände waren allerdings so beschaffen, daß sie sich allein mit den gewöhnlichen und anständigsten Waffen ihres Geschlechts verteidigen konnten. Allein diese Cilicier waren allzusehr Seeräuber, als daß sie auf die Tränen und Bitten, noch selbst auf die Reizungen dieser Schönen einige Achtung gemacht hätten, welche doch in diesem Augenblick, da Schrecken und Zagheit ihnen die Weiblichkeit (wenn es erlaubt ist, dieses Wort einem großen Dichter abzuborgen) wiedergegeben hatte, selbst dem sittsamen Agathon so verführerisch vorkamen, daß er vor gut befand, seine nicht gerne gehorchende Augen an den Boden zu heften. Allein die Räuber hatten izt andre Sorgen, und waren nur darauf bedacht, wie sie ihre Beute aufs schleunigste in Sicherheit bringen möchten. Und so entging Agathon, für etliche nicht allzufeine Scherze über die Gesellschaft, worin man ihn gefunden hatte, und für seine Freiheit, einer Gefahr, aus der er seinen Gedanken nach sich nicht zu teuer loskaufen konnte. Der Verlust der Freiheit schien ihn in den Umständen worin er war, wenig zu bekümmern; und in der Tat, da er alles übrige verloren hatte, was die Freiheit schätzbar macht, so hatte er wenig Ursache sich wegen eines Verlusts zu kränken, der ihm wenigstens eine Veränderung im Unglück versprach.

Viertes Capitel

Agathon wird zu Schiffe gebracht

Nachdem die Cilicier mit ihrer gesamten Beute wieder zu Schiffe gegangen, und die Teilung derselben mit größerer Eintracht, als womit die Vorsteher einer kleinen Republik sich in die öffentlichen Einkünfte zu teilen pflegen, geendiget hatten; brachten sie den Rest der Nacht mit einem Schmause zu, bei welchem sie nicht vergaßen, sich wegen der mehr als stoischen Unempfindlichkeit, die sie bei Eroberung der thracischen Schönen bewiesen hatten, schadlos zu halten. Unterdessen aber, daß das ganze Schiff beschäftiget war, das angefangne Bacchusfest zu vollenden, hatte sich Agathon unbemerkt in einen Winkel zurück gezogen, wo er vor Müdigkeit abermals einschlummerte, und den Traum gerne fortgesetzt hätte, aus welchem ihn das Evan Evan der berauschten Mänaden geweckt hatte.

Fünftes Capitel

Eine Entdeckung

Die aufgehende Sonne, die von der rosenfingrichten Aurora angekündiget, das Jonische Meer mit ihren ersten Strahlen vergoldete, fand alle diejenigen, mit dem Virgil zu reden, von Wein und Schlaf begraben, welche die Nacht durch dem Bacchus und seiner Göttin Schwester geopfert hatten. Nur Agathon, der gewohnt war mit der Morgenröte zu erwachen, wurde von den ersten Strahlen geweckt, die in horizontalen Linien an seiner Stirne hinschlüpften. Indem er die Augen aufschlug, sah er einen jungen Menschen in einer Sclaven-Kleidung vor sich stehen, der ihn mit großer Aufmerksamkeit betrachtete. So schön als Agathon war, so schien er doch von diesem liebenswürdigen Jüngling an Feinheit der Gestalt und Farbe übertroffen zu werden; in der Tat hatte er in seiner Gesichtsbildung und in seiner ganzen Figur etwas so jungfräuliches, daß er, gleich dem schönen Liebling des Horaz, in weiblicher Kleidung unter einer Schar von Mädchen gemischt, gar leicht das Auge des schärfsten Kenners betrogen haben würde. Agathon erwiderte den Anblick dieses jungen Sclaven mit einer Aufmerksamkeit, in welcher ein angenehmes Erstaunen nach und nach sich bis zur Entzückung erhob. Eben diese Bewegungen enthüllten sich auch in dem anmutigen Gesichte des jungen Sclaven; ihre Seelen erkannten einander in eben demselben Augenblicke, und schienen durch ihre Blicke schon in einander zu fließen, eh ihre Arme sich umfangen, und die von Entzückung bebende Lippen – Psyche – Agathon, ausrufen konnten. Sie schwiegen eine lange Zeit; dasjenige, was sie empfanden, war über allen Ausdruck; und wozu bedurften sie der Worte? Der Gebrauch der Sprache hört auf, wenn sich die Seelen einander unmittelbar mitteilen, sich unmittelbar anschauen und berühren, und in einem Augenblick mehr empfinden, als die Zunge der Musen selbst in ganzen Jahren auszusprechen vermöchte. Die Sonne würde vielleicht unbemerkt über ihrem Haupt hinweg, und wieder in den Ocean hinab gestiegen sein, ohne daß sie in den fortdaurenden Augenblick der Entzückung den Wechsel der Stunden bemerkt hätten; wenn nicht Agathon dem es allerdings zukam hierin der erste zu sein, sich mit sanfter Gewalt aus den Armen seiner Psyche losgewunden hätte, um von ihr zu erfahren, durch was für einen Zufall sie in die Gewalt der Seeräuber gekommen sei. Die Zeit ist kostbar, liebste Psyche, sagte er, wir müssen uns der Augenblicke bemächtigen, da diese Barbaren, von der Gewalt ihres Gottes bezwungen, zu Boden liegen. Erzähle mir, durch was für einen Zufall wurdest du von meiner Seite gerissen, ohne daß es mir möglich war zu erfahren, wie oder wohin? Und wie finde ich dich izt in diesem Sclavenkleid, und in der Gewalt dieser Seeräuber?

Sechstes Capitel

Erzählung der Psyche

Du erinnerst dich, antwortete ihm Psyche, jener unglücklichen Stunde, da die eifersüchtige Pythia unsre Liebe, so geheim wir sie zu halten vermeinten, entdeckte. Nichts war ihrer Wut zu vergleichen, und es fehlte nur noch, daß ihre Rache nicht mein Leben zum Opfer verlangte; denn sie ließ mich einige Tage alles erfahren, was verschmähte Liebe erfinden kann, eine glückliche Nebenbuhlerin zu quälen. Ob sie es nun gleich in ihrer Gewalt hatte, mich deinen Augen gänzlich zu entziehen, so hielt sie sich doch niemals sicher, so lang ich zu Delphi sein würde. Sie machte bald ein Mittel ausfündig, sich meiner zu entledigen, ohne einigen Argwohn zu erwecken; sie schenkte mich einer Verwandten, die sie zu Syracus hatte, und weil sie mich an diesem Orte weit genug von dir entfernt hielt, säumte sie nicht, mich in der größten Stille nach Corinth, und von da nach Sicilien bringen zu lassen. Die Törin! kannte sie die Macht der Liebe nicht, die Agathon einflößt? Wußte sie nicht, daß keine Scheidung der Leiber durch Länder und Meere meine Seele verhindern könne, aus einer Zone in die andre zu fliegen, und gleich einem liebenden Schatten um dich her zu schweben? Oder hoffte sie, reizender in deinen Augen zu werden, wenn du mich nicht mehr neben ihr sehen würdest? Wie wenig kannte sie unsre Liebe! Nein, wahre Liebe kann so wenig eifersüchtig sein, als sich selbst fühlende Stärke zittern kann. – Ich verließ Delphi mit zerrißnem Herzen. Als ich den letzten Blick auf diese bezauberten Haine heftete, wo deine Liebe mir ein neues Wesen gab, eine neue Würklichkeit, gegen die mein voriges Leben eine ekelhafte Abwechslung von einförmigen Tagen und Nächten, ein ungefühltes Pflanzen-Leben war, als ich diese geliebte Gegend endlich aus den Augen verlor. – Nein, Agathon, ich kann es nicht beschreiben, du kannst es empfinden, du allein – Als ich mich selbst wieder fühlte, erleichtert ein Strom von Tränen mein gepreßtes Herz. Es war eine Art von Wollust in diesen Tränen, ich ließ ihnen freien Lauf, ohne mich zu bekümmern, daß sie gesehen würden. Die Welt schien mir ein leerer Raum, und alle Gegenstände um mich her Träume und Schatten; du und ich waren allein; ich sah, ich hörte nur dich, ich lag an deiner Brust, ich legte meinen Arm um deinen Hals, ich zeigte dir meine Seele in meinen Augen; ich führte dich in die heiligen Schatten, wo du mich die Gegenwart der Unsterblichen fühlen lehrtest; ich lag zu deinen Füßen, und meine an deinen Lippen hangende Seele glaubte den Gesang der Musen zu hören, wenn du sprachest; wir wandelten Hand in Hand beim sanften Mondschein durch elysische Gegenden, oder setzten uns unter die Blumen, stillschweigend, indem unsre Seelen, in ihrer eignen geistigen Sprache sich einander enthüllten, und lauter Licht und Wonne um sich her sahen, und unsterblich zu sein wünschten, um sich ewig lieben zu können. Unter diesen Erinnerungen, deren Lebhaftigkeit alle äußre Empfindungen verdunkelte, beruhigte sich mein Herz allgemach. Ich, die sich selbst nur für einen Teil deines Wesens hielt, konnte nicht glauben, daß wir immer getrennt bleiben würden. Diese Hoffnung machte nun mein Leben aus, und bemächtigte sich meiner so sehr, daß ich wieder heiter wurde. Denn ich zweifelte nicht, ich wußte es, daß du nicht aufhören könntest, mich zu lieben. Ich überließ dich der glühenden Leidenschaft einer mächtigen und reizenden Nebenbuhlerin, ohne sie einen Augenblick zu fürchten. Ich wußte, daß wenn sie es auch so weit bringen könnte, deine Sinnen zu verführen, sie doch unfähig sei, dir eine Liebe einzuflößen wie die unsrige, und daß du dich bald wieder nach derjenigen sehnen würdest, die dich allein glücklich machen, weil sie allein dich lieben kann, wie du geliebt zu sein wünschest. Unter tausend solchen Gedanken kam ich endlich zu Syracus an. Die vorsichtige Priesterin hatte Anstalt gemacht, daß ich nirgend Mittel finden konnte, dir von meinem Aufenthalt Nachricht zu geben. Meine neue Gebieterin war von der guten Art von Geschöpfen, die gemacht sind sich selbst zu gefallen, und sich alles gefallen zu lassen. Ich wurde zu der Ehre bestimmt, den Aufputz ihres schönen Kopfes zu besorgen; und die Art, wie ich dieses Amt verwaltete, erwarb mir ihre Gunst so sehr, daß sie mich beinahe so viel liebte, als ihren Schoßhund. In diesem Zustand hielt ich mich für so glücklich, als ich es ohne deine

Gegenwart in einem jeden andern hätte sein können, bis die Ankunft des Sohnes meiner Gebieterin die Scene veränderte.

Siebentes Capitel

Fortsetzung der Erzählung der Psyche

Narcissus, so hieß dieser junge Herr, war von seiner Mutter nach Athen geschickt worden, die Weisen daselbst zu hören, und die feinen Sitten der Athenienser an sich zu nehmen. Allein er hatte keine Zeit gefunden, weder das eine noch das andre zu tun. Einige junge Leute, die er seine Freunde nannte, machten jeden Tag eine neue Lustbarkeit ausfündig, die ihn verhinderte, die schwermütigen Spaziergänge der Philosophen zu besuchen. Überdas hatten ihm die artigsten Sträußermädchen von Athen gesagt, daß er ein sehr liebenswürdiger junger Herr wäre; er hatte es ihnen geglaubt, und sich also keine Mühe gegeben, erst zu werden, was er nach einem so vollgültigen Zeugnis, schon war. Er hatte sich also mit nichts beschäftiget, als seine Person in das gehörige Licht zu setzen; niemand in Athen konnte sich rühmen lächerlicher geputzt zu sein, weißere Zähne und sanftere Hände zu haben als Narcissus. Er war der erste in der Kunst, sich in einem Augenblick zweimal auf einem Fuß herum zu drehen, einen Fächer aufzuheben, oder ein Blumensträußchen an die Stirne einer Dame zu stecken. Bei solchen Vorzügen glaubte er einen natürlichen Beruf zu haben, sich dem weiblichen Geschlecht anzubieten. Die Leichtigkeit womit seine Verdienste über die zärtlichen Herzen der Sträußermädchen gesiegt hatten, machte ihm Mut sich an die Kammermädchen zu wagen, und von diesen Nymphen erhob er sich endlich zu den Göttinnen selbst. Ohne sich zu bekümmern, wie sein Herz aufgenommen wurde, hatte er sich angewöhnt zu glauben, daß er unwiderstehlich sei; und wenn er nicht allemal Proben davon erhielt, so machte er sich dafür schadlos, indem er sich der Gunstbezeugungen am meisten rühmte, die er nicht genossen hatte. – Wunderst du dich, Agathon, woher ich so wohl von ihm unterrichtet bin? Von ihm selbst. Was meine Augen nicht an ihm entdeckten, das sagte mir sein Mund. Denn er selbst war der unerschöpfliche Inhalt seiner Gespräche, so wie der einzige Gegenstand seiner Bewunderung. Ein Liebhaber von dieser Art sollte dem Ansehen nach wenig zu bedeuten haben. Eine Zeit lang belustigte mich seine Torheit; allein er wurde ungestüm. Er fand es unanständig, daß eine Aufwärterin seiner Mutter unempfindlich gegen ein Herz bleiben sollte, um welches die Sträußer-Mädchen zu Athen einander beneidet hatten. Ich ward endlich genötiget, meine Zuflucht zu seiner Mutter zu nehmen. Allein eben diese leutselige Organisation, welche sie gütig gegen sich selbst, gegen ihr Schoßhündchen und gegen alle Welt machte, machte sie auch gütig gegen die Torheiten ihres Sohnes. Sie schien es so gar übel zu nehmen, daß ich von den Vorzügen eines so liebreizenden jungen Herrn nicht stärker gerührt würde. Die Ungeduld über die Anfälle, denen ich beständig ausgesetzt war, gab mir tausendmal den Gedanken ein, mich heimlich hinweg zu stehlen. Allein ich hatte keine Nachricht von dir; ein Reisender von Delphi hatte uns zwar gesagt, daß du daselbst unsichtbar geworden, aber niemand konnte sagen wo du seiest. Diese Ungewißheit stürzte mich in eine Unruhe, die meiner Gesundheit nachteilig zu werden anfing; als eben dieser Narcissus, dessen lächerliche Liebe zu sich selbst mich so lange gequält hatte, mir ohne seine Absicht das Leben wieder gab, indem er erzählte, daß ein gewisser Agathon von Athen, nach einem Sieg über die aufrührischen Einwohner von Euböa, diese Insel seiner Republik wieder unterworfen habe. Die Umstände die er von diesem Agathon hinzu fügte, ließen mich nicht zweifeln, daß du es seiest. Eine Sclavin, die mir gewogen war, beförderte meine Flucht. Sie hatte einen Liebhaber, der sie beredet hatte, sich von ihm entführen zu lassen. Ich half ihr, dieses Vorhaben auszuführen und begleitete sie; der junge Sicilianer verschaffte mir zur Dankbarkeit dieses Sclavenkleid, und brachte mich auf ein Schiff, welches nach Athen bestimmt war. Ich wurde für einen Sclaven ausgegeben, der seinen Herrn zu Athen suchte, und überließ mich zum zweitenmal den Wellen, aber mit ganz andern Empfindungen als das erstemal, da sie nun anstatt mich von dir zu entfernen, uns wieder zusammen bringen sollten.

Achtes Capitel

Psyche beschließt ihre Erzählung

Unsre Fahrt war einige Tage glücklich, außer daß ein Wind der uns westwärts trieb, unsre Reise ungewöhnlich verlängerte. Allein am Abend des sechsten Tages erhob sich ein heftiger Sturm, der uns in wenigen Stunden wieder einen großen Weg zurück machen ließ; unsre Schiffer waren endlich so glücklich, eine von den unbewohnten Cycladen zu erreichen, wo wir uns vor dem Sturm in Sicherheit setzten. Wir fanden in eben der Bucht wohin wir uns geflüchtet hatten, ein anders Schiff liegen, worin sich eben diese Cilicier befanden, denen wir izt zugehören. Sie hatten eine griechische Flagge aufgesteckt, sie grüßten uns, sie kamen zu uns herüber, und weil sie unsre Sprache redeten, so hatten sie keine Mühe uns so viele Märchen vorzuschwatzen, als sie nötig fanden, uns sicher zu machen. Nach und nach wurde unser Volk vertraulich mit ihnen; sie brachten etliche große Krüge mit Cyprischem Weine, wodurch sie in wenig Stunden alle unsre Leute wehrlos machten. Sie bemächtigten sich hierauf unsers ganzen Schiffes, und begaben sich, so bald sich der Sturm in etwas gelegt hatte, wieder in die See. Bei der Teilung wurde ich einmütig dem Hauptmann der Räuber zuerkannt. Man bewunderte meine Gestalt ohne mein Geschlecht zu mutmaßen. Allein diese Verborgenheit half mir nicht so viel, als ich gehofft hatte. Der Cilicier, den ich für meinen Herrn erkennen mußte, verzog nicht lange, mich mit einer ekelhaften Leidenschaft zu quälen. Er nannte mich Ganymedes, und schwur bei allen Tritonen und Nereiden, daß ich ihm sein müßte, was dieser trojanische Prinz dem Jupiter gewesen sei. Wie er sah, daß seine Schmeicheleien ohne Würkung waren, nötigte er mich zuletzt, ihm zu zeigen, daß ich mein Leben gegen meine Ehre für nichts halte. Dieses verschaffte mir bisher einige Ruhe, und ich fing an, auf ein Mittel meiner Befreiung zu denken. Ich gab dem Räuber zu verstehen, daß ich von einem ganz andern Stande sei, als mein Sclavenmäßiger Anzug zu erkennen gäbe, und bat ihn aufs inständigste mich nach Athen zu führen, wo er für meine Erledigung erhalten würde, was er nur fodern wollte. Allein über diesen Punkt war er unerbittlich, und jeder Tag entfernte uns weiter von diesem geliebten Athen, welches, wie ich glaubte, meinen Agathon in sich hielt. Wie wenig dachte ich, daß eben diese Entfernung, über die ich so untröstbar war, uns wieder zusammen bringen würde? Aber, ach! in was für Umständen finden wir uns wieder! Beide der Freiheit beraubt, ohne Freunde, ohne Hülfe, ohne Hoffnung befreit zu werden; verurteilt ungesitteten Barbaren dienstbar zu sein. Die unsinnige Leidenschaft meines Herrn wird uns so gar des einzigen Vergnügens berauben, das unsern Zustand erleichtern könnte. Seitdem ihm meine Entschlossenheit die

Hoffnung benommen seinen Endzweck zu erreichen, scheint sich seine Liebe in eine wütende Eifersucht verwandelt zu haben, die sich bemüht, dasjenige was man selbst nicht genießen kann, wenigstens keinem andern zu Teil werden zu lassen. Der Barbar wird dir keinen Umgang mit mir verstatten, da er mir kaum sichtbar zu sein erlaubt. Doch die ungewisse Zukunft soll mir nicht einen Augenblick von der gegenwärtigen Wonne rauben. Ich sehe dich, Agathon, und bin glücklich. Wie begierig hätte ich vor wenigen Stunden einen Augenblick wie diesen mit meinem Leben erkauft! Indem sie dieses sagte, umarmte sie den glücklichen Agathon mit einer so rührenden Zärtlichkeit, daß die Entzückung, die ihre Herzen einander mitteilten, eine zweite sprachlose Stille hervorbrachte; und wie sollten wir beschreiben können, was sie empfanden, da der Mund der Liebe selbst nicht beredt genug war, es auszudrucken?

Neuntes Capitel

Wie Psyche und Agathon wieder getrennt werden

Nachdem unsre Liebhaber aus ihrer Entzückung zurückgekommen waren, verlangte Psyche von Agathon eben dieselbe Gefälligkeit, die sie durch Erzählung ihrer Begebenheiten für seine Neugierde gehabt hatte. Er meldete ihr also, wiewohl ihm die Zeit nicht erlaubte umständlich zu sein, auf was Weise er von Delphi entflohen, wie er mit einem Athenienser bekannt geworden, und wie sich entdecket habe, daß dieser Athenienser sein Vater sei; wie er durch einen Zufall in die öffentlichen Angelegenheiten verwickelt und durch seine Beredsamkeit dem Volke angenehm geworden; die Dienste, die er der Republik geleistet; durch was für Mittel seine Neider das Volk wider ihn aufgebracht, und wie er vor wenig Tagen mit Verlust aller seiner väterlichen Güter und Ansprüche lebenslänglich aus Athen verbannt worden; wie er den Entschluß gefaßt, eine Reise in die Morgenländer vorzunehmen, und durch was für einen Zufall er in die Hände der Cilicier geraten. Sie fingen nun auch an, sich über die Mittel ihrer Befreiung zu beratschlagen; allein die Bewegungen, welche die allmählich erwachenden Räuber machten, nötigten Psyche sich aufs eilfertigste zu verbergen, um einem Verdacht zuvorzukommen, wovon der Schatten genug war, ihren Geliebten das Leben zu kosten. Sie beklagten izt bei sich selbst, daß sie, nach dem Beispiel der Liebhaber in den Romanen, eine so günstige Zeit mit unnötigen Erzählungen verloren, da sie doch voraus sehen konnten, daß ihnen künftig wenig Gelegenheit würde gegeben werden, sich zu besprechen. Allein was sie hierüber hätte trösten können, war, daß alle ihre Beratschlagungen und Erfindungen vergeblich gewesen wären. Denn an eben diesem Morgen erhielt der Hauptmann Nachricht von einem reichbeladnen Schiffe, welches im Begriff sei, von Lesbos nach Corinth abzugehen, und welches, nach den Umständen die der Bericht angab, unterwegs aufgefangen werden könnte. Diese Zeitung veranlaßte eine geheime Beratschlagung unter den Häuptern der Räuber, wovon der Ausschlag war, daß Agathon mit den gefangnen Thracierinnen und einigen andern jungen Sclaven unter einer Bedeckung in eine Barke gesetzt wurde, um ungesäumt nach Smirna geführt und daselbst verkauft zu werden; indes, daß die Galeere mit dem größten Teil der Seeräuber sich fertig machte, der reichen Beute, die sie schon in Gedanken verschlangen, entgegen zu gehen. In diesem Augenblick verlor Agathon die Gelassenheit, mit der er bisher alle Stürme des widrigen Glücks ausgehalten hatte. Der Gedanke, von seiner Psyche wieder getrennt zu werden, setzte ihn außer sich selbst. Er warf sich zu den Füßen des Ciliciers, er schwur ihm, daß der verkleidete Ganymedes sein Bruder sei; er bot sich selbst zu seinem Sclaven an, er flehte, er weinte. – Aber umsonst. Der Seeräuber hatte die Natur des Elements, welches er bewohnte, und die Syrenen selbst hätten ihn nicht bereden können, seinen Entschluß zu ändern. Agathon erhielt nicht einmal die Erlaubnis, von seinem geliebten Bruder Abschied zu nehmen; die Lebhaftigkeit, die er bei diesem Anlaß gezeigt, hatte ihn dem Hauptmann verdächtig gemacht. Er wurde also, von Schmerz und Verzweiflung betäubt, in die Barke getragen, und befand sich schon eine geraume Zeit außer dem Gesichtskreis seiner Psyche, eh er wieder erwachte, um den ganzen Umfang seines Elends zu fühlen.

Zehntes Capitel

Ein Selbstgespräch

Da wir uns zum unverbrüchlichen Gesetze gemacht haben, in dieser Geschichte alles sorgfältig zu vermeiden, was gegen die historische Wahrheit derselben einigen gerechten Verdacht erwecken könnte; so würden wir uns ein Bedenken gemacht haben, das Selbstgespräch, welches wir hier in unserm Manuscript vor uns finden, mitzuteilen, wenn nicht der ungenannte Verfasser die Vorsicht gebraucht hätte uns zu melden, daß seine Erzählung sich in den meisten Umständen auf eine Art von Tagebuch gründe, welches (sichern Anzeigen nach) von der eignen Hand des Agathon sei, und wovon er durch einen Freund zu Crotona eine Abschrift erhalten. Dieser Umstand macht begreiflich, wie der Geschichtschreiber habe wissen können, was Agathon bei dieser und andern Gelegenheiten mit sich selbst gesprochen; und schützet uns gegen die Einwürfe, die man gegen die Selbstgespräche machen kann, worin die Geschichtschreiber den Poeten so gerne nachzuahmen pflegen, ohne sich, wie sie, auf die Eingebung der Musen berufen zu können.

Unsre Urkunde meldet also, nachdem die erste Wut des Schmerzens, welche allezeit stumm und Gedankenlos zu sein pflegt, sich geleget, habe Agathon sich umgesehen; und da er von allen Seiten nichts als Luft und Wasser um sich her erblickt, habe er, seiner Gewohnheit nach, also mit sich selbst zu philosophieren angefangen:

War es ein Traum, was mir begegnet ist, oder sah ich sie würklich, hört' ich würklich den rührenden Accent ihrer süßen Stimme, und umfingen meine Arme keinen Schatten? Wenn es mehr als ein Traum war, warum ist mir von einem Gegenstand, der alle andern aus meiner Seele auslöschte nichts als die Erinnerung übrig? – Wenn Ordnung und Zusammenhang die Kennzeichen der Wahrheit sind, o! wie ähnlich dem ungefähren Spiel der träumenden Phantasie sind die Zufälle meines ganzen Lebens! – Von Kindheit an unter den heiligen Lorbeern des Delphischen Gottes erzogen, schmeichle ich mir unter seinem Schutz, in Beschauung der Wahrheit und im geheimen Umgang mit den Unsterblichen, ein stilles und sorgenfreies Leben zuzubringen. Tage voll Unschuld, einer dem andern gleich, fließen in ruhiger Stille, wie Augenblicke vorbei, und ich werde unvermerkt ein Jüngling. Eine Priesterin, deren Seele eine Wohnung der Götter sein soll, wie ihre Zunge das Werkzeug ihrer Aussprüche, vergißt ihre Gelübde, und bemüht sich meine unerfahrne Jugend zu Befriedigung ihrer Begierde zu mißbrauchen. Ihre Leidenschaft beraubt mich derjenigen, die ich liebe; ihre Nachstellungen treiben mich endlich aus dem geheiligten Schutzort, wo ich, seit dem ich mich selbst empfand, von Bildern der Götter und Helden umgeben, mich einzig beschäftigt hatte, ihnen ähnlich zu werden. In eine unbekannte Welt ausgestoßen, finde ich unvermutet einen Vater und ein Vaterland, die ich nicht kannte. Ein schneller Wechsel von Umständen setzt mich eben so unvermutet in den Besitz des größten Ansehens in Athen. Das blinde Zutrauen eines Volkes, das in seiner Gunst so wenig Maß hält als in seinem Unwillen, nötigt mir die Anführung seines Kriegsheers auf; ein wunderbares Glück kömmt allen meinen Unternehmungen entgegen, und führt meine Anschläge aus; ich kehre siegreich zurück. Welch ein Triumph! Welch ein Zujauchzen! Welche Vergötterung! Und wofür? Für Taten, an denen ich den wenigsten Anteil hatte. Aber kaum schimmert meine Bildsäule zwischen den Bildern des Cecrops und Theseus, so reißt mich eben dieser Pöbel, der vor wenigen Tagen bereit war, mir Altäre aufzurichten, mit ungestümer Wut zum Gerichtsplatz hin. Die Mißgunst derer, die das Übermaß meines Glücks beleidigte, hat schon alle Gemüter wider mich eingenommen, und alle Ohren gegen meine Verteidigung verstopft; Handlungen, worüber mein Herz mir Beifall gibt, werden auf den Lippen meiner Ankläger zu Verbrechen, mein Verdammungs-Urteil wird ausgesprochen. Von allen verlassen, die sich meine Freunde genannt hatten, und kurz zuvor die eifrigsten gewesen waren, neue Ehrenbezeugungen für mich zu erfinden, fliehe ich aus Athen, mit leichterm Herzen, als womit ich vor wenigen Wochen, unter dem Zujauchzen einer unzählbaren Menge, durch ihre Tore eingeführt wurde; und entschließe mich den Erdboden zu durchwandern, ob ich einen Ort finden möchte, wo die Tugend, von auswärtigen Beleidigungen sicher, ihrer eigentümlichen Glückseligkeit genießen könnte, ohne sich aus der Gesellschaft der Menschen zu verbannen. Ich nahm den Weg nach Asien, um an den Ufern des Oxus die Quellen zu besuchen, aus denen die Geheimnisse des Orphischen Gottesdiensts zu uns geflossen sind. Ein Zufall führt mich unter einen Schwarm rasender Bacchantinnen, und ich entrinne ihrer verliebten Wut bloß dadurch, daß ich in die Hände seeräuberischer Barbaren falle. In diesem Augenblicke, da mir von allem was man verlieren kann nur noch das Leben übrig ist, finde ich meine Psyche wieder; aber kaum fange ich an meinen Sinnen zu glauben, daß sie es sei, die ich in meinen Armen umschlossen halte, so verschwindet sie wieder, und ich finde mich auf diesem Schiffe, um zu Smyrna als ein Sclave verkauft zu werden – Wie ähnlich ist alles dieses einem Traum, wo die schwärmende Phantasie, ohne Ordnung, ohne Wahrscheinlichkeit, ohne Zeit oder Ort in Betracht zu ziehen, die betäubte Seele von einem Abenteur zu dem andern, von der Crone zum Bettlers-Mantel, von der Wonne zur Verzweiflung, vom Tartarus ins Elysium fortreißt? – Und ist denn das Leben ein Traum, ein bloßer Traum, so eitel, so unwesentlich, so unbedeutend als ein Traum? Ein unbeständiges Spiel des blinden Zufalls, oder unsichtbarer Geister, die eine grausame Belustigung darin finden, uns zum Scherz bald glücklich bald unglücklich zu machen? Oder, ist es eben diese allgemeine Seele der Welt, deren Dasein die geheimnisvolle Majestät der Natur ankündiget; ist es dieser allesbelebende Geist, der die menschlichen Sachen anordnet; warum herrschet in der moralischen Welt nicht eben diese unveränderliche Ordnung und Zusammenstimmung, wodurch die Elemente die Jahres- und Tages-Zeiten, die Gestirne und die Kreise des Himmels in ihrem gleichförmigen Lauf erhalten werden? Warum leidet der Unschuldige? Warum sieget der Betrüger? Warum verfolgt ein unerbittliches Schicksal die Tugendhaften? Sind unsre Seelen den Unsterblichen verwandt, sind sie Kinder des Himmels; warum verkennt der Himmel sein Geschlecht, und tritt auf die Seite seiner Feinde? Oder hat er uns die Sorge für uns selbst gänzlich überlassen, warum sind wir keinen Augenblick unsers Zustandes Meister? Warum vernichtet bald Notwendigkeit, bald Zufall, die weisesten Entwürfe? –

Hier hielt Agathon eine Zeitlang inne; sein in Zweifeln verwickelter Geist arbeitete sich loszuwinden, bis ein neuer Blick auf die majestätische Natur die ihn umgab, eine andre Reihe von Vorstellungen in ihm entwickelte. – Was sind, fuhr er mit sich selbst fort, meine Zweifel anders, als Eingebungen der eigennützigen Leidenschaft? Wer war diesen Morgen glücklicher als ich? Alles war Wollust und Wonne um mich her. Hat sich die Natur binnen dieser Zeit verändert, oder ist sie minder der Schauplatz einer grenzenlosen Vollkommenheit, weil Agathon ein Sclave, und von Psyche getrennet ist? Schäme dich, Kleinmütiger, deiner trübsinnigen Zweifel, und deiner unmännlichen Klagen! Wie kannst du Verlust nennen, dessen Besitz kein Gut war? Ist es ein Übel, deines Ansehens, deines Vermögens, deines Vaterlandes beraubt zu sein? Alles dessen beraubt warst du in Delphi glücklich, und vermißtest es nicht. Und warum nennest du Dinge dein, die nicht zu dir selbst gehören, die der Zufall gibt und nimmt, ohne daß es in deiner Willkür steht sie zu erlangen oder zu erhalten? Wie ruhig, wie heiter und glücklich floß mein Leben in Delphi hin, ehe ich die Welt, ihre Geschäfte, ihre Sorgen, ihre Freuden und ihre Abwechselungen kannte; eh ich genötiget war, mit den Leidenschaften andrer Menschen, oder mit meinen eigenen zu kämpfen, mich selbst und den Genuß meines Daseins einem undankbaren Volke aufzuopfern, und unter der vergeblichen Bemühung, Toren oder Lasterhafte glücklich zu machen, selbst unglücklich zu sein! – Meine eigene Erfahrung widerlegt die ungerechten Zweifel des Mißvergnügens am besten. Es waren Augenblicke, Tage, lange Reihen von Tagen, da ich glücklich war, glücklich in den frohen Stunden, da meine Seele, vom Anblick der Natur begeistert, in tiefsinnigen Betrachtungen und süßen Ahnungen, wie in den bezauberten Gärten der Hesperiden irrte; glücklich, wenn mein befriedigtes Herz in den Armen der Liebe, aller Bedürfnisse, aller Wünsche vergaß, und nun zu verstehen glaubte, was die Wonne der Götter sei; glücklicher, wenn in Augenblicken, deren Erinnerung den bittersten Schmerz zu versüßen genug ist, mein Geist in der großen Betrachtung des Ewigen und Unbegrenzten sich verlor – Ja du bist, alles beseelende, alles regierende Güte – ich sah, ich fühlte dich! Ich empfand die Schönheit der Tugend, die dir ähnlich macht; ich genoß die Glückseligkeit, welche Tagen die Schnelligkeit der Augenblicke, und Augenblicken den Wert von Jahrhunderten gibt. Die Macht der Empfindung zerstreut meine Zweifel; die Erinnerung der genossenen Glückseligkeit heilet den gegenwärtigen Schmerz, und verspricht eine bessere Zukunft. Alle diese allgemeine Quellen der Freude, woraus alle Wesen schöpfen, fließen, wie ehmals, um mich her; meine Seele ist noch eben dieselbige, wie die Natur, die mich umgibt – O Ruhe meines Delphischen Lebens, und du, meine Psyche! Dich allein, von allem, was außer mir ist, nenne ich mein, weil du die wertere Hälfte meines Wesens bist – Wenn ihr auf ewig verloren wäret, dann würde meine untröstbare Seele nichts auf Erden finden, daß ihr die Liebe zum Leben wieder geben könnte. Aber ich besaß beide, ohne sie mir selbst gegeben zu haben, und die wohltätige Macht, die sie gab, kann sie wiedergeben. Teure Hoffnung, du bist schon ein Anfang der Glückseligkeit, die du versprichst! Es wäre zugleich gottlos und töricht, sich einem Kummer zu überlassen, der den Himmel beleidigt, und uns selbst der Kräfte beraubt, dem Unglück zu widerstehen, und der Mittel, wieder glücklich zu werden. Komm denn, du süße Hoffnung einer bessern Zukunft, und feßle meine Seele mit deinen schmeichelnden Bezauberungen! Ruhe und Psyche – Dieses allein, ihr Götter, so möget ihr Lorbeer-Kränze und Schätze geben, wem ihr wollt!

Eilftes Capitel

Agathon kömmt zu Smyrna an, und wird verkauft

Das Wetter war unsern Seefahrern so günstig, daß Agathon gute Muße hatte, seinen Betrachtungen so lange nachzuhängen, als er wollte; zumal da seine Reise von keinem der Umstände begleitet war, womit eine poetische Seefahrt ausgeschmückt zu sein pflegt. Denn man sahe da weder Tritonen, die aus krummen Ammons-Hörnern bliesen, noch Nereiden, die auf Delphinen, mit Blumen-Kränzen gezäumet, über den Wellen daherritten; noch Syrenen, die mit halbem Leib aus dem Wasser hervorragend, die Augen durch ihre Schönheit, und das Ohr durch die Süßigkeit ihrer Stimme bezaubert hätten. Die Winde selbst waren etliche Tage lang so zahm, als ob sie es mit einander abgeredet hätten, uns keine Gelegenheit zu irgend einer schönen Beschreibung eines Sturms oder eines Schiffbruchs zu geben; kurz, die Reise ging so glücklich von statten, daß die Barke am Abend des dritten Tages in den Haven von Smyrna einlief, wo die Räuber, nunmehr unter dem Schutz des großen Königs gesichert, sich nicht säumten, ihre Gefangenen ans Land zu setzen, in der Hoffnung, auf dem Sclaven-Markte keinen geringen Vorteil aus ihnen zu ziehen. Ihre erste Sorge war, sie in eines der öffentlichen Bäder zu führen, wo man nichts vergaß, was dazu dienen konnte, sie den folgenden Tag verkäuflicher zu machen. Agathon war noch zu sehr von allem demjenigen, was mit ihm vorgegangen war, eingenommen, als daß er auf das gegenwärtige aufmerksam sein konnte. Er wurde gebadet, abgerieben, mit Salben und wohlriechenden Wassern begossen, mit einem Sclaven-Kleid von vielfarbichter Seide angetan, mit allem was seine Gestalt erheben konnte, ausgeschmückt, und von allen, die ihn sahen, bewundert; ohne daß ihn etwas aus der vollkommnen Unempfindlichkeit erwecken konnte, welche in gewissen Umständen eine Folge der übermäßigen Empfindlichkeit ist. In dasjenige vertieft, was in seiner Seele vorging, schien er, weder zu sehen, noch zu hören; weil er nichts sah, oder hörte, was er wünschte; und nichts als der Anblick, der sich ihm auf dem Sclaven-Markte darstellte, war vermögend, ihn aus dieser wachenden Träumerei aufzurütteln. Diese Scene hatte zwar das Abscheuliche nicht, das ein Sclaven-Markt zu Barbados so gar für einen Europäer haben könnte, dem die Vorurteile der gesitteten Völker noch einige Überbleibsel des angebornen menschlichen Gefühls gelassen hätten; allein sie hatte doch genug, um eine Seele zu empören, die sich gewöhnt hatte, in den Menschen mehr die Schönheit ihrer Natur, als die Erniedrigung ihres Zustandes; mehr das, was sie nach gewissen Voraussetzungen sein könnten, als was sie würklich waren, zu sehen. Eine Menge von traurigen Vorstellungen stieg in gedrängter Verwirrung bei diesem Anblick in ihm auf; und in eben dem Augenblick, da sein Herz von Mitleiden und Wehmut zerfloß, brannte es von einem zürnenden Abscheu vor den Menschen, dessen nur diejenigen fähig sind, welche die Menschheit lieben. Er vergaß über diesen Empfindungen seines eignen Unglücks, als ein Mann von edelm Ansehen, welcher schon bei Jahren zu sein schien, im Vorübergehn seiner gewahr ward, stehen blieb, und ihn mit besondrer Aufmerksamkeit betrachtete. Wem gehört dieser junge Leibeigene? fragte endlich der Mann einen von den Ciliciern, der neben ihm stand. Dem, der ihn von mir kaufen wird, versetzte dieser.

Was versteht er für eine Kunst? fuhr jener fort. Das wird er dir selbst am besten sagen können, erwiderte der Cilicier. Der Mann wandte sich also an den Agathon selbst, und fragte ihn, ob er nicht ein Grieche sei? ob er sich nicht in Athen aufgehalten? und ob er in den Künsten der Musen unterrichtet worden? Agathon bejahete diese Fragen: »Kannst du den Homer lesen?« Ich kann lesen; und ich meine, daß ich den Homer empfinden könne. »Kennst du die Schriften der Philosophen?« Nein, denn ich verstehe sie nicht. »Du gefällst mir, junger Mensch! Wie hoch haltet ihr ihn, mein Freund?« Er sollte, wie die andern, durch den Herold ausgerufen werden, antwortete der Cilicier, aber für zwei Talente ist er euer. Begleite mich mit ihm in mein Haus, erwiderte der Alte, du sollst zwei Talente haben, und der Sclave ist mein. Dein Geld muß dir sehr beschwerlich sein, sagte Agathon; woher weißt du, daß ich dir für zwei Talente nützlich sein werde? Wenn du es nicht wärest, versetzte der Käufer, so bin ich unbesorgt, unter den Damen von Smyrna zwanzig für eine zu finden, die mir auf deine bloße Mine hin wieder zwei Talente für dich geben. Und mit diesen Worten befahl er dem Agathon, ihm in sein Haus zu folgen.

Zweites Buch

Erstes Capitel

Wer der Käufer des Agathon gewesen

Der Mann, der sich für zwei Talente das Recht erworben hatte, den Agathon als seinen Leibeignen zu behandeln, war einer von den merkwürdigen Leuten, die unter dem Namen der Sophisten in den griechischen Städten umherzogen, sich der edelsten und reichsten Jünglinge bemächtigten, und durch die Annehmlichkeiten ihres Umgangs und die prächtigen Versprechungen, ihre Freunde zu vollkommnen Rednern, Staatsmännern und Feldherren zu machen, das Geheimnis gefunden hatten, welches die Alchymisten bis auf den heutigen Tag vergeblich gesucht haben. Sie wurden von aller Welt mit dem ehrenvollen Namen der Sophisten oder Weisen benennt; allein die Weisheit, von der sie Profession machten, war von der Socratischen, die durch einige Verehrer dieses Atheniensischen Bürgers so berühmt worden ist, so wohl in ihrer Beschaffenheit, als in ihren Würkungen unendlich unterschieden; oder besser zu sagen, sie war die vollkommne Antipode derselbigen. Die Sophisten lehrten die Kunst, die Leidenschaften andrer Menschen zu erregen; Socrates die Kunst, seine eigene zu dämpfen. Jene lehrten, wie man es machen müsse, um weise und tugendhaft zu scheinen; dieser lehrte, wie man es sei. Jene munterten die Jünglinge von Athen auf, sich der Regierung des Staats anzumaßen; Socrates, daß sie vorher die Hälfte ihres Lebens anwenden sollten, sich selbst regieren zu lernen. Jene spotteten der Socratischen Weisheit, die nur in einem schlechten Mantel aufzog, und sich mit einer Mahlzeit für sechs Pfenninge begnügte, da die ihrige in Purpur schimmerte, und offne Tafel hielt. Die Socratische Weisheit war stolz darauf, den Reichtum entbehren zu können; die ihrige wußte, ihn zu erwerben. Sie war gefällig, einschmeichelnd, und wußte alle Gestalten anzunehmen; sie vergötterte die Großen, kroch vor ihren Dienern, tändelte mit den Damen, und schmeichelte allen, welche es bezahlten. Sie war allenthalben an ihrem rechten Platz; beliebt bei Hofe, beliebt an der Toilette, beliebt beim Spiel-Tisch, beliebt beim Adel, beliebt bei den Finanz-Pachtern, beliebt bei den Theater-Göttinnen, beliebt so gar bei der Priesterschaft. Die Socratische war weit entfernt, so liebenswürdig zu sein; sie war trocken und langweilig; sie wußte nicht zu leben; sie war unerträglich, weil sie alles tadelte, und immer Recht hatte; sie wurde von dem geschäftigen Teil der Welt für unnützlich, von dem müßigen für abgeschmackt, und von dem andächtigen gar für gefährlich erklärt. Wir würden nicht fertig werden, wenn wir diese Gegensätze so weit treiben wollten, als wir könnten. Genug, daß die Weisheit der Sophisten einen Vorzug hatte, den ihr die Socratische nicht streitig machen konnte; sie verschaffte ihren Besitzern Reichtum, Ansehen, Ruhm, und ein Leben, das von allem, was die Welt glücklich nennet, überfloß.

Hippias (so hieß der neue Herr unsers Agathon) war einer von diesen Glücklichen, dem die Kunst, sich die Torheiten andrer Leute zinsbar zu machen, ein Vermögen erworben hatte; wodurch er sich im Stande sah, sich der Ausübung derselben zu begeben, und die andre Hälfte seines Lebens in den Ergötzungen eines begüterten Müßiggangs zu zubringen; zu deren angenehmsten Genuß das zunehmende Alter viel geschickter scheint, als die ungestüme Jugend. Er hatte sich zu diesem Ende Smyrna zu seinem Wohn-Ort ausersehen, weil die Annehmlichkeiten des Jonischen Clima, die schöne Lage dieser Stadt, der Überfluß, der ihr durch die Handlung aus allen Teilen des Erdbodens zuströmte, und die Verbindung des griechischen Geschmacks mit der wollüstigen Üppigkeit der Morgenländer ihm diesen Aufenthalt vor allen andern, die er kannte, vorzüglich machte. Hippias hatte den Ruhm, daß ihm in den Talenten seiner Profession wenige den Vorzug streitig machen könnten. Ob er gleich über fünfzig Jahre hatte, so war ihm doch von der Gabe zu gefallen, die ihm in seiner Jugend so nützlich gewesen war, noch genug übrig geblieben, daß sein Umgang von den artigsten Personen des einen und andern Geschlechts gesucht wurde. Er hatte alles, was die Art von Weisheit, die er ausübte, verführisch machen konnte; eine edle Gestalt, eine einnehmende Gesichts-Bildung, einen angenehmen Ton der Stimme, einen behenden und geschmeidigen Witz, und eine Beredsamkeit, die desto mehr gefiel, weil sie mehr ein Geschenk der Natur, als eine durch Fleiß erworbene Kunst zu sein schien. Diese Beredsamkeit, oder vielmehr diese Gabe angenehm zu schwatzen, mit einer Tinctur von allen Wissenschaften, einem feinen Geschmack in dem Schönen und Angenehmen, und eine vollständige Kenntnis der Welt, war mehr als er nötig hatte, um in den Augen aller derjenigen, mit denen er umging, (denn er ging mit keinen Socraten um) für einen Genie vom ersten Rang, für einen Mann zu gelten, welcher alles wisse; welchem schon zugelächelt wurde, eh man wußte, was er sagen wollte, und wider dessen Aussprüche nicht erlaubt war, etwas einzuwenden. Indessen war doch dasjenige, dem er sein Glück vornehmlich zu danken hatte, die besondere Gabe, die er besaß, sich der schönern Hälfte der Gesellschaft gefällig zu machen. Er war so klug, frühzeitig zu entdecken, wie viel an der Gunst dieser reizenden Geschöpfe gelegen ist, welche in den policierten Teilen des Erdbodens die Macht würklich ausüben, die in den Märchen den Feen beigelegt wird; die mit einem einzigen Blick, oder durch eine kleine Verschiebung des

Halstuchs stärker überzeugen, als Demosthenes und Lysias durch lange Reden; die mit einer einzigen Träne den Gebieter über Legionen entwaffnen, und durch den bloßen Vorteil, den sie von ihrer Gestalt und einem gewissen Bedürfnis des stärkern Geschlechts zu ziehen wissen, sich zu unumschränkten Beherrscherinnen derjenigen machen, in deren Händen das Schicksal ganzer Völker liegt. Hippias hatte diese Entdeckung von so großem Nutzen gefunden, daß er keine Mühe gesparet hatte, es in der Anwendung derselben zu dem höchsten Grade der Vollkommenheit zu bringen; und dasjenige, was er in seinem Alter noch davon hatte, bewies, was er in seinen schönen Jahren gewesen sein müsse. Seine Eitelkeit ging so weit, daß er sich nicht enthalten konnte, die Kunst, die Zauberinnen zu bezaubern, in die Form eines Lehr-Begriffs zu bringen, und seine Erfahrungen und Beobachtungen hierüber der Welt in einer sehr gelehrten Abhandlung mitzuteilen, deren Verlust nicht wenig zu bedauern ist, und schwerlich von einem heutigen Schriftsteller unsrer Nation zu ersetzen sein möchte.

Nach allem, was wir bereits von diesem weisen Manne gesagt haben, wär es überflüssig, eine Abschilderung von seinen Sitten zu machen. Sein Lehr-Begriff, von der Kunst zu leben, wird uns in kurzem umständlich vorgelegt werden; und er besaß eine Tugend, welche nicht die Tugend der Moralisten zu sein pflegt; er lebte nach seinen Grundsätzen.

Zweites Capitel

Absichten des weisen Hippias

Unter andern Neigungen, in deren Befriedigung man den rechten Gebrauch des Reichtums zu setzen pflegt, hatte Hippias einen besondern Geschmack an allem, was gut in die Augen fiel. Er wollte, daß die Seinigen, in seinem Hause wenigstens, sich nirgends hinwenden sollten, ohne einem schönen Gegenstande zu begegnen. Die schönsten Gemälde, die schönsten Bildsäulen und Schnitzwerke, die reichsten Tapeten, das schönste Hausgeräte, die schönsten Gefäße befriedigten seinen Geschmack noch nicht; er wollte auch, daß der belebte Teil seines Hauses mit dieser allgemeinen Schönheit übereinstimmen sollte; und seine Bediente und Sclavinnen waren die ausgesuchtesten Gestalten, die er in einem Lande, wo die Schönheit gewöhnlich ist, hatte finden können. Die Gestalt Agathons möchte also allein hinreichend gewesen sein, ihm seine Gunst zu erwerben; zumal da er eben einen Leser nötig hatte, und aus dem Anblick und den ersten Worten desselben urteilte, daß er sich zu einem Dienst vollkommen schicken würde, wozu eine gefallende Gesichts-Bildung und eine musicalische Stimme die nötigsten Gaben sind. Allein Hippias hatte noch eine geheime Absicht, die er durch diesen Jüngling zu erreichen hoffte. Obgleich die Liebe zu den Wollüsten der Sinne seine herrschende Neigung zu sein schien, so hatte doch die Eitelkeit nicht weniger Anteil an den meisten Handlungen seines Lebens. Er hatte, bevor er sich nach Smyrna begab, um die Früchte seiner Arbeit zu genießen, den schönsten Teil seines Lebens zugebracht, die edelste Jugend der griechischen Städte zu bilden; er hatte Redner gebildet, die durch eine künstliche Vermischung des Wahren und Falschen, und den klugen Gebrauch gewisser Figuren, einer schlimmen Sache den Schein und die Würkung einer guten zu geben wußten; Staats-Männer, welche die Kunst besaßen, mitten unter den Zujauchzungen eines betörten Volks die Gesetze durch die Freiheit und die Freiheit durch schlimme Sitten zu vernichten; um diejenigen, die sich der heilsamen Zucht der Gesetze nicht unterwerfen wollten, der willkürlichen Gewalt ihrer Leidenschaften zu unterwerfen; kurz, er hatte Leute gebildet, die sich Ehren-Säulen dafür aufrichten ließen, daß sie ihr Vaterland zu Grunde richteten. Allein dieses befriedigte seine Eitelkeit noch nicht: Er wollte auch jemand hinterlassen, der seine Kunst fortzusetzen geschickt wäre; eine Kunst, die in seinen Augen allzuschön war, als daß sie mit ihm sterben sollte. Schon lange hatte er einen jungen Menschen gesucht, bei dem er das natürliche Geschicke, der Nachfolger eines Hippias zu sein, in derjenigen Vollkommenheit finden möchte, die dazu erfodert wurde. Seine Gabe, aus der Gestalt und Mine das Inwendige eines Menschen zu erraten, beredete ihn, im Agathon zu finden, was er suchte; wenigstens hielt er es der Mühe wert, den Versuch mit ihm zu machen; und da er von seiner Tüchtigkeit ein so gutes Vorurteil gefasset hatte, so fiel ihm nur nicht ein, in seine Willigkeit zu den großen Absichten, die er mit ihm vorhatte, einigen Zweifel zu setzen.

Drittes Capitel

Verwunderung, in welche Agathon gesetzt wird

Agathon wußte noch nichts, als daß er einem Manne zugehöre, dessen äußerliches Ansehen ihm gefiel; als er bei dem Eintritt in sein Haus durch die Schönheit des Gebäudes, die Bequemlichkeiten der Einrichtung, die Menge und die gute Mine der Bedienten, und durch einen Schimmer von Pracht und Üppigkeit, der ihm allenthalben entgegen glänzte, in eine Art von Verwunderung gesetzt wurde, die ihm sonst nicht gewöhnlich war, und die nur desto mehr zunahm, wie er hörte, daß er die Ehre haben sollte, ein Haus-Genosse von Hippias, dem Weisen, zu werden. Er war noch im Nachdenken begriffen, was für eine Art von Weisheit dieses sein möchte, als Hippias, der indes seinem Zahlmeister befohlen hatte, den Cilicier zu befriedigen, ihn in sein Cabinet rufen ließ, und ihm seine künftige Bestimmung in diesen Worten ankündigte: Die Gesetze, Callias, (denn dieses soll künftig dein Name sein) geben mir zwar das Recht, dich als meinen Leibeigenen anzusehen; aber es wird nur von dir abhangen, so glücklich in meinem Hause zu sein, als ich selbst. Alle deine Verrichtungen werden darin bestehen, den Homer bei meinem Tische, und die Aufsätze, mit deren Ausarbeitung ich mir die Zeit vertreibe, in meinem Hör-Saal vorzulesen. Wenn dieses Amt leicht zu sein scheint, so versichre ich dich, daß ich nicht leicht zu befriedigen bin, und daß du Kenner zu Hörern haben wirst. Ein Jonisches Ohr will nicht nur ergötzt, es will bezaubert sein. Die Annehmlichkeit der Stimme, die Reinigkeit und das Weiche der Aussprache, die Richtigkeit des Accents, das Muntre, das Ungezwungene, das Musicalische ist nicht hinlänglich; wir fodern eine vollkommne Nachahmung, einen Ausdruck, der jedem Teile des Stücks, jeder Periode, jedem Vers das Leben, den Affect, die Seele gibt, die sie haben sollen; kurz, die Art, wie gelesen wird, soll das Ohr an die Stelle aller übrigen Sinne setzen. Das Gastmahl des Alcinous soll diesen Abend dein Probstück sein. Die Fähigkeiten, die ich an dir zu entdecken hoffe, werden meine Absichten mit dir bestimmen; und vielleicht wirst du in der Zukunft Ursache finden, den Tag, an dem du dem Hippias gefallen hast, unter deine Glücklichen zu zählen. Mit diesen Worten verließ er unsern Jüngling, und ersparte sich dadurch die Demütigung zu sehen, wie wenig der neue Callias durch die Hoffnungen gerührt schien, wozu ihn diese Erklärung berechtigte. In der Tat hatte die Bestimmung, die Jonischen Ohren zu bezaubern, in Agathons Augen nicht edels genug, daß er sich deswegen hätte glücklich schätzen sollen; und über dem war etwas in dem Ton dieser Anrede, welches ihm mißfiel, ohne daß er eigentlich wußte, warum? Inzwischen vermehrte sich seine Verwunderung, je mehr er sich in dem Hause des weisen Hippias umsah; und er begriff nun ganz deutlich, daß sein Herr, was auch sonst seine Grundsätze sein möchten, wenigstens von der Ertödung der Sinnlichkeit, wovon er ehmals den Plato zu Athen sehr schöne Dinge sagen gehört hatte, keine Profession mache. Allein wie er sah, was die Weisheit in diesem Hause für eine Tafel hielt, wie prächtig sie sich bedienen ließ, was für reizende Gegenstände ihre Augen, und was für wollüstige Harmonien ihre Ohren ergötzten, während daß der Schenk-Tisch mit den ausgesuchtesten Weinen und den angenehm-betäubenden Getränken der Asiaten beladen, den Sinnen zum Genuß so vieler Wollüste neue Kräfte zu geben schien; wie er die Menge von jungen Sclaven sah, die den Liebes-Göttern ähnlich schienen, die Chöre von Tänzerinnen und Lauten-Spielerinnen, die durch die Reizungen ihrer Gestalt so sehr als durch ihre Geschicklichkeit bezauberten, und die nachahmenden Tänze, in denen sie die Geschichte der Leda oder Danae durch bloße Bewegungen mit einer Lebhaftigkeit vorstellten, die einen Nestor hätte verjüngern können; wie er die üppigen Bäder, die bezauberten Gärten, kurz, wie er alles sah, was das Haus des weisen Hippias zu einem Tempel der ausgekünsteltsten Sinnlichkeit machte, so stieg seine Verwunderung bis zum Erstaunen; und er konnte nicht begreifen, was dieser Sybarite getan haben müsse, um den Namen eines Weisen zu verdienen, oder wie er sich einer Benennung nicht schäme, die ihm, seinen Gedanken nach, eben so gut anstund, als dem Alexander von Phera, wenn man ihn den Leutseligen, oder der Phryne, wenn man sie die Keusche hätte nennen wollen. Alle Auflösungen, die er sich selbst hierüber machen konnte, befriedigten ihn so wenig, daß er sich vornahm, bei der ersten Gelegenheit dieses Problem dem Hippias selbst vorzulegen.

Viertes Capitel

Welches bei einigen den Verdacht erwecken wird, daß diese Geschichte erdichtet sei

Die Verrichtungen des Agathon ließen ihm so viel Zeit übrig, daß er in wenigen Tagen in einem Hause, wo alles Freude atmete, sehr lange Weile hatte. Zwar lag die Schuld nur an ihm selbst, wenn es ihm an einem Zeit-Vertreib mangelte, der sonst die hauptsächlichste Beschäftigung der Leute von seinem Alter auszumachen pflegt. Die Nymphen dieses Hauses waren von einer so gefälligen Gemüts-Art, von einer so anziehenden Figur, und von einem so günstigen Vorurteil für den neuen Haus-Genossen eingenommen, daß es weder die Furcht abgewiesen zu werden, noch der Fehler ihrer Reizungen war, was den schönen Callias so zurückhaltend oder unempfindlich machte.

Verschiedene, die aus seinem Betragen schlossen, daß er noch ein Neuling sein müsse, ließen sich die Mühe nicht dauern, ihm die Schwierigkeiten, die ihm seine Schüchternheit, ihren Gedanken nach, in den Weg legte, zu erleichtern; Sie gaben ihm Gelegenheiten, die den Zaghaftesten hätten unternehmend machen sollen. Allein (wir müssen es nur gestehen, was man auch von unserm Helden deswegen denken mag) er gab sich eben so viel Mühe, diese Gelegenheiten auszuweichen, als man sich geben konnte, sie ihm zu machen. Wenn dieses anzuzeigen scheint, daß er entweder einiges Mißtrauen in sich selbst, oder ein allzugroßes Vertrauen in die Reizungen dieser schönen Verführerinnen gesetzt habe, so dienet vielleicht zu seiner Entschuldigung, daß er noch nicht alt genug war, ein Xenocrates zu sein; und daß er, vermutlich nicht ohne Ursache, ein Vorurteil wider dasjenige gefaßt hatte, was man im Umgang von jungen Personen beiderlei Geschlechts unschuldige Freiheiten zu nennen pflegt. Dem sei inzwischen wie ihm wolle, so ist gewiß, daß Agathon durch dieses seltsame Bezeugen einen Argwohn erweckte, der ihm bei allen Gelegenheiten sehr beißende Spöttereien von den übrigen Hausgenossen, und selbst von den Schönen zuzog, die sich durch seine Sprödigkeit nicht wenig beleidigt fanden, und ihm auf eine feine Art zu verstehen gaben, daß sie ihn für geschickter hielten, die Tugend der Damen zu bewachen, als auf die Probe zu stellen. Agathon fand nicht ratsam, sich in einen Wett-Streit einzulassen, wo er besorgen mußte, daß die Begierde, recht zu haben, die sich in der Hitze des Streites auch der Klügsten zu bemeistern pflegt, ihn zu gefährlichen Erörterungen führen könnte. Er machte daher bei solchen Anlässen eine so alberne Figur, daß man von seinem Witz eine eben so verdächtige Meinung bekommen mußte, als man schon von seiner Person gefaßt hatte; und die Verachtung, in die er deswegen bei jedermann fiel, trug vielleicht nicht wenig dazu bei, ihm den Aufenthalt in einem Hause beschwerlich zu machen, wo ihm ohnehin, alles, was er sah und hörte, ärgerlich war. Er liebte diejenigen Künste sehr, über welche, nach dem Glauben der Griechen, die Musen die Aufsicht hatten. Allein die Gemälde, womit alle Säle und Gänge dieses Hauses ausgeziert waren, stellten so schlüpfrige und unsittliche Gegenstände vor, daß er seinen Augen um so weniger erlauben konnte, sich darauf zu verweilen, je vollkommner die Natur darin nachgeahmt war, und je mehr sich der Genie bemüht hatte, der Natur selbst neue Reizungen zu leihen. Eben so weit war die Musik, die er alle Abende nach der Tafel hören konnte, von derjenigen unterschieden, die seiner Einbildung nach allein der Musen würdig war. Er liebte eine Musik, welche die Leidenschaften besänftigte, und die Seele in ein angenehmes Staunen wiegte, oder das Lob der Unsterblichen mit einem feurigen Schwung von Begeistrung sang, wodurch das Herz in heiliges Entzücken und in ein schauervolles Gefühl der gegenwärtigen Gottheit gesetzt wurde; und wenn sie Zärtlichkeit und Freude ausdrückte, so sollte es die Zärtlichkeit der Unschuld und die rührende Freude der einfältigen Natur sein. Allein in diesem Hause hatte man einen ganz andern Geschmack. Was Agathon hörte, waren Syrenen-Gesänge, die den üppigsten Liedern des tejischen Dichters einen Reiz gaben, der auch aus unangenehmen Lippen verführerisch gewesen wäre; Gesänge, die durch den nachahmenden Ausdruck des verschiednen Tons der schmeichelnden, seufzenden und schmachtenden, oder der triumphierenden und in Entzückung aufgelösten Leidenschaft die Begierde erregten, dasjenige zu erfahren, was in der Nachahmung schon so reizend war; Lydische Flöten, deren girrendes, verliebtes Flüstern die redenden Bewegungen der Tänzerinnen ergänzte, und ihrem Spiel eine Deutlichkeit gab, die der Einbildungs-Kraft nichts zu erraten übrig ließ; Symphonien, welche die Seele in ein bezaubertes Vergessen ihrer selbst versenkten, und, nachdem sie alle ihre edlere Kräfte entwaffnet hatte, die erregte und willige Sinnlichkeit der ganzen Gewalt der von allen Seiten eindringenden Wollust auslieferten. Agathon konnte bei diesen Scenen, wo so viele Künste, so viele Zauber-Mittel sich vereinigten, den Widerstand der Tugend zu ermüden, nicht so gleichgültig bleiben, als diejenigen zu sein schienen, die derselben gewohnt waren; und die Unruhe, in die er dadurch gesetzt wurde, machte ihm, was auch die Stoiker sagen mögen, mehr Ehre, als dem

Hippias und seinen Freunden ihre Gelassenheit. Er befand also für gut, sich allemal, wenn er seine Rolle, als Homerist, geendiget hatte, hinweg und an einen Ort zu begeben, wo er in ungestörter Einsamkeit sich von den widrigen Eindrücken befreien konnte, die das geschäftige und fröhliche Getümmel des Hauses, und der Anblick von so vielen Gegenständen, die seine moralischen Sinne beleidigten, den Tag über auf sein Gemüte gemacht hatten.

Fünftes Capitel

Schwärmerei des Agathon

Die Wohnung des Hippias war auf der mittäglichen Seite von Gärten umgeben, in deren weitläufigem Bezirk die Kunst und der Reichtum alle ihre Kräfte aufgewandt hatten, die einfältige Natur mit ihren eignen und mit fremden Schönheiten zu überladen. Gefilde voll Blumen, die aus allen Teilen der Erde gesammelt, jeden Monat zum Frühling eines andern Clima machten, Lauben von allerlei wohlriechenden Stauden, Lust-Gänge von Citronen-Bäumen, Öl-Bäumen und Cedern, in deren Länge der schärfste Blick sich verlor, Haine von allen Arten der fruchtbaren Bäume, und Irrgänge von Myrthen und Lorbeer-Hecken, mit Rosen von allen Farben durchwunden, wo tausend marmorne Najaden, die sich zu regen und zu atmen schienen, kleine murmelnde Bäche zwischen die Blumen hingossen, oder mit mutwilligem Plätschern in spiegelhellen Brunnen spielten, oder unter überhangenden Schatten von ihren Spielen auszuruhen schienen. Alles dieses machte die Gärten des Hippias den bezauberten Gegenden ähnlich, diesen Spielen einer dichtrischen und malerischen Phantasie, die man erstaunt ist, außerhalb seiner Einbildung zu sehen. Hier war es, wo Agathon seine angenehmsten Stunden zubrachte; hier fand er die Heiterkeit der Seele wieder, die er dem angenehmsten Taumel der Sinne unendlich weit vorzog; hier konnt' er sich mit sich selbst besprechen; hier war er von Gegenständen umgeben, die sich zu seiner Gemüts-Beschaffenheit schickten, obgleich die seltsame Denk-Art, wodurch er die Erwartung des Hippias so sehr betrog, auch hier nicht ermangelte, sein Vergnügen durch den Gedanken zu vermindern, daß alle diese Gegenstände weit schöner wären, wenn sich die Kunst nicht angemaßet hätte, die Natur ihrer Freiheit und rührenden Einfältigkeit zu berauben. Oft wenn er beim Mond-Schein, den er mehr als den Tag liebte, so einsam im Schatten lag, erinnert' er sich der frohen Scenen seiner ersten Jugend, der unbeschreiblichen Eindrücke, die jeder schöne Gegenstand, jeder ihm neue Auftritt der Natur auf seine jugendlichen unverwöhnten Sinnen gemacht hatte, der süßen Stunden, die ihm in den Entzückungen einer ersten und unschuldigen Liebe zu Augenblicken geworden waren. Diese Erinnerungen, mit der Stille der Nacht, und dem Gemurmel sanfter Bäche und der sanft wehenden Sommer-Lüfte, wiegten seine Sinnen in eine Art von leichtem Schlummer ein, worin die innerlichen Kräfte der Seele mit verdoppelter Stärke würken; dann bildeten sich ihm die reizenden Aussichten einer bessern Zukunft vor; er sah alle seine Wünsch' erfüllt, er fühlte sich etliche Augenblicke glücklich; und wenn sie vorbei waren, beredete er sich, daß diese Hoffnungen ihn nicht so lebhaft rühren, nicht in eine so gelassene Zufriedenheit senken würden, wenn es nur nächtliche Spiele der Phantasie, und nicht vielmehr innerliche Ahnungen wären, Blicke, welche der Geist in der Stille und Freiheit, die ihm die schlummernden Sinne lassen, in die Zukunft und in eine weitere Sphäre tut, als diejenige, die von der Schwäche ihrer cörperlichen Sinne umschrieben wird.

In einer solchen Stunde war es, als Hippias, den die Anmut einer schönen Sommer-Nacht zum Spaziergang einlud, ihn unter diesen Beschauungen überraschte, denen er, in der Meinung, allein zu sein, sich zu überlassen pflegte. Hippias blieb eine Weile vor ihm stehen, ohne daß Agathon seiner gewahr wurde; endlich aber redet' er ihn an, und ließ sich in ein Gespräch mit ihm ein; welches ihn nur allzusehr in dem Argwohn bestärkte, den er von dem Hang unsers Helden zu demjenigen, was er Schwärmerei nannte, bereits gefaßt hatte.

Sechstes Capitel

Ein Gespräch zwischen Hippias und seinem Sclaven

HIPPIAS

Du scheinst in Gedanken vertieft, Callias?

AGATHON

Ich glaubte allein zu sein.

HIPPIAS

Ein andrer an deiner Stelle würde sich die Freiheit meines Hauses besser zu Nutze machen. Doch vielleicht gefällst du mir um dieser Zurückhaltung willen nur desto besser. Aber mit was für Gedanken vertreibst du dir die Zeit, wenn man fragen darf?

AGATHON

Die allgemeine Stille, der Mondschein, die rührende Schönheit der schlummernden Natur, die mit den Ausdünstungen der Blumen durchwürzte Nachtluft, tausend angenehme Empfindungen, deren liebliche Verwirrung meine Seele trunken machte, setzte sie in eine Art von Entzückung, worinnen ein andrer Schauplatz von unbekannten Schönheiten sich vor mir auftat; es war nur ein Augenblick, aber ein Augenblick, den ich um eines von den Jahren des Königs von Persien nicht vertauschen wollte.

HIPPIAS (lächelt.)

AGATHON

Dieses brachte mich hernach auf die Gedanken, wie glücklich der Zustand der Geister sei, die den groben tierischen Leib abgelegt haben, und im Anschauen des wesentlichen Schönen, des Unvergänglichen, Ewigen und Göttlichen, Jahrtausende durchleben, die ihnen nicht länger scheinen als mir dieser Augenblick; und in den Betrachtungen, denen ich hierüber nachhing, bin ich von dir überraschet worden.

HIPPIAS

Du schliefst doch nicht, Callias; du hast wie ich sehe, mehr Talente als du nötig hast; du kannst auch wachend träumen?

AGATHON

Es gibt vielerlei Arten von Träumen, und bei einigen Menschen scheint ihr ganzes Leben Traum zu sein; wenn dieses Träume sind, so sind sie wenigstens angenehmer als alles, was ich in dieser Zeit wachend hätte erfahren können.

HIPPIAS

Du gedenkest also vielleicht einer von diesen Geistern zu werden, die du so glücklich preisest?

AGATHON

Ich hoff' es zu werden, und würde ohne diese Hoffnung mein Dasein für kein Gut achten.

HIPPIAS

Besitzest du etwan ein Geheimnis, körperliche Wesen in geistige zu erhöhen, einen Zaubertrank von der Art derjenigen, womit die Medeen und Circen der Dichter so wunderbare Verwandlungen zuwege bringen?

AGATHON

Ich verstehe dich nicht, Hippias.

HIPPIAS

So will ich deutlicher sein. Wenn ich anders dich verstanden habe, so hältst du dich für einen Geist, der in einen tierischen Leib eingekerkert ist?

AGATHON

Wofür sollt ich mich sonst halten?

HIPPIAS

Sind die vierfüßigen Tiere, die Vögel, die Fische, die Gewürme, auch Geister, die in einen tierischen Leib eingeschlossen sind?

AGATHON

Vielleicht.

HIPPIAS

Und die Pflanzen?

AGATHON

Vielleicht auch diese.

HIPPIAS

Du bauest also deine Hoffnung auf ein Vielleicht. Wenn die Tiere vielleicht auch nicht Geister sind, so bist du vielleicht eben so wenig einer; denn das ist einmal gewiß, daß du ein Tier bist. Du entstehest wie die Tiere, wächsest wie sie, hast ihre Bedürfnisse, ihre Sinnen, ihre Leidenschaften, wirst erhalten wie sie, vermehrest dich wie sie, stirbst wie sie, und wirst wie sie wieder zu einem bißchen Wasser und Erde, wie du vorher gewesen warst. Wenn du einen Vorzug vor ihnen hast, so ist es eine schönere Gestalt, ein paar Hände, mit denen du mehr ausrichten kannst als ein Tier mit seinen Pfoten, eine Bildung gewisser Gliedmaßen, die dich der Rede fähig macht, und ein lebhafterer Witz, der von einer schwächern und reizbarern Beschaffenheit deiner Fibern herkommt; und der doch alle Künste, womit wir uns so groß zu machen pflegen, den Tieren abgelernt hat.

AGATHON

Wir haben also sehr verschiedene Begriffe von der menschlichen Natur, du und ich.

HIPPIAS

Vermutlich, weil ich sie für nichts anders halte, als wofür meine Sinnen und eine Beobachtung ohne Vorurteile sie mir geben. Doch ich will freigebig sein; ich will dir zugeben, dasjenige was in dir denkt sei ein Geist, und wesentlich von deinem Körper unterschieden. – Worauf gründest du die Hoffnung, daß dieser Geist noch denken werde, wenn dein Leib zerstört sein wird? Was für eine Erfahrung hast du, eine Meinung zu bestätigen, die von so vielen Erfahrungen bestritten wird? Ich will nicht sagen, daß er zu nichts werde; aber dein Leib verliert durch den Tod die Form die ihn zu deinem Leibe machte; woher hoffest du, daß dein Geist die Form nicht verlieren werde, die ihn zu deinem Geiste macht?

AGATHON

Weil ich mir unmöglich vorstellen kann, daß der oberste Geist, dessen Geschöpfe oder Ausflüsse die übrigen Geister sind, ein Wesen zerstören werde, das er fähig gemacht hat, so glücklich zu sein, als ich es schon gewesen bin.

HIPPIAS

Ein neues Vielleicht? Woher kennst du diesen obersten Geist?

AGATHON

Woher kennst du den Phidias, der diesen Amor gemacht hat?

HIPPIAS

Weil ich ihm zusah wie er ihn machte; denn vielleicht könnt ein Bildsäule auch entstehn, ohne daß sie von einem Künstler gemacht würde.

AGATHON

Wie so?

HIPPIAS

Eine ungefähre Bewegung ihrer kleinsten Elemente könnte diese Form endlich hervorbringen.

AGATHON

Eine regellose Bewegung ein regelmäßiges Werk?

HIPPIAS

Warum das nicht? Du kannst im Würfelspiel von ungefähr alle drei werfen. So gut als dieses möglich ist, könntest du auch unter etlichen Billionen von Würfen einen werfen, wodurch eine gewisse Anzahl Sandkörner in eine cirkelrunde Figur fallen würde. Die Anwendung ist leicht zu machen.

AGATHON

Ich verstehe dich. Aber es bleibt allemal unendlich unwahrscheinlich, daß die ungefähre Bewegung der Elemente nur eine Muschel, deren so unzählich viele an jenem Ufer liegen, hervorbringen; und die Ewigkeit selbst scheint nicht lange genug zu sein, nur diese Erdkugel, diesen kleinen Atomen des ganzen Weltalls auf solche Weise entstehen zu machen.

HIPPIAS

Es ist genug, daß unter unendlich vielen ungefähren Bewegungen, die nichts regelmäßiges und dauerhaftes hervorbringen, eine möglich ist, die eine Welt hervorbringen kann. Dieses setzt der Wahrscheinlichkeit deiner Meinung ein Vielleicht entgegen, wodurch sie auf einmal entkräftet wird.

AGATHON

So viel als das Gewicht einer unendlichen Last, durch die Hinwegnahm eines einzigen Sandkorns.

HIPPIAS

Du hast vergessen, daß eine unendliche Zeit in die andere Waagschale gelegt werden muß. Doch ich will diesen Einwurf fahren lassen, ob er gleich weiter getrieben werden kann; was gewinnt deine Meinung dadurch? Vielleicht ist die Welt immer in der allgemeinen Verfassung gewesen, worin sie ist? – Vielleicht ist sie selbst das einzige Wesen, das durch sich selbst bestehet? – Vielleicht ist der Geist von dem du sagtest, durch die wesentliche Beschaffenheit seiner Natur gezwungen, diesen allgemeinen Weltkörper nach den Gesetzen einer unveränderlichen Notwendigkeit zu beleben? Und gesetzt, die Welt sei, wie du meinest, das Werk eines verständigen und freien Entschlusses; vielleicht hat sie viele Urheber? Mit einem Worte, Callias, du hast viele mögliche Fälle zu vernichten, eh du nur das Dasein deines obersten Geistes außer Zweifel gesetzt hast.

AGATHON

Ich brauche zu meiner eignen Beruhigung keinen so weitläufigen Weg. Ich sehe die Sonne, sie ist also; ich empfinde mich selbst, ich bin also; ich empfinde, ich sehe diesen obersten Geist, er ist also.

HIPPIAS

Ein Träumender, ein Kranker, ein Wahnwitziger sieht; und doch ist das nicht, was er sieht.

AGATHON

Weil er in diesem Zustande nicht recht sehen kann.

HIPPIAS

Wie kannst du beweisen, daß du nicht gerad in diesem Punct krank bist? Frage die Ärzte; man kann in einem einzigen Stück wahnwitzig, und in allen übrigen klug sein; so wie eine Laute bis auf eine einzige falsche Saite wohl gestimmt sein kann. Der rasende Ajax sieht zwo Sonnen, ein doppeltes Thebe. Was für ein untrügliches Kennzeichen hast du, das Wahre von dem was nur scheint; das was du würklich empfindest, von dem was du dir nur einbildest; das was du richtig empfindest, von dem was eine verstimmte Nerve dich empfinden macht, zu unterscheiden? Und wie, wenn alle Empfindung betröge, und nichts von allem was ist, so wäre, wie du es empfindest?

AGATHON

Darum bekümmere ich mich wenig. Gesetzt, die Sonne sei nicht so, wie ich sie sehe und fühle; für mich ist sie darum nicht minder so, wie ich sie sehe und fühle, und das ist für mich genug. Ihr Einfluß in das System aller meiner übrigen Empfindungen ist darum nicht weniger würklich, wenn sie gleich nicht so ist, wie sie sich meinen Sinnen darstellt, ja wenn sie gar nicht ist.

HIPPIAS

Die Anwendung hievon, wenn dirs beliebt?

AGATHON

Die Empfindung, die ich von dem höchsten Geiste habe, hat in das innerliche System des meinigen den nämlichen Einfluß, den die Empfindung die ich von der Sonne habe, auf mein körperliches System hat.

HIPPIAS

Wie so?

AGATHON

Wenn sich mein Leib übel befindet, so vermehrt die Abwesenheit der Sonne das Unbehagliche dieses Zustands. Der wiederkehrende Sonnenschein belebt, ermuntert, erquicket meinen Körper wieder, und ich befinde mich wohl, oder doch erleichtert. Eben diese Würkung tut die Empfindung des alles beseelenden Geistes auf meine Seele; sie erheitert, sie beruhiget, sie ermuntert mich; sie zerstreut meinen Unmut, sie belebt meine Hoffnung; sie macht, daß ich in einem Zustande nicht unglücklich bin, der mir ohne sie unerträglich wäre.

HIPPIAS

Ich bin also glücklicher als du, weil ich alles dieses nicht nötig habe. Erfahrung und Nachdenken haben mich von Vorurteilen frei gemacht; ich genieße alles was ich wünsche, und wünsche nichts, dessen Genuß nicht in meiner Gewalt ist. Ich weiß also wenig von

Unmut und Sorgen. Ich hoffe wenig, weil ich mit dem Genuß des Gegenwärtigen zu frieden bin. Ich genieße mit Mäßigung, damit ich desto länger genießen könne, und wenn ich einen Schmerz fühle, so leide ich mit Geduld, weil dieses das beste Mittel ist, seine Dauer abzukürzen.

Agathon

Und worauf gründest du deine Tugend? Womit nährest und belebest du sie? Womit überwindest du die Hinternisse, die sie aufhalten; die Versuchungen, die von ihr ablocken, das ansteckende der Beispiele, die Unordnung der Begierden, und die Trägheit, welche die Seele so oft erfährt, wenn sie sich erheben will?

Hippias

O Jüngling, lange genug hab ich deinen Ausschweifungen zugehört. In was für ein Gewebe von Hirngespinsten hat dich die Lebhaftigkeit deiner Einbildungskraft verwickelt? Deine Seele schwebt in einer beständigen Bezauberung, in einer Abwechselung von quälenden und entzückenden Träumen, und die wahre Beschaffenheit der Dinge bleibt dir so verborgen, als die sichtbare Gestalt der Welt einem Blindgebornen. Ich bedaure dich, Callias. Deine Gestalt, deine Gaben berechtigen dich nach allem zu trachten, was das menschliche Leben glückliches hat; deine Denkungsart allein wird dich unglücklich machen. Angewöhnt lauter idealische Wesen um dich her zu sehen, wirst du die Kunst niemals lernen, von den Menschen Vorteil zu ziehen. Du wirst in einer Welt, die dich so wenig kennen wird als du sie, wie ein Einwohner des Monds herum irren, und nirgends am rechten Platze sein, als in einer Einöde oder im Fasse des Diogenes. Was soll man mit einem Menschen anfangen, der Geister sieht? Der von der Tugend fodert, daß sie mit aller Welt und mit sich selbst in beständigem Kriege leben soll? Mit einem Menschen, der sich in den Mondschein hinsetzt, und Betrachtungen über das Glück der entkörperten Geister anstellt? Glaube mir, Callias, (ich kenne die Welt und sehe keine Geister) deine Philosophie mag vielleicht gut genug sein eine Gesellschaft müßiger Köpfe statt eines andern Spiels zu belustigen; aber es ist eine Torheit sie ausüben zu wollen. Doch du bist jung; die Einsamkeit deiner ersten Jugend und die morgenländischen Schwärmereien, die etliche griechische Müßiggänger von den Egyptern und Chaldäern nach Hause gebracht, haben deiner Phantasie einen romanhaften Schwung gegeben; die übermäßige Empfindlichkeit deiner Organisation hat den angenehmen Betrug befödert; Leuten von dieser Art ist nichts schön genug, was sie sehen, nichts angenehm genug, was sie fühlen; die Phantasie muß ihnen andre Welten erschaffen, die Unersättlichkeit ihres Herzens zu befriedigen. Allein diesem Übel kann noch geholfen werden. Selbst in den Ausschweifungen deiner Einbildungskraft entdeckt sich eine natürliche Richtigkeit des Verstandes, der nichts fehlt als auf andre Gegenstände angewendet zu werden. Ein wenig Gelehrigkeit und eine unparteiische Überlegung dessen, was ich dir sagen werde, ist alles was du nötig hast, um von dieser seltsamen Art von Wahnwitz geheilt zu werden, die du für Weisheit hältst. Überlaß es mir, dich aus den unsichtbaren Welten in die würkliche herabzuführen; sie wird dich anfangs befremden, aber nur weil sie dir neu ist, und wenn du sie einmal gewohnt bist, wirst du die ätherischen so wenig vermissen als ein Erwachsner die Spiele seiner Kindheit. Diese Schwärmereien sind Kinder der Einsamkeit und der Muße; ein Mensch der nach angenehmen Empfindungen dürstet, und der Mittel beraubt ist, sich würkliche zu verschaffen, ist genötiget sich mit Einbildungen zu speisen, und aus Mangel einer bessern Gesellschaft mit den Sylphen umzugehen. Die Erfahrung wird dich hievon am besten überzeugen können. Ich will dir die Geheimnisse einer Weisheit entdecken, die zum Genuß alles dessen führt, was die Natur, die Kunst, die Gesellschaft, und selbst die Einbildung (denn der Mensch ist doch nicht gemacht immer weise zu sein) Gutes und Angenehmes zu geben haben; und ich müßte mich ganz mit dir betrügen, wenn die Stimme der Vernunft, die du noch niemals gehört zu haben scheinst, dich nicht von einem Irrwege zurückrufen könnte, wo du am Ende deiner Reise in das Land der Hoffnungen dich um nichts reicher befinden würdest, als um die Erfahrung dich betrogen zu haben. Izo ist es Zeit schlafen zu gehen; aber der nächste ruhige Morgen den ich habe, soll dein sein. Ich brauche dir nicht zu sagen, wie zufrieden ich mit der Art bin, wie du bisher dein Amt versehen hast; und ich wünsche nichts, als daß eine bessere Übereinstimmung unsrer Denkungsart mich in den Stand setze, dir Beweise von meiner Freundschaft zu geben. Mit diesen Worten begab sich Hippias hinweg, und ließ unsern Agathon in einer Verfassung, die der Leser aus dem folgenden Capitel ersehen wird.

Siebentes Capitel

Worin Agathon für einen Schwärmer ziemlich gut räsonniert

Wir zweifeln nicht, daß verschiedene Leser dieser Geschichte in der Vermutung stehen werden, Agathon müsse über diese nachdrucksvolle Apostrophe des weisen Hippias nicht wenig betroffen, oder doch wenigstens in einige Unruhe gesetzt worden sein. Das Alter des Hippias, der Ruf der Weisheit, worin er stand, der zuversichtliche Ton, womit er sprach, der Schein von

Wahrheit der über seine Rede ausgebreitet war; und was nicht das wenigste scheint, das Ansehen, welches ihm seine Reichtümer gaben; alle diese Umstände hätten nicht fehlen sollen, einen Menschen aus der Fassung zu setzen, der ihm so viele Vorzüge eingestehen mußte, und überdas noch sein Sclave war. Allein man kann sich irren. Agathon hatte diese ganze emphatische Rede mit einem Lächeln angehört, welches fähig gewesen wäre, alle Sophisten der Welt irre zu machen, wenn die Dunkelheit und das Vorurteil des Redners für sich selbst es hätten bemerken lassen; und kaum befand er sich allein, so war die erste Würkung derselben, daß dieses Lächeln sich in ein Lachen verwandelte, welches er zum Nachteil seines Zwerchfells länger zurückzuhalten unnötig hielt, und welches immer wieder anfing, so oft er sich die Mine, den Ton und die Gebärden vorstellte, womit der weise Hippias die nachdrücklichsten Stellen seiner Rede von sich gegeben hatte. Allein diese mechanische Bewegung machte bald ernsthaftern Gedanken Platz, und es fehlte wenig, so hätte er sich selbst Vorwürfe darüber gemacht, daß er fähig gewesen darüber zu lachen, daß ein so großer Unterschied zwischen Hippias und Agathon war. Ein Mensch, der so lebt wie Hippias, dacht' er, muß so denken; und wer so denkt wie Hippias würde unglücklich sein, wenn er nicht so leben könnte. Ich muß lachen, fuhr er mit sich selbst fort, wenn ich an den Ton der Unfehlbarkeit denke, womit er sprach. Dieser Ton ist mir nicht so neu, als der weise Hippias glauben mag. Ich habe Gerber und Sackträger zu Athen gekannt, die sich nicht zu wenig deuchten, mit dem ganzen Volk in diesem Ton zu sprechen. Du glaubst mir etwas neues gesagt zu haben, wenn du meine Denkungsart Schwärmerei nennst, und mir mit der Gewißheit eines Propheten die Schicksale ankündigest, die sie mir zuziehen wird. Wie sehr betrügst du dich, wenn du mich dadurch erschreckt zu haben glaubst! O! Hippias, was ist das, was du Glückseligkeit nennest? Niemals wirst du fähig sein, zu wissen was Glückseligkeit ist. Was du so nennst ist Glückseligkeit, wie das Liebe ist, was dir deine Tänzerinnen einflößen. Du nennst die meinige Schwärmerei; laß mich immer ein Schwärmer sein, und sei du ein Weiser. Die Natur hat dir diese Empfindlichkeit, diese innerlichen Sinnen versagt, die den Unterschied zwischen uns beiden machen; du bist einem Tauben ähnlich, der die fröhlichen Bewegungen, welche die begeisternde Flöte eines Damon in alle Glieder seiner Hörer bringt, dem Wein oder der Unsinnigkeit zuschreibt; er würde tanzen wie sie, wenn er hören könnte. Die Weltleute sind in der Tat nicht zu verdenken, wenn sie uns andre für ein wenig mondsüchtig halten; wer will ihnen zumuten, daß sie glauben sollen, es fehle ihnen etwas, das zu einem vollständigen Menschen gehört? Ich kannte zu Athen ein junges Frauenzimmer, welches die Natur wegen der Häßlichkeit ihrer übrigen Figur durch sehr artige Füße getröstet hatte. Ich möchte doch wissen, sagte sie zu einer Freundin, was diese jungen Gecken an der einbildischen Timandra sehen, daß sie sonst für niemand Augen haben als für sie? Es ist wahr, sie hat keine unfeine Farbe, ihre Züge sind so so, ihre Augen wenigstens aufmunternd genug, und sie ist sehr besorgt, ihre Bewunderer durch Auslegung gewisser schlüpfriger Schönheiten für die Gleichgültigkeit ihres Gesichts schadlos zu halten; aber was sie für Füße hat! Wie kann man einen Anspruch an Schönheit machen, ohne einen feinen Fuß zu haben? Du hast Recht, versetzte die Freundin, die der Natur nichts schönes zu danken hatte, als ein paar überaus kleine Ohren; man muß einen Fuß haben wie du, um schön zu sein; aber was sagst du zu ihren Ohren, Hermia? So wahr mir Diana gnädig sei, sie würden einem Faunen Ehre machen. So sind die Menschen, und es wäre unbillig ihnen übel zu nehmen, daß sie so sind. Die Nachtigall singt, der Rabe krächzt, und er müßte kein Rabe sein, wenn er nicht dächte, daß er gut krächze; er hat noch recht, wenn er denkt, die Nachtigall krächze nicht gut; es ist wahr, dann geht er zu weit, wenn er über die Nachtigall spottet, daß sie nicht so gut krächzt wie er; aber sie würde eben so Unrecht haben, wenn sie über ihn lachte, daß er nicht singe wie sie; er singt nicht, aber er krächzt doch gut, und das ist für ihn genug. Aber Hippias ist besorgt für mich, er bedaurt mich, er will mich so glücklich machen, wie er ist. Das ist großmütig! Er hat ausfündig gemacht, daß ich das Schöne liebe, daß ich gegen den Reiz des Vergnügens nicht unempfindlich bin. Diese Entdeckung war leicht zu machen; aber in den Schlüssen, die er daraus zieht, könnt' er sich betrogen haben. Der kluge Ulysses zog sein steinichtes kleines Ithaca, wo er frei war, und sein altes Weib mit der er vor zwanzig Jahren jung gewesen war, der bezauberten Insel der schönen Calypso vor, wo er unsterblich und ein Sclave gewesen wäre; und der Schwärmer Agathon würde mit allem seinem Geschmack für das Schöne, und mit aller seiner Empfindlichkeit für die Ergötzungen, ohne sich einen Augenblick zu bedenken, lieber in das Faß des Diogenes kriechen, als den Palast, die Gärten, das Serail und die Reichtümer des weisen Hippias besitzen, und Hippias sein.

Immer Selbstgespräche, hören wir den Leser sagen. Wenigstens ist dieses eines, und wer kann davor? Agathon hatte sonst niemand, mit dem er hätte reden können als sich selbst; denn mit den Bäumen und Nymphen reden nur die Verliebten. Wir müssen uns schon entschließen, ihm diese Unart zu gut zu halten, und wir sollten es desto eher tun können, da ein so feiner Weltmann als Horaz unstreitig war, sich nicht geschämt hat zu gestehen, daß er öfters mit sich selbst zu reden pflege.

Achtes Capitel

Vorbereitungen zum Folgenden

Agathon hatte noch nicht lange genug unter den Menschen gelebt, um die Welt so gut zu kennen, als ein Theophrast sie zu der Zeit kannte, da er sie verlassen mußte. Allein was ihm an Erfahrung abging, ersetzte seine natürliche Gabe in den Seelen zu lesen, die durch die Aufmerksamkeit geschärft worden war, womit er die Menschen und die Auftritte des Lebens, die er zu sehen Gelegenheit gehabt, beobachtet hatte. Daher kam es, daß seine letzte Unterredung mit dem Hippias, anstatt ihn etwas zu lehren, nur den Verdacht rechtfertigte, den er schon einige Zeit gegen den Character und die Denkungsart dieses Sophisten gefaßt hatte. Er konnte also auch leicht erraten, von was für einer Art die geheime Philosophie sein würde, von welcher er ihm so große Vorteile versprochen hatte. Dem ungeachtet verlangte ihn nach dieser Zusammenkunft, teils weil er neugierig war, die Denkungsart eines Hippias in ein System gebracht zu sehen, teils weil er sich von der Beredsamkeit desselben diejenige Art von Ergötzung versprach, die uns ein geschickter Gaukler macht, der uns einen Augenblick sehen läßt, was wir nicht sehen, ohne es bei einem klugen Menschen so weit zu bringen, daß man in eben demselben Augenblick nur daran zweifeln sollte, daß man betrogen wird. Mit einer Gemütsverfassung, die so wenig von der Gelehrigkeit hatte, welche Hippias foderte, fand sich Agathon ein, als er nach Verfluß einiger Tage an einem Morgen in das Zimmer des Sophisten gerufen wurde, welcher auf einem Ruhbette liegend seiner erwartete, und ihm befahl sich neben ihm niederzusetzen und das Frühstück mit ihm zu nehmen. Diese Höflichkeit war nach der Absicht des weisen Hippias eine Vorbereitung, und er hatte, um die Würkung derselben zu befördern, das schönste Mädchen in seinem Hause ausersehen, sie hiebei zu bedienen. In der Tat die Gestalt dieser Nymphe, und die gute Art womit sie ihr Amt versah, machten ihre Aufwartung für einen Weisen von Agathons Alter ein wenig beunruhigend. Das schlimmste war, daß die kleine Hexe, um sich wegen der Gleichgültigkeit zu rächen, womit Agathon ihre zuvorkommende Gütigkeit bisher vernachlässiget hatte, keinen von den Kunstgriffen verabsäumte, wodurch sie den Wert des von ihm verscherzten Glückes empfindlicher zu machen glaubte. Sie hatte die Bosheit gehabt, sich in einem so niedlichen, so sittsamen und doch so verführerischen Morgen-Anzug darzustellen, daß Agathon sich nicht verhindern konnte zu denken, die Gratien selbst könnten, wenn sie gekleidet erscheinen wollten, keinen Anzug erfinden, der auf eine wohlanständigere Art das Mittel, zwischen der eigentlichen Kleidung und ihrer gewöhnlichen Art sich sehen zu lassen, hielte. Die Wahrheit zu sagen, das rosenfarbe Gewand, welches sie umfloß, war eher demjenigen ähnlich, was Petron einen gewebten Wind oder einen leinenen Nebel nennt, als einem Zeug der den Augen etwas entziehen soll; und die kleinste Bewegung entdeckte Reizungen, die desto gefährlicher waren, da sie sich gleich wieder in verräterische Schatten verbargen, und der Einbildungskraft noch mehr als den Augen nachzustellen schienen. Dem ungeachtet würde unser Held sich vielleicht ganz wohl aus der Sache gezogen haben, wenn er nicht beim ersten Anblick die Absichten des Hippias und der schönen Cyana (so hieß das junge Frauenzimmer) erraten hätte. Diese Entdeckung setzte ihn in eine Art von Verlegenheit, die desto merklicher wurde, je größere Gewalt er sich antat, sie zu verbergen; er errötete zu seinem größten Verdruß bis an die Ohren, er machte allerlei gezwungne Gebärden, und sah alle Gemälde in dem Zimmer nach einander an, um seine Verwirrung unmerklich zu machen; aber alle seine Mühe war umsonst, und die Geschäftigkeit der schalkhaften Cyane fand immer neuen Vorwand seinen zerstreuten Blick auf sich zu ziehen. Doch der Triumph, dessen sie in diesen Augenblicken genoß, währte nicht lange. So empfindlich die Augen Agathons waren, so waren sie es doch nicht mehr als sein moralischer Sinn; und ein Gegenstand, der diesen beleidigte, konnte keinen so angenehmen Eindruck auf jene machen, daß er nicht von der unangenehmen Empfindung der andern wäre überwogen worden. Die Forderungen der schönen Cyane, das Gekünstelte, das Schlaue, das Schlüpfrige, das ihm an ihrer ganzen Person anstößig war, löschte das Reizende so sehr aus, und erkaltete seine Sinnen so sehr, daß ein größerer Grad davon, gleich dem Anblick der Medusa, fähig gewesen wäre, ihn in einen Stein zu verwandeln. Die Freiheit und Gleichgültigkeit, die ihm dieses gab, blieb Cyanen nicht verborgen; und er sorgte dafür, sie durch gewisse Blicke, und ein gewisses Lächeln, dessen Bedeutung ihr ganz deutlich war, zu überzeugen, daß sie zu früh triumphiert habe. Dieses Betragen war für ihre Reizungen allzu beleidigend, als daß sie es so gleich für ungezwungen hätte halten sollen; der Widerstand, den sie fand, forderte sie zu einem Wettstreit heraus, worin sie alle ihre Künste anwandte, den Sieg zu erhalten; allein die Stärke ihres Gegners ermüdete endlich ihre Hoffnung, und sie behielt kaum noch so viel Gewalt über sich selbst, den Verdruß zu verbergen, den sie über diese Demütigung ihrer Eitelkeit empfand. Hippias, der sich eine zeitlang stillschweigend mit diesem Spiel belustigte, urteilte bei sich selbst, daß es nicht leicht sein werde, den Verstand eines Menschen zu fangen, dessen Herz selbst auf der schwächsten Seite, so wohl befestiget schien. Allein diese Anmerkung bekräftigte ihn nur in seinen Gedanken von der Methode, die er bei seinem neuen

Schüler gebrauchen müsse; und da er selbst von seinem System besser überzeugt war, als irgend ein Bonze von der Kraft der Amulete, die er seinen dankbaren Gläubigen austeilt, so zweifelte er nicht, daß Agathon durch einen freimütigen Vortrag besser zu gewinnen sein würde, als durch die rednerischen Kunstgriffe, deren er sich bei schwächern Seelen mit gutem Erfolg zu bedienen pflegte. Sobald also das Frühstück genommen, und die beschämte Cyane abgetreten war, fing er nach einem kleinen Vorbereitungs-Gespräch, den merkwürdigen Discurs an, durch dessen vollständige Mitteilung wir desto mehr Dank zu verdienen hoffen, da wir von Kennern versichert worden, daß der geheime Verstand desselben den buchstäblichen an Wichtigkeit noch weit übertreffe, und der wahre und unfehlbare Proceß, den Stein der Weisen zu finden, darin verborgen liege.

Drittes Buch

Erstes Capitel

Vorbereitung zu einem sehr interessanten Discurs

Wenn wir auf das Tun und Lassen der Menschen acht geben, mein lieber Callias, so scheint zwar, daß alle ihre Sorgen und Bemühungen kein andres Ziel haben als sich glücklich zu machen; allein die Seltenheit dererjenigen die es würklich sind, oder es doch zu sein glauben, beweiset zugleich, daß die meisten nicht wissen, durch was für Mittel sie sich glücklich machen sollen, wenn sie es nicht sind; oder wie sie sich ihres guten Glückes bedienen sollen, um in denjenigen Zustand zu kommen den man Glückseligkeit nennt. Es gibt eben so viele die im Schoße des Ansehens, des Glücks und der Wollust, als solche die in einem Zustande von Mangel, Dienstbarkeit und Unterdrückung elend sind. Einige haben sich aus diesem letztern Zustand emporgearbeitet, in der Meinung, daß sie nur darum unglückselig seien, weil es ihnen am Besitz der Güter des Glücks fehle. Allein die Erfahrung hat sie gelehrt, daß wenn es eine Kunst gibt, die Mittel zur Glückseligkeit zu erwerben, es vielleicht eine noch schwerere, zum wenigsten eine seltnere Kunst sei, diese Mittel recht zu gebrauchen. Es ist daher allezeit die Beschäftigung der Verständigsten unter den Menschen gewesen, durch Verbindung dieser beiden Künste diejenige heraus zu bringen, die man die Kunst glücklich zu leben nennen kann, und in deren würklichen Ausübung, nach meinem Begriffe, die Weisheit besteht, die so selten ein Anteil der Sterblichen ist. Ich nenne sie eine Kunst, weil sie von der fertigen Anwendung gewisser Regeln abhängt, die nur durch die Übung erlangt werden kann: Allein sie setzt wie alle Künste einen gewissen Grad von Fähigkeit voraus, den nur die Natur gibt, und den sie nicht allen zu geben pflegt. Einige Menschen scheinen kaum einer größern Glückseligkeit fähig zu sein als die Austern, und wenn sie ja eine Seele haben, so ist es nur so viel als sie brauchen, um ihren Leib eine Zeitlang vor der Fäulnis zu bewahren. Ein größerer und vielleicht der größte Teil der Menschen befindet sich nicht in diesem Fall; aber weil es ihnen an genugsamer Stärke des Gemüts, und an einer gewissen Zärtlichkeit der Empfindung mangelt, so ist ihr Leben gleich dem Leben der übrigen Tiere des Erdbodens, zwischen Vergnügen, die sie weder zu wählen noch zu genießen, und Schmerzen, denen sie weder zu widerstehen noch zu entfliehen wissen, geteilt. Wahn und Leidenschaften sind die Triebfedern dieser menschlichen Maschinen; beide setzen sie einer unendlichen Menge von Übeln aus, die es nur in einer betrognen Einbildung, aber eben darum wo nicht schmerzlicher doch anhaltender und unheilbarer sind, als diejenigen die uns die Natur auferlegt. Diese Art von Menschen ist keines gesetzten und anhaltenden Vergnügens, keines Zustandes von Glückseligkeit fähig; ihre Freuden sind Augenblicke, und ihre übrige Dauer ist entweder ein würkliches Leiden, oder ein unaufhörliches Gefühl verworrener Wünsche, eine immerwährende Ebbe und Flut von Furcht und Hoffnung, von Phantasien und Gelüsten; kurz eine unruhige Bewegung die weder ein gewisses Maß noch ein festes Ziel hat, und also weder ein Mittel zur Erhaltung dessen was gut ist sein kann, noch dasjenige genießen läßt, was man würklich besitzt. Es scheint also unmöglich zu sein, ohne eine gewisse Zärtlichkeit der Empfindung, die uns in einer weitern Sphäre, mit feinern Sinnen und auf eine angenehmere Art genießen läßt, und ohne diejenige Stärke der Seele, die uns fähig macht das Joch der Phantasie und des Wahns abzuschütteln, und die Leidenschaften in unsrer Gewalt zu haben, zu demjenigen ruhigen Zustande von Genuß und Zufriedenheit zu kommen, der die Glückseligkeit ausmacht. Nur derjenige ist in der Tat glücklich, der sich von den Übeln die nur in der Einbildung bestehen, gänzlich frei zu machen; diejenigen aber, denen die Natur den Menschen unterworfen hat, entweder zu vermeiden, oder doch zu vermindern – und das Gefühl derselben einzuschläfern, hingegen sich in den Besitz alles des Guten, dessen uns die Natur fähig gemacht hat, zu setzen, und was er besitzt, auf die angenehmste Art zu genießen weiß; und dieser Glückselige allein ist der Weise.

Wenn ich dich anders recht kenne, Callias so hat dich die Natur mit den Fähigkeiten es zu sein so reichlich begabt, als mit den Vorzügen, deren kluger Gebrauch uns die Gunstbezeugungen des Glücks zu verschaffen pflegt. Dem ungeachtet bist du weder glücklich, noch hast du die Mine es jemals zu werden, so lange du nicht gelernt haben wirst, von beiden einen andern Gebrauch zu machen als du bisher getan hast. Du wendest die Stärke deiner Seele an, dein Herz gegen das wahre Vergnügen unempfindlich zu machen, und beschäftigest deine Empfindlichkeit mit unwesentlichen Gegenständen, die du nur in der Einbildung siehest, und nur im Traume genießest; die Vergnügungen, welche die Natur dem Menschen zugeteilt hat, sind für dich Schmerzen, weil du dir Gewalt antun mußt sie zu entbehren; und du setzest dich allen Übeln aus, die sie uns vermeiden lehrt, indem du anstatt einer nützlichen Geschäftigkeit dein Leben mit den süßen Einbildungen wegträumest, womit du dir die Beraubung des würklichen Vergnügens zu ersetzen suchst. Dein Übel, mein lieber Callias, entspringt von einer Einbildungskraft, die dir ihre Geschöpfe in einem überirdischen Glanze zeigt, der dein Herz verblendet, und ein falsches Licht über das was würklich ist ausbreitet; einer dichterischen Einbildungskraft, die sich beschäftiget schönere Schönheiten, und angenehmere Vergnügungen zu erfinden als die Natur hat; einer Einbildungskraft, ohne welche weder Homere, noch Alcamene, noch Polygnote wären; welche gemacht ist unsre Ergötzungen zu verschönern, aber nicht die Führerin unsers Lebens zu sein. Um weise zu sein, hast du nichts nötig als die gesunde Vernunft an die Stelle dieser begeisterten Zauberin, und die kalte Überlegung an den Platz eines sehr oft betrüglichen Gefühls zu setzen. Bilde dir auf etliche Augenblick' ein, daß du den Weg zur Glückseligkeit erst suchen müssest; frage die Natur, höre ihre Antwort, und folge dem Pfade, den sie dir vorzeichnen wird.

Zweites Capitel

Theorie der angenehmen Empfindungen

Und wen anders als die Natur können wir fragen, um zu wissen wie wir leben sollen, um wohl zu leben? »Die Götter?« Wenn eine Gottheit ist, so ist sie entweder die Natur selbst, oder die Urheberin der Natur; in beiden Fällen ist die Stimme der Natur die Stimme der Gottheit. Sie ist die allgemeine Lehrerin aller Wesen; sie lehrt jedes Tier vom Elephanten bis zum Insect, was seiner besondern Verfassung gut oder schädlich ist. Um so glücklich zu sein als es diese innerliche Einrichtung erlaubt, braucht das Tier nichts weiter, als dieser Stimme der Natur zu folgen, welche bald durch den süßen Zug des Vergnügens, bald durch das ungedultige Fodern des Bedürfnisses, bald durch das ängstliche Pochen des Schmerzens es zu demjenigen locket, was ihm zuträglich ist, oder es zur Erhaltung seines Lebens und seiner Gattung auffordert, oder es vor demjenigen warnet, was seinem Wesen die Zerstörung dräuet. Sollte der Mensch allein von dieser mütterlichen Vorsorge ausgenommen sein, oder er allein irren können, wenn er der Stimme folget, die zu allen Wesen redet? Oder ist nicht vielmehr die Unachtsamkeit und der Ungehorsam gegen ihre Erinnerungen die einzige wahre Ursache, warum unter einer unendlichen Menge von lebenden Wesen der Mensch das einzige Unglückselige ist?

Die Natur hat allen ihren Werken eine gewisse Einfalt eingedrückt, die ihre mühsamen Anstalten und eine genaue Regelmäßigkeit unter einem Schein von Leichtigkeit und ungezwungner Anmut verbirgt. Mit diesem Stempel sind auch die Gesetze der Glückseligkeit bezeichnet, die sie dem Menschen vorgeschrieben hat. Sie sind einfältig, leicht auszuüben, und führen gerade und sicher zum Zweck. Die Kunst glücklich zu leben, würde die gemeinste unter allen Künsten sein, wie sie die leichteste ist, wenn die Menschen nicht gewohnt wären sich einzubilden, daß man große Absichten nicht anders, als durch große Anstalten erreichen könne. Es scheint ihnen zu einfältig, daß alles was ihnen die Natur durch den Mund der Weisheit zu sagen hat, in diese drei Erinnerungen zusammen fließen soll: Befriedige deine Bedürfnisse, vergnüge alle deine Sinnen, und erspare dir so viel du kannst alle schmerzhaften Empfindungen. Und doch wird dich eine kleine Aufmerksamkeit überführen, daß die vollständigste Glückseligkeit deren die Sterblichen fähig sind, in die Linie eingeschlossen ist, die von diesen dreien Formuln bezeichnet wird.

Es hat Narren gegeben, welche die Frage mühsam untersucht haben, ob das Vergnügen ein Gut, und der Schmerz ein Übel sei? Es hat noch größere Narren gegeben, welche würklich behaupteten, der Schmerz sei kein Übel, und das Vergnügen kein Gut; und was das lustigste dabei ist, beide haben Toren gefunden, die albern genug waren, diese Narren für weise zu halten. Das Vergnügen ist kein Gut, sagen sie, weil es Fälle gibt wo der Schmerz ein größeres Gut ist; und der Schmerz ist kein Übel, weil er zuweilen besser ist als das Vergnügen. Sind diese Wortspiele einer Antwort wert? Was würd' ein Zustand sein, der in einem vollständigen unaufhörlichen Gefühl des höchsten Grades aller möglichen Schmerzen bestünde? Wenn dieser Zustand das höchste Übel ist, so ist der Schmerz ein Übel. Doch wir wollen die Schwätzer mit Worten spielen lassen, die ihnen bedeuten müssen was sie wollen. Die Natur entscheidet diese Frage, wenn es eine sein kann, auf eine Art, die keinen Zweifel übrig läßt. Wer ist, der nicht lieber vernichtet als unaufhörlich gepeiniget werden wollte? Wer sieht nicht einen schönen Gegenstand lieber, als einen ekelhaften? Wer hört nicht lieber den Gesang einer Grasmücke, als das Geheul der Nachteule? Wer zieht nicht einen angenehmen Geruch oder Geschmack einem widrigen vor? Und würde nicht der enthaltsame Callias selbst lieber auf einem Lager von Blumen in den Rosenarmen irgend einer schönen Nymphe ruhen, als in den glühenden Armen des ehernen Götzenbildes, welchem die Andacht gewisser Syrischer Völker, wie man sagt, ihre Kinder opfert? Eben so wenig scheint es einem Zweifel unterworfen zu sein, daß der Schmerz und das Vergnügen so unverträglich sind, daß eine einzige gepeinigte Nerve genug ist, uns gegen die vereinigten Reizungen aller Wollüste unempfindlich zu machen. Die Freiheit von allen Arten der Schmerzen ist also unstreitig eine unumgängliche Bedingung der Glückseligkeit; allein da sie nichts positives ist, so ist sie nicht so wohl ein Gut, als der Zustand, worin man des Genusses des Guten fähig ist. Dieser Genuß allein ist es, dessen Dauer den Stand hervorbringt, den man Glückseligkeit nennt.

Es ist unleugbar, daß nicht alle Arten und Grade des Vergnügens gut sind. Die Natur allein hat das Recht uns die Vergnügen anzuzeigen, die sie uns bestimmt hat. So unendlich die Menge dieser angenehmen Empfindungen zu sein scheint, so ist doch leicht zu sehen, daß sie alle entweder zu den Vergnügungen der Sinne, oder der Einbildungskraft, oder zu einer dritten Classe, die aus beiden zusammen gesetzt ist, gehören. Die Vergnügen der Einbildungskraft sind entweder Erinnerungen an ehmals genossene sinnliche Vergnügen; oder Mittel uns den Genuß derselben reizender zu machen; oder angenehme Dichtungen und Träume, die entweder in einer neuen willkürlichen Zusammensetzung der angenehmen Ideen, die uns die Sinne gegeben, oder in einer dunkel eingebildeten Erhöhung der Grade jener Vergnügen, die wir erfahren haben, bestehen. Es sind also, wenn man genau reden will, alle Vergnügungen im Grunde sinnlich, indem sie, es sei nun unmittelbar oder vermittelst der Einbildungskraft, von keinen andern als sinnlichen Vorstellungen entstehen können.

Die Philosophen reden von Vergnügen des Geistes, von Vergnügen des Herzens, von Vergnügen der Tugend. Alle diese Vergnügen sind es für die Sinnen oder für die Einbildungskraft, oder sie sind nichts. Warum ist Homer unendlich mal angenehmer zu lesen als Heraclitus? Weil die Gedichte des ersten eine Reihe von Gemälden darstellen, die entweder durch die eigentümliche Reizungen des Gegenstandes, oder die Lebhaftigkeit der Farben, oder einen Contrast, der das Vergnügen durch eine kleine Mischung mit widrigen Empfindungen erhöhet, oder die Erregung angenehmer Bewegungen, unsre Phantasie bezaubern. – Da die trocknen Schriften des Philosophen nichts darstellen, als eine Reihe von Wörtern, womit man abgezogne Begriffe bezeichnet, von denen sich die Einbildungskraft nicht anders als mit vieler Anstrengung und einer beständigen Bemühung, die gänzliche Verwirrung so vieler unbestimmter Schattenbilder zu verhüten, einige Ideen machen kann; wenn anders dasjenige so genennt zu werden verdient, was in Absicht seines würklichen Gegenstands in der Natur, kaum so viel ist als ein Schatten gegen den Körper der ihn zu werfen scheint. Es ist wahr, es gibt abgezogene Begriffe, die für gewisse enthusiastische Seelen entzückend sind; aber warum sind sie es? In der Tat bloß darum, weil ihre Einbildungskraft sie auf eine schlaue Art zu verkörpern weiß. Untersuche alle angenehmen Ideen von dieser Art, so unkörperlich und geistig sie scheinen mögen, und du wirst finden, daß das Vergnügen, so sie deiner Seele machen, von den sinnlichen Vorstellungen entsteht, womit sie begleitet sind. Bemühe dich so sehr als du willst, dir Götter ohne Gestalt, ohne Glanz, ohne etwas das die Sinnen rührt, vorzustellen; es wird dir unmöglich sein. Der Jupiter des Homer und Phidias, die Idee eines Hercules oder Theseus, wie unsre Einbildungskraft sich diese Helden vorzustellen pflegt, die Ideen eines überirdischen Glanzes, einer mehr als menschlichen Schönheit, eines ambrosischen Geruchs, werden sich unvermerkt an die Stelle derjenigen setzen, die du dich vergeblich zu machen bestrebtest; und du wirst noch immer an dem irdischen Boden kleben, wenn du schon in den empyreischen Gegenden zu schweben glaubst. Sind die Vergnügen des Herzens weniger sinnlich? Sie sind die Allersinnlichsten. Ein gewisser Grad derselben verbreitet eine wollüstige Wärme durch unser ganzes Wesen, belebt den Umlauf des Blutes, ermuntert das Spiel der Fibern, und setzt unsre ganze Maschine in einen Zustand von Behaglichkeit, der sich der Seele um so mehr mitteilet, als ihre eigne natürliche Verrichtungen auf eine angenehme Art dadurch erleichtert werden. Die Bewunderung, die Liebe, das Verlangen, die Hoffnung, das Mitleiden, jeder zärtliche Affect bringt diese Würkung in einigem Grad hervor, und ist desto angenehmer, je mehr er sich derjenigen Wollust nähert, die unsre Alten würdig gefunden haben, in der Gestalt der personificierten Schönheit, aus deren Genuß sie entspringt, unter die Götter gesetzt zu werden. Derjenige, den sein Freund niemals in Entzückungen gesetzt hat, die den Entzückungen der Liebe ähnlich sind, ist nicht berechtiget von den Vergnügen der Freundschaft zu reden. Was ist das Mitleiden, welches uns zur Guttätigkeit treibt? Wer anders ist desselben fähig als diese empfindlichen Seelen, deren Auge durch den Anblick, deren Ohr durch den ächzenden Ton des Schmerzens und Elends gequälet wird, und die in dem Augenblick, da sie die Not eines Unglücklichen erleichtern, beinahe dasselbige Vergnügen fühlen, welches sie in eben diesem Augenblick an seiner Stelle gefühlt hätten? Wenn das Mitleiden nicht ein wollüstiges Gefühl ist, warum rührt uns nichts so sehr als die leidende Schönheit? Warum lockt die klagende Phädra in der Nachahmung zärtliche Tränen aus unsern Augen, da die winselnde Häßlichkeit in der Natur nichts als Ekel erweckt? Und sind etwan die Vergnügen der Wohltätigkeit und Menschenliebe weniger sinnlich? Dasjenige, was in dir vorgehen wird, wenn du dir die contrastierenden Gemälde einer geängstigten und einer fröhlichen Stadt vorstellest, die Homer auf den Schild des Achilles setzt, wird dir diese Frage auflösen! Nur diejenigen, die der Genuß des Vergnügens in die lebhafteste Entzückung setzt, sind fähig, von den lachenden Bildern einer allgemeinen Freude und Wonne so sehr gerührt zu werden, daß sie dieselbige außer sich zu sehen wünschen; das Vergnügen der Guttätigkeit wird allemal mit demjenigen in Verhältnis stehen, welches ihnen der Anblick eines vergnügten Gesichts, eines fröhlichen Tanzes, einer öffentlichen Lustbarkeit macht; und es ist nur der Vorteil ihres Vergnügens, je allgemeiner diese Scene ist. Je größer die Anzahl der Fröhlichen und die Mannigfaltigkeit der Freuden, desto größer die Wollust, wovon diese Art von Menschen, an denen alles

Sinn, alles Herz und Seele ist, beim Anblick derselben überströmet werden. Laßt uns also gestehen, Callias, daß alle Vergnügen, die uns die Natur anbeut, sinnlich sind; und daß die hochfliegendste, abgezogenste und geistigste Einbildungskraft uns keine andre verschaffen kann, als solche, die wir auf eine weit vollkommnere Art aus dem rosenbekränzten Becher, und von den Lippen der schönen Cyane saugen könnten.

Es ist wahr, es gibt noch eine Art von Vergnügen, die beim ersten Anblick eine Ausnahme von meinem Satz zu machen scheint. Man könnte sie künstliche nennen, weil wir sie nicht aus den Händen der Natur empfangen, sondern nur gewissen Übereinkommnissen der menschlichen Gesellschaft zu danken haben, durch welche dasjenige, was uns dieses Vergnügen macht, die Bedeutung eines Gutes erhalten hat. Allein die kleinste Überlegung ist hinlänglich uns zu überzeugen, daß diese Dinge uns keine andre Art von Vergnügen machen, als die wir vom Besitz des Geldes haben; welches wir mit Gleichgültigkeit ansehen würden, wenn es uns nicht für alle die würklichen Vergnügen Gewähr leistete, die wir uns dadurch verschaffen können. Von dieser Art ist dasjenige, welches der Ehrgeizige empfindet, wenn ihm Bezeugungen einer scheinbaren Hochachtung oder Unterwürfigkeit gemacht werden, die ihm als Zeichen seines Ansehens und der Macht, die ihm dasselbe über andre gibt, angenehm sind. Ein morgenländischer Despot bekümmert sich wenig um die Hochachtung seiner Völker; sclavische Unterwürfigkeit ist für ihn genug. Ein Mensch hingegen, dessen Glück in den Händen solcher Leute liegt, die seines gleichen sind, ist genötiget, sich ihre Hochachtung zu erwerben. Allein diese Unterwürfigkeit ist dem Despoten, diese Hochachtung ist dem Republicaner nur darum angenehm, weil sie das Vermögen oder die Gelegenheit gibt, die Leidenschaften und die Begierden desto besser zu befriedigen, welche die unmittelbaren Quellen des Vergnügens sind. Warum ist Alcibiades ehrgeizig? Alcibiades bewirbt sich um einen Ruhm, der seine Ausschweifungen, seinen Übermut, seinen schleppenden Purpur, seine Schmäuse und Liebeshändel bedeckt; der es den Atheniensern erträglich macht, den Liebesgott, mit dem Blitze Jupiters bewaffnet, auf dem Schilde seines Feldherrn zu sehen; der die Gemahlin eines spartanischen Königs so sehr verblendet, daß sie stolz darauf ist, für seine Buhlerin gehalten zu werden. Ohne diese Vorteile würde ihm Ansehn und Ruhm so gleichgültig sein, als ein Haufen Rechenpfennige einem corinthischen Wucherer. Allein, spricht man, wenn es seine Richtigkeit hat, daß die Vergnügen der Sinne alles sind, was uns die Natur zuerkannt hat, was ist leichter und was braucht weniger Kunst und Anstalten, als glücklich zu sein? »Wie wenig bedarf die Natur um zu frieden zu sein?« Es ist wahr, die rohe Natur bedarf wenig. Ihre Unwissenheit ist ihr Reichtum. Eine Bewegung, die seinen Körper munter erhält, eine Nahrung die den Hunger stillt, ein Weib, schön oder häßlich, wenn ihn die Ungeduld eines gewissen Bedürfnisses beunruhiget, ein schattichter Rasen, wenn er des Schlafs bedarf, und eine Höhle, sich vor dem Ungewitter zu sichern, ist alles was der wilde Mensch nötig hat, um in dem Lauf von achtzig oder hundert Jahren sich nur nicht einmal einfallen zu lassen, daß man mehr brauchen könne. Die Vergnügen der Einbildungskraft und des Geschmacks sind nicht für ihn; er genießt nicht mehr als die übrigen Tiere, und genießt wie sie. Wenn er glücklich ist, weil er sich nicht für unglücklich hält, so ist er es doch nicht in Vergleichung mit demjenigen, für den die Künste des Witzes und des Geschmacks die angenehmste Art der Bedürfnisse der Natur zu genießen, und eine unendliche Menge von Ergötzungen der Sinne und der Einbildung erfunden haben, wovon die Natur in dem rohen Zustande, worin wir sie uns in den ältesten Zeiten vorstellen, keinen Begriff hat. Diese Vergleichung, es ist wahr, findet nur in dem Stand einer Gesellschaft statt, die sich in einer langen Reihe von Jahrhunderten endlich zu einem gewissen Grade der Vollkommenheit erhoben hat. In einem solchen aber wird alles das zum Bedürfnis, was der Wilde nur darum nicht vermisset, weil es ihm unbekannt ist; und ein Diogenes könnte zu Corinth nicht glücklich sein, wenn er nicht ein Narr wäre. Gewisse poetische Köpfe haben sich ein goldnes Alter, ein Arcadien, ein angenehmes Hirtenleben geträumt, welches zwischen der rohen Natur und der Lebensart des begüterten Teils eines gesitteten und sinnreichen Volkes das Mittel halten soll. Sie haben die verschönerte Natur von allem demjenigen entkleidet, wodurch sie verschönert worden ist, und dieses idealische Wesen die schöne Natur genannt. Allein außerdem, daß diese schöne Natur, in dieser nackten Einfalt, welche man ihr gibt, niemals irgendwo vorhanden war; wer siehet nicht, daß die Lebensart des goldnen Alters der Dichter, zu derjenigen, welche durch die Künste mit allem bereichert und ausgeziert worden, was der Witz zu erfinden fähig ist, um uns in den Armen einer ununterbrochnen Wollust, vor dem Überdruß der Sättigung zu bewahren; daß, sage ich, jene dichtrische Lebensart zu dieser sich eben so verhält, wie die Lebensart des wildesten Sogdianers zu jener? Wenn es angenehmer ist in einer bequemen Hütte zu wohnen als in einem hohlen Baum, so ist es noch angenehmer in einem geraumigen Hause zu wohnen, das mit den ausgesuchtesten und wollüstigsten Bequemlichkeiten versehen, und, wohin man die Augen wendet, mit Bildern des Vergnügens ausgeziert ist; und wenn eine mit Bändern und Blumen geschmückte Phyllis reizender ist als eine schmutzige und zottichte Wilde, muß nicht eine von unsern Schönen, deren natürliche Reizungen durch einen wohlausgesonnenen und schimmernden Putz erhoben werden, um eben so viel besser gefallen als eine Phyllis?

Drittes Capitel

Die Geisterlehre eines echten Materialisten

Wir haben die Natur gefragt, Callias, worin die Glückseligkeit bestehe, die sie uns zugedacht habe, und wir haben ihre Antwort. Ein schmerzenfreies Leben, die angenehmste Befriedigung unsrer natürlichen Bedürfnisse, und der abwechslende Genuß aller Arten von Vergnügen, womit die Einbildungskraft, der Witz und die Künste unsern Sinnen zu schmeicheln fähig sind. – Dieses ist alles was der Mensch fodern kann, und wenn es eine erhabnere Art von Glückseligkeit gibt, so können wir wenigstens gewiß sein, daß sie nicht für uns gehört, da wir nicht einmal fähig sind, uns eine Vorstellung davon zu machen. Es ist wahr, der enthusiastische Teil unter den Verehrern der Götter schmeichelt sich mit einer zukünftigen Glückseligkeit, zu welcher die Seele nach der Zerstörung des Körpers erst gelangen soll. Die Seele, sagen sie, war ehmals eine Freundin und Gespielin der Götter, sie war unsterblich wie sie, und begleitete (wie Plato homerisiert) den geflügelten Wagen Jupiters, um mit den übrigen Unsterblichen die unvergängliche Schönheiten zu beschauen, womit die unermeßlichen Räume über den Sphären erfüllt sind. Ein Krieg, der unter den Bewohnern der unsichtbaren Welt entstand, verwickelte sie in den Fall der Besiegten; sie ward vom Himmel gestürzt, und in den Kerker eines tierischen Leibes eingeschlossen, um durch den Verlust ihrer ehmaligen Wonne, in einem Zustand, der eine Kette von Plagen und Schmerzen ist, ihre Schuld auszutilgen. Das unendliche Verlangen, der nie gestillte Durst nach einer Glückseligkeit, die sie in keinem irdischen Gut findet, ist das einzige, das ihr zu ihrer Qual von ihrem vormaligen Zustand übrig geblieben ist; und es ist unmöglich, daß sie diese vollkommne Seligkeit, wodurch sie allein befriediget werden kann, wieder erlange, eh sie sich wieder in ihren ursprünglichen Stand, in das reine Element der Geister empor geschwungen hat. Sie ist also vor dem Tode keiner andern Glückseligkeit fähig als derjenigen, deren sie durch eine freiwillige Absonderung von allen irdischen Dingen, durch Ertödung aller irdischen Leidenschaften und Entbehrung aller sinnlichen Vergnügen, fähig gemacht wird. Nur durch diese Entkörperung wird sie der Beschauung der wesentlichen und göttlichen Dinge fähig, worin die Geister ihre einzige Nahrung und diese vollkommne Wonne finden, wovon die sinnlichen Menschen sich keinen Begriff machen können. Solchergestalt kann sie nur, nachdem sie durch verschiedne Grade der Reinigung, von allem was tierisch und körperlich ist, gesäubert worden, sich wieder zu der überirdischen Sphäre erheben, mit den Göttern leben, und im Unverwandten Anschauen des wesentlichen und ewigen Schönen, wovon alles Sichtbare bloß der Schatten ist, Ewigkeiten durchleben, die eben so grenzenlos sind, als die Wonnen, von der sie überströmet werden.

Ich zweifle nicht daran, Callias, daß es Leute geben mag, bei denen die Milzsucht hoch genug gestiegen ist, daß diese Begriffe eine Art von Wahrheit für sie haben. Es ist auch nichts leichters, als daß junge Leute von lebhafter Empfindung und feuriger Einbildungskraft, durch eine einsame Lebensart und den Mangel solcher Gegenstände und Freuden, worin sich dieses übermäßige Feuer verzehren könnte, von diesen hochfliegenden Schimären eingenommen werden, welche so geschickt sind, ihre nach Vergnügen lechzende Einbildungskraft durch eine Art von Wollust zu täuschen, die nur desto lebhafter ist, je verworrener und dunkler die bezaubernden Phantomen sind die sie hervorbringen; allein ob diese Träume außer dem Gehirn ihrer Erfinder, und derjenigen, deren Einbildungskraft so glücklich ist ihnen nachfliegen zu können, einige Wahrheit oder Würklichkeit haben, ist eine Frage, deren Erörterung nicht zum Vorteil derselben ausfällt, wenn sie der gesunden Vernunft aufgetragen wird. Je weniger die Menschen wissen, desto geneigter sind sie, zu wähnen und zu glauben. Wem anders als der Unwissenheit und dem Aberglauben der ältesten Welt haben die Nymphen und Faunen, die Najaden und Tritonen, die Furien und die erscheinenden Schatten der Verstorbnen ihre vermeinte Würklichkeit zu danken? Je besser wir die Körperwelt kennen lernen, desto enger werden die Grenzen des Geister-Reichs. Ich will izo nichts davon sagen, ob es wahrscheinlich sei, daß die Priesterschaft, die von jeher einen so zahlreichen Orden unter den Menschen ausgemacht, bald genug die Entdeckung machen mußte, was für große Vorteile man durch diesen Hang der Menschen zum Wunderbaren von ihren beiden heftigsten Leidenschaften, der Furcht und der Hoffnung, ziehen könne. Wir wollen bei der Sache selbst bleiben. Worauf gründet sich die erhabne Theorie, von der wir reden? Wer hat jemals diese Götter, diese Geister gesehen, deren Dasein sie voraussetzt? Welcher Mensch erinnert sich dessen, daß er ehmals ohne Körper in den etherischen Gegenden geschwebt, den geflügelten Wagen Jupiters begleitet, und mit den Göttern Nectar getrunken habe? Was für einen sechsten oder siebenten Sinn haben wir, um die Würklichkeit der Gegenstände damit zu erkennen, womit man die Geisterwelt bevölkert? Sind es unsre innerlichen Sinnen? Was sind diese anders als das Vermögen der Einbildungskraft die Würkungen der äußern Sinnen nachzuäffen? Was sieht das inwendige Auge eines Blindgebornen? Was hört das innere Ohr eines gebornen Tauben? Oder was sind diese Scenen, in welche die erhabenste Einbildungskraft auszuschweifen fähig ist, anders als neue Zusammensetzungen, die sie gerade so macht, wie ein Mädchen aus den Blumen, die in einem Parterre zerstreut stehen, einen Kranz flicht; oder höhere Grade dessen was die Sinnen würklich empfunden haben, von welchen man jedoch immer unfähig bleibt, sich einige klare Vorstellung zu machen; Denn was empfinden wir bei dem etherischen Schimmer, oder den ambrosischen Gerüchen der homerischen Götter? Wir sehen, wenn ich so sagen kann, den Schatten eines Glanzes in unsrer Einbildung; wir glauben einen lieblichen Geruch zu empfinden; aber wir sehen keinen etherischen Glanz, und empfinden keinen ambrosischen Geruch. Kurz, man verbiete den Schöpfern der überirdischen Welten sich keiner irdischen und sinnlichen Materialien zu bedienen, so werden ihre Welten, um mich eines ihrer Ausdrücke zu bedienen, plötzlich wieder in den Schoß des Nichts zurückfallen, woraus sie gezogen worden. Und brauchen wir wohl noch einen andern Beweis, um uns diese ganze Theorie verdächtig zu machen, als die Methode, die man uns vorschreibt, um zu der geheimnisvollen Glückseligkeit zu gelangen, welcher wir diejenige aufopfern sollen, die uns die Natur und unsre Sinnen anbieten? Wir sollen uns den sichtbaren Dingen entziehen, um die unsichtbaren zu sehen; wir sollen aufhören zu empfinden, damit wir desto lebhafter phantasieren können. Verstopfet eure Sinnen, sagen sie, so werdet ihr Dinge sehen und hören, wovon diese tierischen Menschen, die gleich dem Vieh mit den Augen sehen, und mit den Ohren hören, sich keinen Begriff machen können. Eine vortreffliche Diät, in Wahrheit; die Schüler des Hippokrates werden dir beweisen, daß man keine bessere erfinden kann, um wahnwitzig zu werden. Es scheint also sehr wahrscheinlich, daß alle diese Geister, diese Welten, welche sie bewohnen, und diese Glückseligkeiten, welche man nach dem Tode mit ihnen zu teilen hofft, nicht mehr Wahrheit haben, als die Nymphen, die Liebesgötter und die Grazien der Dichter, als die Gärten der Hesperiden und die Inseln der Circe und Calypso; kurz, als alle diese Spiele der Einbildungskraft, welche uns belustigen, ohne daß wir sie für würklich halten. Die Religion unsrer Väter befiehlt uns einen Jupiter, eine Venus zu glauben; ganz gut; aber was für eine Vorstellung macht man uns von ihnen? Jupiter soll ein Gott, Venus eine Göttin sein: Allein der Jupiter des Phidias ist nichts mehr als ein heroischer Mann, noch die Venus des Praxiteles mehr als ein schönes Weib; von dem Gott und der Göttin hat kein Mensch in Griechenland den mindesten Begriff. Man verspricht uns nach dem Tod ein unsterbliches Leben bei den Göttern; aber die Begriffe die wir uns davon machen, sind entweder aus den sinnlichen Wollüsten, oder den feinern und geistigern Freuden, die wir in diesem Leben erfahren haben, zusammengesetzt; es ist also klar, daß wir gar keine echte Vorstellung von dem Leben der Geister und von ihren Freuden haben. Ich will hiemit nicht leugnen, daß es Götter, Geister oder vollkommnere Wesen als wir sind, haben könne oder würklich habe. Alles was meine Schlüsse zu beweisen scheinen, ist dieses, »daß wir unfähig sind, uns eine richtige Idee von ihnen zu machen, oder kurz, daß wir nichts von ihnen wissen.« Wissen wir aber nichts, weder von ihrem Zustande noch von ihrer Natur, so ist es für uns eben so viel, als ob sie gar nicht wären. Anaxagoras bewies mir einst mit dem ganzen Enthusiasmus eines Sternsehers, daß der Mond Einwohner habe. Vielleicht sagte er die Wahrheit. Allein was sind diese Mondbewohner für uns? Meinest du, der König Philippus werde sich die mindeste Sorge machen, die Griechen möchten sie gegen ihn zu Hülfe rufen? Es mögen Einwohner im Monde sein; für uns ist der Mond weder mehr noch weniger als eine leere glänzende Scheibe, die unsre Nächte erheitert, und unsre Zeit abmißt. Hat es aber diese Bewandtnis, wie es denn nicht anders sein kann, wie töricht ist es, den Plan seines Lebens nach Schimären einzurichten, und sich der Glückseligkeit deren man würklich genießen könnte, zu begeben, um sich mit ungewissen Hoffnungen zu weiden; die Frucht seines Daseins zu verlieren, so lange man lebt, in Hoffnung sich dafür schadlos zu halten, wenn man nicht mehr sein wird! Denn daß wir izt leben, und daß dieses Leben aufhören wird, das wissen wir gewiß; ob ein andres alsdann anfange, ist wenigstens ungewiß, und wenn es auch wäre, so ist es doch unmöglich, das Verhältnis desselben gegen das izige zu bestimmen, da wir kein Mittel haben uns einen echten Begriff davon zu machen. Laß uns also den Plan unsers Lebens auf das gründen, was wir kennen und wissen; und nachdem wir gefunden haben, was das glückliche Leben ist, den geradesten und sichersten Weg suchen, auf dem wir dazu gelangen können.

Viertes Capitel

Worin Hippias bessere Schlüsse macht

Ich habe schon bemerkt, daß die Glückseligkeit, welche wir suchen, nur in dem Stand einer Gesellschaft, die sich schon zu einem gewissen Grade der Vollkommenheit erhoben hat, statt finde. In einer solchen Gesellschaft entwickeln sich alle diese mannichfaltigen Geschicklichkeiten, die bei dem wilden Menschen, der so wenig bedarf, so einsam lebt, und so wenig Leidenschaften hat, immer müßige Fähigkeiten bleiben. Die Einführung des Eigentums, die Ungleichheit der Güter und Stände, die Armut der einen, der Überfluß, die Üppigkeit und die Trägheit der andern, dieses sind die wahren Götter der Künste, die Mercure und die Musen, denen wir ihre Erfindung oder doch ihre Vollkommenheit zu danken haben. Wie viel Menschen müssen ihre Bemühungen vereinigen, um einen einzigen Reichen zu befriedigen! Diese bauen seine Felder und Weinberge, andre pflanzen seine Lustgärten, noch andre bearbeiten den Marmor, woraus seine Wohnung aufgeführt wird; tausende durchschiffen den Ocean um ihm die Reichtümer fremder Länder zuzuführen; tausende beschäftigen sich, die Seide und den Purpur zu bereiten, die ihn kleiden; die Tapeten, die seine Zimmer schmücken; die kostbaren Gefäße, woraus er ißt und trinkt; und die weichen Lager, worauf er der wollüstigsten Ruhe genießt. Tausende müssen in schlaflosen Nächten ihren Witz verzehren, um neue Bequemlichkeiten, neue Wollüste, eine leichtere und angenehmere Art die leichtesten und angenehmsten Verrichtungen, die uns die Natur auferlegt, zu tun, für ihn zu erfinden, und durch die Zaubereien der Kunst, die den gemeinsten Dingen einen Schein der Neuheit zu geben weiß, seinen Ekel zu täuschen, und seine vom Genuß ermüdeten Sinnen aufzuwecken. Für ihn arbeitet der Maler, der Tonkünstler, der Dichter, der Schauspieler, und überwindet unendliche Schwierigkeiten, um Künste zur Vollkommenheit zu treiben, welche die Anzahl seiner Ergötzungen vermehren sollen. Allein alle diese Leute, welche für den glücklichen Menschen arbeiten, würden es nicht tun, wenn sie nicht selbst glücklich zu sein wünschten. Sie arbeiten nur für denjenigen, der ihre Bemühung für sein Vergnügen belohnen kann. Der König von Persien selbst ist nicht mächtig genug, den Zeuxes zu zwingen, daß er ihm eine Leda male. Nur die Zauberkraft des Goldes, welchem eine allgemeine Übereinkunft der gesitteten Völker den Wert aller nützlichen und angenehmen Dinge beigelegt hat, kann den Genie und den Fleiß einem Midas dienstbar machen, der ohne seine Schätze kaum so viel wert wäre, dem Maler, der für ihn arbeitet, die Farben zu reiben. Die Kunst, sich die Mittel zur Glückseligkeit zu verschaffen, ist also schon gefunden, mein lieber Callias, sobald wir die Kunst gefunden haben, einen genugsamen Vorrat von diesem Steine der Weisen zu bekommen, der uns die ganze Natur unterwirft, der Millionen von unsers Gleichen zu freiwilligen Sclaven unsrer Üppigkeit macht, und der uns in jedem schlauen Kopf einen dienstwilligen Mercur, und durch den unwiderstehlichen Glanz eines goldnen Regens, in jeder Schönen eine Danae finden läßt. Die Kunst reich zu werden, Callias, ist im Grunde nichts anders, als die Kunst, sich des Eigentums andrer Leute mit ihrem guten Willen zu bemächtigen. Ein Despot hat unter dem Schutz eines Vorurteils, welches demjenigen sehr ähnlich ist, womit die Egypter den Crocodil vergötterten, in diesem Stück einen ungemeinen Vorteil: Da sich seine Rechte so weit erstrecken als seine Macht, und diese Macht durch keine Pflichten eingeschränkt ist, weil ihn niemand zwingen kann, sie zu erfüllen; so kann er sich das Vermögen seiner Untertanen zueignen, ohne sich darum zu bekümmern, ob es mit ihrem guten Willen geschieht. Es kostet ihn keine Mühe, unermeßliche Reichtümer zu erwerben, und, um mit der unmäßigsten Schwelgerei in einem Tag Millionen zu verschwenden, hat er nichts nötig, als denjenigen Teil des Volkes, den seine Dürftigkeit zu einer immerwährenden Arbeit verdammt, an diesem Tage fasten zu lassen. Allein außer dem, daß dieser Vorteil nur sehr wenigen Sterblichen zu Teil werden kann, so ist er nicht so beschaffen, daß ein weiser Mann ihn beneiden könnte. Das Vergnügen höret auf Vergnügen zu sein, so bald es über einen gewissen Grad getrieben wird. Das Übermaß der sinnlichen Wollüste zerstöret die Werkzeuge der Empfindung; das Übermaß der Vergnügen der Einbildungskraft, verderbt den Geschmack des echten Schönen, indem für unmäßige Begierden nichts reizend sein kann, was in die Verhältnisse und das Ebenmaß der Natur eingeschlossen ist. Daher ist das gewöhnliche Schicksal der morgenländischen Fürsten, die in die Mauern ihres Serails eingekerkert sind, in den Armen der Wollust vor Ersättigung und Überdruß umzukommen; indessen, daß die süßesten Gerüche von Arabien vergeblich für sie düften, daß die geistigen Weine ihnen ungekostet aus Cristallen entgegenblinken, daß tausend Schönheiten, deren jede zu Paphos einen Altar erhielte, alle ihre Reizungen, alle ihre buhlerische Künste umsonst verschwenden, ihre schlaffen Sinnen zu erwecken, und zehen tausend Sclaven ihrer Üppigkeit in die Wette eifern, um unerhörte und ungeheure Wollüste zu erdenken, welche fähig sein möchten, wenigstens die glühende Phantasie dieser unglückseligen Glücklichen auf etliche Augenblicke zu betrügen. Wir haben also mehr Ursache, als man insgemein glaubt, der Natur zu danken, wenn sie uns in einen Stand setzt, wo wir das Vergnügen durch Arbeit erkaufen müssen, und vorher unsre Leidenschaften mäßigen lernen, eh wir zu einer Glückseligkeit gelangen, die wir ohne diese Mäßigung nicht genießen könnten.

Da nun die Despoten und die Straßenräuber die einzigen sind, denen es, jedoch auf ihre Gefahr, zusteht, sich des Vermögens andrer Leute mit Gewalt zu bemächtigen: So bleibt demjenigen, der sich aus einem Zustand von Mangel und Abhänglichkeit empor schwingen will, nichts anders übrig, als daß er sich die Geschicklichkeit erwerbe, den Vorteil und das Vergnügen der Lieblinge des Glückes zu befördern. Unter den vielerlei Arten, wie dieses geschehen kann, sind einige dem Menschen von Genie, mit Ausschluß aller übrigen, vorbehalten, und teilen sich nach ihrem verschiednen Endzweck in zwo Classen ein, wovon die erste die Vorteile, und die andre das Vergnügen des beträchtlichsten Teils einer Nation zum Gegenstand hat. Die erste, welche die Regierungs- und Kriegs-Künste in sich begreift, scheint ordentlicher Weise nur in freien Staaten Platz zu finden; die andre hat keine Grenzen als den Grad des Reichtums und der Üppigkeit eines jeden Volks, von welcher Art seine Staatsverfassung sein mag. In dem armen Athen wurde ein guter Feld-Herr unendlichmal höher geschätzt, als ein guter Maler; in dem reichen und wollüstigen Athen gibt man sich keine Mühe zu untersuchen, wer der tüchtigste sei, ein Kriegsheer anzuführen; man hat wichtigere Dinge zu entscheiden; die Frage ist, welche unter etlichen Tänzerinnen die artigsten Füße hat, und die schönsten Sprünge macht? ob die Venus des Praxiteles, oder des Alcamenes die schönere ist? – Die Künste des Genie von der ersten Classe führen für sich allein selten zum Reichtum. Die großen Talente, die großen Verdienste und Tugenden, die dazu erfodert werden, finden sich gemeiniglich nur in armen und emporstrebenden Republiken, die alles, was man für sie tut, nur mit Lorbeerkränzen bezahlen. In Staaten aber, wo Reichtum und Üppigkeit schon die Oberhand gewonnen haben, braucht man alle diese Talente und Tugenden nicht, welche die Regierungskunst zu erfodern scheint. Man kann in solchen Staaten Gesetze geben, ohne ein Solon zu sein; man kann ihre Kriegsheere anführen, ohne ein Leonidas oder Themistokles zu sein. Perikles, Alcibiades, regierten zu Athen den Staat, und führten die Völker an; obgleich jener nur ein Redner war, und dieser keine andre Kunst kannte, als die Kunst sich der Herzen zu bemeistern. In solchen Republiken hat das Volk die Eigenschaften, die in einem despotischen Staate der Einzige hat, der kein Sclave ist; man braucht ihm nur zu gefallen, um zu allem tüchtig befunden zu werden.

Perikles herrschte, ohne die äußerlichen Zeichen der königlichen Würde zu tragen, so unumschränkt in dem freien Athen, als Artaxerxes in dem untertänigen Asien. Seine Talente, und die Künste die er von der schönen Aspasia gelernt hatte, erwarben ihm eine Art von Oberherrschaft, die nur desto unumschränkter war, da sie ihm freiwillig zugestanden wurde; die Kunst eine große Meinung von sich zu erwecken, die Kunst zu überreden, die Kunst von der Eitelkeit der Athenienser Vorteil zu ziehen und ihre Leidenschaften zu lenken; diese machten seine ganze Regierungskunst aus. Er verwickelte die Republik in ungerechte und unglückliche Kriege, er erschöpfte die öffentliche Schatzkammer, er erbitterte die Bundsgenossen durch gewaltsame Erpressungen; und damit das Volk keine Zeit hätte, eine so schöne Staats-Verwaltung genauer zu beobachten, so bauete er Schauspielhäuser, gab ihnen schöne Statuen und Gemälde zu sehen, unterhielt sie mit Tänzerinnen und Virtuosen, und gewöhnte sie so sehr an diese abwechselnden Ergötzungen, daß die Vorstellung eines neuen Stücks, oder der Wettstreit unter etlichen Flötenspielern zuletzt Staats-Angelegenheiten wurden, über welchen man diejenigen vergaß die es in der Tat waren. Hundert Jahre früher würde man einen Perikles für eine Pest der Republik angesehen haben; allein damals würde Perikles ein Aristides gewesen sein. In der Zeit worin er lebte, war Perikles, so wie er war, der größte Mann der Republik; der Mann der Athen zu dem höchsten Grade der Macht und des Glanzes erhub, den es zu erreichen fähig war; der Mann, dessen Zeit als das goldne Alter der Musen in allen künftigen Jahrhunderten angezogen werden wird; und, was für ihn selbst das interessanteste war, der Mann, für den die Natur die Euripiden und Aristophane, die Phidias, die Zeuxes, die Damonen, und die Aspasien zusammen brachte, um sein Privatleben so angenehm zu machen, als sein öffentliches Leben glänzend war. Die Kunst über die Einbildungskraft der Menschen zu herrschen, die geheimen, ihnen selbst verborgnen Triebfedern ihrer Bewegungen nach unserm Gefallen zu lenken, und sie zu Werkzeugen unsrer Absichten zu machen, indem wir sie in der Meinung erhalten, daß wir es von den ihrigen sind, ist also, ohne Zweifel, diejenige, die ihrem Besitzer am nützlichsten ist, und dieses ist die Kunst welche die Sophisten lehren und ausüben; die Kunst, welcher sie das Ansehen, die Unabhänglichkeit und die glücklichen Tage, deren sie genießen, zu danken haben. Du kannst dir leicht vorstellen, Callias, daß sie sich in etlichen Stunden weder lehren noch lernen läßt; allein meine Absicht ist auch für izt nur, dir überhaupt einen Begriff davon zu geben. Dasjenige, was man die Weisheit der Sophisten nennt, ist die Geschicklichkeit sich der Menschen so zu bedienen, daß sie geneigt sind, unser Vergnügen zu befördern, oder überhaupt die Werkzeuge unsrer Absichten zu sein. Die Beredsamkeit, welche diesen Namen erst alsdann verdient, wenn sie im Stand ist, die Zuhörer, wer sie auch sein mögen, von allem zu überreden, was wir wollen, und in jeden Grad einer jeden Leidenschaft zu setzen, die zu unsrer Absicht nötig ist; eine solche Beredsamkeit ist unstreitig ein unentbehrliches Werkzeug, und das vornehmste wodurch die Sophisten diesen Zweck erreichen. Die Grammatici bemühen sich, junge Leute zu Rednern zu bilden; die Sophisten tun mehr, sie lehren sie Überreder zu werden, wenn mir dieses Wort erlaubt ist. Hierin allein besteht das Erhabne einer Kunst, die vielleicht noch niemand in dem Grade besessen hat, wie Alcibiades, der in unsern Zeiten so viel Aufsehens gemacht hat. Der Weise bedient sich dieser Überredungs-Gabe nur als eines Werkzeugs zu höhern Absichten. Alcibiades überläßt es einem Antiphon, sich mit Ausfeilung einer künstlichgesetzten Rede zu bemühen; er überredet indessen seine Landsleute, daß ein so liebenswürdiger Mann wie Alcibiades das Recht habe zu tun, was ihm einfalle; er überredet die Spartaner zu vergessen, daß er ihr Feind gewesen, und daß er es bei der ersten Gelegenheit wieder sein wird; er überredet die Königin Timea, daß sie ihn bei sich schlafen lasse, und die Satrapen des großen Königs, daß er ihnen die Athenienser zu eben der Zeit verraten wolle, da er die Athenienser überredet, daß sie ihm Unrecht tun, ihn für einen Verräter zu halten. Diese Überredungskraft setzt die Geschicklichkeit voraus, jede Gestalt anzunehmen, wodurch wir demjenigen gefällig werden können, auf den wir Absichten haben; die Geschicklichkeit, sich der verborgensten Zugänge seines Herzens zu versichern, seine Leidenschaften, je nachdem wir es nötig finden, zu erregen, zu liebkosen, eine durch die andre zu verstärken, oder zu schwächen, oder gar zu unterdrucken; sie erfodert eine Gefälligkeit, die von den Sittenlehrern Schmeichelei genennt wird, aber diesen Namen nur alsdann verdient, wenn sie von den Gnathonen die um die Tafeln der Reichen sumsen, nachgeäffet wird, – eine Gefälligkeit, die aus einer tiefen Kenntnis der Menschen entspringt, und das Gegenteil von der lächerlichen Sprödigkeit gewisser Phantasten ist, die den Menschen übel nehmen, daß sie anders sind, als wie diese ungebetenen Gesetzgeber es haben wollen; kurz, diejenige Gefälligkeit ohne welche es vielleicht möglich ist, die Hochachtung, aber niemals die Liebe der Menschen zu erlangen; weil wir nur diejenigen lieben können, die uns ähnlich sind, die unsern Geschmack haben oder zu haben scheinen, und so eifrig sind, unser Vergnügen zu befördern, daß sie hierin die Aspasia von Milet zum Muster nehmen, welche sich bis ans Ende in der Gunst des Perikles erhielt, indem sie in demjenigen Alter, worin man die Seele der Damen zu lieben pflegt, sich in die Grenzen der Platonischen Liebe zurückzog, und die Rolle des Körpers durch andre spielen ließ. Ich lese in deinen Augen, Callias, was du gegen diese Künste einzuwenden hast, die sich so übel mit den Vorurteilen vertragen, die du gewohnt bist für Grundsätze zu halten. Es ist wahr, die Kunst zu leben, welche die Sophisten lehren, ist auf ganz andre Begriffe von dem, was in sittlichem Verstande schön und gut ist gebaut, als diejenigen hegen, die von dem idealischen Schönen, und von einer gewissen Tugend, die ihr eigner Lohn sein soll, so viel schöne Dinge zu sagen wissen. Allein, wenn du noch nicht müde bist mir zuzuhören, als ich es bin zu schwatzen; so denke ich, daß es nicht schwer sein werde dich zu überzeugen, daß das idealische Schöne und die idealische Tugend mit jenen Geistermärchen, wovon wir erst gesprochen haben, in die nämliche Classe gehören.

Fünftes Capitel

Der Anti-Platonismus in Nuce

Was ist das Schöne? Was ist das Gute? Eh wir diese Fragen beantworten können, müssen wir, deucht mich, vorher fragen: Was ist das, was die Menschen schön und gut nennen? Wir wollen vom Schönen den Anfang machen. Was für eine unendliche Verschiedenheit in den Begriffen, die man sich bei den verschiedenen Völkern des Erdbodens von der Schönheit macht! Alle Welt kommt darin überein, daß ein schönes Weib das schönste unter allen Werken der Natur sei. Allein wie muß sie sein, um für eine vollkommne Schönheit in ihrer Art gehalten zu werden? Hier fängt der Widerspruch an. Stelle dir eine Versammlung von so vielen Liebhabern vor, als es verschiedne Nationen unter verschiednen Himmelsstrichen gibt; was ist gewisser, als daß ein jeder den Vorzug seiner Geliebten vor den übrigen behaupten wird? Der Europäer wird die blendende Weiße, der Mohr die rabengleiche Schwärze der seinigen vorziehen; der Grieche wird einen kleinen Mund, eine Brust, die mit der hohlen Hand bedeckt werden kann, und das angenehme Ebenmaß einer feinen Gestalt; der Africaner wird die eingedrückte Nase, und die aufgeschwollnen dickroten Lippen; der Persianer die großen Augen und den schlanken Wuchs, der Serer die kleinen Augen, die Kegelrunde Dicke und winzigen Füße an der seinigen bezaubernd finden. Hat es mit dem Schönen in sittlichen Verstande, mit dem was sich geziemt, eine andre Bewandtnis? Die Spartanischen Töchter scheuen sich nicht, in einem Aufzug gesehen zu werden, wodurch in Athen die geringste öffentliche Metze sich entehrt hielte. In Persien würd' ein Frauenzimmer, das an einem öffentlichen Orte sein Gesicht entblößte, eben so angesehen, als in Smyrna eine die sich nackend sehen ließe. Bei den morgenländischen Völkern erfodert der Wohlstand eine Menge von Beugungen und untertänigen Gebärden, die man gegen diejenigen macht, die man ehren will; bei den Griechen würde diese Höflichkeit für eben so schändlich und sclavenmäßig gehalten werden, als die attische Politesse zu Persepolis grob und bäurisch scheinen würde. Bei den Griechen hat eine freigeborne ihre Ehre verloren, die sich den jungfräulichen Gürtel von einem andern, als ihrem Manne auflösen läßt; bei gewissen Völkern die jenseits des Ganges wohnen, ist ein Mädchen desto vorzüglicher, je mehr es Liebhaber gehabt hat, die seine Reizungen aus Erfahrung anzurühmen wissen. Diese Verschiedenheit der Begriffe vom sittlichen Schönen zeigt sich nicht nur in besondern Gebräuchen und Gewohnheiten verschiedner Völker, wovon sich die Beispiele ins Unendliche häufen ließen; sondern selbst in dem Begriff, den sie sich überhaupt von der Tugend machen. Bei den Römern ist Tugend und

Tapferkeit einerlei; bei den Atheniensern schließt dieses Wort alle Arten von nützlichen und angenehmen Eigenschaften in sich. Zu Sparta kennt man keine andre Tugend als den Gehorsam gegen die Gesetze; in despotischen Reichen keine andre, als die sclavische Untertänigkeit gegen den Monarchen und seine Satrapen; am caspischen Meere ist der tugendhafteste der am besten rauben kann, und die meisten Feinde erschlagen hat; und in dem wärmsten Striche von Indien hat nur der die höchste Tugend erreicht, der sich durch eine völlige Untätigkeit, ihrer Meinung nach, den Göttern ähnlich macht. Was folget nun aus allen diesen Beispielen? Ist nichts an sich selbst schön oder recht? Gibt es kein gewisses Modell, wornach dasjenige, was schön oder sittlich ist, beurteilt werden muß? Wir wollen sehen. Wenn ein solches Modell ist, so muß es in der Natur sein. Denn es wäre Torheit, sich einzubilden, daß ein Pygmalion eine Bildsäule schnitzen könne, welche schöner sei als Phryne, die kühn genug war, bei den Olympischen Spielen, in eben dem Aufzug worin die drei Göttinnen um den Preis der Schönheit stritten, das ganze Griechenland zum Richter über die ihrige zu machen. Die Venus eines jeden Volks ist nichts anders als die Abbildung eines Weibes, die bei einer allgemeinen Versammlung dieses Volks für diejenige erklärt würde, bei der sich die National-Schönheit im höchsten Grade befinde. Allein welches unter so vielerlei Modellen ist denn an sich selbst das schönste? Der Grieche wird für seine rosenwangichte, der Mohr für seine rabenschwarze, der Perser für seine schlanke, und der Serer für seine runde Venus mit dem dreifachen Kinn streiten. Wer soll den Ausschlag geben? Wir wollen es versuchen. Gesetzt, es würde eine allgemeine Versammlung angestellt, wozu eine jede Nation den schönsten Mann und das schönste Weib, nach ihrem National-Modell zu urteilen, geschickt hätten; und wo die Weiber zu entscheiden hätten, welcher unter allen diesen Mitwerbern um den Preis der Schönheit der schönste Mann, und die Männer, welche unter allen das schönste Weib wäre: Ich sage also, man würde gar bald diejenigen aus allen übrigen aussondern, die unter diesen milden und gemäßigten Himmelsstrichen geboren worden, wo die Natur allen ihren Werken ein feineres Ebenmaß der Gestalt, und eine angenehmere Mischung der Farben zu geben pflegt. Denn die vorzügliche Schönheit der Natur in den gemäßigten Zonen erstreckt sich vom Menschen bis auf die Pflanzen. Unter diesen Auserlesnen von beiden Geschlechtern würde vielleicht der Vorzug lange zweifelhaft sein; allein endlich würde doch unter den Männern derjenige den Preis erhalten, bei dessen Landesleuten die verschiednen gymnastischen Übungen am stärksten, und Verhältnisweise in dem höchsten Grade der Vollkommenheit getrieben würden; und alle Männer würden mit einer Stimme diejenige für die schönste unter den Schönen erklären, die von einem Volke abgeschickt worden, welches bei der Erziehung der Töchter die möglichste Entwicklung und Cultur der natürlichen Schönheit zur Hauptsache machte. Der Spartaner würde also vermutlich für den schönsten Mann, und die Perserin für das schönste Weib erklärt werden. Der Grieche, welcher der Anmut den Vorzug vor der Schönheit gibt, weil die griechischen Weiber mehr reizend als schön sind, würde nichts desto weniger zu eben der Zeit, da sein Herz einem Mädchen von Paphos oder Milet den Vorzug gäbe, bekennen müssen, daß die Perserin schöner sei; und eben dieses würde der Serer tun, ob er gleich das dreifache Kinn und den Wanst seiner Landsmännin reizender finden würde. – Laß uns zu dem sittlichen Schönen fortgehen. So groß auch hierin die Verschiedenheit der Begriffe unter verschiednen Zonen ist, so wird doch schwerlich geleugnet werden können, daß die Sitten derjenigen

Nation, welche die geistreichste, die munterste, die geselligste, die angenehmste ist, den Vorzug der Schönheit haben. Die ungezwungne und einnehmende Höflichkeit des Atheniensers muß einem jeden Fremden angenehmer sein, als die abgemessene, ernsthafte und ceremonienvolle Höflichkeit der Morgenländer; das verbindliche Wesen, der Schein von Leutseligkeit, so der erste seinen kleinsten Handlungen zu geben weiß, muß vor dem steifen Ernst des Persers, oder der rauhen Gutherzigkeit des Scythen eben so sehr den Vorzug erhalten, als der Putz einer Dame von Smyrna, der die Schönheit weder ganz verhüllt, noch ganz den Augen preis gibt, vor der Vermummung der Morgenländerin oder der tierischen Blöße einer Wilden. Das Muster der aufgeklärtesten und geselligsten Nation scheint also die wahre Regul des sittlichen Schönen, oder des Anständigen zu sein, und Athen und Smyrna sind die Schulen, worin man seinen Geschmack und seine Sitten bilden muß. Allein nachdem wir eine Regul für das Schöne gefunden haben, was für eine werden wir für das, was Recht ist finden? wovon so verschiedene und widersprechende Begriffe unter den Menschen herrschen, daß eben dieselbe Handlung, die bei dem einen Volke mit Lorbeerkränzen und Statuen belohnt wird, bei dem andern eine schmähliche Todesstrafe verdient; und daß kaum ein Laster ist, welches nicht irgendwo seinen Altar und seinen Priester habe. Es ist wahr, die Gesetze sind bei dem Volke, welchem sie gegeben sind, die Richtschnur des Rechts und Unrechts; allein was bei diesem Volk durch das Gesetz befohlen wird, wird bei einem andern durch das Gesetz verboten. Die Frage ist also: Gibt es nicht ein allgemeines Gesetz, welches bestimmt, was an sich selbst Recht ist? Ich antworte ja, und dieses allgemeine Gesetz kann kein andres sein, als die Stimme der Natur, die zu einem jeden spricht: Suche dein Bestes; oder mit andern Worten: Befriedige deine natürliche Begierden, und genieße so viel Vergnügen als du kannst. Dieses ist das einzige Gesetz, das die Natur dem Menschen gegeben hat; und so lang er sich im Stande der Natur befindet, ist das Recht, das er an alles hat, was seine Begierden verlangen, oder was ihm gut ist, durch nichts anders als das Maß seiner Stärke eingeschränkt; er darf alles, was er kann, und ist keinem andern nichts schuldig. Allein der Stand der Gesellschaft, welcher eine Anzahl von Menschen zu ihrem gemeinschaftlichen Besten vereiniget, setzt zu jenem einzigen Gesetz der Natur, suche dein eignes Bestes, die Einschränkung, ohne einem andern zu schaden. Wie also im Stande der Natur einem jeden Menschen alles recht ist, was ihm nützlich ist; so erklärt im Stande der Gesellschaft das Gesetz alles für unrecht und strafwürdig, was der Gesellschaft schädlich ist, und verbindet hingegen die Vorstellung eines Vorzugs und belohnungswürdigen Verdienstes mit allen Handlungen, wodurch der Nutzen oder das Vergnügen der Gesellschaft befördert wird. Die Begriffe von Tugend und Laster gründen sich also eines Teils auf den Vertrag den eine gewisse Gesellschaft unter sich gemacht hat, und in so ferne sind sie willkürlich; andern Teils auf dasjenige, was einem jeden Volke nützlich oder schädlich ist; und daher kommt es, daß ein so großer Widerspruch unter den Gesetzen verschiedner Nationen herrschet. Das Clima, die Lage, die Regierungsform, die Religion, das eigne Temperament und der National-Character eines jeden Volks, seine Lebensart, seine Stärke oder Schwäche, seine Armut oder sein Reichtum, bestimmen seine Begriffe von dem, was ihm gut oder schädlich ist; daher diese unendliche Verschiedenheit des Rechts oder Unrechts unter den policiertesten Nationen; daher der Contrast der Moral der glühenden Zonen mit der Moral der kalten Länder, der Moral der freien Staaten mit der Moral der despotischen Reiche; der Moral einer armen Republik, welche nur durch den kriegerischen Geist gewinnen kann, mit der Moral einer reichen, die ihren Wohlstand dem Geist der Handelschaft und dem Frieden zu danken hat; daher endlich die Albernheit der Moralisten, welche sich den Kopf zerbrechen, um zu bestimmen, was für alle Nationen recht sei, ehe sie die Auflösung der Aufgabe gefunden haben, wie man machen könne, daß eben dasselbe für alle Nationen gleich nützlich sei.

Die Sophisten, deren Sittenlehre sich nicht auf abstracte Ideen, sondern auf die Natur und würkliche Beschaffenheit der Dinge gründet, finden die Menschen an einem jeden Ort, so, wie sie sein können. Sie schätzen einen Staatsmann zu Athen, an sich selbst, nicht höher als einen Gaukler zu Persepolis, und eine ehrbare Matrone von Sparta ist in ihren Augen kein vortrefflicheres Wesen als eine Lais zu Corinth. Es ist wahr, der Gaukler würde zu Athen, und die Lais zu Sparta schädlich sein; allein ein Aristides würde zu Persepolis, und eine Spartanerin zu Corinth wo nicht eben so schädlich, doch wenigstens ganz unnützlich sein. Die Idealisten, wie ich diese Philosophen zu nennen pflege, welche die Welt nach ihren Ideen umschmelzen wollen, bilden ihre Lehrjünger zu Menschen, die man nirgends für einheimisch erkennen kann, weil ihre Moral eine Gesetzgebung voraussetzt, welche nirgends vorhanden ist. Sie bleiben arm und ungeachtet, weil ein Volk nur demjenigen Hochachtung und Belohnung zuerkennt, der seinen Nutzen befördert oder doch zu befördern scheint; ja sie werden als Verderber der Jugend, und als heimliche Feinde der Gesellschaft angesehen, und die Landesverweisung oder der Giftbecher ist zuletzt alles, was sie für die undankbare Bemühung davon tragen, die Menschen zu entkörpern, um sie in die Classe der idealischen Wesen, der mathematischen Puncte, Linien und Dreiecke zu erhöhen. Klüger, als diese eingebildeten

Weisen, die, wie jener Flötenspieler von Aspondus, nur für sich selbst singen, überlassen die Sophisten den Gesetzen eines jeden Volks ihre Bürger zu lehren, was Recht oder Unrecht sei. Da sie selbst zu keinem besondern Staatskörper gehören, so genießen sie die Vorrechte eines Weltbürgers, und indem sie den Gesetzen und der Religion eines jeden Volkes bei dem sie sich befinden, eine äußerliche Achtung bezeugen, wodurch sie vor allen Ungelegenheiten mit den Handhabern derselben gesichert werden; so erkennen und befolgen sie doch in der Tat kein andres als jenes allgemeine Gesetz der Natur, welches dem Menschen sein eignes Bestes zur einzigen Richtschnur gibt. Alles wodurch ihre natürliche Freiheit eingeschränkt wird, ist die Beobachtung einer nützlichen Klugheit, die ihnen vorschreibt ihren Handlungen die Farbe, den Schnitt und die Auszierung zu geben, wodurch sie denjenigen, mit welchen sie zu tun haben, am gefälligsten werden. Das moralische Schöne ist für unsre Handlungen eben das, was der Putz für unsern Leib; und es ist eben so nötig, seine Aufführung nach den Vorurteilen und dem Geschmack derjenigen zu modeln, mit denen man lebt, als es nötig ist sich so kleiden wie sie. Ein Mensch, der nach einem gewissen besondern Modell gebildet worden, sollte, wie die wandelnden Bildsäulen des Dädalus, an seinen väterlichen Boden angefesselt werden; denn er ist nirgends an seinem Platz als unter seines gleichen. Ein Spartaner würde sich nicht besser schicken, die Rolle eines obersten Sclaven des Artaxerxes zu spielen, als ein Sarmater sich schickte Polemarchus zu Athen zu sein. Der Weise hingegen ist der allgemeine Mensch, der Mensch, dem alle Farben, alle Umstände, alle Verfassungen und Stellungen anstehen, und er ist es eben darum, weil er keine besondre Vorurteile und Leidenschaften hat, weil er nichts als ein Mensch ist. Er gefällt allenthalben, weil er, wohin er kommt, sich die Vorurteile und Torheiten gefallen läßt, die er antrifft. Wie sollte er nicht geliebt werden, er, der immer bereit ist sich für die Vorteile andrer zu beeifern, ihre Begriffe zu billigen, ihren Leidenschaften zu schmeicheln? Er weiß, daß die Menschen von nichts überzeugter sind, als von ihren Irrtümern, und nichts zärtlicher lieben als ihre Fehler; und daß es kein gewisseres Mittel gibt sich ihren Abscheu zuzuziehen, als wenn man ihnen eine Wahrheit entdeckt, die sie nicht wissen wollen. Weit entfernt also, ihnen die Augen wider ihren Willen zu eröffnen, oder ihnen einen Spiegel vorzuhalten, der ihnen ihre Häßlichkeit vorrückte, bestärkt er den Toren in dem Gedanken, daß nichts abgeschmackter sei als Verstand haben, den Verschwender in dem Wahn, daß er großmütig, den Knicker in den Gedanken, daß er ein guter Haushalter, die Häßlichkeit in der süßen Einbildung, daß sie desto geistreicher, und den Reichen in der Überredung, daß er ein Staatsmann, ein Gelehrter, ein Held, ein Gönner der Musen und ein Liebling der Damen sei. Er bewundert das System des Philosophen, die einbildische Unwissenheit des Hofmanns, und die großen Taten des Generals; er gestehet dem Tanzmeister ohne Widerrede zu, daß Cimon der größte Mann in Griechenland gewesen wäre, wenn er die Füße besser zu setzen gewußt hätte; und dem Maler, daß man mehr Genie braucht, ein Zeuxes als ein Homer zu sein. Diese Art mit den Menschen umzugehen, ist von unendlich größerm Vorteil, als man beim ersten Anblick denken möchte. Sie erwirbt ihm ihre Liebe, ihr Zutrauen, und eine desto größere Meinung von seinem Verdienste, je größer diejenige ist, die er von den ihrigen zu haben scheint. Sie ist das gewisseste Mittel, zu den höchsten Stufen des Glücks empor zu steigen. Meinest du, daß es allein die größten Talente, die vorzüglichsten Verdienste seien, die einen Archonten, einen Heerführer, einen Satrapen, oder den Günstling eines Fürsten machen?

Sieh dich in den Republiken um; du wirst finden, daß dieser sein Ansehen der lächelnden Mine zu danken hat, womit er die Bürger grüßt; ein andrer der emphatischen Peripherie seines Wanstes; ein dritter der Schönheit seiner Gemahlin, und ein vierter seiner brüllenden Stimme. Gehe an die Höfe, du wirst Leute finden, welche das Glück, worin sie schimmern, der Empfehlung eines Kammerdieners, der Gunst einer Dame, die sich für ihre Talente verbürgt hat, oder der Gabe des Schlafs schuldig sind, womit sie befallen werden, wenn der Vezier mit ihren Weibern scherzt. Nichts ist in diesem Lande der Bezauberungen gewöhnlicher, als einen unbärtigen Knaben in einen General, einen Pantomimen in einen Staatsminister, einen Kuppler in einen Oberpriester verwandelt zu sehen; ein Mensch ohne alle Verdienste kann oft durch ein einziges Talent, und wenn es auch nur das Talent eines Esels wäre, zu einem Glücke gelangen, das ein andrer durch die größten Verdienste vergeblich zu erhalten gesucht hat. Wer könnte demnach zweifeln, daß die Kunst der Sophisten nicht fähig sein sollte, ihrem Besitzer auf diese oder jene Art die Gunst des Glückes zu verschaffen? Vorausgesetzt, daß er die natürlichen Gaben besitze, ohne welche der Mann von Verstand in der Welt allezeit dem Narren Platz machen muß, der damit versehen ist. Allein selbst auf dem Wege der Verdienste ist niemand gewisser sein Glück zu machen, als ein Sophist. Wo ist der Platz, den er nicht mit Ruhm bekleiden wird? Wer ist geschickter die Menschen zu regieren als derjenige, der am besten mit ihnen umzugehen weiß? Wer schickt sich besser zu öffentlichen Unterhandlungen? Wer ist fähiger der Ratgeber eines Fürsten zu sein? Ja, wofern er nur das Glück auf seiner Seite hat, wer wird mit größerm Ruhm ein Kriegsheer anführen als er? Wer wird die Kunst besser verstehen, sich für die Geschicklichkeit und die Verdienste seiner Subalter-

nen belohnen zu lassen? Wer wird die Vorsicht, die er nicht gehabt, die klugen Anstalten, die er nicht gemacht, die Wunden, die er nicht bekommen hat, besser gelten zu machen wissen, als er?
Doch es ist Zeit einen Discurs zu enden, der für beide ermüdend zu werden anfangt. Ich habe dir genug gesagt, um den Zauber zu vernichten, den die Schwärmerei auf deine Seele gelegt hat; und wenn dieses nicht genug ist, so würde alles überflüssig sein was ich sagen könnte. Glaube übrigens nicht, Callias, daß der Orden der Sophisten einen unansehnlichen Teil der menschlichen Gesellschaft ausmache. Die Anzahl derjenigen die unsre Kunst ausüben, ist in allen Ständen sehr beträchtlich, und du wirst unter denen die ein großes Glück gemacht haben, schwerlich einen einzigen finden, der es nicht einer geschickten Anwendung unsrer Grundsätze zu danken habe. Diese Grundsätze machen die gewöhnliche Denkungsart der Hofleute, der Leute die sich dem Dienste der Großen gewidmet haben, und überhaupt derjenigen Classe von Menschen aus, die an jedem Orte die edelsten und angesehensten sind, und (die wenigen Fälle ausgenommen, wo das spielende Glück durch einen blinden Wurf einen Narren an den Platz eines klugen Menschen fallen läßt) sind die geschickten Köpfe, die von diesen Maximen den besten Gebrauch zu machen wissen, allezeit diejenigen, die es auf der Bahn der Ehre und des Glücks am weitesten bringen.

Sechstes Capitel

Ungelehrigkeit des Agathon

Hippias konnte sich wohl berechtiget halten, einigen Dank bei seinem Lehrjünger verdient zu haben, da er sich so viele Mühe gegeben hatte, ihn weise zu machen.

Allein wir müssen es nur gestehen, er hatte es mit einem Menschen zu tun, der nicht fähig war, die Wichtigkeit dieses Dienstes einzusehen, oder die Schönheit eines Systems zu empfinden, welches seinen vermeinten Empfindungen so zuwider war. Seine Erwartung wurde also nicht wenig betrogen, als Agathon, wie er sah, daß der weise Hippias zu reden aufgehört hatte, ihm diese kurze Antwort gab: Du hast eine schöne Rede gehalten, Hippias; deine Beobachtungen sind sehr fein, deine Schlüsse sehr bündig, deine Maximen sehr practisch, und ich zweifle nicht, daß der Weg, den du mir vorgezeichnet hast, zu der Glückseligkeit würklich führe, deren Vorzüge vor meiner Art glücklich zu sein, du in ein so helles Licht gesetzt. Dem ungeachtet empfinde ich nicht die mindeste Lust so glücklich zu sein, und wenn ich mich anders recht kenne, so werde ich schwerlich eher ein Sophist werden, bis du deine Tänzerinnen entlässest, dein Haus zu einem öffentlichen Tempel der Diana widmest, und nach Indien ziehst, ein Bramine zu werden. Hippias lachte über diese Antwort, ohne daß sie ihm desto besser gefiel. Und was hast du gegen mein System einzuwenden? fragte er. Daß es mich nicht überzeugt, erwiderte Agathon. »Und warum nicht?« Weil meine Erfahrung und Empfindung deinen Schlüssen widerspricht. »Ich möchte wohl wissen, was dieses für Erfahrungen und Empfindungen sind, die demjenigen widersprechen, was alle Welt erfährt und empfindt.« Du würdest beweisen, daß es Schimären sind. »Und wenn ich es bewiesen hätte?« Du würdest es nur dir beweisen, Hippias; du würdest nichts beweisen, als daß du nicht Callias bist. »Aber die Frage ist, ob Hippias oder Callias richtig denkt?« Wer soll Richter sein? »Das ganze menschliche Geschlecht.« Was würde das wider mich beweisen? »Sehr viel. Wenn zehen Millionen Menschen urteilen, daß zween oder drei aus ihrem Mittel Narren sind, so sind sie es; das ist unleugbar.« Aber wie, wenn die zehen Millionen, deren Ausspruch dir so entscheidend vorkommt, zehn Millionen Toren wären, und die drei wären klug? »Wie müßte das zugehen?« Können nicht zehn Millionen die Pest haben, und Socrates allein gesund herum gehen? »Diese Instanz beweist nichts für dich. Ein Volk hat nicht immer die Pest; Allein die zehn Millionen denken immer so wie ich. Sie sind also in ihrem natürlichen Zustande, wenn sie so denken; und wer anders denkt, gehört folglich entweder zu einer andern Gattung von Wesen, oder zu den Wesen, die man Toren nennt.« So ergeb ich mich in mein Schicksal. »Es gibt noch eine Alternative, junger Mensch. Du schämest dich, entweder deine Gedanken so schnell zu verändern, oder du bist ein Heuchler.« Keines von beiden, Hippias. »Leugne mir zum Exempel, wenn du kannst, daß dir die schöne Cyane, die uns beim Frühstück bediente, Begierden eingeflößt hat, und daß du verstohlne Blicke –« Ich leugne nichts. »So gestehe, daß das Anschauen dieser runden schneeweißen Arme, dieses aus der flatternden Seide hervoratmenden Busens, die Begierde in dir erregt, ihrer zu genießen.« Ist das Anschauen kein Genuß? »Keine Ausflüchte, junger Mensch!« Du betrügst dich, Hippias, wenn es erlaubt ist einem Weisen das zu sagen; ich bedarf keiner Ausflüchte. Ich mache nur einen Unterschied zwischen einem mechanischen Instinct, der nicht gänzlich von mir abhängt, und dem Willen meiner Seele. Ich habe den Willen nicht gehabt, dessen du mich beschuldigest. »Ich beschuldige dich nichts, als daß du meiner spottest. Ich denke, daß ich die Natur kennen sollte. Die Schwärmerei kann in deinen Jahren keine so unheilbare Krankheit sein, daß sie wider die Reizung des Vergnügens sollte aushalten können.« Deswegen vermeide ich die Gelegenheiten. »Du gestehest also, daß Cyane reizend ist?« Sehr reizend. »Und daß ihr Genuß ein Vergnügen wäre?« Vermutlich. »Warum quälest du dich dann, dir ein Vergnügen zu versagen, das in deiner Gewalt ist.« Weil ich mich dadurch vieler andern Vergnügen berauben würde, die ich höher schätze. »Kann man in deinem Alter so sehr ein Neuling sein? Was für Vergnügen, die allen übrigen Menschen unbekannt sind, hat die Natur für dich allein aufbehalten? Wenn du noch größere kennest als dieses, – doch ich merke dich. Du wirst mir wieder von den Vergnügungen der Geister, von Nectar und Ambrosia sprechen; aber wir spielen izt keine Comödie, mein Freund. Die Erscheinung einer Cyane in einem von den Gebüschen meiner Gärten würde fähig sein, so gar deinen Geistern Körper zu geben.« Hippias, ich rede wie ich denke. Ich kenne Vergnügen, die ich höher schätze als diejenigen, die der Mensch mit den Tieren gemein hat. »Zum Exempel?« Das Vergnügen eine gute Handlung zu tun. »Was nennest du eine gute Handlung?« Eine Handlung, wodurch ich, mit einiger Anstrengung meiner Kräfte, oder Aufopferung eines Vorteils oder Vergnügens, andrer Bestes befördere. »Du bist also töricht genug zu glauben, daß du andern mehr schuldig seiest, als dir selbst?« Das nicht; sondern ich finde für gut, ein geringeres Vergnügen dem größern aufzuopfern, welches ich alsdann genieße, wenn ich das Glück meiner Nebengeschöpfe befördern kann. »Du bist sehr dienstfertig; gesetzt aber es sei so, wie hängt dieses mit demjenigen zusammen, wovon izt die Rede ist?« Das ist leicht zu sehen. Gesetzt, ich überließe mich den Eindrücken, welche die Reizungen der schönen Cyane auf mich machen könnten; gesetzt, sie liebte mich, und ließe mich alles erfahren, was die Wollust berauschendes hat; eine Verbindung von dieser Art könnte von keiner langen Dauer sein; aber würden die Erinnerungen der genoßnen Freuden nicht die Begierde erwecken, sie wieder zu genießen? »Eine neue Cyane« – würde mir wieder gleichgültig werden, und eben diese Begierden zurück lassen. »Eine immerwährende Abwechslung ist also hierin, wie du siehst, das Gesetz der Natur.« Aber auf diese Art würde ichs gar bald so weit bringen, keiner Begierde widerstehen zu können. »Wozu brauchst du zu widerstehen, so lange deine Begierden in den Schranken der Natur und der Mäßigung bleiben?« Wie aber, wenn endlich das Weib meines Freundes, oder welche es sonst wäre, die der ehrwürdige Name einer Mutter gegen den bloßen Gedanken eines unkeuschen Anfalls sicher stellen soll; oder wie, wenn die unschuldige Jugend einer Tochter, die vielleicht kein andres Heuratsgut als ihre Unschuld und Schönheit hat; der Gegenstand dieser Begierden würde, über die ich durch so vieles Nachgeben alle Gewalt verloren hätte? »So hättest du dich in Griechenland wenigstens vor den Gesetzen vorzusehen. Allein was müßte das für ein Hirn sein, das in solchen Umständen kein Mittel ausfündig machen könnte, seine Leidenschaft zu vergnügen, ohne sich mit den Gesetzen abzuwerfen? Ich sehe, du kennest die Damen zu Athen und Sparta nicht.« O! was das betrifft, ich kenne so gar die Priesterinnen zu Delphi. Aber ists möglich, daß du im Ernste gesprochen hast? »Ich habe nach meinen Grundsätzen gesprochen. Die Gesetze haben in gewissen Staaten, (denn es gibt einige, wo sie mehr Nachsicht haben) nötig gefunden, unser natürliches Recht an eine jede, die unsre Begierden erregt, einzuschränken. Allein da dieses nur geschah, um gewisse Ungelegenheiten zu verhindern, die aus dem ungescheuten Gebrauch jenes Rechts in solchen Staaten zu besorgen wären, so siehst du, daß der Geist und die Absicht des Gesetzes nicht verletzt wird, wenn man vorsichtig genug ist zu den Ausnahmen die man davon macht keine Zeugen zu nehmen.« O Hippias! rief Agathon hier aus, ich habe dich, wohin ich dich bringen wollte. Du siehest die Folgen deiner

Grundsätze. Wenn alles an sich selbst recht ist, was meine Begierden wollen; wenn die ausschweifenden Forderungen der Leidenschaft unter dem Namen des Nützlichen, den sie nicht verdienen, die einzige Richtschnur unsrer Handlungen sind; wenn die Gesetze nur mit einer guten Art ausgewichen werden müssen, und im Dunkeln alles erlaubt ist; wenn die Tugend, und die Hoffnungen der Tugend nur Schimären sind; was hindert die Kinder, sich wider ihre Eltern zu verschwören? Was hindert die Mutter, sich selbst und ihre Tochter dem Meistbietenden Preis zu geben? Was hindert mich, wenn ich dadurch gewinnen kann, den Dolch in die Brust meines Freundes zu stoßen, die Tempel der Götter zu berauben, mein Vaterland zu verraten, oder mich an die Spitze einer Räuberbande zu stellen; und, wenn ich anders Macht genug habe, ganze Länder zu verwüsten, ganze Völker in ihrem Blute zu ertränken? Siehest du nicht, daß deine Grundsätze, die du so unverschämt Weisheit nennest, und durch eine künstliche Vermischung des Wahren mit dem Falschen scheinbar zu machen suchst, wenn sie allgemein würden, die Menschen in weit ärgere Ungeheuer, als Hyänen, Tiger und Crocodile sind, verwandeln würden? Du spottest der Tugend und Religion? Wisse, nur den unauslöschlichen Zügen, womit ihr Bild in unsre Seelen eingegraben ist, nur dem geheimen und wunderbaren Reiz, der uns zu Wahrheit, Ordnung und Güte zieht, und den Gesetzen besser zu statten kommt, als alle Belohnungen und Strafen, ist es zuzuschreiben, daß es noch Menschen auf dem Erdboden gibt, und daß unter diesen Menschen noch ein Schatten von Sittlichkeit und Güte zu finden ist. Du erklärst die Ideen von Tugend und sittlicher Vollkommenheit für Phantasien. Siehe mich hier, Hippias, so wie ich hier bin, biete ich den Verführungen aller deiner Cyanen, den scheinbarsten Überredungen deiner Weisheit, und allen Vorteilen, die mir deine

Grundsätze und dein Beispiel versprechen, trotz. Eine einzige von diesen Phantasien ist hinreichend die unwesentliche Zauberei aller dieser Blendwerke zu zerstreuen. Laß die Tugend immer eine Schwärmerei sein, diese Schwärmerei macht mich glücklich, und würde alle Menschen glücklich, und den ganzen Erdboden zu einem Himmel machen, wenn deine Grundsätze, und diejenige, welche sie ausüben, nicht, so weit ihr ansteckendes Gift dringt, Elend und Verderbnis ausbreiteten.

Agathon wurde ganz glühend, indem er dieses sagte; und ein Maler, um den zürnenden Apollo zu malen, hätte sein Gesicht in diesem Augenblick zum Urbild nehmen müssen. Allein der weise Hippias erwiderte diesen Eifer mit einem Lächeln, welches dem Momus selbst Ehre gemacht hätte, und sagte ohne seine Stimme zu verändern: Nunmehr glaube ich dich zu kennen, Callias, und du wirst von meinen Verführungen weiter nichts zu besorgen haben. Die gesunde Vernunft ist nicht für so warme Köpfe gemacht, wie der deinige. Wie leicht, wenn du mich zu verstehen fähig gewesen wärest, hättest du dir den Einwurf selbst beantworten können, daß die Grundsätze der Sophisten und Weltleute verderblich wären, wenn sie allgemein würden? Die Natur hat schon davor gesorgt, daß sie nicht allgemein werden, – doch ich würde mir selbst lächerlich sein, wenn ich deine begeisterte Apostrophe beantworten, oder dir zeigen wollte, wie sehr auch der Affect der Tugend das Gesicht verfälschen kann. Sei tugendhaft, Callias; fahre fort dich um den Beifall der Geister, und die Gunst der etherischen Schönen zu bewerben; rüste dich, dem Ungemach, das dein Platonismus dir in dieser Unterwelt zuziehen wird, großmütig entgegen zu gehen, und tröste dich, wenn du Leute siehst, die niedrig genug sind, sich an irdischen Glückseligkeiten zu weiden, mit dem frommen Gedanken, daß sie in dem andern Leben, wo die Reihe an dich kommt, glücklich zu sein, sich in den Flammen des Phlegeton wälzen werden.

Mit diesen Worten stund Hippias auf, warf einen verächtlich-mitleidigen Blick auf den Agathon, und wandte ihm den Rücken zu, um ihm mit einer unter seines gleichen gewöhnlichen Höflichkeit zu verstehen zu geben, daß er sich zurückziehen könne.

Viertes Buch

Erstes Capitel

Geheimer Anschlag, den Hippias gegen die Tugend unsers Helden macht

Wir vermuten, daß es einigen Lesern scheinen werde, Hippias habe in seinem Discurs bei Agathon einen größern Mangel von Erfahrung und Kenntnis der Welt vorausgesetzt, als er, nach allem, was bereits mit ihm vorgegangen war, haben konnte. Wir müssen also zur Entschuldigung dieses Weisen sagen, daß Agathon, aus Ursachen die uns unbekannt geblieben, für gut befunden habe, von dem glänzenden Teil seiner Begebenheiten, und sogar von seinem Namen ein Geheimnis zu machen. Denn sein Name war durch die Rolle, die er zu Athen gespielt hatte, in den griechischen Städten allzubekannt worden, als daß er es nicht auch dem Hippias hätte sein sollen; ob dieser gleich, seit dem er in Smyrna wohnte, sich wenig um die Staatsangelegenheiten der Griechen bekümmerte, die er in den Händen seiner Freunde und Schüler ganz wohl versorgt hielte. Da nun Agathon so sorgfältig gewesen war, ihm alles zu verbergen, was einigen Verdacht hätte erwecken können, daß er jemals etwas mehr als ein Aufwärter in dem Tempel zu Delphi gewesen; so konnte Hippias mit desto besserm Grunde voraussetzen, daß er noch ein vollkommner Neuling in der Welt sei, als weder die Denkungsart noch das Betragen dieses jungen Menschen so beschaffen war, daß ein Kenner auf günstigere Gedanken hätte gebracht werden sollen. Leute von seiner Art können, in der Tat zehen Jahre hinter einander in der großen Welt gelebt haben, ohne daß sie dieses fremde und entlehnte Ansehen verlieren, welches beim ersten

Blick verkündiget, daß sie hier nicht einheimisch sind; geschweige, daß sie fähig wären, sich jemals zu dieser edeln Freiheit von den Fesseln der gesunden Vernunft, zu dieser weisen Gleichgültigkeit gegen alles was die schwärmerischen Seelen Empfindung nennen, und zu dieser verzärtelten Feinheit des Geschmacks zu erheben, wodurch die Weltleute sich auf eine so vorteilhafte Art unterscheiden. Solche Leute können wohl Beobachtungen machen; allein da ihnen dieser Instinct, dieses sympathetische Gefühl mangelt, mittelst dessen jene einander so schnell und zuverlässig ausfündig machen; oder deutlicher zu reden, da sie von allem auf eine andre Art gerührt werden, als jene; und sich, so sehr sie sich auch anstrengten, niemals an ihre Stelle setzen können: so bleiben sie doch immer in einem unbekannten Lande, wo ihre Erkenntnis nur bei Mutmaßungen stehen bleibt, und ihre Erwartung alle Augenblicke durch unbegreifliche Zufälle und unverhoffte Veränderungen betrogen wird. Mit allen seinen Vorzügen war Agathon doch in eben dieser Classe, und es ist also kein Wunder, daß er, ungeachtet der tiefen Betrachtungen die er über seine Unterredung mit dem Hippias bei sich selbst anstellte, sehr weit entfernt war, die Gedanken zu erraten, womit dieser Sophist izt umging, dessen Eitelkeit durch den schlechten Fortgang seines Vorhabens, und den Eigensinn dieses seltsamen Jünglings weit mehr beleidiget war, als er sich hatte anmerken lassen. Agathon, wenn er das würklich wäre, was er zu sein schien, wäre (dachte der weise Mann nicht ohne Grund) eine lebendige Widerlegung seines Systems. Wie? sagte er zu sich selbst, (ein Umstand, der ihm selten begegnete) ich habe mehr als vierzig Jahre in der Welt gelebt, und unter einer unendlichen Menge von Menschen von allen Ständen und Classen, nicht einen einzigen angetroffen, der meine Begriffe von der menschlichen Natur nicht bestätiget hätte, und dieser junge Mensch sollte mich noch an die Tugend glauben lehren? Es kann nicht sein; er ist ein Phantast oder ein Heuchler. Was er auch sein mag, ich will es ausfündig machen. – – Gut! Das ist ein vortrefflicher Einfall! Ich will ihn auf eine Probe stellen, wo er unterliegen muß, wenn er ein Schwärmer, und wo er die Maske ablegen wird, wenn er ein Comödiant ist. Er hat gegen Cyane ausgehalten, dies hat ihn stolz und sicher gemacht. Aber das beweist noch nichts. Wir wollen ihn auf eine stärkere Probe setzen; wenn er in dieser den Sieg erhält, so muß er – ja, so will ich meine Nymphen entlassen, mein Haus den Priestern der Cybele vermachen, und an den Ganges ziehen, und in der Höhle eines alten Palmbaums, mit geschloßnen Augen und den Kopf zwischen den Knien, so lange in der nämlichen Positur sitzen bleiben, bis ich, allen meinen Sinnen zu trotz, mir einbilde, daß ich nicht mehr bin! – Dies war ein hartes Gelübde; auch hielt sich Hippias sehr überzeugt, daß es so weit nicht kommen würde, und damit er keine Zeit versäumen möchte; so machte er noch an demselbigen Tag Anstalt, seinen Anschlag auszuführen.

Zweites Capitel

Hippias stattet einer Dame einen Besuch ab

Die Damen zu Smyrna hatten damals eine Gewohnheit, welche ihrer Schönheit mehr Ehre machte als ihrer Sittsamkeit. Sie pflegten sich in den warmen Monaten gemeiniglich alle Nachmittage eines kühlenden Bades zu bedienen, und, um keine lange Weile zu haben, nahmen sie um diese Zeit die Besuche derjenigen Mannspersonen an, die das Recht eines freien Zutritts in ihren Häusern hatten. Diese Gewohnheit war in Smyrna eben so unschuldig als es der Gebrauch bei unsern westlichen Nachbarinnen ist, Mannspersonen bei der Toilette um sich zu haben; auch kam diese Freiheit nur den Freunden zu statten, und, den besondern Fall ausgenommen, wenn die hartnäckige Blödigkeit eines noch unerfahrnen Neulings einiger Aufmunterung nötig hatte, waren die Liebhaber gänzlich davon ausgeschlossen. Unter einer großen Anzahl von Schönen, bei denen der weise Hippias dieses Vorrecht genoß, war auch eine, die unter dem Namen Danae den ersten Rang in derjenigen Classe von Frauenzimmern einnahm, die man bei den Griechen Freundinnen, oder noch eigentlicher Gesellschafterinnen zu nennen pflegte. Diese Gattung von Damen war damals unter ihrem Geschlecht, was die Sophisten unter dem männlichen; sie stunden in keiner geringern Achtung, und konnten sich rühmen, daß die vollkommensten Modelle aller Vorzüge ihres Geschlechts, wenn man die strenge Tugend ausnimmt, die Aspasien, die Leontium und die Phrynen sich kein Bedenken machten von ihrem Orden zu sein. Was die Danae betrifft, so machten die Mannspersonen zu Smyrna kein Geheimnis daraus, daß sie, ihrem Urteil nach, an Schönheit und Artigkeit alle andre Frauenzimmer, galante und spröde, tugendhafte und andächtige, übertreffe. Es ist wahr, die Geschichte meldet nicht, daß die Damen sich sehr beeifert hätten, das Urteil der Mannspersonen durch ihren öffentlichen Beitritt zu bestätigen; allein soviel ist gewiß, daß keine unter ihnen war, die sich selbst nicht gestanden hätte, daß, eine einzige Person ausgenommen, die sie niemals öffentlich nennen wollten, die schöne Danae alle übrigen eben so weit übertreffe, als sie von dieser einzigen Ungenannten übertroffen werde. In der Tat war ihr Ruhm von dieser Seite so festgesetzt, daß man das Gerücht nicht unwahrscheinlich fand, welches versicherte, daß sie in ihrer ersten Jugend den berühmtesten Malern zum Modell gedient habe; und daß sie bei einer solchen Gelegenheit den Namen erhalten, unter welchem sie in Jonien berühmt war. Izo hatte sie zwar das dreißigste Jahr schon zurückgelegt, allein ihre Schönheit hatte dadurch mehr gewonnen als verloren; und der blendende Jugendglanz, der mit dem Mai des Lebens zu verschwinden pflegt, wurde durch tausend andre Reizungen ersetzt, welche ihr, nach dem Urteil der Kenner, eine gewisse Anziehungskraft gaben, die man, ohne sich eines schwülstigen Ausdrucks schuldig zu machen, in gewissen Umständen für unwiderstehlich halten konnte. Dem ungeachtet scheute sich, unter der Aegide der Gleichgültigkeit, worin ihn damals ordentlicher Weise auch die schönsten Figuren zulassen pflegten, der weise Hippias nicht, seine Tugend öfters dieser Gefahr auszusetzen. Er war der schönen Danae unter dem Titel eines Freundes vorzüglich angenehm, und die geheime Geschichte sagt so gar, daß sie ihn ehmals nicht unwürdig gefunden, ihm eine Zeitlang eine noch interessantere Stelle, bei ihrer Person anzuvertrauen; eine Stelle die nur von den liebenswürdigsten seines Geschlechts bekleidet zu werden pflegte. Diese Dame war es, deren Beihülfe Hippias sich zu Ausführung seines Anschlags wider den Agathon bedienen wollte, dessen schwärmerische Tugend, seinen Gedanken nach, eine Beschimpfung seiner Grundsätze war, die er viel weniger leiden konnte, als die allerscharfsinnigste Widerlegung in forma. Er begab sich also zu der gewöhnlichen Stunde zu ihr, und war kaum in den Saal getreten, wo sie sich befand, und in den Bedürfnissen des Bades, von zween jungen Knaben, welche eher ein paar Liebesgötter zu sein schienen, bedient wurde; als sie schon in seinem Gesicht etwas bemerkte, das mit seiner gewöhnlichen Heiterkeit einen Absatz machte. Was hast du, Hippias, sagte sie zu ihm, daß du eine so tiefsinnige Mine mitbringst? Ich weiß nicht, antwortete er, warum ich tiefsinnig aussehen sollte, wenn ich eine Dame im Bade besuche; aber das weiß ich, daß ich dich noch nie so schön gesehen habe, als in diesem Augenblick. Gut, sagte sie, das beweist, daß ich recht geraten habe. Ich bin gewiß, daß ich heute nicht besser aussehe als das letztemal, da du mich sahest; aber deine Phantasie ist höher gestimmt als gewöhnlich, und du schreibst den Einfluß, den sie auf deine Augen hat, großmütig auf die Rechnung des Gegenstands, den du vor dir hast; ich wollte wetten, daß die häßlichste meiner Kammermädchen, dir in diesem Augenblick eine Grazie scheinen würde. Ich habe, versetzte Hippias, keine Ansprüche an eine lebhaftere Einbildungskraft zu machen als Zeuxes und Aglaophon, welche sich nichts vollkommners zu erfinden getrauten als Danae. Welche schöne Gelegenheit zu einer neuen Verwandlung, wenn ich Jupiter wäre! – »Und was für eine Gestalt wolltest du annehmen, um zu gleicher Zeit meine Sprödigkeit und deine liebe Gemahlin zu hintergehen? Denn ich glaube kaum, daß unter allen geflügelten, vierfüßigen und kriechenden Tieren eines ist, das nicht schon einem Unsterblichen hätte dienen müssen, irgend ein ehrliches Mädchen zu beschleichen.« Ich würde mich nicht lange besinnen, sagte Hippias; was für eine Gestalt könnte ich annehmen, die dir angenehmer und mir zu meiner Absicht bequemer wäre, als dieses Sperlings, der deine Liebhaber so oft zu einer gerechten Eifersucht reizt; der, durch die zärtlichsten Namen aufgemuntert, mit solcher Freiheit um deinen Nacken flattert, oder mit mutwilligem Schnabel den schönsten Busen neckt, und die Liebkosungen allezeit doppelt wieder empfängt, die er dir gemacht hat. Es ist dir leichter wie es scheint, versetzte die Dame, einen Sperling an deine Stelle, als dich an die Stelle eines Sperlings zu setzen; bald könntest du mir die Schmeicheleien meines kleinen Lieblings verdächtig machen. Aber genug von den Wundern, die du meiner Schönheit zutrauest; wir wollen von was anderm reden. Weißest du, daß ich meinem Liebhaber den Abschied gegeben habe? »Dem schönen Hyacinthus?« Ihm selbst, und was noch mehr ist, mit dem festen Entschluß, seine Stelle nimmer zu ersetzen. »Das ist eine tragische Entschließung, schöne Danae.« Nicht so sehr als du denkest. Ich versichre dich, Hippias, meine Geduld reicht nicht mehr zu, alle Torheiten dieser abgeschmackten Gecken auszustehen, welche die Sprache der Empfindung reden wollen und nichts fühlen; deren Herz nicht so viel als mit einer Nadelritze verwundet ist, ob sie gleich von Martern und von Flammen reden; die unfähig sind etwas anders zu lieben als sich, und denen meine Augen nur zum Spiegel dienen sollen, um darin den Wert ihrer kleinen unverschämten Figur zu bewundern. Kaum glauben sie ein Recht an unsre Gütigkeit zu haben, so bilden sie sich ein, daß sie uns viel Ehre erweisen, wenn sie unsere Liebkosungen mit einer zerstreuten Mine dulden. Ein jeder Blick, den sie auf mich werfen, sagt mir, daß ich ihnen nur zum Spielzeug diene; und die Hälfte meiner Reizungen geht an ihnen verloren, weil sie keine Seele haben, um die Schönheiten einer Seele zu empfinden. Dein Unwille ist gerecht, versetzte der Sophist; es ist verdrießlich, daß man diesen Mannsleuten nicht begreiflich machen kann, daß die Seele das liebenswürdigste an einem schönen Frauenzimmer ist. Aber beruhige dich; nicht alle Männer denken so unedel, und ich kenne einen, der dir gefallen würde, wenn du, zur Abwechslung, einmal Lust hättest, es mit einem geistigen Liebhaber zu versuchen. »Und wer kann das sein, wenn man fragen darf?« Es ist ein Jüngling, gegen den deine Hyacinthe nur Meerkatzengesichter sind, schöner als Adonis. – »Fi, Hippias, das ist als wie wenn du sagtest, süßer als Honigseim. Du begreifst nicht, wie sehr mir vor diesen schönen Herren ekelt.« O! das hat nichts zu bedeuten; ich stehe dir für diesen. Er hat keinen von den Fehlern der schönen Narcissen, die dir so ärgerlich sind. Kaum scheint er es zu wissen, daß er einen Leib hat. Das ist ein Mensch wie man nicht viele sieht, schön wie Apollo, aber geistig wie ein Zephyr; ein Mensch, der lauter Seele ist, der dich, wie du hier bist, für eine bloße Seele ansehen würde, und der alles auf eine geistige Art tut, was wir andere körperlich tun. Du verstehst mich ja, schöne Danae? »Nicht allzuwohl; aber deine Beschreibung gefällt mir nichts desto minder. Du sprichst doch im Ernst?« In ganzem Ernst: Wenn du Lust hast die metaphysische Liebe zu kosten, so habe ich deinen Mann gefunden. Er ist platonischer als Plato selbst – denn ich denke, du könntest uns geheime Nachrichten von diesem berühmten Weisen geben. »Ich erinnere mich, antwortete Danae lächelnd, daß er einmal mit einer meiner Freundinnen eine kleine Zerstreuung gehabt hat, die du ihm nicht übel nehmen mußt. Wo ist ein Geist, dem ein hübsches Mädchen von achtzehn Jahren nicht einen Körper geben könnte?« Du kennest meinen Mann noch nicht, erwiderte Hippias; die Göttin von Paphos, ja du selbst würdest es bei ihm so weit nicht bringen. Du kannst ihn Tag und Nacht um dich haben. Du kannst ihn auf alle Proben stellen, du kannst ihn – bei dir schlafen lassen, Danae, ohne daß er dir Gelegenheit geben wird, nur die mindeste kleine Ausrufung anzubringen; kurz, bei ihm kann deine Tugend ganz ruhig einschlummern, ohne jemals in Gefahr zu kommen, aufgeweckt zu werden. »Ach! nun verstehe ich dich; es verlohnte sich der Mühe nicht, den Scherz so weit zu treiben. Ich verlange keinen Liebhaber der sich nur darum an meine Seele hält, weil ihm das übrige zu nichts nütze ist.« Auch ist derjenige, den ich dir anpreise, weit entfernt in diese Classe zu gehören; mache dir darüber keinen Kummer. Was du für die Folge einer physischen Notwendigkeit hältst, ist bei ihm die Würkung der Tugend, und der erhabnen Philosophie, von der er Profession macht. »Du machst mich sehr neugierig ihn zu sehen; aber weißt du, Hippias, daß meine Eitelkeit nicht zufrieden wäre, auf eine so kaltsinnige Art geliebt zu sein. Es ist wahr, ich bin dieser mechanischen Liebhaber von Herzen überdrüssig; aber ich würde mit einem andern eben so übel zu frieden sein, der gegen dasjenige ganz unempfindlich wäre, wofür jene allein empfindlich sind. Ein Frauenzimmer findet allezeit ein Vergnügen darin, Begierden einzuflößen, auch wann sie nicht im Sinn hat, sie zu vergnügen. Die Spröden selbst sind von dieser Schwachheit nicht ausgenommen. Wozu haben wir nötig, daß uns ein Liebhaber sagt, daß wir reizend sind? Wir wollen es aus den Würkungen sehen, die wir auf ihn machen. Je weiser er ist, desto schmeichelnder ist es für unsre Eitelkeit, wenn wir ihn aus seiner Fassung setzen können. Nein, du begreifst nicht, wie sehr das Vergnügen, das uns der Anblick aller der Torheiten macht, wozu wir diese Herren der Schöpfung bringen können, alle andre übertrifft, die sie uns zu machen fähig sind. Ein Philosoph, der zu meinen Füßen wie eine Turteltaube girret, der mir zu Gefallen seine Haare und seinen Bart kräuseln läßt, der so wohl riecht wie ein Arabischer Salbenhändler, der mir den Hof zu machen, mit meinem Schoßhund schwatzt und Oden auf meinen Sperling macht – ah! Hippias, man muß ein Frauenzimmer sein, um zu begreifen, was das für ein Vergnügen ist!« – Ich bedaure dich; erwiderte der schalkhafte Sophist, daß du diesem Vergnügen bei dem Liebhaber, von dem ich rede, entsagen mußt. Er hat seine Proben schon gemacht. Er ist zärtlich wie ein junger Seufzer, aber, wie gesagt, er ist es nur für die Seele der Schönen; alles übrige macht keinen größern Eindruck auf ihn, als ein Gemälde, oder eine Bildsäule. »Das wollen wir sehen, versetzte Danae; ich verlange schlechterdings, daß du ihn diesen Abend zu mir bringest; du wirst nur eine kleine Gesellschaft finden, die uns nicht hindern soll. Aber wer ist denn dieser Ungenannte, von dem wir schon so lange schwatzen?« Es ist ein Sclave, den ich vor etlichen Wochen von einem Cilicier gekauft habe, aber ein Sclave, wie man sonst nirgends sieht. Er ist zu Delphi im Tempel des Apollo erzogen worden, und, so viel ich vermute, wird er sein Dasein der antiplatonischen Liebe dieses Gottes zu irgend einer artigen Schäferin zu danken haben, die sich zu weit in seinen Lorbeerhain gewagt haben mag. Er ist hernach eine geraume Zeit zu Athen gewesen, und die schönen Reden des Plato haben die romanhafte Erziehung vollendet, die er in den geheiligten Hainen zu Delphi erhalten. Er geriet durch einen Zufall in die Hände Cilicischer Seeräuber, und aus diesen in die meinige. Er nannte sich Pythokles; aber weil ich diese Art von Namen nicht leiden kann, so hieß ich ihn Callias, und er verdient so zu heißen, denn er ist der schönste Mensch, den ich jemals gesehen habe. Seine übrigen Gaben bestätigen die gute Meinung, die sein Anblick von ihm erweckt. Er hat Verstand, Geschmack, und Wissenschaft; er ist ein Liebhaber und ein Günstling der Musen; aber mit allen diesen Vorzügen ist er doch nichts weiter als ein wunderlicher Kopf, ein Schwärmer und ein unbrauchbarer Mensch. Er nennt seinen Eigensinn Tugend, weil er sich einbildet, die Tugend müsse die Antipode der Natur sein; er hält die Ausschweifungen seiner Phantasie für Vernunft, weil er sie in einen gewissen Zusammenhang gebracht hat; und sich selbst für weise, weil er auf eine methodische Art raset. Er gefiel mir beim ersten Anblick, ich faßte den Entschluß, etwas aus diesem jungen Menschen zu machen; aber alle meine Mühe war umsonst; und wenn es möglich ist, daß er durch jemand zu recht gebracht werden kann, so muß es durch ein Frauenzimmer geschehen; denn ich glaube bemerkt zu haben, daß man nur durch sein Herz in seinen Kopf kommen kann. Die Unternehmung wäre deiner würdig, schöne Danae, und wenn sie dir nicht gelingt, so ist er unverbesserlich, und verdient nichts, als daß man ihn seiner Torheit und seinem Schicksal überlasse.

Du hast meinen ganzen Ehrgeiz rege gemacht, Hippias, versetzte die schöne Danae; bringe ihn diesen Abend mit; ich will ihn sehen, und wenn er aus eben denselben Elementen zusammengesetzt ist, wie andre Erden-Söhne, so wollen wir eine Probe machen, ob Danae ihrer Lehrmeisterin würdig ist.

Hippias war sehr erfreut, den Zweck seines Besuchs so glücklich erreicht zu haben, und versprach beim Abschied, zur bestimmten Zeit diesen wunderbaren Jüngling aufzuführen, an welchem die schöne Danae so begierig war, die Macht ihrer Reizungen zu versuchen.

Drittes Capitel

Geschichte der schönen Danae

Die Dame, mit welcher unsre Leser im vorigen Capitel Bekanntschaft gemacht, hat vermutlich einem guten Teil derselben nicht so übel gefallen, daß sie nicht eine nähere Nachricht von dem Character und der Geschichte derselben erwarten sollten; und wir sind desto geneigter, ihrem Verlangen ein Genüge zu tun, je nötiger der Verfolg unsrer Geschichten zu machen scheint, daß der Leser in den Stand gesetzt werde, der schönen Danae Gerechtigkeit widerfahren zu lassen.

Die allgemeine Meinung zu Smyrna war, daß sie eine Tochter der berühmten Aspasia von Milet sei, die, nachdem sie in ihrer Vaterstadt die Kunst der Galanterie, wovon sie Profession machte, durch die Verbindung derselben mit der Philosophie und den Künsten der Musen, zu jenem Grade der Vollkommenheit erhoben hatte, der sie zur wahren Erfinderin derselben zu machen schien, nach Athen gezogen war, wo sie sich ihrer seltnen Vorzüge auf eine so kluge Art zu bedienen gewußt, daß sie sich endlich zur unumschränkten Beherrscherin des großen Perikles, der das ganze Griechenland beherrschte, oder wie die comischen Dichter ihrer Zeit sich ausdrückten, zur Juno dieses atheniensischen Jupiters erhoben hatte. Allein die Vermutungen, worauf sich diese Meinung von der Abkunft der Danae gründete, können nicht für hinlänglich angesehen werden, das Zeugnis verschiedner Geschichtschreiber zu überwägen, welche versichern, daß sie aus der Insel Scios gebürtig gewesen, und nach dem Tod ihrer Eltern, in ihrem vierzehnten Jahr mit einem Bruder nach Athen gekommen, um in dieser Stadt, worin alle angenehmen Talente willkommen waren, durch die ihrigen ihren Unterhalt zu gewinnen. Die Kunst, welche sie hier trieb, war eine Art von pantomimischen Tänzen, wozu gemeiniglich nur eine oder zwo Personen erfordert wurden, und worin die tanzende Person, nach der Modulation einer Flöte oder Leier, gewisse Stücke aus der Götter- und Heldengeschichte der Griechen, durch Gebärden und Bewegungen vorstellte. Allein, da diese Kunst wegen der Menge derer die sie trieben, nicht zureichte sie zu unterhalten, so sahe sich die junge Danae genötiget, den Künstlern zu Athen die Dienste eines Models zu tun; und erhielt dadurch außer dem Nutzen, den sie davon zog, die schmeichelnde Ehre, bald als Diana, bald als Venus auf die Altäre gestellt, die Bewunderung der Kenner und die Anbetung des Pöbels zu erhalten. Bei einer solchen Gelegenheit trug es sich zu, daß sie von dem jungen Alcibiades überraschet, und in der Stellung der Danae des Acrisius, welche sie eben vorstellte, allzureizend befunden wurde, als daß einem geringern als Alcibiades auch nur der Anblick so vieler Schönheiten erlaubt sein sollte. Auf der andern Seite wurde die junge Danae von der Figur, den Manieren, dem Stand und den Reichtümern dieses liebenswürdigen Verführers so sehr eingenommen, daß er keine große Mühe hatte, sie zu bereden sich in seinen Schutz zu begeben. Er brachte sie also in das Haus der Aspasia, welches zu gleicher Zeit eine Academie der schönsten Geister von Athen, und eine Frauenzimmer-Schule war, worin junge Mädchen von den vorzüglichsten Gaben, unter der Aufsicht einer so vollkommnen Meisterin, eine Erziehung erhielten, welche sie zu der Bestimmung geschickt machen sollte, die Großen und die Weisen der Republik in ihren Ruhestunden zu ergötzen. Danae machte sich diese Gelegenheit so wohl zu Nutze, daß sie die Gunst, und endlich selbst die Vertraulichkeit der Aspasia erhielt, welche, weit über die Niederträchtigkeit gemeiner Seelen erhaben, sich mit so vielem Vergnügen in dieser jungen Person wieder hervorgebracht sah, daß sie dadurch zu der Vermutung Anlaß gab, deren wir bereits Erwähnung getan haben. Inzwischen genoß Alcibiades allein der Früchte einer Erziehung, wodurch die natürlichen Gaben seiner jungen Freundin zu einer Vollkommenheit entwickelt wurden, die ihr den Namen der zweiten Aspasia erwarb; und die schöne Danae legte sich selbst die Pflicht auf, eine Treue gegen ihn zu beobachten, die er nicht zu erwidern nötig fand. Da die Liebe zur Veränderung eine stärkere Leidenschaft bei ihm war, als die Liebe die ihm irgend ein Frauenzimmer einflößen konnte, so mußte auch Danae, nachdem sie sich eine geraume Zeit in dem ersten Platz bei ihm erhalten hatte, einer andern weichen, die keinen Vorzug vor ihr hatte, als daß sie ihm neu war. So schwach Danae von einer gewissen Seite sein mochte, so edel war ihr Herz in andern Stücken. Sie liebte den Alcibiades, weil sie von seiner Person und von seinen Eigenschaften bezaubert war, und dachte wenig daran, von seinen Reichtümern Vorteil zu ziehen. Sie würde also nichts von ihm übrig behalten haben, als das Andenken von dem liebenswürdigsten Mann ihrer Zeit geliebt worden zu sein; wenn er nicht eben so stolz und freigebig gewesen wäre, als sie, wider die Gewohnheit ihrer Gespielen, uneigennützig war. Ich verlasse dich Danae, sagte er zu ihr, allein ich werde nicht zugeben, daß diejenige, die einst dem Alcibiades zugehörte, jemals genötiget sein soll, dem Reichsten zu überlassen, was nur dem Liebenswürdigsten gehört. Mit diesen Worten drang er ihr eine Summe auf, die mehr als zulänglich war, sie von dieser Seite außer aller Gefahr zu setzen. Der Tod der Aspasia und die Veränderungen, die er nach sich zog, bewogen sie, wenige Jahre darauf Athen zu verlassen, und nach etlichen Begebenheiten, an denen ihr Herz keinen geringen Anteil hatte, Smyrna zu ihrem beständigen Sitz zu erwählen. Hier hatte sie Gelegenheit dem jüngern Cyrus bekannt zu werden, dessen liebenswürdige Eigenschaften durch die Feder des Xenophon eben so bekannt worden sind, als der unglückliche Ausgang der Unternehmung, wodurch er sich auf den Thron des ersten Cyrus zu schwingen hoffte. Ihr erster Anblick unterwarf ihr das Herz dieses Prinzen, der so empfindlich gegen diejenige Art von Reizungen war, wodurch sich die Schülerinnen der Aspasia von den lebenden Statuen unterschieden, die in den Morgenländern zum Vergnügen der Großen bestimmt werden, und in der Tat zu dem einzigen Gebrauch den diese von ihnen zu machen wissen, wenig Seele nötig haben. Allein so schmeichelhaft diese Eroberung für sie war, so konnte sie doch nichts bewegen, ihn nach Sardes zu begleiten, und ihre Freiheit der Ehre aufzuopfern, die erste seiner Sclavinnen zu sein. Sie blieb also in Smyrna zurück, wo sie durch die großmütige Freigebigkeit des Cyrus, der sich hierin von keinem Athenienser übertreffen lassen wollte, in den Stand gesetzt war, ihre einzige Sorge sein zu lassen, wie sie auf die angenehmste Art leben wollte. Sie bediente sich dieses Glücks, wie es der

Name der zwoten Aspasia erfoderte. Ihre Wohnung schien ein Tempel der Musen und Grazien zu sein, und wenn Amor von einer so reizenden Gesellschaft nicht ausgeschlossen war, so war es jener Amor, den die Musen beim Anacreon mit Blumenkränzen binden, und der sich in dieser Gefangenschaft so wohl gefällt, daß Venus ihn vergeblich bereden will, sich in seine vorige Freiheit setzen zu lassen. Die Spiele, die Scherze und die Freuden, (wenn es uns erlaubt ist, die Sprache Homers zu gebrauchen, wo die gewöhnliche zu matt scheint), schlossen mit den lächelnden Stunden einen unauflöslichen Reihentanz um sie her, und Schwermut, Überdruß, und Langeweile waren mit allen andern Feinden der Ruhe und des Vergnügens aus diesem Wohnplatz der Freude verbannt.

Wir haben, deucht uns, schon mehr als genug gesagt, um unsre Leser in keine mittelmäßige Sorge für die Tugend unsers Helden zu setzen. In der Tat hatte er sich noch niemals in Umständen befunden, wo wir weniger hoffen dürfen, daß sie sich werde erhalten können; die Gefahr worin sie bei der üppigen Pythia, unter den rasenden Bacchantinnen und in dem Hause des weisen Hippias, welches dem Stalle der Circe so ähnlich sah, geschwebet hatte, verdient nur nicht neben derjenigen genannt zu werden, welcher wir ihn bald ausgesetzt sehen werden, und deren wir ihn gerne überhoben hätten, wenn uns die Pflichten eines Geschichtschreibers erlaubten, unsrer freundschaftlichen Parteilichkeit für ihn, auf Unkosten der Wahrheit nachzugeben.

Viertes Capitel

Wie gefährlich es ist, der Besitzer einer verschönernden Einbildungskraft zu sein

Wenn eine lebhafte Einbildungskraft ihrem Besitzer eine unendliche Menge von Vergnügen gewährt, die den übrigen Sterblichen versagt sind; wenn ihre magische Würkung alles Schöne in seinen Augen verschönert, und ihn da in Entzückung setzt, wo andre kaum empfinden; wenn sie in glücklichen Stunden, ihm diese Welt zu einem Paradiese macht, und in traurigen seine Seele von der Scene seines Kummers hinwegzieht, und in andre Welten versetzt, die durch die vergrößernden Schatten einer vollkommnen Wonne seinen Schmerz bezaubern: So müssen wir auf der andern Seite gestehen, daß sie nicht weniger eine Quelle von Irrtümern, von Ausschweifungen und von Qualen für ihn ist, wovon er, selbst mit Beihülfe der Weisheit und mit der feurigsten Liebe zur Tugend, sich nicht eher losmachen kann, bis er, auf welche Art es nun sein mag, so weit gekommen ist, die allzugroße Lebhaftigkeit derselben zu mäßigen. Der weise Hippias hatte, die Wahrheit zu gestehen, unserm Helden sehr wenig Unrecht getan, als er ihm eine Einbildungskraft von dieser Art zuschrieb; ob wir ihm gleich in Absicht des Mittels nicht völlig beifallen können, wodurch selbige, seiner Meinung nach, am besten in das gehörige Gleichgewicht mit den übrigen Kräften der Seele gesetzt werden könne. Die schlaue Danae hatte sich aus der Beschreibung des Hippias eine solche Vorstellung von dem Agathon gemacht, daß sie alles gewonnen zu haben glaubte, wenn sie nur seine Einbildungskraft auf ihre Seite gebracht haben würde. Hippias, dachte sie, hatte nur darin gefehlt, daß er ihn durch die Sinnen verführen wollte. Auf diese Voraussetzung machte sie einen Plan, über den sie nicht wenig vergnügt war; und dachte so wenig daran, daß die Ausführung sie ihr eignes Herz kosten könnte, als Agathon sich von der Gefahr träumen ließ, die dem seinigen zubereitet wurde. Endlich kam die Stunde, die dem Hippias bestimmt worden war. Agathon begleitete seinen Herrn, ohne zu wissen wohin. Sie traten in einen Palast, der auf einer doppelten Reihe von jonischen Säulen ruhte, und mit vielen vergoldeten Bildsäulen ausgezieret war. Das Inwendige dieses Hauses stimmte vollkommen mit der Pracht des äußerlichen Anblicks überein. Allenthalben begegnete ihm das geschäftige Gewimmel von unzählichen Sclaven und Sclavinnen, wovon die erstern alle unter zwölf Jahren zu sein schienen, und so wie die letztern von außerordentlicher Schönheit waren. Ihre Kleidung stellte dem Aug' eine angenehme Verbindung der Einförmigkeit mit der Abwechslung vor; einige waren weiß, andre in himmelblau, andre in rosenfarb, andre in andre Farben gekleidet, und jede Farbe schien eine besondere Classe zu bezeichnen, welcher ihre eigne Dienste angewiesen waren. Agathon, auf den alles lebhaftere Eindrücke machte, als es nötig war, um nach dem Maßstab der Moralisten genug zu sein, wurde durch alles was er sah, so sehr bezaubert, daß er sich in eine von seinen idealischen Welten versetzt glaubte. Allein eh er Zeit hatte zu sich selbst zu kommen, führte ihn Hippias in einen großen und hellerleuchteten Saal, worin die Gesellschaft versammelt war, welche sie vermehren sollten. Er hatte kaum einen Blick auf sie geworfen, als die schöne Danae ihm mit einer Anmut und Leutseligkeit die ihr eigen war, entgegen kam, und ihm sagte, daß ein Freund des Hippias das Recht habe, sich in ihrem Hause und in dieser Gesellschaft als einheimisch anzusehen. Ein so verbindliches Compliment verdiente wohl eine Antwort in eben diesem Ton; allein Agathon war in diesem Augenblick außer Stand, höflich zu sein: Ein Blick, womit man den äußersten Grad des angenehmsten Erstaunens malen müßte, war alles, was er auf diese Anred' erwidern konnte. Die Gesellschaft, die er versammelt fand, war aus lauter solchen Personen zusammengesetzt, welche die Vorrechte des vertrautesten Umgangs in diesem Hause genossen, und die attische Urbanität, die von der spröden, regelmäßigen und manierenreichen Politesse der heutigen Europäer so sehr verschieden war, in einem so hohen Grad als Danae selbst, besaßen. In einer Gesellschaft nach der heutigen Art würde Agathon, in den ersten Augenblicken, da er sich darstellte, zu einer unendlichen Menge von boshaften und spöttischen Anmerkungen Stoff gegeben haben; allein in dieser war ein flüchtiger Blick alles, was er auszuhalten hatte. Die Unterredung wurde fortgesetzt, niemand zischelte dem andern ins Ohr, oder schien das Erstaunen zu bemerken, mit der seine Augen die schöne Danae zu verschlingen schienen; kurz, man ließ ihm alle Zeit die er brauchte um wieder zu sich selbst zu kommen, wofern sich anders dieser Ausdruck für die Verfassung schickt, in der er sich diesen ganzen Abend durch befand. Vielleicht erwartet man, daß wir eine nähere Erläuterung über diesen außerordentlichen Eindruck geben sollen, welchen Danae auf unsern allzureizbaren Helden machte; allein wir sehen uns noch außer Stand, die Neugierde des Lesers über einen Punct zu befriedigen, wovon Agathon selbst noch nicht fähig gewesen wäre, Rechenschaft zu geben: Soviel können wir inzwischen sagen, daß diese Danae dem Anschein nach niemals weniger erwarten konnte, eine solche Würkung zu machen; so wenig Mühe hatte sie sich gegeben, durch einen schlauen Putz ihre Reizungen in ein günstiges Licht zu setzen. Ein Kleid von weißem Taft, mit kleinen Streifen von Purpur, und eine halberöffnete Rose in ihrem schwarzen Haar, machte ihren ganzen Staat aus; und von der Durchsichtigkeit, wodurch die Kleidung der Cyane den Augen unsers Helden anstößig gewesen, war die ihrige so weit entfernt, daß man mit besserm Recht an ihr hätte aussetzen können, daß sie zu sehr verhüllt sei. Es ist wahr, sie hatte Sorge getragen, daß ein kleiner niedlicher Fuß, der an Weiße den Alabaster übertraf, dem Auge nicht immer entzogen würde; und die ganze Schönheit ihres Gesichts war nicht vermögend, den Agathon aufmerksam zu erhalten, wenn sich dieser reizende Fuß sehen ließ. Allein dieses, und eine schneeweiße Hand mit dem Anfang eines vollkommen schönen Arms war alles, was das neidische Gewand den vorwitzigen Blicken nicht versagte; was es also auch sein mochte, was in seinem Herzen vorging, so ist doch dieses gewiß, daß an der Person und dem Betragen der schönen Danae nicht das mindeste zu entdecken war, das einige besondere Absicht auf unsern Helden hätte anzeigen können; und daß sie, es sei nun aus Unachtsamkeit oder Bescheidenheit, nicht einmal zu bemerken schien, daß Agathon für sie allein Augen, und über ihrem Anschauen den Gebrauch aller andern Sinnen verloren hatte.

Fünftes Capitel

Pantomimen

Nach Endigung der Mahlzeit, bei welcher Agathon beinahe einen bloßen Zuschauer abgegeben hatte, trat ein Tänzer und eine junge Tänzerin herein, die nach der Modulation eben so vieler Flöten die Geschichte des Apollo und der Daphne tanzten. Die Geschicklichkeit der Tanzenden befriedigte alle Zuschauer; alles an ihnen war Seele und Ausdruck, und man glaubte sie immer zu hören, ob man sie gleich nur sah.

Wie gefällt dir diese Tänzerin, Callias, fragte Danae den Agathon, welcher nur mittelmäßig aufmerksam auf dieses Spiel zu sein schien, und der einzige war, der nicht beobachtete, daß die Tänzerin von ungemeiner Schönheit, und eben so wie Cyane, kaum mit etwas mehr als gewebter Luft umhüllt war. Mich deucht, versetzte Agathon, der izt erst anfing sie aufmerksamer anzusehen, mich deucht, daß sie, vielleicht aus allzugroßer Begierde zu gefallen, den Character verläßt den sie vorstellen soll. Warum sieht sie sich im Fliehen um? Und mit einem Blick, der es ihrem Verfolger zu verweisen scheint, daß er nicht schneller ist als sie? – Gut, sehr gut! (fuhr er fort, wie die Stelle kam, wo Daphne den Flußgott um Hülfe anruft,) unverbesserlich! Wie sie mitten in ihrem Gebet sich verwandelt! Wie sie erbleicht! Wie sie schauert! Ihre Füße wurzeln mitten in einer schreckhaften Bewegung ein; umsonst will sie ihre ausgebreiteten Arme zurückziehen. – Aber warum dieser zärtlich-bange Blick auf ihren Liebhaber? Warum diese Träne, die in ihrem Auge zu erstarren scheint? – Ein allgemeines Lächeln beantwortete die Frage Agathons. Du tadelst gerade, versetzte zuletzt einer von den Gästen, was wir am meisten bewundern. Eine gewöhnliche Tänzerin würde nicht fähig gewesen sein, deinen Tadel zu verdienen. Es ist unmöglich mehr Geist, mehr Feinheit und einen schönern Contrast in diese Rolle zu bringen, als die kleine Psyche, (so hieß die Tänzerin) getan hat. Daphne selbst war nicht bestürzter gewesen, da sie sich verwandelt fühlte, als Agathon in dem Augenblick, als er den Namen Psyche hörte; er stockte mitten in einem Worte, das er sagen wollte; er errötete, und seine Verwirrung war so merklich, daß Danae, welche sie der Beschämung seines Tadels zuschrieb, für nötig hielt, ihm zu Hülfe zu kommen. Der Tadel des Callias, sagte sie, beweist, daß er den Geist, womit Psyche ihre Rolle gespielt, so gut empfunden hat, als Phädrias. Aber vielleicht ist er darum nicht minder gegründet. Psyche sollte die Person der Daphne gespielt haben, und hat ihre eigene gespielt; ist es nicht so, Psyche? Du dachtest, wie würde mir's an Daphnens Stelle gewesen sein? – Und wie hätte ichs anders machen können, meine Gebieterin? fragte die kleine Tänzerin. »Du hättest den Character annehmen sollen, den ihr die Dichter geben, und hast dich begnügt dich selbst in ihre Umstände zu setzen.« Was für ein Character ist denn das, erwiderte Psyche. Einer Spröden, sagte der weise Hippias; das ist der Lieblings-Character des Callias. Abermalige Gelegenheit zum Erröten für den guten Agathon. Du hast es nicht erraten, sagte er; der Character, den Daphne nach meiner Idee haben soll, ist Gleichgültigkeit und Unschuld; sie kann beides haben, ohne eine Spröde zu sein. Psyche verdient also desto mehr Lob, erwiderte Phädrias (für den sie, wie die Geschichte meldet, noch etwas mehr als eine Tänzerin war) weil sie den Character verschönert hat, den sie vorstellen sollte. Der Streit zwischen Liebe und Ehre erfordert mehr Genie um nachgeahmt zu werden, und ist für den Zuschauer rührender, als die Gleichgültigkeit, die ihr Callias geben will. Und zudem, wo ist die junge Nymphe, die gegen die Liebe eines so schönen Gottes wie Apollo ist, gleichgültig sein könnte? Ich bin deiner Meinung, sagte Hippias. Daphne flieht vor dem Apollo, weil sie ein junges Mädchen ist; und weil sie ein junges Mädchen ist, so wünscht sie heimlich, daß er sie erhaschen möge. Warum sieht sie sich so oft um, als um ihm zu verweisen, daß er nicht schneller sei? Wie er ihr so nahe ist, daß sie nicht mehr entfliehen kann, so fleht sie dem Flußgotte, daß er sie verwandeln soll. Grimasse! Warum stürzte sie sich nicht in den Fluß, wenn es ihr Ernst war? Sie tat was eine Nymphe tun soll, da sie den Flußgott anrief; das war in der Ordnung: Aber wer konnte auch fürchten, so schnell erhört zu werden? Und in welchem Augenblick konnte sie es weniger wünschen, als in eben diesem, da sie sich von den begierigen Armen ihres Liebhabers schon umschlungen fühlte? Hatte sie sich denn aus einem andern Grund außer Atem geloffen, als damit er sie desto gewisser erhaschen möchte? Was ist also natürlicher als der Unwille, der Schmerz und die Traurigkeit, womit sie sein Betragen erwidert, da sie die Arme, womit sie ihn – zurückstoßen will, zu Lorbeerzweigen erstarret fühlt? Selbst der zärtliche Blick ist natürlich; die Verstellung hört auf, wenn man in einen Lorbeerbaum verwandelt wird. War nicht dieses das ganze Spiel der Psyche? Und kann etwas natürlicher sein? Es ist der Character eines jungen Mädchens; eines von denen jungen Mädchen, versteht sichs, mein lieber Callias, wie man sie in dieser materiellen Welt findet. Ich ergebe mich, versetzte Agathon; die Tänzerin hat alles getan, was man von ihr fodern konnte, und ich war lächerlich zu erwarten, daß sie die Idee ausführen sollte, die ich von einer Daphne in meiner Phantasie habe. Agathon hatte dieses kaum gesprochen, als Danae, ohne ein Wort zu sagen, aufstund, der Tänzerin einen Wink gab, und mit ihr verschwand. In einer kleinen Weile kam die Tänzerin allein wieder zurück, die Flöten fingen wieder an, und Apollo und Daphne wiederholten ihre Pantomime. Aber wie erstaunte Agathon als er sah, daß es Danae selbst war, die in der Kleidung der Tänzerin die Person der Daphne spielte! Armer Agathon! Allzureizende Danae! Wer hätte es glauben sollen? Ihr ganzes Spiel drückte die eigenste Idee des Agathon aus, aber mit einer Anmut, mit einer Zauberei, wovon ihm seine Phantasie keine Idee gegeben hatte. Die Empfindungen, von denen seine Seele in diesen Augenblicken überfallen wurde, waren so lebhaft, daß er sich bemühte, seine Augen von diesem zu sehr bezaubernden Gegenstand abzuziehen; aber vergeblich!

Eine unwiderstehliche Gewalt zog sie zurück. Wie edel, wie schön waren ihre Bewegungen! Mit welch einer rührenden Einfalt drückte sie den Character der Unschuld aus! Er sah noch in sprachloser Entzückung nach dem Orte, wo sie zum Lorbeerbaum erstarrte, als sie schon wieder verschwunden war, ohne das Lob und das Händeklatschen der Zuschauer zu erwarten, welche nicht Worte genug finden konnten, das Vergnügen auszudrücken, das ihnen Danae durch diese unerwartete Probe ihres Talents gemacht hatte. In wenigen Minuten kam sie schon wieder in ihrer eignen Person zurück. Wie sehr ist Callias dir verbunden, schöne Danae, sagte Phädrias indem sie hereintrat! Du allein konntest seinen Tadel rechtfertigen, nur diejenige konnte es, die liebenswürdig genug ist, um die Sprödigkeit selbst reizend zu machen. Wie sehr wäre ein Apollo zu bedauren, für den du Daphne wärest! Es war glücklich für den guten Agathon, daß er, indem dieses mit einem bedeutenden Blick gesagt wurde, in dem Anschauen der schönen Danae so verloren war, daß er nichts hörte; denn sonst würde ein abermaliges Erröten die Auslegung zu diesem Text gemacht haben. Das Lob dieser Dame, und ein Gespräch über die Tanzkunst füllte den Überrest der Zeit aus, welche diese Gesellschaft noch beieinander zubrachte; ein Gespräch, dessen Mitteilung uns der Leser gerne nachlassen wird, da wir seine Begierde nach angelegenern Materien zu befriedigen haben. Nur diesen Umstand können wir nicht vorbeigehen, daß Agathon bei diesem Anlaß auf einmal so beredt wurde, als er vorher tiefsinnig und stillschweigend gewesen war; eine lächelnde Heiterkeit schimmerte um sein ganzes Gesicht, und noch niemal hatte sein Witz sich mit solcher Lebhaftigkeit hervorgetan. Er erhielt den Beifall der ganzen Gesellschaft, und die schöne Danae selbst konnte sich nicht enthalten, ihn von Zeit zu Zeit mit einem Ausdruck von Vergnügen und Zufriedenheit anzusehen; indessen daß in seinen nur selten von ihr abgewandten Augen etwas glänzte, für welches wir uns umsonst bemühet haben, in der Sprache der Menschen einen Namen zu finden.

Sechstes Capitel

Geheime Nachrichten

Wir haben von unserm Freunde Plutarch gelernt, daß sehr kleine Begebenheiten öfters durch große Folgen merkwürdig werden, und sehr kleine Handlungen uns nicht selten tiefere Blicke in das Inwendige der Menschen tun lassen, als die feierlichen Handlungen, wozu man, weil sie dem öffentlichen Urteil ausgesetzt sind, sich ordentlicher Weise in eine gewisse mit sich selbst abgeredete Verfassung zu setzen pflegt. Die Gründlichkeit dieser Beobachtungen hat uns bewogen, in der Geschichte der Pantomime, welche das vorige Capitel ausfüllt, so umständlich zu sein; und wir hoffen uns deshalb vollkommen zu rechtfertigen, wenn wir diese Erzählung durch dasjenige ergänzen, was die liebenswürdige Psyche betrifft, mit welcher der Leser schon im ersten Buche, wiewohl nur im Vorbeigehen, bekannt zu werden angefangen hat. Diese Psyche, so wie sie war, hatte bisher unter allen Wesen, welche in die Sinne fallen, (wir setzen diese Einschränkung nicht ohne Ursach hinzu, so seltsam sie auch in anti-platonischen Ohren klingen mag) den ersten Platz in seinem Herzen eingenommen, und er hatte, seitdem sie von ihm entfernt war, kein Frauenzimmer gesehen, die nicht durch die bloße Erinnerung an Psyche alle Macht über sein Herz und selbst über seine Sinnen verloren hätte; deren Bewegungen, wie man weiß, sonst nicht immer mit den erstern so parallel laufen, als gewisse Romanenschreiber vorauszusetzen scheinen. Die Wahrheit zu gestehen, so war dieses nicht die Würkung derjenigen heroischen Treue und Standhaftigkeit in der Liebe, welche in besagten Romanen zu einer Tugend von der ersten Classe gemacht wird; Psyche erhielt sich im Besitz seines Herzens, weil ihm die Erinnerungen, die er von ihr hatte, angenehmer waren, als die Empfindungen, die ihm irgend eine andre Schöne einzuflößen vermocht, oder weil er bisher keine andre gesehen hatte, die so sehr nach seinem Herzen gewesen wäre. Eine Erfahrung von etlichen Jahren beredete ihn, daß es allezeit so sein würde, und daher kam vielleicht die Bestürzung, wovon er befallen wurde, als der erste Anblick der schönen Danae ihm eine Vollkommenheit darstellte, die seiner Einbildung nach allein jenseits des Mondes anzutreffen sein sollte. Er müßte nicht Agathon gewesen sein, wenn diese Erscheinung sich nicht seiner ganzen Seele so sehr bemeistert hätte, wie wir gesehen haben. Niemals, deuchte ihn, hatte er in einem so hohen Grad und in einer so seltnen Harmonie alle diese feinern Schönheiten, von denen gemeine Seelen nicht gerührt zu werden fähig sind, vereiniget gesehen. Ihre Gestalt, ihre Blicke, ihr Lächeln, ihre Gebärden, ihr Gang, alles hatte diese Vollkommenheit, welche die Dichter den Göttinnen zuzuschreiben pflegen. Was Wunder also, daß er in den ersten Stunden nichts als anschauen und bewundern konnte, und daß seine entzückte Seele noch keine Zeit hatte auf dasjenige acht zu geben, was in ihr vorging. In der Tat waren alle ihre übrigen Kräfte so gebunden, daß er wider seine Gewohnheit in dieser ganzen Zeit sich seiner Psyche eben so wenig erinnerte, als ob sie nie gewesen wäre. Allein als die junge Tänzerin zum Vorschein kam, welche die Person der Daphne spielte, so stellte einige Ähnlichkeit, die sie würklich in der Gesichtsbildung und Figur mit Psyche hatte, ihm auf einmal, wiewohl ohne daß er sich dessen deutlich bewußt war, das Bild seiner abwesenden Geliebten vor die Augen; seine Einbildungskraft setzte durch eine gewöhnliche mechanische Würkung Psyche an die Stelle dieser Daphne, und wenn er so vieles an der Tänzerin auszusetzen fand, so war es im Grunde nur darum, weil die Vergleichung den Betrug des ersten Anblicks entdeckte, oder weil sie nicht Psyche war. So gewöhnlich dergleichen Spiele der Einbildung sind, so selten ist es, daß man den Einfluß deutlich unterscheidet, den sie auf unsre Urteile oder Neigungen zu haben pflegen. Agathon selbst, der sich von seiner ersten Jugend an eine Beschäftigung daraus gemacht hatte, den geheimen Triebfedern seiner innerlichen Bewegungen nachzuspüren, merkte dennoch nicht eher, was bei diesem Anlaß in seiner Phantasie vorging, bis der Name Psyche, dieser Name, dessen bloßer Ton sonst Musik in seinen Ohren gewesen war, ihn erschütterte, und in eine Verwirrung von Empfindungen setzte, die er selbst zu beschreiben Mühe gehabt hat; wenn wir anders hievon nach der besondern Dunkelheit, die in unsrer Urkunde über diese Stelle liegt, urteilen dürfen. Was auch die Ursache dieser Bestürzung gewesen sein mag, so ist gewiß, daß er weit davon entfernt war nur zu argwohnen, der Genius seiner ersten Liebe stutze vielleicht darüber, eine Nebenbuhlerin in einem Herzen zu finden, welches er von Psyche allein ausgefüllt zu sehen gewohnt war. Sein Selbstbetrug, wofern es anders einer war, scheint desto mehr Entschuldigung zu verdienen, weil dieser geliebte Name würklich in wenig Augenblicken seine ganze Zärtlichkeit rege machte. Er bemerkte nun erst deutlich die Ähnlichkeiten, welche die beiden Psychen mit einander hatten; er verglich sie mit einem Vorurteile, welches der Abwesenden so günstig war, daß die Gegenwärtige ihr nur zum Schatten dienen mußte; ja wir wissen nicht, ob eine so lebhafte Erinnerung nicht endlich der schönen Danae selbst Abbruch getan hätte, wenn diese, gleich als ob sie durch eine Art von Divination erraten hätte was in seiner Seele vorging, auf den glücklichen Einfall gekommen wäre, sich an den Platz der kleinen Tänzerin zu setzen, um die Vorstellung auszuführen, welche sich Agathon von einer idealischen Daphne gemacht, und deren die Geschmeidigkeit ihres Geistes sich so schnell und so glücklich zu bemächtigen gewußt hatte. Einen schlimmern Streich konnte sie in der Tat der einen und der andern Psyche nicht spielen. Beide wurden von ihrem blendenden Glanze, wie benachbarte Sterne von dem vollen Mond, ausgelöscht. Und wie hätte ihn auch das Bild seiner abwesenden Geliebten noch länger beschäftigen können, da alle Anschauungskräfte seiner Seele, auf diesen einzigen bezaubernden Gegenstand geheftet, ihm kaum zureichend schienen, dessen ganze Vollkommenheit zu empfinden; da er diese sittliche Venus mit allen ihren geistigen Grazien würklich vor sich sah, zu deren bloßen Schattenbild ihn Psyche zu erheben vermocht hatte?

Wir wissen nicht, ob man eben ein Hippias sein müßte, um zu glauben, daß gewisse Schönheiten von einer nicht so unkörperlichen, wiewohl in ihrer Art eben so vollkommenen Natur, weit mehr als Agathon selbst gewahr wurde, zu dieser Verzückung in die idealischen Welten beigetragen haben könnten, worin er während dem pantomimischen Tanz der Danae sich befand. Die Nymphen-mäßige Kleidung, welche dieser Tanz erforderte, war nur allzugeschickt diese Reizungen in ihrer ganzen Macht und in dem mannigfaltigsten Lichte zu entwickeln; und wir müssen gestehen, die Göttin der Liebe selbst hätte sich nicht zuversichtlicher als die untadeliche Danae dem Auge der schärfsten Kenner, ja selbst den Augen einer Nebenbuhlerin, in diesem Aufzug überlassen dürfen. Der Charakter der ungeschminkten Unschuld, welchen sie so unverbesserlich nachahmte, schien dadurch einen noch lebhaftern Ausdruck zu erhalten; aber einen so lebhaften, daß ein jeder andrer als ein Agathon dabei in Gefahr gewesen wäre, die seinige zu verlieren. Freilich hatten die übrigen Zuschauer Mühe genug, sich zu enthalten, die Rolle des Apollo in ganzem Ernste zu machen; aber von unsern Helden hatte Danae nichts zu besorgen; und sie fand, daß Hippias nicht zuviel von ihm versprochen hatte. Diese materiellen Schönheiten, die er nicht einmal deutlich unterschied, weil sie in seinen Augen mit den geistigen in Eins zusammengeflossen waren, mochten den Grad der Lebhaftigkeit seiner Empfindungen noch so sehr erhöhen, so konnten sie doch die Natur derselben nicht verändern; niemals in seinem Leben waren sie reiner, Begierdenfreier, unkörperlicher gewesen. Kurz, so widersinnisch es jenen aus gröberm Stoff gebildeten Erdensöhnen, welche in dem vollkommensten Weibe nur ein Weib sehen, scheinen mag, so gewiß war es, daß Danae mit einer Gestalt und in einem Aufzug, welcher (mit dem weisen Hippias zu reden) einen Geist hätte verkörpern mögen, diesen seltsamen Jüngling in einen so völligen Geist verwandelte, als man jemals diesseits und vielleicht auch jenseits des Mondes gesehen hat.

Fünftes Buch

Erstes Capitel

Was die Nacht durch in den Gemütern einiger von unsern Personen vorgegangen

Wir haben schon so viel von der gegenwärtigen Gemütsverfassung unsers Helden gesagt, daß man sich nicht verwundern wird, wenn wir hinzusetzen, daß er den übrigen Teil der Nacht in ununterbrochenem Anschauen dieser idealen Vollkommenheit zubrachte, die seine Einbildungskraft mit einer ihr gewöhnlichen Kunst, und ohne daß er den Betrug merkte, an die Stelle der schönen Danae geschoben hatte. Dieses Anschauen setzte sein Gemüt in eine so angenehme und ruhige Entzückung, daß er, gleich als ob nun alle seine Wünsche befriediget wären, nicht das geringste von der Unruhe, den Begierden, der innerlichen Gärung, der Abwechslung von Frost und Hitze fühlte, womit die Leidenschaft, mit der man ihn, nicht ohne Wahrscheinlichkeit, behaftet glauben konnte, sich ordentlicher Weise anzukündigen pflegt.

Was die Danae betrifft, welche die Ehre hatte, diese erhabene Entzückungen in ihm zu erwecken, so brachte sie den Rest der Nacht wo nicht mit eben so erhabenen doch in ihrer Art mit ebenso angenehmen Betrachtungen zu. Agathon hatte ihr gefallen, sie war mit dem Eindruck, den sie auf ihn gemacht, zufrieden; und sie glaubte, nach den Beobachtungen, die ihr dieser Abend bereits an die Hand gegeben, daß sie sich selbst mit gutem Grunde zutrauen könne, ihn, durch die gehörigen Gradationen, zu einem zweiten und vielleicht standhaftern Alcibiades zu machen. Nichts war ihr hiebei angenehmer als die Bestätigung des

Plans, den sie sich über die Art und Weise, wie man seinem Herzen am leichtesten beikommen könne, gemacht hatte. Es ist wahr, daß der Einfall, sich an die Stelle der Tänzerin zu setzen, ihr erst in dem Augenblick gekommen war, da sie ihn ausführte; allein sie würde ihn nicht ausgeführt haben, wenn sie nicht die gute Würkung davon mit einer Art von Gewißheit vorausgesehen hätte. Hätte sie in dem ersten Augenblick, da sie sich ihm darstellte, in ihren Gebärden, oder in ihrem Anzug das mindeste gehabt, das ihm anstößig hätte sein können, so würde es ihr schwer gewesen sein, den widrigen Eindruck dieses ersten Augenblicks jemals wieder gut zu machen. Agathon mußte in den Fall gesetzt werden, sich selbst zu hintergehen, ohne es gewahr zu werden; und wenn er für subalterne Reizungen empfindlich gemacht werden sollte, so mußte es durch Vermittlung der Einbildungskraft und auf eine solche Art geschehen, daß die geistigen und die materiellen Schönheiten sich in seinen Augen vermengten, und daß er in den letztern nichts als den Widerschein der ersten zu sehen glaubte. Danae wußte sehr wohl, daß die intelligible Schönheit keine Leidenschaft erweckt, und daß die Tugend selbst, wenn sie (wie Plato sagt) in sichtbarer Gestalt unaussprechliche Liebe einflößen würde, diese Würkung mehr der blendenden Weiße und dem reizenden Contour eines schönen Busens, als der Unschuld, die aus demselben hervorschimmerte, zuzuschreiben haben würde. Allein das wußte Agathon noch nicht; er mußte also betrogen werden, und, so wie sie es anging, konnte sie mit der größten Wahrscheinlichkeit hoffen, daß es ihr gelingen würde.

Der weise Hippias hatte zuviel Ursache, den Agathon bei dieser Gelegenheit zu beobachten, als daß ihm das geringste entgangen wäre, was ihn von dem glücklichen Fortgang seines Anschlags zu versichern schien. Allein er schmeichelte sich zuviel, wenn er hoffte,

Callias werde, in dem ecstatischen Zustande, worin er zu sein schien, ihn zum Vertrauten seiner Empfindungen machen. Das Vorurteil, welches dieser wider ihn gefaßt hatte, verschloß ihm den Mund, so gern er auch dem Strome seiner Begeisterung den Lauf gelassen hätte. Eine Danae war in seinen Augen ein so vortrefflicher Gegenstand, und das was er für sie empfand, so rein, so weit über die brutale Denkungsart eines Hippias erhaben; daß er durch eine unzeitige Vertraulichkeit gegen diesen Ungeweihten beides zu entheiligen geglaubt hätte.

Zweites Capitel

Eine kleine metaphysische Abschweifung

Es gibt so verschiedne Gattungen von Liebe, daß es, wie uns ein Kenner derselben versichert hat, nicht unmöglich wäre, drei oder vier Personen zu gleicher Zeit zu lieben, ohne daß sich eine derselben über Untreue zu beklagen hätte. Agathon hatte in einem Alter von siebzehn Jahren für die Priesterin zu Delphi etwas zu empfinden angefangen, das derjenigen Art von Liebe glich, die, nach dem Ausdruck des Fieldings, ein wohlzubereiteter Rostbeef einem Menschen einflößt, der guten Appetit hat. Diese Liebe hatte, ehe er selbst noch wußte, was daraus werden könnte, der Zärtlichkeit weichen müssen, welche ihm Psyche einflößte. Die Zuneigung, die er zu diesem liebenswürdigen Geschöpfe trug, war eine Liebe der Sympathie, eine Harmonie der Herzen, eine geheime Verwandtschaft der Seelen, die sich denen, so sie nicht aus Erfahrung kennen, unmöglich beschreiben läßt; eine Liebe an der das Herz und der Geist mehr Anteil nimmt als die Sinnen, und die vielleicht die einzige Art von Verbindung ist, welche, (wofern sie allgemein sein könnte) den Sterblichen einigen Begriff von den Verbindungen und Vergnügen himmlischer Geister zu geben fähig wäre. Wir sehen voraus, daß unsre meisten Leser bei dieser Stelle die Nase rümpfen, und zweifeln werden, ob wir uns selbst verstehen; allein wir lassen uns dieses gar nicht anfechten. Sancho, wenn er (wie es ihm zuweilen begegnete) eine Menge schöner Sachen vorgebracht hatte, wovon weder sein Herr noch irgend ein andrer, oder auch er selbst etwas verstehen konnte, pflegte sich damit zu trösten, daß er sagte: Gott versteht mich; und der Geschichtschreiber des Agathons kann es ganz wohl leiden, daß diese und ähnliche Stellen seines Werkes von allen andern Lesern für Galimathias gehalten werden, da er versichert ist, daß *** ihn versteht – – Agathon könnte also von dieser gedoppelten Art von Liebe, wovon eine die Antipode der andern ist, aus Erfahrung sprechen; allein diejenige, worin jene beiden sich in einander mischen, die Liebe, welche die Sinnen, den Geist und das Herz zugleich bezaubert, die heftigste, die reizendste und gefährlichste aller Leidenschaften, war ihm mit allen ihren Symptomen und Würkungen noch unbekannt; und es ist also kein Wunder, daß sie sich schon seines ganzen Wesens bemeistert hatte, eh es ihm nur eingefallen war, ihr zu widerstehen. Es ist wahr, dasjenige was in seinem Gemüte vorging, nachdem er in zween oder drei Tagen die schöne Danae weder gesehen, noch etwas von ihr gehört hatte, hätte den Zustand seines Herzens einem unbefangnen Zuschauer verdächtig gemacht; aber er selbst war weit entfernt das geringste Mißtrauen in die Unschuld seiner Gesinnungen zu setzen. Was ist natürlicher, als das Verlangen, das vollkommenste und liebenswürdigste unter allen Wesen, nachdem man es einmal gesehen hat, immer zu sehen? Solche Schlüsse macht die Leidenschaft. »Aber was sagte denn die Vernunft dazu?« Die Vernunft? O, die sagte gar nichts. Übrigens müssen wir doch, es mag nun zur Entschuldigung unsers Helden dienen oder nicht, den Umstand nicht aus der Acht lassen, daß er von der schönen Danae nichts anders wußte, als was er gesehen hatte. Der Charakter, den ihr die Welt beilegte, war ihm gänzlich unbekannt; er hatte noch keinen Anlaß, und, die Wahrheit zu sagen, auch kein Verlangen gehabt, sich darnach zu erkundigen.

Drittes Capitel

Worin die Absichten des Hippias einen merklichen Schritt machen

Inzwischen waren ungefähr acht Tage verflossen, welche dem stillschweigenden und melancholischen Agathon, zu großem Vergnügen des boshaften Sophisten, achthundert Jahre dauchten, als dieser an einem Morgen zu ihm kam, und mit einer gleichgültigen Art zu ihm sagte: Danae hat einen Aufseher über ihre Gärten und Landgüter vonnöten; was sagst du zu dem Einfall, den ich habe, dich an diesen Platz zu setzen? Mich daucht, du würdest dich nicht übel zu einem solchen Amte schicken; hast du nicht Lust in ihre Dienste zu treten? Ein Wort, welches Bestürzung und übermäßige Freude, Mißtrauen und Hoffnung, Erblassen und Glühen zu gleicher Zeit ausdrückte, würde uns wohl zustatten kommen, die Verwirrung auszudrücken, worein diese Anrede den guten Agathon setzte. Sie war zu groß, als daß er sogleich hätte antworten können. Allein die Augen des Hippias, in denen er einen Teil der Bosheit lase, die der Sophist zu verbergen sich bemühte, gaben ihm bald die Sprache wieder. Wenn du Lust hast, dich auf diese Art von mir los zu machen, versetzte er mit so vieler Fassung als ihm möglich war, so hab ich nur eine Bedenklichkeit – »Und diese ist?« – daß ich mich sehr schlecht auf die Landwirtschaft verstehe. Das hat nichts zu bedeuten, antwortete der Sophist; du wirst Leute unter dir haben, die sich desto besser darauf verstehen, und das ist genug. Im übrigen glaube ich, daß du mit Vergnügen in diesem Hause sein wirst. Du liebest das Landleben, und du wirst Gelegenheit haben alle seine Annehmlichkeiten zu schmecken. Wenn du es zufrieden bist, so geh ich, um diese Sache in Richtigkeit zu bringen. Du hast dir das Recht erkauft, mit mir zu machen was du willt, erwiderte Agathon. Die Wahrheit zu sagen, fuhr Hippias fort, ungeachtet der kleinen Mißhelligkeiten unsrer Köpfe, verlier ich dich ungern: Allein Danae scheint es zu wünschen, und ich habe Verbindlichkeiten gegen sie; sie hat, ich weiß nicht woher, eine große Meinung von deiner Fähigkeit gefaßt, und da ich alle Tage Gelegenheit haben werde, dich in ihrem Hause zu sehen, so kann ich mirs um so eher gefallen lassen, dich an eine Freundin abzutreten, von der ich gewiß bin, daß dir so begegnet werden wird, wie du es verdienest. Agathon beharrte in dem Ton der Gleichgültigkeit, den er angenommen hatte, und Hippias, dem es Mühe genug kostete, die Spöttereien zurückzuhalten, die ihm alle Augenblicke auf die Lippen kamen, verließ ihn, ohne sich merken zu lassen, daß er wüßte, was er von dieser Gleichgültigkeit denken sollte. Das Betragen Agathons bei diesem Anlaß wird ihn vielleicht in den Verdacht setzen, daß er sich bewußt gewesen sei, daß es nicht richtig in seinem Herzen stehe, warum hätte er sonst nötig gehabt sich zu verbergen? Allein man muß sich der Vorurteile erinnern, die er wider den Sophisten gefaßt hatte, um zu sehen, daß er vollkommen in seinem Charakter blieb, indem er Empfindungen vor ihm zu verbergen suchte, die einem so unverbesserlichen Anti-Platon ganz unverständlich oder vollkommen lächerlich gewesen wären. Die Freude, welcher er sich überließ, so bald er sich allein sah, läßt uns keinen Zweifel übrig, daß er damals noch nicht das geringste Mißtrauen in sein Herz gesetzt habe. Diese Freude war über allen Ausdruck.

Liebhaber von einer gewissen Art können sich eine Vorstellung davon machen, welche der allerbesten Beschreibung wert ist; und den übrigen würde diese Beschreibung ohngefähr so viel helfen, als eine Seekarte einem Fußgänger. Die unvergleichliche Danae wieder zu sehen; nicht nur wieder zu sehen, in ihrem Hause zu sein, unter ihren Augen zu leben, ihres Umgangs zu genießen, vielleicht – ihrer Freundschaft gewürdiget zu werden – hier hielt seine entzückte Einbildungskraft stille. Die Hoffnungen eines gewöhnlichen Liebhabers würden weiter gegangen sein; allein Agathon war kein gewöhnlicher Liebhaber. Ich liebe die schöne Danae, sagte Hyacinthus, da er nach ihrem Genuß lüstern war; eben darum liebt ihr sie nicht, würde ihm die Socratische Diotima geantwortet haben. Derjenige, der in dem Augenblick, da ihm seine Geliebte den ersten Kuß auf ihre Hand gestattet, einen Wunsch nach einer größern Glückseligkeit hat, muß nicht sagen, daß er liebe.

Viertes Capitel

Veränderung der Scene

Danae hatte von der Freigebigkeit des Prinzen Cyrus, außer dem Hause, welches sie zu Smyrna bewohnte, ein Landgut, in der anmutigsten Gegend außerhalb dieser Stadt, wo sie von Zeit zu Zeit einige dem Vergnügen geweihte Tage zuzubringen pflegte. Hieher mußte sich Agathon begeben, um von seinem neuen Amte Besitz zu nehmen, und dasjenige zu veranstalten, was zum Empfang seiner Gebieterin nötig war, welche sich vorgenommen hatte, den Rest der schönen Jahrszeit auf dem Lande zu genießen. Wir widerstehen der Versuchung, eine Beschreibung von diesem Landgut zu machen, um dem Leser das Vergnügen zu lassen, sich dasselbe so wohlangelegt, so prächtig und so angenehm vorzustellen als er selbst es will. Alles, was wir davon sagen wollen, ist, daß diejenigen, deren Einbildungskraft einiger Unterstützung nötig hat, den sechszehnten Gesang des befreiten Jerusalems lesen müßten, um sich eine Vorstellung von dem Orte zu machen, den sich diese griechische Armide zum Schauplatz der Siege auswählte, die sie über unsern Helden zu erhalten hoffte. Sie fand nicht für gut, oder konnte es nicht über sich selbst erhalten, ihn lange auf ihre Ankunft warten zu lassen; und sie war kaum angelangt, als sie ihn zu sich rufen ließ, und ihn durch folgende Anrede in eine angenehme Bestürzung setzte: »Die Bekanntschaft, die wir vor einigen Tagen mit einander gemacht haben, wäre, auch ohne die Nachrichten, die mir Hippias von dir gegeben, schon genug gewesen, mich zu überzeugen, daß du für den Stand nicht geboren bist, in den dich ein widriger Zufall gesetzt hat. Die Gerechtigkeit, die ich Personen von Verdiensten widerfahren zu lassen fähig bin, gab mir das Verlangen ein, dich aus einer Abhänglichkeit von dem Hippias zu setzen, welche die Verschiedenheit deiner Denkungsart von der seinigen, dir in die Länge beschwerlich gemacht hätte. Er hatte die Gefälligkeit, dich mir als eine Person vorzuschlagen, die sich schickte, die Stelle eines Aufsehers in meinem Hause zu vertreten. Ich nahm sein Erbieten an, um das Vergnügen zu haben, den Gebrauch davon zu machen, den ich deinen Verdiensten und meiner Denkungsart schuldig bin. Du bist frei, Callias, und vollkommen Meister zu tun was du für gut befindest. Kann die Freundschaft, die ich dir anbiete, dich bewegen bei mir zu bleiben, so wird der Name eines Amtes, von dessen Pflichten ich dich völlig freispreche, wenigstens dazu dienen, der Welt eine begreifliche Ursache zu geben, warum du in meinem Hause bist; wo nicht, so soll das Vergnügen, womit ich zu Beförderung der Entwürfe, die du wegen deines künftigen Lebens machen kannst, die Hand bieten werde, dich von der Lauterkeit der Bewegungsgründe überzeugen, welche mich so gegen dich zu handeln angetrieben haben.« Die edle und ungezwungene Anmut, womit dieses gesprochen wurde, vollendete die Würkung, die eine so großmütige Erklärung auf den Empfindungs-vollen Agathon machen mußte. »Was für eine Art zu denken! was für eine Seele!« Konnt' er weniger tun, als sich zu ihren Füßen werfen, um in Ausdrücken, deren Verwirrung ihre ganze Beredsamkeit ausmachte, der Bewundrung und der Dankbarkeit Luft zu machen, deren Übermaß seine Brust zersprengen zu wollen schien. Keine Danksagungen, Callias, unterbrach ihn die großmütige Danae, was ich getan habe, ist nicht mehr als ich einem jeden andern, der deine Verdienste hätte, eben sowohl schuldig zu sein glaubte – Ich habe keine Ausdrücke für das was ich empfinde, anbetungswürdige Danae, rief der entzückte Agathon, ich nehme dein Geschenk an, um das Vergnügen zu genießen, dein freiwilliger Sclave zu sein; eine Ehre, gegen die ich die Crone des Königs von Persien verschmähen würde. Ja, schönste Danae, seitdem ich dich gesehen habe, kenne ich kein größeres Glück als dich zu sehen; und wenn alles, was ich in deinem Dienste tun kann, fähig sein kann, dich von der unaussprechlichen Empfindung, die ich von deinem Werte habe, zu überzeugen; würdig sein kann, mit einem zufriednen Blick von dir belohnt zu werden – o Danae! wer wird denn so glücklich sein als ich? Laßt uns, sagte die bescheidne Nymphe, ein Gespräch enden, das die allzugroße Dankbarkeit deines Herzens auf einen zu hohen Ton gestimmt hat. Ich habe dir gesagt, auf was für einem Fuß du hier sein wirst. Ich sehe dich als einen Freund meines Hauses an, dessen Gegenwart mir Vergnügen macht, dessen Wert ich hoch schätze, und dessen Dienste mir in meinen Angelegenheiten desto nützlicher sein können, da sie freiwillig und die Frucht einer uneigennützigen Freundschaft sein werden. Mit diesen Worten verließ sie den dankbaren Agathon, in dessen Erklärung einige vielleicht Schwulst und Unsinn, oder wenigstens zuviel Feuer und Entzückung gefunden haben werden. Allein sie werden sich zu erinnern belieben, daß Agathon weder in einer so gelassenen Gemütsverfassung war, wie sie; noch alles wußte, was sie durch unsere Indiscretion von der schönen Danae erfahren haben. Wir wissen freilich was wir ungefähr von ihr denken sollen; allein in seinen Augen war sie eine Göttin; und zu ihren Füßen liegend konnte er, zumal bei der Verbindlichkeit, die er ihr hatte, natürlicher Weise, diese Danae nicht mit einer so philosophischen Gleichgültigkeit ansehen, wie wir andern.

Agathon war nun also ein Hausgenosse der schönen Danae, und entfaltete mit jedem Tage neue Verdienste, die ihn dieses Glücks würdig zeigten, und die seine geringe Achtung für den Hippias ihn verhindert hatte, in dessen Hause sehen zu lassen. Da nebst den besondern Ergötzungen des Landlebens diese feinere Art von Belustigungen, an denen der Witz und die Musen den meisten Anteil haben, die hauptsächlichste Beschäftigung war, wozu man die Zeit in diesem angenehmen Aufenthalt anwendete; so hatte er Gelegenheit genug, seine Talente von dieser Seite schimmern zu lassen; und seine bezauberte Phantasie gab ihm so viele Erfindungen an die Hand, daß er keine andre Mühe hatte, als diejenigen auszuwählen, die er am geschicktesten glaubte, seine Gebieterin und die kleine Gesellschaft von vertrauten Freunden, die sich bei ihr einfanden, zu ergötzen. So weit war es schon mit demjenigen gekommen, der vor wenigen Wochen es für eine geringschätzige Bestimmung hielt, in der Person eines unschuldigen Anagnosten die Jonischen Ohren zu bezaubern.

In der Tat können wir länger nicht verbergen, daß diese unbeschreibliche Empfindung (wie er dasjenige nannte was ihm die schöne Danae eingeflößt hatte) dieses ich weiß nicht was, welches wir, so wenig er es auch gestanden hätte, ganz ungescheut Liebe nennen wollen, in dem Lauf von wenigen Tagen so sehr zugenommen hatte, daß einem jeden andern als einem Agathon die Augen über den wahren Zustand seines Herzens aufgegangen wären. Wir wissen wohl, daß die Umständlichkeit unsrer Erzählung bei diesem Teile seiner Geschichte, den Ernsthaftern unter unsern Lesern, wenn wir anders dergleichen haben werden, sehr langweilig vorkommen wird. Allein die Achtung, die wir ihnen schuldig sind, kann uns nicht verhindern, uns die Vorstellung zu machen, daß diese Geschichte vielleicht künftig, und wenn es auch nur aus einem Gewürzladen wäre, einem jungen noch nicht ganz ausgebrüteten Agathon in die Hände fallen könnte, der aus einer genauern Beschreibung der Veränderungen, welche die Göttin Danae nach und nach in dem Herzen und der Denkungsart unsers Helden hervorgebracht, sich gewisse Beobachtungen und Cautelen ziehen könnte, von denen er vielleicht einen guten Gebrauch zu machen Gelegenheit bekommen möchte. Wir glauben also, wenn wir diesem zukünftigen Agathon zu Gefallen uns die Mühe nehmen, der Leidenschaft unsers Helden von der Quelle an in ihrem wiewohl noch geheimen Lauf nachzugehen, desto eher entschuldiget zu sein, da es allen übrigen, die mit diesen Anecdoten nichts zu machen wissen, frei steht, das folgende Capitel zu überschlagen.

Fünftes Capitel

Natürliche Geschichte der Platonischen Liebe

Die Quelle der Liebe, sagt Zoroaster, oder hätte es doch sagen können, ist das Anschauen eines Gegenstandes, der unsre Einbildungskraft bezaubert. Der Wunsch diesen Gegenstand immer anzuschauen, ist der erste Grad derselben. Je bezaubernder dieses Anschauen ist, und je mehr die an dieses Bild der Vollkommenheit angeheftete Seele daran zu entdecken und zu bewundern findet, desto länger bleibt sie in den Grenzen dieses ersten Grades der Liebe stehen. Dasjenige was sie hiebei erfährt, kommt anfangs demjenigen außerordentlichen Zustande ganz nahe, den man Verzückung nennt; alle andere Sinnen, alle würksamen Kräfte der Seele scheinen stille zu stehen, und in einen einzigen Blick, worin man keiner Zeitfolge gewahr wird, verschlungen zu sein. Dieser Zustand ist zugewaltsam, als daß er lange dauern könnte; langsamer oder schneller macht er der Empfindung eines unaussprechlichen Vergnügens Platz, welches die natürliche Folge jenes ecstatischen Anschauens ist, und wovon, wie einige Adepten uns versichert haben, keine andre Art von Vergnügen oder Wollust uns einen bessern Begriff geben kann, als der unreine und düstre Schein einer Pechfackel von der Klarheit des unkörperlichen Lichts, worin, nach der Meinung der Morgenländischen Weisen, die Geister als in ihrem Elemente leben. Dieses innerliche Vergnügen äußert sich bald durch die Veränderungen, die es in dem mechanischen Teil unsers Wesens hervorbringt; es wallt mit hüpfender Munterkeit in unsern Adern, es schimmert aus unsern Augen, es gießt eine lächelnde Heiterkeit über unser Gesicht, und gibt allen unsern Bewegungen eine neue Lebhaftigkeit und Anmut: es stimmt und erhöhet alle Kräfte unsrer Seele, belebt das Spiel der Phantasie und des Witzes, und kleidet, so zu sagen, alle unsre Ideen in den Schimmer und die Farbe der Liebe. Ein Liebhaber ist in diesem Augenblick mehr als ein gewöhnlicher Mensch; er ist (wie Plato sagt) von einer Gottheit voll, die aus ihm redet und würket; und es ist keine Vollkommenheit, keine Tugend, keine Heldentat so groß, wozu er in diesem Stande der Begeistrung und unter den Augen des geliebten Gegenstands nicht fähig wäre. Dieser Zustand dauert noch fort, wenn er gleich von demselben entfernt wird, und das Bild desselben, das seine ganze Seele auszufüllen scheint, ist so lebhaft, daß es einige Zeit braucht, bis er der Abwesenheit des Urbildes gewahr wird. Aber kaum empfindet die Seele diese Abwesenheit, so verschwindet jenes Vergnügen mit seinem ganzen bezauberten Gefolge; man erfährt in immer zunehmenden Graden das Gegenteil von allen Würkungen jener Begeisterung, wovon wir geredet haben; und derjenige der vor kurzem mehr als ein Mensch schien, scheint nun nichts als der Schatten von sich selbst, ohne Leben, ohne Geist, zu nichts geschickt als in einöden Wildnissen wie ein Gespenst umherzuirren, den Namen seiner Göttin in Felsen einzugraben, und den tauben Bäumen seine Schmerzen vorzuseufzen; ein kläglicher Zustand, in Wahrheit, wenn nicht ein einziger Blick des Gegenstands, von dem diese seltsame Bezauberung herrührt, hinlänglich wäre, in einem Wink diesem Schatten wieder einen Leib, dem Leib eine Seele, und der Seele diese Begeisterung wieder zu geben, durch welche sie ohne Beobachtung einiger Gradation von der Verzweiflung zu unermeßlicher Wonne übergeht. Wenn Agathon dieses alles nicht völlig in so hohem Grad erfuhr, als andre von seiner Art, so muß dieses vermutlich allein dem Einfluß beigemessen werden, den seine werte Psyche noch in dasjenige hatte, was in seinem Herzen vorging. Allein wir müssen gestehen, dieser Einfluß wurde immer schwächer; die lebhaften Farben, womit ihr Bild seiner Phantasie ehemals vorgeschwebt hatte, wurden immer matter; und anstatt daß ihn sonst sein Herz an sie erinnert hatte, mußte es izt von ohngefähr und durch einen Zufall geschehen. Endlich verschwand dieses Bild gänzlich; Psyche hörte auf für ihn zu existieren, ja kaum erinnerte er sich alles dessen, was vor seiner Bekanntschaft mit der schönen Danae vorgegangen war anders, als ein erwachsener Mensch sich seiner ersten Kindheit erinnert. Es ist also leicht zu begreifen, daß seine ganze vormalige Art zu empfinden und zu sein, einige Veränderung erlitt, und gleichsam die Farbe und den Ton des Gegenstands bekam, der mit einer so unumschränkten Macht auf ihn würkte. Sein ernsthaftes Wesen machte nach und nach einer gewissen Munterkeit Platz, die ihm vieles, das er ehmals mißbilliget hatte, in einem günstigern Lichte zeigte; seine Sittenlehre wurde unvermerkt freier und gefälliger, und seine ehmaligen guten Freunde, die etherischen Geister, wenn sie ja noch einigen Zutritt bei ihm hatten, mußten sich gefallen lassen, die Gestalt der schönen Danae anzunehmen, um vorgelassen zu werden. Vor Begierde der Beherrscherin seines Herzens zu gefallen, vergaß er, sich um den Beifall unsichtbarer Zuschauer seines Lebens zu bekümmern; und der Zustand der entkörperten Seelen deuchte ihn nicht mehr so beneidenswürdig, seitdem er im Anschauen dieser irdischen Göttin ein Vergnügen genoß, welches alle seine Einbildungen überstieg. Der Wunsch immer bei ihr zu sein, war nun erfüllt, dem zweiten, der auf diesen gefolget sein würde, dem Verlangen ihre Freundschaft zu besitzen war sie selbst gleich anfangs großmütiger Weise zuvorgekommen, und die verbindliche und vertraute Art, wie sie etliche Tage lang mit ihm umging, ließ ihm von dieser Seite nichts zu wünschen übrig. Er hatte ihre Freundschaft, nun wünschte er auch ihre

Zärtlichkeit zu haben – – Ihre Zärtlichkeit! – – Ja, aber eine Zärtlichkeit, wie nur die Einbildungskraft eines Agathon fähig ist, sich vorzustellen. Kurz, da er anfing zu merken, daß er sie liebe, so wünschte er wieder geliebt zu werden. Allein er liebte sie mit einer so uneigennützigen, so geistigen, so begierdenfreien Liebe, als ob sie eine Sylphide gewesen wäre; und der kühnste Wunsch, den er zu wagen fähig war, war nur, in derjenigen sympathetischen Verbindung der Seelen mit ihr zu stehen, wovon ihm Psyche die Erfahrung gegeben hatte. Wie angenehm (dacht er) wie entzückungsvoll, wie sehr über alles, was die Sprache der Sterblichen ausdrücken kann, müßte eine solche Sympathie mit einer Danae sein, da sie mit Psyche schon so angenehm gewesen war! Zum Unglück für unsern Platoniker war dieses ein Plan, wozu Danae, welche dieses mal keine Sylphide spielen wollte, sich nicht so gut anließ, als er es gewünscht hatte. Sie fuhr immer fort sich in den Grenzen der Freundschaft zu halten, und, die Wahrheit zu sagen, sie war entweder nicht geistig genug, sich von dieser intellectualischen Liebe, von der er ihr so viel schönes vorsagte, einen rechten Begriff zu machen; oder sie fand es lächerlich, in ihrem Alter und mit ihrer Figur eine Rolle zu spielen, die, nach ihrer Denkungsart, sich nur für eine Person schickte, die im Bade keine Besuche mehr annimmt; wenn sie gleich allzu bescheiden war, ihm dieses mit Worten zu sagen, so fand sie doch Mittel genug, ihm ihre Gedanken über diesen Punct auf eine vielleicht eben so nachdrückliche Art zu erkennen zu geben. Gewisse kleine Nachlässigkeiten in ihrem Putz, ein verräterischer Zephyr, oder ihr Sperling, der indem sie neben Agathon auf einer Ruhebank saß, mit mutwilligem Schnabel an dem Gewand zerrte, das zu ihren Füßen herabfloß, schienen seiner ätherischen Liebe zu spotten, und ihm Aufmunterungen zu geben, die ein minder bezauberter Liebhaber nicht nötig gehabt hätte. Danae hatte Ursache mit der Würkung dieser kleinen Kunstgriffe zufrieden zu sein. Agathon, welcher sich angewöhnt hatte, den Leib und die Seele als zwei verschiedene Wesen zu betrachten, und in dessen Augen Danae eine geraume Zeit nichts anders, als (nach dem Ausdruck des Guidi) eine himmlische Schönheit in einem irdischen Schleier gewesen war, vermengte diese beiden Wesen je länger je mehr in seiner Phantasie mit einander, und er konnte es desto leichter, da in der Tat alle körperlichen Schönheiten seiner Göttin so beseelt waren, und alle Schönheiten ihrer Seele so lebhaft aus diesem reizenden Schleier hervorschimmerten, daß es beinahe unmöglich war, sich eine ohne die andre vorzustellen. Dieser Umstand brachte zwar keine wesentliche Veränderung in seiner Art zu lieben hervor; doch ist gewiß, daß er nicht wenig dazu beitrug, ihn unvermerkt in eine Verfassung zu setzen, welche die Absichten der schlauen Danae mehr zu begünstigen als abzuschrecken schien. O du, für den wir aus großmütiger Freundschaft uns die Mühe gegeben haben, dieses dir allein gewidmete Capitel zu schreiben, halte hier ein und frage dein Herz. Wenn du eine Danae gefunden hast (armer Jüngling! welche Molly Seagrim kann es nicht in deinen bezauberten Augen sein?) und du verstehest den Schluß dieses Capitels, so kömmt unsre Warnung schon zu spät, und du bist verloren, fliehe, von dem Augenblick an, da du sie gesehen; fliehe und erstecke den Wunsch sie wieder zu sehen! Wenn du das nicht kannst; wenn du, nachdem du diese Warnung gelesen, nicht willst: so bist du kein Agathon mehr, so bist du was wir andern alle sind; tue was du willst, es ist nichts mehr an dir zu verderben.

Sechstes Capitel

Worin der Geschichtschreiber sich einiger Indiscretion schuldig macht

Die schöne Danae war sehr weit entfernt, gleichgültig gegen die Vorzüge des Callias zu sein, und es kostete ihr würklich, so gesetzt sie auch war, einige Mühe, ihm zu verbergen, wie sehr sie von seiner Liebe gerührt war, und wie gern sie sich dieselbe zu Nutz gemacht hätte. Allein aus einem Agathon einen Alcibiades zu machen, das konnte nicht das Werk von etlichen Tagen sein, und um so viel weniger, da er durch unmerkliche Schritte, und ohne, daß sie selbst etwas dabei zu tun schien, zu einer so großen Veränderung gebracht werden mußte, wenn sie anders dauerhaft sein sollte. Die große Kunst war, unter der Maske der Freundschaft seine Begierden zu eben der Zeit zu reizen, da sie selbige durch eine unaffectierte Zurückhaltung abzuschrecken schien. Allein auch dieses war nicht genug; er mußte vorher die Macht zu widerstehen verlieren; wenn der Augenblick einmal gekommen sein würde, da sie die ganze Gewalt ihrer Reizungen an ihm zu prüfen entschlossen war. Eine zärtliche Weichlichkeit mußte sich vorher seiner ganzen Seele bemeistern, und seine in Vergnügen schwimmende Sinnen mußten von einer süßen Unruhe und wollüstigen Sehnsucht eingenommen werden, ehe sie es wagen wollte, einen Versuch zu machen, der, wenn er zu früh gemacht worden wäre, gar leicht ihren ganzen Plan hätte vereiteln können. Zum Unglück für unsern Helden ersparte ihr seine magische Einbildungskraft die Hälfte der Mühe, welche sie aus einem Übermaß von Freundschaft anwenden wollte, ihm die Verwandlung, die mit ihm vorgehen sollte, zu verbergen. Ein Lächeln seiner Göttin war genug, ihn in Vergnügen zu zerschmelzen; ihre Blicke schienen ihm einen überirdischen Glanz über alles auszugießen, und ihr Atem der ganzen Natur den Geist der Liebe einzuhauchen: Was mußte denn aus ihm werden, da sie zu Vollendung ihres Sieges alles anwendete, was auch den unempfindlichsten unter allen Menschen zu ihren Füßen hätte legen können? Agathon wußte noch nicht, daß sie die Laute spielte, und in der Musik eine eben so große Virtuosin als in der Tanzkunst war. Die Feste und Lustbarkeiten, in deren Erfindung er unerschöpflich war, um ihr den ländlichen Aufenthalt angenehmer zu machen, gaben ihr Anlaß, ihn durch Entdeckung dieser neuen Reizungen in Erstaunen zu setzen. Es ist billig, sagte sie zu ihm, daß ich deine Bemühungen, mir Vergnügen zu machen, durch eine Erfindung von meiner Art erwidre. Diesen Abend will ich dir den Wettstreit der Sirenen und der Musen geben, ein Stück des berühmten Damons, das ich noch aus Aspasiens Zeiten übrig habe, und das von den Kennern für das Meisterstück der Tonkunst erklärt wurde. Die Anstalten sind schon dazu gemacht, und du allein sollst der Zuhörer und Richter dieses Wettgesangs sein. Niemals hatte den Agathon eine Zeit länger gedaucht, als die wenigen Stunden, die er in Erwartung dieses versprochenen Vergnügens zubrachte. Danae hatte ihn verlassen, um durch ein erfrischendes Bad ihrer Schönheit einen neuen Glanz zu geben, indessen daß er die verschwindenden Strahlen der untergehenden Sonne einen nach dem andern zu zählen schien. Endlich kam die angesetzte Stunde. Der schönste Tag hatte der anmutigsten Nacht Platz gemacht, und eine süße Dämmerung hatte schon die ganze schlummernde Natur eingeschleiert; als plötzlich ein neuer zauberischer Tag, den eine unendliche Menge künstlich versteckter Lampen verursachte, den reizenden Schauplatz sichtbar machte, welchen die Fee dieses Orts zu diesem Lustspiel hatte zubereiten lassen. Eine mit Lorbeerbäumen beschattete Anhöhe erhob sich aus einem spiegelhellen See, der mit Marmor gepflastert, und ringsum mit Myrten und Rosenhecken eingefaßt war. Kleine Quellen schlängelten den Lorbeerhain herab, und rieselten mit sanftem Murmeln oder lächelndem Klatschen in den See, an dessen Ufer hier und da kleine Grotten, mit Corallenmuscheln und andern Seegewächsen ausgeschmückt hervorragten, und die Wohnung der Nymphen dieses Wassers zu sein schienen. Ein kleiner Nachen in Gestalt einer Perlenmuschel, der von einem marmornen Triton emporgehalten wurde, stund der Anhöhe gegen über am Ufer, und war der Sitz, auf welchem Agathon als Richter den Wettgesang hören sollte.

Siebentes Capitel

Magische Kraft der Musik

Agathon hatte seinen Platz kaum eingenommen, als man in dem Wasser ein wühlendes Plätschern, und aus der Ferne, wie es ließ, eine sanft zerflossene Harmonie hörte, ohne jemand zu sehen, von dem sie herkäme. Unser Liebhaber, den dieser Anfang in ein stilles Entzücken setzte, wurde, ungeachtet er zu diesem Spiele vorbereitet war, zu glauben versucht, daß er die Harmonie der Sphären höre, von deren Würklichkeit ihn die Pythagorischen Weisen beredet hatten; allein, während daß sie immer näher kam und deutlicher wurde, sah er zu gleicher Zeit die Musen aus dem kleinen Lorbeerwäldchen und die Sirenen aus ihren Grotten hervorkommen. Danae hatte die jüngsten und schönsten aus ihren Aufwärterinnen ausgelesen, diese Meernymphen vorzustellen, die, nur von einem wallenden Streif von himmelblauem Byssus umflattert, mit Cithern und Flöten in der Hand sich über die Wellen erhuben, und mit jugendlichem Stolz untadeliche Schönheiten vor den Augen ihrer eifersüchtigen Gespielen entdeckten. Allein kleine Tritonen bliesen, um sie her schwimmend, aus krummen Hörnern, und neckten sie durch mutwillige Spiele; indes daß Danae mitten unter den Musen, an den Rand der kleinen Halbinsel herabstieg, und, wie Venus unter den Gratien, oder Diana unter ihren Nymphen hervorglänzend, dem Auge keine Freiheit ließ, auf einem andern Gegenstande zu verweilen. Ein langes schneeweißes Gewand floß, unter dem halbentblößten Busen mit einem goldnen Gürtel umfaßt, in kleinen wallenden Falten zu ihren Füßen herab; ein Kranz von Rosen wand sich um ihre Locken, wovon ein Teil in kunstloser Anmut um ihren Nacken schwebte; ihr rechter Arm, auf dessen Weiße die Homerische Juno eifersüchtig hätte sein dürfen, umfaßte eine Laute von Elfenbein. Die übrigen Musen, mit verschiednen Saiteninstrumenten versehen, lagerten sich zu ihren Füßen; sie allein blieb in einer unnachahmlich reizenden Stellung stehen, und hörte lächelnd der Aufforderung zu, welche die übermütigen Syrenen ihr entgegensangen. Man muß ohne Zweifel gestehen, daß das Gemälde, welches sich in diesem Augenblick unserm Helden darstellte, nicht sehr geschickt war, weder sein Herz noch seine Sinnen in Ruhe zu lassen; allein die Absicht der Danae war nur, ihn durch die Augen zu den Vergnügungen eines andern Sinnes vorzubereiten, und ihr Stolz verlangte keinen geringern Triumph, als ein so reizendes Gemälde durch die Zaubergewalt ihrer Stimme und ihrer Saiten in seiner Seele auszulöschen. Sie schmeichelte sich nicht zu viel. Die Sirenen hörten auf zu singen, und die Musen antworteten ihrer Ausforderung durch eine Symphonie, welche auszudrucken schien, wie gewiß sie sich des Sieges hielten. Nach und nach verlor sich die Munterkeit, die in dieser Symphonie herrschte; ein feierlicher Ernst nahm ihren Platz ein, das Getön wurde immer einförmiger, bis es nach und nach in ein dunkles gedämpftes Murmeln und zuletzt in eine gänzliche Stille erstarb. Ein allgemeines Erwarten schien dem Erfolg dieser vorbereitenden Stille entgegen zu horchen, als es auf einmal durch eine liebliche Harmonie unterbrochen wurde, welche die geflügelten und seelenvollen Finger der schönen Danae aus ihrer Laute lockten. Eine Stimme, welche fähig schien, die Seelen ihren Leibern zu entführen, und Tote wieder zu beseelen (wenn wir einen Ausdruck des Liebhabers der schönen Laura entlehnen dürfen) eine so bezaubernde Stimme beseelte diese reizende Anrede. Der Inhalt des Wettgesangs war über den Vorzug der Liebe, die sich auf die Empfindung, oder derjenigen, die sich auf die bloße Begierde gründet. Nichts könnte rührender sein, als das Gemälde, welches Danae von der ersten Art der Liebe machte; in solchen Tönen, dacht Agathon, ganz gewiß in keinen andern, drücken die Unsterblichen einander aus, was sie empfinden; nur eine solche Sprache ist der Götter würdig. Die ganze Zeit da dieser Gesang dauerte, deuchte ihn ein Augenblick, und er wurde ganz unwillig, als Danae auf einmal aufhörte, und eine der Sirenen, von den Flöten ihrer Schwestern begleitet, kühn genug war, es mit seiner Göttin aufzunehmen. Allein er wurde bald gezwungen anders Sinnes zu werden, als er sie hörte; alle seine Vorurteile für die Muse konnten ihn nicht verhindern, sich selbst zu gestehen, daß eine fast unwiderstehliche Verführung in ihren Tönen atmete. Ihre Stimme, die an Weichheit und Biegsamkeit nicht übertroffen werden konnte, schien alle Grade der Entzückungen auszudrücken, deren die sinnliche Liebe fähig ist; und das weiche Getön der Flöten erhöhte die Lebhaftigkeit dieses Ausdrucks auf einen Grad, der kaum einen Unterschied zwischen der Nachahmung und der Wahrheit übrig ließ. Wenn die Sirenen, bei denen der kluge Ulysses vorbeifahren mußte, so gesungen haben, (dachte Agathon) so hatte er wohl Ursache, sich an Händen und Füßen an den Mastbaum binden zu lassen. Kaum hatten die Sirenen diesen Gesang geendiget, so erhub sich ein frohlockendes Klatschen aus dem Wasser, und die kleinen Tritonen stießen in ihre Hörner, den Sieg anzudeuten, den sie über die Musen erhalten zu haben glaubten. Allein diese hatten den Mut nicht verloren: Sie ermunterten sich bald wieder, und fingen eine Symphonie an, wovon der Anfang eine spottende Nachahmung des Gesanges der Sirenen zu sein schien. Nach einer Weile wechselten sie die Tonart und den Rhythmus durch ein Andante, welches in wenigen Tagen nicht die mindeste Spur von den Eindrücken übrig ließ, die der Syrenen Gesang auf das Gemüte der Hörenden gemacht haben konnte. Eine süße Schwermut bemächtigte sich Agathons; er sank in ein angenehmes Staunen, unfreiwillige Seufzer entflohen seiner Brust, und wollüstige Tränen rollten über seine Wangen herab. Mitten aus dieser rührenden Harmonie erhob sich der Gesang der schönen Danae, welche durch die eifersüchtigen Bestrebungen ihrer Nebenbuhlerin aufgefordert war, die ganze Vollkommenheit ihrer Stimme, und alle Zauberkräfte der Kunst anzuwenden, um den Sieg gänzlich auf die Seite der Musen zu entscheiden. Ihr Gesang schilderte die rührenden Schmerzen einer wahren Liebe, die in ihren Schmerzen selbst ein melancholisches Vergnügen findet; ihre standhafte Treue und die Belohnung, die sie zuletzt von der zärtlichsten Gegenliebe erhält. Die Art wie sie dieses ausführte, oder vielmehr die Eindrücke, die sie dadurch auf ihren Liebhaber machte, übertrafen alles was man sich davon vorstellen kann. Sein ganzes Wesen war Ohr, und seine ganze Seele zerfloß in die Empfindungen, die in ihrem Gesange herrscheten. Er war nicht so weit entfernt, daß Danae nicht bemerkt hätte, wie sehr er außer sich selbst war, und wie viel Mühe er hatte, um sich zu halten, aus seinem Sitz sich in das Wasser herabzustürzen, zu ihr hinüber zu schwimmen, und seine in Entzückung und Liebe zerschmolzene Seele zu ihren Füßen auszuhauchen. Sie wurde durch diesen Anblick selbst so gerührt, daß sie genötiget war, die Augen von ihm abzuwenden, um ihren Gesang vollenden zu können: Allein sie beschloß bei sich selbst, die Belohnung nicht länger aufzuschieben, welche sie einer so vollkommenen Liebe schuldig zu sein glaubte. Endlich endigte sich ihr Lied; die begleitende Symphonie hörte auf; die beschämten Sirenen flohen in ihre Grotten; die Musen verschwanden; und der staunende Agathon blieb in trauriger Entzückung allein.

Achtes Capitel

Eine Abschweifung, wodurch der Leser zum Folgenden vorbereitet wird

Wir können die Verlegenheit nicht verbergen, in welche wir uns durch die Umstände gesetzt finden, worin wir unsern Helden zu Ende des vorigen Capitels verlassen haben. Sie drohen dem erhabnen Charakter, den er bisher mit einer so rühmlichen Standhaftigkeit behauptet, und wodurch er sich zweifelsohne in eine nicht gemeine Hochachtung bei unsern Lesern gesetzt hat, einen Abfall, der denenjenigen, welche von einem Helden eine vollkommene Tugend fordern, eben so anstößig sein wird, als ob sie, nach allem was bereits mit ihm vorgegangen, natürlicher Weise etwas bessers hätten erwarten können.

Wie groß ist in diesem Stücke der Vorteil eines Romanendichters vor demjenigen, welcher sich anheischig gemacht hat, ohne Vorurteil oder Parteilichkeit, mit Verleugnung des Ruhms, den er vielleicht durch Verschönerung seiner Charakter, und durch Erhebung des Natürlichen ins Wunderbare sich hätte erwerben können, der Natur und Wahrheit in gewissenhafter Aufrichtigkeit durchaus getreu zu bleiben! Wenn jener die ganze grenzenlose Welt des Möglichen zu freiem Gebrauch vor sich ausgebreitet sieht; wenn seine Dichtungen durch den mächtigen Reiz des Erhabnen und Erstaunlichen schon sicher genug sind, unsre Einbildungskraft und unsre Eitelkeit auf seine Seite zu bringen; wenn schon der kleinste Schein von Übereinstimmung mit der Natur hinlänglich ist, die Freunde des Wunderbaren, welche immer die größeste Zahl ausmachen, von ihrer Möglichkeit zu überzeugen; ja, wenn er volle Freiheit hat, die Natur selbst umzuschaffen, und, als ein andrer Prometheus, den geschmeidigen Ton, aus welchem er seine Halbgötter und Halbgöttinnen bildet, zu gestalten wie es ihm beliebt, oder wie es die Absicht, die er auf uns haben mag, erheischet: So sieht sich hingegen der arme Geschichtschreiber genötiget, auf einem engen Pfade, Schritt vor Schritt in die Fußstapfen der vor ihm hergehenden Wahrheit einzutreten, jeden Gegenstand so groß oder so klein, so schön oder so häßlich, wie er ihn würklich findet, abzumalen; die Würkungen so anzugeben, wie sie vermöge der unveränderlichen Gesetze der Natur aus ihren Ursachen herfließen; und wenn er seiner Pflicht ein völliges Genügen getan hat, sich gefallen zu lassen, daß man seinen Helden am Ende um wenig oder nichts schätzbarer findet, als der schlechteste unter seinen Lesern sich ohngefähr selbst zu schätzen pflegt.

Vielleicht ist kein unfehlbarers Mittel mit dem wenigsten Aufwand von Genie, Wissenschaft und Erfahrenheit ein gepriesener Schriftsteller zu werden, als wenn man sich damit abgibt, Menschen (denn Menschen sollen es doch sein) ohne Leidenschaften, ohne Schwachheit, ohne allen Mangel und Gebrechen, durch etliche Bände voll wunderreicher Abenteure, in der einförmigsten Gleichheit mit sich selbst, herumzuführen. Eh ihr es euch verseht, ist ein Buch fertig, das durch den erbaulichen Ton einer strengen Sittenlehre, durch blendende Sentenzen, durch Charaktere und Handlungen, die eben so viele Muster sind, den Beifall aller der gutherzigen Leute überraschet, welche jedes Buch, das die Tugend anpreist, vortrefflich finden. Und was für einen Beifall kann sich ein solches Werk erst alsdenn versprechen, wenn der Verfasser die Kunst oder die natürliche Gabe besitzt, seine Schreibart auf den Ton der Begeisterung zu stimmen, und, verliebt in die schönen Geschöpfe seiner erhitzten Einbildungskraft, die Meinung von sich zu erwecken, daß ers in die Tugend selber sei. Umsonst mag dann ein verdächtiger Kunstrichter sich heiser schreien, daß ein solches Werk eben so wenig für die Talente seines Urhebers beweise, als es der Welt Nutzen schaffe; umsonst mag er vorstellen, wie leicht es sei, die Definitionen eines Auszugs der Sittenlehre in Personen, und die Maximen des Epictets in Handlungen zu verwandeln; umsonst mag er beweisen, daß die unfruchtbare Bewunderung einer schimärischen Vollkommenheit, welche man nachzuahmen eben so wenig wahren Vorsatz als Vermögen hat, das äußerste sei, was diese wackere Leute von ihren hochfliegenden Bemühungen zum Besten einer ungelehrigen Welt erwarten können: Der weisere Tadler heißt ihnen ein Zoilus, und hat von Glück zu sagen, wenn das Urteil das er von einem so moralischen Werke des Witzes fällt, nicht auf seinen eignen sittlichen Charakter zurückprallt, und die gesundere Beschaffenheit seines Gehirns nicht zu einem Beweise seines schlimmen Herzens gemacht wird. Und wie sollte es auch anders sein können? Unsre Eitelkeit ist zusehr dabei interessiert, als daß wir uns derjenigen nicht annehmen sollten, welche unsre Natur, wiewohl eignen Gewalts, zu einer so großen Hoheit und Würdigkeit erhalten. Es schmeichelt unserm Stolze, der sich ungern durch so viele Zeichen von Vorzügen des Stands, des Ansehens, der Macht und des äußerlichen Glanzes unter andre erniedriget sieht, die Mittel (wenigstens so lange das angenehme Blendwerk daurt) in seiner Gewalt zu sehen, sich über die Gegenstände seines Neides hinauf schwingen, und sie tief im Staube unter sich zurücklassen zu können. Und wenn gleich die unverhehlbare Schwäche unsrer Natur uns auf der einen Seite, zu großem Vorteil unsrer Trägheit, von der Ausübung heroischer Tugenden loszählt; so ergötzt sich doch inzwischen unsre Eigenliebe an dem süßen Wahne, daß wir eben so wundertätige Helden gewesen sein würden, wenn uns das Schicksal an ihren Platz gesetzt hätte.

Wir müssen uns gefallen lassen, wie diese gewagten Gedanken, so natürlich und wahr sie uns scheinen, von den verschiednen Classen unsrer Leser aufgenommen werden mögen: Und wenn wir auch gleich Gefahr laufen sollten, uns ungünstige Vorurteile zuzuziehen; so können wir doch nicht umhin, diese angefangene Betrachtung um so mehr fortzusetzen, je größer die Beziehung ist, welche sie auf den ganzen Inhalt der vorliegenden Geschichte hat.

Unter allen den übernatürlichen Charaktern, welche die mehrbelobten romanhaften Sittenlehrer in einen gewissen Schwung von Hochachtung gebracht haben, sind sie mit keinem glücklicher gewesen, als mit dem Heldentum in der Großmut, in der Tapferkeit und in der verliebten Treue. Daher finden wir die Liebensgeschichten, Ritterbücher und Romanen, von den Zeiten des guten Bischofs Heliodorus bis zu den unsrigen, von Freunden, die einander alles, sogar die Forderungen ihrer stärksten Leidenschaften, und das angelegenste Interesse ihres Herzens aufopfern; von Rittern, welche immer bereit sind, der ersten Infantin, die ihnen begegnet, zu gefallen, sich mit allen Riesen und Ungeheuern der Welt herumzuhauen; und (bis Crebillon eine bequemere Mode unter unsre Nachbarn jenseits des Rheins aufgebracht hat) beinahe von lauter Liebhabern angefüllt, welche nichts angelegners haben, als in der Welt herumzuziehen, um die Namen ihrer Geliebten in die Bäume zu schneiden, ohne daß die reizendesten Versuchungen, denen sie von Zeit zu Zeit ausgesetzt sind, vermögend wären, ihre Treue nur einen Augenblick zu erschüttern. Man müßte wohl sehr eingenommen sein, wenn man nicht sehen sollte, warum diese vermeinten Heldentugenden in eine so große Hochachtung gekommen sind. Von je her haben die Schönen sich berechtiget gehalten, eine Liebe, welche ihnen alles aufopfert, und eine Beständigkeit, die gegen alle andre Reizungen unempfindlich ist, zu erwarten. Sie gleichen in diesem Stücke den großen Herren, welche verlangen, daß unserm Eifer nichts unmöglich sein solle, und die sich sehr wenig darum bekümmern, ob uns dasjenige, was sie von uns fordern, gelegen, oder ob es überhaupt recht und billig sei, oder nicht. Eben so ist es für unsre Beherrscherinnen schon genug, daß der Vorteil ihrer Eitelkeit und ihrer übrigen Leidenschaften sich bei diesen vorgeblichen Tugenden am besten befindet, um einen Artabanus oder einen Grafen von Comminges zu einem größern Mann in ihren Augen zu machen, als alle Helden des Plutarchs zusammengenommen. Und ist die unedle Eigennützigkeit oder der feige Kleinmut, womit wir (zumal bei jenen Völkern, wo der Tod aus sittlichen Ursachen mehr als natürlich ist, gefürchtet wird) den größesten Teil der bürgerlichen Gesellschaft angesteckt sehen, vielleicht weniger interessiert, eine sich selbst ganz vergessende Großmut und eine Tapferkeit, die von nichts erzittert, zu vergöttern? Je vollkommener andre sind, desto weniger haben wir nötig es zu sein; und je höher sie ihre Tugend treiben, desto weniger haben wir bei unsern Lastern zu besorgen.

Der Himmel verhüte, daß unsre Absicht jemals sei, in

schönen Seelen diese liebenswürdige Schwärmerei für die Tugend abzuschrecken, welche ihnen so natürlich und öfters die Quelle der lobenswürdigsten Handlungen ist. Alles was wir mit diesen Bemerkungen abzielen, ist allein, daß die romanhaften Helden, von denen die Rede ist, noch weniger in dem Bezirke der Natur zu suchen seien als die geflügelten Löwen und die Fische mit Mädchenleibern; daß es moralische Grotesken seien, welche eine müßige Einbildungskraft ausbrütet, und ein verdorbner moralischer Sinn, nach Art gewisser Indianer, destomehr vergöttert, je weiter ihre verhältniswürdige Mißgestalt von der menschlichen Natur sich entfernet, welche doch, mit allen ihren Mängeln, das beste, liebenswürdigste und vollkommenste Wesen ist, das wir würklich kennen – – und daß also der Held unsrer Geschichte, durch die Veränderungen und Schwachheiten, denen wir ihn unterworfen sehen, zwar allerdings, wir gestehen es, weniger ein Held, aber destomehr ein Mensch, und also desto geschickter sei, uns durch seine Erfahrungen, und selbst durch seine Fehler zu belehren.

Wir können indes nicht bergen, daß wir aus verschiednen Gründen in Versuchung geraten sind, der historischen Wahrheit dieses einzige mal Gewalt anzutun, und unsern Agathon, wenn es auch durch irgend einen Deum ex Machina hätte geschehen müssen, so unversehrt aus der Gefahr, worin er sich würklich befindet, herauszuwickeln, als es für die Ehre des Platonismus, die er bisher so schön behauptet hat, allerdings zu wünschen gewesen wäre. Allein da wir in Erwägung zogen, daß diese einzige poetische Freiheit uns nötigen würde, in der Folge seiner Begebenheiten so viele andre Veränderungen vorzunehmen, daß die Geschichte Agathons würklich die Natur einer Geschichte verloren hätte, und zur Legende irgend eines moralischen Don Esplandians geworden wäre: So haben wir uns aufgemuntert, über alle die ekeln Bedenklichkeiten hinauszugehen, die uns anfänglich stutzen gemacht hatten, und uns zu überreden, daß der Nutzen, den unsre verständigen Leser sogar von den Schwachheiten unsers Helden in der Folge zu ziehen Gelegenheit bekommen könnten, ungleich größer sein dürfte, als der zweideutige Vorteil, den die Tugend dadurch erhalten hätte, wenn wir, durch eine unwahrscheinlichere Dichtung als man im ganzen Orlando unsers Freunds Ariost finden wird, die schöne Danae in die Notwendigkeit gesetzt hätten, in der Stille von ihm zu denken, was die berühmte Phryne bei einer gewissen Gelegenheit von dem weisen Xenocrates öffentlich gesagt haben soll.

So wisset dann, schöne Leserinnen, (und hütet euch, stolz auf diesen Sieg eurer Zaubermacht zu sein,) daß Agathon, nachdem er eine ziemliche Weile in einem Gemütszustand, dessen Abschilderung den Pinsel eines Thomsons oder Geßners erfoderte, allein zurückgeblieben war, wir wissen nicht ob aus eigner Bewegung oder durch den geheimen Antrieb irgend eines antiplatonischen Genius den Weg gegen einen Pavillion genommen, der auf der Morgenseite des Gartens in einem kleinen Hain von Citronen- Granaten- und Myrthenbäumen auf jonischen Säulen von Jaspis ruhte; daß er, weil er ihn erleuchtet gefunden, hineingegangen, und nachdem er einen Saal, dessen herrliche Auszierung ihn nicht einen Augenblick aufhalten konnte, und zwei oder drei kleinere Zimmer durchgeeilet, in einem Cabinet, welches für die Ruhe der Liebesgöttin bestimmt schien, die schöne Danae auf einem Sofa von nelkenfarbem Atlas schlafend angetroffen; daß er, nachdem er sie eine lange Zeit in unbeweglicher Entzückung und mit einer Zärtlichkeit, deren innerliches Gefühl alle körperliche Wollust an Süßigkeit übertrifft, betrachtet hatte, endlich

– – – – von der Gewalt der allmächtigen Liebe bezwungen, sich nicht länger zu enthalten vermocht, zu ihren Füßen kniend, eine von ihren nachlässig ausgestreckten schönen Händen mit einer Inbrunst, wovon wenige Liebhaber sich eine Vorstellung zu machen jemals verliebt genug gewesen sind, zu küssen, ohne daß sie daran erwacht wäre; daß er hierauf noch weniger als zuvor sich entschließen können, so unbemerkt als er gekommen, sich wieder hinwegzuschleichen; und kurz, daß die kleine Psyche, die Tänzerin, welche seit der Pantomime, man weiß nicht warum, gar nicht seine Freundin war, mit ihren Augen gesehen haben wollte, daß er eine ziemliche Weile nach Anbruch des Tages, allein, und mit einer Mine, aus welcher sich sehr vieles habe schließen lassen, aus dem Pavillion hinter die Myrthenhecken sich weggestohlen habe.

Neuntes Capitel

Nachrichten zu Verhütung eines besorglichen Mißverstandes

Die Tugend (pflegt man dem Horaz nachzusagen) ist die Mittelstraße zwischen zween Abwegen, welche beide gleich sorgfältig zu vermeiden sind. Es ist ohne Zweifel wohl getan, wenn ein Schriftsteller, der sich einen wichtigern Zweck als die bloße Ergötzung seiner Leser vorgesetzt hat, bei gewissen Anlässen, anstatt des zaumlosen Mutwillens vieler von den neuern Franzosen, lieber die bescheidne Zurückhaltung des jungfräulichen Virgils nachahmet, welcher bei einer Gelegenheit, wo die Angola's und Versorand's alle ihre Malerkunst verschwendet, und sonst nichts besorget hätten, als daß sie nicht lebhaft und deutlich genug sein möchten, sich begnügt uns zu sagen:

»Daß Dido und der Held in Eine Höhle kamen.«

Allein wenn diese Zurückhaltung so weit ginge, daß die Dunkelheit, welche man über einen schlüpfrigen

Gegenstand ausbreitete, zu Mißverstand und Irrtum Anlaß geben könnte: So würde sie, deucht uns, in eine falsche Scham ausarten; und in solchen Fällen scheint uns ratsamer zu sein, den Vorhang ein wenig wegzuziehen, als aus übertriebener Bedenklichkeit Gefahr zu laufen, vielleicht die Unschuld selbst ungegründeten Vermutungen auszusetzen. So ärgerlich also gewissen Leserinnen, deren strenge Tugend bei dem bloßen Namen der Liebe Dampf und Flammen speit, der Anblick eines schönen Jünglings zu den Füßen einer selbst im Schlummer lauter Liebe und Wollust atmenden Danae billig sein mag; so können wir doch nicht vorbeigehen, uns noch etliche Augenblicke bei diesem anstößigen Gegenstande aufzuhalten. Man ist so geneigt, in solchen Fällen der Einbildungskraft den Zügel schießen zu lassen, daß wir uns lächerlich machen würden, wenn wir behaupten wollten, daß unser Held die ganze Zeit, die er (nach dem Vorgeben der kleinen Tänzerin) in dem Pavillion zugebracht haben soll, sich immer in der ehrfurchtsvollen Stellung gehalten habe, worin man ihn zu Ende des vorigen Capitels gesehen hat. Wir müssen vielmehr besorgen, daß Leute, welche nichts dafür können, daß sie keine Agathons sind, vielleicht so weit gehen möchten, ihn im Verdacht zu haben, daß er sich den tiefen Schlaf, worin Danae zu liegen schien, auf eine Art zu Nutze gemacht haben könnte, welche sich ordentlicher Weise nur für einen Faunen schickt, und welche unser Freund Johann Jacob Rousseau selbst nicht schlechterdings gebilliget hätte, so scharfsinnig er auch (in einer Stelle seines Schreibens an Herrn Dalembert) dasjenige zu rechtfertigen weißt, was er »eine stillschweigende Einwilligung abnötigen« nennet. Um nun unsern Agathon gegen alle solche unverschuldete Mutmaßungen sicher zu stellen, müssen wir zur Steuer der Wahrheit melden, daß selbst die reizende Lage der schönen Schläferin, und die günstige Leichtigkeit ihres Anzugs, welche ihn einzuladen schien, seinen Augen alles zu erlauben, seine Bescheidenheit schwerlich überrascht haben würden, wenn es ihm möglich gewesen wäre, der zauberischen Gewalt der Empfindung, in welche alle Kräfte seines Wesens zerflossen schienen, Widerstand zu tun. Wir wagen nicht zuviel, wenn wir einen solchen Widerstand in seinen Umständen für unmöglich erklären, nachdem er einem Agathon unmöglich gewesen ist. Er überließ also endlich seine Seele der vollkommensten Wonne ihres edelsten Sinnes, dem Anschauen einer Schönheit, welche selbst seine idealische Einbildungskraft weit hinter sich zurücke ließ; und (was nur diejenigen begreifen werden, welche die wahre Liebe kennen,) dieses Anschauen erfüllte sein Herz mit einer so reinen, vollkommnen, unbeschreiblichen Befriedigung, daß er alle Wünsche, alle Ahnungen einer noch größern Glückseligkeit darüber vergessen zu haben schien. Vermutlich (denn gewiß können wir hierüber nichts entscheiden) würde die Schönheit des Gegenstands allein, so außerordentlich sie war, diese sonderbare Würkung nicht getan haben; allein dieser Gegenstand war seine Geliebte, und dieser Umstand verstärkte die Bewundrung, womit auch die Kaltsinnigsten die Schönheit ansehen müssen, mit einer Empfindung, welche noch kein Dichter zu beschreiben fähig gewesen ist, so sehr sich auch vermuten läßt, daß sie den mehresten aus Erfahrung bekannt gewesen sein könne. Diese namenlose Empfindung ist es allein, was den wahren Liebhaber von einem Satyren unterscheidet, und was eine Art von sittlichen Grazien sogar über dasjenige ausbreitet, was bei diesem nur das Werk des Instinkts, oder eines animalischen Hungers ist. Welcher Satyr würde in solchen Augenblicken fähig gewesen sein, wie Agathon zu handeln? – – Behutsam und mit der leichten Hand eines Sylphen zog er das seidene Gewand, welches Amor verräterisch aufgedeckt hatte, wieder über die schöne Schlafende her, warf sich wieder zu den Füßen ihres Ruhebettes, und begnügte sich, ihre nachlässig ausgestreckte Hand, aber mit einer Zärtlichkeit, mit einer Entzückung und Sehnsucht an seinen Mund zu drücken, daß eine Bildsäule davon hätte erweckt werden mögen. Sie mußte also endlich erwachen. Und wie hätte sie auch sich dessen länger erwehren können, da ihr bisheriger Schlummer würklich nur erdichtet gewesen war? Sie hatte aus einer Neugierigkeit, die in ihrer Verfassung natürlich scheinen kann, sehen wollen, wie ein Agathon bei einer so schlüpfrigen Gelegenheit sich betragen würde; und dieser letzte Beweis einer vollkommnen Liebe, welche, ungeachtet ihrer Erfahrenheit, alle Annehmlichkeiten der Neuheit für sie hatte, rührte sie so sehr, daß sie, von einer ungewohnten und unwiderstehlichen Empfindung überwunden, in einem Augenblick, wo sie zum erstenmal zu lieben und geliebt zu werden glaubte, nicht mehr Meisterin von ihren Bewegungen war. Sie schlug ihre schönen Augen auf, Augen die in den wollüstigen Tränen der Liebe schwammen, und dem entzückten Agathon sein ganzes Glück auf eine unendlich vollkommnere Art entdeckten, als es das beredteste Liebesgeständnis hätte tun können. O Callias! (rief sie endlich mit einem Ton der Stimme, der alle Saiten seines Herzens widerhallen machte, indem sie, ihre schönen Arme um ihn windend, den Glückseligsten aller Liebhaber an ihren Busen drückte,) – – was für ein neues Wesen gibst du mir? Genieße, o! genieße, du Liebenswürdigster unter den Sterblichen, der ganzen unbegrenzten Zärtlichkeit, die du mir einflößest. Und hier, ohne den Leser unnötiger Weise damit aufzuhalten, was sie ferner sagte, und was er antwortete, überlassen wir den Pinsel einem Correggio, und schleichen uns davon.

Aber wir fangen an, zu merken, wiewohl zu späte, daß wir unsern Freund Agathon auf Unkosten seiner schönen Freundin gerechtfertiget haben. Es ist leicht vorauszusehen, wie wenig Gnade sie vor dem ehrwürdigen und glücklichen Teil unsrer Leserinnen finden werde, welche sich bereden (und vermutlich Ursache dazu haben) daß sie in ähnlichen Umständen sich ganz anders als Danae betragen haben würden. Auch sind wir weit davon entfernt, diese allzuzärtliche Nymphe entschuldigen zu wollen, so scheinbar auch immer die Liebe ihre Vergehungen zu bemänteln weiß. Indessen bitten wir doch die vorbelobten Lukretien um Erlaubnis, dieses Capitel mit einer kleinen Nutzanwendung, auf die sie sich vielleicht nicht gefaßt gemacht haben, schließen zu dürfen. Diese Damen (mit aller Ehrfurcht die wir ihnen schuldig sind, sei es gesagt) würden sich sehr betrügen, wenn sie glaubten, daß wir die Schwachheiten einer so liebenswürdigen Creatur, als die schöne Danae ist, nur darum verraten hätten, damit sie Gelegenheit bekämen, ihre Eigenliebe daran zu kitzeln. Wir sind in der Tat nicht so sehr Neulinge in der Welt, daß wir uns überreden lassen sollten, daß eine jede, welche sich über das Betragen unsrer Danae ärgern wird, an ihrer Stelle weiser gewesen wäre. Wir wissen sehr wohl, daß nicht alles, was das Gepräge der Tugend führt, würklich echte und vollhaltige Tugend ist; und daß sechszig Jahre, oder eine Figur, die einen Satyren entwaffnen könnte, kein oder sehr wenig Recht geben, sich viel auf eine Tugend zu gut zu tun, welche vielleicht niemand jemals versucht gewesen ist, auf die Probe zu stellen. Wir zweifeln mit gutem Grunde sehr daran, daß diejenigen, welche von einer Danae am unbarmherzigsten urteilen, an ihrem Platz einem viel weniger gefährlichen Versucher als Agathon war, die Augen auskratzen würden: Und wenn sie es auch täten, so würden wir vielleicht anstehen, ihrer Tugend beizumessen, was eben sowohl die mechanische Würkung unreizbarer Sinnen, und eines unzärtlichen Herzens, hätte gewesen sein können. Unser Augenmerk ist bloß auf euch gerichtet, ihr liebreizenden Geschöpfe, denen die Natur die schönste ihrer Gaben, die Gabe zu gefallen, geschenkt – – ihr, welche sie bestimmt hat, uns glücklich zu machen; aber, welche eine einzige kleine Unvorsichtigkeit in Erfüllung dieser schönen Bestimmung so leicht in Gefahr setzen kann, durch die schätzbarste eurer Eigenschaften, durch das was die Anlage zu jeder Tugend ist, durch die Zärtlichkeit eures Herzens selbst, unglücklich zu werden: Euch allein wünschten wir überreden zu können, wie gefährlich jene Einbildung ist, womit euch das Bewußtsein eurer Unschuld schmeichelt, daß es allezeit in eurer Macht stehe, der Liebe und ihren Forderungen Grenzen zu setzen. Möchten die Unsterblichen (wenn anders, wie wir hoffen, die Unschuld und die Güte des Herzens himmlische Beschützer hat,) möchten sie über die eurige wachen! Möchten sie euch zu rechter Zeit warnen, euch einer Zärtlichkeit nicht zu vertrauen, welche, bezaubert von dem großmütigen Vergnügen, den Gegenstand ihrer Liebe glücklich zu machen, so leicht sich selbst vergessen kann! Möchten sie endlich in jenen Augenblicken, wo das Anschauen der Entzückungen, in die ihr zu setzen fähig seid, eure Klugheit überraschen könnte, euch in die Ohren flüstern: Daß selbst ein Agathon, weder Verdienst noch Liebe genug hat, um wert zu sein, daß die Befriedigung seiner Wünsche euch die Ruhe eures Herzens koste.

Zehentes Capitel

Welches alle unsre verheiratete Leser, wofern sie nicht sehr glücklich oder vollkommne Stoiker sind, überschlagen können

Die schöne Danae war keine von denen, welche das, was sie tun, nur zur Hälfte tun. Nachdem sie einmal beschlossen hatte, ihren Freund glücklich zu machen, so vollführte sie es auf eine Art, welche alles was er bisher Vergnügen und Wonne genannt hatte, in Schatten und Wolkenbilder verwandelte. Man erinnert sich vermutlich noch, daß eine Art von Vorwitz oder vielmehr ein launischer Einfall, die Macht ihrer Reizungen an unserm Helden zu probieren, anfangs die einzige Triebfeder der Anschläge war, welche sie auf sein Herz gemacht hatte. Die persönliche Bekanntschaft belebte dieses Vorhaben durch den Geschmack, den sie an ihm fand; und der tägliche Umgang, die Vorzüge Agathons, und, was in den meisten Fällen die Niederlage der weiblichen Tugend wo nicht allein verursacht, doch sehr befördert, die ansteckende Kraft, das Sympathetische der verliebten Begeisterung, welcher der göttliche Plato mit Recht die wundertätigsten Kräfte zuschreibt; alles dieses zusammen genommen, verwandelte zuletzt diesen Geschmack in Liebe, aber in die wahreste, zärtlichste und heftigste, welche jemals gewesen ist. Unserm Helden allein war die Ehre aufbehalten (wenn es eine war) ihr eine Art von Liebe einzuflößen, worin sie, ungeachtet alles dessen, was uns von ihrer Geschichte schon entdeckt worden ist, noch so sehr ein Neuling war, als es eine Vestalin in jeder Art von Liebe sein soll. Kurz, er, und er allein, war darzu gemacht, den Widerwillen zu überwinden, den ihr die gemeinen Liebhaber, die schönen Hyacinthe, diese tändelnden Gecken, an denen (um uns ihres eigenen Ausdrucks zu bedienen) die Hälfte ihrer Reizungen verloren ging; gegen alles was die Mine der Liebe trug, einzuflößen angefangen hatten.

Die meisten von derjenigen Classe der Naturkündiger, welche mit dem Herrn von Büffon davorhalten, daß das Physikalische der Liebe das beste davon sei, werden ohne Bedenken eingestehen, daß der Besitz, oder (um unsern Ausdruck genauer nach ihren Ideen zu bestimmen) der Genuß einer so schönen Frau als Danae war, an sich selbst betrachtet die vollkommenste Art von Vergnügungen in sich schließe, deren unsre Sinnen fähig sind; eine Wahrheit, welche, ungeachtet einer Art von stillschweigender Übereinkunft, daß man sie nicht laut gestehen wolle, von allen Völkern und zu allen Zeiten so allgemein anerkannt worden ist, daß Carneades, Sextus, Cornelius Agrippa, und Bayle selbst sich nicht getrauet haben, sie in Zweifel zu ziehen. Ob wir nun gleich nicht Mut genug besitzen, gegen einen so ehrwürdigen Beweis als das einhellige Gefühl des ganzen menschlichen Geschlechts abgibt, öffentlich zu behaupten, daß diejenigen Vergnügungen der Liebe, welche der Seele eigen sind, den Vorzug vor jenen haben: So werden doch nicht wenige mit uns einstimmig sein, daß ein Liebhaber, der selbst eine Seele hat, im Besitz der schönsten Statue von Fleisch und Blut, die man nur immer finden kann, selbst jene von den neuern Epicuräern so hoch gepriesene Wollust nur in einem sehr unvollkommnen Grade erfahren würde; und daß diese allein von der Empfindung des Herzens jenen wunderbaren Reiz erhalte, welcher immer für unaussprechlich gehalten worden ist, bis Rousseau, der Stoiker, sich herabgelassen, sie in dem fünf und vierzigsten der Briefe der neuen Heloise, in einer Volkommenheit zu schildern, welche sehr deutlich beweist, was für eine begeisternde Kraft die bloße halberloschene Erinnerung an die Erfahrungen seiner glücklichen Jugend über die Seele des Helvetischen Epictets ausgeübt haben müsse. Ohne Zweifel sind es Liebhaber von dieser Art, Saint Preux und Agathons, welchen es zukömmt, über die berührte Streitfrage einen entscheidenden Ausspruch zu tun; sie, welche durch die Feinheit und Lebhaftigkeit ihres Gefühls eben so geschickt gemacht werden, von den physicalischen, als durch die Zärtlichkeit ihres Herzens, oder durch ihren innerlichen Sinn für das sittliche Schöne, von den moralischen Vergnügungen der Liebe zu urteilen. Und wie wahr, wie natürlich werden nicht diese jene Stelle finden, die den Verehrern der animalischen Liebe unverständlicher ist als eine Hetruscische Aufschrift den Gelehrten, – – »O, entziehe mir immer diese berauschenden Entzückungen, für die ich tausend Leben gäbe! – – Gib mir nur das alles wieder was nicht sie, aber tausendmal süßer ist als sie« – –

Die schöne Danae war so sinnreich, so unerschöpflich in der Kunst (wenn man anders dasjenige so nennen kann, was Natur und Liebe allein, und keine ohne die andre geben kann) ihre Gunstbezeugungen zu vervielfältigen, den innerlichen Wert derselben durch die Annehmlichkeiten der Verzierung zu erhöhen, ihnen immer die frische Blüte der Neuheit zu erhalten, und alles Eintönige, alles was die Bezauberung hätte auflösen, und dem Überdruß den Zugang öffnen können, klüglich zu entfernen; daß sie oder eine andre ihres gleichen den Herrn von Büffon selbst dahin gebracht hätte, seine Gedanken von der Liebe zu ändern, welches vielleicht alle Marquisinnen von Paris zusammengenommen nicht von ihm erhalten würden. Diese glückseligen Liebenden brauchten, um ihrer Empfindung nach, den Göttern an Wonne gleich zu sein, nichts als ihre Liebe: Sie verschmähten izt alle diese Lustbarkeiten, an denen sie vorher so viel Geschmack gefunden hatten; ihre Liebe machte alle ihre Beschäftigungen und alle ihre Ergötzungen aus: Sie empfanden nichts anders, sie dachten an nichts anders, sie unterhielten sich mit nichts anderm; und doch schienen sie sich immer zum erstenmal zu sehen, zum erstenmal zu umarmen, zum erstenmal einander zu sagen, daß sie sich liebten; und wenn sie von einer Morgenröte zur andern nichts anders getan hatten, so beklagten sie sich doch über die Kargheit der Zeit, welche zu einem Leben, das sie zum Besten ihrer Liebe unsterblich gewünscht hätten, ihnen Augenblicke für Tage anrechne. Welch ein Zustand, wenn er dauern könnte! – – ruft hier der griechische Autor aus.

Eilftes Capitel

Eine bemerkenswürdige Würkung der Liebe, oder von der Seelenmischung

Ein alter Schriftsteller, den gewiß niemand beschuldigen wird, daß er die Liebe zu metaphysisch behandelt habe, und den wir nur zu nennen brauchen, um allen Verdacht dessen, was materielle Seelen für Platonische Grillen erklären, von ihm zu entfernen; mit einem Worte, Petronius, bedient sich irgendwo eines Ausdrucks, welcher ganz deutlich zu erkennen gibt, daß er eine verliebte Vermischung der Seelen nicht nur für möglich, sondern für einen solchen Umstand gehalten habe, der die Geheimnisse der Liebesgöttin natürlicher Weise zu begleiten pflege. Jam alligata mutuo ambitu corpora animarum quoque mixturam fecerant, sagt dieser Oberaufseher der Ergötzlichkeiten des Kaisers Nero; um vermutlich eben dasselbe zu bezeichnen, was er an einem andern Ort ungleich schöner also ausdrückt:

Et transfudimus hinc & hinc labellis
Errantes animas – –

Ob er selbst die ganze Stärke dieses Ausdrucks eingesehen, oder ihm so viel Bedeutung beigelegt habe, als wir; ist eine Frage, die uns (nach Gewohnheit der meisten Ausleger) sehr wenig bekümmert. Genug, daß wir diese Stellen einer Hypothese günstig finden, ohne welche sich, unsrer Meinung nach, verschiedene Phänomena der Liebe nicht wohl erklären lassen, und vermöge welcher wir annehmen, daß bei wahren Liebenden, in gewissen Umständen, nicht (wie einer unsrer tugendhaftesten Dichter meint) ein Tausch, sondern eine würkliche Mischung der Seelen vorgehe. Wie dieses möglich sei zu untersuchen, überlassen wir billig den weisen und tiefsinnigen Leuten, welche sich, in stolzer Muße und seliger Abgeschiedenheit von dem Getümmel dieser sublunarischen Welt, mit der nützlichen Speculation beschäftigen, die Art und Weise ausfündig zu machen, wie dasjenige was würklich ist, ohne Nachteil ihrer Meinungen und Lehrgebäude, möglich sein könne. Für uns ist genug, daß eine durch unzähliche Beispiele bestätigte Erfahrung außer allen Zweifel setzt, daß diejenige Gattung von Liebe, welche Schaftesbury mit bestem Recht zu einer Art des Enthusiasmus macht, und gegen welche Lucrez aus eben diesem Grunde sich mit so vielem Eifer erklärt, solche Würkungen hervorbringe, welche nicht besser als durch jenen Petronischen Ausdruck abgemalt werden können.

Agathon und Danae, die uns zu dieser Anmerkung Anlaß gegeben haben, hatten kaum vierzehn Tage, welche freilich nach dem Calender der Liebe nur vierzehn Augenblicke waren, in diesem glückseligen Zustande, worin wir sie im vorigen Capitel verlassen haben, zugebracht: als diese Seelenmischung sich in einem solchen Grade bei ihnen äußerte, daß sie nur von einer einzigen gemeinschaftlichen Seele belebt und begeistert zu werden schienen. Würklich war die Veränderung und der Absatz ihrer gegenwärtigen Art zu sein, mit ihrer vorigen so groß, daß weder Alcibiades seine Danae, noch die Priesterin zu Delphi den spröden und unkörperlichen Agathon wieder erkannt haben würden. Daß dieser aus einem speculativen Platoniker ein practischer Aristipp geworden; daß er eine Philosophie, welche die reinste Glückseligkeit in Beschauung unsichtbarer Schönheiten setzt, gegen eine Philosophie, welche sie in angenehmen Empfindungen, und die angenehmen Empfindungen in ihren nächsten Quellen, in der Natur, in unsern Sinnen und in unsern Herzen sucht, vertauschte; daß er von den Göttern und Halbgöttern, mit denen er vorher umgegangen war, nur die Grazien und Liebesgötter beibehielt; daß dieser Agathon, der ehmals von seinen Minuten, von seinen Augenblicken der Weisheit Rechenschaft geben konnte, izt fähig war (wir schämen uns es zu sagen) ganze Stunden, ganze Tage in zärtlicher Trunkenheit wegzutändeln – – Alles dieses, so stark der Abfall auch ist, wird dennoch den meisten begreiflich scheinen. Aber daß Danae, welche die Schönsten und Edelsten von Asien, welche Fürsten und Satrapen zu ihren Füßen gesehen hatte, welche gewohnt war, in den schimmerndsten Versammlungen am meisten zu glänzen, einen Hof von allem, was durch Vorzüge der Geburt, des Geistes, des Reichtums und der Talente würdig war, nach ihrem Beifall zu streben, um sich her zu sehen: Daß diese Danae izt verächtliche Blicke in die große Welt zurückwarf, und nichts angenehmers fand als die ländliche Einfalt, nichts schöners als in Hainen herumzuirren, Blumenkränze für ihren Schäfer zu winden, an einer murmelnden Quelle in seinem Arm einzuschlummern, von der Welt vergessen zu sein, und die Welt zu vergessen – – daß sie, für welche die Liebe der Empfindung sonst ein unerschöpflicher Gegenstand von witzigen Spöttereien gewesen war, izt von den zärtlichen Klagen der Nachtigall in stillheitern Nächten bis zu Tränen gerührt werden – – oder wenn sie ihren Geliebten unter einer schattichten Laube schlafend fand, ganze Stunden, unbeweglich, in zärtliches Staunen und in den Genuß ihrer Empfindungen versenkt, neben ihm sitzen konnte, ohne daran zu denken, ihn durch einen eigennützigen Kuß aufzuwecken, – – daß diese Schülerin des Hippias, welche gewohnt gewesen war, nichts lächerlichers zu finden, als die Hoffnung der Unsterblichkeit, und diese süßen Träume von bessern Welten, in welche sich empfindliche Seelen so gerne zu wiegen pflegen – – daß sie izt, beim dämmernden Schein des Monds, an Agathons Seite auf Blumen hingegossen, schon entkörpert zu sein, schon in den seligen Tälern des Elysiums zu schweben glaubte – – mitten aus den berauschenden Freuden der Liebe sich zu Gedanken von Gräbern und Urnen verlieren, dann ihren Geliebten zärtlicher an ihre Brust drückend den gestirnten Himmel anschauen, und ganze Stunden von der Wonne der Unsterblichen, von unvergänglichen Schönheiten und himmlischen Welten phantasieren konnte, und, von den Wünschen ihrer grenzenlosen Liebe getäuscht, in der Hoffnung einer immerwährenden Dauer izt so wenig Ausschweifendes fand, daß ihr kein Gedanke natürlicher, keine Hoffnung gewisser schien; dieses waren in der Tat Wunderwerke der Liebe, und Wunderwerke, welche nur die Liebe eines Agathons, nur jene Vermischung der Seelen, durch welche ihrer beider Denkungsart, Ideen, Geschmack und Neigungen in einander zerflossen, zuwege bringen konnte. Welches von beiden bei dieser Vermischung gewonnen oder verloren habe, wollen wir unsern Lesern zu entscheiden überlassen, von denen der zärtlichere Teil vielleicht der schönen Danae den Vorteil zuerkennen wird: Aber dieses, deucht uns, wird niemand so roh oder so stoisch sein zu leugnen, daß sie glücklich waren – – felices errore suo – – glücklich in dieser süßen Betörung, welcher, um dasjenige zu sein, was die Weisen schon so lange gesucht und nie gefunden haben, nichts abgeht, als daß sie (wie der griechische Autor hier abermal mit Bedauern ausruft) nicht immer währen kann.

Sechstes Buch

Erstes Capitel

Ein Besuch des Hippias

Zufällige Ursachen hatten es so gefüget, daß Hippias sich auf einiche Wochen von Smirna hatte entfernen müssen, und daß die Zeit seiner Abwesenheit gerade in diejenige Zeit fiel, worin die Liebe unsers Helden und der schönen Danae den äußersten Punkt ihrer Höhe erreichte. Dieser Umstand hatte sie gänzlich Meister von einer Zeit gelassen, welche sie zum Vorteil der Liebe und des Vergnügens so wohl anzuwenden wußten. Keiner von Danaes ehemaligen Verehrern hatte sich erkühnt, ihre Einsamkeit zu stören; und die Freundinnen, mit denen sie ehmals in Gesellschaft gestanden war, hatten zu gutem Glück alle mit ihren eignen Angelegenheiten so viel zu tun, daß sie keine Zeit behielten, sich um Freunde zu bekümmern. Zudem war ihr Aufenthalt auf dem Lande nichts ungewöhnliches, und der allgemeine Genius der Stadt Smirna war der Freiheit in der Wahl der Vergnügungen allzugünstig, als daß eine Danae (von der man ohnehin keine vestalische Tugend foderte) über die ihrigen, wenn sie auch bekannt gewesen wären, sehr strenge Urteile zu besorgen gehabt hätte.

Allein Hippias war kaum von seiner Reise zurückgekommen, so ließ er eine seiner ersten Sorgen sein, sich in eigner Person nach dem Fortgang des Entwurfs zu erkundigen, den er mit ihr zu Bekehrung des allzuplatonischen Callias gemeinschaftlich angelegt hatte. Die besondere Vertraulichkeit, worin er seit mehr als zehn Jahren mit ihr gelebt hatte, gab ihm das vorzügliche Recht, sie auch alsdann zu überraschen, wenn sie sonst für niemand sichtbar war. Er eilte also, so bald er nur konnte, nach ihrem Landgute; und hier brauchte er nur einen Blick auf unsre Liebende zu werfen, um zu sehen, wie viel in seiner Abwesenheit mit ihnen vorgegangen war. Ein gewisser Zwang, eine gewisse Zurückhaltung, eine Art von schamhafter Schüchternheit, welche ihm besonders an der Pflegtochter Aspasiens fast lächerlich vorkam, war das erste, was ihm an beiden in die Augen fiel. Wahre Liebe (wie man längst beobachtet hat) ist eben so sorgfältig ihre Glückseligkeit zu verbergen, als jene frostige Liebe, welche Coquetterie oder Langeweile zur Mutter hat, begierig ist, ihre Siege auszuposaunen. Allein dieses war weder die einzige noch die vornehmste Ursache einer Zurückhaltung, welche unsre Liebenden, aller angewandten Mühe ungeachtet, einem so scharfsichtigen Beobachter nicht entziehen konnten. Das Bewußtsein der Verwandlung, welche sie erlitten hatten; die Furcht vor dem comischen Ansehen, welches sie ihnen in den Augen des Sophisten geben möchte; die Furcht von einem Spott, vor dem sie die mutwilligen Ergießungen bei jedem Blicke, bei jedem Lächeln erwarteten; dieses war es, was sie in Verlegenheit setzte, und was den artigsten Gesichtern in ganz Jonien etwas Verdrießliches gab, welches von einem jeden andern als Hippias für ein Zeichen, daß seine Gegenwart unangenehm sei, hätte aufgenommen werden müssen. Allein dieser nahm es für das auf, was es in der Tat war; und da niemand besser zu leben wußte, so schien er so wenig zu bemerken, was in ihnen vorging, machte den Unachtsamen und Sorglosen so natürlich, hatte so viel von seiner Reise und tausend gleichgültigen Dingen zu schwatzen, und wußte dem Gespräch einen so freien Schwung von Munterkeit zu geben, daß sie alle erforderliche Zeit gewannen, sich wieder zu erholen, und sich in eine ungezwungene Verfassung zu setzen. Wenn Agathon hiedurch so sehr beruhiget wurde, daß er würklich hoffte, sich in seinen ersten

Besorgnissen betrogen zu haben, so war die feinere Danae weit davon entfernt, sich durch die Kunstgriffe des Sophisten ein Blendwerk vormachen zu lassen. Sie kannte ihn zu gut, um nicht in seiner Seele zu lesen; sie sah wohl, daß es zu einer Erörterung mit ihm kommen müsse, und war nur darüber unruhig, wie sie sich entschuldigen wollte, daß sie, über der Bemühung den Charakter des Agathons umzubilden, ihren eignen oder doch einen guten Teil davon verloren hatte. Mit diesen Gedanken hatte sie sich in den Stunden der gewöhnlichen Mittagsruhe beschäftiget, und war noch nicht recht mit sich selbst einig, wie weit sie sich dem Sophisten vertrauen wolle; als er in ihr Zimmer trat, und mit der vertraulichen Freimütigkeit eines alten Freundes ihr entdeckte, daß es die Neugier über den Fortgang ihres geheimen Anschlags sei, was ihn so bald nach seiner Wiederkunft zu ihr gezogen habe. Die Glückseligkeit des Callias (setzte er hinzu) schimmert zu lebhaft aus seinen Augen und aus seinem ganzen Betragen hervor, schöne Danae, als daß ich durch überflüssige Fragstücke das reizende Incarnat dieser liebenswürdigen Wangen zu erhöhen suchen sollte. Und findest du ihn also der Mühe würdig, die du auf seine Bekehrung ohne Zweifel verwenden mußtest? Der Mühe? sagte Danae lächelnd; ich schwöre dir, daß mir in meinem Leben keine Mühe so leicht geworden ist, als mich von dem liebenswürdigsten Sterblichen, den ich jemals gekannt habe, lieben zu lassen. Denn das war doch alle Mühe – – Nicht ganz und gar, (unterbrach sie Hippias) wenn du so aufrichtig sein willt, als es unsrer Freundschaft gemäß ist. Ich bin gewiß, daß er an keine Verstellung dachte, da er noch in meinem Hause war; und die Veränderung, die ich an ihm wahrnehme ist so groß, verbreitet sich so sehr über seine ganze Person, hat ihn so unkenntlich gemacht, daß Danae selbst, auf deren Lippen die Überredung wohnt, mich nicht überreden soll, daß eine solche Seelenwandlung im Schlafe vorgehen könne. Keine Zurückhaltungen, schöne Danae, die Würkungen zeugen von ihren Ursachen; ein großes Werk setzt große Anstalten voraus; wenn ein Callias dahin gebracht wird, daß er wie ein Liebling der Venus herausgeputzt ist, daß er mit einer Sybaritischen Zunge von der Niedlichkeit der Speisen und dem Geschmack der Weine urteilt; daß er die wollüstigsten Läufe eines in Liebe schmelzenden Liedes mit entzücktem Händeklatschen wiederholen heißt, und sich die Trinkschale von einer jungen Circasserin mit unverhülltem Busen eben so gleichgültig reichen läßt, als er sich in die weichen Polster eines Persischen Ruhebettes hineinsenkt – – wahrhaftig, schöne Danae, das nenn ich eine Verwandlung, welche in so kurzer Zeit zu bewerkstelligen, ich keiner von allen unsterblichen Göttinnen zugetraut hätte. Ich weiß nicht, was du damit sagen willst, erwiderte Danae mit einer angenommenen Zerstreuung; mich deucht nichts natürlichers, als alles, worüber du dich so verwundert stellst; und gesetzt, daß du dich in deinem Urteil von Callias betrogen hättest, ist es seine Schuld? Wenn ich dir die Wahrheit sagen soll, so kann nichts unähnlichers sein, als wie du ihn mir abgeschildert und wie ich ihn gefunden habe. Du machtest mich einen Pedantischen Toren, den Gegenstand einer Comödie erwarten, und ich wiederhole es, du magst über mich lachen so lange du willt, Alcibiades selbst im Frühling seiner Jahre und Reizungen war nicht liebenswürdiger als derjenige, den du mir für ein comisches Mittelding von einem Phantasten und von einer Bildsäule gegeben hast. Wenn eine Verschiedenheit zwischen Callias und den Besten ist, für welche ich ehmals aus Dankbarkeit, Geschmack oder Laune, Gefälligkeiten gehabt habe, so ist sie gänzlich zu seinem Vorteil; so ist es, daß er edler, aufrichtiger, zärtlicher ist, daß er mich liebet, da jene nur sich selbst in mir liebten; daß ihn mein Vergnügen glücklicher macht als sein eignes; daß er das großmütigste und erkenntlichste Herz mit den glänzendesten Vorzügen des Geistes, mit allem was den Umgang reizend macht, vereinigt besitzt. – – Welch ein Strom von Beredsamkeit, rief Hippias mit dem Lächeln eines Fauns aus; du sprichst nicht anders als ob du seine Apologie gegen mich machen müßtest; und wenn habe ich denn was anders gesagt? Beschrieb ich ihn nicht als liebenswürdig? Sagt' ich dir nicht, daß er dir die Hyacinthe, und alle diese artigen gaukelnden Sommervögel unerträglich machen würde? Aber wir wollen uns nicht zanken, schöne Danae. Ich sehe, daß Amor hier mehr Arbeit gemacht als ihm aufgetragen war; er sollte dir nur helfen, den Callias zu unterwerfen; aber der übermütige kleine Bube hat es für eine größere Ehre gehalten, dich selbst zu besiegen; diese Danae, welche bisher mit seinen Pfeilen nur gescherzt hatte. Bekenne, Danae – – Ja, (fiel sie ihm lebhaft ein) ich bekenne, daß ich liebe wie ich nie geliebt habe; daß alles was ich sonst Glückseligkeit nannte, kaum den Namen des Daseins verdient hat; ich bekenne es, Hippias, und bin stolz darauf, daß ich fähig wäre, alles was ich besitze, alle Ergötzlichkeiten von Smirna, alle Ansprüche an Beifall, alle Befriedigungen der Eitelkeit, und eine ganze Welt voll Liebhaber wie eine Nußschale hinzuwerfen, um mit Callias in einer mit Stroh bedeckten Hütte zu leben, und mit diesen Händen, welche nicht zu weiß und zärtlich dazu sein sollten, die Milch zuzubereiten, die ihm, vom Felde wiederkommend, weil ich sie ihm reichte, lieblicher schmecken würde, als Nektar aus den Händen der Liebesgöttin.

O, das ist was anders, rief Hippias, der sich nun nicht länger halten konnte, in ein lautes Gelächter auszubrechen; wenn Danae aus diesem Tone spricht, so hat Hippias nichts mehr zu sagen. Aber, fuhr er fort, nachdem er sich die Augen gewischt und den Mund in

Falten gelegt hatte; in der Tat, schöne Freundin, ich lache zur Unzeit; die Sache ist ernsthafter als ich beim ersten Anblick dachte, und ich besorge nun in ganzem Ernste, daß Callias, so sehr er dich anzubeten scheint, nicht Liebe genug haben möchte, die deinige zu erwidern. Ich erlasse dem Hippias diese Sorge, sagte Danae mit einem spöttischen Lächeln, welches ihr sehr reizend ließ; das soll meine Sorge sein; und mich deucht, Hippias, welcher ein so großer Meister ist, von den Würkungen auf die Ursachen zu schließen, sollte ganz ruhig darüber sein können, daß sich Danae nicht wie ein vierzehnjähriges Mädchen fangen läßt. Die Götter der Liebe und Freude verhüten, daß meine Worte einen übelweissagenden Sinn in sich fassen, erwiderte Hippias! Du liebest, schöne Danae; du wirst geliebt; kein würdigers Paar glücklich zu sein, kein geschickteres sich glücklich zu machen, hat Amor nie vereiniget. Erschöpfet alles, was die Liebe reizendes hat! Trinket immer neue Entzückungen aus ihrem nektarischen Becher; und möge die neidenswerte Bezauberung so lang als euer Leben dauern!

Zweites Capitel

Eine Probe von den Talenten eines Liebhabers

In einem so freundschaftlichen und schwärmerischen Ton stimmte der gefällige Sophist seine Sprache um, als Agathon hereintrat, und ihnen einen Spaziergang in die Gärten vorschlug, worin er sich das Vergnügen machen wollte, sie mit einer in geheim veranstalteten Ergötzung zu überraschen. Man ließ sich den Vorschlag gefallen, und nachdem Hippias eine Reihe von neuen Gemälden, womit die Galerie vermehrt worden war, gesehen hatte, begab man sich in den Garten, in welchem, nach Persischem Geschmack, große Blumenstücke, Spaziergänge von hohen Bäumen, kleine Weiher, künstliche Wildnisse, Lauben und Grotten in anmutiger Unordnung unter einander geworfen schienen. Das Gespräch ward izt wieder gleichgültig, und Hippias wußte es so zu lenken, daß Agathon unvermerkt veranlaßt wurde, die neue Wendung, welche seine Einbildungskraft bekommen hatte, auf hundertfältige Art zu verraten. Inzwischen neigte sich die Sonne, als sie beim Eintritt in einen kleinen Wald von Myrthen- und Citronenbäumen, an welchen die Kunst keine Hand angelegt zu haben schien, von einem versteckten Concert, welches alle Arten von Singvögel nachahmte, empfangen wurden. Aus jedem Zweig, aus jedem Blatte schien eine besondere Stimme hervorzugehen; so volltönig war diese Musik, in welcher die Nachahmung der kunstlosen Natur in der scheinbaren Unregelmäßigkeit phantasierender Töne, die lieblichste Harmonie hervorbrachte, die man jemals gehört hatte. Die Dämmerung des heitersten Abends, und die eigne Anmut des Orts vereinigten sich damit, um diesem Lusthain die Gestalt der Bezauberung zu geben. Danae, welche seit wenigen Wochen eine ganz neue Empfindlichkeit für das Schöne der Natur und die Vergnügungen der Einbildungskraft bekommen hatte, sahe ihren sich ganz unwissend stellenden Liebling mit Augen an, welche ihm sagten, daß nur die Gegenwart des Hippias sie verhindere, ihre schönen Arme um seinen Hals zu werfen: als unversehens eine Anzahl von kleinen Liebesgöttern und Faunen aus dem Hain hervorhüpfte; jene von flatterndem Silberflor, der mit nachgeahmten Rosen durchwürkt war, leicht bedeckt; diese nackend, außer daß ein Epheukranz, mit gelben Rosen durchflochten, ihre milchweißen Hüften schürzte, und um die kleinen verguldeten Hörner sich schlang, die aus ihren schwarzen kurzlockichten Haaren hervorstachen. Alle diese kleine Genii streuten aus zierlichen Körbchen von Silberdraht die schönsten Blumen vor Danae her, und führten sie tanzend in die Mitte des Wäldchens, wo Gebüsche von Jasminen, Rosen und Acacia eine Art von halbcirkelndem Amphitheater machten, unter welchem ein zierlicher Thron von Laubwerk und Blumenkränzen für die schöne Danae bereitet stand. Nachdem sie sich hier gesetzt hatte, breiteten die Liebesgötter einen Persischen Teppich vor ihr aus, indem von den kleinen Faunen einige beschäftigt waren, den Boden mit goldnen und cristallenen Trinkschalen von allerlei niedlichen Formen zu besetzen, andre unter der Last voller Schläuche mit possierlichen Gebärden herbeigekrochen kamen, und im Vorbeigehen den weisen Hippias durch hundert mutwillige Spiele neckten. Auf einmal schlupften die Grazien hinter einer Myrthenhecke hervor, drei jugendliche Schwestern, deren halbaufgeblühte Schönheit ein leichtes Gewölk von Gase mehr zu entwickeln als zu verhüllen eifersüchtig schien. Sie umgaben ihre Gebieterin, und indem die erste einen frischen Blumenkranz um ihre schöne Stirne wand, reichten ihr die beiden andern kniend in goldnen Schalen die auserlesensten Früchte und Erfrischungen dar; indes die Faunen den Hippias mit Epheu kränzten, und wohlriechende Salben über seine Glatze und seinen halbgrauen Bart heruntergossen. Beide bezeugten ihr Vergnügen über dieses kleine Schauspiel, welches das lachendste Gemälde von der Welt machte; als eine zärtliche Symphonie von Flöten aus der Luft, wie es schien, herabtönend, die Augen zu einer neuen Erscheinung aufmerksam machte. Die Liebesgötter, die Faunen und die Grazien waren indes verschwunden, und es öffnete sich der Danae gegenüber die waldichte Scene, um den Liebesgott darzustellen, auf einem goldnen Gewölke sitzend, welches über den Rosenbüschen von Zephyren emporgehalten wurde. Ein schalkhaftes Lächeln, das sein liebliches Gesicht umscherzte, schien die Herzen zu warnen, sich von der tändelnden Unschuld dieses schönen Götterknabens nicht sorglos machen zu lassen. Er sang mit lieblicher Stimme, und der Inhalt seines Gesangs drückte seine Freude aus, daß er endlich eine bequeme Gelegenheit gefunden habe, sich an der schönen Danae zu rächen. »Gleich der Liebesgöttin, meiner Mutter (sang er) herrscht sie unumschränkt über die Herzen, und haucht allgemeine Liebe umher: Von ihren Blikken beseelt, wendet ihr die Natur, als ihrer Göttin, sich zu; verschönert, wenn sie lächelt, traurig und welkend, wenn sie sich von ihr kehrt: Verlassen stehn die Altäre zu Paphos, die Seufzer der Liebenden wallen nur ihr entgegen; und indem ihre siegreichen Augen ringsum sie her jedes Herz verwunden und entzücken, lacht sie, die Stolze, meiner Pfeile, und trotzt mit unbezwungner Brust der Macht, vor welcher Götter zittern: Aber nicht länger soll sie trotzen; hier ist der schärfste Pfeil, scharf genug einen Busen von Marmor zu spalten, und die kälteste Seele in Liebesflammen hinwegzuschmelzen. Zittre, ungewahrsame Schöne! dieser Augenblick soll Amorn und seine Mutter rächen! Tiefseufzend sollst du auffahren, wie ein junges Reh auffährt, das unter Rosen schlummernd den geflügelten Pfeil des Jägers fühlt; schmerzenvoll und trostlos sollst du in einsamen Hainen irren, und auf öden Felsen sitzend den schleichenden Bach mit deinen Tränen mehren.«

So sang er und spannte boshaft-lächelnd den Bogen; schon war der Pfeil angelegt, schon zielte er nach ihrem leichtbedeckten Busen: als er plötzlich mit einem lauten Schrei zurückfuhr, seinen Pfeil zerbrach, den Bogen von sich warf, und mit zärtlich schüchterner Gebärde auf die schöne Danae zuflatterte. O Göttin, vergib, (sang er, indem er bittend ihre Knie umfaßte) vergib, vergib, schöne Mutter, dem Irrtum meiner Augen! wie leicht war es zu irren! Ich sahe dich für Danae an.

In dem nämlichen Augenblick, da er dieses gesungen hatte, erschienen die Grazien, die Liebesgötter und die kleinen Faunen wieder, und endigten diese Scene mit Tänzen und Gesängen, zum Preis derjenigen, welche auf eine so schmeichelhafte Art zur Göttin der Schönheit und der Liebe erklärt worden war. Dieses überraschende Compliment, welches damals noch den Reiz der Neuheit hatte, weil es noch nicht an die Daphnen und Chloen so vieler neuern Poeten verschwendet worden war, schien ihr Vergnügen zu machen; und der doppelt belustigte Hippias gestand, daß sein junger Freund einen sehr guten Gebrauch von seiner Einbildungskraft zu machen gelernt habe. Dachte ich nicht, Callias, sagte er leise zu ihm, indem er ihn auf die Schultern klopfte, daß ein Monat unter den Augen der schönen Danae dich von den Vorurteilen heilen würde, womit du gegen Grundsätze eingenommen warest, die du bereits so meisterhaft auszuüben gelernt hast.

Der übrige Teil des Abends wurde auf eine eben so angenehme Weise zugebracht, bis endlich Hippias, welcher den folgenden Morgen wieder in Smirna sein mußte, in einem Zustande, worin er mehr dem Vater Silen als einem Weisen glich, von den kleinen Faunen zu Bette gebracht wurde.

Agathon hatte nun nichts dringenders als von Danae zu erfahren, was der Gegenstand ihrer einzelnen Unterredung mit dem Hippias gewesen sei. Man wird es dieser Dame zu gut halten können, daß sie die Aufrichtigkeit ihres Berichts nicht so weit trieb, ihm das Complot einzugestehen, worein sie sich von dem Sophisten anfangs hatte ziehen lassen; und dessen Ausgang so weit von der Anlage des ersten Plans entfernt gewesen war. Die zärtlichste und vertrauteste Liebe verhindert nicht, daß man sich nicht kleine Geheimnisse vorbehalten sollte, bei deren Entdeckung die Eigenliebe ihre Rechnung nicht finden würde. Sie begnügte sich also ihm zu sagen, daß Hippias viel Gutes von ihm gesprochen, und sie versichert habe, daß er ihn weit aufgeweckter und artiger finde als er vorher gewesen; es hätte sie bedünkt, daß er mehr damit sagen wollen, als seine Worte an sich selbst gesagt hätten; sie hätte aber eben so wenig daran gedacht ihn zum Vertrauten ihrer Liebe zu machen, als sie Ursache hätte, eine Achtung zu verbergen, welche man den persönlichen Verdiensten des Callias nicht versagen könne; im übrigen hätte sie seine Munterkeit auf die Rechnung der Zeit, welche das Andenken seiner Unglücksfälle schwäche, und der vollkommnern Freiheit geschrieben, die er in ihrem Hause hätte. Agathon ließ sich durch diese Erzählung nicht nur beruhigen; sondern, wie seine Einbildungskraft gewohnt war, ihn immer weiter zu führen, als er im Sinne hatte zu gehen, so fühlte er sich, nachdem sie eine Zeitlang von dieser Materie gesprochen hatten, so mutig, daß er sich vornahm den Scherzen des Hippias, wofern es demselben je einfallen sollte über seine Freundschaft mit Danae zu scherzen, in gleichem Ton zu antworten; eine Entschließung, welche (ob er es gleich nicht gewahr wurde) in der Tat mehr Unverschämtheit voraussetzte, als selbst ein langwieriger Fortgang auf den Abwegen, auf die er verirrt war, einem Agathon jemals geben konnte.

Drittes Capitel

Convulsivische Bewegungen der wiederauflebenden Tugend

Wenige Tage waren seit dem Besuch des Hippias verflossen; als ein Fest, welches er alle Jahre seinen Freunden zu geben pflegte, Gelegenheit machte, der schönen Danae und ihrem Freunde eine Einladung zuzusenden. Weil sie keinen guten Vorwand zu geben hatten, ihr Ausbleiben zu entschuldigen, so erschienen sie auf den bestimmten Tag, und Agathon brachte eine Lebhaftigkeit mit, welche ihm selbst Hoffnung machte, daß er sich so gut halten würde, als es die Anfälle, die er von der Schalkhaftigkeit des Sophisten erwartete, nur immer erfordern könnten. Hippias hatte nichts vergessen, was die Pracht seines Fests vermehren konnte; und nach demjenigen, was im zweiten Buch von den Grundsätzen, der Lebensart und den Reichtümern dieses Mannes gemeldet worden, können unsre Leser sich so viel davon einbilden als sie wollen, ohne zu besorgen, daß wir sie durch überflüssige Beschreibungen von den wichtigern Gegenständen, die wir vor uns haben, aufhalten würden.

Agathon hatte über der Tafel die Rolle eines witzigen Kopfs so gut gespielt; er hatte so fein und so lebhaft gescherzt, und bei Gelegenheiten die Ideen, wovon seine Seele damals beherrscht wurde, so deutlich verraten; daß Hippias sich nicht enthalten konnte, ihm in einem Augenblick, wo sie allein waren, seine ganze Freude darüber auszudrücken. Ich bin erfreut, Callias (sagte er zu ihm) daß du, wie ich sehe, einer von den Unsrigen worden bist. Du rechtfertigest die gute Meinung vollkommen, die ich beim ersten Anblick von dir faßte; ich sagte immer, daß einer so feurigen Seele wie die deinige, nur würkliche Gegenstände mangelten, um ohne Mühe von den Schimären zurückzukommen, woran du vor einigen Wochen noch so stark zu hängen schienest. Zum Glück für den guten Agathon rettete ihn die Darzwischenkunft einiger Personen von der Gesellschaft, mitten in der Antwort, die er zu stottern angefangen hatte; aber aus der Unruhe, welche diese wenige Worte des Sophisten in sein Gemüt geworfen hatten, konnte ihn nichts retten.

Alle Mühe, die er anstrengte, alle Zeitkürzungen, wovon er sich umgeben sah, waren zu schwach ihn wieder aus einer Verwirrung herauszuziehen, welche sogar durch den Anblick der schönen Danae vermehrt wurde. Er mußte einen Anstoß von Übelkeit vorschützen, um sich eine Zeitlang aus der Gesellschaft wegzubegeben, um in einem entlegnen Cabinet den Gedanken nachzuhängen, deren auf einmal daherstürmende Menge ihm eine Weile alles Vermögen benahm, einen von dem andern zu unterscheiden. Endlich faßte er sich doch so weit, daß er seinem beklemmten Herzen durch dieses oft abgebrochene Selbstgespräch Luft machen konnte: Wie? – – Ich bin erfreut, daß du einer von den Unsrigen geworden? – – Ists möglich? Einer von den Seinigen? – – Dem Hippias ähnlich? – – Ihm, dessen Grundsätze, dessen Leben, dessen vermeinte Weisheit mir vor kurzem noch so viel Abscheu einflößten? – – Und die Verwandlung ist so groß, daß sie ihm keinen Zweifel übrig läßt? Gütige Götter! Wo ist euer Agathon? – – Ach! es ist mehr als zu gewiß, daß ich nicht mehr ich selbst bin! – – Wie? sind mir nicht alle Gegenstände dieses Hauses, von denen meine Seele sich ehmals mit Ekel und Grauen wegwandte, gleichgültig oder gar angenehm worden? Diese üppigen Gemälde – – diese schlüpfrigen Nymphen – – diese Gespräche, worin alles, was dem Menschen groß und ehrwürdig sein soll, in ein comisches Licht gestellt wird – – diese Verschwendung der Zeit – – diese mühsam ausgesonnenen und über die Forderung der Natur getriebenen Ergötzungen – – Himmel! wo bin ich? An was für einem jähen Abhang find ich mich selbst – – welch einen Abgrund unter mir – – O Danae, Danae! – – hier hielt er inn, um den trostvollen Einflüssen Raum zu lassen, welche dieser Name und die zauberischen Bilder, so er mit sich brachte, über seine sich selbst quälende Seele ausbreiteten. Mit einem schleunigen Übergang von Schwermut zu Entzückung, durchflog sie izt alle diese Scenen von Liebe und Glückseligkeit, welche ihr die letztverfloßnen Tage zu Augenblicken gemacht hatten; und von diesen Erinnerungen mit einer innigen Wollust durchströmt, konnte sie oder wollte sie vielmehr den Gedanken nicht ertragen, daß sie in einem so beneidenswürdigen Zustand unter sich selbst heruntergesunken sein könne. Göttliche Danae, rief der arme Kranke in einem verdoppelten Anstoß des wiederkehrenden Taumels aus; wie? Kann es ein Verbrechen sein, das Vollkommenste unter allen Geschöpfen zu lieben? Ist es ein Verbrechen glücklich zu sein? – – In diesem Ton fuhr Amor, (welchen Plato sehr richtig den größten unter allen Sophisten nennt) desto ungehinderter fort ihm zuzureden, da ihm die Eigenliebe zu Hilfe kam, und seine Sache zu der ihrigen machte. Denn was ist unangenehmers, als sich selbst zugleich anklagen und verurteilen müssen? Und wie gerne hören wir die Stimme der sich selbst verteidigenden Leidenschaft? Wie gründlich finden wir jedes Blendwerk, womit sie die richterliche Vernunft zu einem falschen Ausspruch zu verleiten sucht? Agathon hörte diese betriegliche Apologistin so gerne, daß es ihr gelang, sein Gemüte wieder zu besänftigen. Er schmeichelte sich, daß ungeachtet einer Veränderung seiner Denkungsart, die er sich selbst für eine Verbesserung zu geben suchte, der Unterscheid zwischen ihm und Hippias noch so groß, so wesentlich sei als jemals. Er verbarg seine schwache Seite hinter die Tugenden, deren er sich bewußt zu sein glaubte; und beruhigte sich endlich völlig mit einem idealischen Entwurf eines seinen eignen Grundsätzen gemäßen Lebens, zu welchem er seine geliebte Danae schon genug vorbereitet glaubte, um ihr selbigen ohne längern Aufschub vorzulegen. Er kehrte nunmehr, nachdem er ungefähr eine Stunde allein gewesen war, mit einem so aufgeheiterten Gesicht zur Gesellschaft, welche sich in einem Saale des Gartens versammelt hatte, zurück, daß Danae und Hippias selbst sich bereden ließen, seinen vorigen Anstoß einer vorübergehenden Übelkeit zuzuschreiben. Ergötzlichkeiten folgten izt auf Ergötzlichkeiten so dicht aneinander, und so mannigfaltig, daß die überladene Seele keine Zeit behielt sich Rechenschaft von ihren Empfindungen zu geben; und nach Gewohnheit des Landes wurde die ganze Nacht bis zum Anbruch der Morgenröte in brausenden Vergnügungen hingebracht. Die Gegenwart der liebenswürdigen Danae würkte mit ihrer ganzen magischen Kraft auf unsern Helden, ohne verhindern zu können, daß er von Zeit zu Zeit in eine Zerstreuung fiel, aus welcher sie ihn, sobald sie es gewahr wurde, zu ziehen bemüht war. Die Gegenstände, welche seinen sittlichen Geschmack ehmals beleidiget hatten, waren hier zu häufig, als daß nicht mitten unter den flüchtigen Vergnügungen, womit sie gleichsam über die Oberfläche seiner Seele hinglitscheten, ein geheimes Gefühl seiner Erniedrigung seine Wangen mit Schamröte vor sich selbst, dem Vorboten der wiederkehrenden Tugend, hätte überziehen sollen.

Dieses begegnete insonderheit bei einem pantomimischen Tanze, womit Hippias seine größtenteils vom Bacchus glühenden Gäste noch eine geraume Zeit nach Mitternacht vom Einschlummern abzuhalten suchte. Die Tänzerin, ein schönes Mädchen, welches ungeachtet seiner Jugend, schon lange in den Geheimnissen von Cythere eingeweiht war, tanzte die Fabel der Leda. Dieses berüchtigte Meisterstück der eben so vollkommnen als üppigen Tanzkunst der Alten, von dessen Würkungen Juvenal in einer von seinen Satyren ein so zügelloses Gemälde macht. Hippias und die meisten seiner Gäste bezeugten ein unmäßiges Vergnügen über die Art, wie seine Tänzerin diese schlüpfrige Geschichte nach der wollüstigen Modulation zwoer Flöten, allein durch die stumme Sprache der Bewegung, von Scene zu Scene bis zur Entwicklung fortzuwinden wußte. – – Zeuxes, und Homer selbst, riefen sie, konnte nicht besser, nicht deutlicher mit Farben oder Worten, als die Tänzerin durch ihre Bewegungen malen. Die Damen glaubten genug getan zu haben, daß sie auf dieses Schauspiel nicht Acht zu geben schienen; aber Agathon konnte den widrigen Eindruck, den es auf ihn machte, und den innerlichen Grauen, womit sein Gemüt dabei erfüllt wurde, kaum in sich selbst verschließen. Er wollte würklich etwas sagen, welches allerdings in der Gesellschaft, worin er war, übel angebracht gewesen wäre; als ein beschämter Blick auf sich selbst, und vielleicht die Furcht belacht zu werden, und den ausgelassenen Hippias zu einer allzuscharfen Rache zu reizen, seine Rede auf seinen Lippen erstickte; und weil doch die ersten Worte nun einmal gesagt waren, den vorgehabten Tadel in einen gezwungenen Beifall verwandelten. Er hatte nun keine Ruhe, bis er die schöne Danae bewogen hatte, sich mit einer von ihren Freundinnen aus einer Gesellschaft wegzuschleichen, aus welcher die Grazien schamrot wegzufliehen anfingen; und sein Unwille ergoß sich während daß sie nach Hause fuhren, in eine scharfe Verurteilung des verdorbenen Geschmacks des Sophisten, welche so lange dauerte, bis sie bei Anbruche des Tages wieder auf dem Landhause der Danae anlangten, um die von Ergötzungen abgemattete Natur zu derjenigen Zeit, welche zu den Geschäften des Lebens bestimmt ist, durch Ruhe und Schlummer wiederherzustellen.

Viertes Capitel

Daß Träume nicht allemal Schäume sind

Die Stoiker, dieser strenge moralische Orden, dessen Abgang der vortreffliche Präsident von Montesquieu als einen Verlust für das menschliche Geschlecht ansieht, hatten unter andern Sonderlichkeiten, eine große Meinung von der Natur und Bestimmung der Träume. Sie trieben es so weit, daß sie sich die Mühe gaben, eben so große Bücher über diese Materie zu schreiben, als diejenigen, womit die gelehrte Welt noch in unsern Tagen, von einigen weisen Mönchen über die erhabne Kunst, die Gespenster zu prüfen und zu bannen, beschenkt worden ist. Sie teilten die Träume in mancherlei Gattungen und Arten ein, wiesen ihnen ihre geheime Bedeutungen an, gaben den Schlüssel dazu, und trugen kein Bedenken, einige Arten derselben ganz zuversichtlich dem Einfluß derjenigen Geister zuzuschreiben, womit sie alle Teile der Natur reichlich bevölkert hatten. In der Tat scheinen sie sich in diesem Stück lediglich nach einem allgemeinen Glauben, der sich von je her unter allen Völkern und Zeiten erhalten hat, gerichtet, und dasjenige in die Form einer schlußförmigen Theorie gebracht zu haben, was bei ihren Großmüttern ein sehr unsichers Gemische von Tradition, Einbildung und Blödigkeit des Geistes gewesen sein möchte. Dem sei nun wie ihm wolle, so ist gewiß, daß wir zuweilen Träume haben, in denen so viel Zusammenhang, so viel Beziehung auf unsre vergangne und gegenwärtige Umstände, wiewohl allezeit mit einem kleinen Zusatz von Wunderbarem und Unbegreiflichem, anzutreffen ist; daß wir uns um jener Merkmale der Wahrheit willen geneigt finden, in diesem letztern etwas geheimnisvolles und vorbedeutendes zu suchen. Träume von dieser Art den Geistern außer uns, oder, wie die Pythagoräer taten, einer gewissen prophetischen Kraft und Divination unsrer Seele beizumessen, welche unter dem tiefen Schlummer der Sinne bessere Freiheit habe, sich zu entwickeln: So sinnreiche Auflösungen überlassen wir denjenigen, welche zum Besitz jener von Lucrez so enthusiastisch gepriesenen Glückseligkeit, die Ursachen der Dinge einzusehen, in einem vollern Maße gelangt sind als wir. Indessen haben wir uns doch zum Gesetz gemacht, den guten Rat unsrer Amme nicht zu verachten, welche uns, da wir noch das Glück ihrer einsichtsvollen Erziehung genossen, unter Anführung einer langen Reihe von Familienbeispielen, ernstlich zu vermahnen pflegte, die Warnungen und Fingerzeige der Träume ja nicht für gleichgültig anzusehen.

Agathon hatte diesen Morgen, nachdem er in einer Verwirrung von uneinigen Gedanken und Gemütsbewegungen endlich eingeschlummert war, einen Traum, den wir mit einigem Recht zu den kleinen Ursachen zählen können, durch welche große Begebenheiten hervorgebracht worden sind. Wir wollen ihn erzählen, wie wir ihn in unsrer Urkunde finden, und dem Leser überlassen, was er davon urteilen will. Ihn deuchte also, daß er in einer Gesellschaft von Nymphen und Liebesgöttern auf einer anmutigen Ebne sich erlustige. Danae war unter ihnen. Mit zauberischem Lächeln reichte sie ihm, wie Ariadne ihrem Bacchus, eine Schale voll Nectars, welchen er an ihren Blicken hangend mit wollüstigen Zügen hinunterschlürfte. Auf einmal fing alles um ihn her zu tanzen an; er tanzte mit; ein Nebel von süßen Düften schien rings um ihn her die wahre Gestalt der Dinge zu verbergen, und tausend liebliche Gestalten gaukelten vor seiner Stirne, welche wie Seifenblasen eben so schnell zerflossen als entstunden. In diesem Taumel tanzte und hüpfte er eine Zeit lang fort, bis auf einmal der Nebel und seine ganze fröhliche Gesellschaft verschwand: Ihm war als ob er aus einem tiefen Schlaf erwachte; und da er die Augen aufschlug, sah er sich an der Spitze eines jähen Felsens, unter welchem ein reißender Strom seine sprudelnden Wellen fortwälzte. Gegen ihm über, auf dem andern Ufer des Flusses, stand Psyche; ein schneeweißes Gewand floß zu ihren

Füßen herab; ganz einsam und traurig stand sie, und heftete Blicke auf ihn, die ihm das Herz durchbohrten. Ohne sich einen Augenblick zu besinnen, stürzte er sich in den Fluß hinab, arbeitete sich ans andre Ufer hinüber, und eilte, sich seiner Psyche zu Füßen zu werfen. Aber sie entschlüpfte wie ein Schatten vor ihm her, ohne daß sie aufhörte, sichtbar zu sein; ihr Gesicht war traurig, und ihre rechte Hand wies in die Ferne, wo er die goldnen Türme und die heiligen Haine des delphischen Tempels ganz deutlich zu unterscheiden glaubte. Tränen liefen bei diesem Anblick über seine Wangen herab; er streckte seine Arme, flehend, und von unaussprechlichen Empfindungen beklemmt, nach der geliebten Psyche aus; aber sie floh eilends von ihm weg, einer Bildsäule der Tugend zu, welche unter den Trümmern eines verfallnen Tempels, einsam und unversehrt, in majestätischer Ruhe auf einem unbeweglichen Cubus stand. Psyche umarmte diese Bildsäule, warf noch einen tiefsinnigen Blick auf ihn und verschwand. Verzweifelnd wollte er ihr nacheilen, als er sich plötzlich in einem tiefen Schlamme versenket sah; und die Bestrebung, die er anwendete, sich herauszuarbeiten, war so heftig, daß er daran erwachte.

Ein Strom von Tränen, in welchen sein berstendes Herz ausbrach, war die erste Würkung des tiefen Eindruckes, den dieser sonderbare Traum in seiner erwachten aber noch ganz von ihren Gesichten umgebnen Seele zurückließ. Er weinte so lange und so heftig, daß sein Hauptküssen ganz davon durchnetzt wurde. Ach Psyche! Psyche rief er von Zeit zu Zeit aus, indem er seine gerungenen Arme wie nach ihrem Bilde ausstreckte; und dann brach eine neue Flut aus seinen schwellenden Augen. Wo bin ich, rief er wiederum aus, und sah sich um, als ob er bestürzt wäre, sich in einem mit Persischen Tapeten behangnen, und von tausend Kostbarkeiten schimmernden Zimmer auf dem weichsten Ruhbette liegend zu finden – – O Psyche – – was ist aus deinem Agathon worden? – – O unglücklicher Tag, an dem mich die verhaßten Räuber deinem Arm entrissen! – – Unter solchen Vorstellungen und Ausrufungen stund er auf; ging in heftiger Bewegung auf und nieder, warf sich abermal auf das Ruhbette, und blieb eine lange Zeit stumm, und mit zu Boden starrenden Blicken unbeweglich, wie in Gedanken verloren, sitzen. Endlich raffte er sich wieder auf, kleidete sich an, und stieg in die Gärten herab, um in dem einsamsten Teil des Hains die Ruhe zu suchen, welche er nötig hatte, über seinen Traum, seinen gegenwärtigen Zustand und die Entschließungen, die er zu fassen habe, nachdenken zu können. Unter allen Bildern, welche der Traum in seinem Gemüte zurückgelassen hatte, rührte ihn keines lebhafter als die Vorstellung der Psyche, wie sie mit ernstem Gesicht auf den Tempel und die Haine von Delphi wies – – die geheiligten Örter, wo sie einander zuerst gesehen, wo sie so oft sich eine ewige Liebe geschworen, wo sie so rein, so tugendhaft sich geliebt hatten,

wie sich im hohen Olymp die Unverkörperten lieben.

Diese Bilder hatten etwas so rührendes, und der Schmerz, womit sie ihn durchdrangen, wurde durch die lebhaftesten Erinnerungen seiner ehmaligen Glückseligkeit so sanft gemildert, daß er eine Art von Wollust darin empfand, sich der zärtlichen Wehmut zu überlassen, wovon seine Seele dabei eingenommen wurde. Er verglich seinen izigen Zustand mit jener seligen Stille des Herzens, mit jener immer lächelnden Heiterkeit der Seele, mit jenen sanften und unschuldsvollen Freuden, zu welchen, seiner Einbildung nach, unsterbliche Zuschauer ihren Beifall gegeben hatten: Und indem er unvermerkt, anstatt die Vergleichung unparteiisch fortzusetzen, sich dem schleichenden Lauf seiner erregten Einbildungskraft überließ; deuchte ihn nicht anders, als ob seine Seele nach jener elysischen Ruhe, wie nach ihrem angebornen Elemente, sich zurücksehne. Wenn es auch Schwärmereien waren, rief er seufzend aus, wenn es auch bloße Träume waren, in die mein halbabgeschiedner, halbvergötterter Geist sich wiegte – – welch eine selige Schwärmerei! Und wie viel glücklicher machten mich diese Träume, als alle die rauschenden Freuden, welche die Sinnen in einem Wirbel von Wollust dahinreißen, und wenn sie vorüber sind, nichts als Beschämung und Reue, und ein schwermütiges Leeres im unbefriedigten Geist zurücklassen!

Vielleicht werden unsre Leser aus demjenigen, was damals in dem Gemüte unsers Helden vorging, sich viel Gutes für seine Wiederkehr zur Tugend weissagen. Aber mit Bedauern müssen wir gestehen, daß sich eine andre Seele in seinem Inwendigen erhob, welche die Würkung dieser guten Regungen in kurzem wieder unkräftig machte; es sei nun, daß es die Stimme der Natur oder der Leidenschaft war, oder daß beide sich vereinigten, ihn ohne Abbruch seiner Eigenliebe wieder mit sich selbst und dem Gegenwärtigen auszusöhnen.

In der Tat war es bei der Lebhaftigkeit, welche alle Ideen und Gemütsbewegungen dieses sonderbaren Menschens charakterisierte, kaum möglich, daß der überspannte Affect, worin wir ihn gesehen haben, von langer Dauer hätte sein können. Die Stärke seiner Empfindungen rieb sich an sich selbst ab; seine Einbildungskraft pflegte in solchen Fällen so lange in geradem Lauf fortzuschießen, bis sie sich genötiget fand, wieder umzukehren. Er fing nun an, sich zu überreden, daß mehr Schwärmerei als Wahrheit und Vernunft in seiner Betrübnis sei; er glaubte bei näherer Vergleichung zu finden, daß seine Leidenschaft für Danae durch die Vollkommenheit des Gegenstands gänzlich gerechtfertiget würde, und so vorzüglich ihm kurz zuvor die Glückseligkeit seines delphischen Lebens, und die unschuldigen Freuden der ersten noch unerfahrnen Liebe geschienen hatten; so unwesentlich fand er sie izt in Vergleichung mit demjenigen, was ihn die schöne Danae in ihren Armen hatte erfahren lassen. Das bloße Andenken daran setzte sein Blut in Feuer, und seine Seele in Entzückung; seine angestrengteste Einbildung erlag unter der Bestrebung eine vollkommnere Wonne zu erfinden.

Psyche schien ihm izt, so liebenswürdig sie immer sein mochte, zu nichts anderm bestimmt gewesen zu sein, als die Empfindlichkeit seines Herzens zu entwickeln, um ihn fähig zu machen, die Vorzüge der unvergleichlichen Danae zu empfinden. Er schrieb es einem Rückfall in seine ehmalige Schwärmerei zu, daß er sich durch einen Traum, welchen er mit aller seiner sonderbaren Beschaffenheit, doch für nichts mehr als ein Spiel der Phantasie halten konnte, in so heftige Bewegungen hätte setzen lassen. Das einzige, was ihn noch beunruhigte, war der Vorwurf der Untreue gegen seine einst so zärtlich geliebte und so zärtlich wieder liebende Psyche. Allein die Unmöglichkeit von der unwiderstehlichen Danae nicht überwunden zu werden; (ein Punct, wovon er so vollkommen als von seinem eignen Dasein überzeugt zu sein glaubte;) der Verlust aller Hoffnung, Psyche jemals wieder zu finden, (welchen er, ohne genauere Untersuchung, für ausgemacht annahm;) beides schien ihm gegen diesen Vorwurf von großem Gewicht zu sein; und um sich desselben gänzlich zu entledigen, geriet er endlich gar auf den Gedanken, daß seine Verbindung mit Psyche mehr die Liebe eines Bruders zu einer Schwester, eine bloße Liebe der Seelen, als dasjenige gewesen sei, was im eigentlichen Sinn Liebe genennt werden sollte; eine Entdeckung, die ihm bei Vergleichung der Symptomen dieser beiden Arten von Liebe, unwidersprechlich zu sein deuchte. Diese Vorstellungen stiegen nach und nach, zumal an einem Orte, wo jede schattichte Laube, jede Blumenbank, jede Grotte, ein Zeuge genoßner Glückseligkeiten war, zu einer solchen Lebhaftigkeit, daß sie eine Art von Ruhe in seinem Gemüte wieder herstellten; wenn anders die Verblendung eines Kranken, der in der Hitze seines Fiebers gesund zu sein wähnt, diesen Namen verdienen kann. Doch verhinderten sie nicht, daß, diesen ganzen Tag über, ein Eindruck von Schwermut und Traurigkeit in seinem Gemüte zurückblieb; die Bilder der Psyche und der Tugend, welche er so lange gewohnt gewesen war zu vermengen, stellten sich immer wieder vor seine Augen; umsonst suchte er sie durch Zerstreuungen zu entfernen; sie überraschten ihn in seinen Arbeiten, und beunruhigten ihn in seinen Ergötzungen; er suchte ihnen auszuweichen, der Unglückliche! und wurde nicht gewahr, daß eben dieses ein vollständiger Beweis sei, daß es nicht so richtig mit ihm stehe, als er sich selbst zu überreden suchte.

Fünftes Capitel

Ein starker Schritt zu einer Catastrophe

Danae liebte zu zärtlich, als daß ihr der stille Kummer, der eine wiewohl anmutige Düsternheit über das schöne Gesicht unsers Helden ausbreitete, hätte unbemerkt bleiben können; aber aus eben diesem Grunde war sie zu schüchtern, ihn voreilig um die Ursache einer so unerwarteten Veränderung zu befragen. Es war leicht zu sehen, daß sein Herz leiden müsse; aber mit aller Scharfsichtigkeit, welche den Augen der Liebe eigen ist, konnte sie doch nicht mit sich selbst einig werden, was die Ursache davon sein könne. Ihr erster Gedanke war, daß ihm vielleicht ein zu weit getriebner Scherz des boshaften Hippias anstößig gewesen sein möchte. Allein was auch Hippias gesagt haben konnte, schien ihr nicht genugsam, eine so tiefe Wunde zu machen, als sie in seinem Herzen zu sehen glaubte. Das Interesse ihres eignen brachte sie bald auf einen andern Gedanken, dessen sie vermutlich nicht fähig gewesen wäre, wenn ihre Liebe nicht die Eitelkeit überwogen hätte, welche bei den meisten Schönen die wahre Quelle dessen ist, was sie uns für Liebe geben wollen. Wie, wenn seine Liebe zu erkalten anfinge; sagte sie zu sich selbst – – erkalten? Himmel! wenn das möglich ist, so werde ich bald gar nicht mehr geliebt sein. – – Dieser Gedanke war zu entsetzlich für ein so völlig eingenommenes Herz, als daß sie ihn sogleich hätte verbannen können – wie bescheiden macht die wahre Liebe! – – Sie, welche gewohnt gewesen war, in allen Augen die Würkungen ihres alles besiegenden Reizes zu sehen; sie, welche unter den Vollkommensten ihres Geschlechts nicht Eine kannte, von der sie jemals in dem süßen Bewußtsein ihrer Vorzüglichkeit nur einen Augenblick gestört worden wäre – – mit einem Wort – – Danae – – fing an mit Zittern sich selbst zu fragen: ob sie auch liebenswürdig genug sei, das Herz eines so außerordentlichen Mannes in ihren Fesseln zu behalten? Und wenn gleich die Eigenliebe sie von Seiten ihres persönlichen Wertes hierüber beruhigte; so war sie doch nicht ohne Sorgen, daß in ihrem Betragen etwas gewesen sein möchte, wodurch das Sonderbare in seiner Denkungsart, oder die ekle Zärtlichkeit seiner Empfindungen hätte beleidiget werden können. Hatte sie ihm nicht zuviel Beweise von ihrer Liebe gegeben? Hätte sie ihm seinen Sieg nicht schwerer machen sollen? War es sicher, ihn die ganze Stärke ihrer Leidenschaft sehen zu lassen, und sich wegen der Erhaltung seines Herzens allein auf die gänzliche Dahingebung des Ihrigen zu verlassen? – – Diese Fragen waren weder spitzfündig noch so leicht zu beantworten, als manches gute Ding sich einbildet, dem man eine ewige Liebe geschworen hat, und dessen geringster Kummer nun ist, ob man ihr werde Wort halten können. Die schöne Danae kannte die Wichtigkeit derselben in ihrem ganzen Umfange; und alles was sie sich selbst darüber sagen konnte, stellte sie doch nicht so zufrieden, daß sie nicht für nötig befunden hätte, einen gelegnen Augenblick zu belauschen, um sich über alle ihre Zweifel ins Klare zu setzen; im übrigen sehr überzeugt, daß es ihr nicht an Mitteln fehlen werde, dem entdeckten Übel zu helfen, es möchte nun auch bestehen, worin es immer wollte. Agathon ermangelte nicht, ihr noch an dem nämlichen Tag Gelegenheit dazu zu geben.

Schwermut und Traurigkeit machen die Seele nach und nach schlaff, und eröffnen sie allen weichen und zärtlichen Regungen. Dieser Satz ist so wahr, daß tausend Liebesverbindungen in der Welt keinen andern Ursprung haben. Ein Liebhaber verliert einen Gegenstand, den er anbetet; er ergießt seine Klagen in den Busen einer Freundin, für deren Reizungen er bisher vollkommen gleichgültig gewesen war – – Sie bedauert ihn; er findet sich dadurch erleichtert, daß er sich frei und ungehindert beklagen kann; und die Schöne ist erfreut, daß sie Gelegenheit hat, ihr gutes Herz zu zeigen: Ihr Mitleiden rührt ihn, und erregt seine Aufmerksamkeit: Sobald eine Frauensperson zu interessieren anfängt, sobald entdeckt man Reizungen an ihr: Die Regungen, worin beide sich befinden, sind der Liebe günstig; sie verschönern die Freundin, und blenden die Augen des Freundes: Überdem sucht der Schmerz natürlicher Weise eine Zerstreuung, und ist geneigt sich an alles zu hängen, was ihm Trost und Linderung verspricht: Eine dunkle Ahnung neuer Vergnügungen; der Anblick eines Gegenstands, der solche geben kann; die günstige Gemütsstellung, worin man denselben sieht, auf der Einen – – die Eitelkeit, diese große Treibfeder des weiblichen Herzens; das Vergnügen, so zu sagen, einen Sieg über eine Nebenbuhlerin davon zu tragen, indem man liebenswürdig genug ist, ihren Verlust zu ersetzen; die Begierde, selbst ihr Andenken auszulöschen; vielleicht, auch die Gutherzigkeit der menschlichen Natur, und das Vergnügen glücklich zu machen, auf der andern Seite – – wie viel Umstände, welche sich vereinigen, unvermerkt den Freund in einen Liebhaber, und die Vertraute in die Hauptperson eines neuen Romans zu verwandeln.

In einer Gemütsverfassung von dieser Art befand sich Agathon, als Danae, welche vernommen hatte, daß er den ganzen Abend in der einsamsten Gegend des Gartens zugebracht, sich nicht mehr zurückhalten konnte ihn aufzusuchen. Sie fand ihn mit halbem Leib auf einer grünen Bank liegen, das Haupt unterstützt, und so zerstreut, daß sie eine Weile vor ihm stand, ehe er sie gewahr wurde. Du bist traurig, Callias, sagte sie endlich mit einer gerührten Stimme, indem sie Augen voll mitleidender Liebe auf ihn heftete. Kann ich traurig sein, wenn ich dich sehe? erwiderte Agathon, mit einem Seufzer, welcher seine Frage zu beantworten schien. Auch gab ihm Danae keine Antwort auf ein so verbindliches Compliment, sondern fuhr fort, ihn stillschweigend, aber mit einem Gesicht voll Seele, und Augen die voller Wasser standen, anzusehen. Er richtete sich auf, und sahe sie eine Weile an, als ob er bis in den Grund ihrer Seele schauen wollte. Ihre Herzen schienen durch ihre Blicke in einander zu zerfließen. Liebest du mich, Danae? fragte endlich Agathon mit einer von Zärtlichkeit und Wehmut halberstickten Stimme, indem er einen Arm um sie schlang, und fortfuhr sie mit wäßrichten Augen anzusehen. Sie schwieg eine Zeit lang. Ob ich dich liebe? – – War alles was sie sagen konnte; aber der Ausdruck, der Ton, womit sie es sagte, hätte durch alle Beredsamkeit des Demosthenes nicht ersetzt werden können. Ach Danae! (erwidert Agathon) ich frage nicht, weil ich zweifle – –

Kann ich eine Versichrung, von welcher das ganze Glück meines Lebens abhängt, zu oft von diesen geliebten Lippen empfangen? Wenn du mich nicht liebtest – – wenn du aufhören könntest mich zu lieben – – Was für Gedanken, mein liebster Callias? unterbrach sie ihn: Wie elend wär ich, wenn du sie in deinem Herzen fändest – – wenn dieses dir sagte, daß eine Liebe wie die unsrige aufhören könne? – – Ein übelverhehlter Seufzer war alles was er antworten konnte. Du bist traurig, Callias, fuhr sie fort; ein geheimer Kummer bricht aus allen deinen Zügen hervor – – Du begreifst nicht, nein, du begreifst nicht, was ich leide, dich traurig zu sehen, ohne die Ursache davon zu wissen. Wenn mein Vermögen, wenn meine Liebe, wenn mein Leben selbst hinlänglich ist, sie von dir zu entfernen, mein Geliebter, o! so verzögre keinen Augenblick, dein Innerstes mir aufzuschließen – – Der Ausdruck, die Blicke, der Ton der Stimme, womit sie dieses sagte, rührte den gefühlvollen Agathon bis zu sprachloser Entzückung. Er wand seine Arme um sie, druckte sein Gesicht auf ihre klopfende Brust, und konnte lange nur durch die Tränen reden, womit er sie benetzte.

Nichts ist ansteckenders als der Affect einer in Empfindung zerfließenden Seele. Danae, ohne die Ursach aller dieser Bewegungen zu wissen, wurde so sehr von dem Zustand gerührt, worin sie ihren Liebhaber sah, daß sie eben so sprachlos als er selbst, sympathetische Tränen mit den Seinigen vermischte. Diese Scene, welche für den gleichgültigen Leser nicht so interessant sein kann, als sie es für unsre Verliebten war, dauerte eine ziemliche Weile. Endlich faßte sich Agathon, und sagte in einer von diesen zärtlichen Ergießungen der Seele, an welchen die Überlegung keinen Anteil hat, und worin man keine andre Absicht hat als ein volles Herz zu erleichtern: Ich liebe dich zu sehr, unvergleichliche Danae, und fühle zu sehr, daß ich dich nicht genug lieben kann, um dir länger zu verhehlen, wer dieser Callias ist, den du, ohne ihn zu kennen, deines Herzens würdig geachtet hast. Ich will dir das Geheimnis meines Namens und die ganze Geschichte meines Lebens, so weit ich in selbiges zurückzusehen vermag, entdecken; und wenn du alles wissen wirst – – ich weiß es, daß ich einer so großen Seele, wie die deinige, alles entdecken darf – – Denn wirst du vielleicht natürlich finden, daß der flüchtigste Zweifel, ob es möglich sein könne deine Liebe zu verlieren, hinlänglich ist, mich elend zu machen. Danae stutzte, wie man sich vorstellen kann, bei einer so unerwarteten Vorrede; sie sah unsern Helden so aufmerksam an, als ob sie ihn noch nie gesehen hätte, und verwunderte sich izt über sich selbst, daß ihr nicht längst in die Augen gefallen war, daß weit mehr unter ihrem Liebhaber verborgen sei, als die Nachrichten des Hippias, und die Umstände, worin sich ihre Bekanntschaft angefangen, vermuten ließen. Sie dankte ihm auf die zärtlichste Art für die Probe eines vollkommnen Zutrauens, welche er ihr geben wolle, und nach einigen vorbereitenden Liebkosungen, womit sie ihre Dankbarkeit bestätigte, fing Agathon die folgende Erzählung an:

Siebentes Buch

Erstes Capitel

Die erste Jugend des Agathons

Ich war schon achtzehn Jahre alt, eh ich denjenigen kannte, dem ich mein Dasein zu danken habe. Von der ersten Kindheit an, in den Hallen des delphischen Tempels erzogen, war ich gewöhnt, die Priester des Apollo mit diesen kindlichen Empfindungen anzusehen, welche das erste Alter über alle, die für unsre Erhaltung Sorge tragen, zu ergießen pflegt. Ich war noch ein kleiner Knabe, als ich schon mit dem geheiligten Gewand, welches die jungen Diener des Gottes von den Sclaven der Priester unterschied, bekleidet, und zum Dienst des Tempels, wozu ich gewidmet war, zubereitet wurde.

Wer Delphi gesehen hat, wird sich nicht verwundern, daß ein Knabe von gefühlvoller Art, der beinahe von der Wiegen an daselbst erzogen worden, unvermerkt eine Gemütsbildung bekommen muß, welche ihn von den gewöhnlichen Menschen unterscheidet. Außer der besondern Heiligkeit, welche ein uraltes Vorurteil und die geglaubte Gegenwart des Pythischen Gottes der ganzen delphischen Landschaft beigelegt hat, war in den Bezirken des Tempels selbst kein Platz, der nicht von irgend einem ehrwürdigen oder glänzenden Gegenstand erfüllt, oder durch das Andenken irgend eines Wunders verherrlichet war. Wie nun der Anblick so vieler wundervoller Dinge das erste war, woran meine Augen gewöhnt wurden: So war die Erzählung wunderbarer Begebenheiten die erste mündliche Unterweisung, die ich von meinen Vorgesetzten erhielt; eine Art von Unterricht, den ich nötig hatte, weil es ein Teil meines Berufs sein sollte, den Fremden, von welchen der Tempel immer angefüllt war, die Gemälde, die Schnitzwerke und Bilder, und den unsäglichen Reichtum von Geschenken, wovon die Hallen und Gewölbe desselben schimmerten, zu erklären.

Für ungewohnte Augen ist vielleicht nichts blendenders als der Anblick eines von so vielen Königen, Städten und reichen Particularen in ganzen Jahrhunderten zusammengehäuften Schatzes von Gold, Silber, Edelsteinen, Perlen, Elfenbein und andern Kostbarkeiten: Für mich, der dieses Anblicks gewohnt war, hatte die bescheidne Bildsäule eines Solon mehr Reiz, als alle diese schimmernde Tropheen einer abergläubischen Andacht, welche ich gar bald mit eben der verachtenden Gleichgültigkeit ansahe, womit ein Knabe die Puppen und Spielwerke seiner Kindheit anzusehen pflegt. Noch unfähig, von den Verdiensten und dem wahren Wert der vergötterten Helden mir einen echten Begriff zu machen, stand ich oft vor ihren Bildern, und fühlte, indem ich sie betrachtete, mein Herz mit geheimen Empfindungen ihrer Größe und mit einer Bewundrung erfüllt, wovon ich keine andre Ursache als mein innres Gefühl hätte angeben können. Einen noch stärkern Eindruck machte auf mich die große Menge von Bildern der verschiednen Gottheiten, unter welchen unsre Voreltern die erhaltenden Kräfte der Natur, die manchfaltigen Vollkommenheiten des menschlichen Geistes und die Tugenden des geselligen Lebens personificiert haben, und wovon ich im Tempel und in den Hainen von Delphi mich allenthalben umgeben fand. Meine damalige Erfahrung, schöne Danae, hat mich seitdem oftmals auf die Betrachtung geleitet, wie groß der Beitrag sei, welchen die schönen Künste zu Bildung des sittlichen Menschen tun können; und wie weislich die Priester der Griechen gehandelt, da sie die Musen und Grazien, deren Lieblinge ihnen so große Dienste getan, selbst unter die Zahl der Gottheiten aufgenommen haben. Der wahre Vorteil der Religion, in so fern sie eine besondere Angelegenheit des priesterlichen Ordens ist, scheinet von der Stärke der Eindrücke abzuhangen, die wir in denjenigen Jahren empfangen, worin wir noch unfähig sind, Untersuchungen anzustellen. Würden unsre Seelen in Absicht der Götter und ihres Dienstes von der Kindheit an leere Tafeln gelassen, und anstatt der unsichern und verworrenen aber desto lebhaftern Begriffe, welche wir durch Fabeln und Wunder-Geschichten, und in etwas zunehmendem Alter durch die Musik und die abbildenden Künste von den übernatürlichen Gegenständen bekommen, allein mit den unverfälschten Eindrücken der Natur und den Grundsätzen der Vernunft überschrieben; so ist sehr zu vermuten, daß der Aberglaube noch größere Mühe haben würde, die Vernunft – als, in dem Falle, worin die meisten sich befinden, die Vernunft Mühe hat, den Aberglauben von der einmal eingenommenen Herrschaft zu verdrängen. Der größte Vorteil, den dieser über jene hat, hanget davon ab, daß er ihr zuvorkömmt. Aber wie leicht wird es ihm alsdenn sich einer noch unmündigen Seele zu bemeistern, wenn alle diese zauberische Künste, welche die Natur im Nachahmen selbst zu übertreffen scheinen, ihre Kräfte vereinigen, die entzückten Sinnen zu überraschen? Wie natürlich muß es demjenigen werden die Gottheit des Apollo zu glauben, ja endlich sich zu bereden, daß er ihre Gegenwart und Einflüsse fühle, der in einem Tempel aufgewachsen ist, dessen erster Anblick das Werk und die Wohnung eines Gottes ankündet? Demjenigen, der gewohnt ist den Apollo eines Phidias vor sich zu sehen, und das mehr als menschliche, welches die Kenner so sehr bewundern, der Natur des Gegenstands, nicht dem schöpferischen Geiste des Künstlers zuzuschreiben?

So viel ich die Natur unsrer Seele kenne, deucht mich,

daß sich in einer jeden, die zu einem gewissen Grade von Entwicklung gelangt, nach und nach ein gewisses idealisches Schöne bilde, welches (auch ohne daß man sich's bewußt ist) unsern Geschmack und unsre sittliche Urteile bestimmt, und das Modell abgibt, wornach unsre Einbildungskraft die besondern Bilder dessen was wir groß, schön und vortrefflich nennen, zu entwerfen scheint. Dieses idealische Modell formiert sich (wie mich izo wenigstens deucht, nachdem neue Erfahrungen mich auf neue oder erweiterte Betrachtungen geleitet haben) aus der Beschaffenheit und dem Zusammenhang der Gegenstände, worin wir zu leben anfangen.

Daher (wie die Erfahrung zu bestätigen scheint) so viele besondere Denk- und Sinnesarten als man verschiedene Erziehungen und Stände in der menschlichen Gesellschaft antrifft. Daher der Spartanische Heldenmut, die Attische Urbanität, und der aufgedunsene Stolz der Asiaten; daher die Verachtung des Geometers für den Dichter, oder des speculierenden Kaufmanns gegen die Speculationen des Gelehrten, die ihm unfruchtbar scheinen, weil sie sich in keine Darici verwandeln wie die seinigen; daher der grobe Materialismus des plumpen Handwerkers, der rauhe Ungestüm des Seefahrers, die mechanische Unempfindlichkeit des Soldaten, und die einfältige Schlauheit des Landvolks; daher endlich, schöne Danae, die Schwärmerei, welche der weise Hippias deinem Callias vorwirft; diese Schwärmerei, die ich vielleicht in einem minder erhabnen Licht sehe, seitdem ich ihre wahre Quelle entdeckt zu haben glaube; aber die ich nichts desto weniger für diejenige Gemütsbeschaffenheit halte, welche uns, unter den nötigen Einschränkungen, glücklicher als irgend eine andre machen kann.

Du begreifest leicht, schöne Danae, daß unter lauter Gegenständen, welche über die gewöhnliche Natur erhaben, und selbst schon idealisch sind, jenes phantastische Modell, dessen ich vorhin erwähnte, in einem so ungewöhnlichen Grade abgezogen und überirdisch werden mußte, daß bei zunehmendem Alter alles was ich würklich sah, weit unter demjenigen war, was sich meine Einbildungskraft zu sehen wünschte. In dieser Gemütsverfassung war ich, als einer von den Priestern zu Delphi aus Absichten, welche sich erst in der Folg' entwickelten, es übernahm, mich in den Geheimnissen der Orphischen Philosophie einzuweihen; der einzigen, die von unsern Priestern hochgeachtet wurde, weil sie die Vernunft selbst auf ihre Partei zu ziehen, und den Glauben von dessen unbeweglichem Ansehen das ihrige abhing, einen festern Grund als die Tradition und die Fabeln der Dichter, zu geben schien.

Nichts, was ich jemals empfunden habe, gleicht der Entzückung, in die ich hingezogen wurde, als ich in den Händen dieses Egyptiers, der die geheime Götterlehre seiner Nation zu uns gebracht hat, in das Reich der Geister eingeführt, und zu einer Zeit, da die erhabensten Gemälde Homers und Pindars ihren Reiz für mich verloren hatten, mitten in der materiellen Welt mir eine Neue, mit lauter unsterblichen Schönheiten erfüllt, und von lauter Göttern bewohnt, eröffnet wurde.

Das Alter, worin ich damals war, ist dasjenige, worin wir, aus dem langen Traum der Kindheit erwachend, uns selbst zuerst zu finden glauben, die Welt um uns her mit erstaunten Augen betrachten, und neugierig sind, unsre eigne Natur und den Schauplatz, worauf wir uns ohn unser Zutun versetzt sehen, kennen zu lernen. Wie willkommen ist uns in diesem Alter eine Philosophie, welche den Vorteil unsrer Wissensbegierde mit dieser Neigung zum Wunderbaren und dieser arbeitscheuen Flüchtigkeit, welche der Jugend eigen sind, vereiniget, welche alle unsre Fragen beantwortet, alle Rätsel erklärt, alle Aufgaben auflöset; eine Philosophie, welche destomehr mit dem warmen und gefühlvollen Herzen der Jugend sympathisiert, weil sie alles Unempfindliche und Tote aus der Natur verbannet, und jeden Atom der Schöpfung mit lebenden und geistigen Wesen bevölkert, jeden Punct der Zeit mit verborgnen Begebenheiten und großen Scenen befruchtet, welche für künftige Ewigkeiten heranreifen; ein System, welches die Schöpfung so unermeßlich macht, als ihr Urheber ist; welches uns in der anscheinenden Verwirrung der Natur eine majestätische Symmetrie, in der Regierung der moralischen Welt einen unveränderlichen Plan, in der unzählbaren Menge von Classen und Geschlechtern der Wesen einen einzigen Staat, in den verwickelten Bewegungen aller Dinge einen allgemeinen Richtpunct, in unsrer Seele einen künftigen Gott, in der Zerstörung unsers Cörpers die Wiedereinsetzung in unsre ursprüngliche Vollkommenheit, und in dem nachtvollen Abgrund der Zukunft helle Aussichten in grenzenlose Wonne zeigt? Ein solches System ist zu schön an sich selbst, zu schmeichelhaft für unsern Stolz, unsern innersten Wünschen und wesentlichsten Trieben zu angemessen, als daß wir es in einem Alter, wo alles Große und Rührende so viel Macht über uns hat, nicht beim ersten Anblick wahr finden sollten. Vermutungen und Wünsche werden hier zu desto stärkern Beweisen, da wir in dem bloßen Anschauen der Natur zuviel Majestät, zuviel Geheimnisreiches und Göttliches zu sehen glauben, um besorgen zu können, daß wir jemals zugroß von ihr denken möchten. Und, soll ich dirs gestehen, schöne Danae? Selbst izt, da mich glückliche Erfahrungen das Schwärmende und Unzuverlässige dieser Art von Philosophie gelehrt haben, fühle ich mit einer innerlichen Gewalt, die sich gegen jeden Zweifel empört, daß diese Übereinstimmung mit unsern edelsten Neigungen, welche ihr das Wort redet, der rechte Stempel der Wahrheit ist, und daß selbst in diesen Träumen, welche dem materialischen Menschen so ausschweifend scheinen, für unsern Geist mehr Würklichkeit, mehr Unterhaltung und Aufmunterung, eine reichere Quelle von ruhiger Freude und ein festerer Grund der Selbstzufriedenheit liegt, als in allem was die Sinne uns angenehmes und Gutes anzubieten haben. Doch ich erinnere mich, daß es die Geschichte meiner Seele, und nicht die Rechtfertigung meiner Denkensart ist, wozu ich mich anheischig gemacht habe. Es sei also genug, wenn ich sage, daß die Lehrsätze des Orpheus und des Pythagoras, von den Göttern, von der Natur, von unsrer Seele, von der Tugend, und von dem was das höchste Gut des Menschen ist, sich meines Gemüts so gänzlich bemeisterten, daß alle meine Begriffe nach diesem Urbilde gemodelt, alle meine Reizungen davon beseelt, und mein ganzes Betragen, so wie alle meine Entwürfe für die Zukunft, mit dem Plan eines nach diesen Grundsätzen abgemessenen Lebens, dessen Beurteilung mich unaufhörlich in mir selbst beschäftigte, übereinstimmig waren.

Zweites Capitel

En animam & mentem cum qua Di nocte loquantur!

Der Priester, der sich zu meinem Mentor aufgeworfen hatte, schien über den außerordentlichen Geschmack, den ich an seinen erhabnen Unterweisungen fand, sehr vergnügt zu sein, und ermangelte nicht, meinen Enthusiasmus bis auf einen Grad zu erhöhen, welcher mich, seiner Meinung nach, alles zu glauben und alles zu leiden fähig machen müßte. Ich war zu jung und zu unschuldig, um das kleinste Mißtrauen in seine Bemühungen zu setzen, bei welchen die Aufrichtigkeit meines eignen Herzens die edelsten Absichten voraussetzte. Er hatte die Vorsicht gebraucht, es so einzuleiten, daß ich endlich aus eigner Bewegung auf die Frage geraten mußte, ob es nicht möglich sei, schon in diesem Leben mit den höhern Geistern in Gemeinschaft zu kommen? Dieser Gedanke beschäftigte mich lange bei mir selbst; ich fand möglich, was ich mit der größesten Lebhaftigkeit wünschte. Die Geschichte der ersten Zeiten schien meine Hoffnung zu bestätigen. Die Götter hatten sich den Menschen bald in Träumen, bald in Erscheinungen entdeckt; verschiedene waren so gar glücklich genug gewesen, Günstlinge der Götter zu sein. Hier kam mir Ganymed, Endymion und so viele andre zu statten, welche von Gottheiten geliebt worden waren. Ich gab demjenigen, was die Dichter davon erzählen, eine Auslegung, welche den erhabenen Begriffen gemäß war, die ich von den höhern Wesen gefasset hatte; die Schönheit und Reinigkeit der Seele, die Abgezogenheit von den Gegenständen der Sinne, die Liebe zu den unsterblichen und ewigen Dingen, schien mir dasjenige zu sein, was diese Personen den Göttern angenehm, und zu ihrem Umgang geschickt gemacht hatte. Ich entdeckte endlich dem Theogiton (so hieß der Priester) meine lange geheim gehaltene Gedanken. Er erklärte sich auf eine Art darüber, welche meine Neubegierde rege machte, ohne sie zu befriedigen; er ließ mich merken, daß dieses Geheimnisse seien, welche er Bedenken trage, meiner Jugend anzuvertrauen: Doch sagte er mir, daß die Möglichkeit der Sache keinem Zweifel unterworfen sei, und bezauberte mich ganz mit dem Gemälde, so er mir von der Glückseligkeit derjenigen machte, welche von den Göttern würdig geachtet würden, zu ihrem geheimen Umgang zugelassen zu werden. Die geheimnisvolle Mine, die er annahm, so bald ich nach den Mitteln hiezu zu gelangen fragte, bewog mich, den Vorsatz zu fassen, zu warten, bis er selbst für gut finden würde, sich deutlicher zu entdecken. Er tat es nicht; aber er machte so viele Gelegenheiten, meine erregte Neugierigkeit zu entflammen, daß ich mich nicht lange enthalten konnte, neue Fragen zu tun. Endlich führte er mich einsmals tief im geheiligten Hain des Apollo in eine Grotte, welche ein uralter Glaube der Bewohner des Landes von den Nymphen bewohnt glaubte, deren Bilder, aus Cypressenholz geschnitzt, in Blinden von Muschelwerk das Innerste der Höhle zierten.

Hier ließ er mich auf eine bemooste Bank niedersitzen, und fing nach einer viel versprechenden Vorrede an, mir, wie er sagte, das geheime Heiligtum der göttlichen Philosophie des Hermes und Orpheus aufzuschließen. Unzähliche religiose Waschungen, und eine Menge von Gebeten, Räucherungen und andre geheimen Anstalten mußten vorhergehen, einen noch in irdische Glieder gefesselten Geist zum Anschauen der himmlischen Naturen vorzubereiten. Und auch alsdenn würde unser sterblicher Teil den Glanz der göttlichen Vollkommenheit nicht ertragen, sondern (wie die Dichter unter der Geschichte der Semele zu erkennen gegeben) gänzlich davon verzehrt und vernichtet werden, wenn sie sich nicht mit einer Art von körperlichem Schleier umhüllen, und durch diese Herablassung uns nach und nach fähig machen würden, sie endlich selbst, entkörpert und in ihrer wesentlichen Gestalt anzuschauen. Ich war einfältig genug alle diese vorgegebene Geheimnisse für echt zu halten; ich hörte dem ernsten Theogiton mit einem heiligen Schauer zu, und machte mir seine Unterweisungen so wohl zu Nutze, daß ich Tag und Nacht an nichts anders dachte als an die außerordentliche Dinge, wovon ich in kurzem die Erfahrung bekommen würde.

Du kannst dir einbilden, Danae, ob meine Phantasie in dieser Zeit müßig war. Ich würde nicht fertig werden, wenn ich alles beschreiben wollte, was damals in ihr vorging, und mit welch einer Zauberei sie mich in meinen Träumen bald in die glücklichen Inseln, welche Pindar so prächtig schildert, bald zum Gastmahl der

Götter, bald in die Elysischen Täler, der Wohnung seliger Schatten, versetzte.

So seltsam es klingt, so gewiß ist es doch, daß die Kräfte der Einbildung dasjenige weit übersteigen, was die Natur unsern Sinnen darstellt: Sie hat etwas glänzenders als Sonnenglanz, etwas lieblichers als die süßesten Düfte des Frühlings zu ihren Diensten, unsre innern Sinnen in Entzückung zu setzen; sie hat neue Gestalten, höhere Farben, vollkommnere Schönheiten, schnellere Veranstaltungen, eine neue Verknüpfung der Ursachen und Würkungen, eine andere Zeit – – kurz, sie erschafft eine neue Natur, und versetzt uns in der Tat in fremde Welten, welche nach ganz andern Gesetzen als die unsrige regiert werden. In unsrer ersten Jugend sind wir noch zu unbekannt mit den Triebfedern unsers eignen Wesens, um deutlich einzusehen, wie sehr diese scheinbare Magie der Einbildungskraft in der Tat natürlich ist. Wenigstens war ich damals leichtgläubig genug, Träume von dieser Art, übernatürlichen Einflüssen beizumessen, und sie für Vorboten der Wunderdinge zu halten, welche ich bald auch wachend zu erfahren hoffte.

Einsmals, als ich nach der Vorschrift des Theogitons acht Tage lang mit geheimen Ceremonien und Weihungen, und in einer unablässigen Anstrengung mein Gemüt von allen äußerlichen Gegenständen abzuziehen, zugebracht hatte, und mich nunmehr berechtiget hielt, etwas mehr zu erwarten, als was mir bisher begegnet war, begab ich mich in später Nacht, da alles schlief, in die Grotte der Nymphen, und nachdem ich eine Menge von schwülstigen Liedern und Anrufungsformeln hergesagt hatte, legte ich mich, mit dem Angesicht gegen den vollen Mond gekehrt, welcher eben damals in die Grotte schien, auf die Ruhebank zurück, und überließ mich der Vorstellung, wie mir sein würde, wenn Luna aus ihrer Silbersphäre herabsteigen, und mich zu ihrem Endymion machen würde.

Mitten in diesen ausschweifenden Vorstellungen, unter denen ich allmählich zu entschlummern anfing, weckte mich plötzlich ein liebliches Getön, welches in einiger Entfernung über mir zu schweben schien, und wie ich bald erkannte, aus derjenigen Art von Saitenspiel erklang, welche man dem Apollo zuzueignen pflegt. Einem natürlich gestimmten Menschen würde gedeucht haben, er höre ein gutes Stück von einer geschickten Hand ausgeführt; und so hätte er sich nicht betrügen können. Aber in der Verfassung, worin ich damals war, hätte ich vielleicht das Gequäke eines Chors von Fröschen für den Gesang der Musen gehalten. Die Musik, die ich hörte, rührte, fesselte, entzückte mich; sie übertraf, meiner eingebildeten Empfindung nach (denn die Phantasie hat auch ihre Empfindungen,) alles was ich jemals gehört hatte; nur Apollo, der Vater der Harmonie, dessen Laute die Sphären ihre Götter-vergnügende Harmonien gelehrt hatte, konnte so überirdische Töne hervorbringen. Meine Seele schien davon wie aus ihrem Leibe emporgezogen zu werden, und, lauter Ohr, über den Wolken zu schweben; als diese Musik plötzlich aufhörte, und mich in einer Verwirrung von Gedanken und Gemütsregungen zurückließ, die mir diese ganze Nacht kein Auge zu schließen, gestattete.

Des folgenden Tages erzählte ich dem Theogiton, was mir begegnet war. Er schien nichts sehr besonders daraus zu machen; doch gab er, nachdem er mich um alle Umstände befragt hatte, zu, daß es Apollo, oder eine von den Musen gewesen sein könne. Du wirst lächeln, Danae, wenn ich dir gestehe, daß ich, so jung ich war, und ohne mir selbst recht bewußt zu sein, warum? doch lieber gesehen hätte, wenn es eine Muse gewesen wäre. Ich unterließ nun keine Nacht, mich in der Grotte einzufinden, um die vermeinte Muse wieder zu hören: Aber meine Erwartung betrog mich; es war Apollo selbst. Nach etlichen Nächten, worin ich mich mit der stummen Gegenwart der Nymphen von Cypressenholz hatte begnügen müssen, kündigte mir ein heller Schein, der auf einmal in die Grotte fiel, und durch die allgemeine Dunkelheit und meinen Wahnwitz zu einem überirdischen Licht erhoben wurde, irgend eine außerordentliche Begebenheit an. Urteile, wie bestürzt ich war, als ich mitten in der Nacht, den Gott des Tages, auf einer hellglänzenden Wolke sitzend, vor mir sah, der sich mir zu lieb den Armen der schönen Thetis entrissen hatte. Goldgelbe Locken flossen um seine weißen Schultern; eine Crone von Strahlen schmückte seine Scheitel; das silberne Gewand, das ihn umfloß, funkelte von tausend Edelsteinen; und eine goldne Leier lag in seinem linken Arm. Meine Einbildung tat das übrige hinzu, was zu Vollendung einer idealischen Schönheit nötig war. Allein Bestürzung und Ehrfurcht erlaubte mir nicht, dem Gott genauer ins Gesicht zu sehen; ich glaubte geblendet zu sein, und den Glanz von Augen, welche die ganze Welt erleuchteten, nicht ertragen zu können. Er redete mich an; er bezeugte mir sein Wohlgefallen an meinem Dienst, und an der feurigen Begierde, womit ich, mit Verachtung der irdischen Dinge mich den himmlischen widmete. Er munterte mich auf, in diesem Wege fortzugehen, und mich den Einflüssen der Unsterblichen leidend zu überlassen; mit der Versicherung, daß ich bestimmt sei, die Anzahl der Glücklichen zu vermehren, welche er seiner besondern Gunst gewürdiget habe. Er verschwand, indem er diese Worte sagte, so plötzlich, daß ich nichts dabei beobachten konnte; und so voreingenommen als mein Gemüt war, hätte dieser Apollo seine Rolle viel ungeschickter spielen können, ohne daß mir ein Zweifel gegen seine Gottheit aufgestiegen wäre. Theogiton, dem ich von dieser Erscheinung Nachricht gab, wünschte mir Glück dazu, und sagte mir von den alten Helden unsrer Nation, welche einst Lieblinge der Götter gewesen, und nun als Halbgötter selbst Altäre und Priester hätten, so viel herrliche Sachen vor, als er nötig erachten mochte, meine Betörung vollkommen zu machen. Am Ende vergaß er nicht, mir Anweisung zu geben, wie ich mich bei einer zweiten Erscheinung gegen den Gott zu verhalten hätte. Insonderheit ermahnte er mich, mein Urteil über alles zurückzuhalten, mich durch nichts befremden zu lassen, und der Vorschrift unsrer Philosophie immer eingedenk zu bleiben, welche eine gänzliche Untätigkeit von uns fodert, wenn die Götter auf uns würken sollen. Man mußte so unerfahren sein, als ich war, um keine Schlange unter diesen Blumen zu merken. Nichts als die Entwicklung dieser heiligen Mummerei konnte mir die Augen öffnen. Ich konnte unmöglich aus mir selbst auf den Argwohn geraten, daß die Zuneigung einer Gottheit eigennützig sein könne. Ich hatte vielmehr gehofft, die größesten Vorteile für meine Wissens-Begierde von ihr zu ziehen, und mit mehr als menschlichen Vorzügen begabt zu werden. Die Erklärungen des Apollo befremdeten mich endlich, und seine Handlungen noch mehr; zuletzt entdeckte ich, was du schon lange vorher gesehen haben mußt, daß der vermeinte Gott kein andrer als Theogiton selber war; welcher, sobald er sein Spiel entdeckt sah, auf einmal die Sprache änderte, und mich bereden wollte, daß er diese Comödie nur zu dem Ende angestellt habe, um mich von der Eitelkeit der Theosophie, in die er mich so verliebt gesehen hätte, desto besser überzeugen zu können. Er zog die Folge daraus: Daß alles, was man von den Göttern sagte, Erfindungen schlauer Köpfe wären, womit sie Weiber und leichtgläubige Knaben in ihr Netz zu ziehen suchten; Kurz, er wandte alles an, was eine unsittliche Leidenschaft einem schamlosen Verächter der Götter eingeben kann, um die Mühe einer so wohl ausgesonnenen und mit so vielen Maschinen aufgestützten Verführung nicht umsonst gehabt zu haben. Ich verwies ihm seine Bosheit mit einem Zorne, der mich stark genug machte, mich von ihm loszureißen. Des folgenden Tags hatte er die Unverschämtheit, die priesterlichen Verrichtungen mit eben der heuchlerischen Andacht fortzusetzen, womit er mich und jeden andern bisher hintergangen hatte. Er ließ nicht die geringste Veränderung in seinem Betragen gegen mich merken, und schien sich des Vergangenen eben so wenig zu erinnern, als ob er den ganzen Lethe ausgetrunken hätte. Diese Aufführung vermehrte meine Unruhe sehr; ich konnte noch nicht begreifen, daß es Leute geben könne, welche, mitten in den Ausschweifungen des Lasters, Ruhe und Heiterkeit, die natürlichen Gefährten der Unschuld, beizubehalten wissen. Allein in weniger Zeit darauf befreite mich die Unvorsichtigkeit dieses Betrügers von den Besorgnissen, worin ich seit der Geschichte in der Grotte geschwebet hatte. Theogiton verschwand aus Delphi, ohne daß man die eigentliche Ursache davon erfuhr. Aus dem, was man sich in die Ohren murmelte, erriet ich, daß Apollo endlich überdrüssig geworden sein möchte, seine Person von einem andern spielen zu lassen. Einer von unsern Knaben, der ein Verwandter des Ober-Priesters war, hatte (wie man sagte) den Anlaß dazu gegeben.

Diese Begebenheiten führten mich natürlicher Weise auf viele neue Betrachtungen; aber meine Neigung zum Wunderbaren und meine Lieblings-Ideen verloren nichts dabei; sie gewannen vielmehr, indem ich sie nun in mich selbst verschloß, und die Unsterblichen allein zu Zeugen desjenigen machte, was in meiner Seele vorging. Ich fuhr fort, die Verbesserung derselben nach den Grundsätzen der Orphischen Philosophie mein vornehmstes Geschäfte sein zu lassen. Ich fing nun an zu glauben, daß keine andre als eine idealische Gemeinschaft zwischen den Höhern Wesen und den Menschen möglich sei; daß nichts als die

Reinigkeit und Schönheit unsrer Seele vermögend sei, uns zu einem Gegenstande des Wohlgefallens jenes Unnennbaren, Allgemeinen, Obersten Geistes zu machen, von welchem alle übrige, wie die Planeten von der Sonne, ihr Licht – und die ganze Natur ihre Schönheit und unwandelbare Ordnung erhalten; und daß endlich in der Übereinstimmung aller unsrer Kräfte, Gedanken und geheimsten Neigungen mit den großen Absichten und den allgemeinen Gesetzen dieses Beherrschers der sichtbaren und unsichtbaren Welt, das wahre Geheimnis liege, zu derjenigen Vereinigung mit demselben zu gelangen, welche ich für die natürliche Bestimmung und das letzte Ziel aller Wünsche eines unsterblichen Wesens ansah. Beides, jene geistige Schönheit der Seele und diese erhabene Richtung ihrer Würksamkeit nach den Absichten des Gesetzgebers der Wesen, glaubte ich am sichersten durch die Betrachtung der Natur zu erhalten; welche ich mir als einen Spiegel vorstellte, aus welchem das Wesentliche, Unvergängliche und Göttliche in unsern Geist zurückstrahle, und ihn nach und nach eben so durchdringe und erfülle, wie die Sonne einen angestrahlten Wasser-Tropfen. Ich überredete mich, daß die unverrückte Beschauung der Weisheit und Güte, welche so wohl aus der besondern Natur eines jeden Teils der Schöpfung, als aus dem Plan und der allgemeinen Oeconomie des Ganzen hervorleuchte, das unfehlbare Mittel sei, selbst weise und gut zu werden. Ich brachte alle diese Grundsätze in Ausübung. Jeder neue Gedanke, der sich in mir entwickelte, wurde zu einer Empfindung meines Herzens; und so lebte ich in einem stillen und lichtvollen Zustand des Gemüts, dessen ich mich niemals anders als mit wehmütigem Vergnügen erinnern werde, etliche glückliche Jahre hin; unwissend (und glücklich durch diese Unwissenheit) daß dieser Zustand nicht dauern könne; weil die Leidenschaften des reifenden Alters, und (wenn auch diese nicht wären) die unvermeidliche Verwicklung in dem Wechsel der menschlichen Dinge jene Fortdauer von innerlicher Heiterkeit und Ruhe nicht gestatten, welche nur ein Anteil entcörperter Wesen sein kann.

Drittes Capitel

Die Liebe in verschiedenen Gestalten

Inzwischen hatte ich das achtzehnte Jahr erreicht, und fing nun an, mitten unter den angenehmen Empfindungen, von denen meine Denkungs-Art und meine Beschäftigungen unerschöpfliche Quellen zu sein schienen, ein Leeres in mir zu fühlen, welches sich durch keine Ideen ausfüllen lassen wollte. Ich sah die manchfaltigen Scenen der Natur wie mit neuen Augen an; ihre Schönheiten hatten für mich etwas Herzrührendes, welches ich sonst nie auf diese Art empfunden hatte. Der Gesang der Vögel im Haine schien mir was zu sagen, das er mir nie gesagt hatte, ohne daß ich wußte, was es war; und die neu belaubten Wälder schienen mich einzuladen, in ihren Schatten einer wollüstigen Schwermut nachzuhängen, von welcher ich mitten in den erhabensten Betrachtungen wider meinen Willen überwältiget wurde. Nach und nach verfiel ich in eine weichliche Untätigkeit: Mich deuchte, ich sei bisher nur in der Einbildung glücklich gewesen; und mein Herz sehnete sich nach einem Gegenstand, in welchem ich jene idealische Vollkommenheiten würklich genießen möchte, an denen ich mich bisher nur wie an einem geträumten Gastmahle geweidet hatte. Damals zuerst stellten sich mir die Reizungen der Freundschaft in einer vorher nie empfundenen Lebhaftigkeit dar: Ein Freund (bildete ich mir ein) ein Freund würde diese geheime Sehnsucht meines Herzens befriedigen. Meine Phantasie malte sich einen

Pylades aus, und mein verlangendes Herz bekränzte dieses schöne Bild mit allem, was mir das Liebenswürdigste schien, selbst mit jenen äußerlichen Annehmlichkeiten, welche in meinem System den natürlichen Schmuck der Tugend ausmachten. Ich suchte diesen Freund unter der blühenden Jugend, welche mich umgab. Mehr als einmal betrog mich mein Herz, ihn gefunden zu haben; aber eine kurze Erfahrung machte mich meines Irrtums bald gewahr werden. Unter einer so großen Anzahl von auserlesenen Jünglingen, welche die Liverei des Gottes zu Delphi trugen, war nicht ein einziger, den die Natur so vollkommen mit mir zusammen gestimmt hatte, als die Spitzfindigkeit meiner Begriffe es erfoderte.

Um diese Zeit geschah es, daß ich das Unglück hatte, der Ober-Priesterin eine Neigung einzuflößen, welche mit ihrem geheiligten Stande und mit ihrem Alter einen gleich starken Absatz machte; sie hatte mich schon seit geraumer Zeit mit einer vorzüglichen Gütigkeit angesehen, welche ich, so lang ich konnte, einer mütterlichen Gesinnung beimaß, und mit aller der Ehrerbietung erwiderte, die ich der Vertrauten des Delphischen Gottes schuldig war. Stelle dir vor, schöne Danae, was für ein Modell zu einer Bild-Säule des Erstaunens ich abgegeben hätte, als sich eine so ehrwürdige Person herabließ, mir zu entdecken, daß alle Vertraulichkeit, die ich zwischen ihr und dem Apollo voraussetzte, nicht zureiche, sie über die Schwachheiten der gemeinsten Erden-Töchter hinwegzusetzen. Die gute Dame war bereits in demjenigen Alter, worin es lächerlich wäre, das Herz eines Mannes von einiger Erfahrung einer jungen Nebenbuhlerin streitig machen zu wollen. Allein einem Neuling, wofür sie mich mit gutem Grund ansah, die ersten Unterweisungen zu geben, dazu konnte sie sich ohne übertriebene Eitelkeit für reizend genug halten. Sie war zu den Zeiten des Heiligen Kriegs in der Blüte ihrer

Schönheit gewesen; hatte sich aber, wie die meisten ihres Standes, so gut erhalten, daß sie noch immer Hoffnung haben konnte, in einer Versammlung herbstlicher Schönheiten vorzüglich bemerkt zu werden. Setze zu diesen ehrwürdigen Überbleibseln einer vormals berühmten Schönheit eine Figur, wie man die blonde Ceres zu bilden pflegt, große schwarze Augen, unter deren affectiertem Ernst eine wollüstige Glut hervorglimmte, und zu allem diesem eine ungemeine Sorgfalt für ihre Person, und die schlaue Kunst, die Vorteile ihrer Reizungen mit der strengen Sittsamkeit ihrer priesterlichen Kleidung zu verbinden: so kannst du dir eine genugsame Vorstellung von dieser Pythia machen, um den Grad der Gefahr abnehmen zu können, worin sich die Einfalt meiner Jugend bei ihren Nachstellungen befand.
Es ist leicht zu erachten, wie viel es sie Mühe kosten mußte, die ersten Schwierigkeiten zu überwinden, welche ein mehr Ehrfurcht als Liebe einflößendes Frauenzimmer, in den hartnäckigen Vorurteilen eines achtzehnjährigen Jünglings findet. Ihr Stand erlaubte ihr nicht, sich deutlich zu erklären; und meine Blödigkeit verstand die Sprache nicht, deren sie sich zu bedienen genötigt war. Zwar braucht man sonst zu dieser Sprache keinen andern Lehrmeister als sein Herz; allein unglücklicher Weise sagte mir mein Herz nichts. Es bedurfte der lange geübten Geduld einer bejahrten Priesterin, um nicht tausendmal das Vorhaben aufzugeben, einem Menschen, der aus lauter Ideen zusammengesetzt war, ihre Absichten begreiflich zu machen. Und dennoch fand sie sich endlich genötigt, sich des einzigen Kunstgriffs zu bedienen, von dem man in solchen Fällen eine gewisse Würkung erwarten kann; sie hatte noch Reizungen, welche die ungewohnten Augen eines Neulings blenden konnten. Die Verwirrung, worein sie mich durch den ersten Versuch von dieser Art gesetzt sah, schien ihr von

guter Vorbedeutung zu sein; und vielleicht hätte sie sich weniger in ihrer Erwartung betrogen, wenn nicht ein Umstand, von dem ihr nichts bekannt war, meinem Herzen eine mehr als gewöhnliche Stärke gegeben hätte.

Unsre Tugend, oder diejenigen Würkungen, welche das Ansehen haben, aus einer so edeln Quelle zu fließen, haben insgeheim geheime Triebfedern, die uns, wenn sie gesehen würden, wo nicht alles, doch einen großen Teil unsers Verdienstes dabei entziehen würden. Wie leicht ist es, der Versuchung einer Leidenschaft zu widerstehen, wenn ihr von einer stärkern die Waage gehalten wird?

Kurz zuvor, eh die schöne Pythia ihren physicalischen Versuch machte, war das Fest der Diana eingefallen, welches zu Delphi mit aller der Feierlichkeit begangen wird, die man der Schwester des Apollo schuldig zu sein vermeint. Alle Jungfrauen über vierzehn Jahre erschienen dabei in schneeweißem Gewand, mit aufgelösten fliegenden Haaren, den Kopf und die Arme mit Blumen-Kränzen umwunden, und sangen Hymnen zum Preis der jungfräulichen Göttin. Auch alte halb verloschne Augen heiterten sich beim Anblick einer so zahlreichen Menge junger Schönen auf, deren geringster Reiz die frischeste Blum der Jugend war. Urteile, schöne Danae, ob derjenige, den der bunte Schimmer eines blühenden Blumen-Stücks schon in eine Art von Entzückung setzte, bei einem solchen Auftritt unempfindlich bleiben konnte? Meine Blicke irrten in einer zärtlichen Verwirrung unter diesen anmutsvollen Geschöpfen herum; bis sie sich plötzlich auf einer einzigen sammelten, deren erster Anblick meinem Herzen keinen Wunsch übrig ließ, etwas anders zu sehen. Vielleicht würde mancher sie unter so vielen Schönen kaum besonders wahrgenommen haben; denn der schönste Wuchs, die regelmäßigsten Züge, langes Haar, dessen wallende Locken bis zu den

Knien herunterflossen, und eine Farbe, welche Lilien und Rosen, wenn sie ihre eigene Schönheit fühlen könnten, beschämt hätte, alle diese Reizungen waren ihr mit ihren Gespielen gemein; viele übertrafen sie noch in einem und dem andern Stücke der Schönheit, und wenn ein Maler unter der ganzen Schar hätte entscheiden sollen, welche die Schönste sei, so würde sie vielleicht übergangen worden sein; allein mein Herz urteilte nicht nach den Regeln der Kunst. Ich empfand, oder glaubte zu empfinden, (und dieses ist in Absicht der Würkung allemal eins) daß nichts liebenswürdigers als dieses junge Mädchen sein könne, ohne daß ich daran gedachte, sie mit den übrigen zu vergleichen; sie löschte alles andre aus meinen Augen aus. So (dacht ich) müßte die Unschuld aussehen, wenn sie, sichtbar zu werden, die Gestalt einer Grazie entlehnte; so rührend würden ihre Gesichts-Züge sein; so still-heiter würden ihre Augen; so holdselig ihre Wangen lächeln; so würden ihre Blicke, so ihr Gang, so jede ihrer Bewegungen sein. Dieser Augenblick brachte in meiner Seele eine Veränderung hervor, welche mir, da ich in der Folge fähig wurde, über meinen Zustand zu denken, dem Übergang in eine neue und vollkommnere Art des Daseins gleich zu sein schien. Aber damals war ich zu stark gerührt, zu sehr von Empfindungen verschlungen, um mir meiner selbst recht bewußt zu sein. Meine Entzückung ging so weit, daß ich nichts mehr von dem Pomp des Festes bemerkte; und erst, nachdem alles gänzlich aus meinen Augen verschwunden war, ward ich, wie durch einen plötzlichen Schlag, wieder zu mir selbst gebracht. Izt hatte ich Mühe, mich zu überzeugen, daß ich nicht aus einem von den Träumen erwacht sei, worin meine Phantasie, in überirdische Sphären verzückt, mir zuweilen ähnliche Gestalten vorgestellt hatte. Der Schmerz, eines so süßen Anblicks beraubt zu sein, konnte das vollkommene Vergnügen nicht schwächen, womit das Innerste meines Wesens erfüllt war. Selbigen ganzen Abend, und den größesten Teil der Nacht, hatten alle Kräfte meiner Seele keine andere Beschäftigung, als sich dieses geliebte Bild bis auf die kleinsten Züge mit allen diesen namenlosen Reizen, – – welche vielleicht ich allein an dem Urbilde bemerkt hatte, – – und mit einer Lebhaftigkeit vorzumalen, die ihm immer neue Schönheiten lehnte; mein Herz schmückte es mit allem, was die Natur Anmutiges hat, mit allen Vorzügen des Geistes, mit jeder sittlichen Schönheit, mit allem was nach meiner Denkungs-Art das Vollkommenste und Beste war, aus – – was für ein Gemälde, wozu die Liebe die Farben gibt! – – Und doch glaubte ich immer, zu wenig zu tun; und bearbeitete mich in mir selbst, noch etwas schöners als das Schönste zu finden, um die Idee, die ich mir von meiner Unbekannten machte, gänzlich zu vollenden, und gleichsam in das Urbild selbst zu verwandeln. – – Diese liebenswürdige Person hatte mich zu eben der Zeit, da ich sie erblickte, wahrgenommen; und es war (wie sie mir in der Folge entdeckte) etwas mit den Regungen meines Herzens Übereinstimmendes in dem ihrigen vorgegangen. Ich erinnerte mich, (denn wie hätte ich die kleinste Bewegung, die sie gemacht hatte, vergessen können?) daß unsre Blicke sich mehr als ein mal begegnet waren, und daß sie sogleich mit einer Scham-Röte, welche ihr ganzes liebliches Gesicht mit Rosen überzog, die Augen niedergeschlagen hatte. Ich war zu unerfahren, und in der Tat auch zu bescheiden, aus diesem Umstand etwas besonderes zu meinem Vorteil zu schließen; aber doch erinnerte ich mich desselben mit einem so innigen Vergnügen, als ob es mir geahnet hätte, wie glücklich mich die Folge davon machen würde. Ich hatte die Eitelkeit nicht, welche uns zu schmeicheln pflegt, daß wir liebenswürdig seien; ich dachte an nichts weniger, als auf Mittel, wie ich mich lieben machen wollte.

Aber die Schönheit der Seele, die ich in ihrem Gesichte ausgedrückt gesehen hatte; diese sanfte Heiterkeit, die aus dem natürlichen Ernst ihrer Züge hervorlächelte, hauchten mir Hoffnung ein, daß ich geliebet werden würde. – – Und welch einen Himmel von Wonne eröffnete diese Hoffnung vor mir! Was für Aussichten! Welches Entzücken! – – Wenn ich mir vorstellte, daß mein ganzes Leben, daß selbst die Ewigkeiten, in deren grenzenlosen Tiefen, der Glückliche die Dauer seiner Wonne so gerne sich verlieren läßt, in ihrem Anschauen und an ihrer Seite dahinfließen würden!

So lebhafte Hoffnungen setzten voraus, daß ich sie wieder finden würde; und dieser Wunsch brachte die Begierde mit sich, zu wissen wer sie sei. Aber wen konnt' ich fragen? Ich hatte keinen Freund, dem ich mich entdecken durfte; von einem jeden andern glaubte ich, daß er bei einer solchen Frage mein ganzes Geheimnis in meinen Augen lesen würde; und die Liebe, die ein sehr guter Ratgeber ist, hatte mich schon einsehen gemacht, wie viel daran gelegen sei, daß der Pythia nicht das Geringste zu Ohren komme, was ihr den Zustand meines Herzens hätte verraten, oder sie zu einer mißtrauischen Beobachtung meines Betragens veranlassen können. Ich verschloß also mein Verlangen in mich selbst, und erwartete mit Ungeduld, bis irgend ein meiner Liebe günstiger Schutz-Geist mir zu dieser gewünschten Entdeckung verhelfen würde. Nach einigen Tagen fügte es sich, daß ich meiner geliebten Unbekannten in einem der Vorhöfe des Tempels begegnete. Die Furcht, von jemand beobachtet zu werden, hielt mich in eben dem Augenblick zurück, da ich auf sie zueilen und meine Entzückung über diesen unverhofften Anblick in Gebärden, und vielleicht in Ausrufungen, ausbrechen lassen wollte. Sie blieb, indem sie mich erblickte, einige Augenblicke stehen, und sah mich an. Ich glaubte ein plötzliches Vergnügen in ihrem schönen Gesicht aufgehen zu sehen; sie errötete, schlug die Augen wieder nieder, und eilte davon. Ich durft' es nicht wagen, ihr zu folgen; aber meine Augen folgten ihr, so lang es möglich war; und ich sahe, daß sie zu einer Tür einging, welche in die Wohnung der Priesterin führte. Ich begab mich in den Hain, um meinen Gedanken über diese angenehme Erscheinung ungestörter nachzuhängen. Der letzte Umstand, den ich bemerkt hatte, und ihre Kleidung, brachte mich auf die Vermutung, daß sie vielleicht eine von den Aufwärterinnen der Pythia sei, deren diese Dame eine große Anzahl hatte, die aber (außer bei besondern Feierlichkeiten) selten sichtbar wurden. Diese Entdeckung beschäftigte mich noch nach der ganzen Wichtigkeit, die sie für mich hatte, als ich, in der Tat zur ungelegensten Zeit von der Welt, zu der zärtlichen Priesterin gerufen wurde. – – Die Begierde und die Hoffnung, meine Geliebte bei dieser Gelegenheit wieder zu sehen, machte mir anfänglich diese Einladung sehr willkommen; aber meine Freude wurde bald von dem Gedanken vertrieben, wie schwer es mir sein würde, wenn meine Unbekannte zugegen wäre, meine Empfindungen für sie den Augen einer Nebenbuhlerin zu verbergen. Die Künste der Verstellung waren mir zu unbekannt, und meine Gemüts-Regungen bildeten sich (auch wider meinen Willen) zu schnell und zu deutlich in meinem Äußerlichen ab, als daß ich mich bei allen meinen Bestrebungen, vorsichtig zu sein, sicher genug halten konnte. Diese Gedanken gaben mir (wie ich glaube) ein ziemlich verwirrtes Aussehen, als ich vor die Pythia geführt wurde. Allein, da ich niemand, als eine kleine Sclavin von neun oder zehen Jahren, bei ihr fand, erholte ich mich bald wieder; und sie selbst schien mit ihren eigenen Bewegungen zu sehr beschäftigt, um auf die meinige genau Acht zu geben, – – oder (welches wenigstens eben so wahrscheinlich ist) sie legte die Veränderung, die sie in meinem Gesichte wahrnehmen mußte, zu Gunsten ihrer Reizungen aus, von denen sie sich dieses mal desto mehr Würkung versprechen konnte, je mehr sie vermutlich darauf studiert hatte, sie in dieses reizende Schatten-Licht zu setzen, welches die Einbildungs-Kraft so lebhaft zum Vorteil der Sinnen ins Spiel zu ziehen pflegt. Sie saß oder lag (denn ihre Stellung war ein Mittelding von beiden) auf einem mit Silber und Perlen reich bestickten Ruhe-Bette; ihr ganzer Putz hatte dieses Zierlich-Nachlässige, hinter welches die Kunst sich auf eine schlaue Art versteckt, wenn sie nicht dafür angesehen sein will, daß sie der Natur zu Hülfe komme; ihr Gewand, dessen bescheidene Farbe ihrer eigenen eben so sehr als der Anständigkeit ihrer Würde angemessen war, wallte zwar in vielen Falten um sie her; aber es war schon dafür gesorgt, daß hier und da der schöne Contour dessen, was damit bedeckt war, deutlich genug wurde, um die Augen auf sich zu ziehen, und die Neugier lüstern zu machen. Ihre Arme, die sie sehr schön hatte, waren in weiten und halb aufgeschürzten Ärmeln fast ganz zu sehen; und eine Bewegung, welche sie, während unsers Gesprächs unwissender Weise gemacht haben wollte, trieb einen Busen aus seiner Verhüllung hervor, welcher reizend genug war, ihr Gesicht um zwanzig Jahre jünger zu machen. Sie bemerkte diese kleine Unregelmäßigkeit endlich; aber das Mittel, wodurch sie die Sachen wieder in Ordnung zu bringen suchte, war mit der Unbequemlichkeit verbunden, daß dadurch ein Fuß bis zur Hälfte sichtbar wurde, dessen die schönste Spartanerin sich hätte rühmen dürfen. Die tiefe Gleichgültigkeit, worin mich alle diese Reizungen ließen, machte ohne Zweifel, daß ich Beobachtungen machen konnte, wozu ein gerührter Zuschauer die Freiheit nicht gehabt hätte. Indes gab mir doch eine Art von Scham, die ich anstatt der guten Pythia auf meinen Wangen glühen fühlte, ein

Ansehen von Verwirrung, womit die Dame, welche in zweifelhaften Fällen alle mal zu Gunsten ihrer Eigenliebe urteilte, ziemlich wohl zufrieden schien. Sie schrieb es vermutlich einer schüchternen Unentschlossenheit oder einem Streit zwischen Ehrfurcht und Liebe bei, daß ich (ungeachtet des starken Eindrucks, den sie auf mich machte) ihr keine Gelegenheit gab, die Delicatesse ihrer Tugend sehen zu lassen. Ich hatte Aufmunterungen nötig, zu welchen man bei einem geübtern Liebhaber sich nicht herablassen würde. Die Geschicklichkeit, die man mir in der Kunst, die Dichter zu lesen, beilegte, diente ihr zum Vorwand, mir einen Zeit-Vertrieb vorzuschlagen, von dem sie sich einige Beföderung dieser Absicht versprechen konnte. Sie versicherte mich, daß Homer ihr Lieblings-Autor sei, und bat mich, ihr das Vergnügen zu machen, sie eine Probe meines gepriesenen Talents hören zu lassen. Sie nahm einen Homer, der neben ihr lag, und stellte sich, nachdem sie eine Weile gesucht hatte, als ob es ihr gleichgültig sei, welcher Gesang es wäre; sie gab mir den ersten den besten in die Hände; aber zu gutem Glücke war es gerade derjenige, worin Juno, mit dem Gürtel der Venus geschmückt, den Vater der Götter in eine so lebhafte Erinnerung der Jugend ihrer ehelichen Liebe setzt. – – Von dem dichterischen Feuer, welches in diesem Gemälde glühet, und dem süßen Wohlklang der Homerischen Verse entzückt, beobachtete sie nicht, in was für eine verführische Unordnung ein Teil ihres Putzes durch eine Bewegung der Bewunderung, welche sie machte, gekommen war. Sie nahm von dieser Stelle Anlaß, die unumschränkte Gewalt des Liebes-Gottes zum Gegenstande der Unterredung zu machen. Sie schien der Meinung derjenigen günstig zu sein, welche behaupten, daß der Gedanke, einer so mächtigen Gottheit widerstehen zu wollen, nur in einer vermessenen und ruchlosen Seele geboren werden könne. Ich pflichtete ihr bei, behauptete aber, daß die meisten in den Begriffen, welche sie sich von diesem Gotte machten, der großen Pflicht, von der Gottheit nur das Würdigste und Vollkommenste zu denken, sehr zu nahe träten; und daß die Dichter durch die allzusinnliche Ausbildung ihrer allegorischen Fabeln in diesem Stücke sich keines geringen Vergehens schuldig gemacht hätten. Unvermerkt schwatzte ich mich in einen Enthusiasmus hinein, in welchem ich, nach den Grundsätzen meiner geheimnisreichen Philosophie, von der intellectualischen Liebe, von der Liebe welche der Weg zum Anschauen des wesentlichen Schönen ist, von der Liebe welche die geistigen Flügel der Seele entwickelt, sie mit jeder Tugend und Vollkommenheit schwellt, und zuletzt durch die Vereinigung mit dem Urbild und Urquell des Guten in einen Abgrund von Licht, Ruhe und unveränderlicher Wonne hineinzieht, worin sie gänzlich verschlungen und zu gleicher Zeit vernichtigt und vergöttert wird – – so erhabne, mir selbst meiner Einbildung nach sehr deutliche, der schönen Priesterin aber so unverständliche Dinge sagte, daß sie in eben der Proportion, nach welcher sich meine Einbildungs-Kraft dabei erwärmte, nach und nach davon eingeschläfert wurde. In der Tat konnte im Prospect eines so schönen Busens, als ich vor mir sahe, nichts seltsamers sein, als eine Lob-Rede auf die intellectualische Liebe; auch gab die betrogne Pythia nach einer solchen Probe alle Hoffnung auf, mich, diesen Abend wenigstens, zu einer natürlichen Art zu denken und zu lieben herumzustimmen. Sie entließ mich alsobald darauf, nachdem sie mir, wiewohl auf eine ziemlich rätselhafte Art, zu vernehmen gegeben hatte, daß sie besondere Ursachen habe, sich meiner mehr anzunehmen, als irgend eines andern Kostgängers des Apollo. Ich verstund aus dem, was sie mir davon sagte, so viel, daß sie eine nahe Anverwandtin meines mir selbst noch unbekannten Vaters sei; daß es ihr vielleicht bald erlaubt sein werde, mir das Geheimnis meiner Geburt zu entdecken; und daß ich es allein diesem nähern Verhältnis zu zuschreiben habe, wenn sie mich durch eine Freundschaft unterscheide, welche mich, ohne diesen Umstand, vielleicht hätte befremden können. Diese Eröffnung, an deren Wahrheit mich ihre Mine nicht zweifeln ließ, hatte die gedoppelte Würkung – – mich zu bereden, daß ich mich in meinen Gedanken von ihren Gesinnungen betrogen haben könne – – und sie auf einmal zu einem interessanten Gegenstande für mein Herz zu machen. In der Tat fing ich, von dem Augenblick, da ich hörte, daß sie mit meinem Vater befreundet sei, an, sie mit ganz andern Augen anzusehen; und vielleicht würde sie von den Dispositionen, in welche ich dadurch gesetzt wurde, in kurzer Zeit mehr Vorteil haben ziehen können, als von allen den Kunstgriffen, womit sie meine Sinnen hatte überraschen wollen. Aber die gute Dame wußte entweder nicht, wie viel man bei gewissen Leuten gewonnen, wenn man Mittel findet, ihr Herz auf seine Seite zu ziehen; oder sie war über mein seltsames Betragen erbittert, und glaubte, ihre verachteten Reizungen nicht besser rächen zu können, als wenn sie mich in eben dem Augenblick von sich entfernte, da sie in meinen Augen las, daß ich gerne länger geblieben wäre. Alles Bitten, daß sie ihre Gütigkeit durch eine deutlichere Entdeckung des Geheimnisses meiner Geburt vollkommen machen möchte, war umsonst; sie schickte mich fort, und hatte Grausamkeit genug, eine geraume Zeit vorbei gehen zu lassen, eh sie mich wieder vor sich kommen ließ. Zu einer andern Zeit würde das Verlangen, diejenigen zu kennen, denen ich das Leben zu danken hätte, mir diesen Aufschub zu einer harten Strafe gemacht haben; aber damals brauchte es nur wenige Minuten, wieder allein zu sein, und einen Gedanken an meine geliebte Unbekannte, um die Priesterin mit allen ihren Reizen, und mit allem was sie mir gesagt und nicht gesagt hatte, aus meinem Gemüte wieder auszulöschen. Es war mir unendlich mal angelegener zu wissen, wer diese Unbekannte sei, und ob sie würklich (wie ich mir schmeichelte) für mich empfinde, was ich für sie empfand, als in Absicht meiner selbst aus einer Unwissenheit gezogen zu werden, gegen welche die Gewohnheit mich fast ganz gleichgültig gemacht hatte: So lange ich das nicht wußte, würde ich die Entdeckung, der Erbe eines Königs zu sein, mit Kaltsinn angesehen haben. Der Blick, den sie diesen Abend auf mich geheftet hatte, schien mir etwas zu versprechen, das für mein Herz unendlich mehr Reiz hatte, als alle Vorteile der glänzendsten Geburt. Mein ganzes Wesen schien von diesem Blicke, wie von einem überirdischen Lichte, durchstrahlt und verklärt – – ich unterschied zwar nicht deutlich, was in mir vorging – – aber so oft ich sie mir wieder in dieser Stellung, mit diesem Blicke, mit diesem Ausdruck in ihrem lieblichen Gesichte vorstellte, (und dieses geschah allemal so lebhaft, als ob ich sie würklich mit Augen sähe) so schien mir mein Herz vor Liebe und Vergnügen in Empfindungen zu zerfließen, für deren durchdringende Süßigkeit keine Worte erfunden sind. – – Hier wurde Agathon (dessen Einbildungs-Kraft, von den Erinnerungen seiner ersten Liebe erhitzt, einen hübschen Schwung, wie man sieht, zu nehmen anfing,) durch eine ziemlich merkliche Veränderung in dem Gesichte seiner schönen Zuhörerin mitten in dem Lauf seiner unzeitigen Schwärmerei aufgehalten, und aus seinem achtzehnten Jahr, in welches er in dieser kleinen Ecstase zurückversetzt worden war, auf einmal wieder nach Smyrna, zu sich selbst und der schönen Danae gegenüber, gebracht.

Viertes Capitel

Fortsetzung des Vorhergehenden

Es ist eine alte Bemerkung, daß man einer schönen Dame die Zeit nur schlecht vertreibt, wenn man sie von den Eindrücken, die eine andre auf unser Herz gemacht hat, unterhält. Je mehr Feuer, je mehr Wahrheit, je mehr Beredsamkeit wir in einem solchen Falle zeigen, je reizender unsre Schilderungen, je schöner unsre Bilder, je beseelter unser Ausdruck ist, desto gewisser dürfen wir uns versprechen, unsre Zuhörerin einzuschläfern. Diese Beobachtung sollten sich besonders diejenigen empfohlen sein lassen, welche eine würklich im Besitz stehende Geliebte mit der Geschichte ihrer ehemaligen verliebten Abenteuer unterhalten. Agathon, welcher noch weit davon entfernt war, von seiner Einbildungs-Kraft Meister zu sein, hatte diese Regel gänzlich aus den Augen verloren, da er einmal auf die Erzählung seiner ersten Liebe gekommen war. Die Lebhaftigkeit seiner Wiedererinnerungen schien sie in Empfindungen zu verwandeln; er bedachte nicht, daß es weniger anstößig wäre, eine Geliebte, wie Danae, mit der ganzen Metaphysik der intellectualischen Liebe, als mit so enthusiastischen Beschreibungen der Vorzüge einer andern, und der Empfindungen, welche sie eingeflößt, zu unterhalten. Eine Art von Mittelding zwischen Gähnen und Seufzen, welches ihr an der Stelle, wo wir seine Erzählungen abgebrochen haben, entfuhr, und ein gewisser Ausdruck von langer Weile, der aus einer erzwungnen Mine von vergnügter Aufmerksamkeit hervorbrach, machte ihn endlich seiner Unbesonnenheit gewahr werden; er stutzte einen Augenblick, er errötete, und es fehlte wenig, daß er den Zusammenhang seiner Geschichte darüber verloren hätte. Doch erholte er sich noch geschwinde genug wieder, um seiner Verwirrung irgend einen zufälligen Vorwand zu geben, und setzte seine Erzählung fort, indem er fest bei sich beschloß, genauer auf sich selbst Acht zu geben, und seine Beschreibungen so sehr abzukürzen, als es nur immer möglich sein würde; ein Vorsatz, bei welchem unsre Leser sich wenigstens eben so wohl befinden werden, als die schöne Danae, wenn er anders fähig sein wird, sich selbst Wort zu halten.

Die süßen Träume, (fuhr der Held unsrer Geschichte fort) worin mein Herz sich so gerne zu wiegen pflegte, hatten nicht würkliches genug, diesen angenehmen Zustand meines Gemütes lange zu unterhalten. Eine zärtliche Schwermut, welche jedoch nicht ohne eine Art von Wollust war, bemächtigte sich meiner so stark, daß ich Mühe hatte, sie vor denjenigen zu verbergen, mit denen ich einen Teil des Tages zubringen mußte. Ich suchte die Einsamkeit; und weil ich den Tag über, nur wenige Stunden in meiner Gewalt hatte, so fing ich wieder an, den größten Teil der Zeit, worin andere schliefen, in den angenehmen Hainen, die den Tempel umgeben, mit meinen Gedanken und dem Bilde meiner Unbekannten zu durchwachen. In einer dieser Nächte begegnete es, daß ich von ungefähr in eine Gegend des Hains verirrte, welche das Ansehen einer Wildnis, aber der anmutigsten, die man sich nur einbilden kann, hatte. Mitten darin ließ das Gebüsche, welches in labyrinthischen Krümmungen mit hohen Cypressen und vielen selbst gewachsenen Lauben abgesetzt, sich um sich selbst herumwand, einen offnen Platz, der mit einem halben Circul von wilden Lorbeer-Bäumen, von denen sich immer eine Reihe über die andere erhub, eingefaßt, auf der andern Seite aber nur mit niedrigem Myrthen-Gesträuch und Rosen-Hecken leicht umkränzt war. Mitten darin lagen einige Nymphen von weißem Marmor, von überhangendem Rosen-Gesträuche beschattet, welche auf ihren Urnen zu schlafen schienen, indes sich aus jeder

Urne eine Quelle in ein geraumiges Becken von poliertem schwarzem Granit-Marmor ergoß, worin die Frauens-Personen, welche unter dem Schutz des delphischen Apollo stunden, sich im Sommer zu baden pflegten. Dieser Ort war (einer alten Sage nach) der Diana heilig; und kein männlicher Fuß durfte, bei Strafe, sich den Zorn dieser unerbittlichen Göttin zu zuziehen, sich unterstehen, ihrem geheiligten Ruhe-Platz nahe zu kommen. Vermutlich machte die Göttin eine Ausnahme zu Gunsten eines unschuldigen Schwärmers, der (ohne den mindesten Vorsatz, ihre Ruhe zu stören, und ohne einmal zu wissen, wohin er kam,) sich hieher verirrt hatte. Denn anstatt mich ihren Zorn empfinden zu lassen, begünstigte sie mich vielmehr mit einer Erscheinung, welche mir angenehmer war, als wenn sie selbst, mich zu ihrem Endymion zu machen, zu mir herabgestiegen wäre. Weil ich in eben dem Augenblick, da ich diese Erscheinung hatte, den Ort, wo ich mich befand, für denjenigen erkannte, der mir öfters, um ihn desto gewisser vermeiden zu können, beschrieben worden war; so war würklich mein erster Gedanke, daß es die Göttin sei, welche, von der Jagd ermüdet, unter ihren Nymphen schlummere. Von einem heiligen Schauer erschüttert, wollte ich schon den Fuß zurückziehn; als ich beim Glanz des seitwärts einfallenden Mond-Lichts gewahr wurde, daß es meine Unbekannte war. Ich will es nicht versuchen, zu beschreiben wie mir in diesem Augenblicke zu Mute war; es war einer von denen, an welche ich mich nur erinnern darf, um zu glauben, daß ein Wesen, welches einer solchen Wonne fähig ist, zu nichts geringers als zu der Wonne der Götter bestimmt sein könne. Izt konnt' ich natürlicher Weise nicht mehr denken, mich unbemerkt zurückzuziehen; meine einzige Sorge war, die liebenswürdige Einsame zu einer Zeit und an einem Orte, wo sie keinen Zeugen, am allerwenigsten einen männlichen vermuten konnte, durch keine plötzliche Überraschung zu erschrecken. Die Stellung, worin sie an eine der marmornen Nymphen angelegt lag, gab zu erkennen, daß sie staunte; ich betrachtete sie eine geraume Weile, ohne daß sie mich gewahr wurde. Dieser Umstand erlaubte mir meine eigene Stelle zu verändern, und eine solche zu nehmen, daß sie, so bald sie die Augen aufschlüge, mich unfehlbar erkennen müßte. Diese Vorsicht hatte die verlangte Würkung. Sie erblickte mich; sie stutzte; aber sie erkannte mich doch zu schnell, um mich für einen Satyren anzusehen. Meine Erscheinung schien ihr mehr Vergnügen als Unruhe zu machen. Ein jeder andrer, so gar ein Satyr, würde irgend ein artig gedrehtes Compliment in Bereitschaft gehabt haben, um seine Freude über eine so reizende Erscheinung auszudrücken; die Gelegenheit konnte nicht schöner sein, sie für eine Göttin, oder wenigstens für eine der Gespielen Dianens anzusehen, und diesem Irrtum gemäß zu begrüßen. Aber ich, von neuen, sie gefühlten, unbeschreiblichen Empfindungen gedrückt, ich konnte gar nichts sagen. Zu ihren Füßen hätte ich mich werfen mögen; aber die Schüchternheit, welche (zumal in meinem damaligen Alter) mit der ersten Liebe so unzertrennlich verbunden ist, hielt mich zurück; ich besorgte, daß sie sich einen nachteiligen Begriff von der tiefen Ehrerbietung, die ich für sie empfand, aus einer solchen Freiheit machen möchte. Meine Unbekannte war nicht so schüchtern; sie hub sich, mit dieser sittsamen Anmut, wodurch sie sich das erste mal, als ich sie gesehen, in meinen Augen von allen ihren Gespielen unterschieden hatte, vom Boden auf, und ging ein paar Schritte gegen mich. Wie finde ich den Agathon hier? sagte sie mit einer Stimme, die ich noch zu hören glaube; so lieblich, so rührend schien sie unmittelbar in meine Seele sich einzuschmeicheln. In der süßen Verwirrung, worin ich war, fand ich keine bessere Antwort, als sie zu versichern, daß ich nicht so verwegen gewesen wäre, ihre Einsamkeit zu stören, wenn ich vermutet hätte, sie hier zu finden. Das Compliment war nicht so artig, als es ein junger Athenienser bei einer solchen Gelegenheit gemacht hätte; aber Psyche (so erfuhr ich in der Folge, daß meine Unbekannte genennt werde) war zu unschuldig, um Complimente zu erwarten. Ich erkenne meine Unvorsichtigkeit, wiewohl zu spät, versetzte sie: Was wird Agathon von mir denken, da er mich an diesem abgelegenen Ort in einer solchen Stunde allein findet? Und doch (setzte sie errötend hinzu) ist es glücklich für mich, wenn ich ja einen Zeugen meiner Unbesonnenheit haben mußte, daß es Agathon war. Ich versicherte sie, daß mir nichts natürlicher vorkomme, als der Geschmack, den sie in der Einsamkeit, in der Stille einer so schönen Nacht, und in einer so anmutigen Gegend zu finden scheine. Ich setzte noch vieles von den Annehmlichkeiten des Mondscheins, von der majestätischen Pracht des sternvollen Himmels, von der Begeistrung, welche die Seele in diesem feierlichen Schweigen der ganzen Natur erfahre, von dem Einschlummern der Sinne, und dem Erwachen der innern geheimnisvollen Kräfte unsers unsterblichen Teils, hinzu – – Dinge, welche bei den meisten Schönen, zumal in einem so anmutigen Myrthen-Gebüsche, und in der einladenden Dämmerung einer so lauen Sommer-Nacht, sehr übel angebracht gewesen wären, aber bei der gefühlvollen Psyche rührten sie die empfindlichsten Saiten ihres Herzens. Das Gespräch, worin wir uns unvermerkt verwickelten, entdeckte eine Übereinstimmung in unserm Geschmack und in unsern Neigungen, welche gar bald ein eben so freundschaftliches und vertrauliches Verständnis zwischen unsern Seelen hervorbrachte, als ob wir uns schon viele Jahre geliebet hätten. Mir war, als ob ich alles, was sie sagte, durch eine unmittelbare Anschauung in ihrer Seele lese; und hinwieder schien das, was ich sagte, so abgezogen, idealisch und dichterisch, es immer sein mochte, ein bloßer Widerhall oder die Entwicklung ihrer eigenen Empfindungen und solcher Ideen zu sein, welche als Embryonen in ihrer Seele lagen, und nur den erwärmenden Einfluß eines geübtern Geistes nötig hatten, um sich zu entfalten, und durch ihre naive Schönheit die erhabensten und sinnreichsten Gedanken der Weisen zu beschämen. Die Zeit wurde uns bei dieser Unterhaltung so kurz, daß wir kaum eine Stunde bei einander gewesen zu sein glaubten, als uns die aufgehende Morgenröte erinnerte, daß wir uns trennen mußten. Ich hatte durch diese Unterredung erfahren, daß meine Geliebte von ihrer Herkunft eben so wenig wisse, als ich von der meinigen; daß sie von ihrer Amme, in der Gegend von Corinth bis ins sechste Jahr erzogen, hernach aber von Räubern entführt, und an die Priesterin zu Delphi verkauft worden, welche sie in allen weiblichen Künsten, und da sie eine besondere Neigung zum Lesen an ihr bemerkt, auch in der Kunst die Dichter recht zu lesen, habe unterrichten lassen, und sie in der Folge zu ihrer Leserin gemacht habe. Diese Umstände waren für meine Liebe zu der jungen Psyche nicht sehr schmeichelhaft; allein das Vergnügen der gegenwärtigen Augenblicke ließ mich gar nicht an das Künftige denken; unbekümmert, wohin die Empfindungen, von denen ich eingenommen war, in ihren Folgen endlich führen könnten, überließ ich mich ihnen mit aller Gutherzigkeit der jugendlichen Unschuld; meine kleine Psyche zu sehen, zu lieben, es ihr zu sagen, und aus ihrem schönen Munde zu hören, in ihren seelenvollen Augen zu sehen, daß ich wieder geliebt werde. – – Das waren izt alle Glückseligkeiten, die ich wünschte, und über welche hinaus ich keine andere kannte. Ich hatte ihr etwas von den Eindrücken gesagt, die ihr erster Anblick auf mein Herz gemacht hatte; und sie hatte diese Eröffnungen mit dem Geständnis der vorzüglichen Meinung, welche ihr das allgemeine Urteil zu Delphi von mir gegeben hätte, erwidert; aber meine zärtliche und ehrfurchtsvolle Schüchternheit erlaubte mir nicht, ihr alles zu sagen, was mein Herz für sie empfand. Meine Ausdrücke waren lebhaft und feuerig; aber sie hatten mit der gewöhnlichen Sprache der Liebe so wenig ähnliches, daß ich weniger zu sagen glaubte, indem ich in der Tat unendlich mal mehr sagte, als ein gewöhnlicher Liebhaber, der mehr von seinen Begierden beunruhigt, als von dem Werte seiner Geliebten gerührt ist. Allein da wir uns scheiden mußten, würde mich mein allzuvolles Herz verraten haben, wenn die unerfahrne Jugend der guten Psyche ihr erlaubt hätte, einiges Mißtrauen in Empfindungen zu setzen, welche sie nach der Unschuld ihrer eigenen beurteilte. Ich zerfloß in Tränen, und setzte ihr auf eine so zärtliche, so bewegliche Art zu, mir zu versprechen, sich in der folgenden Nacht wieder in dieser Gegend finden zu lassen, daß es ihr unmöglich war, mich ungetröstet wegzuschicken. Wir setzen also, da uns alle Gelegenheit, uns bei Tage zu sprechen, abgeschnitten war, diese nächtliche Zusammenkünfte fort; und unsere Liebe wuchs und verschönerte sich zusehends, ohne daß wir dachten, daß es Liebe sei. Wir nannten es Freundschaft; und genossen ihrer reinsten Süßigkeiten, ohne durch einige Besorgnisse, Bedenklichkeiten oder andre Symptome der Leidenschaft, beunruhigt zu werden. Psyche hatte sich eine Freundin, wie ich mir einen Freund, gewünscht; nun glaubten wir beide gefunden zu haben, was wir wünschten. Unsere Denkungs-Art, und die Güte unserer Herzen, flößte uns ein vollkommenes und unbegrenztes Zutrauen gegen einander ein. – – Meine Augen, welche schon lange gewöhnt waren, anders zu sehen, als man sonst in meinen damaligen Jahren zu sehen pflegt, sahen in Psyche kein reizendes Mädchen, sondern die schönste, die liebenswürdigste der Seelen, deren geistige Reizungen aus dem durchsichtigen Flor eines irdischen Gewandes hervorschimmerten; und die wissensbegierige Psyche, welche nie glücklicher war, als wenn ich ihr die erhabenen Geheimnisse meiner dichterischen Philosophie entfaltete, glaubte den göttlichen Orpheus oder den Apollo selbst zu hören, wenn ich sprach. Es ist in der Natur der Liebe (so zärtlich und uncörperlich sie immer sein mag) so lange zuzunehmen, bis sie das Ziel erreicht hat, wo die Natur sie zu erwarten scheint. Die unsrige nahm auch zu, und ging nach und nach durch mehr als eine Verwandlung; aber sie blieb sich selbst doch immer ähnlich. Nachdem uns der Name der Freundschaft nicht mehr bedeutend genug schien, dasjenige, was wir für einander empfanden, auszudrücken, wurden wir eins, daß unter allen Zuneigungen, derer uns die Natur fähig mache, die Liebe eines Bruders und einer Schwester zugleich die stärkste und die reineste sei. Die Vorstellung, die wir uns davon machten, entzückte uns; und nachdem wir oft bedauert hatten, daß uns die Natur diese Glückseligkeit versagt habe, wunderten wir uns zuletzt, wie wir nicht bälder eingesehen hätten, daß es nur von uns abhange, ihre Kargheit in diesem Stücke zu ersetzen. Wir waren also Bruder und Schwester, und blieben es einige Zeit, ohne daß die Vertraulichkeit und die unschuldigen Liebkosungen, wozu uns diese Namen berechtigten, in unsern Augen wenigstens, der Tugend, welcher wir zugleich mit der Liebe eine ewige Treue geschworen hatten, den geringsten Abbruch taten. Wir waren enthusiastisch genug, die Vermutung oder vielmehr die bloße Möglichkeit, einander vielleicht so nahe verwandt zu sein, als wir wünschten, in den zärtlichen Ergießungen unserer Herzen zuweilen für die Stimme der Natur zu halten; zumal da eine würkliche oder eingebildete besondere Ähnlichkeit unserer Gesichts-Züge diesen Wahn zu rechtfertigen schien. Da wir uns aber die Betrüglichkeit dieser vermeinten

Sprache des Blutes nicht immer verbergen konnten, so fanden wir desto mehr Vergnügen darin, die Vorstellungen von einer natürlichen Verschwisterung der Seelen, einem sympathetischen Zug der einen zu der anderen, einer schon in einem vorhergehenden Zustand in bessern Welten angefangenen Bekanntschaft nachzuhängen, und sie in tausend angenehme Träume auszubilden. Aber auch bei diesem Grade ließ uns der phantastische Schwung, den die Liebe unsern Seelen gegeben hatte, nicht stille stehen. Wir strengten das äußerste Vermögen unserer Einbildungs-Kraft an, um uns einen Begriff von derjenigen Art zu lieben zu machen, womit in den überirdischen Sphären die Geister einander liebten. Keine andere schien uns zu gleicher Zeit der Stärke und der Reinigkeit unserer Empfindungen genug zu tun, noch für Wesen sich zu schicken, die im Himmel entsprungen, und dahin wiederzukehren bestimmt wären. Ich gestehe dir, schöne Danae, daß ich bei der Erinnerung an diese glückselige Schwärmerei meiner ersten Jugend mich kaum erwehren kann zu wünschen, daß die Bezauberung ewig hätte dauern können. Und dennoch ist nichts gewissers, als daß sich diese allzugeistige Empfindungen endlich verzehrt, und die Natur, welche ihre Rechte nie verliert, uns zuletzt unvermerkt auf eine gewöhnlichere Art zu lieben geführt haben würde; wenn uns nur die schöne Pythia so viel Zeit, als dazu erfodert wurde, gelassen hätte. Diese Dame hatte etliche Wochen verstreichen lassen, ohne (dem Ansehen nach) sich meiner zu erinnern; und ich hatte sie in dieser Zeit so gänzlich vergessen, daß ich ganz betroffen war, als ich wieder zu ihr berufen wurde. Ich fand gar bald, daß die Göttin von Paphos, welche sich vielleicht wegen irgend einer ehemaligen Beleidigung an ihr zu rächen beschlossen, sie in dieser Zwischen-Zeit nicht so ruhig gelassen hatte, als es für sie und mich zu wünschen war. Vermutlich hatte sie (wie die tragische Phädra) allen ihren weiblichen und priesterlichen Stolz zusammengerafft, um eine Leidenschaft zu unterdrücken, deren Übelstand sie sich selbst unmöglich verbergen konnte; allein eben so vermutlich mochte sie sich selbst durch die tröstlichen Trug-Schlüsse, welche Euripides der Amme dieser unglückseligen Princessin in den Mund legt, wieder beruhigt, und endlich den herzhaften Entschluß gefaßt haben, ihrem Verhängnis nachzugeben. Denn, nachdem sie alle ihre Mühe, mich das, was sie mir zu sagen hatte, erraten zu lassen, verloren sah, brach sie endlich ein Stillschweigen, dessen Bedeutung ich eben so wenig verstehen wollte, und entdeckte mir mit einer Deutlichkeit und mit einem Feuer, welche mich erröten und erzittern machten, daß sie liebe und wieder geliebt sein wolle. Der reizende Anzug und die verführische Stellung, worin sie dieses Geständnis machte, schien ausgewählt zu sein, mich den Wert des mir angebotenen Glückes mehr als jemals empfinden zu lassen. Ich muß noch izt erröten, wenn ich an die Verwirrung denke, worin ich mit allen meinen erhabenen Begriffen in diesem Augenblick war. – – Die menschliche Natur so erniedrigt – – den Namen der Liebe so entweihet zu sehen! In der Tat, die Pythia selbst konnte von der Art, wie ich ihre Zumutungen abwies, nicht empfindlicher beschämt und gequält werden, als ich es durch die Notwendigkeit war, worein ich mich gesetzt sah, ihr so übel zu begegnen. Ich bestrebte mich, die Härtigkeit meiner Antworten durch die sanftesten Ausdrücke zu mildern, die ich in der Verwirrung finden konnte. Aber ich erfuhr bald, daß heftige Leidenschaften sich so wenig als Sturm-Winde durch Worte beschwören lassen. Die ihrer selbst nicht mehr mächtige Priesterin nahm für beleidigenden Spott auf, was ich aus der wohl gemeinten, aber allerdings unzeitigen Absicht, ihrer versinkenden Tugend zu Hülfe zu kommen, sagte. Sie geriet in eine Wut, welche mich in die äußerste Verlegenheit setzte; sie brach in Verwünschungen und Drohungen, und einen Augenblick darauf in einen Strom von Tränen und in so bewegliche Apostrophen aus, daß ich beinahe schwach genug gewesen wäre, mit ihr zu weinen, ohne mein Herz geneigter zu finden, dem ihrigen zu antworten. Ich ergriff endlich das einzige Mittel, das mir übrig blieb, mich der albernen Rolle, die ich in dieser Scene spielte, zu erledigen; ich entfloh. In eben dieser Nacht sah ich meine geliebte Psyche wieder an dem gewöhnlichen Orte; mein Gemüt war von der Geschichte dieses Abends zu sehr beunruhigt, als daß ich ihr ein Geheimnis davon hätte machen können. Wir bedaurten die Priesterin, so schwer es uns auch war, von der Wut und den Qualen einer Liebe, welche mit der unserigen so wenig ähnliches hatte, uns eine Vorstellung zu machen; aber wir bedaurten noch vielmehr uns selbst. Die Raserei, worin ich die Pythia verlassen hatte, hieß uns das Ärgste besorgen. Wir zitterten eines für des andern Sicherheit; und aus Furcht, daß sie unsere Zusammenkünfte entdecken möchte, beschlossen wir, (so hart uns dieser Entschluß ankam) sie eine Zeitlang seltner zu machen. Dieses war das erste mal, daß die reinen Vergnügungen unserer schuldlosen Liebe von Sorgen und Unruhe unterbrochen wurden, und wir mit schwerem Herzen von einander Abschied nahmen. Es war, als ob es uns ahnete, daß dieses das letzte mal sei, da wir uns zu Delphi sähen; und wir sagten uns wohl tausend mal Lebe wohl; ohne uns eines aus des andern Armen loswinden zu können. Wir redeten mit einander ab, uns erst in der dritten Nacht wieder zu sehen. Zufälliger Weise fügte sichs, daß ich in der Zwischen-Zeit mit der Priesterin in Gesellschaft zusammenkam. Es war natürlich, daß sie in Gegenwart fremder Leute ihrem Betragen gegen mich den freundschaftlichen Ton der Anverwandtschaft gab, welche zwischen uns vorausgesetzt wurde, und durch welche sie nötig befunden hatte, ihren Umgang mit mir gegen die Urteile strenger Sitten-Richter sicher zu stellen. Allein außer diesem bemerkte ich, daß sie etliche mal, da sie von niemand beobachtet zu sein glaubte, die zärtlichsten Blicke auf mich heftete. Ich war zu gutherzig, Verstellung unter diesen Zeichen der wiederkehrenden Liebe zu argwohnen; und der Schluß, den ich daraus zog, beruhigte mich gänzlich über die Besorgnis, daß sie meinen Umgang mit Psyche entdeckt haben möchte. Ich flog mit ungedultiger Freude zu unserer abgeredeten Zusammenkunft; ich wartete so lange, daß mich der Tag beinahe überrascht hätte; ich durchsuchte den ganzen Hain: aber da war keine Psyche. Eben so ging es in der folgenden und dritten Nacht. Mein Schmerz und meine Betrachtungen waren unaussprechlich. Damals erfuhr ich zum ersten mal, daß meine Einbildungs-Kraft, welche bisher nur zu meinem Vergnügen geschäftig war, in eben dem Maße, wie sie mich glücklich gemacht hatte, mich elend zu machen fähig sei. Ich zweifelte nun nicht mehr, daß die Priesterin unsere Liebe entdeckt habe; und die Folgen, welche dieser Umstand für Psyche haben konnte, stellten sich mir mit allen Schrecknissen einer sich selbst quälenden Einbildung dar. Ich faßte in der Wut meines Schmerzens tausend heftige Entschließungen, von denen immer eine die andere verschlang; ich wollte zu der Priesterin gehen, und meine Psyche von ihr fodern – – ich wollte – – das Ausschweifendste, was man in der Verzweiflung wollen kann; ich glaube, daß ich fähig gewesen wäre, den Tempel anzuzünden, wenn ich hätte hoffen können, meine Psyche dadurch zu retten. Und doch hielt mich ein Schatten von Hoffnung, daß sie durch zufällige Ursachen habe verhindert werden können, ihr Wort zu halten, noch zurück, einen unbesonnenen Schritt zu tun, welcher ein bloß eingebildetes Übel würklich und unheilbar hätte machen können. Vielleicht (dachte ich) weiß die Priesterin noch nichts von unserm Geheimnis; und wie unselig wär' ich in diesem Fall, wenn ich selbst der Verräter davon wäre? Dieser Gedanke führte mich zum vierten mal in den Ruhe-Platz der Diana. Nachdem ich wohl zwo Stunden vergebens gewartet hatte, warf ich mich, in einer Betäubung von Schmerz und Verzweiflung, zu den Füßen einer von den Nymphen hin. Ich lag eine Weile, ohne meiner selbst mächtig zu sein. Als ich mich wieder erholt hatte, sah ich einen frischen Blumen-Kranz um den Hals und die Arme einer von den Nymphen gewunden; ich sprang auf, um genauer zu erkundigen, was dieses bedeuten möchte, und fand ein Briefchen an den Kranz geheftet, worin mir Psyche meldete: daß ich sie in der folgenden Nacht um eine bestimmte Stunde unfehlbar an diesem Platz antreffen würde; sie versparete es auf diese Besprechung, mir zu sagen, durch was für Zufälle sie diese Zeit über verhindert worden, mich zu sehen, oder mir Nachricht von ihr zu geben; ich dürfte aber vollkommen ruhig und gewiß sein, daß die Priesterin nichts von unserer Bekanntschaft wisse. Die heftige Begierde, womit ich wünschte, daß dieses Briefchen von Psyche geschrieben sein möchte, ließ mich nicht daran denken, ein Mißtrauen darein zu setzen, ungeachtet mir ihre Handschrift unbekannt war. Ich ging also plötzlich von dem äußersten Grade des Schmerzens zu der äußersten Freude über. Ich wand den Glück-weissagenden Blumen-Kranz um mich herum, nachdem ich die unsichtbaren Spuren der geliebten Finger, die ihn gewunden hatten, auf jeder Blume weggeküßt hatte. Den folgenden Abend wurde mir jeder Augenblick bis zur bestimmten Zeit ein Jahrhundert. Ich ging eine halbe Stunde früher, den guten Nymphen zu danken, daß sie unsere Liebe in ihren Schutz genommen hatten. Endlich glaubte ich, Psyche zwischen den Myrthen-Hecken hervorkommen zu sehen. Die Nacht war nur durch den Schimmer der Sterne beleuchtet; aber ich erkannte die gewöhnliche Kleidung der Psyche, und war von dem ersten Rauschen ihrer Annäherung schon zu sehr entzückt, um gewahr zu werden, daß die Gestalt, die sich mir näherte, mehr von dem üppigen Contour einer Bacchantin als von der jungfräulichen Geschmeidigkeit meiner Freundin hatte. Wir flogen einander mit gleichem Verlangen in die Arme. Die sprachlose Trunkenheit des ersten Augenblicks verstattet nicht, Bemerkungen zu machen; aber es währte doch nicht lange, bis ich notwendig fühlen mußte, daß ich mit einer Heftigkeit, welche mit der unschuldigen Zärtlichkeit einer Psyche den stärksten Absatz machte, an einen kaum verhüllten und ungestüm klopfenden Busen gedrückt wurde. – – Das konnte nicht Psyche sein. – – Ich wollte mich aus ihren Armen loswinden; aber sie verdoppelte die Stärke, womit sie mich umschlang, zugleich mit ihren wollüstigen Liebkosungen; und da ich nun auf einmal mit einem Entsetzen, welches mir alle Sehnen lähmte, meinen Irrtum erkannte; so machte die Gewalt, die ich anwenden wollte, mich von der rasenden Priesterin loszureißen, daß wir mit einander zu Boden sanken. Ich wünschte aus Hochschätzung des Geschlechts, welches in meinen Augen der liebenswürdigste Teil der Schöpfung ist, daß ich diese Scene aus meinem Gedächtnis auslöschen könnte. – – Die Bestrebungen dieser Unglückseligen empörten endlich alle meine Geister zu einem Grimm, der mich ihrer eigenen Wut überlegen machte. Ich hatte alle meine Vernunft nötig, um nicht alle Achtung, die ich wenigstens ihrem Geschlecht schuldig war, aus den Augen zu setzen. Aber ich zweifle nicht, daß eine jede Frauens-Person, welche noch einen Funken von sittlichem Gefühl übrig hätte, lieber den Tod, als die Vorwürfe und die Verwünschungen, womit sie überströmt wurde, ausstehen wollte. Sie krümmete sich, in Tränen berstend zu meinen Füßen. – – Dieser Anblick war mir unerträglich – – ich wollte entfliehen; sie verfolgte mich, sie hing sich an, und bat mich, ihr den Tod zu geben. Ich verlangte mit Heftigkeit, daß sie mir meine Psyche wieder geben sollte. Diese Worte schienen sie unsinnig zu machen. Sie erklärte mir, daß das Leben dieser Sclavin in ihrer Gewalt sei, und von dem Entschluß, den ich nehmen würde, abhange. Sie sah die Veränderung, die diese Drohung auf einmal in meinem ganzen Wesen machte; wir verstummten beide eine Weile. Endlich nahm sie einen sanftern, aber nicht weniger entschlossenen Ton an, um mir ihre vorige Erklärung zu bekräftigen. Die Eifersucht machte sie so vieles sagen, daß ich Zeit bekam mich zu fassen, und eine Drohung weniger fürchterlich zu finden, zu deren Ausführung ich sie, wenigstens aus Liebe zu sich selbst, unfähig glaubte. Ich antwortete ihr also mit einem kalten Blute, welches sie stutzen machte: daß sie auf ihre eigene Gefahr über das Leben meiner jungen Freundin disponieren könne. Doch ersuchte ich sie, sich zu erinnern, daß sie selbst mich zum Meister über das Ihrige, und über das, was ihr noch lieber als das Leben sein sollte, gemacht habe. Das meinige (setzte ich lebhafter hinzu) hört mit dem Augenblick auf, da Psyche für mich verloren ist; denn bei dem Gott, dessen Gegenwart dieses heilige Land erfüllt, keine menschliche Gewalt soll mich aufhalten, ihrem geliebten Geist in eine bessere Welt zu folgen, wohin uns das Laster nicht folgen kann, unsere geheiligte Liebe zu beunruhigen! – – Meine Standhaftigkeit schien, den Mut der Priesterin niederzuschlagen. Sie sagte mir endlich: Sie merkte sehr wohl, daß ich trotzig darauf sei, daß ich in meiner Gewalt habe, sie zu Grunde zu richten – – ich könnte tun, was ich wollte; nur sollte ich versichert sein, daß ihr Psyche für jeden Schritt antworten sollte, den ich machen würde. Mit diesen Worten entfernte sie sich, und ließ mich in einem Zustande, dessen Abscheulichkeit, nach der Empfindung die ich davon hatte, abgemessen, über allen Ausdruck ging. Ich wußte nun, daß die Priesterin Mittel gefunden haben müsse, unser Geheimnis zu entdecken, und daß der Blumen-Kranz ein Kunstgriff von ihrer Erfindung gewesen war. Nach dieser Niederträchtigkeit war keine Bosheit so ungeheuer, deren ich diese Elende nicht fähig gehalten hätte. Ich besorgte nichts für mich selbst, aber alles für die arme Psyche, welche ich der Gewalt einer Nebenbuhlerin überlassen mußte, ohne daß mir alle meine Zärtlichkeit für sie das Vermögen geben konnte, sie davon zu befreien.

Fünftes Capitel

Agathon entfliehet von Delphi, und findet seinen Vater

Nachdem ich etliche Tage in der grausamen Ungewißheit, was aus meiner Geliebten geworden sein möchte, zugebracht hatte, erfuhr ich endlich von einer Sclavin der Pythia, welche ihre Freundin gewesen war, daß sie nicht mehr in Delphi sei. Dieses war alle Nachricht, die ich von ihr ziehen konnte; aber es war genug, mir den Aufenthalt von Delphi unerträglich zu machen. Nunmehr bedacht' ich mich keinen Augenblick, was ich tun wollte. Ich stahl mich in der nächsten Nacht hinweg, ohne um die Folgen eines so unbesonnenen Schrittes bekümmert zu sein; oder richtiger zu sagen, in einem Gemüts-Zustande, worin ich unfähig war, einige vernünftige Überlegung zu machen. Ich irrte eine Zeitlang an allen Orten herum, wo ich eine Spur von meiner Freundin zu entdecken hoffte; töricht genug mir einzubilden, daß sie mich, wo sie auch sein möchte, durch die magische Gewalt der Sympathie unsrer Seelen nach sich ziehen werde. Aber meine Hoffnung betrog mich; niemand konnte mir die geringste Nachricht von ihr geben. Unempfindlich gegen alles Elend, welches ich auf dieser unsinnigen Wanderschaft erfahren mußte, fühlte ich keinen andern Schmerz als die Trennung von meiner Geliebten und die Ungewißheit, was ihr Schicksal sei; ich würde die Versicherung, daß es ihr wohl gehe, gerne mit meinem Leben bezahlt haben. Endlich führte mich der Zufall oder eine mitleidige Gottheit nach Corinth. Die Sonne war eben untergegangen, als ich von den Beschwerlichkeiten der Reise, und einer Diät, deren ich nicht gewohnt war, äußerst abgemattet, vor dem Hofe eines von den prächtigen Landgütern ankam, welche die Küsten des Corinthischen Meeres verschönern. Ich warf mich unter eine hohe Cypresse nieder, und verlor mich in den Vorstellungen der natürlichen, und dennoch in der Hitze der Leidenschaft nicht vorhergesehenen Folgen meiner Flucht von Delphi. In der Tat war meine Situation fähig, den herzhaftesten Mut niederzuschlagen. In eine Welt ausgestoßen, worin mir alles fremd war, ohne Freunde, unwissend wie ich ein Leben werde erhalten können, dessen Urheber mir nicht einmal bekannt war – – warf ich traurige Blicke um mich her – – die ganze Natur schien mich verlassen zu haben – – auf dem weiten Umfang der mütterlichen Erde sah ich nichts, worauf ich einen Anspruch machen konnte als ein Grab, wenn mich die Last des Elends endlich aufgerieben haben würde; und selbst dieses konnte ich nur von der Frömmigkeit irgend eines mitleidigen Wanderers hoffen. Diese melancholischen Gedanken wurden durch die Erinnerung meiner vergangnen Glückseligkeit, und durch das Bewußtsein, daß ich mein Elend durch keine Bosheit des Herzens oder irgend eine entehrende Übeltat verdient hätte, noch empfindlicher gemacht. Ich sah mit tränenvollen Augen um mich her, als ob ich ein Wesen in der Natur suchen wollte, dem mein Zustand zu Herzen ginge. In diesem Augenblick erfuhr ich den wohltätigen Einfluß dieser glückseligen Schwärmerei, welche die Natur dem empfindlichsten Teil der Sterblichen, zu einem Gegenmittel gegen die Übel, denen sie durch die Schwäche ihres Herzens ausgesetzt sind, gegeben zu haben scheint. Ich wandte mich an die Unsterblichen, mit denen meine Seele schon so lange in einer Art von unsichtbarer Gemeinschaft gestanden war. Der Gedanke daß sie die Zeugen meines Lebens, meiner Gedanken, meiner geheimsten Neigungen gewesen seien, goß lindernden Trost in mein verwundetes Herz. Ich sahe meine geliebte Psyche unter ihre Flügel gesichert. Nein, rief ich aus, die Unschuld kann nicht unglücklich sein, noch das Laster seine Absichten ganz erhalten! In diesem majestätischen All, worin Sphären und Atomen sich mit gleicher Unterwürfigkeit nach den Winken einer weisen und wohltätigen Macht bewegen, wär es Unsinn und Gottlosigkeit, sich einer entnervenden Kleinmut zu überlassen. – – Mein Dasein ist der Beweis, daß ich eine Bestimmung habe. – – Hab' ich nicht eine Seele welche denken kann, und Gliedmaßen, welche ihr als Sclaven zur Ausrichtung ihrer Gedanken zugegeben sind? – – Bin ich nicht ein Grieche? Und wenn mich mein Vaterland nicht erkennen will, bin ich nicht ein Mensch? Ist nicht die Erde mein Vaterland? Und gibt mir nicht die Natur ein unverlierbares Recht an Erhaltung und jedes wesentliche Stück der Glückseligkeit, sobald ich meine Kräfte anwende die Pflichten zu erfüllen, die mich mit der Welt verbinden? – – Diese Gedanken beschämten meine Tränen, und richteten mein Herz wieder auf. Ich fing an, die Mittel zu überlegen, die ich in meiner Gewalt hatte, mich in bessere Umstände zu setzen; als ich einen Mann von mittlerm Alter gegen mich herkommen sah, dessen Ansehen und Mine mir beim ersten Anblick Zutrauen und Ehrerbietung einflößten. Ich raffte mich sogleich vom Boden auf, und beschloß mit mir selbst, ihn anzureden, ihm meine Umstände zu entdecken, und mir seinen Rat auszubitten. Er kam mir zuvor. – – Du scheinest vom Weg ermüdet zu sein, junger Fremdling, sagte er zu mir, mit einem Ton, der ihm sogleich mein Herz entgegen wallen machte; und da ich dich unter dem wirtschaftlichen Schatten meines Baumes gefunden habe, so hoffe ich, du werdest mir das Vergnügen nicht versagen, dich diese Nacht in meinem Hause zu beherbergen. Dieser Mann, den ich hieraus für den Herrn des Hauses, welches ich vor mir sah, erkannte, betrachtete mich mit einer sonderbaren Aufmerksamkeit, indem ich ihm für seine Leutseligkeit dankte, und mit einer Offenherzigkeit, welche von meiner wenigen Kenntnis der Welt zeugte, bekannte; daß ich im Begriff gewesen sei, ihn um dasjenige zu ersuchen, was er mir auf eine so edle Art anbiete; nachdem ich durch einen Zufall in diese Gegenden, wo ich niemand kenne, geraten sei. Ich weiß nicht, was ihn zu meinem Vorteil einzunehmen schien; mein Aufzug wenigstens konnte es nicht sein; denn ich hatte, aus Sorge entdeckt zu werden, meine Delphische Kleidung gegen eine schlechtere vertauscht, welche auf meiner Wanderschaft ziemlich abgenutzt worden war. Er wiederholte mir wie angenehm es ihm sei, daß mich der Zufall vielmehr ihm als einem seiner Nachbarn zugeführt habe; und so folgte ich ihm in sein Haus, dessen Weitläufigkeit, Bauart und Pracht einen Besitzer von großem Reichtum und vielem Geschmack ankündigte. Der Saal in dem wir zuerst abtraten, war mit Gemälden von den berühmtesten Meistern, und mit einigen Bild-Säulen und Brust-Bildern von Phidias und Alcamenes ausgeziert. Ich liebe wie dir bekannt ist, die Werke der schönen Künste bis zur Schwärmerei, und mein langer Aufenthalt in Delphi hatte mir einige Kenntnis davon gegeben. Ich bewunderte einige Stücke, setzte an andern dieses oder jenes aus, nannte die Künstler, deren Hand oder Manier ich erkannte, und nahm Gelegenheit von andern Meisterstücken zu reden, die mir von ihnen bekannt waren. Ich bemerkte, daß mein Wirt mich mit Verwunderung von neuem betrachtete, und so aussah, als ob er betroffen wäre, einen jungen Menschen, den er in einem so wenig versprechenden Aufzug unter einem Baum liegend gefunden, mit so vieler Kenntnis von Künsten sprechen zu hören, von denen gemeiniglich nur Leute von Stand und Vermögen im Ton der Kenner zu reden pflegen. Nach einer kleinen Weile wurde gemeldet, daß das Abend-Essen aufgetragen sei. Er führte mich hierauf in einen kleinen Saal, dessen Mauern von einem der besten Schüler des Parrhasius mit Wasser-Farben niedlich übermalt waren. Wir speiseten ganz allein. Die Tafel, das Geräte, die Aufwärter, alles stimmte mit dem Begriff überein, den ich mir bereits von dem Geschmack und dem Stande des Haus-Herrn gemacht hatte. Unter dem Essen trat ein junger Mensch von feinem Ansehen und zierlich gekleidet, auf, und recitierte ein Stück aus der Odyssee mit vieler Geschicklichkeit. Mein Wirt sagte mir, daß er bei Tische diese Art von Gemüts-Ergötzung den Tänzerinnen und Flötenspielerinnen vorzöge, womit man sonst bei den Tafeln der Griechen sich zu unterhalten pflege. Das Lob das ich seinem Leser beilegte, gab zu einem Gespräch über die beste Art zu recitieren, und über die Griechischen Dichter Anlaß, wobei ich meinem Wirte abermal Gelegenheit gab, zu stutzen, und mich immer aufmerksamer, und wie mich deuchte, mit einer Art von zärtlicher Gemüts-Bewegung anzusehen. Er sah daß ich es gewahr wurde, und sagte mir hierauf, daß mich die Verwunderung womit er mich von Zeit zu Zeit betrachte, weniger befremden würde, wenn ich die außerordentliche Ähnlichkeit meiner Gesichts-Bildung und Mine mit einer Person, welche er ehmals gekannt habe, wißte; doch du sollst selbst hievon urteilen, setzte er hinzu, und hierauf fing er an von andern Dingen zu reden, bis der Wein und die Früchte aufgestellt wurden. Bald darauf stunden wir auf, und nachdem wir eine Weile in einer langen Galerie, die auf einer doppelten Reihe Corinthischer Säulen von buntem Marmor ruhte, und prächtig erleuchtet war, auf und abgegangen waren, führte er mich in ein Cabinet, worin ein Schreibtisch, ein Büchergestell, einige Polster, und ein Gemälde in Lebensgröße auf welches ich nicht gleich acht gab, alle Möbeln und Zieraten ausmachten. Er hieß mich niedersitzen, und nachdem er das Bildnis, welches ihm gegenüber hing, eine ziemliche Weile mit Bewegung angesehen hatte, redete er mich also an: Deine Jugend, liebenswürdiger Fremdling, die Art wie sich unsere Bekanntschaft angefangen, die Eigenschaften die ich in dieser kurzen Zeit an dir entdeckt, und die Zuneigung die ich in meinem Herzen für dich finde, rechtfertigen mein Verlangen, von deinem Namen, und von den Umständen benachrichtiget zu sein, welche dich in einem solchen Alter von deiner Heimat entfernt und in diese fremde Gegenden geführt haben können. Es ist sonst meine Gewohnheit nicht, mich beim ersten Anblick für jemand einzunehmen. Aber bei deiner Erblickung hab ich einem geheimen Reiz, der mich gegen dich zog nicht widerstehen können; und du hast in diesen wenigen Stunden meine voreilige Neigung so sehr gerechtfertiget, daß ich mir selbst Glück wünsche, ihr Gehör gegeben zu haben. Befriedige also mein Verlangen, und sei versichert, daß die Hoffnung, dir vielleicht nützlich sein zu können, weit mehr Anteil daran hat, als ein unbescheidener Vorwitz. Du siehest einen Freund in mir, dem du dich, ungeachtet der kurzen Dauer unsrer Bekanntschaft, mit allem Zutrauen eines langwierigen und bewährten Umgangs entdecken darfst. Ich wurde durch diese Anrede so sehr gerührt, daß sich meine Augen mit Tränen füllten – – ich glaube, daß er darin lesen konnte was ihm mein Herz antwortete, ob ich gleich eine Weile keine Worte finden konnte. Endlich sagte ich ihm, daß ich von Delphi käme; daß ich daselbst erzogen worden; daß man mich Agathon genennt hätte; daß ich niemalen habe entdecken können, wem ich das Leben zu danken habe; und daß alles was ich davon wisse, dieses sei, daß ich in einem Alter von vier oder fünf Jahren in den Tempel gebracht, mit andern Knaben, welche man dem Dienst des Gottes zu Delphi gewidmet, erzogen, und nachdem ich zu mehrern Jahren gekommen, von den Priestern mit einer vorzüglichen Achtung angesehen, und in allem was zur Erziehung eines freigebornen Griechen erfordert werde, geübet worden sei. Stratonicus (so wurde mein Wirt genannt) hatte während daß ich dieses sagte, Mühe sich ruhig zu halten; sein Gesicht veränderte sich; er wollte anfangen zu reden, schien sich aber wieder anders zu bedenken, und ersuchte mich nur, ihm zu sagen, warum ich Delphi verlassen hätte. So natürlich die Aufrichtigkeit sonst meinem Herzen war, so konnte ich doch dieses mal unmöglich über die Bedenklichkeiten hinaus kommen, welche mir über meine Liebe zu Psyche den Mund verschlossen. Einem Freunde von meinen Jahren, für den ich mein Herz eben so eingenommen gefunden hätte, als für den Stratonicus, würde ich das Innerste meines Herzens ohne Bedenken aufgeschlossen haben, so bald ich hätte vermuten können, daß er meine Empfindungen zu verstehen fähig sei: Aber hier hielt mich etwas zurück, davon ich mir selbst die Ursache nicht recht angeben konnte. Ich schob also die ganze Schuld meiner Entweichung von Delphi auf die Pythia, indem ich ihm so ausführlich, als es meine jugendliche Schamhaftigkeit gestatten wollte, von den Versuchungen, in welche sie meine Tugend geführt hatte, Nachricht gab. Er schien sehr wohl mit meiner Aufführung zufrieden, und nachdem ich meine Erzählung bis auf den Augenblick, wo ich ihn zuerst erblickt, und dasjenige was ich sogleich für ihn empfunden, fortgeführt; stund er mit einer lebhaften Bewegung auf, warf seine Arme um meinen Hals, und sagte mit Tränen der Freude und Zärtlichkeit in seinen Augen: – – Mein liebster Agathon, siehe deinen Vater – – hier, setzte er hinzu, indem er mich sanft umwendete, und auf das Gemälde wies, welchem ich bisher den Rücken zugekehrt hatte, – – hier, in diesem Bilde, erkenne die Mutter, deren geliebte Züge mich beim ersten Anblick in deiner Gesichts-Bildung gerührt, und diese Bewegung erregt haben, die ich nun für die Stimme der Natur erkenne. Du kennest mich zu gut, liebenswürdige Danae, um dir meine Empfindungen in diesem Augenblicke nicht lebhafter einzubilden, als ich sie beschreiben könnte. Solche Augenblicke sind keiner Beschreibung fähig; für solche Freuden hat die Sprache keine Namen, die Natur keine Bilder, und die Phantasie selbst keine Farben. – – Das Beste ist, zu schweigen, und den Zuhörer seinem eigenen Herzen zu überlassen. Mein Vater schien durch meine Entzückung, welche sich lange Zeit nur durch Tränen und sprachlose Umarmungen und abgebrochene Töne der zärtlichsten Regungen, deren die Natur fähig ist, ausdrücken konnte, doppelt glücklich zu sein. Das Vergnügen, womit er mich für seinen Sohn erkannte, schien ihn selbst wieder in die glücklichsten Augenblicke seiner Jugend zu versetzen, und Erinnerungen wieder aufzuwecken, denen mein Anblick ein neues Leben gab. Da er natürlicher Weise voraussetzen konnte, daß ich begierig sein werde, die Ursachen zu wissen, welche meinen Vater, der mich mit so vielem Vergnügen für seinen Sohn erkannte, hatten bewegen können, mich so viele Jahre von sich verbannt zu halten; so gab er mir hierüber alle Erläuterungen, die ich nur wünschen konnte, durch eine umständliche Erzählung der Geschichte seiner Liebe zu meiner Mutter. Seine Bekanntschaft mit ihr hatte sich zufälliger Weise in einem Alter angefangen, worin er noch gänzlich unter der väterlichen Gewalt stund. Sein Vater war das Haupt eines von den edelsten Geschlechtern in Athen. Meine Mutter war sehr jung, sehr schön, und eben so tugendhaft als schön, unter der Aufsicht einer alten Frau, die sich ihre Mutter nannte, dahin gekommen. Die strenge Eingezogenheit, worin sie sehr kümmerlich von ihrer Hand-Arbeit lebte, verwahrte die junge Musarion vor den Augen und vor den Nachstellungen der müßigen reichen Jünglinge, welche gewohnt sind, junge Mädchen, die keinen andern Schutz als ihre Unschuld, und keinen andern Reichtum als ihre Reizungen haben, für ihre natürliche Beute anzusehen. Dem ungeachtet konnte sie nicht verhindern, durch einen Zufall, den ich übergehen will, meinem Vater bekannt zu werden, welcher sich durch seine gesittete und bescheidene Lebens-Art von den meisten jungen Atheniensern seiner Zeit unterschied. Sein tugendhafter Character konnte ihn nicht verwahren, von den Reizungen der jungen Musarion gerührt zu werden; aber er machte, daß seine Liebe die Eigenschaft seines Characters annahm. Sie war tugendhaft, bescheiden, und eben dadurch stärker und dauerhafter. Sein Stand, sein guter Ruf und sein zurückhaltendes Betragen gegen den unschuldigen Gegenstand seiner Liebe gaben zusammengenommen einen Beweg-Grund ab, der die Nachsicht entschuldigen konnte, womit die Alte seine geheime Besuche duldete, ob sie gleich immer häufiger wurden. Nichts kann natürlicher sein, als dasjenige, was man liebt, dem Mangel nicht ausgesetzt sehen zu können; aber nichts ist auch in den Augen der Welt zweideutiger, als die Freigebigkeit eines jungen Menschen gegen eine junge Person, welche das Unglück hat, durch ihre Annehmlichkeiten den Neid, und durch ihre Armut die Verachtung des großen Haufens zu erregen. Man kann sich nicht bereden, daß in einem solchen Fall derjenige, welcher gibt, nicht eigennützige Absichten habe; oder diejenige, welche annimmt, ihre Dankbarkeit nicht auf Unkosten ihrer Unschuld beweise. Stratonicus gebrauchte deswegen die äußerste Vorsichtigkeit, um die Wohltaten, womit er diese kleine Familie von Zeit zu Zeit unterstützte, vor aller Welt und vor ihnen selbst zu verbergen. Allein sie entdeckten doch zuletzt ihren unbekannten Wohltäter; und diese neue Proben seiner edelmütigen Sinnes-Art vollendeten den Eindruck, den er schon lange auf das unerfahrne Herz der zärtlichen Musarion gemacht hatte, und gewannen es ihm gänzlich. Niemals würde die Liebe von der zärtlichsten Gegenliebe erwidert, zwei Herzen glücklicher gemacht haben, wenn die Umstände der jungen Schönen einer gesetzmäßigen Vereinigung nicht Schwierigkeiten in den Weg gelegt hätten, welche ein jeder anderer als ein Liebhaber für unüberwindlich gehalten hätte. Endlich war Stratonicus so glücklich, zu entdecken, daß seine Geliebte würklich eine Atheniensische Bürgerin sei, die Tochter eines zwar armen, aber rechtschaffenen Mannes, welcher im Peloponnesischen Kriege sein Leben auf eine rühmliche Art verloren hatte. Nunmehr wagte er es, seinem Vater das Geheimnis seiner Liebe zu entdecken; er wandte alles an, seine Einwilligung zu erhalten; aber der Alte, welcher alle Reizungen und alle Tugenden der jungen Musarion für keinen genugsamen Ersatz des Reichtums, der ihr fehlte, ansah, blieb unerbittlich. Stratonicus liebte zu inbrünstig, um dem Befehl, nicht weiter an seine Geliebte zu denken, gehorsam zu sein; er würde sich selbst für den Unwürdigsten unter den Menschen gehalten haben, wenn er fähig gewesen wäre, ihr nur das Wenigste von seinen Empfindungen zu entziehen. Die Widerwärtigkeiten und Hinternisse, womit seine Liebe kämpfen mußte, taten vielmehr die Würkung, welche sie in einem solchen Falle bei edeln und wahrhaftig eingenommenen Gemütern allemal tun werden; sie concentrierten das Feuer ihrer gegenseitigen Zuneigung, und bliesen eine Flamme, welche, so lange sie von Hoffnung genährt wurde, drei Jahre lang sanft und rein fortgebrannt hatte, zu der heftigsten Leidenschaft an. Das Herz ermüdet endlich durch den langen Kampf mit seinen süßesten Regungen; es verliert die Kraft zu widerstehen; und je länger es unter den Qualen einer zugleich verfolgten und unbefriedigten Liebe geseufzet hat, je heftiger sehnet es sich nach einer Glückseligkeit, wovon ein einziger Augenblick genugsam ist, das Andenken aller ausgestandenen Leiden auszulöschen, das Gefühl der gegenwärtigen zu ersticken, und die Augen, von der süßen Trunkenheit der glücklichen Liebe benebelt, gegen alle künftige Not blind zu machen. Außer diesem hatte Musarion noch den Beweg-Grund einer Dankbarkeit, von deren drückender Last ihr Herz sich zu erleichtern suchte. Kurz: Sie schwuren einander eine ewige Treue, überließen sich dem sympathetischen Verlangen ihres Herzens, und bedienten sich der Gewalt, die ihnen die Liebe gab, einander glücklich zu machen. Die Glückseligkeit, welche eines dem andern zu danken hatte, unterhielt und befestigte die zärtliche Vereinigung ihrer Herzen, anstatt sie zu schwächen oder gar aufzulösen; denn noch niemals ist der Genuß das Grab der wahren Zärtlichkeit gewesen. Ich, schöne Danae, war die erste Frucht ihrer Liebe. Glücklicher Weise fiel meinem Vater eben damals durch den letzten Willen eines Oheims ein kleines Vorwerk auf einer von den Insuln zu, welche unter der Botmäßigkeit der Athenienser stehen. Dieses mußte meiner Mutter zur Zuflucht dienen; ich wurde daselbst geboren, und genoß drei Jahre lang ihrer eigenen Pflege; bis sie mir durch eine Schwester entzogen wurde, deren Leben der liebenswürdigen Musarion das ihrige kostete. Stratonicus hatte inzwischen manchen Versuch gemacht, das Herz seines Vaters zu erweichen; aber allemal vergebens. Es blieb ihm also nichts übrig, als seine Verbindung mit meiner Mutter und die Folgen derselben geheim zu halten. Ihr frühzeitiger Tod vernichtete die Entwürfe von Glückseligkeit, die er für die Zukunft gemacht hatte, ohne die zärtliche Treue, die er ihrem Andenken widmete, zu schwächen. Die Sorge für das, was ihm von ihr übrig geblieben war, hielt ihn zurück, sich einer Traurigkeit völlig zu überlassen, welche ihn lange Zeit gegen alle Freuden des Lebens gleichgültig, und zu allen Beschäftigungen desselben verdrossen machte. Der Tempel zu Delphi schien ihm der tauglichste Ort zu sein, mich zu gleicher Zeit zu verbergen, und einer guten Erziehung teilhaft zu machen. Er hatte Freunde daselbst, denen ich besonders empfohlen wurde, mit dem gemessensten Auftrag, mich in einer gänzlichen Unwissenheit über meinen Ursprung zu lassen. Sein Vorsatz war, so bald der Tod seines Vaters ihn zum Meister über sich selbst und seine Güter gemacht haben würde, mich von Delphi abzuholen, und nach Athen zu bringen, wo er so dann seine Verbindung mit meiner Mutter bekannt machen, und mich öffentlich für seinen Sohn und Erben erklären wollte. Aber dieser Zufall erfolgte erst wenige Monate vor meiner Flucht, und seit demselben hatten ihn dringendere Geschäfte genötigt, meine Abholung aufzuschieben.

Nachdem mein Vater diese Erzählung geendigt hatte, ließ er einen alten Freigelassenen zu sich rufen, und fragte ihn: Ob er den kleinen Agathon kenne, den er vor vierzehn Jahren dem Schutz des Delphischen Apollo überliefert habe? Der gute Alte, dessen Züge mir selbst nicht unbekannt waren, erkannte mich desto leichter, da er binnen dieser Zeit von meinem Vater etliche male nach Delphi abgeschickt worden war, sich meines Wohlbefindens zu erkundigen. Nunmehr wurde in wenigen Augenblicken das ganze Haus mit allgemeiner Freude erfüllt; die Zufriedenheit meines Vaters über mich, und das Vergnügen, womit alle seine Haus-Genossen mich, als den einzigen Sohn ihres Herrn, bewillkommten, machte die Freude vollkommen, die ich bei einem so unverhofften und plötzlichen Übergang von dem Elend eines sich selbst unbekannten, nackten und allen Zufällen des Schicksals preis gegebenen Flüchtlings zu einem so blendenden Glücks-Stand notwendig empfinden mußte. Blendend hätte er wenigstens für manchen andern sein können, der durch die Art seiner Erziehung weniger als ich vorbereitet gewesen wäre, einen solchen Wechsel mit Bescheidenheit zu ertragen. Inzwischen bin ich mir selbst die Gerechtigkeit schuldig, zu sagen, daß die Versicherung, ein Bürger von Athen, und durch meine Geburt und die Tugend meiner Voreltern zu Verdiensten und schönen Taten berufen zu sein, mir ungleich mehr Vergnügen machte, als der Anblick der Reichtümer, welche die Gütigkeit meines Vaters mit mir zu teilen so begierig war, und welche in meinen Augen nur dadurch einen Wert erhielten, weil sie mir das Vermögen zu geben schienen, desto freier und vollkommener nach den Grund-Sätzen, die ich eingesogen hatte, leben zu können. Ich unterhielt mich nun mit einer neuen Art von Träumen, welche durch ihre Beziehung auf meine neu entdeckten Verhältnisse für mich so wichtig, als durch ihre Ausführung eben so viele Wohltaten für das menschliche Geschlecht zu sein schienen. Ich machte Entwürfe, wie die erhabenen Lehr-Sätze meiner idealischen Sitten-Lehre auf die Einrichtung und Verwaltung eines gemeinen Wesens angewendt werden könnten. Diese Betrachtungen, welche einen guten Teil meiner Nächte wegnahmen, erfüllten mich mit dem lebhaftesten Eifer für ein Vaterland, welches ich nur aus Geschichtschreibern kannte; ich zeichnete mir selbst, auf den Fußstapfen der Solons und Aristiden, einen Weg aus, bei welchem ich an keine andere Hinternisse dachte, als solche, die durch Mut und Tugend zu überwinden sind. Dann setzte ich mich in meinen patriotischen Entzückungen an das Ende meiner Laufbahn, und sah in Athen, nichts geringers als die Hauptstadt der Welt, die Gesetzgeberin der Nationen, die Mutter der Wissenschaften und Künste, die Königin des Meers, den Mittelpunct der Vereinigung des ganzen menschlichen Geschlechts. – Kurz, ich machte ungefähr eben so schimärische, und eben so ungeheure Projecte, als Alcibiades; aber mit dem wesentlichen Unterscheid, daß ein von Güte und allgemeiner Wohltätigkeit beseeltes Herz die Quelle der meinigen war. Sie hatten noch dieses Besondere, daß ihre Ausführung, (die moralische Möglichkeit derselben vorausgesetzt,) keiner Mutter eine Träne, und keinem Menschen in der Welt mehr, als die Aufopferung seiner Vorurteile, und solcher Leidenschaften, welche die Ursachen alles Privat-Elends sind, gekostet hätten. Ihre Ausführung schien mir, weil ich mir die Hinternisse nur einzeln, und nicht in ihrem Zusammenhang und vereinigtem Gewichte vorstellte, so leicht zu sein, daß ich nur allein darüber verwundert war, daß ein Perikles unter den kleinfügigen Bemühungen Athen zur Meisterin von Griechenland zu machen, habe übersehen können, wie viel leichter es sei, es zum Tempel eines ewigen Friedens und der allgemeinen Glückseligkeit der Welt zu machen. Diese schönen Speculationen gaben etliche mal den Stoff zu den Unterredungen ab, womit ich meinem Vater des Abends die Zeit zu verkürzen pflegte. Die Lebhaftigkeit meiner Einbildungskraft schien ihn eben so sehr zu belustigen, als sein Herz, dessen Ebenbild er in dem meinigen erkannte, sich an den tugendhaften Gesinnungen vergnügte, welche er, wie ich selbst, (vielleicht beide ein wenig zu parteiisch) für die Triebfedern meiner politischen Träume hielt. Alles, was er mir von den Schwierigkeiten ihrer Ausführung, die er mit der Quadratur des Cirkels in eine Classe setzte, sagen konnte, überzeugte mich so wenig, als einen Verliebten die Einwendungen eines Freundes, der bei kaltem Blut ist, überzeugen werden. Ich hatte eine Antwort für alle; und dieser neue Schwung, den mein Enthusiasmus bekommen hatte, wurde bald so stark, daß ich es kaum erwarten konnte, mich in Athen, und in Umständen zu sehen, wo ich die erste Hand an dieses große Werk, wozu ich gewidmet zu sein glaubte, legen könnte.

Sechstes Capitel

Agathon kommt nach Athen, und widmet sich der Republik
Eine Probe der besondern Natur desjenigen Windes, welcher vom Horaz aura popularis genennet wird

Mein Vater hielt sich nur so lange zu Corinth auf, als es seine Geschäfte erfoderten, und eilte selbst, mich so bald es nur möglich war, in dieses Athen zu versetzen, welches sich meiner verschönernden Einbildung in einem so herrlichen Lichte darstellte. Ich gestehe dir, Danae, (und hoffe, die fromme Pflicht gegen meine Vaterstadt nicht dadurch zu beleidigen) daß der erste Anblick mit dem was ich erwartete einen starken Absatz machte. Mein Geschmack war zu sehr verwöhnt, um das Mittelmäßige, worin es auch sein möchte, erträglich zu finden; er wollte gleichsam alles in diese feine Linie eingeschlossen sehen, in welcher das Erhabene mit dem Schönen zusammenfließt; und wenn er diese Vollkommenheit an einzelnen Teilen gewahr wurde, so wollte er, daß alle zusammenstimmen, und ein sich selbst durchaus ähnliches, symmetrisches Ganzes ausmachen sollten. Von diesem Grade der Schönheit war Athen, so wie vielleicht eine jede andere Stadt in der Welt, noch weit entfernt; indessen hatte sie doch der gute Geschmack und die Verschwendung des Perikles, mit Hülfe der Phidias, der Alcamenen, und andrer großer Meister, in einen solchen Stand gestellt, daß sie mit den prächtigsten Städten des politesten Teils der Welt um den Vorzug streiten konnte; und ich hielt mit Recht davor, daß die Ergänzung und Vollendung dessen, was ihr von dieser Seite noch abging, der leichteste Teil meiner Entwürfe, und eine natürliche Folge derjenigen Veranstaltungen sein werde, welche sie, meiner Einbildung nach, zum Mittelpunct der Stärke, und der Reichtümer des ganzen Erdbodens machen sollten.

Sobald wir in Athen angekommen waren, ließ mein Vater seine erste Sorge sein, mich auf eine gesetzmäßige und öffentliche Art für seinen Sohn erkennen, und unter die Atheniensischen Bürger aufnehmen zu lassen. Dieses machte mich eine Zeit lang zu einem Gegenstand der allgemeinen Aufmerksamkeit. Die Athenienser sind, wie dir nicht unbekannt ist, mehr als irgend ein anders Volk in der Welt geneigt, sich plötzlich mit der äußersten Lebhaftigkeit für oder wider etwas einnehmen zu lassen. Ich hatte das Glück, ihnen beim ersten Anblick zu gefallen; die Begierde mich zu sehen, und Bekanntschaft mit mir zu machen, wurde eine Art von epidemischer Leidenschaft unter Jungen und Alten; jene machten in kurzem einen glänzenden Hof um mich, und diese faßten Hoffnungen von mir, welche mich, ohne es an mir selbst gewahr zu werden, mit einem geheimen Stolz erfüllten, und die allzuhochfliegende Meinung, die ich ohnehin geneigt war, von meiner Bestimmung zu fassen, bestätigten. Dieser subtile Stolz, der sich hinter meinen besten Neigungen und tugendhaftesten Gesinnungen verbarg, und dadurch meinem Bewußtsein sich entzog, benahm mir nichts von einer Bescheidenheit, wodurch ich vor den meisten jungen Leuten meiner Gattung mich zu unterscheiden schien; und ich gewann dadurch, nebst der allgemeinen Achtung des geringern Teils des Volkes, den Vorteil, daß die Vornehmsten, die Weisesten und Erfahrensten mich gerne um sich haben mochten, und mir durch ihren Umgang eine Menge besondere Kenntnisse mitteilten, welche mir bei meinem frühzeitigen Auftritt in der Republik sehr wohl zu statten kamen. Die Reinigkeit meiner Sitten, der gute Gebrauch, den ich von meiner Zeit machte, der Eifer, womit ich mich zum künftigen Dienst meines Vaterlandes vorbereitete, die fleißige Besuchung der Gymnasien, und der Preis, den ich in den Übungen vor den mehresten meines Alters davon trug: Alles dieses vereinigte sich, das günstige Vorurteil zu unterhalten, welches man einmal für mich gefaßt hatte; und da mir noch die Verdienste meines Vaters, und einer langen Reihe von Voreltern den Weg zur Republik bahnten; so ist es nicht zu verwundern, daß ich in einem Alter, worin die meisten Jünglinge nur mit ihren Vergnügungen beschäftiget sind, den Mut hatte, in den öffentlichen Versammlungen aufzutreten, und das Glück, mit einem Beifall aufgenommen zu werden, welcher mich in Gefahr setzte, eben so schnell, als ich empor gehoben wurde, so wohl durch meine eigene Vermessenheit, als durch den Neid meiner Nebenbuhler wieder gestürzt zu werden.

Die Beredsamkeit ist in Athen, und in allen Freistaaten, wo das Volk Anteil an der öffentlichen Verwaltung hat, der nächste Weg zu Ehrenstellen, und das gewisseste Mittel sich auch ohne dieselben Ansehen und Einfluß zu verschaffen. Ich ließ es mir also sehr angelegen sein, die Geheimnisse einer Kunst zu studieren, von deren Ausübung und dem Grade der Geschicklichkeit, den ich mir darin erwerben würde, die glückliche Ausführung aller meiner Entwürfe abzuhangen schien. Denn wenn ich bedachte, wozu Perikles und Alcibiades die Athenienser zu bereden gewußt hatten: So zweifelte ich keinen Augenblick, daß ich sie mit einer gleichen Geschicklichkeit zu Maßnehmungen würde überreden können, welche, außerdem, daß sie an sich selbst edler waren, zu weit glänzendern Vorteilen führten, ohne so ungewiß und gefährlich zu sein. In dieser Absicht besuchte ich die Schule des Platons, welcher damals zu Athen in seinem größesten Ansehen stund, und indem er die Weisheit des Socrates mit der Beredsamkeit eines Gorgias und Prodicus vereinigte, nach dem Urteil meiner alten Freunde, weit geschickter, als diese Wortkünstler, war, einen Redner zu bilden, der vielmehr durch die Stärke der Wahrheit, als durch die Blendwerke und Kunstgriffe einer hinterlistigen Dialectik sich die Gemüter seiner Zuhörer unterwerfen wollte. Der vertrautere Zutritt, den mir dieser berühmte Weise vergönnte, entdeckte eine Übereinstimmung meiner Denkungsart mit seinen Grundsätzen, welche die Freundschaft, die ich für ihn faßte, in eine fast schwärmerische Leidenschaft verwandelte. Sie würde mir schädlich gewesen sein, wenn man damals schon so von ihm gedacht hätte, wie man dachte, nachdem er, durch die Bekanntmachung seiner metaphysischen Dialogen, bei den Staatsleuten, und selbst bei vielen, welche seine Bewundrer gewesen waren, den Vorwurf, welchen Aristophanes ehemals (wiewohl höchst unbillig) dem weisen Socrates gemacht, sich mit besserm Grund oder mehr Scheinbarkeit zugezogen hatte. Aber damals hatte Plato weder seinen Timäus noch seine Republik geschrieben. Indessen existierte diese letztere doch bereits in seinem Gehirne; sie gab sehr oft den Stoff zu unsern Gesprächen in den Spaziergängen der Academie ab; und er bemühete sich desto eifriger, mir seine Begriffe von der besten Art, die menschliche Gesellschaft einzurichten, und zu regieren, eigen zu machen, da er das Vergnügen zu haben hoffte, sie wenigstens in so fern es die Umstände zulassen würden, durch mich realisiert zu sehen. Sein Eifer in diesem Stücke mag so groß gewesen sein, als er will, so war er doch gewiß nicht größer, als meine Begierde, dasjenige auszuüben, was er speculierte. Allein, da meine Vorstellung von der Wichtigkeit der Pflichten, welche derjenige auf sich nimmt, der sich in die öffentlichen Angelegenheiten mischet, der Lauterkeit und innerlichen Güte meiner Absichten proportioniert war, und ich desto weiter von Ehrsucht, und andern eigennützigen Leidenschaften entfernt zu sein glaubte, je gewisser ich mir bewußt war, daß ich (wenn ich es für erlaubt gehalten hätte, mich in der Wahl einer Lebensart bloß meiner Privatneigung zu überlassen,) eine von dem Städtischen Getümmel entfernte Muße, und den Umgang mit den Musen, die ich alle zugleich liebte, der Ehre, eine ganze Welt zu beherrschen, vorgezogen hätte: So glaubte ich mich nicht genug vorbereiten zu können, eh ich auf einem Theater erschiene, wo der erste Auftritt gemeiniglich das Glück des ganzen Schauspiels entscheidet. Ich widerstund bei etlichen Gelegenheiten, welche mich aufzufodern schienen, so wohl dem Zudringen meiner Freunde, als meiner eigenen Neigung, ob es gleich, seit dem Alcibiades mit so gutem Erfolg den Anfang gemacht hatte, nicht an jungen Leuten fehlte, welche, ohne sich durch andre Talente, als die Geschicklichkeit ein Gastmahl anzuordnen, sich zierlich zu kleiden, zu tanzen, und die Cithar zu spielen, bekannt gemacht zu haben, vermessen genug waren, nach einer durchgeschwärmten Nacht aus den Armen einer Buhlerin in die Versammlung des Volks zu hüpfen, und von Salben triefend mit einer tändelhaften Geschwätzigkeit von den Gebrechen des Staats, und den Fehlern der öffentlichen Verwaltung zu plaudern.

Endlich ereignete sich ein Fall, wo das Interesse eines

Freundes, den ich vorzüglich liebte, alle meine Bedenklichkeiten überwog. Eine mächtige Cabale hatte seinen Untergang geschworen; er war unschuldig; aber die Anscheinungen waren gegen ihn; die Gemüter waren wider ihn eingenommen; und die Furcht, sich den Unwillen seiner Feinde zuzuziehen, hielt die wenigen, welche besser von ihm dachten, zurück, sich seiner öffentlich anzunehmen. In diesen Umständen stellte ich mich als sein Verteidiger dar. Da ich von seiner Unschuld überzeugt war, so würkten alle diese Betrachtungen, wodurch sich seine übrigen Freunde abschrecken ließen, bei mir gerade das Widerspiel. Ganz Athen wurde aufmerksam, da es bekannt wurde, daß Agathon, des Stratonicus Sohn, auftreten würde, die Sache des schon zum voraus verurteilten Lysias zu führen. Die Zuneigung, welche das Volk zu mir trug, veränderte auf einmal die Meinung, die man von dieser Sache gefaßt hatte; die Athenienser fanden eine Schönheit, von der sie ganz bezaubert waren, in der Großmut und Herzhaftigkeit, womit ich (wie sie sagten) mich für einen Freund erklärte, den alle Welt verlassen und der Wut und Übermacht seiner Feinde preis gegeben hatte. Man tat nun die eifrigsten Gelübde, daß ich den Sieg davon tragen möchte, und der Enthusiasmus, womit einer den andern ansteckte, wurde so groß, daß die Gegenpartei sich genötigt sah, den Tag der Entscheidung so weit hinauszusetzen, als sie für nötig hielten, um die erhitzten Gemüter sich wieder abkühlen zu lassen. Sie sparten inzwischen keine Kunstgriffe, wodurch sie sich des Ausgangs zu versichern glaubten; allein der Erfolg vereitelte alle ihre Maßnehmungen. Die Zujauchzungen, womit ich von einem großen Teil des Volkes empfangen wurde, munterten mich auf; ich sprach mit einem gesetztern Mut, als man sonst von einem jungen Menschen erwarten konnte, der zum ersten mal vor einer so zahlreichen Versammlung redete; und vor einer Versammlung, wo der geringste Handwerksmann sich für einen Kenner und rechtmäßigen Richter der Beredsamkeit hielt. Die Wahrheit tat auch hier die Würkung, die sie alle mal tut, wenn sie in ihrem eigenen Lichte und mit derjenigen Lebhaftigkeit, welche die eigene Überzeugung des Redners gibt, vorgetragen wird; sie überwältigte alle Gemüter. Lysias wurde losgesprochen, und Agathon, der nunmehr der Held der Athenienser war, im Triumph nach Hause begleitet. Von dieser Zeit erschien ich öfters in den öffentlichen Versammlungen; die Leidenschaft, welche das Volk für mich gefaßt hatte, und der Beifall, der mir, wenn ich redete, entgegen flog, machten mir Mut, nun auch an den allgemeinen Angelegenheiten Teil zu nehmen; und da das Glück beschlossen zu haben schien, mich nicht eher zu verlassen, bis es mich auf den Gipfel der Republicanischen Größe erhoben haben würde; so machte ich auch in dieser neuen Lauf-Bahn so schnelle Schritte, daß in kurzem die Gunst, worin ich bei dem Volk stund, das Ansehen der Mächtigsten zu Athen im Gleichgewicht erhielt; und daß meine heimlichen Feinde selbst, um dem Volk angenehm zu sein, genötigt waren, öffentlich die Zahl meiner Bewunderer zu vermehren. Der Tod meines Vaters, der um diese Zeit erfolgte, beraubte mich eines Freundes und Führers, dessen Klugheit mir in dem gefahrvollen Ocean des politischen Lebens unentbehrlich war. Ich wurde dadurch in den Besitz der großen Reichtümer gesetzt, mit denen er nur dadurch dem Neid entgangen war, weil er sie mit großer Bescheidenheit gebrauchte. Ich war nicht so vorsichtig. Der Gebrauch, den ich davon machte, war zwar an sich selbst edel und löblich; ich verschwendete sie, um Gutes zu tun; ich unterstützte alle Arten von Bürgern, welche ohne ihre Schuld in Unglück geraten waren; mein Haus war der Sammel-Platz der Gelehrten, der Künstler und der Fremden; mein Vermögen stund jedem zu Diensten, der es benötigt war: aber eben dieses war es, was in der Folge meinen Fall beförderte. Man würde mir eher zu gut gehalten haben, wenn ich es mit Gastmählern, mit Buhlerinnen und mit einer immerwährenden Abwechslung prächtiger und ausschweifender Lustbarkeiten durchgebracht hätte. Indes stund es eine geraume Zeit an, bis die Eifersucht, welche ich durch eine solche Lebens-Art in den Gemütern der Angesehensten unter den Edeln zu Athen erregte, es wagen durfte, in sichtbare Würkungen auszubrechen. Das Volk, welches mich vorhin geliebet hatte, fing nun an, mich zu vergöttern. Der Ausdruck, den ich hier gebrauche, ist nicht zu stark; denn da ein gewisser Dichter, der sich meines Tisches zu bedienen pflegte, sich einst einfallen ließ, in einem großen und elenden Gedicht mir den Apollo zum Vater zu geben, so fand diese mir selbst lächerliche Schmeichelei bei dem Pöbel (dem ohnehin das Wunderbare allemal besser als das Natürliche einleuchtet) so großen Beifall, daß sich nach und nach eine Art von Sage unter dem Volk befestigte, welche meiner Mutter die Ehre beilegte, den Gott zu Delphi für ihre Reizungen empfindlich gemacht zu haben. So ausschweifend dieser Wahn war, so wahrscheinlich schien er meinen Gönnern aus der untersten Classe; dadurch allein glaubten sie die mehr als menschliche Vollkommenheiten, die sie mir zuschrieben, erklären, und die ungereimten Hoffnungen, welche sie sich von mir machten, rechtfertigen zu können. Denn das Vorurteil des großen Haufens ging weit genug, daß viele öffentlich sagten, Athen könne durch mich allein zur Gebieterin des ganzen Erdbodens gemacht werden, und man könne nicht genug eilen, mir eine einzelne und unumschränkte Gewalt zu übertragen, von welcher sie sich nichts geringers als die Wiederkehr der göldenen Zeit, die gänzliche Aufhebung des verhaßten Unterscheids zwischen Armen und Reichen, und einen seligen Müßiggang mitten unter allen Wollüsten und Ergötzlichkeiten des Lebens versprachen. Bei diesen Gesinnungen, womit in größerm oder kleinerm Grade der Schwärmerei das ganze Volk zu Athen für mich eingenommen war, brauchte es nur eine Gelegenheit, um sie dahin zu bringen, die Gesetze selbst zu Gunsten ihres Lieblings zu überspringen. Diese zeigte sich, da Euböa und einige andre Insuln sich des ziemlich harten Joches, welches ihnen die Athenienser aufgelegt hatten, zu entledigen, einen Aufstand erregten, worin sie von den Spartanern heimlich unterstützt wurden. Man konnte (diejenige Theorie, welche man zu Hause erwerben kann, ausgenommen) des Kriegs-Wesens nicht unerfahrner sein, als ich es war. Ich hatte das Alter noch nicht erreicht, welches die Gesetze zu Bekleidung eines öffentlichen Amts erfoderten; wir hatten keinen Mangel an geschickten und geübten Kriegs-Leuten; ich selbst wandte alles Ansehen, das ich hatte, an, um einen davon, den ich, seines moralischen Characters wegen, vorzüglich hoch schätzte, zum Feld-Herrn gegen die Empörten erwählen zu machen; aber das alles half nichts gegen die warme Einbildungs-Kraft des lebhaftesten und leichtsinnigsten Volks in der Welt. Agathon, welchem man alle Talente zutraute, und von welchem man sich berechtigt hielt, Wunder zu erwarten, – – war allein tauglich, die Ehre des Atheniensischen Namens zu behaupten, und die hochfliegenden Träume der politischen Müßiggänger zu Athen, welche bei diesem Anlaß in die Wette eiferten, wer die lächerlichsten Projecte machen könne, in die Würklichkeit zu setzen. Diese Art von Leuten war so geschäftig, daß es ihnen gelang, den größesten Teil ihrer Mitbürger mit ihrer Torheit anzustecken. Jede Nachricht, daß sich wieder eine andere Insul aufzulehnen anfange, verursachte eine allgemeine Freude; man würde es gerne gesehen haben, wenn das ganze Griechenland an dieser Sache Anteil genommen hätte;

auch fehlte es nicht an Zeitungen, welche das Feuer größer machten, als es war, und endlich so gar den König von Persien in den Aufstand von Euböa verwickelten, um dem Agathon einen desto größern Schau-Platz zu geben, die Athenienser durch Heldentaten zu belustigen und durch Eroberungen zu bereichern. Ich wurde also (so sehr ich mich entgegensträubte) mit unumschränkter Gewalt über die Armee, über die Flotten, und über die Schatz-Kammer, zum Feld-Herrn gegen die abtrünnigen Insuln ernannt; und da ich nun einmal genötigt war, dem Eigensinn meiner Mitbürger nachzugeben, so entschloß ich mich, es mit einer guten Art zu tun, und die Sache von derjenigen Seite anzusehen, welche mir eine erwünschte Gelegenheit zu geben schien, den Anfang zur Ausführung meiner eigenen Entwürfe zu machen. Da ich wußte, daß die Insulaner gerechte Klagen gegen Athen zu führen hatten, und eine Regierung nicht lieben konnten, von der sie unterdrückt, ausgesogen, und mit Füßen getreten wurden; so gründete ich meinen ganzen Plan ihrer Beruhigung und Wiederbringung auf den Weg der Güte, auf Abstellung der Mißbräuche, wodurch sie erbittert worden waren, auf eine billige Mäßigung der Abgaben, welche man gegen ihre Freiheiten und über ihr Vermögen, von ihnen erpreßt hatte; und auf ihre Wiedereinsetzung in alle Rechte und Vorteile, deren sie sich als Griechen und als Bunds-Genossen, vermöge vieler besondern Verträge, zu erfreuen haben sollten. Allein ehe ich von Athen abreisen konnte, war es um so nötiger, die Gemüter vorzubereiten und auf einen Ton zu stimmen, der mit meinen Grund-Sätzen und Absichten übereinkäme, da ich sahe, wie lebhaft die ausschweifenden Projecte, womit die Eitelkeit des Alcibiades sie ehemals bezaubert hatte, bei dieser Gelegenheit wieder aufgewacht waren. Ich versammelte also das Volk, und wandte alle Kräfte der Rede-Kunst, welche bei keinem Volk der Welt so viel vermag, als bei den Atheniensern, dazu an, sie von der Gründlichkeit meiner Entwürfe zu überzeugen, von welchen ich sie so viel sehen ließ, als zu Erreichung meiner Absicht nötig war. Nachdem ich ihnen die Größe und den Flor, wozu die Republik, vermöge ihrer natürlichen Vorteile und innerlichen Stärke, gelangen könne, mit den reizendesten Farben abgemalt hatte; bemühte ich mich zu beweisen, daß weitläufige Eroberungen, außer der Gefahr, womit sie durch die Unbeständigkeit des Kriegs-Glücks verbunden seien, den Staat endlich notwendiger Weise unter der Last ihrer eigenen Größe erdrücken müßten; daß es einen weit sicherern und kürzern Weg gebe, Athen zur Königin des Erdbodens zu machen, indem etwas unleugbares sei, daß allezeit diejenige Nation den Übrigen Gesetze vorschreiben werde, welche zu gleicher Zeit die klügste und die reichste sei; daß der Reichtum allezeit Macht gebe, so wie die Klugheit den rechten Gebrauch der Macht lehre; daß Athen in beidem allen andern Völkern überlegen sein werde, wenn sie auf der einen Seite fortfahre, die Pfleg-Mutter der Wissenschaften und aller nützlichen und schönen Künste zu sein; auf der andern aber alle ihre Gedanken darauf richte, sich in der Herrschaft über das Meer fest zu setzen; nicht in der Absicht Eroberungen zu machen, sondern sich in eine solche Achtung bei den Auswärtigen zu setzen, daß jedermann ihre Freundschaft suche, und niemand es wagen dürfe, ihren Unwillen zu reizen; daß für einen am Meer gelegenen Frei-Staat ein gutes Vernehmen mit allen übrigen Völkern, und eine so weit als nur möglich ausgebreitete Handlung, der natürliche und unfehlbare Weg sei, nach und nach zu einer Größe zu gelangen, deren Ziel nicht abzusehen sei; daß aber hiezu die Erhaltung seiner eigenen Freiheit, und zu dieser die Freiheit aller übrigen, sonderheitlich der benachbarten, oder wenigstens ihre Erhaltung bei ihrer alten und natürlichen Form und Verfassung, nötig sei; daß Bündnisse mit seinen Nachbarn, und eine solche Freundschaft, wobei der andere eben so wohl seinen Vorteil finde, als wir den unsrigen, einem solchen Staat weit mehr Macht, Ansehen und Einfluß auf die allgemeine Verfassung des politischen Systems der Welt geben müßten, als die Unterwerfung derselben, weil ein Freund allezeit mehr wert sei, als ein Sclave; daß die Gerechtigkeit der einzige Grund der Macht und Dauer eines Staats, so wie das einzige Band der Gesellschaft zwischen einzelnen Menschen und ganzen Nationen, sei; daß diese Gerechtigkeit fodre, eine jede politische Gesellschaft (sie möge groß oder klein sein) als unsers gleichen anzusehen und ihr eben die Rechte zu zugestehen, welche wir für uns selbst foderten; daß ein nach diesen Grund-Sätzen eingerichtetes Betragen das gewisseste Mittel sei, sich ein allgemeines Zutrauen zu erwerben, und anstatt einer gewaltsamen, und mit allen Gefahren der Tyrannie verknüpften Oberherrschaft eine freiwillig eingestandene Autorität zu behaupten, welche in der Tat von allen Vorteilen der erstern begleitet sei, ohne die verhaßte Gestalt und schlimmen Folgen derselben zu haben. Nachdem ich alle diese Wahrheiten in ihrer besondern Anwendung auf Griechenland und Athen, in das stärkste Licht gesetzt, und bei dieser Gelegenheit die Torheit der Projecte des Alcibiades und andrer ehrsüchtiger Schwindelköpfe ausführlich erwiesen hatte: Bemühte ich mich darzutun, daß der Aufstand der Inseln, welche bisher unter dem Schutz der Athenienser gestanden, in neuerlichen Zeiten aber durch Schuld einiger böser Ratgeber der Republik, als unterworfene Sclaven behandelt worden seien, die glücklichste Gelegenheit anbiete, auf der einen Seite das ganze Griechenland von der gerechten und edelmütigen Denkungsart der Athenienser zu überzeugen, auf der andern durch eine ansehnliche Vermehrung der Seemacht, wovon die Unkosten durch die größere Sicherheit und Erweiterung der Handelschaft reichlich ersetzt würden, sich in ein solches Ansehen zu setzen, daß niemand jenes gelinde und großmütige Verfahren, mit dem mindesten Schein, einem Mangel an Vermögen sich Genugtuung zu verschaffen, werde beimessen können. Ich unterstützte diese Vorschläge mit allen den Gründen, welche auf die lebhafte Einbildungskraft meiner Zuhörer den stärksten Eindruck machen konnten, und hatte das Vergnügen, daß meine Rede mit einem Beifall, der meine Erwartung weit übertraf, aufgenommen wurde. Außerdem, daß die Athenienser, ihrer Gemütsart nach, sich von Wahrheit und gesunden Grundsätzen eben so leicht einnehmen ließen, als von den Blendwerken einer falschen Staatskunst, wenn ihnen jene nur in einem eben so reizenden Licht, und mit eben so lebhaften Farben vorgetragen wurden, als sie verwöhnt worden waren, von einem jeden, der zu den öffentlichen Angelegenheiten redete, zu fodern; so waren sie gleichgültig, durch was für Mittel Athen zu derjenigen Größe gelangen möge, welche das Ziel aller ihrer Wünsche war; und ein großer Teil der Bürger, denen der Friede mehr Vorteile brachte, als der Krieg, ließen sichs vielmehr wohlgefallen, daß dieses Ziel ihrer Eitelkeit auf eine mit ihrem Privatnutzen übereinstimmigere Art erhalten werde. Meine heimlichen Feinde, welche nicht zweifelten, daß diese Expedition auf eine oder andere Art Gelegenheit zu meinem Fall geben würde, waren weit entfernt, meinen Maßnehmungen öffentlich zu widerstehen; aber (wie ich in der Folge erfuhr) unter der Hand desto geschäftiger, ihren Erfolg zu hemmen, Schwierigkeiten aus Schwierigkeiten hervor zu spinnen, und die mißvergnügten Insulaner selbst durch geheime Aufstiftungen übermütig, und zu billigen Bedingungen abgeneigt zu machen. Die Verachtung, womit man anfangs diesen Aufstand zu Athen angesehen hatte; das ansteckende

Beispiel, und die Ränke andrer Griechischen Städte, welche die Obermacht der Athenienser mit eifersüchtigen Augen ansahen, hatten zu wege gebracht, daß indessen auch die Attischen Colonien, und der größeste Teil der Bundesgenossen kühn genug worden waren, sich einer Unabhänglichkeit anzumaßen, deren schädliche Folgen sie sich selbst unter dem reizenden Namen der Freiheit verbargen; es war die höchste Zeit, einer allgemeinen Empörung und Zusammenverschwörung gegen Athen zuvorzukommen; und meine Landsleute, welche bei Annäherung einer Gefahr, die ihnen in der Ferne nur Stoff zu witzigen Einfällen und Gassenliedern gegeben hatte, sehr schnell von der leichtsinnigsten Gleichgültigkeit zu einer eben so übermäßigen Kleinmütigkeit übergingen, vergrößerten sich selbst das Übel so sehr, daß ich genötiget wurde unter Segel zu gehen, ehe die Zurüstungen noch zur Hälfte fertig waren. Ich hatte die Vorsichtigkeit gebraucht, meinen Freund, über welchen mir die Gunst des Volks einen so unbilligen Vorzug gegeben hatte, als meinen Unterbefehlshaber mitzunehmen; die Bescheidenheit, womit ich mich des Ansehens, welches mir meine Commission über ihn gab, bediente, kam einer Eifersucht zuvor, die den Erfolg unsrer Unternehmung hätte vereiteln können; wir handelten aufrichtig, und ohne Nebenabsichten, nach einem gemeinschaftlich abgeredeten Plan, und das Glück begünstigte uns so sehr, daß in einer einzigen Expedition alle Inseln, Colonien und Schutzverwandte der Athenienser nicht nur beruhiget, und wieder in die alte Schranken gesetzt, sondern durch die Abstellung alles dessen, wodurch sie unbilliger Weise beschweret worden waren, und durch die Bestätigung ihrer Freiheiten, die ich ihnen bewilligte, mehr als jemals geneigt gemacht wurden, die Freundschaft der Athenienser allen andern Verbindungen, die ihnen angetragen worden waren, vorzuziehen. In allem diesem folgte ich, ohne besondere Verhaltungsbefehle einzuholen, meiner eignen Denkungsart mit desto größrer Zuversicht, da ich den ehemaligen Mißvergnügten nichts zugestanden hatte, was sie nicht so wohl nach dem Naturrecht als in Kraft älterer Verträge zu fodern vollkommen berechtiget waren, hingegen durch diese Nachgiebigkeit neue und sehr beträchtliche Vorteile für die Athenienser erkaufte; Vorteile, welche dem ganzen gemeinen Wesen zuflossen, da hingegen aller Nutzen der Unterdrückung, worunter sie geseufzet hatten, lediglich in die Cassen einiger Privatleute und ehmaligen Günstlinge des Volks geleitet worden war.

Ich kehrete also mit dem Vergnügen, Gutes getan zu haben, mit dem Beifall und der lebhaftesten Zuneigung der sämtlichen Colonien und Bundesgenossen, und mit der vollen Zuversicht, daß ich die Belohnung, die ich verdient zu haben glaubte, in der Zufriedenheit meiner Mitbürger einernten würde, an der Spitze einer dreimal stärkern Flotte, als womit ich ausgelaufen war, nach Athen zurück. Ich schmeichelte mir, daß ich mir durch eine so schleunige Beilegung einer Unruhe, welche so weitaussehend und gefährlich geschienen, einiges Verdienst um mein Vaterland erworben hätte. Ich hatte aus unsern Feinden, Freunde, und aus unsichern Untertanen, zuverlässige Bundesgenossen gemacht, deren Treu desto weniger zweifelhaft sein mußte, da ich ihre Sicherheit und ihren Wohlstand durch unzertrennliche Bande mit dem Interesse von Athen verknüpft hatte; ich hatte, des gemeinen Schatzes zu schonen, mein eignes Vermögen zugesetzt, und durch mehr als hundert ausgerüstete Galeeren, die ich von dem guten Willen der wieder beruhigten Insulaner erhalten, unsrer Seemacht eine ansehnliche Verstärkung gegeben; ich hatte das Ansehen der Athenienser befestiget, ihre Neider abgeschreckt, und ihrer Handlung einen Ruhestand verschafft, dessen Fortdauer nunmehr, wenigstens auf lange Zeiten, von ihrem eigenen Betragen abhing. Das Vergnügen, welches sich über mein Gemüt ausbreitete, wenn ich alle diese Vorteile meiner Verrichtung überdachte, war so lebhaft, daß ich über alle andere Belohnung, außer dem Beifall und Zutrauen meiner Mitbürger, weit hinaus sah: Aber die Athenienser waren, in dem ersten Anstoß ihrer Erkenntlichkeit, keine Leute, welche Maß halten konnten. Ich wurde im Triumph eingeholt, und mit allen Arten der Ehrenbezeugungen in die Wette überhäuft; die Bildhauer mußten sich Tag und Nacht an meinen Statuen müde arbeiten; alle Tempel, alle öffentlichen Plätze und Hallen wurden mit Denkmälern meines Ruhms ausgeziert; und diejenige, welche in der Folge mit der größesten Heftigkeit an meinem Verderben arbeiteten, waren izt die eifrigsten, übermäßige und zuvor nie erhörte Belohnungen vorzuschlagen, welche das Volk in dem Feuer seiner schwärmerischen Zuneigung gutherziger Weise bewilligte, ohne daran zu denken, daß mir diese Ausschweifungen seiner Hochachtung in kurzem von ihm selbst zu eben so vielen Verbrechen gemacht werden würden.

Da ich sahe, daß alle meine Bescheidenheit nicht zureichend war, dem überfließenden Strom der popularen Dankbarkeit Einhalt zu tun; so glaubte ich am besten zu tun, wenn ich mich eine Zeitlang von Athen entfernte, und bis die Atheniensische Lebhaftigkeit durch irgend eine neue Comödie, einen fremden Gaukler, oder eine frisch angekommene Tänzerin einen andern Schwung bekommen haben würde, auf meinem Landgut zu Corinth in Gesellschaft der Musen und Grazien einer Muße zu genießen, welche ich durch die Arbeiten eines ganzen Jahres verdient zu haben glaubte. Ich dachte wenig daran, daß ich in einer Stadt, deren Liebling ich zu sein schien, Feinde habe, die indessen, daß ich mich mit aller Sorglosigkeit der Unschuld den Vergnügungen des Landlebens, und der geselligen Freiheit überließ, einen eben so boshaften als wohlausgesonnenen Plan zu meinem Untergang anzulegen beschäftiget seien.

Alles, womit ich mir bei der schärfsten Prüfung meines öffentlichen und Privatlebens in Athen, bewußt bin, mein Unglück, wo nicht verdient, doch befödert zu haben, ist Unvorsichtigkeit, oder der Mangel an einer gewissen Republicanischen Klugheit, welche nur die Erfahrung geben kann. Ich lebte nach meinem Geschmack, und nach meinem Herzen, weil ich gewiß wußte, daß beide gut waren, ohne daran zu denken, daß man mir andre Absichten bei meinen Handlungen andichten könne, als ich wirklich hatte. Ich lebte mit einer gewissen Pracht, weil ich das Schöne liebte, und Vermögen hatte; ich tat jedermann gutes, weil ich meinem Herzen dadurch ein Vergnügen verschaffte, welches ich allen andern Freuden vorzog; ich beschäftigte mich mit dem gemeinen Besten der Republik, weil ich dazu geboren war, weil ich eine Tüchtigkeit dazu in mir fühlte, und weil ich durch die Zuneigung meiner Mitbürger in den Stand gesetzt zu werden hoffte, meinem Vaterland und der Welt nützlich zu sein. Ich hatte keine andere Absichten, und würde mir eher haben träumen lassen, daß man mich beschuldigen werde, nach der Crone des Königs von Persien, als nach der Unterdrückung meines Vaterlands zu streben. Da ich mir bewußt war niemands Haß verdient zu haben, so hielt ich einen jeden für meinen Freund, der sich dafür ausgab, um so mehr, als kaum jemand in Athen war, dem ich nicht Dienste geleistet hatte. Aus eben diesem Grunde dachte ich gleich wenig daran, wie ich mir einen Anhang mache, als wie ich die geheimen Anschläge von Feinden, welche mir unsichtbar waren, vereiteln wolle. Denn ich glaubte nicht, daß die Freimütigkeit, womit ich, ohne Galle oder Übermut, meine Meinung bei jeder Gelegenheit sagte, eine Ursache sein könne, mir Feinde zu machen.

Mit einem Wort, ich wußte noch nicht, daß Tugend, Verdienste und Wohltaten gerade dasjenige sind, wodurch man gewisse Leute zu dem tödlichsten Haß erbittern kann. Eine traurige Erfahrung konnte mir allein zu dieser Einsicht verhelfen; und es ist billig, daß ich sie wert halte, da sie mir nicht weniger, als mein Vaterland, die Liebe meiner Mitbürger, meine schönsten Hoffnungen, und das glückselige Vermögen, vielen Gutes zu tun, und von niemand abzuhangen, gekostet hat.

Siebentes Capitel

Agathon wird von Athen verbannt

Der Zeitpunct meines Lebens, auf den ich nunmehr gekommen bin, führt allzuunangenehme Erinnerungen mit sich, als daß ich nicht entschuldiget sein sollte, wenn ich so schnell davon wegeile, als es die Gerechtigkeit zulassen wird, die ich mir selbst schuldig bin. Es mag sein, daß einige von meinen Feinden aus Beweggründen eines republicanischen Eifers gegen mich aufgestanden sind, und sich durch meinen Sturz eben so verdient um ihr Vaterland zu machen geglaubt haben, als Harmodius und Aristogiton durch die Ermordung der Pisistratiden. Aber es ist doch gewiß, daß diejenige, welche die Sache mit der größesten Wut betrieben, keinen andern Beweggrund hatten, als die Eifersucht über das Ansehen, welches mir die allgemeine Gunst des Volkes gab, und welches sie, nicht ohne Ursache, für ein Hinternis ihrer ehrgeizigen und gewinnsüchtigen Absichten hielten. Die meisten glaubten auch, daß sie Privatbeleidigungen zu rächen hätten. Einige nährten noch den alten Groll, den sie bei meinem ersten Auftritt in der Republik gegen mich faßten, da ich meinen rechtschaffenen Freund, den Wirkungen ihrer Bosheit entriß; andere schmerzte es, daß ich ihnen bei der Wahl eines Befehlshabers gegen die Empörten Inseln vorgezogen worden war; viele waren durch den Verlust des Vorteils, welchen sie von den ungerechten Bedrückungen derselben gezogen hatten, beleidiget worden. Bei diesen allen half mir nichts, daß ich keine Absicht gehabt hatte sie zu beleidigen, und daß es nur zufälliger Weise dadurch geschehen war, daß ich meiner Überzeugung und meinen Pflichten gemäß gehandelt hatte. Sie beurteilten meine Handlungen aus einem ganz andern Gesichtspuncte, und es war bei ihnen ein ausgemachter Grundsatz, daß derjenige kein ehrlicher Mann sein könne, der ihren Privatabsichten Schranken setzte. Zum Unglück für mich, machten diese Leute einen großen Teil von den Edelsten und Reichesten in Athen aus. Hiezu kam noch, daß ich meiner immer fortdauernden Liebe zu Psyche, die vorteilhaftesten Verbindungen, welche mir angeboten worden waren, aufgeopfert, und mich dadurch der Unterstützung und des Schutzes beraubet hatte, den ich mir von der Verschwägerung mit einem mächtigen Geschlechte hätte versprechen können. Ich hatte nichts, was ich den Ränken und der vereinigten Gewalt so vieler Feinde entgegen setzen konnte, als meine Unschuld, einige Verdienste, und die Zuneigung des Volks; schwache Brustwehren, welche noch nie gegen die Angriffe des Neides, der Arglist und der Gewalttätigkeit ausgehalten haben. Die Unschuld kann verdächtig gemacht, und Verdiensten selbst durch ein falsches Licht das Ansehen von Verbrechen gegeben werden; und was ist die Gunst eines enthusiastischen Volkes, dessen Bewegungen immer seinen Überlegungen zuvorkommen; welches mit gleichem Übermaß liebet und hasset, und wenn es einmal in eine fiebrische Hitze gesetzt ist, gleich geneigt ist, dieser oder einer entgegengesetzten Direction, je nachdem es gestoßen wird, zu folgen? Was konnte ich mir von der Gunst eines Volkes versprechen, welches den großen Beschützer der griechischen Freiheit im Gefängnis hatte verschmachten lassen? Welches den tugendhaften Aristides, bloß darum, weil er den Beinamen des Gerechten verdiente, verbannet, und in einer von seinen gewöhnlichen Launen so gar den Socrates zum Gift-Becher verurteilt hatte, weil er der weiseste und tugendhafteste Mann seines Jahrhunderts war. Diese Beispiele sagten mir sogleich bei der ersten Nachricht, die ich von dem über mir sich zusammenziehenden Ungewitter erhielt, zuverlässig vorher, was ich von den Atheniensern zu erwarten hätte; sie machten, daß ich ihnen nicht mehr zutraute, als sie leisteten; und trugen nicht wenig dazu bei, mich ein Unglück mit Standhaftigkeit ertragen zu machen, in welchem ich so vortreffliche Männer zu Vorgängern gehabt hatte.

Derjenige, den meine Feinde zu meinem Ankläger auserkoren hatten, war einer von diesen witzigen Schwätzern, deren feiles Talent gleich fertig ist, Recht oder Unrecht zu verfechten. Er hatte in der Schule des berüchtigten Gorgias gelernt, durch die Zaubergriffe der Rede-Kunst den Verstand seiner Zuhörer zu blenden, und sie zu bereden, daß sie sähen, was sie nicht sahen. Er bekümmerte sich wenig darum, dasjenige zu beweisen, was er mit der größesten Dreistigkeit behauptete; aber er wußte ihm einen so lebhaften Schein zu geben, und durch eine zwar willkürliche, aber desto künstlichere Verbindung seiner Sätze die Schwäche eines jeden, wenn er an sich und allein betrachtet würde, so geschickt zu verbergen, daß man, so gar mit einer gründlichen Beurteilungs-Kraft, auf seiner Hut sein mußte, um nicht von ihm überrascht zu werden. Der hauptsächlichste Vorwurf seiner Anklage sollte, seinem Vorgeben nach, die schlimme Verwaltung sein, deren ich mich als Ober-Befehlshaber in der Angelegenheit der empörten Schutz-Verwandten schuldig gemacht haben sollte; denn er bewies mit großem Wort-Gepränge, daß ich in dieser ganzen Expedition nichts getan hätte, das der Rede wert wäre; daß ich vielmehr, anstatt die Empörten zu züchtigen und zum Gehorsam zu bringen, ihren Sachwalter vorgestellt; sie für ihren Aufruhr belohnt; ihnen noch mehr, als sie selbst zu fodern die Verwegenheit gehabt, zugestanden; und durch diese unbegreifliche Art zu verfahren, ihnen Mut und Kräfte gegeben hätte, bei der ersten Gelegenheit sich von Athen gänzlich unabhängig zu machen; er bewies (sage ich) alles dieses nach den Grund-Sätzen einer Politik, welche das Widerspiel von der meinigen war, aber den Leidenschaften der Athenienser und eines jeden andern Volks allzusehr schmeichelte, um nicht Eingang zu finden. Er hatte noch die Bosheit, nicht entscheiden zu wollen, ob ich aus Unverstand oder geflissentlich so gehandelt habe; doch erhub er auf der einen Seite meine Fähigkeiten so sehr, und legte so viel Wahrscheinlichkeiten in die andere Waag-Schale, daß sich der Ausschlag von selbst geben mußte. Dieses führte ihn zu dem zweiten Teil seiner Anklage, welcher in der Tat (ob er es gleich nicht gestehen wollte) das Hauptwerk davon ausmachte. Und hier wurden Beschuldigungen auf Beschuldigungen gehäuft, um mich dem Volk als einen Ehrsüchtigen abzumalen, der sich einen Plan gemacht habe, sein Vaterland zu unterdrücken, und unter dem Schein der Großmut, der Freigebigkeit und der Popularität, sich zum unumschränkten Herrn desselben aufzuwerfen. Eine jede meiner Tugenden war die Maske eines Lasters, welches im Verborgenen am Untergang der Freiheit und Glückseligkeit der Athenienser arbeitete. In der Tat hatte die Beredsamkeit meines Anklägers hier ein schönes Feld, sich zu ihrem Vorteil zu zeigen, und seinen Zuhörern das republicanische Vergnügen zu machen, eine Tugend, welche mir zu große Vorzüge vor meinen Mitbürgern zu geben schien, heruntergesetzt zu sehen. Indessen, ob er gleich keinen Teil meines Privat-Lebens (so untadelhaft es ehemals meinen Gönnern geschienen hatte) unbeschmitzt ließ; so mochte er doch besorgen, daß die Kunstgriffe, deren er sich dazu bedienen mußte, zu stark in die Augen fallen möchten. Er raffte also alles zusammen, was nur immer fähig sein konnte, mich in ein verhaßtes Licht zu stellen; und da es ihm an Verbrechen, die er mir mit einiger Wahrscheinlichkeit hätte aufbürden können, mangelte, so legte er mir fremde Torheiten, und selbst die ausschweifenden Ehren-Bezeugungen zur Last, welche mir in der Flut meines Glückes und meiner Gunst bei dem Volk aufgedrungen worden waren. Ich mußte izt so gar für die elenden Verse Rechenschaft geben, womit einige Dichter, denen ich aus einem vielleicht zu weit getriebenen Mitleiden erlaubte, mir täglich um die Essens-Zeit ihren Besuch abzustatten, mir die Dankbarkeit ihres Magens, auf Unkosten ihres Ruhms und des meinigen, zu beweisen gesucht hatten. Man beschuldigte mich in ganzem Ernst, daß ich übermütig und gottlos genug gewesen sei, mich für einen Sohn des delphischen Apollo auszugeben; und mein Ankläger ließ diese Gelegenheit nicht entgehen, über meine wahre Geburt Zweifel zu erregen, und, unter vielen scherzhaften Wendungen, die Meinung derjenigen wahrscheinlich zu finden, welche (wie er sagte) benachrichtigt zu sein glaubten, daß ich mein Dasein den verstohlenen Liebes-Händeln irgend eines delphischen Priesters zu danken hätte. In dieser ganzen Rede ersetzte ein von Bosheit beseelter Witz den Abgang gründlicher Beweise; aber die Athenienser waren schon lange gewohnt, sich Witz für Wahrheit verkaufen zu lassen, und sich einzubilden, daß sie überzeugt würden, wenn ihr Geschmack belustigt und ihre Ohren gekitzelt wurden. Sie machte also allen den Eindruck, und vielleicht noch mehr, als meine Feinde sich davon versprochen hatten. Die Eifersucht, welche sie in den Gemütern anblies, verwandelte die übermäßige Zuneigung, deren Gegenstand ich zwei Jahre lang gewesen war, in einer Zeit von zwo Stunden in den bittersten Haß. Die Athenienser erschraken vor dem Abgrund, an dessen Rand sie sich, durch ihre Verblendung für mich, unvermerkt hingezogen sahen. – – Sie erstaunten, daß sie meine Unfähigkeit zur Staats-Verwaltung, meine Begierde nach einer unumschränkten Gewalt, meine weit aussehenden Absichten, und mein heimliches Verständnis mit ihren Feinden nicht eher wahrgenommen hätten; und da es nicht natürlich gewesen wäre, die Schuld davon auf sich selbst zu nehmen, so schrieben sie es lieber einer Bezauberung zu, wodurch ich ihre Augen eine Zeitlang zu verschließen gewußt hätte. Ein jeder glaubte nun, durch die verderblichen Anschläge, welche ich gegen die Republik gefaßt habe, von der Dankbarkeit vollkommen losgezählt zu sein, die er mir für Dienste oder Wohltaten schuldig sein mochte; welche nun als die Lockspeise angesehen wurden, womit ich die Freiheit, und mit ihr das Eigentum meiner Mitbürger, wegzuangeln getrachtet. Kurz: Eben dieses Volk, welches vor wenigen Monaten mehr als menschliche Vollkommenheiten an mir bewunderte, war izt unbillig genug, mir nicht das geringste Verdienst übrig zu lassen; und eben diejenigen, welche auf den ersten Wink bereit gewesen wären, mir die Oberherrschaft in einem allgemeinen Zusammenlauf aufzudringen, waren izt begierig, mich einen Anschlag, den ich nie gefaßt, gegen eine Freiheit, deren sie ich in diesem Augenblicke selbst begaben, mit meinem Blute büßen zu sehen. Mein Urteil war zu eben der Zeit, da mir die gewöhnliche Frist zur Verantwortung gegeben wurde, durch die Mehrheit der Stimmen schon gefällt; und das Vergnügen, womit ich von einer unzählbaren Menge Volks ins Gefängnis begleitet wurde, würde vollkommen gewesen sein, wenn die Gesetze gestattet hätten, mich, anstatt dahin, ohne weitere Proceß-Förmlichkeiten, zum Richt-Platz zu führen.

So glücklich meinen Feinden ihr Anschlag von statten gegangen war, so glaubten sie doch, sich meines Untergangs noch nicht genug versichert zu haben; sie fürchteten die Unbeständigkeit eines Volks, von welchem sie allzuwohl wußten, wie leicht es in entgegengesetzte Bewegungen zu setzen war. Es blieb möglich, daß ich mit einer bloßen Verbannung auf einige Jahre durchwischen konnte; und diese ließ eine Veränderung der Scene besorgen, bei welcher weder ihr Haß gegen mich, noch ihre Sicherheit, ihre Rechnung fanden. Man mußte also noch eine andere Mine springen lassen, durch die mir, wenn ich einmal aus Athen vertrieben wäre, alle Hoffnung, jemals wieder zurückzukommen, abgeschnitten würde. Man mußte beweisen, daß ich kein Bürger von Athen sei; daß meine Mutter keine Bürgerin, und Stratonicus nicht mein Vater gewesen; daß er mich, in Ermanglung eines Erben von seinem eigenen Blute, aus Haß gegen denjenigen, der es, den Gesetzen nach, gewesen wäre, angenommen und unterschoben habe; und daß also die Gesetze mir kein Recht an seine Erbschaft zugestünden. Da es zu Athen an Leuten niemal fehlt, welche gegen eine proportionierte Belohnung alles gesehen und gehört haben, was man will; und da alle diejenigen gestorben waren, welche der Wahrheit das beste Zeugnis hätten geben können: so war es meinen Gegnern ein Leichtes, alles dieses eben so gut zu beweisen, als sie meine Staats-Verbrechen bewiesen hatten. Es wurde also eine neue Klage angestellt. Derjenige, der sich zum Kläger wider mich aufwarf, war ein Neffe von meinem Vater, durch nichts als durch die lüderlichste Lebens-Art bekannt, wodurch er sein Erb-Gut schon vor einigen Jahren verprasset hatte. Seine Unverbesserlichkeit hatte ihn endlich der Freundschaft meines Vaters, so wie der Achtung aller rechtschaffenen

Leute, beraubt; und dieses Umstands bediente er sich nun, mich um eine Erbschaft zu bringen, die er, als der nächste Erbe, eh mich Stratonicus für seinen Sohn erklärte, in seinen Gedanken schon verschlungen hatte. Die Geschicklichkeit des Redners, dessen Dienste er zu Ausführung seines Bubenstücks erkaufte, der mächtige Beistand meiner Feinde, die Umstände selbst, in denen er mich unvermutet überfiel, und vornehmlich die Gefälligkeit seiner Zeugen, alle die Unwahrheiten zu beschwören, welche er zu seiner Absicht nötig hatte: Alles dieses zusammen genommen, versicherte ihn des glücklichen Ausgangs seiner Verräterei; und die Reichtümer, die ihm dadurch zufielen, waren in den Augen eines gefühllosen Elenden, wie er war, wichtig genug, um mit Verbrechen, die ihn so wenig kosteten, erkauft zu werden.

Dieser letzte Streich, der vollständigste Beweis, auf was für einen Grad die Wut meiner Feinde gestiegen war, und wie gewiß sie sich des Erfolgs hielten, ließ mir keine Hoffnung übrig, die ihrige zu Schanden zu machen. Denn alle meine vermeinten Freunde, bis auf wenige, deren guter Wille ohne Vermögen war, hatten, so bald sie mich vom Glück verlassen sahen, mich auch verlassen; andere, welche zwar von dem Unrecht, das mir angetan wurde, überzeugt waren, hatten den Mut nicht, sich für eine Sache, welche sie nicht unmittelbar anging, in Gefahr zu setzen; und der einzige, dessen Character, Ansehen und Freundschaft mir vielleicht hätte zu statten kommen können, befand sich seit einiger Zeit am Hofe des jungen Dionysius zu Syracus. Ich gestehe, daß ich, so lange die ersten Bewegungen dauerten, mein Unglück in seinem ganzen Umfang fühlte. Für ein redliches, und dabei noch wenig erfahrnes Gemüt ist es entsetzlich zu empfinden, daß man sich in seiner guten Meinung von den Menschen betrogen habe, und sich zu der abscheulichen Wahl genötiget zu sehen, entweder in einer beständigen Unsicherheit vor der Schwachheit der einen, und vor der Bosheit der andern zu leben, oder sich gänzlich aus ihrer Gesellschaft zu verbannen. Aber die Kleinmütigkeit, welche eine Folge meiner ersten melancholischen Betrachtungen war, dauerte nicht lange. Die Erfahrungen, die ich seit meiner Versetzung auf den Schauplatz einer größern Welt, in so kurzer Zeit gemacht hatte, weckten die Erinnerungen meiner glücklichen Jugend in Delphi mit einer Lebhaftigkeit wieder auf, worin sie sich mir unter dem Getümmel des Städtischen und politischen Lebens niemals dargestellt hatten. Die Bewegung meines Gemüts, die Wehmut, wovon es durchdrungen war, die Gewißheit, daß ich in wenigen Tagen von allen den Gunstbezeugungen, womit mich das Glück so schnell, und mit solchem Übermaß überschüttet hatte, nichts, als die Erinnerung, die uns von einem Traum übrig bleibt, und von allem, was ich mein genannt hatte, nichts als das Bewußtsein meiner Redlichkeit, aus Athen mit mir nehmen würde; setzten mich auf einmal wieder in diesen glückseligen Enthusiasmus, worin wir fähig sind, dem Äußersten, was die vereinigte Gewalt des Glücks und der menschlichen Bosheit gegen uns vermag, ein standhaftes Herz und ein heiters Gesicht entgegen zu stellen. Der unmittelbare Trost, den meine Grundsätze über mein Gemüt ergossen, die Wärme und neubeseelte Stärke die sie meiner Seele gaben, überzeugten mich von neuem von ihrer Wahrheit. Ich verwies es der Tugend nicht, daß sie mir den Haß und die Verfolgungen der Bösen zugezogen hatte; ich fühlte, daß sie sich selbst belohnt. Das Unglück schien mich nur desto stärker mit ihr zu verbinden; so wie uns eine geliebte Person desto teurer wird, je mehr wir um ihrentwillen leiden. Die Betrachtungen, auf welche mich diese Gesinnungen leiteten, lehrten mich, wie geringhaltig auf der Waage der Weisheit, alle diese schimmernden Güter sind, welche ich im Begriff war, dem Glück wieder zurückzugeben, und wie wichtig diejenige seien, welche mir keine republicanische Cabale, kein Decret des Volks zu Athen, keine Macht in der Welt nehmen konnte. Ich verglich meinen Zustand in der höchsten Flut meines Glückes zu Athen mit der seligen Ruhe des contemplativen Lebens, worin ich in einer glücklichen Unwissenheit des glänzenden Elends und der wahren Beschwerden einer beneideten Größe, meine schuldlose Jugend hinweggelebt; worin ich meines Daseins, und der innern Reichtümer meines Geistes, meiner Gedanken, meiner Empfindungen, der eigentümlichen und von aller äußerlichen Gewalt unabhängigen Wirksamkeit meiner Seele froh geworden war, – und glaubte bei dieser Vergleichung, alles gewonnen zu haben, wenn ich mich, mit freiwilliger Hingabe der Vorteile, die mir indessen zugefallen waren, wieder in einen Zustand zurückkaufen könnte, den mir meine Einbildungskraft mit ihren schönsten Farben, und in diesem überirdischen Lichte, worin er dem Zustande der himmlischen Wesen ähnlich schien, vormalte. Der Gedanke, daß diese Seligkeit nicht an die Haine von Delphi gebunden sei, daß die Quellen davon in mir selbst lägen, und daß eben diese vermeintlichen Güter, welche mir mitten in ihrem Genuß so viel Unruhe zugezogen, und mich in einem immerwährenden Wirbel von mir selbst hinweggerissen hatten, die einzigen Hinternisse meines wahren Glücks gewesen seien. – Dieser Gedanke setzte mich in eine Entzückung, die mich, zum Erstaunen meiner wenigen noch übriggebliebenen Freunde, gegen alle Bitterkeiten meines widrigen Schicksals unempfindlich machte; und dieses ging zuletzt so weit, daß ich nach dem Tage meiner Verurteilung ganz ungeduldig wurde.

Allein eben diese Denkart, welche mir so viel Gleichgültigkeit gegen den Verlust meines Ansehens und Vermögens gab, machte, daß ich das Betragen der

Athenienser in einem moralischen Gesichtspunct ansah, aus welchem es mir Abscheu und Ekel erweckte. Meine Freunde schienen mir durch die Leidenschaften, von denen sie getrieben wurden, einigermaßen entschuldiget zu sein: Aber das Volk, welches bei meinem Umsturz nichts gewann, welches so viele Ursachen hatte, mich zu lieben, welches mich wirklich so sehr geliebt hatte, und izt durch eine bloße Folge seiner Unbeständigkeit und Schwachheit, ohne selbst recht zu wissen, warum, sich dummer Weise zum Werkzeug fremder Leidenschaften und Absichten machen ließ; dieses Volk wurde mir so verächtlich, daß ich kein Vergnügen mehr an den Gedanken fand, ihm Gutes getan zu haben. Diese Athenienser, die auf ihre Vorzüge vor allen andern Nationen der Welt so eitel waren, stellten sich meiner beleidigten Eigenliebe, als ein abschätziger Haufen blöder Toren dar, die sich von einer kleinen Rotte verschmitzter Spitzbuben bereden ließen, weiß für schwarz anzusehen; die bei aller Feinheit ihres Geschmacks, wenn es darauf ankam, über die Versification eines Trinklieds, oder die Füße einer Tänzerin zu urteilen, weder Kenntnis noch Empfindung von Tugend und wahrem Verdienst hatten; die bei der heftigsten Eifersucht über ihre Freiheit, niemals größere Sclaven waren, als wenn sie ihr schimärisches Palladium am tapfersten behauptet haben; die sich jederzeit der Führung ihrer übelgesinntesten Schmeichler mit dem blindesten Vertrauen überlassen, und nur in ihre tugendhaftesten Mitbürger, in ihre zuverlässigsten Freunde, das größeste Mißtrauen gesetzt hatten. Sie verdienen es, sagte ich zu mir selbst, daß sie betrogen werden; aber diesen Triumph sollen sie nicht haben, zu erleben, daß Agathon sich vor ihnen demütige. Sie sollen fühlen, was für ein Unterschied zwischen ihm und ihnen ist; sie sollen fühlen, daß er nur desto größer ist, wenn sie ihm alle diese kindischen Zieraten von Flittergold, womit sie ihn, wie Kinder, eine auf kurze Zeit geliebte Puppe, umhängt haben wieder abnehmen; und eine zu späte Reue soll sie vielleicht in kurzem lehren, daß Agathon ihrer leichter, als sie des Agathons entbehren können. Du siehest, schöne Danae, daß ich mich nicht scheue, dir auch meine Schwachheiten zu gestehen. Dieser Stolz, der zu einer desto riesenmäßigern Gestalt aufschwoll, je mehr mich die Athenienser zu Boden drükken wollten, hatte ohne Zweifel einen guten Teil von eben der Eitelkeit in sich, welche ich ihnen zum Verbrechen machte; aber vielleicht gehört er auch unter die Triebfedern, womit die Natur edle Gemüter versehen hat, um dem Druck widerwärtiger Zufälle mit gleich starker Reaction zu widerstehen, und sich dadurch in ihrer eigenen Gestalt und Größe zu erhalten. Die Athenienser rühmten ehmals meine Bescheidenheit und Mäßigung zu einer Zeit, da sie alles taten, was mich diese Tugenden verlieren machen konnte; diese Bescheidenheit hatte mit dem Stolz, der ihnen izt so anstößig an mir war, daß er vielleicht mehr, als alle Bemühungen meiner Feinde zu meinem Fall beitrug, einerlei Quelle; ich war mir eben so wohl bewußt, daß ich ihre Mißhandlungen nicht verdiente, wie ich ehmals fühlte, daß die Achtung übertrieben war, die sie mir bewiesen; desto bescheidener, je mehr sie mich erhuben; desto stolzer und trotziger, je mehr sie mich herunter setzen wollten.

Meine Freunde hatten sich inzwischen in der Stille so eifrig zu meinem Besten verwendet, daß sie mir Hoffnung machten, alles könne noch gut gehen, wenn ich mich entschließen könne, meine Apologie nach dem Geschmack, und der Erwartung des Volks einzurichten. Ich sollte mich zwar von Punkt zu Punkt so vollständig rechtfertigen, als es immer möglich wäre; aber am Ende sollte ich mich doch den Atheniensern auf Gnade oder Ungnade zu Füßen werfen; meinen Feinden dürfte ich nach aller Schärfe des Selbstverteidigungs- und Wiedervergeltungsrechts begegnen; aber den Atheniensern sollte ich schmeicheln, und anstatt ihre Eigenliebe durch den mindesten Vorwurf zu beleidigen, sollte ich bloß ihr Mitleiden zu erregen suchen. Es ist zu vermuten, daß der Erfolg diesen Rat meiner Freunde, der sich auf die Kenntnis des Characters eines freien Volks gründete, gerechtfertiget hätte: Wenigstens ist gewiß, daß die erste Bewegungen dieser Unbeständigen bereits angefangen hatten, dem Mitleiden und den Regungen ihrer vormaligen Liebe zu weichen. Ich lase es, da ich das Gerüste bestieg, von welchem ich zu dem Volk redete, in vieler Augen, wie sie nur darauf warteten, daß ich ihnen einen Weg zeigen möchte, mit guter Art, und ohne etwas von ihrer democratischen Majestät zu vergeben, wieder zurück zu kommen. Aber sie fanden sich in ihrer Erwartung sehr betrogen. Die Verachtung, womit mein Gemüt beim Anblick dieses Volkes erfüllt wurde, welches mich vor wenigen Tagen mit so ausschweifender Freude ins Gefängnis begleitet hatte, und das Gefühl meines eigenen Wertes, waren beide zu lebhaft; die Begierde, ihnen gutes zu tun, welche die Seele aller meiner Handlungen und Entwürfe gewesen war, hatte aufgehört; ich würdigte sie nicht, eine Apologie zu machen, die ich für eine Beschimpfung meines Characters und Lebens gehalten hätte; aber ich wollte ihnen zum letztenmal die Wahrheit sagen: Ehmals, wenn es darum zu tun gewesen war, sie von ihren eignen wahren Vorteilen zu überzeugen, hatte ich aller meiner Beredsamkeit aufgeboten; aber izo, da die Rede bloß von mir selbst war, verschmähte ich den Beistand einer Kunst, worin der Ruf mir einige Geschicklichkeit zuschrieb. In diesem Stücke blieb ich meinem gefaßten Vorsatz getreu; aber nicht der Kürze und Gelassenheit, die ich mir vorgeschrieben hatte; der Affect, in den ich unvermerkt geriet, machte mich weitläufig und etlichemal bitter.

Meine Rede enthielt eine zusammengezogene Erzählung meines ganzen Lebenslaufs in Athen; der Grundsätze, welchen ich in der Republik gefolgt war; und meiner Gedanken von dem wahren Interesse der Athenienser. Ich ging bei dieser Gelegenheit ein wenig strenge mit ihren Urteilen und Lieblingsprojecten um; und sagte ihnen, daß ich in der Sache der Schutzverwandten eine Probe gegeben hätte, nach was für Maximen ich jederzeit in Verwaltung des Staats gehandelt haben würde; und da diese Maximen so weit von ihrer Gemütsbeschaffenheit und Denkart entfernt wären: So würden sie sehr weislich handeln, einen Menschen aus ihrem Mittel zu verbannen, welcher nicht gesonnen sei, der Wahrheit und den Pflichten eines allgemeinen Freunds der Menschen zu entsagen, um ein guter Bürger von Athen zu sein.

Der Schluß meiner Rede liegt mir noch so lebhaft im Gedächtnis, daß ich ihn, zu einer Probe des Ganzen, wiederholen will. Die Götter, (sagte ich) haben mich zu einer Zeit, da ich es am wenigsten hoffte, meinen Vater finden lassen: Sein Ansehen und seine Reichtümer gaben mir viel weniger Freude, als die Entdeckung, daß ich mein Leben einem rechtschaffenen Mann zu danken hatte. Athen wurde durch ihn mein Vaterland. Ich sah es als den Platz an, den mir die Götter angewiesen, um das Beste der Menschen zu befödern. Das Interesse dieser einzelnen Stadt, war in meinen Augen ein zu kleiner Gegenstand, um dem allgemeinen Besten der Menschheit vorgesetzt zu werden; aber ich sah beides so genau mit einander verknüpft, daß ich nur alsdenn gewiß sein konnte, jenes wirklich zu erhalten, wenn ich dieses beföderte. Nach diesen Grundsätzen habe ich in meinem öffentlichen Leben gehandelt, und diese Handlungen, deren sich selbst belohnendes Bewußtsein mir in eine bessere Welt, den unvergänglichen Wohnplatz der tugendhaften Seelen, folgen wird; diese Handlungen haben mir euern Unwillen zugezogen. Die Athenienser wollen auf Unkosten des menschlichen Geschlechts groß sein; und das werden sie so lange sein wollen, bis sie in Ketten, welche sie sich selbst schmieden, und deren sie würdig sind, sobald sie über Sclaven gebieten wollen, allen ihren Ehrgeiz auf den rühmlichen Vorzug einschränken werden, die besten Sprachlehrer, und die gelenkigsten Pantomimen in der Welt zu sein. Aber Agathon ist nicht dazu gemacht, euern Lauf auf diesem Wege, den die Gefälligkeit eurer Redner mit Blumen bestreut, beschleunigen zu helfen. Mein Privatleben hat euch bewiesen, daß die Grundsätze, nach welchen ich eure öffentlichen Handlungen zu leiten gewünscht hätte, die Maßregeln meines eigenen Verhaltens sind. Mein Vermögen hat mehr zum Gebrauch eines jeden unter euch, als zu meinem eigenen gedienet. Ich habe mir Undankbare verbindlich gemacht, und diese Erfahrung lehrt mich, Güter mit Gleichgültigkeit zurückzulassen, welche ich übel anwendete, da ich sie am besten anzuwenden glaubte. Dieses, ihr Athenienser, ist alles, was ich zu meiner Verteidigung zu sagen habe. Ihr seid nun, weil euch die Menge eurer Arme zu meinen Herren macht, Meister über meine Umstände, und wenn ihr wollt, über mein Leben. Verlangt ihr meinen Tod, so meldet mir nur, was ich in euerm Namen, dem weisen und guten Socrates sagen soll, zu dem ihr mich schicken werdet. Begnügt ihr euch aber, mich aus euern Augen zu verbannen, so werde ich mit dem letzten Blicke nach einem einst geliebten Vaterland, eine Träne auf das Grab eurer Glückseligkeit fallen lassen; und, indem ich aufhöre ein Athenienser zu sein, in der Welt, die mir offen steht, in einem jeden Winkel, wo es der Tugend erlaubt ist, sich zu verbergen, ein besseres Vaterland finden.

Es ist leicht zu vermuten, schöne Danae, daß eine Apologie aus diesem Ton nicht geschickt war, mir ein günstiges Urteil auszuwirken. Die Erbitterung, die dadurch in den Gemütern der meisten erregt wurde, welche das angenehme Schauspiel, mich vor ihnen gedemütiget zu sehen, zu genießen erwartet hatten, war auf ihren Gesichtern ausgedrückt. Dem ungeachtet sah ich niemal eine größere Stille unter dem Volk, als da ich aufgehört hatte zu reden. Sie fühlten, wie es schien, wider ihren Willen, daß die Tugend auch ihren Hässern Ehrfurcht einpräget; aber eben dadurch wurde sie ihnen nur desto verhaßter, je stärker sie den Vorzug fühlten, den sie dem beklagten, verlassenen und von allen Auszierungen des Glücks entblößten Agathon über die Herren seines Schicksals gab. Ich weiß selbst nicht, wie es zuging, daß mir mein guter Genius aus dieser Gefahr heraushalf: Aber, wie die Stimmen gesammelt wurden, so fand sich, daß die Richter, gegen die Hoffnung meiner Ankläger sich begnügten, mich auf ewig aus Griechenland zu verbannen, die Hälfte meiner Güter zum gemeinen Wesen zu ziehen, und die andere Hälfte meinen Verwandten zuzusprechen. Die Gleichgültigkeit, womit ich mich diesem Urteil unterwarf, wurde in diesem fatalen Augenblick, der alle meine Handlungen in ein falsches Licht setzte, für einen Trotz aufgenommen, welcher mich alles Mitleidens unwürdig machte; doch erlaubte man meinen Freunden, sich um mich zu versammeln, mir ihre Dienste anzubieten, und mich aus Athen zu begleiten: welches ich, ungeachtet mir eine längere Frist gegeben worden war, noch in eben der Stunde, mit so leichtem Herzen verließ, als wie ein Gefangener den Kerker verläßt, aus dem er unverhofft in Freiheit gesetzt wird. Die Tränen der wenigen, welche mein Fall nicht von mir verscheucht hatte, und meiner guten Hausgenossen, waren das einzige, was bei einem Abschiede, den wir auf ewig von einander nahmen, mein Herz erweichte; und ihre guten Wünsche alles, was ich von den Wirkungen ihrer mitleidigen und dankbaren Sorgfalt annahm.

Ich befand mich nun wieder ungefähr in eben den Umständen, worin ich vor einigen Jahren unter dem Cypressenbaum im Vorhofe meines noch unbekannten Vaters zu Corinth gelegen war. Die großen Veränderungen, die manchfaltigen Scenen von Reichtum, Ansehen, Gewalt und äußerlichem Schimmer, durch welche mich das Glück in dieser kurzen Zwischenzeit herumgedreht hatte, waren nun wie ein Traum vorüber; aber die wesentlichen Vorteile, die von allen diesen Begegnissen in meinem Geist und Herzen zurückgeblieben waren, überzeugten mich, daß ich nicht geträumt hatte. Ich fand mich um eine Menge nützlicher und angenehmer Kenntnisse, um die Entwicklung meiner Fähigkeiten, um das Bewußtsein vieler guten Handlungen, und um eine Reihe wichtiger Erfahrungen, reicher als zuvor. Ich hatte den Geist der Republiken, den Character des Volks, und die Eigenschaften und Wirkungen vieler mir vorher unbekannten Leidenschaften kennen gelernt, und Gelegenheiten genug gehabt, vieler irrigen Einbildungen los zuwerden, welche man sich von der Welt zu machen pflegt, wenn man sie nur von Ferne, und ohne selbst in ihre Geschäfte eingeflochten zu sein, betrachtet. Zu Delphi hatte man mich (zum Exempel) gelehrt, daß sich das ganze Gebäude der Republicanischen Verfassung auf die Tugend gründe; die Athenienser lehrten mich hingegen, daß die Tugend an sich selbst nirgends weniger geschätzt wird, als in einer Republik; den Fall ausgenommen, da man ihrer vonnöten hat; und in diesem Fall wird sie unter einem jeden Tyrannen eben so hoch geschätzt, und oft besser belohnt. Überhaupt hatte mein Aufenthalt in Athen, die erhabene Theorie von der Vortrefflichkeit und Würde der menschlichen Natur, wovon ich eingenommen war, sehr schlecht bestätiget; aber ich fand mich nichts desto geneigter von ihr zurückzukommen. Ich legte alle Schuld auf die Contagion allzugroßer Gesellschaften, auf die Mängel der Gesetzgebung, auf das Privatinteresse, welches bei allen policierten Völkern, durch ein unbegreifliches Versehen ihrer Gesetzgeber, in einem beständigen Streit mit dem gemeinen Besten liegt. Kurz, ich dachte darum nicht schlimmer von der Menschheit, weil sich die Athenienser unbeständig, ungerecht und undankbar gegen mich bewiesen hatten; aber ich faßte einen desto stärkern Widerwillen gegen eine jede andere Gesellschaft, als eine solche, welche sich auf übereinstimmende Grundsätze, Tugend und Bestrebung nach moralischer Vollkommenheit gründete. Der Verlust meiner Güter, und die Verbannung aus Athen schien mir die wohltätige Veranstaltung einer für mich besorgten Gottheit zu sein, welche mich dadurch meiner wahren Bestimmung habe wiedergeben wollen. Es ist sehr vermutlich, daß ich durch Anwendung gehöriger Mittel, durch das Ansehen meiner auswärtigen Freunde, und selbst durch die Unterstützung der Feinde der Athenienser, welche mir gleich anfangs meines Processes, heimlich angeboten worden war, vielleicht in kurzem wieder Wege gefunden haben könnte, meine Gegner in dem Genuß der Früchte ihrer Bosheit zu stören, und im Triumphe wieder nach Athen zurück zu kehren. Allein solche Anschläge, und solche Mittel schickten sich nur für einen Ehrgeizigen, welcher regieren will, um seine Leidenschaften zu befriedigen. Mir fiel es nicht ein, die Athenienser zwingen zu wollen, daß sie sich von mir gutes tun lassen sollten. Ich glaubte durch einen Versuch, der mir durch ihre eigene Schuld mißlungen war, meiner Pflicht gegen die bürgerliche Gesellschaft ein Genüge getan zu haben, und nun vollkommen berechtiget zu sein, die natürliche Freiheit, welche mir meine Verbannung wieder gab, zum Vorteil meiner eigenen Glückseligkeit anzuwenden. Ich beschloß also den Vorsatz, welchen ich zu Delphi schon gefaßt hatte, nunmehr ins Werk zu setzen, und die Quellen der morgenländischen Weisheit, die Magier, und die Gymnosophisten in Indien zu besuchen, in deren geheiligten Einöden ich die wahren Gottheiten meiner Seele, die Weisheit und die Tugend, von denen, wie ich glaubte, nur unwesentliche Phantomen unter den übrigen Menschen herumschwärmten, zu finden hoffte.

Aber eh ich auf die Zufälle komme, durch welche ich an der Ausführung dieses Vorhabens gehintert, und in Gestalt eines Sclaven nach Smyrna gebracht wurde; muß ich mich meiner jungen Freundin wieder erinnern, die wir seit meiner Versetzung nach Athen aus dem Gesichte verloren haben.

Achtes Capitel

Agathon endigt seine Erzählung

Die Veränderung, welche mit mir vorging, da ich aus den Hainen von Delphi auf den Schauplatz der geschäftigen Welt, in das Getümmel einer volkreichen Stadt, in die unruhige Bewegungen einer zwischen der Democratie und Aristocratie hin und her treibenden Republik, und in das moralische Chaos der bürgerlichen Gesellschaft, worin Leidenschaften mit Leidenschaften, Absichten mit Absichten, in einem allgemeinen und ewigen Streit gegen einander rennen, und unter dem unharmonischen Zusammenstoß unförmlicher Mißgestalten, nichts beständiges, noch gewisses ist, nichts das ist, was es scheint, noch die Gestalt behält die es hat, – diese Veränderung war so groß, daß ich ihre Wirkung, auf mein Gemüt durch nichts anders zu bezeichnen weiß, als durch die Vergleichung mit der Betäubung, worin nach meinem Freunde, Plato, unsre Seele eine Zeit lang, von sich selbst entfremdet, liegen bleibt, nachdem sie aus dem Ocean des reinen ursprünglichen Lichts, der die überhimmlischen Räume erfüllet, plötzlich in den Schlamm des groben irdischen Stoffes heruntergestürzt worden ist. Die Menge der neuen Gegenstände, welche von allen Seiten auf mich eindrang, verschlang die Erinnerung derjenigen, welche mich so viele Jahre umgeben hatten; und zuletzt hatte ich fast Mühe, mich selbst zu überreden, daß ich eben derjenige sei, der im Tempel zu Delphi den Fremden die Merkwürdigkeiten desselben gewiesen und erklärt hatte. So gar das Andenken meiner geliebten Psyche wurde eine Zeit lang von diesem Nebel, der meine Seele umzog, verdunkelt; allein dieses dauerte nur so lange, bis ich des neuen Elements, worin ich izt lebte, gewohnt worden war; denn da vermißte ich ihre Gegenwart desto lebhafter wieder, je größer das Leere war, welches die Beschäftigungen und selbst die Ergötzungen meiner neuen Lebensart in meinem Herzen ließen. Die Schauspiele, die Gastmähler, die Tänze, die Musikübungen, konnten mir jene seligen Nächte nicht ersetzen, die ich in den Entzückungen einer zauberischen Schwärmerei, an ihrer Seite zugebracht hatte. Aber, so groß auch meine Sehnsucht nach diesen verlornen Freuden war, so beunruhigte mich doch die Vorstellung des unglücklichen Zustands noch weit mehr, worein die rachbegierige Eifersucht der Pythia sie vermutlich versetzt hatte. Den Ort ihres Aufenthalts ausfündig zu machen, schien beinahe eine Unmöglichkeit; denn entweder hatte die Priesterin sie (fern genug von Delphi, um uns alle Hoffnung des Wiedersehens zu benehmen,) verkaufen, oder gar an irgend einer entlegnen barbarischen Küste aussetzen und dem Zufall Preis geben lassen. Allein da der Liebe nichts unmöglich ist, so gab ich auch die Hoffnung nicht auf, meine Psyche wieder zu bekommen. Ich belud alle meine Freunde, alle Fremden, die nach Athen kamen, alle Kaufleute,

Reisende und Seefahrer mit dem Auftrag, sich allenthalben, wohin sie kämen, nach ihr zu erkundigen; und damit sie weniger verfehlt werden könnte, ließ ich eine unzählige Menge Copeien ihres Bildnisses machen, das ich selbst, oder vielmehr der Gott der Liebe mit meiner Hand, in der vollkommensten Ähnlichkeit, nach dem gegenwärtigen Original, gezeichnet hatte, da wir noch in Delphi waren; und diese Copeien teilte ich unter alle diejenigen aus, welche ich durch Verheißung großer Belohnungen, anzureizen suchte, sich für ihre Entdeckung Mühe zu geben. Ich gestehe dir so gar, daß das Verlangen meine Psyche wieder zu finden, (anfänglich wenigstens) der hauptsächlichste Beweg-Grund war, warum ich mich in der Republik hervorzutun suchte. Denn, nachdem mir alle andre Mittel fehlgeschlagen hatten, schien mir kein andres übrig zu bleiben, als meinen Namen so bekannt zu machen, daß er ihr zu Ohren kommen müßte; sie möchte auch sein, wo sie wollte. Dieser Weg war in der Tat etwas weitläufig; und ich hätte zwanzig Jahre in einem fort größere Taten tun können, als Hercules und Theseus, ohne daß die Hyrcanier, die Massageten, die Hibernier, oder die Lästrigonen, in deren Hände sie inzwischen hätte geraten können, mehr von mir gewußt hätten, als die Einwohner des Mondes. Zu gutem Glück fand der Schutz-Geist unsrer Liebe einen kürzern Weg, uns zusammenzubringen; aber in der Tat nur, um uns Gelegenheit zu geben, auf ewig von einander Abscheid zu nehmen. – – – –

Hier fuhr Agathon fort, der schönen Danae die Begebenheiten zu erzählen, die ihm auf seiner Wanderschaft bis auf die Stunde, da er mit ihr bekannt wurde, zugestoßen, und wovon wir dem geneigten Leser bereits im ersten und zweiten Buche dieser Geschichte Rechenschaft gegeben haben; und nachdem er sich auf Unkosten des weisen Hippias ein wenig lustig gemacht, entdeckte er seiner schönen Freundin (welche seine ganze Erzählung nirgends weniger langweilig fand, als an dieser Stelle,) alles, was von dem ersten Augenblick an, da er sie gesehen, in seinem Herzen vorgegangen war. Er überredete sie mit eben der Aufrichtigkeit, womit er es zu empfinden glaubte, daß sie allein dazu gemacht gewesen sei, seine Begriffe von idealischen Vollkommenheiten und einem überirdischen Grade von Glückseligkeit zu realisieren; daß er, seit dem er sie liebe, und von ihr geliebet sei, ohne seiner ehemaligen Denkungs-Art ungetreu zu werden, von dem, was darin übertrieben und schimärisch gewesen, bloß dadurch zurückgekommen sei, weil er bei ihr alles dasjenige gefunden, wovon er sich vorher, nur in der höchsten Begeisterung einer Einbildungs-Kraft einige unvollkommene Schatten-Begriffe habe machen können; und weil es natürlich sei, daß die Einbildungs-Kraft, als der Sitz der Schwärmerei, zu würken aufhöre, so bald der Seele nichts zu tun übrig, als anzuschauen und zu genießen. Mit einem Wort: Agathon hatte vielleicht in seinem Leben nie so sehr geschwärmt, als izt, da er sich in dem höchsten Grade der verliebten Betörung einbildete, daß er alles das, was er der leichtgläubigen Danae vorsagte, eben so gewiß und unmittelbar sehe und fühle, als er ihre schönen, von dem ganzen Geist der Liebe und von aller seiner berauschenden Wollust trunknen Augen auf ihn geheftet sah, oder das Klopfen ihres Herzens unter seinen verirrenden Lippen fühlte. Er endigte damit, daß er ihr aus seiner ganzen Erzählung begreiflich gemacht zu haben glaube, warum es, nachdem er schon so oft bald von den Menschen, bald vom Glücke, bald von seinen eigenen Einbildungen betrogen worden, entsetzlich für ihn sein würde, wenn er jemals sich in der Hoffnung betrogen fände, so vollkommen und beständig von ihr geliebt zu werden, als es zu seiner Glückseligkeit nötig sei. Er gestund ihr mit einer Offenherzigkeit, welche vielleicht nur eine Danae ertragen konnte, daß eine lebhafte Erinnerung an die Zeiten seiner ersten Liebe, zugleich mit der Vorstellung aller der seltsamen Zufälle, Veränderungen und Catastrophen, die er in einem Alter von fünf und zwanzig Jahren bereits erfahren habe, ihn auf eine Reihe melancholischer Gedanken gebracht, worin er Mühe gehabt habe, seine gegenwärtige Glückseligkeit für etwas würkliches, und nicht für ein abermaliges Blendwerk seiner Phantasie, zu halten. Eben das Übermaß derselben, sagte er, eben dies ist es, was mich besorgen machte, jemals aus einem so schönen Traum aufzuwachen. – – Kannst du mich verdenken, liebenswürdige Danae, o du, die durch die Reizungen deines Geistes, auch ohne diese Liebeatmende Gestalt, ohne diese Schönheit, deren Anschauen himmlische Wesen dir gegenüber anzufesseln vermögend wäre, durch die bloße Schönheit deiner Seele, und den magischen Reiz eines Geistes, der alle Vorzüge, alle Gaben, alle Grazien in sich vereinigt, meinen Geist aus dem Himmel selbst zu dir herunterziehen würdest. – – Könntest du mich verdenken, daß ich, vor dem Gedanken, deine Liebe jemals verlieren zu können, wie vor der Vernichtung meines ganzen Wesens, erzittre? – – Laß mich, laß mich die Gewißheit, daß es nie geschehen werde, daß es unmöglich sei, immer in deinen Augen lesen, immer von deinen Lippen hören, und in deinen Armen fühlen; und wenn diese vergötternde Bezauberung jemals aufhören soll, so nimm, im letzten Augenblick, alle deine Macht zusammen, und laß mich vor Entzückung und Liebe zu deinen Füßen sterben. – –

Von der Antwort, womit Danae diese Ergießungen einer glühenden Zärtlichkeit erwiderte, läßt sich das Wenigste mit Worten ausdrücken; und dieses kann sich, nach allem, was wir bereits von ihren Gesinnungen für unsern Helden gesagt haben, der kaltsinnigste von unsern Lesern so gut vorstellen, als wir es ihm sagen könnten – – oder sich's auch nicht vorstellen, wenn es ihm beliebt. Daß sie ihm übrigens sehr höflich für die Erzählung seiner Geschichte gedankt, und eine ungemeine Freude darüber empfunden habe, in diesem Sclaven, der die Alcibiaden und den liebenswürdigen Cyrus selbst aus ihrem Herzen ausgelöscht hatte, den ruhmvollen Agathon, den Mann, den das Gerüchte zum Wunder seiner Zeit gemacht hatte, zu finden; und daß sie ihm hierüber viel schönes gesagt haben werde – – verstehet sich von selbst. Dieses und alles, was eine jede andere, die keine Danae gewesen wäre, in den vorliegenden Umständen auch gesagt hätte, wollen wir, nebst allen den feinen Anmerkungen und Scherzen, wodurch sie in gewissen Stellen seine Erzählung unterbrochen hatte, überhüpfen, um zu andern Dingen, die in ihrem Gemüte vorgingen, zu kommen, welche der größeste Teil unserer Leserinnen (wir besorgen es, oder hoffen es vielmehr,) nicht aus sich selbst erraten hätte, und welche wichtig genug sind, ein eigenes Capitel zu verdienen.

Neuntes Capitel

Ein starker Schritt zur Entzauberung unsers Helden

Die vertrauliche Erzählung, welche Agathon seiner zärtlichen Freundin von seinem ganzen Lebens-Lauf gemacht; die Offenherzigkeit, womit er ihr die innersten Triebfedern seiner Seele aufgedeckt; und die vollständige Kenntnis, welche sie dadurch von einem Liebhaber erhalten hatte, an dessen Erhaltung ihr so viel gelegen war; ließen sie gar bald einsehen, daß sie vielleicht mehr Ursache habe, über die Beständigkeit seiner Liebe beunruhigt zu sein, als er über die Dauer der ihrigen. So schmeichelhaft es für ihre Eitelkeit war, von einem Agathon geliebt zu sein; so hätte sie doch für die Ruhe ihres Herzens lieber gewollt, daß er keine so schimmernde Rolle in der Welt gespielt hätte. Sie besorgte nicht unbillig, daß es schwer sein würde, einen jungen Helden, der durch so seltene Talente und Tugenden zu den edelsten Auftritten des geschäftigen Lebens bestimmt schien, immer in den Blumen-Fesseln der Liebe und eines wollüstigen Müßiggangs gefangen zu halten. Nun schien zwar die Art seiner Erziehung, der sonderbare Schwung, den seine Einbildungs-Kraft dadurch erhalten, seine herrschende Neigung zur Unabhängigkeit und Ruhe des speculativen Lebens, welche durch die Streiche, die ihm das Glück in einer so großen Jugend bereits gespielt, eine neue Stärke bekommen hatte; und der Hang zum Vergnügen, welcher, im Gleichmaß mit der außerordentlichen Empfindlichkeit seines Herzens, die Ruhm-Begierde und die Ambition bei ihm nur zu subalternen Leidenschaften machte – – alles dieses schien ihr zwar in dem Vorhaben, ihn der Welt zu rauben, und für sich selbst zu behalten, nicht wenig beförderlich zu sein; aber eben diese schwärmerische Einbildungs-Kraft, eben diese Lebhaftigkeit der Empfindungen schienen ihr, auf einer andern Seite betrachtet, mit einer gewissen natürlichen Unbeständigkeit verbunden zu sein, von welcher sie alles zu befürchten hätte. Konnte sie, mit aller Eitelkeit, wozu sie das Bewußtsein ihrer selbst und der allgemeine Beifall berechtigte, sich selbst bereden, daß sie diese idealische Vollkommenheit würklich besitze, welche die bezauberten Augen ihres enthusiastischen Liebhabers an ihr sahen? Und da nicht sie selbst, sondern diese idealische Vollkommenheit der eigentliche Gegenstand seiner Liebe war, auf was für einen unsichern Grund beruhete also eine Hoffnung, welche voraussetzte, daß die Bezauberung immer dauern werde? Diese letzte Betrachtung machte sie zittern; – – denn sie fühlte mit einer immer zunehmenden Stärke, daß Agathon zu ihrer Glückseligkeit unentbehrlich geworden war. – – Aber (so ist die betrügliche Natur des menschlichen Herzens!) eben darum, weil der Verlust ihres Liebhabers sie elend gemacht haben würde, hatten alle Vorstellungen, welche ihr mit seinem beständigen Besitz schmeichelten, doppelte Kraft ein Herz zu überreden, welches nichts anders suchte, als getäuscht zu sein. Sie bildete sich also ein, daß der Hang zu demjenigen, was man die Wollust der Seele nennen kann, den wesentlichsten Zug von der Gemüts-Beschaffenheit unsers Helden ausmache. Seine Philosophie selbst schien ihr diese Meinung zu bestätigen, und, bei aller ihrer Erhabenheit über den groben Materialismus des größten Haufens der Sterblichen, in der Tat mit den Grundsätzen des Aristippus, welche vormals ihre eigenen gewesen waren, in dem nämlichen Punct zusammenzulaufen. Der ganze Unterscheid schien ihr darin zu liegen, daß dieser die Wollust, welche er zum letzten Ziel der Weisheit machte, mehr in der angenehmen Bewegung der Sinnen, den Befriedigungen eines geläuterten Geschmacks, und den Ergötzlichkeiten eines von allen unruhigen Leidenschaften befreiten geselligen Lebens – – Agathon hingegen diese feinere Wollust, von welcher er in den stillen Hainen des Delphischen Tempels sich ein so liebenswürdiges Phantom in den Kopf gesetzt hatte, mehr in den Vergnügen der Einbildungs-Kraft und des Herzens suchte; eine Philosophie, bei welcher er (nach der scharfsinnigen Beobachtung unsrer Schönen) so gar von Seiten der sinnlichen Lust mehr gewann, als verlor; indem diese von den verschönernden Einflüssen einer begeisterten Einbildung und den zärtlichen Rührungen und Ergießungen eines gefühlvollen Herzens ihren mächtigsten Reiz erhält. Dieses als gewiß vorausgesetzt, glaubte sie von der Unbeständigkeit, welche sie, nicht ohne Grund, als eine Eigenschaft einer allzuwürksamen und hoch gespannten Einbildungs-Kraft ansah, nichts zu besorgen zu haben; so lange es ihr nicht an Mitteln fehlen würde, seinen Geist und sein Herz zugleich und, mit einer solchen Abwechslung und Mannigfaltigkeit zu vergnügen, daß eine weit längere Zeit, als die Natur dem Menschen zum Genießen angewiesen hat, nicht lange genug wäre, ihn eines so angenehmen Zustandes überdrüssig zu machen. Sie hatte Ursache, dieses um so mehr zu glauben, da sie aus Erfahrung wußte, daß die Würksamkeit der Einbildungs-Kraft desto mehr abnimmt, je weniger leeres der Genuß würklicher Vergnügungen im Herzen zurückläßt, und je weniger ihm Zeit gelassen wird, etwas angenehmers als das Gegenwärtige zu wünschen.

Es ist dermalen noch nicht Zeit, daß wir über diese Grundsätze der schönen Danae unsere eigenen Gedanken sagen. Sie mochten, von einer Seite betrachtet, richtig genug sein; aber wir besorgen sehr, daß sie sich in dem Gebrauch der Mittel, wodurch sie ihren Zweck zu erhalten hoffte, von der Liebe betrogen finden werde. In der Tat liebte sie zu aufrichtig und zu heftig, um gute Schlüsse zu machen; und ihr Herz führte sie nach und nach, ohne daß sie es gewahr wurde, weit über die Grenzen der Mäßigung weg, bei welcher sie sich anfangs so wohl befunden hatte. Vielleicht mochte auch eine geheime Eifersucht über die gute Psyche (so wenig sie gleich, aller Wahrscheinlichkeit nach, zu befürchten hatte, daß sie jemals persönlich auftreten, und das Herz ihres Liebhabers von ihr zurückfodern werde) sich mit ins Spiel gemischt, und sie begierig gemacht haben, so gar die Erinnerung an die Freuden seiner ersten Liebe, welche ihr vielleicht noch allzulebhaft zu sein schien, aus seinem Gedächtnis auszulöschen. So viel ist gewiß, daß sie (vor lauter Begierde, unsern Helden mit Glückseligkeiten zu überschütten,) ihm eine grenzenlose Liebe zu zeigen, und ihn einen solchen Grad von Wonne, über welchem dem Herzen nichts zu wünschen, und der Phantasie nichts zu denken übrig bliebe, erfahren zu machen, – – einen Weg einschlug, auf welchen sie ihres Zwecks fast notwendig verfehlen mußte. Der vortreffliche Brief des liebenswürdigsten Moralisten der neuern Zeiten, des Saint Evremond, in den Briefen der Ninon Lenclos an den Marquis von Sevigne, überhebt uns der Mühe, dem unerfahrnen Teil unserer schönen Leserinnen zu erklären, wie es zugehe, daß die Liebe von allzuvieler Nahrung abzehrt; und daß ein unvorsichtiges Übermaß von Zärtlichkeit gerade das gewisseste Mittel ist, einen Ungetreuen zu machen. Wir wollen sie also auf die bemeldete Unterweisung eines der besten Kenner des menschlichen Herzens verwiesen haben, und uns begnügen, ihnen zu sagen, daß Agathon, nachdem er (dem neuen Plan seiner mehr zärtlichen als behutsamen Geliebten zufolge) etliche Wochen lang von allem, was die Liebe süßes und entzückendes hat, mehr erfahren hatte, als selbst die glühende Einbildungs-Kraft des Marino fähig war, seinen Adon in den Armen der Liebes-Göttin genießen zu lassen, unvermerkt in eine gewisse Mattigkeit der Seele verfiel, welche wir nicht kürzer zu beschreiben wissen, als wenn wir sagen, daß sie vollkommen das Widerspiel von der Begeisterung war, worin wir ihn bisher gesehen haben. Man würde sich vermutlich sehr irren, wenn man diese Entgeisterung einer so unedeln Ursache beimessen wollte, als diejenige war, welche den verachtenswürdigen Helden des Petronius nötigte, seine Zuflucht zu den Beschwörungen und Brenn-Nesseln der alten Enothea zu nehmen. Nach allem, was wir von unserm Helden wissen, kann kein Verdacht von dieser Art auf ihn fallen. Wir finden weit wahrscheinlicher, daß die wahre Ursache davon in seiner Seele lag, und aus einer Überfüllung mit Vergnügen, auf welche notwendig eine Art von Betäubung folgen mußte, ihren Ursprung nahm. Unsere Seele (mit Erlaubnis derjenigen Philosophen, welche von der grenzenlosen Capacität und Unersättlichkeit ihrer Begierden so viel schönes zu sagen wissen,) ist doch nur eines gewissen Maßes von Vergnügen fähig, und kann einen anhaltenden Zustand von Entzückung eben so wenig ertragen, als eine lange Dauer des äußersten Schmerzens. Beides spannt endlich ihre Nerven ab, und bringt sie zu einer Art von Ohnmacht, in welcher sie gar nichts mehr zu empfinden fähig ist. Was indessen auch die Ursache einer für die Absichten der Danae so nachteiligen Veränderung gewesen sein mag; so ist gewiß, daß die Würkungen derselben in kurzer Zeit so sehr überhand nahmen, daß Agathon selbst Mühe hatte, sich in sich selbst zu erkennen, oder zu begreifen, wie es mit dieser seltsamen Verwandlung der Scene zugegangen sei. Ein magischer Nebel schien vor seinen erstaunten Augen wegzufallen; die ganze Natur zeigte sich ihm in einer andern Gestalt, verlor diesen reizenden Firniß, den ihr der Geist der Liebe gegeben hatte; diese Gärten, vor wenigen Tagen der geliebte Aufenthalt aller Freuden und Liebes-Götter, diese elysischen Haine, diese mäandrischen Rosen-Gebüsche, worin die lauschende Wollust sich so gerne verborgen hatte, um das Vergnügen zu haben, sich erhaschen zu lassen – – erweckten izt durch ihren Anblick nichts mehr, als jeder andre schattichte Platz, jedes andre Gebüsche; die Luft, die er atmete, war nicht mehr dieser süße Atem der Liebe, von dem jeder Hauch die Flammen seines Herzens stärker aufzuwehen schien; Danae war bereits von der idealischen Vollkommenheit zu dem gewöhnlichen Wert einer jeden andern schönen Frau herabgesunken; und er selbst, der vor kurzem sich an Wonne den Göttern gleich geschätzet hatte, fing an, sehr starke Zweifel zu bekommen: Ob er in dieser weibischen Gestalt, worein ihn die Liebe verkleidet hatte, den Namen eines

Mannes verdiene? Man wird nicht zweifeln, daß in diesem Zustand die Erinnerungen dessen, was er ehemals gewesen war – – der wundervolle Traum, den er je länger je mehr für die Würkung irgend eines wohltätigen Geistes, und vielleicht des abgeschiedenen Schattens seiner geliebten Psyche selbst, zu halten bewogen war – – die Stimme der Tugend, die er einst angebetet, und welcher er alles aufgeopfert hatte – – und die Vorwürfe, die sie ihm schon vor einiger Zeit über ein in müßiger Wollust unrühmlich dahinschmelzendes Leben zu machen angefangen, – – gute Gelegenheit hatten, sein Herz, dessen beste Neigungen selbst auf ihrer Seite waren, mit vereinigter Stärke wieder anzugreifen. Sie hatten es fast gänzlich wieder eingenommen, als er erst deutlich gewahr wurde, wohin ihn die Betrachtungen, denen er sich überließ, notwendig führen mußten. Er erschrak, da er sah, daß ihm nichts als die Flucht von dieser allzureizenden Zauberin seine vorige Gestalt wieder geben könne. Sich von Danae zu trennen! auf ewig zu trennen! – – Dieser Gedanke benahm seiner Seele auf einmal alle die Stärke wieder, welche sie wieder in sich zu fühlen anfing, und weckte alle Erinnerungen, alle Empfindungen seiner entschlummerten Leidenschaft wieder auf. Sie, die ihn so inbrünstig liebte, – – sie, die ihn so glücklich gemacht hatte – – zu verlassen – – für alle ihre Liebe, für alles was sie für ihn getan hatte, und auf eine so verbindliche, so edle Art getan hatte, den Qualen einer mit Undank belohnten Liebe preis zu geben – –: Nein, zu einer so niederträchtigen, so häßlichen Tat, (wie diese in seinen Augen war) konnte sich sein Herz nicht entschließen. Die Tugend selbst, welcher er seine eigene Befriedigung aufzuopfern bereit war, konnte ein so undankbares und grausames Verfahren nicht gut heißen. – – Wir überlassen es der Entscheidung kalter Sitten-Lehrer: ob die Tugend das konnte, oder nicht; aber unser Held war von dem letztern so lebhaft überzeugt, daß er, anstatt auf Gründe zu denken, womit er die Sophistereien der Liebe hätte vernichten können, in vollem Ernst auf Mittel bedacht war, das Interesse seines Herzens und die Tugend, welche ihm nicht unverträglich zu sein schienen, auf immer mit einander zu vereinigen.

Die zärtliche Danae hatte inzwischen, wie leicht zu erachten ist, die Veränderung, welche in der Seele unsers Helden vorgegangen war, im ersten Augenblick, da sie merklich wurde, wahrgenommen. Allein die gute Dame war weit entfernt, seinem Herzen die Schuld davon zu geben; sie betrog sich selbst über die wahre Ursache, und glaubte, daß die Veränderung des Orts, und vielleicht eine kleine Entfernung, ihm in kurzem alle die Lebhaftigkeit der Empfindung wieder geben würde, die er verloren zu haben schien. Die Wiederkehr in die Stadt, wo sie einander nicht immer sehen würden, wo ihre Liebe sich zu verbergen genötigt sein, und dadurch den Reiz eines geheimen Verständnisses erhalten würde, die Zerstreuungen des Stadt-Lebens, die Gesellschaft, die Lustbarkeiten, würden ihn (glaubte sie) bald genug wieder so feuerig als jemals wieder in ihre Arme führen. Sie überredete ihn also, mit ihr nach Smyrna zurückzugehen, obgleich die schöne Jahrs-Zeit noch nicht ganz zu Ende war. Hier wußte sie, (ohne daß es schien, daß sie Hand dabei habe,) eine Menge Gelegenheiten zu veranstalten, wodurch sie einander seltner wurden; wenn sie sich wieder allein befanden, flog sie ihm zwar eben so zärtlich in die Arme, als ehemals; aber sie vermied alles, was zu jener allzuwollüstigen Berauschung (in welche sie ihn, wenn sie wollte, durch einen einzigen Blick setzen konnte) geführt hätte, und tat es mit einer so guten Art, daß er keinen besondern Vorsatz dabei gewahr werden konnte: Kurz, sie wußte die feurigste Liebe unvermerkt so geschickt in die zärtlichste Freundschaft zu verwandeln, daß Agathon, welcher weder Kunst noch Absicht unter ihrem Betragen argwohnte, ganz treuherzig in die Schlinge fiel, und in kurzem wieder so zärtlich und dringend wurde, als ob er erst anfangen müßte, sich um ihr Herz zu bewerben. Zwar war es nicht in ihrer Gewalt, ihm diese Begeisterung mit allem ihrem zauberischen Gefolge wieder zu geben, welche, wenn sie einmal verschwunden ist, nicht wieder zu kommen pflegt; aber die Lebhaftigkeit, womit ihre Reizungen auf seine Sinnen, und die Empfindungen der Dankbarkeit und Freundschaft auf sein Herz würkten, brachten doch ungefähr die nämliche Phänomena hervor; und da man gewohnt ist, gleiche Würkungen gleichen Ursachen zu zuschreiben, so ist es nicht unbegreiflich, wie beide sich eine Zeitlang hierin betrügen konnten, ohne nur zu vermuten, daß sie betrogen würden.

Es ist sehr zu vermuten, daß es bei dieser schlauen Mäßigung, wodurch die schöne Danae die Folgen ihrer vorigen Unvorsichtigkeit wieder gut zu machen wußte, um unsern Helden geschehen gewesen wäre; und daß seine Tugend unter diesem zweifelhaften Streit mit seiner Leidenschaft, bei welchem wechselsweise bald die eine, bald die andere die Oberhand behielt, endlich gefällig genug worden wäre, sich mit ihrer schönen Feindin in einen vielleicht nicht allzurühmlichen Vergleich einzulassen, und die Glückseligkeit der liebenswürdigen Danae dadurch auf immer sicher zu stellen; wenn nicht der unglücklichste Zufall, der ihr mit einem so sonderbaren Mann, als Agathon war, nur immer begegnen konnte, sie auf einmal mit seiner Hochachtung alles dessen beraubt hätte, was sie noch im Besitz seines Herzens erhalten hatte. Eine einst geliebte Person behält (auch wenn das Fieber der Liebe vorbei ist) noch immer eine große Gewalt über unser Herz, so lange sie unsere Hochachtung nicht verloren hat. Agathon war zu edelmütig, die schöne Danae für die Schwachheit, welche sie gegen ihn gehabt hatte, (das einzige, was die Hochachtung hätte vermindern können, welche sie durch so viele schöne Eigenschaften des Geistes und des Herzens verdiente,) dadurch zu bestrafen, daß er ihr deswegen nur das mindeste von der seinigen entzogen hätte. Aber so bald es dahin gekommen war, daß er sich in seiner Meinung von ihrem Character und moralischen Werte betrogen zu haben glaubte; so bald er sich gezwungen sah, sie zu verachten; hörte sie auf, Danae für ihn zu sein; und durch eine ganz natürliche Folge wurde er in dem nämlichen Augenblick wieder Agathon.

Ende des ersten Teils

Geschichte

des

Agathon.

— quid Virtus & quid Sapientia possit
Utile proposuit nobis exemplum —

Zweyter Theil.

Frankfurt und Leipzig, 1767.

Achtes Buch

Erstes Capitel

Vorbereitung zum Folgenden

Die Laune eines Dichters, die Treue einer Buhlerin, und die Freundschaft eines Hippias, sind vielleicht die drei unzuverlässigsten Dinge unter allen in der Welt; es wäre denn, daß man die Gunst der Großen für das Vierte halten wollte, welche gemeiniglich eben so leicht verloren als gewonnen wird, und mit den Gunstbezeugungen gewisser Nymphen noch diese Ähnlichkeit hat, daß derjenige, welcher unvorsichtig genug gewesen ist davon zu kosten, einen kurzen Traum von Vergnügen gemeiniglich mit langwierigen Schmerzen bezahlen muß.

Hippias nannte sich einen Freund der schönen Danae, und wurde von ihr dafür gehalten; eine Bekanntschaft von mehr als zwölf Jahren hatte dieses beiden zur Gewohnheit gemacht. Hiezu kam noch die natürliche Verwandtschaft, welche unter Leuten von Witz und feiner Lebens-Art obwaltet, die Übereinstimmung ihrer Denkungs-Art, und Neigungen; vielleicht auch die besondere Vorrechte, die er, der gemeinen Meinung nach, eine Zeit lang bei ihr genossen. Alles dieses hatte diese Art von Vertraulichkeit unter ihnen hervorgebracht, welche von den Weltleuten, aus einem Mißverstande dessen sie sich nur nicht vermuten, für Freundschaft gehalten wird, und auch in der Tat alle Freundschaft, deren sie fähig sind, ausmacht; ob es gleich gemeiniglich eine bloß mechanische Folge zufälliger Umstände, und im Grunde nichts bessers als eine stillschweigende Übereinkommnis ist, einander so lange gewogen zu sein, als es einem oder dem andern Teil gelegen sein werde; und daher auch ordentlicher

Weise keinen Augenblick länger daurt, als bis sie auf irgend eine Probe, wobei sich die Eigenliebe einige Gewalt antun müßte, gesetzt werden wollte.

Die schöne Danae, deren Herz unendlich mal besser war als des Sophisten seines, ging inzwischen ganz aufrichtig zu Werke, indem sie in die vermeinte Freundschaft dieses Mannes nicht den mindesten Zweifel setzte. Es ist wahr, er hatte einen guten Teil von ihrer Hochachtung, und also zugleich von ihrem Vertrauen verloren, seitdem die Liebe so sonderbare Veränderungen in ihrem Character gewürkt hatte. Je mehr Agathon gewann, je mehr mußte Hippias verlieren. Allein das war so natürlich und kam so unvermerkt, daß sie sich dessen kaum, oder nur sehr undeutlich bewußt war; und vielleicht so wenig, daß sie, ohne die mindeste Besorgnis, er werde tiefer in ihr Herz hineinschauen als sie selbst, an nichts weniger dachte, als einige Vorsichtigkeit gegen ihn zu gebrauchen. Ein Beweis hievon ist, daß sie, anstatt ihm bei ihrem Liebhaber schlimme Dienste zu tun, sich vielmehr bei jedem Anlaß bemühete, ihn bei demselben in bessere Achtung zu setzen. Und dieses war ihr auch, bei der besondern Sorgfalt, womit der Sophist seit einiger Zeit ihre Bemühung beförderte, so wohl gelungen, daß Agathon anfing eine bessere Meinung von seinem Character zu fassen, und sich unvermerkt so viel Vertrauen von ihm abgewinnen ließ, daß er kein Bedenken mehr trug, sich so gar über die Angelegenheiten seines Herzens in vertrauliche Unterredungen mit ihm einzulassen.

Unsre Liebende verliefen sich also mit der sorglosesten Unvorsichtigkeit, welche sich Hippias nur wünschen konnte, in die Fallstricke die er ihnen legte; und ließen sich nicht einfallen, daß er Absichten haben könne, eine Verbindung wieder zu vernichten, die gewissermaßen sein eigenes Werk war. Diese Sorglosigkeit könnte vielleicht desto tadelhafter scheinen, da beiden so wohl bekannt war, nach was für Grundsätzen er lebte. Allein es ist eine Beobachtung, die man alle Tage zu machen Gelegenheit hat, daß edle Gemüter mit Leuten von dem Character unsers Sophisten betrogen werden müssen, sie mögen es angehen, wie sie wollen. Sie mögen die Denkens-Art dieser Leute noch so gut kennen, noch so viele Proben davon haben, daß derjenige, dessen Neigungen und Handlungen allein durch das Interesse seiner eigennützigen Leidenschaften bestimmt wird, keines rechtschaffenen Betragens fähig ist; es wird ihnen doch immer unmöglich bleiben, alle Krümmen und Falten seines Herzens so genau auszuforschen, daß nicht in irgend einer derselben noch eine geheime Schalkheit lauren sollte, deren man sich nicht versehen hatte, wenn sie endlich zum Vorschein kömmt. Agathon und Danae, zum Exempel, kannten den Hippias gut genug, um überzeugt zu sein, daß er sich, sobald sein Interesse dem Vorteil ihrer Liebe entgegenstunde, nicht einen Augenblick bedenken würde, die Pflichten der Freundschaft seinem Eigennutzen aufzuopfern. Denn was sind Pflichten für einen Hippias? Hingegen konnten sie nicht begreifen, was für einen Vorteil er darunter haben könnte, ihre Herzen zu trennen; und dieses machte sie sicher. In der Tat hatte er keinen; auch hatte er eigentlich die Absicht nicht sie zu trennen. Aber er hatte ein Interesse, ihnen einen Streich zu spielen, welcher, dem Character des Agathon nach, notwendig diese Würkung tun mußte. Und das war es, woran sie nicht dachten.

Wir haben im vierten Buche dieser Geschichte die Absichten entdeckt, welche den Sophisten bewogen hatten, unsern Helden mit der schönen Danae bekannt zu machen. Der Entwurf war wohl ausgesonnen, und hätte, nach den Voraussetzungen, die dabei zum Grunde lagen, ohnmöglich mißlingen können, wenn man auf irgend eine Voraussetzung Rechnung machen dürfte, so bald sich die Liebe ins Spiel mischt. Dieses mal war es ihm gegangen, wie es gemeiniglich den Projectmachern geht; er hatte an alles gedacht, nur nicht an den einzigen Fall, der ihm seine Absichten vereitelte. Wie hätte er auch glauben können, daß eine Danae fähig sein sollte, ihr Herz an einen Platonischen Liebhaber zu verlieren? Ein gleichgültiger Philosoph würde darüber betroffen gewesen sein, ohne böse zu werden; aber es gibt sehr wenig gleichgültige Philosophen. Hippias fand sich in seinen Erwartungen betrogen; seine Erwartungen gründeten sich auf Schlüsse; seine Schlüsse auf seine Grundsätze, und auf diese das ganze System seiner Ideen, welches (wie man weiß) bei einem Philosophen wenigstens die Hälfte seines geliebten Selbsts ausmacht. Wie hätte er nicht böse werden sollen? Seine Eitelkeit fühlte sich beleidiget. Agathon und Danae hatten die Gelegenheit dazu gegeben. Er wußte zwar wohl, daß sie keine Absicht ihn zu beleidigen dabei gehabt haben konnten; allein darum bekümmert sich kein Hippias. Genug, daß sein Unwille gegründet war; daß er einen Gegenstand haben mußte; und daß ihm nicht zu zumuten war, sich über sich selbst zu erzürnen. Leute von seiner Art würden eher die halbe Welt untergehen sehen, eh sie sich nur gestehen würden, daß sie gefehlt hätten. Es war also natürlich, daß er darauf bedacht war, sich durch das Vergnügen der Rache für den Abgang desjenigen zu entschädigen, welches er sich von der vermeinten und verhofften Bekehrung unsers Helden versprochen hatte.

Agathon liebte die schöne Danae, weil sie, selbst nachdem der äußerste Grad der Bezauberung aufgehört hatte, in seinen Augen noch immer das vollkommenste Geschöpfe war, das er kannte. Was für ein Geist! was für ein Herz! was für seltene Talente! welche Anmut in ihrem Umgang! was für eine Manchfaltigkeit von Vorzügen und Reizungen! wie hochachtungswert mußte sie das alles ihm machen! wie vorteilhaft war ihr die Erinnerung an jeden Augenblick, von dem ersten an, da er sie gesehen, bis zu demjenigen, da sie von sympathetischer Liebe überwältiget die seinige glücklich gemacht hatte! Kurz alles was er von ihr wußte, war zu ihrem Vorteil, und von allem was seine Hochschätzung hätte schwächen können, wußte er nichts.

Man kann sich leicht vorstellen, daß sie so unvorsichtig nicht gewesen sein werde, sich selbst zu verraten. Es ist wahr, sie hatte sich nicht entbrechen können, die vertraute Erzählung, welche er ihr von seinem Lebens-Lauf gemacht, mit Erzählung des ihrigen zu erwidern; aber wir zweifeln sehr, daß sie sich zu einer eben so gewissenhaften Vertraulichkeit verbunden gehalten habe. Und woher wissen wir auch, daß Agathon selbst, mit aller seiner Offenherzigkeit, keinen Umstand zurück gehalten habe, von dem er vielleicht, wie ein guter Maler oder Dichter, vorausgesehen, daß er der schönen Würkung des Ganzen hinderlich sein könnte. Wer ist uns Bürge dafür, daß die verführische Priesterin nicht mehr über ihn erhalten habe, als er eingestanden? Wenigstens hat einigen von unsern Lesern, (welche vielleicht vergessen haben, daß sie keine Agathons sind) die tiefe Gleichgültigkeit etwas verdächtig geschienen, worin ihn, bei einer gewissen Gelegenheit, Reizungen, die, ihrer Meinung nach, in seiner bloßen Beschreibung schon verführen könnten, gelassen haben sollen. In der Tat; man mag so schüchtern oder so Platonisch sein als man will; eine schöne Frau, welche sich vorgenommen hat, die Macht ihrer Reizungen an uns zu prüfen, selbst von dem Gott der Liebe begeistert, und was noch schlimmer ist, eine Priesterin – – in einer so belaurenden Stellung, mit so schwarzen Augen, mit einem so schönen Busen – – ist ganz unstreitig ein gefährlicher Anblick für einen jeden, der (wie Phryne sagt) keine Statue ist: Und die Poesie müßte die magischen Kräfte nicht haben, welche ihr von jeher zugeschrieben worden sind, wenn in einer solchen Situation das Lesen einer Scene, wie die Verführung Jupiters durch den Gürtel der Venus in der Iliade ist, den natürlichen Würkungen eines damit so übereinstimmenden Gegenstands, nicht eine verdoppelte Stärke hätte geben sollen. Allein dem sei nun wie ihm wolle, so ist gewiß, daß Danae, in der Erzählung ihrer Geschichte mehr die Gesetze des Schönen und Anständigen als die Pflichten einer genauen historischen Treue zu ihrem Augenmerk genommen, und sich kein Bedenken gemacht, bald einen Umstand zu verschönern, bald einen andern gar wegzulassen, so oft es die besondere Absicht auf ihren Zuhörer erfodern mochte. Denn für diesen allein, nicht für die Welt, erzählte sie; und sie konnte sich also durch die strengen Forderungen, welche die Letztere (wiewohl vergebens) an die Geschichtschreiber macht, nicht so sehr gebunden halten. Nicht, als ob sie ihm irgend eine hauptsächliche Begebenheit ihres Lebens gänzlich verschwiegen, oder ihn statt der würklichen durch erdichtete hintergangen hätte. Sie sagte ihm alles. Allein es gibt eine gewisse Kunst, dasjenige was einen widrigen Eindruck machen könnte, aus den Augen zu entfernen; es kömmt soviel auf die Wendung an; ein einziger kleiner Umstand gibt einer Begebenheit eine so verschiedene Gestalt von demjenigen, was sie ohne diesen kleinen Umstand gewesen wäre; daß man ohne eine merkliche Veränderung dessen was den Stoff der Erzählung ausmacht, tausend sehr bedeutende Treulosigkeiten an der historischen Wahrheit begehen kann. Eine Betrachtung, die uns (im Vorbeigehen zu sagen) die Geschichtschreiber ihres eignen werten Selbsts, keinen Xenophon noch Marcus Antoninus, ja selbst den offenherzigen Montaigne nicht ausgenommen, noch verdächtiger macht, als irgend eine andre Classe von Geschichtschreibern.

Die schöne und kluge Danae hatte also ihrem Liebhaber weder ihre Erziehung in Aspasiens Hause, noch ihre Bekanntschaft mit dem Alcibiades, noch die glorreiche Liebe, welche sie dem Prinzen Cyrus eingeflößt hatte, verhalten. Alle diese, und viele andre nicht so schimmernde Stellen ihrer Geschichte machten ihr entweder Ehre, oder konnten doch mit der Geschicklichkeit, worin sie die zweite Aspasia war, auf eine solche Art erzählt werden, daß sie ihr Ehre machten. Allein was diejenigen Stellen betraf, an denen sie alle Kunst, die man auf ihre Verschönerung wenden möchte, für verloren hielt; es sei nun, weil sie an sich selbst, oder in Beziehung auf den eigenen Geschmack unsers Helden, in keiner Art von Einkleidung, Wendung oder Licht gefallen konnten: über diese hatte sie klüglich beschlossen, sie mit gänzlichem Stillschweigen zu bedecken; und daher kam es dann, daß unser Held noch immer in der Meinung stund, er selbst sei der erste gewesen, welchem sie sich durch Gunst-Bezeugungen von derjenigen Art, womit er von ihr überhäuft worden war, verbindlich gemacht hätte. Ein Irrtum, der nach seiner spitzfündigen Denkens-Art zu seinem Glücke so notwendig war, daß ohne denselben alle Vollkommenheiten seiner Dame zu schwach gewesen wären, ihn nur einen Augenblick in ihren Fesseln zu behalten. Ihm diesen Irrtum zu benehmen, war der schlimmste Streich, den man seiner Liebe und der schönen Danae spielen konnte; und dieses zu tun, war das Mittel, wodurch der Sophist an beiden auf einmal eine Rache zu nehmen hoffte, deren bloße Vorstellung sein boshaftes Herz in Erzückung setzte. Er laurte dazu nur auf eine bequeme Gelegenheit, und diese pflegt zu einem bösen Vorhaben selten zu entgehen.

Ob dieses letztere der Geschäftigkeit irgend eines bösen Dämons zu zuschreiben sei, oder ob es daher komme, daß die Bosheit ihrer Natur nach eine lebhaftere Würksamkeit hervorbringt als die Güte; ist eine Frage, welche wir andern zu untersuchen überlassen. Es sei das eine oder das andere, so würde eine ganz natürliche Folge dieser fast alltäglichen Erfahrungs-Wahrheit sein, daß das Böse in einer immer wachsenden Progression zunehmen, und, wenigstens in dieser sublunarischen Welt, das Gute zuletzt gänzlich verschlingen würde; wenn nicht aus einer eben so gemeinen Erfahrung richtig wäre, daß die Bemühungen der Bösen, so glücklich sie auch in der Ausführung sein mögen, doch gemeiniglich ihren eigentlichen Zweck verfehlen, und das Gute durch eben die Maßregeln und Ränke, wodurch es hätte gehindert werden sollen, weit besser befördern, als wenn sie sich ganz gleichgültig dabei verhalten hätten.

Zweites Capitel

Verräterei des Hippias

Unter andern Eigenschaften, welche den Character der Danae schätzbar machten, war auch diese, daß sie eine vortreffliche Freundin war. So gleichgültig sie, bis auf die Zeit da sich Agathon ihres Herzens bemeisterte, gegen den Vorwurf der Unbeständigkeit in der Liebe auch immer gewesen war: so zuverlässig und standhaft war sie jederzeit in der Freundschaft gewesen. Sie liebte ihre Freunde mit einer Zärtlichkeit, welche von Leuten, die bloß nach dem äußerlichen Ausdruck urteilen, leicht einem eigennützigern Affect beigemessen werden konnte; denn diese Zärtlichkeit stieg bis zum würksamsten Grade der Leidenschaft, sobald es darauf ankam, einem unglücklichen Freunde Dienste zu leisten. Es war kein Vergnügen, welches sie nicht in einem solchen Falle den Pflichten der Freundschaft aufgeopfert hätte.

Eine Veranlassung von dieser Art (wovon die Umstände mit unsrer Geschichte in keiner Beziehung stehen) hatte sie auf einige Tage von Smyrna abgerufen. Agathon mußte zurückbleiben, und die gutherzige Danae, mit dem Beweise zufrieden, den ihr sein Schmerz bei ihrem Abschied von seiner Liebe gab, versüßte sich ihren eigenen durch die Vorstellung, daß die kurze Trennung ihm den Wert seiner Glückseligkeit weit lebhafter zu fühlen geben werde, als eine ununterbrochene Gegenwart. Ruhig über den Besitz seines Herzens empfahl sie ihm desto eifriger, sich während ihrer Abwesenheit den Freuden, welche das reiche und wollüstige Smyrna verschaffen konnte, zu überlassen, je gewisser sie war, daß sie von dergleichen Zerstreuungen nichts zu besorgen habe.

Allein Agathon hatte bereits angefangen, den Geschmack an diesen Lustbarkeiten zu verlieren. So lebhaft, so manchfaltig, so berauschend sie sein mögen, so sind sie doch nicht fähig einen Geist wie der seinige war, lange einzunehmen. Als eine Beschäftigung betrachtet, können sie es nur für Leute sein, die sonst zu nichts taugen; und Vergnügungen bleiben sie nur so lange als sie neu sind. Je lebhafter sie sind, desto bälder folgen Sättigung und Ermüdung; und alle ihre anscheinende Manchfaltigkeit kann bei einem fortgesetzten Gebrauch das Einförmige nicht verbergen, wodurch sie endlich selbst der verdienstlosesten Classe der Weltleute ekelhaft werden. Die Abwesenheit der Danae benahm ihnen vollends noch den einzigen Reiz, den sie noch für ihn gehabt hätten, das Vergnügen sie daran Anteil nehmen zu sehen. Er brachte also bei nahe die ganze Zeit ihrer Abwesenheit in einer Einsamkeit zu, von welcher ihn das beschäftigte Leben zu Athen und die wollüstige Muße zu Smyrna schon etliche Jahre entwöhnet hatten. Hier ging es ihm anfangs wie denen welche aus einem stark erleuchteten Ort auf einmal ins Dunkle kommen. Seine Seele fühlte sich leer, weil sie allzuvoll war; er schrieb dieses der Abwesenheit seiner Freundin zu; er fühlte daß sie ihm mangelte, und dachte nicht daran, daß er sie weniger vermißt haben würde, wenn die Nerven seines Geistes durch die Gewohnheit einer wollüstigen Passivität nicht eingeschläfert worden wären. Die ersten Tage schlichen für ihn in einer Art von zärtlicher Melancholie vorbei, welche nicht ohne Anmut war. Danae war beinahe der einzige Gegenstand, womit seine in sich selbst zurückgezogene Seele sich beschäftigte; oder wenn seine Erinnerung in vorhergehende Zeiten zurück ging, wenn sie ihm das Bild seiner Psyche, oder die schimmernden Auftritte seines Republicanischen Lebens vorhielt, so war es nur, um den Wert der unvergleichlichen Danae und die ruhige Glückseligkeit eines allein der Liebe, der Freundschaft, den Musen, und den Göttinnen der Freude geweihten Privatlebens in ein höheres Licht zu setzen. Seine Liebe belebte sich aufs neue. Sie verbreitete wieder diese begeisternde Wärme durch sein Wesen, welche die Triebfedern des Herzens und der Einbildungs-Kraft so harmonisch zusammenspielen macht. Er entwarf sich die Idee einer Lebens-Art, welche (Dank seiner dichterischen Phantasie!) mehr das Leben eines Gottes, als eines Sterblichen schien. Danae glänzte darin aus einem Himmel von lachenden Bildern der Freude und Glückseligkeit hervor. Entzückt von diesen angenehmen Träumen, beschloß er bei sich selbst, sein Schicksal auf immer mit dem ihrigen zu vereinigen. Er hielt sie für würdig, diesen Agathon glücklich zu machen, welcher zu stolz gewesen wäre, das schimmerndste Glück aus der Hand eines Königs anzunehmen. Dieser Entschluß, welcher bei tausend andern eine nur sehr zweideutige Probe der Liebe sein würde, war in der Tat, nach seiner Art zu denken, der Beweis, daß die seinige auf den höchsten Grad gestiegen war.

In einem für die Absichten der Danae so günstigen Gemüts-Zustand befand er sich, als Hippias ihm einen Besuch machte, um sich auf eine Freundschaftliche Art über die Einsamkeit zu beklagen, worin er seit der Entfernung der schönen Danae lebte. Danae sollte zu frieden sein, sagte er in scherzhaftem Ton, den liebenswürdigen Callias für sich allein zu behalten, wenn sie gegenwärtig sei; aber ihn auch in ihrer Abwesenheit der Welt zu entziehen, das sei zuviel, und müsse endlich die Folge haben, die Schönen zu Smyrna in eine allgemeine Zusammenverschwörung gegen sie zu ziehen. Agathon beantwortete diesen Scherz in dem nämlichen Ton; unvermerkt wurde das Gespräch interessant, ohne daß der Sophist eine besondere Absicht dabei zu haben schien. Er bemühte sich seinem Freunde zu beweisen, daß er Unrecht habe, der Gesellschaft zu entsagen, um sich mit den Dryaden von seiner Liebe zu besprechen, und die Zephyrs mit Seufzern und Botschaften an seine Abwesende zu beladen. Er malte ihm mit verführischen Farben die Vergnügungen vor, deren er sich beraube, und vergaß auch das Lächerliche nicht, welches er sich durch eine so seltsame Laune in den Augen der Schönen gebe. Seiner Meinung nach sollte ein Callias sich an einer einzigen Eroberung, so glänzend sie auch immer sein möchte, nicht begnügen lassen; er, dem seine Vorzüge das Recht geben, seinem Ehrgeiz in dieser Sphäre keine Grenzen zu setzen, und der nur zu erscheinen brauche um zu siegen. Er bewies die Wahrheit dieser Schmeichelei mit den besondern Ansprüchen, welche einige von den berühmtesten Schönheiten zu Smyrna auf ihn machten; seinem Vorgeben nach, lag es nur an Agathon, seine Eitelkeit, seine Neubegier und seinen Hang zum Vergnügen zu gleicher Zeit zu befriedigen, und auf eine so mannichfaltige Art glücklich zu sein, als sich die verzärteltste Einbildung nur immer wünschen könne.

Agathon hatte auf alle diese schöne Vorspieglungen nur Eine Antwort – – seine Liebe zu Danae. Der Sophist fand sie unzulänglich. Eben diese Ursachen, welche seine Liebe zu Danae hervorgebracht hatten, sollten ihn auch für die Reizungen andrer Schönen empfindlich machen. Seiner Meinung nach machte die Abwechselung der Gegenstände das größeste Glück der Liebe aus. Er behauptete diesen Satz durch eine sehr lebhafte Ausführung der besondern Vergnügungen, welche mit der Besiegung einer jeden besondern Classe der Schönen verbunden sei. Die Unwissende und die Erfahrne, die Geistreiche und die Blöde, die Schöne und die Häßliche, die Cokette, die Spröde, die Tugendhafte, die Andächtige – – kurz jeder besondere Character beschäftige den Geschmack, die Einbildung, und so gar die Sinnen (denn von dem Herzen war bei ihm die Rede nicht) auf eine eigene Weise – – erfordre einen andern Plan, setze andre Schwierigkeiten entgegen, und mache auf eine andre Art glücklich. Das Ende dieser schönen Ausführung war, daß es unbegreiflich sei, wie man so viel Vergnügen in seiner Gewalt haben, und es sich nur darum versagen könne, um die einförmigen Freuden einer einzigen, mit romanhafter Treue in gerader Linie sich fortschleppenden Leidenschaft bis auf die Hefen zu erschöpfen.

Agathon gab zu, daß die Abwechselung, wozu ihn Hippias aufmuntre, für einen müßigen Wollüstling ganz angenehm sein möge, der aus dieser Art von Zeitvertreib das einzige Geschäfte seines Lebens mache. Er behauptete aber, daß diese Art von Leuten niemalen erfahren haben müßte, was die wahre Liebe sei. Er überließ sich hierauf der ganzen Schwärmerei seines Herzens, um dem Hippias eine Abschilderung von demjenigen zu machen, was er von dem ersten Anblick an bis auf diese Stunde für die schöne Danae empfunden; er beschrieb eine so wahre, so delicate, so vollkommene Liebe, breitete sich mit einer so begeisterten Entzückung über die Vollkommenheiten seiner Freundin, über die Sympathie ihrer Seelen, und die fast vergötternde Wonne, welche er in ihrer Liebe genieße, aus, daß man entweder die Bosheit eines Hippias oder die freundschaftliche Hartherzigkeit eines Mentors haben mußte, um fähig zu sein, ihn einem so beglückenden Irrtum zu entreißen.

Die Reizungen der schönen Danae sind zu bekannt, versetzte der Sophist, und ihre Vorzüge in diesem Stücke werden sogar von ihrem eigenen Geschlecht so allgemein eingestanden, daß Lais selbst, welche den Ruhm hat, daß die Edelsten der Griechen und die Fürsten ausländischer Nationen den Preis ihrer Nächte in die Wette steigern, lächerlich sein würde, wenn sie sich einfallen lassen wollte, mit ihr um den Preis der Liebenswürdigkeit zu streiten. Aber daß sie jemals die Ehre haben würde, eine so ehrwürdige, so metaphysische, so über alles was sich denken läßt erhabene Liebe einzuflößen – – daß der Macht ihrer Reizungen noch dieses Wunder aufbehalten sei, das einzige welches ihr noch abging – – das hätte sich in der Tat niemand träumen lassen können, ohne sich selbst über einen solchen Einfall zu belachen.

Hier ging unserm Helden, welcher die boshafte Vergleichung mit der Corinthischen Lais schon auf die befremdlichste Art ärgerlich gefunden hatte, die Geduld gänzlich aus. Er setzte den Sophisten mit aller Hitze eines in dem Gegenstande seiner Anbetung beleidigten Liebhabers wegen des zweideutigen Tons zu Rede, womit er sich anmaße, von einer Person wie Danae zu sprechen; und sein Unwille sowohl als seine Verwirrung stieg auf den äußersten Grad, da ein Satyr-mäßiges Gelächter die ganze Antwort des Hippias war.

Es ist so leicht voraus zu sehen, was für einen Ausgang diese Scene nehmen mußte, daß wir nach allem was von den Absichten des Sophisten bereits gesagt worden ist, den Leser seiner eignen Einbildung überlassen können. Ungeduldige Fragen auf der einen – – Ausflüchte und schalkhafte Wendungen auf der andern Seite; bis sich Hippias auf vieles Zureden endlich das Geheimnis des wahren Standes der schönen Danae, und derjenigen Anecdoten, welche wir (wiewohl aus unschuldigern Absichten) unsern Lesern schon im dritten Capitel des vierten Buches verraten haben, mit einer Gewalt, welcher seine vorgebliche Freundschaft für Agathon nicht widerstehen konnte, abnötigen ließ.

Wir haben schon bemerkt, wie viel es bei Erzählung einer Begebenheit auf die Absicht des Erzählers ankomme, und wie verschieden die Wendungen seien, welche sie durch die Verschiedenheit derselben erhält. Danae erzählte ihre Geschichte mit der unschuldigen Absicht zu gefallen. Sie sah natürlicher Weise ihre Aufführung, ihre Schwachheiten, ihre Fehltritte selbst in einem mildern, und (lasset uns die Wahrheit sagen) in einem wahrern Licht als die Welt; welche auf der einen Seite von allen den kleinen Umständen, die uns rechtfertigen oder wenigstens unsre Schuld vermindern könnten, nicht unterrichtet, und auf der andern Seite boshaft genug ist, um ihres größern Vergnügens willen das Gemälde unsrer Torheiten mit tausend Zügen zu überladen, um welche es zwar weniger wahr aber desto comischer wird. Unglücklicher Weise für sie erforderte die Absicht des Hippias, daß er diese schalkhafte Kunst, eine Begebenheit ins Häßliche zu malen, so weit treiben mußte, als es die Gesetze der Wahrscheinlichkeit nur immer erlauben konnten.

Unser Held glich während dieser Entdeckungen mehr einer Bild-Säule oder einem Toten als sich selbst. Kalte Schauer und fliegende Glut fuhren wechselsweise durch seine Adern. Seine von den widerwärtigsten Leidenschaften auf einmal bestürmte Brust atmete so langsam, daß er in Ohnmacht gefallen wäre, wenn nicht Eine davon plötzlich die Oberhand behalten, und durch den heftigsten Ausbruch dem gepreßten Herzen Luft gemacht hätte. Das Licht, worin ihm Hippias seine Göttin zeigte, machte mit demjenigen, worin er sie zu sehen gewohnt war, einen so beleidigenden Contrast; der Gedanke, sich so sehr betrogen zu haben, war so unerträglich, daß es ihm unmöglich fallen mußte, dem Sophisten Glauben beizumessen. Der ganze Sturm, der seine Seele schwellte, brach also über den Verräter aus. Er nannte ihn einen falschen Freund, einen Verleumder, einen Nichtswürdigen – – rief alle rächende Gottheiten gegen ihn auf – – schwur, wofern er die Beschuldigungen, womit er die Tugend der schönen Danae zu beschmitzen sich erfrechete, nicht bis zur unbetrüglichsten Evidenz erweisen werde, ihn als ein das Sonnenlicht befleckendes Ungeheuer zu vertilgen, und seinen verfluchten Rumpf unbegraben den Vögeln des Himmels preis zu geben.

Der Sophist sah diesem Sturm mit der Gelassenheit eines Menschen zu, der die Natur der Leidenschaften kennt; so ruhig, wie einer der vom sichern Ufer dem wilden Aufruhr der Wellen zusieht, dem er glücklich entgangen ist. Ein mitleidiger Blick, dem ein schalkhaftes Lächeln seinen zweideutigen Wert vollends benahm, war alles, was er dem Zorn des aufgebrachten Liebhabers entgegensetzte. Agathon stutzte darüber. Ein schrecklicher Zweifel warf ihn auf einmal auf die entgegengesetzte Seite. Rede, Grausamer, rief er aus, rede! Beweise deine hassenswürdigen Anklagen so klar als Sonnenschein; oder bekenne, daß du ein verrätrischer Elender bist, und vergeh vor Scham! – – Bist du bei Sinnen, Callias, antwortete der Sophist mit dieser verruchten Gelassenheit, welche in solchen Umständen der triumphierenden Bosheit eigen ist – – komm erst zu dir selbst; sobald du fähig sein wirst, Vernunft anzuhören, will ich reden.

Agathon schwieg; denn was kann derjenige sagen, der nicht weiß was er denken soll?

Wahrhaftig, fuhr der Sophist fort, ich begreife nicht, was für eine Ursache du zu haben glaubst, den rasenden Ajax mit mir zu spielen. Wer redet von Beschuldigungen? Wer klagt die schöne Danae an? Ist sie vielleicht weniger liebenswürdig, weil du weder der erste bist der sie gesehen, noch der erste, der sie empfindlich gefunden hat? Was für Launen das sind! Glaube mir, jeder andrer als du hätte nichts weiter nötig gehabt als sie zu sehen, um meine Nachrichten glaubwürdig zu finden; Ihr bloßer Anblick ist ein Beweis. Aber du forderst einen stärkern; du sollst ihn haben, Callias. Was sagtest du, wenn ich selbst einer von denen gewesen wäre, welche sich rühmen können, die schöne Danae empfindlich gesehen zu haben? – – Du? rief Agathon mit einem unglaubigen Erstaunen, welches eben nicht schmeichelhaft für die Eitelkeit des Sophisten war. Ja, Callias; ich; erwiderte jener; ich, wie du mich hier siehest, zehn oder zwölf Jahre abgerechnet, um welche ich damals geschickter sein mochte, den Beifall einer schönen Dame zu erhalten. Du glaubest vielleicht ich scherze; aber ich bin überzeugt, daß deine Göttin selbst zu edel denkt, um dir wenn du sie mit guter Art fragen wirst, eine Wahrheit verhalten zu wollen, von welcher ganz Smyrna zeugen könnte.

Hier fuhr der barbarische Mensch fort, ohne das geringste Mitleiden mit dem Zustande, worein er den armen Agathon durch seine Prahlereien setzte, die Glückseligkeiten, welche er in den Armen der schönen Danae (der Himmel weiß mit welchem Grunde) genossen zu haben vorgab, von Stück zu Stück mit einem Ton von Wahrheit, und mit einer Munterkeit zu beschreiben, welche seinen Zuhörer beinahe zur Verzweiflung brachte. Es ist vorbei, fiel er endlich dem Sophisten mit einer so heftigen Bewegung in die

Rede, daß er in diesem Augenblick mehr als ein Mensch zu sein schien – – Es ist vorbei! O Tugend, du bist gerochen! – – Hippias, du hast mich unter der lächelnden Maske der Freundschaft mit einem giftigen Dolch durchbohret – – aber ich danke dir – – deine Bosheit leistet mir einen wichtigern Dienst als alles was deine Freundschaft für mich hätte tun können. Sie eröffnet mir die Augen – – zeigt mir auf einmal in den Gegenständen meiner Hochachtung und meines Zutrauens, in dem Abgott meines Herzens und in meinem vermeinten Freunde, die zwei verächtlichsten Gegenstände, womit jemals meine Augen sich besudelt haben. Götter! die Buhlerin eines Hippias! Kann etwas unter diesem untersten Grade der Entehrung sein? Mit dieser Apostrophe warf er den verachtungsvollesten Blick, der jemals aus einem Menschlichen Auge geblitzt hat, auf den betroffenen Sophisten, und begab sich hinweg.

Drittes Capitel

Folgen des Vorhergehenden

Die menschliche Seele ist vielleicht keines heftigern Schmerzens fähig, als derjenige ist, wenn wir uns genötiget sehen, den Gegenstand unsrer zärtlichsten Gesinnungen zu verachten. Alles was man davon sagen kann ist zu schwach, die Pein auszudrücken, die durch eine so gewaltsame Zerreißung in einem gefühlvollen Herzen verursacht wird. Wir wollen also lieber gestehen, daß wir uns unvermögend finden, den Tumult der Leidenschaften, welche in den ersten Stunden nach einer so grausamen Unterredung in dem Gemüte Agathons wüteten, abzuschildern, als durch eine frostige Beschreibung zu gleicher Zeit unsre Vermessenheit und unser Unvermögen zu verraten.

Das erste was er tat, sobald er seiner selbst wieder mächtiger wurde, war, daß er alle seine Kräfte anstrengte, sich zu überreden, daß ihn Hippias betrogen habe. War es zuviel, das Schlimmste von einem so ungeheuern Bösewicht zu denken, als dieser Sophist nunmehr in seinen Augen war? Was für eine Gültigkeit konnte ein solcher Zeuge gegen eine Danae haben? – – Oder vielmehr, was für einen mächtigen Apologisten hattest du, schöne Danae, in dem Herzen deines Agathon! Was hätte Hyperides selbst, ob er gleich beredt genug war, die Athenienser von der Unschuld einer Phryne zu überzeugen, stärkers und scheinbarers zu deiner Verteidigung sagen können, als was er sich selbst sagte? – – Vermutlich würde die Vernunft allein von dieser sophistischen Beredsamkeit der Liebe überwältiget worden sein: Aber die Eifersucht, welche ihr zu Hülfe kam, gab den Ausschlag. Unter allen Leidenschaften ist keine, welcher die Verwandlung des Möglichen ins Würkliche weniger kostet als diese. In dem zweifelhaften Lichte, welches sie über seine Seele ausbreitete, wurde Vermutung zu Wahrscheinlichkeit und Wahrscheinlichkeit zu Gewißheit; nicht anders als wenn er mit der spitzfündigen Delicatesse eines Julius Cäsars die schöne Danae schon darum schuldig gefunden hätte, weil sie bezüchtiget wurde. Er verglich ihre eigene Erzählung mit des Hippias seiner, und glaubte nun, da das Mißtrauen sich seines Geistes einmal bemächtiget hatte, hundert Spuren in der ersten wahrzunehmen, welche die Wahrheit der letztern bekräftigten. Hier hatte sie einem Umstand eine gekünstelte Wendung geben müssen; dort war sie, (wie er sich zu erinnern glaubte) verlegen gewesen, was sie aus einem andern machen sollte, der ihr unversehens entschlüpft war.

Mit einem eben so schielenden Auge durchging er ihr ganzes Betragen gegen ihn. Wie deutlich glaubte er izt zu sehen, daß sie von dem ersten Augenblick an Absichten auf ihn gehabt habe! Tausend kleine Umstände, welche ihm damals ganz gleichgültig gewesen waren, schienen ihm izt eine geheime Bedeutung gehabt zu haben. Er besann sich, er verglich und combinierte so lange, bis es ihm ganz glaublich vorkam, daß alles was bei dem ersten Besuche, den er ihr mit Hippias gemacht, bis zu seinem Übergang in ihre Dienste vorgegangen, die Folgen eines zwischen ihr und dem Sophisten abgeredeten Plans gewesen seien. Wie sehr vergiftete dieser Gedanke alles was sie für ihn getan hatte! wie gänzlich benahm er ihren Handlungen diese Schönheit und Grazie, die ihn so sehr bezaubert hatte! Er sah nun in diesem vermeinten Urbild einer jeden idealen Vollkommenheit nichts mehr als eine schlaue Buhlerin, welche von einer großen Fertigkeit in der Kunst die Herzen zu bestricken den Vorteil über seine Unschuld erhalten hatte! Wie verächtlich kamen ihm izt diese Gunstbezeugungen vor, welche ihm so kostbar gewesen waren, so lang er sie für Ergießungen eines für ihn allein empfindlichen Herzens angesehen hatte! Wie verächtlich diese Freuden, die ihn in jenem glücklichen Stande der Bezauberung den Göttern gleich gemacht! Wie zürnte er izt über sich selbst, daß er töricht genug hatte sein können, in ein so sichtbares, so handgreifliches Netz sich verwickeln zu lassen!

Das Bild der liebenswürdigen Psyche konnte sich ihm zu keiner ungelegnern Zeit für Danae darstellen als izt. Aber es war natürlich, daß es sich darstellte; und wie blendend war das Licht, worin sie ihm izt erschien! Wie wurde sie durch die verdunkelte Vorzüge ihrer unglücklichen Nebenbuhlerin herausgehoben! Himmel! wie war es möglich, daß die Beischläferin eines Alcibiades, eines Hippias – – eines jeden andern, der ihr gefiel, fähig sein konnte, diese liebenswürdige Unschuld auszulöschen, deren keusche Umarmungen, anstatt seine Tugend in Gefahr zu setzen, ihr neues Leben, neue Stärke gegeben hatten? – – Er trieb die Vergleichung so weit sie gehen konnte. Beide hatten ihn geliebt; aber, welch ein Unterschied in der Art zu lieben! welch ein Unterschied zwischen jener Nacht – – an die er sich izt mit Abscheu erinnerte – – wo Danae, nachdem sie alle ihre Reizungen, alles was die schlaueste Verführungs-Kunst erfinden kann; zugleich mit den magischen Kräften der Musik aufgeboten, seine Sinnen zu berauschen und sein ganzes Wesen in wollüstige Begierden aufzulösen, sich selbst mit zuvorkommender Güte in seine Arme geworfen hatte – – und den elysischen Nächten, die ihm an Psychens Seite in der reinen Wonne entkörperter Geister, wie ein einziger himmlischer Augenblick, vorübergeflossen waren! – – Arme Danae! So gar die Reizungen ihrer Figur verloren bei dieser Vergleichung einen Vorzug, den ihnen nur das parteilichste Vorurteil absprechen konnte. Diese Gestalt der Liebes-Göttin, bei deren Anschauen seine entzückte Seele in Wollust zerflossen war, sank izt, mit der jungfräulichen Geschmeidigkeit der jungen Psyche verglichen, in seiner gramsüchtigen Einbildung zu der üppigen Schönheit einer Bacchantin herab – – der Wut eines Wein-triefenden Satyrs würdiger als der zärtlichen Entzückungen, welche er sich izt schämte, in einer unverzeihlichen Betörung seiner Seele, an sie verschwendet zu haben.

Ohne Zweifel werden unsre tugendhafte Leserinnen, welche den Fall unsers Helden nicht ohne gerechten Unwillen gegen die feine Buhler-Künste der schönen Danae betraurt haben, von Herzen erfreut sein, die Ehre der Tugend, und gewisser maßen das Interesse ihres ganzen Geschlechts an dieser Verführerin gerochen zu sehen. Wir nehmen selbst vielen Anteil an dieser ihrer Freude; aber wir können uns doch, mit ihrer Erlaubnis nicht entbrechen zu sagen, daß Agathon in der Vergleichung zwischen Danae und Psyche eine Strenge bewies, welche wir nicht allerdings billigen können, so gerne wir ihn auch von einer Leidenschaft zurückkommen sehen, deren längere Dauer uns in die Unmöglichkeit gesetzt hätte, diesen zweiten Teil seiner Geschichte zu liefern.

Danae mag wegen ihrer Schwachheit gegen unsern Helden so tadelnswürdig sein, als man will, so war es doch offenbar unbillig, sie zu verurteilen, weil sie keine Psyche war; oder, um bestimmter zu reden, weil sie in ähnlichen Umständen sich nicht vollkommen so wie Psyche betragen hatte. Wenn Psyche unschuldiger gewesen war, so war es weniger ein Verdienst, als ein physicalischer Vorzug, eine natürliche Folge ihrer Jugend und ihrer Umstände: Danae war es vermutlich auch, da sie, unter der Aufsicht ihres edeln Bruders, mit aller Naivität eines Landmädchens vor vierzehen Jahren bei den Gastmählern zu Athen, nach der Flöte tanzte, oder den Alcamenen, für die Gebühr, das Model zu dem halbaufgeblühten Busen einer Hebe vorhielt. War es ihre Schuld, daß sie nicht zu Delphi erzogen worden? Oder, daß sich die ersten Empfindungen ihres jugendlichen Herzens für einen Alcibiades, und nicht für einen Agathon entfalteten? – Psyche liebte unschuldiger; wir geben's zu; aber die Liebe bleibt doch in ihren Würkungen allezeit sich selbst ähnlich. Sie erweitert ihre Foderungen so lange bis sie im Besitz aller ihrer Rechte ist; und die treuherzige Unerfahrenheit ist am wenigsten im Stande, ihr diese Forderungen streitig zu machen. Es war glücklich für die Unschuld der zärtlichen Psyche, daß ihre nächtliche Zusammenkünfte unterbrochen wurden, eh diese auf eine so geistige Art sinnliche Schwärmerei, worin sie beide so schöne Progressen zu machen angefangen hatten, ihren höchsten Grad erreichte. Vielleicht noch wenige Tage, oder auch später, wenn ihr wollt; aber desto gewisser würden die guten Kinder, von einer unschuldigen Ergießung des Herzens zur andern, von einem immer noch zu schwachen Ausdruck ihrer unaussprechlichen Empfindungen zum andern, sich endlich, zu ihrer eignen großen Verwunderung, da gefunden haben, wo die Natur sie erwartet hätte; und wo würde da der wesentlichste Vorzug der Unschuld geblieben sein? – – Ein andrer Umstand, worin Psyche glücklicher Weise den Vorteil über Danae hatte, war dieser, daß ihr Liebhaber eben so unschuldig war als sie selbst, und bei aller seiner Zärtlichkeit nur nicht den Schatten eines Gedankens hatte, ihrer Tugend nachzustellen. Wissen wir, wie sie sich verhalten hätte, wenn sie auf die Probe gestellt worden wäre? Sie würde widerstanden haben; daran ist kein Zweifel; aber, setzet hinzu; so lang es ihr möglich gewesen wäre. Denn daß sie stark genug gewesen wäre ihn zu fliehen, ihn gar nicht mehr zu sehen, das ist nicht zu vermuten. Sie würde also endlich doch von den süßen Verführungen der Liebe überschlichen worden sein, so weit sie auch den Augenblick ihrer Niederlage hätte zurückstellen mögen. Man könnte sagen: Gesetzt auch, sie würde die Probe nicht ausgehalten haben, so hätte sie doch widerstanden; Danae hingegen habe ihren Fall nicht nur vorausgesehen, und beschleunigt, sondern er sei sogar das Werk ihrer eignen Maßnehmungen gewesen; und wenn sie ihn aufgezogen habe, so sei es allein des Vorteils ihrer Liebe und ihres Vergnügens wegen, nicht aus Tugend, geschehen. Alles das ist nicht zu leugnen; allein vorausgesetzt, daß sie sich endlich doch ergeben haben würde, (welches auf eine oder die andere Art doch allemal der stillschweigende Vorsatz einer jeden ist, die sich in eine Liebes-Angelegenheit waget) wozu würde ein langwieriger eigensinniger Widerstand gedient haben, als sich selbst und ihrem Liebhaber unnötige Qualen zu verursachen? Genung, daß der strengeste Wohlstand der heutigen Welt nicht halb soviel Zeit fodert, als sie anwandte, dem Agathon seinen Sieg zu erschweren. Und glauben wir etwan, daß sie sich keine Gewalt habe antun müssen, einen so vollkommenen Liebhaber, einen Liebhaber dessen außerordentlicher Wert die Heftigkeit ihrer Neigung so gut rechtfertigte, so lange schmachten zu lassen? oder daß die Selbstverleugnung, welche dazu erfordert wurde, eine Person, deren Einbildungs-Kraft mit den lebhaftesten Vergnügungen der Liebe schon so bekannt war, nicht zum wenigsten eben soviel gekostet habe, als einer noch unerfahrenen Person der ernstlichste Widerstand kosten kann?

Wir sagen dieses alles nicht, um die schöne Danae zu rechtfertigen; sondern nur zu zeigen, daß Agathon in der Hitze des Affects zu strenge über sie geurteilt habe. Es war unbillig, ihr eine Gütigkeit zum Verbrechen zu machen, welche ihn so glücklich gemacht hatte, als er elend gewesen sein würde, wenn sie schlechterdings darauf beharret wäre, die heftige Leidenschaft, von der er verzehrt wurde, bloß allein durch die ruhigen Gesinnungen der Freundschaft erwidern zu wollen. Allein das Vorurteil, von welchem er nun eingenommen war, machte ihn unfähig ihr Gerechtigkeit widerfahren zu lassen. Der Gedanke, daß sie einen Hippias eben so begünstiget habe als ihn, machte ihm alles verdächtig, was ihn hätte überzeugen können, daß, wenn ihm gleich andere in dem Genuß ihrer Gunstbezeugungen zuvorgekommen, er doch der erste gewesen sei, der ihr Herz wahrhaftig gerührt habe. Kurz, er sah nun nichts in ihr als eine Buhlerin, welche in dem Gesichtspunct, worin sie ihm izt erschien, vor den übrigen ihrer Classe keinen andern Vorzug hatte, als daß sie gefährlicher war.

Indessen konnte sein Unwille gegen sie nicht so heftig sein als er war, ohne sich gegen sich selbst zu kehren. Die Vorstellung, daß er die Stelle eines Hippias, eines Hyacinths, bei ihr vertreten habe, machte ihn in seinen eigenen Augen zum verächtlichsten Sclaven; er schämte sich vor seinem ehmaligen bessern Selbst, wenn er an die Rechenschaft dachte, welche er sich von seinem Aufenthalt zu Smyrna schuldig sei. Würde er so gar, wenn Danae würklich diejenige gewesen wäre, wofür er sie in der Trunkenheit der Leidenschaft gehalten hatte, vor dem Gerichtstuhl der Tugend haben bestehen können? Was wollte er dann nun antworten, da er sich selbst anklagen mußte, eine so lange Zeit ohne irgend eine lobenswürdige Tat, verloren für seinen Geist, verloren für die Tugend, verloren für sein eigenes und das allgemeine Beste, in untätigem Müßiggang, und, was noch schlimmer war, in der verächtlichen Bestrebung den wollüstigen Geschmack einer Danae zu belustigen, ihre Begierden, ihre von dem Rest des üppigen Feuers ihrer Jugend noch erhitzte Einbildung zu befriedigen, unruhmlich verschwendet zu haben? Er trieb die Vorwürfe, welche er bei diesen gelbsüchtigen Vorstellungen sich selbst machte, so weit als sie der Affect einer allzufeurigen, aber mit angeborner Liebe zur Tugend durchdrungenen Seele treiben kann. Die Schmerzen wovon sein Gemüt dadurch zerrissen wurde, waren so heftig, daß er die ganze Nacht, welche auf diesen traurigen Tag folgte, in einer fiebrischen Hitze zubrachte, welche, mit dem Zustande, worin sich seine Seele befand, zusammengenommen, ein sehr fügliches Bild derjenigen Pein hätte abgeben können, worin, nach dem allgemeinen Glauben aller Völker, die Lasterhaften in einem andern Leben die Verbrechen des gegenwärtigen büßen.

Wir haben schon einmal angemerkt, daß das Mißvergnügen über uns selbst ein allzuschmerzhafter Zustand sei, als daß ihn unsre Seele lange ausdauern könnte. Es ist natürlich, daß die Selbstliebe allen ihren Kräften aufbeut, um sich Linderung zu verschaffen; und wenn wir betrachten, wie wenig Gutes ein anhaltendes Gefühl von Scham und Verachtung seiner selbst würken kann, und wie nachteilig im

Gegenteil Gram und Niedergeschlagenheit, ihre natürliche Folgen, der wiederkehrenden Tugend sein müssen: so haben wir vielleicht Ursache, die Geschäftigkeit der Eigenliebe, uns bei uns selbst zu entschuldigen, für eine von den nötigsten Springfedern unsrer Seele, in diesem Stande des Irrtums und der Leidenschaften, worin sie sich befindet, anzusehen. Die Reue ist zu nichts gut, als uns einen tiefen Eindruck von der Häßlichkeit eines törichten oder unsittlichen Verhaltens, dessen wir uns schuldig fühlen, zu geben. Sobald sie diese Würkung getan hat, soll sie aufhören; ihre Dauer würde uns nur die Kräfte benehmen, uns in einen bessern Zustand emporzuarbeiten, und dadurch eben so schädlich werden als eine allzugroße Furcht, die zu nichts dient, als uns dem Übel desto gewisser auszuliefern, welchem wir behutsam entfliehen oder mutig widerstehen sollten.

Agathon hatte desto mehr Ursache, diesen wohltätigen Eingebungen der Eigenliebe Gehör zu geben, da ihm seine allezeit zu warme Einbildungs-Kraft seine Vergehungen und den Gegenstand derselbigen würklich in einem weit häßlichern Lichte gezeigt hatte, als die gelassene und unparteiische Vernunft getan haben würde. Die seltsame Abwechselung dieser launischen Zauberin, und wie wenig ihr der plötzliche Übergang von dem äußersten Grad eines Affects zum entgegen gesetzten kostet, wird vermutlich einem guten Teil unsrer Leser aus eigner Erfahrung so wohl bekannt sein, daß sie sich nicht verwundern werden, zu vernehmen, daß die Begierde sich selbst in seinen eignen Augen zu rechtfertigen, oder doch wenigstens soviel möglich zu entschuldigen, unsern Helden unvermerkt dahin gebracht habe, auch der schönen Danae einen Teil der Gerechtigkeit wieder angedeihen zu lassen, der ihr von den strengesten Verehrern der Tugend nicht versagt werden kann. Es war schwer, sehr schwer, würde ein Socrates gesagt haben, den Reizungen eines so schönen

Gegenstandes, den Verführungen so vieler vereinigter Zauberkräfte zu widerstehen; die Flucht war das einzige sichere Rettungs-Mittel; es war freilich fast eben so schwer; aber das Vermögen dazu war wenigstens anfangs in eurer Gewalt; und es war unvorsichtig an euch, nicht zu denken, daß eine Zeit kommen würde, da ihr keine Kräfte mehr zum fliehen haben würdet. So ungefähr möchte derjenige gesagt haben, der den Critobulus, weil er den schönen Knaben des Alcibiades geküßt hatte, einen Wagehals nannte; und dem jungen Xenophon riet, vor einem schönen Gesichte so behende wie vor einem Basilisken davon zu laufen. Allein so bescheiden und so wahr klang die Sprache der Eigenliebe nicht. Es war unmöglich, sagte sie unserm Helden, so mächtigen Reizungen zu widerstehen; es war unmöglich zu entfliehen. Sie nahm die ganze Lebhaftigkeit seiner Einbildungs-Kraft zu hülfe, ihm die Wahrheit dieser tröstlichen Versicherungen zu beweisen; und wenn sie es nicht so weit brachte, ein gewisses innerliches Gefühl, welches ihr widersprach, und welches vielleicht das gewisseste Merkmal der Freiheit unsers Willens ist, gänzlich zu betäuben, so gelang es ihr doch unvermerkt, den Gram aus seinem Gemüte zu verbannen, und dieses sanfte Licht wieder darin auszubreiten, worin wir ordentlicher Weise alles, was zu uns selbst gehört, zu sehen gewohnt sind.

Allein Danae gewann wenig bei dieser ruhigern Verfassung seines Herzens. Ihre Vollkommenheiten rechtfertigten zwar die hohe Meinung die er von ihrem Character gefasset hatte, und beides, die Größe seiner Leidenschaft; er vergab sich selbst, sie so sehr geliebet zu haben, so lang er Ursache gehabt hatte, die Schönheit ihrer Seele für eben so ungemein zu halten als es die Reizungen ihrer Person waren: Aber sie verlor mit dem Recht an seine Hochachtung alle Gewalt über sein Herz. Der Entschluß sie zu verlassen war die natürliche Folge davon, und dieser kostete ihn, da er ihn faßte, nur nicht einen Seufzer; so tief war die Verachtung, wovon er sich gegen sie durchdrungen fühlte. Die Erinnerung dessen was er gewesen war, das Gefühl dessen was er wieder sein könne, sobald er wolle, machte ihm den Gedanken unerträglich, nur einen Augenblick länger der Sclave einer andern Circe zu sein, die durch eine schändlichere Verwandlung als irgend eine von denen welche die Gefährten des Ulysses erdulden mußten, den Helden der Tugend in einen müßigen Wollüstling verwandelt hatte.

Bei so bewandten Umständen war es nicht ratsam, ihre Wiederkunft zu erwarten, welche, nach ihrem Bericht, längstens in dreien Tagen erfolgen sollte. Denn sie hatte keinen Tag vorbeigehen lassen, ohne ihm zu schreiben; und die Notwendigkeit, ihr eben so regelmäßig zu antworten, setzte ihn, nach der großen Revolution die in seinem Herzen vorgegangen war, in eine desto größere Verlegenheit, da er zu aufrichtig und zu lebhaft war, Empfindungen vorzugeben, die sein Herz verleugnete. Seine Briefchen wurden dadurch so kurz, und verrieten so vielen Zwang, daß Danae auf einen Gedanken kam, der zwar nicht sehr wahrscheinlich, aber doch der natürlichste war, der ihr einfallen konnte. Sie vermutete, ihre Abwesenheit könnte eine von den Schönen zu Smyrna verwegen genug gemacht haben, ihr einen so beneidenswürdigen Liebhaber entführen zu wollen. Wenn ihr Stolz zu einem so vermessenen Vorhaben lächelte; so liebte sie doch zu zärtlich, um so ruhig dabei zu sein, als man aus der muntern Art, womit sie über seine Erkältung scherzte, hätte schließen sollen. Indessen behielt doch das Bewußtsein ihrer Vorzüge die Oberhand, und ließ ihr keinen Zweifel, daß es nur ihre Gegenwart brauche, um alle Eindrücke, welche eine Nebenbuhlerin auf der Oberfläche seines Herzens gemacht haben könne, wieder auszulöschen. Und wenn sie dessen auch weniger gewiß gewesen wäre, so war sie doch zu klug, ihn merken zu lassen, daß sie ein Mißtrauen in sein Herz setze, oder fähig sein könnte, sich ihm jemals durch eine grillenhafte Eifersucht beschwerlich zu machen. Bei allem dem beschleunigte dieser Umstand ihre Zurückkunft; und der Gedanke, daß es ihr vielleicht einfallen könnte, ihn durch eine frühere Ankunft, als sie in ihrem letzten Briefe versprochen hatte, überraschen zu wollen, (ein Gedanke, den wir sehr geneigt sind der Eingebung des Schutzgeistes seiner Tugend zu zuschreiben, so prophetisch war er) stellte ihm die Notwendigkeit der schleunigsten Flucht so dringend vor, daß er sich, sobald er den Boten der Danae abgefertiget hatte, nach dem Hafen begab, sich um ein Schiff um zu sehen, welches ihn noch in dieser Nacht von Smyrna entfernen möchte.

Viertes Capitel

Eine kleine Abschweifung

Unsere Leser werden, wenn sie diese Geschichte mit etwas weniger Flüchtigkeit als einen Französischen Roman du jour zu lesen würdigen, bemerkt haben, daß die Wiederherstellung unsers Helden aus einem Zustande, in welchem er diesen Namen allerdings nicht verdient hat, eigentlich weder seiner Vernunft noch seiner Liebe zur Tugend zu zuschreiben sei; so angenehm es uns auch gewesen wäre, der einen oder der andern die Ehre einer so schönen Cur allein zu zuwenden. Mit aller der aufrichtigen Hochachtung, welche wir für beide hegen, müssen wir gestehen, daß wenn es auf sie allein angekommen wäre, Agathon noch lange in den Fesseln der schönen Danae hätte liegen können; ja wir haben Ursache zu glauben, daß die erste gefällig genug gewesen wäre, durch tausend schöne Vorspiegelungen und Schlüsse die andre nach und nach gänzlich einzuschläfern, oder vielleicht gar zu einem gütlichen Vergleich mit der Wollust, ihrer natürlichen und gefährlichsten Feindin, zu bewegen. Wir leugnen hiemit nicht, daß sie das ihrige zur Befreiung unsers Freundes beigetragen; indessen ist doch gewiß, daß Eifersucht und beleidigte Eigenliebe das meiste getan haben, und daß also, ohne die wohltätigen Einflüsse zwoer so verschreiter Leidenschaften, der ehmals so weise, so tugendhafte Agathon ein glorreich angefangenes Leben, allem Anscheinen nach, zu Smyrna unter den Rosen der Venus unrühmlich hinweggescherzet haben würde.

Wir wollen durch diese Bemerkung dem großen Haufen der Moralisten eben nicht zugemutet haben, gewisse Vorurteile fahren zu lassen, welche sie von ihren Vorgängern, und diese, wenn wir um einige Jahrhunderte bis zur Quelle hinaufsteigen wollen, von den Mönchen und Einsamen, womit die Morgenländer von jeher unter allen Religionen angefüllt gewesen sind, durch eine den Progressen der gesunden Vernunft nicht sehr günstige Überlieferung geerbt zu haben scheinen. Hingegen würde uns sehr erfreulich sein, wenn diese gegenwärtige Geschichte die glückliche Veranlassung geben könnte, irgend einen von den echten Weisen unsrer Zeit aufzumuntern, mit der Fackel des Genie in gewisse dunkle Gegenden der Moral-Philosophie einzudringen, welche zu beträchtlichem Abbruch des allgemeinen Besten, noch manches Jahr-Tausend unbekanntes Land bleiben werden, wenn es auf die vortrefflichen Leute ankommen sollte, durch deren unermüdeten Eifer seit geraumen Jahren die deutschen Pressen unter einem in alle mögliche Formen gegossenen Mischmasch unbestimmter und nicht selten willkürlicher Begriffe, schwärmerischer Empfindungen, andächtiger Wortspiele, grotesker Charactern, und schwülstiger Declamationen zu seufzen gezwungen werden. Für diejenigen, welche unsern frommen Wunsch zu erfüllen geschickt sind, uns darüber deutlicher zu erklären, oder ihnen den Weg zur Entdeckung dieser moralischen Terra incognita genauer andeuten zu wollen, als es hie und da in dieser Geschichte geschehen sein mag, würde einer Vermessenheit gleich sehen, wozu uns die Empfindung unsrer eignen Schwäche oder vielleicht unsre Trägheit wenig innerliche Versuchung läßt. Wir lassen es also bei diesem kleinen Winke bewenden, und begnügen uns, da wir nunmehr, allem Ansehen nach, unsern Helden aus der größesten der Gefahren, worin seine Tugend jemals geschwebt hat, oder künftig geraten mag, glücklich herausgeführt haben, einige Betrachtungen darüber anzustellen – – doch nein; wir bedenken uns besser – – was für Betrachtungen könnten wir anstellen, daß nicht diejenige welche Agathon selbst, sobald er Muße dazu hatte, über sein Abenteur machte, um soviel natürlicher und interessanter sein sollten, als er sich würklich in dem Falle befand, worein wir uns erst durch Hülfe der Einbildungs-Kraft setzen müßten, und die Gedanken sich ihm freiwillig darboten, ja wohl wider Willen aufdrangen, welche wir erst aufsuchen müßten. Wir wollen also warten, bis er sich in der ruhigern Gemütsverfassung befinden wird, worin die sich selbst wiedergegebene Seele aufgelegt ist, das Vergangene mit prüfendem Auge zu übersehen. Nur mög' es uns erlaubt sein, eh wir unsre Erzählung fortsetzen, zum besten unsrer jungen Leser, zu welchen wir uns nicht entbrechen können eine vorzügliche Zuneigung zu tragen, einige Anmerkungen zu machen, für welche wir keinen schicklichern Platz wissen, und welche diejenigen, die wie Schah Baham keine Liebhaber vom moralisieren sind, füglich überschlagen, oder, bis wir damit fertig sind, sich indessen, wenn es ihnen beliebt, die Zeit damit vertreiben können, die Spitze ihrer Nase anzuschauen.

Was würdet ihr also dazu sagen, meine jungen Freunde, wenn ich euch mit der Amts-Mine eines Sittenlehrers auf der Catheder, in geometrischer Methode beweisen würde, daß ihr zu einer vollkommnen Unempfindlichkeit gegen diese liebenswürdige Geschöpfe verbunden seid, für welche eure Augen, euer Herz, und eure Einbildungs-Kraft sich vereinigen, euch einen Hang einzuflößen, der, so lang er in einem unbestimmten Gefühl besteht, euch immer beunruhiget, und so bald er einen besondern Gegenstand bekömmt, die Seele aller eurer übrigen Triebe wird?
Daß wir einen solchen Beweis führen, und was noch ein wenig grausamer ist, daß wir euch die Verbindlichkeit aufdringen könnten, keines dieser anmutsvollen Geschöpfe, so vollkommen es immer in euern bezauberten Augen sein möchte, eher zu lieben, bis es euch befohlen wird, daß ihr sie lieben sollt – – ist eine Sache, die euch nicht unbekannt sein kann. Aber eben deswegen, weil es so oft bewiesen wird, können wir es als etwas ausgemachtes voraussetzen; und uns deucht, die Frage ist nun allein, wie es anzufangen sei, um euer widerstrebendes Herz für Pflichten gelehrig zu machen, gegen welche ihr tausend scheinbare Einwendungen zu machen glaubt, wenn ihr uns am Ende doch nichts anders gesagt habt, als ihr habet keine Lust, sie auszuüben.
Die Auflösung dieser Frage deucht uns die große Schwierigkeit, worin uns die gemeinen Moralisten mit einer Gleichgültigkeit stecken lassen, die desto unmenschlicher ist, da wenige unter ihnen sind, welche nicht auf eine oder die andere Art erfahren hätten, daß es nicht so leicht sei einen Feind zu schlagen, als zu beweisen, daß er geschlagen werden solle.
Indessen nun, bis irgend ein wohltätiger Genius ein sicheres, kräftiges und allgemeines Mittel ausfündig gemacht haben wird, diese Schwierigkeiten zu heben, erkühnen wir uns, euch einen Rat zu geben, der zwar

weder allgemein noch ohne alle Ungelegenheiten ist, aber doch, alles wohl überlegt, euch bis zu Erfindung jenes unfehlbaren moralischen Laudanums, in mehr als einer Absicht von beträchtlichem Nutzen sein könnte.

Wir setzen hiebei zwei gleich gewisse Wahrheiten voraus: die eine; daß die meisten jungen Leute, und vielleicht auch ein guter Teil der Alten, entweder zur Zärtlichkeit oder doch zur Liebe im popularen Sinn dieses Wortes, einen stärkern Hang als zu irgend einer andern natürlichen Leidenschaft haben. Die andere: daß Socrates, in der Stelle, deren in dem vorigen Capitel erwähnt worden, die schädlichen Folgen der Liebe, in so ferne sie eine heftige Leidenschaft für irgend einen einzelnen Gegenstand ist; (denn von dieser Art von Liebe ist hier allein die Rede) nicht höher getrieben habe, als die tägliche Erfahrung beweiset. Du Unglückseliger! (sagt er zu dem jungen Xenophon, welcher nicht begreifen konnte, daß es eine so gefährliche Sache sei, einen schönen Knaben, oder nach unsern Sitten zu sprechen, ein schönes Mädchen zu küssen; und leichtsinnig genug war zu gestehen, daß er sich alle Augenblicke getraute, dieses halsbrechende Abenteuer zu unternehmen) was meinst du daß die Folgen eines solchen Kusses sein würden? Glaubst du, du würdest deine Freiheit behalten, oder nicht vielmehr ein Sclave dessen werden, was du liebest? Wirst du nicht vielen Aufwand auf schädliche Wollüste machen? Meinst du, es werde dir viel Muße übrig bleiben, dich um irgend etwas großes und Nützliches zu bekümmern, oder du werdest nicht vielmehr gezwungen sein, deine Zeit auf Beschäftigungen zu wenden, deren sich so gar ein Unsinniger schämen würde? – – Man kann die Folgen dieser Art von Liebe, in so wenigen Worten nicht vollständiger beschreiben – – Was hälf' es uns, meine Freunde, wenn wir uns selbst betrügen wollten? Selbst die unschuldigste Liebe, selbst diejenige, welche in jungen enthusiastischen Seelen so schön mit der Tugend zusammen zustimmen scheint, führt ein schleichendes Gift bei sich, dessen Würkungen nur desto gefährlicher sind, weil es langsam und durch unmerkliche Grade würkt – – Was ist also zu tun? – – Der Rat des alten Cato, oder der, welchen Lucrez nach den Grundsätzen seiner Secte gibt, ist, seinen Folgen nach, noch schlimmer als das Übel selbst. So gar die Grundsätze und das eigne Beispiel des weisen Socrates sind in diesem Stücke nur unter gewissen Umständen tunlich – – und (wenn wir nach unsrer Überzeugung reden sollen) wir wünschten, aus wahrer Wohlmeinenheit gegen das allgemeine System, nichts weniger als daß es jemals einem Socrates gelingen möchte, den Amor völlig zu entgöttern, seiner Schwingen und seiner Pfeile zu berauben, und aus der Liebe eine bloße regelmäßige Stillung eines physischen Bedürfnisses zu machen. Der Dienst, welcher der Welt dadurch geleistet würde, müßte notwendig einen Teil der schlimmen Würkung tun, welche auf eine allgemeine Unterdrückung der Leidenschaften in der menschlichen Gesellschaft erfolgen müßte.

Hier ist also unser Rat – – die Tartüffen, und die armen Köpfe, welche die Welt bereden wollen, die Excremente ihres milzsüchtigen Gehirns für Reliquien zu küssen, mögen ihre Köpfe schütteln so stark sie können! – – Meine jungen Freunde, beschäftiget euch mit den Vorbereitungen zu eurer Bestimmung – – oder mit ihrer würklichen Erfüllung. Bewerbet euch um die Verdienste, von denen die Hochachtung der Vernünftigen und der Nachwelt die Belohnung ist; und um die Tugend, welche allein den innerlichen Wohlstand unsers Wesens ausmacht – – Haltet ein, Herr Sittenlehrer, rufet ihr; das ist nicht was wir von euch hören wollten, alles das hat uns Claville besser gesagt, als ihr es könntet, und Abbt besser als Claville – euer Mittel gegen die Liebe? – – Mittel gegen die Liebe? dafür behüte uns der Himmel! – – oder wenn ihr dergleichen wollt, so findet ihr sie bei allen moralischen Quacksalbern, und – – in allen Apotheken. Unser Rat geht gerade auf das Gegenteil. Wenn ihr ja lieben wollt oder müßt – – nun, so kommt alles, glaubet mir, auf den Gegenstand an – – Findet ihr eine Aspasia, eine Leontium, eine Ninon – – so bewerbet euch um ihre Gunst, und, wenn ihr könnt, um ihre Freundschaft. Die Vorteile, die ihr daraus für euern Kopf, für euern Geschmack, für eure Sitten – – ja, meine Herren, für eure Sitten, und selbst für die Pflichten eurer Bestimmung, von einer solchen Verbindung ziehen werdet, werden euch für die Mühe belohnen – – Gut! Aspasien! Ninons! die müßten wir im ganzen Europa aufsuchen – – Das raten wir euch nicht; die Rede ist nur von dem Falle, wenn ihr sie findet – – Aber, wenn wir keine finden? – – So suchet die vernünftigste, tugendhafteste und liebenswürdigste Frau auf, die ihr finden könnet – – Hier erlauben wir euch zu suchen, nur nicht (um euch einen Umweg zu ersparen) unter den Schönsten; ist sie liebenswürdig, so wird sie euch desto stärker einnehmen; ist sie tugendhaft, so wird sie euch nicht verführen; ist sie klug, so wird sie sich von euch nicht verführen lassen. Ihr könnet sie also ohne Gefahr lieben – – Aber dabei finden wir unsre Rechnung nicht; die Frage ist, wie wir uns von ihr lieben machen – – Allerdings, das wird die Kunst sein; der Versuch ist euch wenigstens erlaubt; und wir stehen euch dafür, wenn sie und ihr jedes das seinige tut, so werdet ihr euern Roman zehen Jahre durch in einer immer nähernden Linie fort führen, ohne daß ihr dem Mittelpunct näher sein werdet als anfangs – – Und das ist alles, was wir euch sagen wollten.

Fünftes Capitel

Schwachheit des Agathon; unverhoffter Zufall, der seine Entschließungen bestimmt

Wir kommen zu unserm Agathon zurück, den wir zu Ende des dritten Capitels auf dem Wege nach dem Haven von Smyrna verlassen haben.

Man konnte nicht entschlossener sein, als er es beim Ausgehen war; das erste Fahrzeug, das er zum Auslaufen fertig antreffen würde, zu besteigen, und hätte es ihn auch zu den Antipoden führen sollen. Allein – – so groß ist die Schwäche des menschlichen Herzens! – – da er angelangt war, und eine Menge von Schiffen vor den Augen hatte, welche nur auf das Zeichen den Anker zu heben wartete: So hätte wenig gefehlt, daß er wieder umgekehrt wäre, um, anstatt vor der schönen Danae zu fliehen, ihr mit aller Sehnsucht eines entflammten Liebhabers in die Arme zu fliegen.

Doch, wir wollen billig sein; eine Danae verdiente wohl, daß ihn der Entschluß sie zu verlassen, mehr als einen flüchtigen Seufzer kostete; und es war sehr natürlich, daß er, im Begriff seinen tugendhaften Vorsatz ins Werk zu setzen, einen Blick ins Vergangene zurückwarf, und sich diese Glückseligkeiten lebhafter vorstellte, denen er nun freiwillig entsagen wollte, um sich von neuem, als ein im Ocean der Welt herumtreibender Verbannter, den Zufällen einer ungewissen Zukunft auszusetzen. Dieser letzte Gedanke machte ihn stutzen; aber er wurde bald von andern Vorstellungen verdrängt, die sein gefühlvolles Herz weit stärker rührten als alles was ihn allein und unmittelbar anging. Er setzte sich an die Stelle der Danae. Er malte sich ihren Schmerz vor, wenn sie bei ihrer Wiederkunft seine Flucht erfahren würde. Sie hatte ihn so zärtlich geliebt! – – Alles Böse, was ihm Hippias von ihr gesagt, alles was er selbst hinzugedacht hatte, konnte in diesem Augenblick die Stimme des Gefühls nicht übertäuben, welches ihn überzeugte, daß er wahrhaftig geliebt worden war. Wenn die Größe unsrer Liebe das natürliche Maß unsrer Schmerzen über den Verlust des Geliebten ist, wie unglücklich mußte sie werden! Das Mitleiden, welches diese Vorstellung in ihm erregte, machte sie wieder zu einem interessanten Gegenstand für sein Herz. Ihr Bild stellte sich ihm wieder mit allen den Reizungen dar, deren zauberische Gewalt er so oft erfahren hatte. Was für Erinnerungen! Er konnte sich nicht erwehren, ihnen etliche Augenblicke nach zuhängen; und fühlte immer weniger Kraft, sich wieder von ihnen loszureißen. Seine schon halb überwundene Seele widerstand noch, aber immer schwächer. Amor, um desto gewisser zu siegen, verbarg sich unter die rührende Gestalt des Mitleidens, der Großmut, der Dankbarkeit – – Wie? er sollte eine so inbrünstige Liebe mit so schnödem Undank erwidern? Einer Geliebten, in dem Augenblick, da sie in die getreue Arme eines Freundes zurück zu eilen glaubt, einen Dolch in diesen Busen stoßen, welcher sich von Zärtlichkeit überwallend an den seinigen drücken will? – – in der Tat, eine rührende Vorstellung; und wie viel mehr wurde sie es noch durch die unvermerkt sich einschleichende Erinnerung, was für ein Busen das war! – – Sie verlassen; sich heimlich von ihr hinweg stehlen – – würde sie den Tod von seiner Hand, in Vergleichung mit einer solchen Grausamkeit, nicht als eine Wohltat angenommen haben? So würde es ihm gewesen sein, wenn er sich an ihren Platz setzte; und das tut die Leidenschaft allezeit, wenn sie ihren Vorteil dabei findet.

Allen diesen zärtlichen Bildern stellte sein gefaßter Entschluß zwar die Gründe, welche wir kennen, entgegen: Aber diese Gründe hatten von dem Augenblick an, da sich sein Herz wieder auf die Seite der schönen Feindin seiner Tugend neigte, die Hälfte von ihrer Stärke verloren. Die Gefahr war dringend: jede Minute war, so zu sagen, entscheidend. Denn die Wiederkunft der Danae war ungewiß; und es ist nicht zu zweifeln, daß sie, wofern sie noch zu rechter Zeit angelangt wäre, Mittel gefunden hätte, alle die widrigen Eindrücke der Verräterei des Sophisten aus einem Herzen, welches so viel Vorteil dabei hatte sie unschuldig zu finden, auszulöschen.

Ein glücklicher Zufall – – doch, warum wollen wir dem Zufall zuschreiben, was uns beweisen sollte, daß eine unsichtbare Macht ist, welche sich immer bereit zeigt, der sinkenden Tugend die Hand zu reichen – – fügte es daß Agathon, in diesem zweifelhaften Augenblick unter dem Gedränge der Fremden, welche die Handelschaft von allen Welt-Gegenden her nach Smyrna führte, einen Mann erblickte, den er zu Athen vertraulich gekannt, und durch beträchtliche Dienstleistungen sich zu verbinden Gelegenheit gehabt hatte. Es war ein Kaufmann von Syracus, der mit den Geschicklichkeiten seiner Profession, einen rechtschaffenen Character, und, was bei uns, in der einen Hälfte des deutschen Reichs wenigstens, eine große Seltenheit ist, mit beiden die Liebe der Musen verband; Eigenschaften, welche ihn dem Agathon desto angenehmer, so wie sie ihn desto fähiger gemacht hatten, den Wert Agathons zu schätzen. Der Syracusaner bezeugte die lebhafteste Freude über eine so angenehm überraschende Zusammenkunft, und bot unserm Helden seine Dienste mit derjenigen Art an, welche beweist, daß man begierig ist, sie angenommen zu sehen; denn Agathons Verbannung von Athen war eine zu bekannte Sache, als daß sie in irgend einem Teil von Griechenlande hätte unbekannt sein können.

Nach einigen Fragen, und Gegenfragen, wie sie unter Freunden gewöhnlich sind, die sich nach einer geraumen Trennung unvermutet zusammenfinden, berichtete ihm der Kaufmann als eine Neuigkeit, welche würklich die Aufmerksamkeit aller Europäischen Griechen beschäftigte, die außerordentliche Gunst, worin Plato bei dem jüngern Dionysius zu Syracus stehe; die philosophische Bekehrung dieses Prinzen; und die großen Erwartungen, mit welchen Sicilien den glückseligen Zeiten entgegensehe, die eine so wundervolle Veränderung verspreche. Er endigte damit, daß er den Agathon einlud, wofern ihn keine andre Angelegenheit in Smyrna zurückhielte, ihm nach Syracus zu folgen, welches nunmehr im Begriff sei, der Sammelplatz der Weisesten und Tugendhaftesten zu werden. Er meldete ihm dabei, daß sein Schiff, welches er mit Asiatischen Waren beladen hatte, bereit sei, noch diesen Abend abzusegeln.

Ein Funke, der in eine Pulvermine fällt, richtet keine plötzlichere Entzündung an, als die Revolution war, die bei dieser Nachricht in unserm Helden vorging. Seine ganze Seele loderte, wenn wir so sagen können, in einen einzigen Gedanken auf – – Aber was für ein Gedanke war das! – – Plato, ein Freund des Dionysius – – Dionysius, berüchtiget durch die ausschweifendeste Lebens-Art, in welcher sich eine durch unumschränkte Gewalt übermütig gemachte Jugend dahin stürzen kann – – der Tyrann Dionysius, ein Liebhaber der Philosophie, ein Lehrling der Tugend – – und Agathon, sollte die Blüte seines Lebens in müßiger Wollust verderben lassen? Sollte nicht eilen, dem Göttlichen Weisen, dessen erhabene Lehren er zu Athen so rühmlich auszuüben angefangen hatte, ein so glorreiches Werk vollenden zu helfen, als die Verwandlung eines zügellosen Tyrannen in einen guten Fürsten, und die Befestigung der allgemeinen Glückseligkeit einer ganzen Nation? – – was für Arbeiten! was für Aussichten für eine Seele wie die seinige! Sein ganzes Herz wallte ihnen entgegen; er fühlte wieder, daß er Agathon war – – fühlte diese moralische Lebens-Kraft wieder, die uns Mut und Begierden gibt, uns zu einer edeln Bestimmung geboren zu glauben; und diese Achtung für sich selbst, welche eine von den stärksten Schwingfedern der Tugend ist. Nun brauchte es keinen Kampf, keine Bestrebung mehr, sich von Danae loszureißen, um mit dem Feuer eines Liebhabers, der nach einer langen Trennung zu seiner Geliebten zurückkehrt, sich wieder in die Arme der Tugend zu werfen. Sein Freund von Syracus hatte keine Überredungen nötig; Agathon nahm sein Anerbieten mit der lebhaftesten Freude an. Da er von allen Geschenken, womit ihn die freigebige Danae überhäuft hatte, nichts mit sich nehmen wollte, als das wenige, was zu den Bedürfnissen seiner Reise unentbehrlich war, so brauchte er wenig Zeit, um reisefertig zu sein. Die günstigsten Winde schwellten die Segel, welche ihn aus dem verderblichen Smyrna entfernen sollten; und so herrlich war der Triumph, den die Tugend in dieser glücklichen Stunde über ihre Gegnerin erhielt, daß er die anmutsvollen Asiatischen Ufer aus seinen Augen verschwinden sah, ohne den Abschied, den er auf ewig von ihnen nahm, nur mit einer einzigen Träne zu zieren.

So? – – Und was wurde nun (so deucht mich hör' ich irgend eine junge Schöne fragen, der ihr Herz sagt, daß sie es der Tugend nicht verzeihen würde, wenn sie ihr ihren Liebhaber so unbarmherzig entführen wollte) – – was wurde nun aus der armen Danae? Von dieser war nun die Rede nicht mehr? Und der tugendhafte Agathon bekümmerte sich wenig darum, ob seine Untreue, ein Herz welches ihn glücklich gemacht hatte, in Stücken brechen werde oder nicht? – – Aber, meine schöne Dame, was hätte er tun sollen, nachdem er nun einmal entschlossen war? Um nach Syracus zu gehen, mußte er Smyrna verlassen; und nach Syracus mußte er doch gehen, wenn sie alle Umstände unparteiisch in Betrachtung ziehen; denn sie werden doch nicht wollen, daß ein Agathon sein ganzes Leben wie ein Veneris Passerculus (lassen Sie Sich das von Ihrem Liebhaber verdeutschen) am Busen der zärtlichen Danae hätte hinweg buhlen sollen? Und sie nach Syracus mit zunehmen, war aus mehr als einer Betrachtung auch nicht ratsam; gesetzt auch, daß sie um seinetwillen Smyrna hätte verlassen wollen. Oder meinen Sie vielleicht er hätte warten, und die Einwilligung seiner Freundin zu erhalten suchen sollen? – – Das wäre alles gewesen, was er hätte tun können, wenn er eine geheime Absicht gehabt hätte, da zu bleiben. Alles wohl überlegt, konnte er also, deucht uns, nichts mehr tun als was er tat. Er hinterließ ein Briefchen, worin er ihr sein Vorhaben mit einer Aufrichtigkeit entdeckte, welche zugleich die Rechtfertigung desselben ausmacht. Er spottete ihrer nicht durch Liebes-Versicherungen, welche der Widerspruch mit seinem Betragen beleidigend gemacht hätte; hingegen erinnerte er sich dessen, was sie um ihn verdient hatte zu wohl, um sie durch Vorwürfe zu kränken. Und dennoch entwischte ihm beim Schluß ein Ausdruck, den er vermutlich großmütig genug gewesen wäre, wieder auszulöschen, wenn er Zeit gehabt hätte, sich zu bedenken; denn er endigte sein Briefchen damit, daß er ihr sagte; er hoffe, die Hälfte der Stärke des Gemüts, womit sie den Verlust eines Alcibiades ertragen, und den Armen eines Hyacinths sich entrissen habe, werde mehr als hinlänglich sein, ihr seine Entfernung in kurzem gleichgültig zu machen. Wie leicht, setzte er hinzu, kann Danae einen Liebhaber missen, da es nur von ihr abhängt, mit einem einzigen Blicke so viele Sclaven zu machen, als sie haben will! – – das war ein wenig grausam – – Aber die Gemüts-Verfassung, worin er sich damals befand, war nicht ruhig genug, um ihn fühlen zu lassen, wie viel er damit sagte.

Und so endigte sich also die Liebes-Geschichte des Agathon und der schönen Danae; und so, meine schöne Leserinnen, so haben sich noch alle Liebes-Geschichten geendigt, und so werden sich auch künftig alle endigen, welche so angefangen haben.

Sechstes Capitel

Betrachtungen, Schlüsse und Vorsätze

Wer aus den Fehlern, welche von andern vor ihm gemacht worden, oder noch täglich um ihn her gemacht werden, die Kunst lernte selbst keine zu machen; würde unstreitig den Namen des Weisesten unter den Menschen mit größerm Recht verdienen als Confucius, Socrates oder König Salomon, welcher letzte, wider den gewöhnlichen Lauf der Natur, seine größesten Torheiten in dem Alter beging, wo die meisten von den ihrigen zurückkommen. Unterdessen bis diese Kunst erfunden sein wird, deucht uns, man könne denjenigen immer für weise gelten lassen, der die wenigsten Fehler macht, am bäldesten davon zurückkommt, und sich gewisse Cautelen für zukünftige Fälle darauszieht, mittelst deren er hoffen kann, künftig weniger zu fehlen.

Ob und in wie fern Agathon dieses Prädicat verdiene, mögen unsre Leser zu seiner Zeit selbst entscheiden; wir unsers Orts haben in keinerlei Absicht einiges Interesse ihn besser zu machen, als er in der Tat war; wir geben ihn für das was er ist; wir werden mit der bisher beobachteten historischen Treue fortfahren, seine Geschichte zu erzählen; und versichern ein für allemal, daß wir nicht dafür können, wenn er nicht allemal so handelt, wie wir vielleicht selbst hätten wünschen mögen, daß er gehandelt hätte.

Er hatte während seiner Fahrt nach Sicilien, welche durch keinen widrigen Zufall beunruhiget wurde, Zeit genung, Betrachtungen über das, was zu Smyrna mit ihm vorgegangen war anzustellen. Wie? rufen hier einige Leser, schon wieder Betrachtungen? Allerdings, meine Herren; und in seiner Situation würde es ihm nicht zu vergeben gewesen sein, wenn er keine angestellt hätte. Desto schlimmer für euch, wenn ihr, bei gewissen Gelegenheiten, nicht so gerne mit euch selbst redet als Agathon; vielleicht würdet ihr sehr wohl tun, ihm diese kleine Gewohnheit abzulernen.

Es ist für einen Agathon nicht so leicht, als für einen jeden andern, die Erinnerung einer begangenen Torheit von sich abzuschütteln. Braucht es mehr als einen einzigen Fehler, um den Glanz des schönsten Lebens zu verdunkeln? Wie verdrießlich, wenn wir an einem Meisterstücke der Kunst, an einem Gemälde oder Gedichte zum Exempel, Fehler finden, welche sich nicht verbessern lassen, ohne das Ganze zu vernichten? Wie viel verdrießlicher, wenn es nur ein einziger Fehler ist, der dem schönen Ganzen die Ehre der Vollkommenheit raubt? Ein Gefühl von dieser Art war schmerzhaft genug, um unsern Mann zu vermögen, über die Ursachen seines Falles schärfer nachzudenken. Wie errötete er izt vor sich selbst, da er sich der allzutrotzigen Herausforderung erinnerte, wodurch er ehmals den Hippias gereizt, und gewissermaßen berechtiget hatte, den Versuch an ihm zu machen, ob es eine Tugend gebe, welche die Probe der stärksten und schlauesten Verführung aushalte – – Was machte ihn damals so zuversichtlich? – – die Erinnerung des Sieges, den er über die Priesterin zu Delphi erhalten hatte? Oder das gegenwärtige Bewußtsein der Gleichgültigkeit, worin er bei den Reizungen der jungen Cyane geblieben war? Die Erfahrung, daß die Versuchungen, welche seiner Unschuld im Hause des Sophisten auf allen Seiten nachstellten, ihn weniger versucht als empört hatten? – – der Abscheu vor den Grundsätzen des Hippias – – und das Vertrauen auf die eigentümliche Stärke der seinigen? – – Aber, war es eine Folge, daß derjenige, der etliche mal gesiegt hatte, niemals überwunden werden könne? War nicht eine Danae möglich, welche das auszuführen geschickt war, was die Pythia, was die Thrazischen Bacchantinnen, was Cyane, und vielleicht alle Schönen im Serail des Königs von Persien nicht vermochten, oder vermocht hätten? – – Und was für Ursache hatte er, sich auf die Stärke seiner Grundsätze zu verlassen? – – Auch in diesem Stücke schwebte er in einem subtilen Selbstbetrug, den ihm vielleicht nur die Erfahrung sichtbar machen konnte. Entzückt von der Idee der Tugend, ließ er sich nicht träumen, daß das Gegenteil dieser intellectualischen Schönheit jemals Reize für seine Seele haben könnte. Die Erfahrung mußte ihn belehren, wie betrüglich unsere Ideen sind, wenn wir sie unvorsichtig realisieren – – Betrachtet die Tugend in sich selbst, in ihrer höchsten Vollkommenheit – – so ist sie göttlich, ja (nach dem kühnen aber richtigen Ausdruck eines vortrefflichen Schrift-Stellers) die Gottheit selbst. – – Aber welcher Sterbliche ist berechtigt, auf die allmächtige Stärke dieser idealen Tugend zu trotzen? Es kömmt bei einem jeden darauf an, wie viel die seinige vermag. – – Was ist häßlicher als die Idee des Lasters? Agathon glaubte sich also auf die Unmöglichkeit, es jemals liebenswürdig zu finden, verlassen zu können, und betrog sich, – – weil er nicht daran dachte, daß es ein zweifelhaftes Licht gibt, worin die Grenzen der Tugend und der Untugend schwimmen; worin Schönheit und Grazien dem Laster einen Glanz mitteilen, der seine Häßlichkeit übergüldet, der ihm sogar die Farbe und Anmut der Tugend gibt? und daß es allzuleicht ist, in dieser verführischen Dämmerung sich aus dem Bezirk der letztern in eine unmerkliche Spiral-Linie zu verlieren, deren Mittel-

Punct ein süßes Vergessen unsrer selbst und unsrer Pflichten ist.

Von dieser Betrachtung, welche unsern Helden die Notwendigkeit eines behutsamen Mißtrauens in die Stärke guter Grundsätze lehrte; und wie gefährlich es sei, sie für das Maß unsrer Kräfte zu halten; ging er zu einer andern über, die ihn von der wenigen Sicherheit überzeugte, welche sich unsre Seele in diesem Zustand eines immerwährenden moralischen Enthusiasmus versprechen kann, wie derjenige, worin die seinige zu eben der Zeit war, als sie in dem feingewebten Netze der schönen Danae gefangen wurde. Er rief alle Umstände in sein Gemüte zurück, welche zusammen gekommen waren, ihm diese reizungsvolle Schwärmerei so natürlich zu machen; und erinnerte sich der verschiednen Gefahren, denen er sich dadurch ausgesetzt gesehen hatte. Zu Delphi fehlte es wenig, daß sie ihn den Nachstellungen eines verkappten Apollo preis gegeben hätte – – zu Athen hatte sie ihn seinen arglistigen Feinden würklich in die Hände geliefert. Doch, aus diesen beiden Gefahren hatte er seine Tugend davon gebracht; ein unschätzbares Kleinod, dessen Besitz ihn gegen den Verlust alles andern, was ein Günstling des Glückes verlieren kann, unempfindlich machte. Aber durch eben diesen Enthusiasmus unterlag sie endlich den Verführungen seines eignen Herzens eben so wohl als den Kunstgriffen der schönen Danae. War nicht dieses zauberische Licht, welches seine Einbildungs-Kraft gewohnt war, über alles, was mit seinen Ideen übereinstimmte, auszubreiten; war nicht diese unvermerkte Unterschiebung des Idealen an die Stelle des Würklichen, die wahre Ursache, warum Danae einen so außerordentlichen Eindruck auf sein Herz machte? War es nicht diese begeisterte Liebe zum Schönen, unter deren schimmernden Flügeln verborgen, die Leidenschaft mit sanftschleichenden Progressen sich endlich durch seine ganze Seele ausbreitete? War es nicht die lange Gewohnheit sich mit süßen Empfindungen zu nähren, was sie unvermerkt erweichte, um desto schneller an einer so schönen Flamme dahinzuschmelzen? Mußte nicht der Hang zu phantasierten Entzückungen, so geistig auch immer ihre Gegenstände sein mochten, endlich nach denenjenigen lüstern machen, vor welchen ihm ein unbekanntes, verworrenes, aber desto lebhafteres innerliches Gefühl den würklichen Genuß dieser vollkommensten Wonne versprach, wovon bisher nur vorüberblitzende Ahnungen seine Einbildung berührt, und durch diese leichte Berührung schon außer sich selbst gesetzt hatten? Hier erinnerte sich Agathon der Einwürfe, welche ihm Hippias gegen diesen Enthusiasmus, und diejenige Art von Philosophie, die ihn hervorbringt und unterhält, gemacht hatte; und befand sie izt mit seiner Erfahrung so übereinstimmend, als sie ihm damals falsch und ungereimt vorgekommen waren. Er fand sich desto geneigter, der Meinung des Sophisten, von dem Ursprung und der wahren Beschaffenheit dieser hochfliegenden Begeisterung Beifall zu geben; da es ihm, seitdem er sie in den Armen der schönen Danae verloren hatte, unmöglich geblieben war, sich wieder in sie hineinzusetzen; und da selbst das lebhaftere Gefühl für die Tugend, wovon sein Herz wieder erhitzt war, weder seinen sittlichen Ideen diesen Firniß, den sie ehemals hatten, wiedergeben, noch die dichterische Metaphysik der Orphischen Secte wieder in die vorige Achtung bei ihm setzen konnte. Er glaubte durch die Erfahrung überwiesen zu sein, daß dieses innerliche Gefühl, durch dessen Zeugnis er die Schlüsse des Sophisten zu entkräften vermeint hatte, nur ein sehr zweideutiges Kennzeichen der Wahrheit sei; daß Hippias eben soviel Recht habe, seinen tierischen Materialismus und seine verderbliche Moral, als die Theosophen ihre geheimnisvolle Geister-Lehre durch die Stimme innerlicher Gefühle und

Erfahrungen zu autorisieren; und daß es vermutlich allein dem verschiednen Schwung unsrer Einbildungs-Kraft beizumessen sei, wenn wir uns zu einer Zeit geneigter fühlen, uns mit den Göttern, zu einer andern mit den Tieren verwandt zu glauben; wenn uns zu einer Zeit alles sich in einem ernsthaften, und schwärzlichten, zu einer andern alles in einem fröhlichen Lichte darstellt; wenn wir izt kein wahres und gründliches Vergnügen kennen, als uns mit stolzer Verschmähung der irdischen Dinge in melancholische Betrachtungen ihres Nichts, in die unbekannten Gegenden jenseits des Grabes, und die grundlosen Tiefen der Ewigkeit hineinzusenken; ein andermal kein reizenderes Gemälde einer beneidenswürdigen Wonne, als den jungen Bacchus, wie er, sein Epheubekränztes Haupt in den Schoß der schönsten Nymphe zurückgelehnt, und mit dem einen Arm ihre blendenden Hüften umfassend, den andern nach der düftenden Trinkschale ausstreckt, die sie ihm lächelnd voll Nectars schenkt, von ihren eignen schönen Händen aus strotzenden Trauben frisch ausgepreßt; indes die Faunen und die fröhlichen Nymphen mit den Liebes-Göttern mutwillig um ihn her hüpfen, oder durch Rosengebüsche sich jagen, oder müde von ihren Scherzen, in stillen Grotten zu neuen Scherzen ausruhen.

Der Schluß, den er aus allen diesen Betrachtungen, und einer Menge andrer, womit wir unsre Leser verschonen wollen, zog, war dieser: Daß die erhabnen Lehrsätze der Zoroastrischen und Orphischen Theosophie, wahrscheinlicher Weise (denn gewiß getraute er sich über diesen Punct noch nichts zu behaupten) nicht viel mehr Realität haben könnten, als die lachenden Bilder, unter welchen die Maler und Dichter die Wollüste der Sinnen vergöttert hatten; daß die ersten zwar der Tugend günstiger, und das Gemüte zu einer mehr als menschlichen Hoheit, Reinigkeit und Stärke zu erheben schienen, in der Tat aber der wahren Bestimmung des Menschen wohl eben so nachteilig sein durften, als die letztern; teils, weil es ein widersinniges und vergebliches Unternehmen scheine, sich besser machen zu wollen, als uns die Natur haben will, oder auf Unkosten des halben Teils unsers Wesens nach einer Art von Vollkommenheit zu trachten, die mit der Anlage desselben im Widerspruch steht; teils weil solche Menschen, wenn es ihnen auch gelänge, sich selbst zu Halbgöttern und Intelligenzen umzuschaffen, eben dadurch zu jeder gewöhnlichen Bestimmung des geselligen Menschen desto untauglicher würden. Aus diesem Gesichtspunct deuchte ihn der Enthusiasmus des Theosophen zwar unschädlicher als das System des Wollüstlings; aber der menschlichen Gesellschaft eben so unnützlich: indem der erste sich dem gesellschaftlichen Leben entweder gänzlich entzieht (welches würklich das Beste ist, was er tun kann) oder wenn er von dem beschaulichen Leben ins würksame übergeht, durch Mangel an Kenntnis einer ihm ganz fremden Welt, durch abgezogene Begriffe, welche nirgends zu den Gegenständen, die er vor sich hat, passen wollen, durch übertrieben moralische Zärtlichkeit, und tausend andre Ursachen, die ihren Grund in seiner vormaligen Lebens-Art haben, andern wider seine Absicht öfters, sich selbst aber allezeit schädlich wird.

In wie fern diese Sätze richtig seien, oder in besondern Fällen einige Ausnahmen zulassen, zu untersuchen, würde zu weit von unserm Vorhaben abführen, genug für uns, daß sie dem Agathon begründet genug schienen, um sich selbst desto leichter zu vergeben, daß er, wie der Homerische Ulyß in der Insel der Calypso, sich in dem bezauberten Grunde der Wollust hatte aufhalten lassen, sein erstes Vorhaben, die Schüler des Zoroasters und die Priester zu Sais zu besuchen, sobald als ihm Danae seine Freiheit wieder geschenkt hatte, ins Werk zu setzen. Kurz, seine Erfahrungen machten ihm die Wahrheit seiner ehemaligen Denkungs-Art verdächtig, ohne ihm einen gewissen geheimen Hang zu seinen alten Lieblings-Ideen benehmen zu können. Seine Vernunft konnte in diesem Stücke mit seinem Herzen und sein Herz mit sich selbst nicht recht einig werden; und er war nicht ruhig genug, oder vielleicht auch zu träge, seine nunmehrige Begriffe in ein System zu bringen, wodurch beide hätten befriedigt werden können. In der Tat ist ein Schiff eben nicht der bequemste Ort, ein solches Werk, wozu die Stille eines dunkeln Hains kaum stille genug ist, zu Stande zu bringen; und Agathon mag daher zu entschuldigen sein, daß er diese Arbeit verschob, ob es gleich eine von denen ist, welche sich so wenig aufschieben lassen, als die Ausbesserung eines baufälligen Gebäudes; denn so wie dieses mit jedem Tage, um den seine Wiederherstellung aufgeschoben wird, dem gänzlichen Einsturz näher kommt; so pflegen auch die Lücken in unsern moralischen Begriffen und die Mißhelligkeiten zwischen dem Kopf und dem Herzen immer größer und gefährlicher zu werden, je länger wir es aufschieben sie mit der erforderlichen Aufmerksamkeit zu untersuchen, und eine richtige Verbindung und Harmonie zwischen den Teilen und dem Ganzen herzustellen.

Doch dieser Aufschub war in dem besondern Falle, worin sich Agathon befand, desto weniger schädlich, da er, von der Schönheit der Tugend und der unauflöslichen Verbindlichkeit ihrer Gesetze mehr als jemals überzeugt, eine auf das wahre allgemeine Beste gerichtete Würksamkeit für die Bestimmung aller Menschen, oder wofern ja einige Ausnahme zu Gunsten der bloß contemplativen Geister zu machen wäre, doch gewiß für die seinige hielt. Vormals war er nur zufälliger Weise, und gegen seine Neigung in das active Leben verflochten worden: izo war es eine

Folge seiner nunmehrigen, und wie er glaubte geläuterten Denkungs-Art, daß er sich dazu entschloß. Ein sanftes Entzücken, welches ihm in diesen Augenblicken den süßesten Berauschungen der Wollust unendlich vorzuziehen schien, ergoß sich durch sein ganzes Wesen bei dem Gedanken, der Mitarbeiter an der Wiedereinsetzung Siciliens in die unendlichen Vorteile der wahren Freiheit und einer durch weise Gesetze und Anstalten verewigten Verfassung zu sein – Seine immer verschönernde Phantasie malte ihm die Folgen seiner Bemühungen in tausend reizende Bilder von öffentlicher Glückseligkeit aus – er fühlte mit Entzücken die Kräfte zu einer so edeln Arbeit in sich; und sein Vergnügen war desto vollkommener, da er zugleich empfand, daß Herrschsucht und eitle Ruhm-Begierde keinen Anteil daran hatten; daß es die tugendhafte Begierde, in einem weiten Umfang gutes zu tun, war, deren gehoffete Befriedigung ihm diesen Vorschmack des göttlichsten Vergnügens gab, dessen die menschliche Natur fähig ist. Seine Erfahrungen, so viel sie ihn auch gekostet hatten, schienen ihm izt nicht zu teuer erkauft, da er dadurch desto tüchtiger zu sein hoffte, die Klippen zu vermeiden, an denen die Klugheit oder die Tugend derjenigen zu scheitern pflegt, welche sich den öffentlichen Angelegenheiten unterziehen. Er setzte sich fest vor, sich durch keine zweite Danae mehr irre machen zu lassen. Er glaubte sich in diesem Stücke desto besser auf sich selbst verlassen zu können, da er stark genug gewesen war, sich von der ersten loszureißen, und es mit gutem Fug für unmöglich halten konnte, jemals auf eine noch gefährlichere Probe gesetzt zu werden. Ohne Ehrgeiz, ohne Habsucht, immer wachsam auf die schwache Seite seines Herzens, die er kennen gelernt hatte, dachte er nicht, daß er von andern Leidenschaften, welche vielleicht noch in seinem Busen schlummerten, etwas zu besorgen haben könne. Keine übelweissagende Besorgnisse störten ihn in dem unvermischten Genusse seiner Hoffnungen; sie beschäftigten ihn wachend und selbst in Träumen; sie waren der vornehmste Inhalt seiner Gespräche mit dem Syracusischen Kaufmanne, sie machten ihm die Beschwerden der Reise unmerklich, und entschädigten ihn überflüssig für den Verlust der ehemals geliebten Danae; einen Verlust der mit jedem neuen Morgen kleiner in seinen Augen wurde; und so führten ihn günstige Winde und ein geschickter Steuermann nach einer kurzen Verweilung in einigen griechischen See-Städten, wo er sich nirgends zu erkennen gab, glücklich nach Syracus, um an dem Hof' eines Fürsten zu lernen, daß auf dieser schlüpfrigen Höhe die Tugend entweder der Klugheit aufgeopfert werden muß, oder die behutsamste Klugheit nicht hinreichend ist, den Fall des Tugendhaften zu verhindern.

Siebentes Capitel

Eine oder zwo Digressionen

Wir wünschen uns Leserinnen zu haben; (denn diese Geschichte, wenn sie auch weniger wahr wäre, als sie ist, gehört nicht unter die gefährlichen Romanen, von welchen der Verfasser des gefährlichsten und lehrreichsten Romans in der Welt die Jungfrauen zurückschreckt) und wir sehen es also nicht gerne, daß einige unter ihnen, welche noch Geduld genug gehabt, dieses achte Buch bis zum Schluß zu durchblättern – – in der Meinung, daß nun nichts interessantes mehr zu erwarten sei, nachdem Agathon durch einen Streich von der verhaßtesten Art, durch eine heimliche Flucht der Liebe den Dienst aufgesagt habe – – den zweiten Teil seiner Geschichte ganz kaltsinnig aus ihren schönen Händen entschlüpfen lassen, und – – vielleicht den

Sopha, oder die allerliebste kleine Puppe des Hrn. Bibiena ergreifen, um die Vapeurs zu zerstreuen, die ihnen die Untreue und die Betrachtungen unsers Helden verursachet haben.

Woher es wohl kommen mag, meine schönen Damen, daß die meisten unter Ihnen geneigter sind, uns alle Torheiten, welche die Liebe nur immer begehen machen kann, zu verzeihen, als die Wiederherstellung in den natürlichen Stand unsrer gesunden Vernunft? Gestehen Sie, daß wir Ihnen desto lieber sind, je besser wir durch die Schwachheiten, wozu Sie uns bringen können, die Obermacht Ihrer Reizungen über die Stärke der männlichen Weisheit beweisen – – Was für ein interessantes Gemälde ist nicht eine Deanira mit der Löwen-Haut ihres nervichten Liebhabers umgeben, und mit seiner Keule auf der Schulter, wie sie einen triumphierend-lächelnden Seitenblick auf den Bezwinger der Riesen und Drachen wirft, der, in ihre langen Kleider vermummt, mitten unter ihren Mädchen mit ungeschickter Hand die weibische Spindel dreht? – – Wir kennen eine oder zwo, auf welche diese kleine Exclamation nicht paßt; aber wenn wir ohne Schmeichelei reden sollen, (welches wir freilich nicht tun sollten, wenn wir die Klugheit zu Rate zögen,) so zweifeln wir, ob die Weiseste unter allen, zu eben der Zeit, da sie sich bemüht, den Torheiten ihres Liebhabers Schranken zu setzen, sich erwehren kann, eine solche kleine still-triumphierende Freude darüber zu fühlen, daß sie liebenswürdig genug ist, einen Mann von Verdiensten seines eignen Werts vergessen zu machen.

Eine alltägliche Anmerkung werden Kenner denken, welche weder mehr noch weniger sagt, als was Gay in einer seiner Fabeln tausend mal schöner gesagt hat, und was wir alle längst wissen – – daß die Eitelkeit die wahre Triebfeder aller Bewegungen des weiblichen Herzens ist – – Wir erkennen unsern Fehler, ohne gleichwohl den Kennern einzugestehen, daß unsre Anmerkung so viel sage. Aber nichts mehr hievon!

Hingegen können wir unsern besagten Leserinnen, um sie wieder gut zu machen, eine kleine Anecdote aus dem Herzen unsers Helden nicht verhalten, und wenn er auch gleich dadurch in Gefahr kommen sollte, die Hochachtung wieder zu verlieren, in die er sich bei den ehrwürdigen Damen, welche nie geliebt haben, und, Dank sei dem Himmel! nie geliebt worden sind, wieder zu setzen angefangen hat. Hier ist sie – –

So vergnügt Agathon über seine Entweichung aus seiner angenehmen Gefangenschaft in Smyrna, und in diesem Stücke mit sich selbst war; so wenig die Bezauberung, unter welcher wir ihn gesehen haben, die characteristische Leidenschaft schöner Seelen, die Liebe der Tugend, in ihm zu ersticken vermocht hatte; so aufrichtig die Gelübde waren, die er tat, ihr künftig nicht wieder ungetreu zu werden; so groß und wichtig die Gedanken waren, welche seine Seele schwellten; so sehr er, um alles mit einem Wort zu sagen, wieder Agathon war: So hatte er doch Stunden, wo er sich selbst gestehen mußte, daß er mitten in der Schwärmerei der Liebe und in den Armen der schönen Danae – – glücklich gewesen sei. Es mag immer viel Verblendung, viel Überspanntes und Schimärisches in der Liebe sein, sagte er zu sich selbst, so sind doch gewiß ihre Freuden keine Einbildung – – ich fühlte es, und ich fühl' es noch, so wie ich mein Dasein fühle, daß es wahre Freuden sind, so wahr in ihrer Art, als die Freuden der Tugend – – und warum sollt' es unmöglich sein, Liebe und Tugend mit einander zu verbinden? Sie beide zu genießen, das würde erst eine vollkommne Glückseligkeit sein.

Hier müssen wir zu Verhütung eines besorglichen Mißverstandes eine kleine Parenthese machen, um denen, die keine andre Sitten kennen, als die Sitten des Landes oder Ortes, worin sie geboren sind, zu sagen, daß ein vertrauter Umgang mit Frauenzimmern von einer gewissen Classe, oder (nicht so französisch, aber weniger zweideutig zu reden) welche mit dem was man etwas uneigentlich Liebe zu nennen pflegt, ein Gewerbe treiben, bei den Griechen eine so erlaubte Sache war, daß die strengesten Väter sich lächerlich gemacht haben würden, wenn sie ihren Söhnen, so lange sie unter ihrer Gewalt stunden, eine Liebste aus der bemeldten Classe hätten verwehren wollen. Frauen und Jungfrauen genossen den besondern Schutz der Gesetze, wie allenthalben, und waren durch die Sitten und Gebräuche dieses Volkes vor Nachstellungen ungleich besser gesichert, als sie es bei uns sind. Ein Anschlag auf ihre Tugend war so schwer zu bewerkstelligen, als die Bestrafung eines solchen Verbrechens strenge war. Ohne Zweifel geschah es, diese in den Augen der Griechischen Gesetzgeber geheiligte Personen, die Mütter der Bürger, und diejenige welche zu dieser Ehre bestimmt waren, den Unternehmungen einer unbändigen Jugend desto gewisser zu entziehen, daß der Stand der Phrynen und Laiden geduldet wurde; und so ausgelassen uns auch der asotische Witzling Aristophanes die Damen von Athen vorstellet, so ist doch gewiß, daß die Weiber und Töchter der Griechen überhaupt sehr sittsame Geschöpfe waren; und daß die Sitten einer Vermählten und einer Buhlerin bei ihnen eben so stark mit einander absetzten, als man dermalen in gewissen Hauptstädten von Europa bemüht ist, sie mit einander zu vermengen.

Ob diese ganze Einrichtung löblich war, ist eine andre Frage, von der hier die Rede nicht ist; wir führen sie bloß deswegen an, damit man nicht glaube, als ob die Reue und die Gewissens-Bisse unsers Agathon aus dem Begriff entstanden, daß es unrecht sei mit einer Danae der Liebe zu pflegen. Agathon dachte in diesem

Stücke, wie alle andern Griechen seiner Zeit. Bei seiner Nation (die Spartaner vielleicht allein ausgenommen) durfte man, wenigstens in seinem Alter, die Nacht mit einer Tänzerin oder Flötenspielerin zubringen, ohne sich deswegen einen Vorwurf zu zuziehen, in so ferne nur die Pflichten seines Standes nicht darunter leiden mußten, und eine gewisse Mäßigung beobachtet wurde, welche nach den Begriffen dieser Heiden, die wahre Grenzlinie der Tugend und des Lasters ausmachte. Wenn man dem Alcibiades übel genommen hatte, daß er sich im Schoß der schönen Nemea, als wie vom Siege ausruhend, malen ließ, oder daß er den Liebesgott mit Jupiters Blitzen bewaffnet in seinem Schilde führte; (und Plutarch sagt uns, daß nur die ältesten und ernsthaftesten Athenienser sich darüber aufgehalten; Leute, deren Eifer öfters nicht sowohl von der Liebe der Tugend gegen die Torheiten der Jugend gewaffnet wird, als von dem verdrießlichen Umstand, beim Anblick derselben zu gleicher Zeit, wie weit sie von ihrer eignen Jugend entfernt und wie nahe sie dem Grabe sind, erinnert zu werden): Wenn man, sage ich, dem Alcibiades diese Ausschweifungen übel nahm, so war es nicht sein Hang zu den Ergötzungen oder seine Vertraulichkeit mit einer Person, welche durch Stand und Profession, wie so viel andre, allein dem Vergnügen des Publici gewidmet war; sondern der Übermut, der daraus hervorleuchtete, die Verachtung der Gesetze des Wohlstandes, und einer gewissen Gravität, welche man in freien Staaten mit Recht gewohnt ist von den Vorstehern der Republik, wenigstens außerhalb dem Cirkel des Privatlebens, zu fodern. Man würde ihm, wie andern, seine Schwachheiten, oder seine Ergötzungen übersehen haben; aber man vergab ihm nicht, daß er damit prahlte; daß er sich seinem Hang zur Fröhlichkeit und Wollust, bis zu den unbändigsten Ausgelassenheiten überließ. Daß er, von Wein und Salben triefend, mit dem vernachlässigten und abgematteten Ansehen eines Menschen, der eine Winternacht durchschwelgt hatte, noch warm von den Umarmungen einer Tänzerin, in die Rats-Versammlungen hüpfte, und sich, so übel vorbereitet, doch überflüssig tauglich hielt, (und vielleicht war ers würklich) die Angelegenheiten Griechenlands zu besorgen, und den grauen Vätern der Republik zu sagen, was sie zu tun hätten: Das war es, was sie ihm nicht vergeben konnten, und was ihm die schlimmen Händel zuzog, von denen der Wohlstand Athens und er selbst endlich die Opfer wurden.

Überhaupt ist es eine längst ausgemachte Sache, daß die Griechen von der Liebe ganz andere Begriffe hatten als die heutigen Europäer – – denn die Rede ist hier nicht von den metaphysischen Spielwerken oder Träumen des göttlichen Platons – – Ihre Begriffe scheinen der Natur, und also der gesunden Vernunft näher zu kommen, als die unsrigen, in welchen Scythische Barbarei und Maurische Galanterie auf die seltsamste Art mit einander contrastieren. Sie ehrten die ehliche Freundschaft; aber von dieser romantischen Leidenschaft, welche wir im eigentlichen Verstande Liebe nennen, und welche eine ganze Folge von Romanschreibern bei unsern Nachbaren jenseits des Rheins und bei den Engländern bemühet gewesen ist, zu einer heroischen Tugend zu erheben; von dieser wußten sie eben so wenig als von der weinerlich-comischen, der abenteurlichen Hirngeburt einiger Neuerer, meistens weiblicher Scribenten, welche noch über die Begriffe der ritterlichen Zeiten raffiniert, und uns durch ganze Bände eine Liebe gemalt haben, die sich von stillschweigendem Anschauen, von Seufzern und Tränen nährt, immer unglücklich und doch selbst ohne einen Schimmer von Hoffnung immer gleich standhaft ist. Von einer so abgeschmackten, so unmännlichen, und mit dem Heldentum, womit man sie verbinden will, so lächerlich abstechenden Liebe wußte diese geistreiche Nation nichts, aus deren schöner und lachender Einbildungskraft die Göttin der Liebe, die Grazien, und so viele andre Götter der Fröhlichkeit hervorgegangen waren. Sie kannten nur die Liebe, welche scherzt, küßt und glücklich ist; oder, richtiger zu reden, diese allein schien ihnen, unter gehörigen Einschränkungen, der Natur gemäß, anständig und unschuldig. Diejenige, welche sich mit allen Symptomen eines fiebrischen Paroxysmus der ganzen Seele bemächtiget, war in ihren Augen eine von den gefährlichsten Leidenschaften, eine Feindin der Tugend, die Störerin der häuslichen Ordnung, die Mutter der verderblichsten Ausschweifungen und der häßlichsten Laster. Wir finden wenige Beispiele davon in ihrer Geschichte; und diese Beispiele sehen wir auf ihrem tragischen Theater mit Farben geschildert, welche den allgemeinen Abscheu erwecken mußten; so wie hingegen ihre Comödie keine andre Liebe kennt, als diesen natürlichen Instinct, welchen Geschmack, Gelegenheit und Zufall für einen gewissen Gegenstand bestimmen, der, von den Grazien und nicht selten auch von den Musen verschönert, das Vergnügen zum Zweck hat, nicht besser noch erhabener sein will als er ist, und wenn er auch in Ausschweifungen ausbrechend, sich gegen den Zwang der Pflichten aufbäumt, doch immer weniger Schaden tut, und leichter zu bändigen ist, als jene tragische Art zu lieben, welche ihnen vielmehr von der Fackel der Furien als des Liebesgottes entzündet, eher die Würkung der Rache einer erzürnten Gottheit als dieser süßen Betörung gleich zu sein schien, welche sie, wie den Schlaf und die Gaben des Bacchus, des Gebers der Freude, für ein Geschenke der wohltätigen Natur, ansahen, uns die Beschwerden des Lebens zu versüßen, und zu den Arbeiten desselben munter zu machen.

Ohne Zweifel würden wir diesen Teil der Griechischen Sitten noch besser kennen, wenn nicht durch ein Unglück, welches die Musen immer beweinen werden, die Comödien eines Alexis, Menander, Diphilus, Philemon, Apollodorus, und andrer berühmter Dichter aus dem schönsten Zeit-Alter der attischen Musen ein Raub der mönchischen und Saracenischen Barbarei geworden wären. Allein es bedarf dieser Urkunden nicht, um das was wir gesagt haben zu rechtfertigen. Sehen wir nicht den ehrwürdigen Solon noch in seinem hohen Alter, in Versen welche des Alters eines Voltaire würdig sind, von sich selbst gestehen, »daß er sich aller andern Beschäftigungen begeben habe, um den Rest seines Lebens in Gesellschaft der Venus, des Bacchus und der Musen auszuleben, der einzigen Quellen der Freuden der Sterblichen?« Sehen wir nicht den weisen Socrates kein Bedenken tragen, in Gesellschaft seiner jungen Freunde, der schönen und gefälligen Theodota einen Besuch zu machen, um über ihre von einem aus der Gesellschaft für unbeschreiblich angepriesene Schönheit den Augenschein einzunehmen? Sehen wir nicht, daß er seiner Weisheit nichts zu vergeben glaubt, indem er diese Theodota, auf eine scherzhafte Art in der Kunst Liebhaber zu fangen unterrichtet? War er nicht ein Freund und Bewunderer, ja, wenn Plato nicht zuviel gesagt hat, ein Schüler der berühmten Aspasia, deren Haus, ungeachtet der Vorwürfe, welche ihr von der zaumlosen Frechheit der damaligen Comödie gemacht wurden, der Sammelplatz der schönsten Geister von Athen war? So enthaltsam er selbst, bei seinen beiden Weibern, in Absicht der Vergnügen der Paphischen Göttin immer sein mochte; so finden wir doch seine Grundsätze über die Liebe mit der allgemeinen Denkungsart seiner Nation ganz übereinstimmend. Er unterschied das Bedürfnis von der Leidenschaft; das Werk der Natur, von dem Werk der Phantasie; er warnte vor dem Letztern, wie wir im vierten Capitel schon im Vorbeigehen bemerkt haben; und riet zu Befriedigung der ersten (nach Xenophons Bericht) eine solche Art von Liebe, (das Wort dessen sich die Griechen bedienten, drückt die Sache bestimmter aus) an welcher die Seele so wenig als möglich Anteil nehme. Ein Rat, welcher zwar seine Einschränkungen leidet; aber doch auf die Erfahrungs-Wahrheit gegründet ist; daß die Liebe, welche sich der Seele bemächtiget, sie gemeiniglich der Meisterschaft über sich selbst beraube, entnerve, und zu edeln Anstrengungen untüchtig mache.

»Und wozu, (hören wir den scheinheiligen Theogiton mit einem tiefen Seufzer, in welchem ein halbunterdrücktes Anathema murmelt, fragen) – – wozu diese ganze schöne Digression? Ist vielleicht ihre Absicht, die ärgerlichen Begriffe und Sitten blinder, verdorbener Heiden unsrer ohnehin zum Bösen so gelehrigen Jugend zum Muster vorzulegen?« Nein, mein Herr; das wäre unnötig; der größeste Teil dieser Jugend, welche unser Buch lesen wird (es müßte dann in die Gewürzbuden kommen) hat schon den Horaz, den Ovid, den Martial, den Petron, den Apulejus, vielleicht auch den Aristophanes gelesen; und was noch sonderbarer scheinen könnte, hat seine Bekanntschaft mit diesen Schriftstellern, welche nach Dero Grundsätzen lauter Seelengift sind, in den Schulen gemacht. Wir haben also dieser Jugend nicht viel neues gesagt; und gesetzt, wir hätten? Alle Welt weiß, daß andre Verfassungen, andre Gesetze, eine andre Art des Gottesdiensts, auch andre Sitten hervorbringen und erfodern. Aber das verhindert nicht, daß es nicht gut sein sollte, auch zu wissen, nach was für Begriffen man außerhalb unserm kleinen Horizont, unter andern Himmelsstrichen und zu andern Zeiten gedacht und gelebt hat – – »Und wozu sollte das gut sein können?« – – Vergebung, Herr Theogiton! das sollten Sie wissen, da Sie davon Profession machen, die Menschen zu verbessern; und das hätten Sie, nehmen Sie's nicht übel, vorher lernen sollen, ehe Sie Sich unterfangen hätten, einen Beruf zu übernehmen, worin es so leicht ist, ein Pfuscher zu sein – – Doch genug; Sie sollen hören, warum diese kleine Abschweifung notwendig war. Es ist hier darum zu tun, den Agathon zu schildern; ein wenig genauer und richtiger zu schildern, als es ordentlicher Weise in den Personalien einer Leichenpredigt geschieht – – Sie schütteln den Kopf, Herr Theogiton – – beruhigen Sie Sich; man malt solche Schildereien weder für Sie, noch für die guten Seelen, welche sich unter Ihre Direction begeben haben; Sie müssen ja den Agathon nicht lesen; und, die Wahrheit zu sagen, Sie würden wohl tun gar nicht zu lesen, was Sie nicht zu verstehen fähig sind – – Aber Sie sollen glauben daß es sehr viele ehrliche Leute gibt, die nicht unter Ihrer Direction stehen, und einige von diesen werden den Agathon lesen, werden alles in dem natürlichen, wahren Lichte sehen, worin ungefälschte, gesunde Augen zu sehen pflegen, und werden sich – – seufzen Sie immer soviel Sie wollen – – daraus erbauen. Für diese also haben wir uns anheischig gemacht, den Agathon, als eine moralische Person betrachtet, zu schildern. Es ist hier um eine Seelen-Malerei zu tun – Sie lächeln, mein Herr? – Nicht wahr, ich errate es, daß ihnen bei diesem Worte die punctierte Seele in Comenii Orbe picto einfällt? Aber das ist nicht was ich meine; es ist darum zu tun, daß uns das Innerste seiner Seele aufgeschlossen werde; daß wir die geheimern Bewegungen seines Herzens, die verborgenern Triebfedern seiner Handlungen kennen lernen – – »Eine schöne Kenntnis! und die etwan viel Kopfzerbrechens braucht? – – Ein Herz zu kennen, von dem ich Ihnen, kraft meines Systems, gleich bei der ersten Zeile Ihres Buchs hätte vorhersagen können, daß es durch und durch nichts taugt« – – Ich bitte Sie, Herr Theogiton, nichts mehr; Sie mögen wohl Ihr System nicht recht gelernt haben, oder – – das muß ein System sein! Aber; in unserm Leben nichts mehr, wenn ich bitten darf. Ich sehe, die Natur hat Ihnen das Werkzeug versagt, wodurch wir uns gegen einander erklären könnten. Ich hatte Unrecht, Ihnen von geheimen Triebfedern zu sprechen – – Sie kennen nur eine einzige Gattung derselben, die in der Casse der guten Seelen liegt, die sich Ihrer Führung überlassen haben; und diese rechtfertiget freilich Ihr System besser als alles was Sie zu seinem Behuf sagen könnten – – Also zu unserm Agathon zurück!

Nach den gewöhnlichen Begriffen seiner Zeit wäre es so schwer nicht gewesen, Liebe und Tugend mit einander zu verbinden; auch unsre jungen Moralisten hätten hierzu gleich ein Recipe fertig, oder es wimmelt vielmehr würklich von dergleichen in allen Buchläden. Aber Agathon hatte größere und feinere Begriffe von der Tugend – – Die Begriffe einer gewissen idealischen Vollkommenheit waren zu sehr mit den Grundzügen seiner Seele verwebt, als daß er sie sobald verlieren konnte, oder vielleicht jemals verlieren wird. Was ist für eine delicate Seele Liebe ohne Schwärmerei? Ohne diese Zärtlichkeit der Empfindungen, diese Sympathie welche ihre Freuden vervielfältiget, verfeinert, veredelt? Was sind die Wollüste der Sinnen, ohne Grazien und Musen? – – Das Socratische System über die Liebe mag für viele gut sein; aber es taugt nicht für die Agathons. Agathon hätte diese Art zu lieben, wie er die schöne Danae geliebt hatte, und wie er von ihr geliebt worden war, gerne mit der Tugend verbinden mögen; und von diesem Wunsch sah er alle Schwierigkeiten ein. Endlich deuchte ihn, es komme alles auf den Gegenstand an; und hier erinnerte ihn sein Herz wieder an seine geliebte Psyche. Ihr Bild stellte sich ihm mit einer Wahrheit und Lebhaftigkeit dar, wie es ihm seit langer Zeit, seinen Traum ausgenommen, niemals vorgekommen war. Er errötete vor diesem Bilde, wie er vor der gegenwärtigen Psyche selbst errötet haben würde; aber er empfand mit einem Vergnügen, wovon das überlegte Bewußtsein ein neues Vergnügen war, daß sein Herz, ohne nur mit einem einzigen Faden an Danae zu hangen, wieder zu seiner ersten Liebe zurückkehrte. Seine wieder ruhige Phantasie spiegelte ihm, wie ein klarer tiefer Brunnen die Erinnerungen der reinen, tugendhaften, und mit keiner andern Lust zu vergleichenden Freuden vor, die er durch die zärtliche Vereinigung ihrer Seelen in jenen elysischen Nächten erfahren hatte. Er empfand izt alles wieder für sie was er ehemals empfunden, und diese neuen Empfindungen noch dazu, welche ihm Danae eingeflößt hatte; aber so sanft, so geläutert durch die moralische Schönheit des veränderten Gegenstandes, daß es nicht mehr eben dieselben schienen. Er stellte sich vor, wie glücklich ihn eine unzertrennliche Verbindung mit dieser Psyche machen würde, welche ihm eine Liebe eingehaucht, die seiner Tugend so wenig gefährlich gewesen war, daß sie ihr vielmehr Schwingen angesetzt hatte – – er versetzte sich in Gedanken mit Psyche in den Ruheplatz der Diana zu Delphi – – und ließ den Gott der Liebe, den Sohn der himmlischen Venus, das überirdische Gemälde ausmalen. Eine süße weissagende Hoffnung breitete sich durch seine Seele aus; es war ihm, als ob eine geheime Stimme ihm zulisple, daß er sie in Sicilien finden werde. Psyche schickte sich vortrefflich in den Plan, den er sich von seinem bevorstehenden Leben gemacht hatte – – was für eine Perspective stellte ihm die Verbindung seiner Privat-Glückseligkeit mit der öffentlichen vor, welcher er alle seine Kräfte zu widmen entschlossen war! Aber er wollte erst verdienen glücklich zu sein – – Und nun, sagen sie mir, meine schönen Leserinnen, verdient nicht ein Mann, der so edel denkt glücklich zu sein? – – verdient er nicht die beste Frau? – – Seien Sie ruhig; er soll sie haben, sobald wir sie finden werden.

Neuntes Buch

Erstes Capitel

Veränderung der Scene
Character der Syracusaner, des Dionysius und seines Hofes

Da wir im Begriff sind, unserm Helden auf einen neuen Schauplatz zu folgen, wird es nicht überflüssig sein, denenjenigen, welche in der alten Geschichte nicht so gut bewandert sind, als vielleicht im Feen-Lande, einige vorläufige Nachrichten von den Personen zu geben, mit welchen man ihn in diesem und dem folgenden Buche verwickelt sehen wird.

Syracus, die Hauptstadt Siciliens, verdiente in vielerlei Betrachtungen den Namen des zweiten Athen. Nichts kann ähnlicher sein, als der Character ihrer Einwohner. Beide waren im höchsten Grad eifersüchtig über eine Freiheit, in welcher sie sich niemals lange zu erhalten wußten, weil sie Müßiggang und Lustbarkeiten noch mehr liebten, als diese Freiheit; und man muß gestehen, daß sie ihnen durch den schlechten Gebrauch, den sie von ihr zu machen wußten, mehr Schaden getan hat, als ihre Tyrannen zusammengenommen. Die Syracusaner hatten den Genie der Künste und der Musen; sie waren lebhaft, sinnreich und zum spottenden Scherze aufgelegt; heftig und ungestüm in ihren Bewegungen, aber so unbeständig, daß sie in einem Zeitmaß von wenigen Tagen von dem äußersten Grade der Liebe zum äußersten Haß, und von dem würksamsten Enthusiasmus zur untätigsten Gleichgültigkeit übergehen konnten; lauter Züge, durch welche sich, wie man weiß, die Athenienser vor allen andern griechischen Völkern ausnahmen. Beide empörten sich mit eben so viel Leichtsinn gegen die gute Regierung eines einzigen Gewalthabers, als sie fähig waren mit der niederträchtigsten Feigheit sich an das Joch des schlimmesten Tyrannen gewöhnen zu lassen: Beide kannten niemals ihr wahres Interesse, und kehrten ihre Stärke immer gegen sich selbst: Mutig und heroisch in der Widerwärtigkeit, allezeit übermütig im Glück, und gleich dem äsopischen Hund im Nil, immer durch schimmernde Entwürfe verhindert, von ihren gegenwärtigen Vorteilen den rechten Gebrauch zu machen; durch ihre Lage, Verfassung, und den Geist der Handelschaft, der Spartanischen Gleichheit unfähig, aber eben so ungeduldig, an einem Mitbürger große Vorzüge an Verdiensten, Ansehen oder Reichtum zu ertragen; daher immer mit sich selbst im Streit, immer von Parteien und Factionen zerrissen; bis, nach einem langwierigen umwechslenden Übergang von Freiheit zu Sclaverei und von Sclaverei zu Freiheit, beide zuletzt die Fesseln der Römer geduldig tragen lernten; und sich weislich mit der Ehre begnügten, Athen die Schule, und Syracus die Korn-Kammer dieser Majestätischen Gebieterin des Erdbodens zu sein.

Nach einer Reihe von so genannten Tyrannen, das ist, von Beherrschern, welche sich der einzelnen und willkürlichen Gewalt über den Staat bemächtiget hatten, ohne auf einen Beruf von den Bürgern zu warten, war Syracus und ein großer Teil Siciliens mit ihr endlich in die Hände des Dionysius gefallen; und von diesem, nach einer langwierigen Regierung, unter welcher die Syracusaner gewiesen hatten, was sie zu leiden fähig seien, seinem Sohne, dem jüngeren Dionysius erblich angefallen. Das Recht dieses jungen Menschen an die königliche Gewalt, deren er sich nach seines Vaters Tod (den er selbst durch einen Schlaftrunk beschleuniget hatte) anmaßte, war noch weniger als zweideutig; denn sein Vater konnte ihm kein Recht hinterlassen, das er selbst nicht hatte. Aber eine starke Leibwache, eine wohlbefestigte Citadelle, und eine durch die Beraubung der reichesten Sicilianer angefüllte Schatzkammer ersetzte den Abgang eines Rechts, welches ohnehin alle seine Stärke von der Macht zieht, die es gelten machen muß, und aus eben diesem Grunde dessen leicht entbehren kann. Hiezu kam noch, daß in einem Staat, worin der Geist der politischen Tugend schon erloschen ist, und grenzenlose Begierden nach Reichtümern, und der schmeichelhaften Freiheit alles zu tun, was die Sinne gelüsten (der einzigen Art von Freiheit, welche von der Tyrannie eben so sehr begünstiget als sie von der echten bürgerlichen Freiheit ausgeschlossen wird) die Oberhand gewonnen haben; daß, sage ich, in einem solchen Staat, eine ausgelassene und allein auf Befriedigung ihrer Leidenschaften erpichte Jugend sich mit gutem Grunde von der unumschränkten Regierung eines Einzigen ihrer Art, unendlich mehr Vorteile versprach als von der Aristocratie, deren sich die ältesten und Verdienstvollesten bemächtigen; oder von der Democratie, worin man ein abhängiges und ungewisses Ansehen mit soviel Beschwerlichkeiten, Cabalen, Unruh und Gefahr, oft auch mit Aufopferung seines Vermögens teurer erkaufen muß, als es sich der Mühe zu verlohnen scheint.

Der junge Dionysius setzte sich also durch einen Zusammenfluß günstiger Umstände, in den ruhigen Besitz der höchsten Gewalt zu Syracus; und es ist leicht zu erachten, wie ein übelgezogner, und vom Feuer seines Temperaments zu allen Ausschweifungen der Jugend hingerissener Prinz, unter einem Schwarme von Parasiten, dieser Macht sich bedient haben werde. Ergötzungen, Gastmähler, Liebeshändel, Feste welche ganze Monate dauerten, kurz eine stete Berauschung von Schwelgerei, machten die Beschäftigungen eines Hofes von törichten Jünglingen aus, welche nichts angelegeners hatten, als durch Erfindung neuer Wollüste sich in der Zuneigung des Prinzen fest zu setzen, und ihn zu gleicher Zeit zu verhindern, jemals zu sich selbst zu kommen, und den Abgrund gewahr zu werden, an dessen blumichtem Rand er in unsinniger Sorglosigkeit herumtanzte.

Man kennt die Staatsverwaltung wollüstiger Prinzen aus ältern und neuern Beispielen zu gut, als daß wir nötig hätten, uns darüber auszubreiten. Was für eine Regierung ist von einem jungen Unbesonnenen zu erwarten, dessen Leben ein immerwährendes Bacchanal ist? Der keine von den großen Pflichten seines Berufs kennt, und die Kräfte, die er zu ihrer Erfüllung anstrengen sollte, bei nächtlichen Schmäusen und in den feilen Armen üppiger Buhlerinnen verzettelt? Der, unbekümmert um das Beste des Staats, seine Privat-Vorteile selbst so wenig einsieht, daß er das wahre Verdienst, welches ihm verdächtig ist, hasset, und Belohnungen an diejenigen verschwendet, die unter der Maske der eifrigsten Ergebenheit und einer gänzlichen Aufopferung, seine gefährlichen Feinde sind? Von einem Prinzen, bei dem die wichtigsten Stellen auf die Empfehlungen einer Tänzerin oder der Sclaven, die ihn aus- und ankleiden, vergeben werden? Der sich einbildet, daß ein Hofschranze, der gut tanzt, ein Nachtessen wohl anzuordnen weiß, und ein überwindendes Talent hat, sich bei den Weibern in Gunst zu setzen, unfehlbar auch das Talent eines Ministers oder eines Feldherrn haben werde; oder, daß man zu allem in der Welt tüchtig sei, sobald man die Gabe habe ihm zu gefallen? – – Was ist von einer solchen Regierung zu erwarten, als Verachtung aller göttlichen und menschlichen Gesetze, Mißbrauch der Formalitäten der Gerechtigkeit, Gewaltsamkeiten, schlimme Haushaltung, Erpressungen, Geringschätzung und Unterdrückung der Tugend, allgemeine Verdorbenheit der Sitten? – – Und was für eine Staatskunst wird da Platz haben, wo Leidenschaften, Launen, vorüberfahrende Anstöße von lächerlichem Ehrgeiz, die kindische Begierde von sich reden zu machen, die Convenienz eines Günstlings oder die Intriguen einer Buhlerin – – die Triebfedern der Staats-Angelegenheiten, der Verbindung und Trennung mit auswärtigen Mächten, und des öffentlichen Betragens sind? Wo, ohne die wahren Vorteile des Staats, oder seine Kräfte zu kennen, ohne Plan, ohne kluge Abwägung und Verbindung der Mittel – – doch, wir geraten unvermerkt in den Ton der Declamation, welcher uns bei einem längst erschöpften und doch so alltäglichen Stoffe nicht zu vergeben wäre. Möchte niemand, der dieses liest, aus der Erfahrung seines eignen Vaterlands wissen, wie einem Volke mitgespielt wird, welches das Unglück hat, der Willkür eines Dionysius preis gegeben zu sein!

Man wird sich nach allem, was wir eben gesagt haben, den Dionysius als einen der schlimmsten Tyrannen, womit der Himmel jemals eine mit geheimen Verbrechen belastete Nation gegeißelt habe, vorstellen; und so schildern ihn auch die Geschichtschreiber. Allein ein Mensch der aus lauter schlimmen Eigenschaften zusammengesetzt wäre, ist ein Ungeheuer, das nicht existieren kann. Eben dieser Dionysius würde Fähigkeit genug gehabt haben, ein guter Fürst zu werden, wenn er so glücklich gewesen wäre, zu seiner Bestimmung gebildet zu werden. Aber es fehlte soviel, daß er die Erziehung die sich für einen Prinzen schickt, bekommen hätte, daß ihm nicht einmal diejenige zu teil wurde, die man einem jeden jungen Menschen von mittelmäßigem Stande gibt. Sein Vater, der feigherzigste Tyrann der jemals war, ließ ihn, von aller guten Gesellschaft abgesondert, unter niedrigen Sclaven aufwachsen, und der präsumtive Thronfolger hatte kein andres Mittel sich die Langeweile zu vertreiben, als daß er kleine Wagen, hölzerne Leuchter, Schemel und Tisch'gen verfertigte. Man würde unrecht haben, wenn man diese selbstgewählte Beschäftigung für einen Wink der Natur halten wollte; es war vielmehr der Mangel an Gegenständen und Modellen, welche dem allen Menschen angebornen Trieb Witz und Hände zu beschäftigen, der sich in ihm regete, eine andere Richtung hätten geben können: Er würde vielleicht Verse gemacht haben, und bessere als sein Vater, (der unter andern Torheiten auch die Wut hatte, ein Poet sein zu wollen) wenn man ihm einen Homer in seine Clause gegeben hätte. Wie manche Prinzen hat man gesehen, welche mit der Anlage zu Augusten und Trajanen, aus Schuld derjenigen, die über ihre Erziehung gesetzt waren, oder durch die Unfähigkeit eines dummen, mit klösterlichen Vorurteilen angefüllten Mönchen, dem sie auf Discretion überlassen wurden in Nerone und Heliogabale ausgeartet sind? – – Eine genaue und ausführliche Entwicklung, wie dieses zugehe; wie es unter gewissen gegebenen Umständen nicht anders möglich sei, als daß durch eine so fehlerhafte Veranstaltung das beste Naturell, in ein Caricaturenmäßiges moralisches Mißgeschöpfe verzogen werden müsse, wäre, wie uns deucht, ein sehr nützlicher Stoff, den wir der Bearbeitung irgend eines Mannes von Genie empfehlen, der bei philosophischen Einsichten eine hinlängliche Kenntnis der Welt besäße. Unsre aufgeklärten und politen Zeiten sind weder dieses noch jenes in so hohem Grade, daß ein solches Werk überflüssig sein sollte; und wenn die Ausführung der Würde des Stoffes zusagte, so zweifeln wir nicht, daß es glücklich genug werden könnte, von mancher Provinz die lange Folge von Plagen abzuwenden, welche ihr vielleicht durch die fehlerhafte Erziehung ihrer noch ungebornen Beherrscher in den nächsten hundert Jahren bevorstehen.

Zweites Capitel

Character des Dion. Anmerkungen über denselben Eine Digression

Die Syracusaner waren des Jochs schon zu wohl gewohnt, um einen Versuch zu machen, es nach dem Tode des alten Dionysius abzuschütteln. Es war nicht einmal soviel Tugend unter ihnen übrig, daß einige von denen, welche besser dachten als der große Haufen, und die verächtliche Brut der Parasiten, den Mut gehabt hätten, sich durch diese letztern hindurch bis zu dem Ohre des jungen Prinzen zu drängen, um ihm Wahrheiten zu sagen, von denen seine eigene Glückseligkeit eben so wohl abhing, als die Wohlfahrt von Sicilien. Ganz Syracus hatte nur einen Mann, dessen Herz groß genug hiezu war; und auch dieser würde sich vermutlich in eben diese sichere aber unrühmliche Dunkelheit eingehüllet haben, worein ehrliche Leute unter einer unglückweissagenden Regierung sich zu verbergen pflegen; wenn ihn seine Geburt nicht berechtiget, und sein Interesse genötiget hätte, sich um die Staats-Verwaltung zu bekümmern.

Dieser Mann war Dion, ein Bruder der Stiefmutter des Dionys, und der Gemahl seiner Schwester; der Nächste nach ihm im Staat, und der Einzige, der sich durch seine große Fähigkeiten, durch sein Ansehen bei dem Volke, und durch die unermeßliche Reichtümer, die er besaß, furchtbar und des Projects verdächtig machen konnte, sich entweder an seine Stelle zu setzen, oder die republicanische Verfassung wiederherzustellen. Wenn wir den Geschichtschreibern, insonderheit dem tugendhaften und gutherzigen Plutarch einen unumschränkten Glauben schuldig wären, so würden wir den Dion unter die wenigen Helden und Champions der Tugend zählen müssen, welche sich, (um dem Plato einen Ausdruck abzuborgen) zu der Würde und Größe guter Dämonen, oder Beschützender Genien und Wohltäter des Menschen-Geschlechts emporgeschwungen haben – – welche fähig sind, aus dem erhabenen Beweggrunde einer reinen Liebe der sittlichen Ordnung und des allgemeinen Besten zu handeln, und über dem Bestreben, andere glücklich zu machen, sich selbst aufzuopfern, weil sie unter dieser in die Sinne fallenden sterblichen Hülle ein edleres Selbst tragen, welches seine angeborne Vollkommenheit desto herrlicher entfaltet, je mehr jenes animalische Selbst unterdrückt wird – – welche im Glück und im Unglück gleich groß, durch dieses nicht verdunkelt werden, und von jenem keinen Glanz entlehnen, sondern immer sich selbst genugsam, Herren ihrer Leidenschaften, und über die Bedürfnisse gemeiner Seelen erhaben, eine Art von sublunarischen Göttern sind. Ein solcher Character fällt allerdings gut in die Augen, ergötzt den moralischen Sinn (wenn wir anders dieses Wort gebrauchen dürfen, ohne mit Hutchinson zu glauben, daß die Seele ein besonderes geistiges Werkzeug, die moralische Dinge zu empfinden habe) und erweckt den Wunsch, daß er mehr als eine schöne Schimäre sein möchte. Aber wir gestehen, daß wir, aus erheblichen Gründen, mit zunehmender Erfahrung, immer mißtrauischer gegen die menschlichen – – und warum also nicht gegen die übermenschlichen Tugenden werden.

Es ist wahr, wir finden in dem Leben Dions Beweise großer Fähigkeiten, und vorzüglich einer gewissen Erhabenheit und Stärke des Gemüts, die man gemeiniglich mit gröbern, weniger reizbaren Fibern und derjenigen Art von Temperament verbunden sieht, welches ungesellig, ernsthaft, stolz und spröde zu machen pflegt. An jede Art von Temperament grenzen wie man weißt, gewisse Tugenden; und wenn es sich noch fügt, daß die Entwicklung dieser Anlage zu demselben durch günstige Umstände befördert wird, so ist nichts natürlichers, als daß sich daraus ein Character bildet, der durch gewisse hervorstechende Tugenden blendet, die eben darum zu einer völligern Schönheit gelangen, weil kein innerlicher Widerstand sich ihrem Wachstum entgegensetzt. Diese Art von Tugenden finden wir bei dem Dion in großem Grade: Aber ihm, oder irgend einem andern ein Verdienst daraus zu machen, wäre eben so viel, als einem Athleten die Elasticität seiner Sehnen, oder einem gesunden blühenden Mädchen ihre gute Farbe und die Wölbung ihres Busens als Verdienste anrechnen, welche ihnen ein Recht an die allgemeine Hochachtung geben sollten. Ja, wenn Dion sich durch diejenige Tugenden vorzüglich unterschieden hätte, zu denen er von Natur nicht aufgelegt war; und wenn er es so weit gebracht hätte, sie mit eben der Leichtigkeit und Grazie auszuüben, als ob sie ihm angeboren wären – – aber wie viel daran fehlte, daß er der Philosophie seines Lehrers und Freundes Platon soviel Ehre gemacht hätte, davon finden wir in den eigenen Briefen dieses Weisen, und in dem Betragen Dions in den wichtigsten Auftritten seines Lebens die zuverlässigsten Beweise: Niemals konnte er es dahin bringen, oder vielleicht gefiel es ihm nicht, den Versuch zu machen, und beides läuft auf Eines hinaus, diese Austerität, diese Unbiegsamkeit, diese wenige Gefälligkeit im Umgang, welche die Herzen von sich zurückstieß, zu überwinden. Vergebens ermahnte ihn Plato den Huldgöttinnen zu opfern, und erinnerte ihn, daß Sprödigkeit sich nur für Einsiedler schicke; Dion bewies durch seine Ungelehrigkeit über diesen Punct, daß die Philosophie ordentlicher Weise uns nur die Fehler vermeiden macht, zu denen wir keine Anlage haben, und uns nur in solchen Tugenden befestiget, zu denen wir ohnehin geneigt sind.

Indessen war er nichts desto weniger derjenige, auf welchen ganz Sicilien die Augen gerichtet hatte. Die

Weisheit seines Betragens, seine Abneigung von allen Arten der sinnlichen Ergötzungen, seine Mäßigung, Nüchternheit und Frugalität, erwarben ihm desto mehr Hochachtung, je stärker sie mit der zügellosen Schwelgerei und Verschwendung des Tyrannen contrastierte. Man sah, daß er allein im Stande war, ihm das Gleichgewicht zu halten, und man erwartete das Beste von ihm, es sei nun daß er sich der Regierung für sich selbst, oder die jungen Söhne seiner Schwester bemächtigen, oder sich begnügen würde, der Mentor des Dionysius zu sein.

Die natürliche Unempfindlichkeit Dions gegen die Reizungen der Wollust, welche den Syracusanern soviel Vertrauen zu ihm gab, blendete in der Folge auch die Griechen des festen Landes, zu denen er sich vor dem Tyrannen zu flüchten genötiget wurde. Selbst die Academie, diese damals so berühmte Schule der Weisheit, scheint stolz darauf gewesen zu sein, einen so nahen Verwandten des wiewohl unrechtmäßigen Beherrschers von Sicilien, unter ihre Pflegsöhne zählen zu können. Die königliche Pracht, welche er in seiner Lebensart affectierte, war in ihren Augen (so gewiß ist es, daß auch weise Augen manchmal durch die Eitelkeit verfälscht werden) der Ausdruck der innern Majestät seiner Seele; sie schlossen ungefähr nach eben der Logik, welche einen Verliebten von den Reizungen seiner Dame auf die Güte ihres Herzens schließen macht; und sahen nicht, oder wollten nicht sehen, daß eben dieser von den republicanischen Sitten so weit entfernte Pomp ein sehr deutliches Zeichen war, daß es weniger einer Erhabenheit über die gewöhnlichen Schwachheiten der Großen und Reichen, als dem Mangel der Begierden zu zuschreiben sei, wenn derjenige gegen die Vergnügungen der Sinne gleichgültig war, der sich von der Eitelkeit dahinreißen ließ, durch ein Gepränge mit Reichtümern, deren er sich als der Früchte seiner Verhältnisse mit der Familie des Tyrannen vielmehr hätte schämen sollen, unter einem freien Volke sich unterscheiden zu wollen.

Doch, indem ich diese Gelegenheit ergreife, die übertriebene Lobsprüche zu mäßigen, welche an die Günstlinge des Glückes verschwendet zu werden pflegen, sobald sie einigen Schimmer der Tugend von sich werfen; begehre ich nicht in Abrede zu sein, daß Dion, so wie er war, einen Thron eben so würdig erfüllt haben würde, als wenig er sich schickte, mit einem durch die lange Gewohnheit der Fesseln entnervten Volke, in dem Mittelstand zwischen Sclaverei und Freiheit, worein er dasselbe in der Folge durch die Vertreibung des Dionysius setzte, so sanft und behutsam umzugehen, als es hätte geschehen müssen, wenn seine Unternehmung für die Syracusaner und ihn selbst glücklich hätte ausschlagen sollen. Plutarch vergleicht dieses Volk, in dem Zeitpunct, da es das Joch der Tyrannie abzuschütteln anfing, sehr glücklich mit Leuten, die von einer langwierigen Krankheit wieder aufstehen, und, ungeduldig sich der Vorschrift eines klugen Arztes in Absicht ihrer Diät zu unterwerfen, sich zu früh wie gesunde Leute betragen wollen. Aber darin können wir nicht mit ihm einstimmen, daß Dion dieser geschickte Arzt für sie gewesen sei. Sehr wahrscheinlich hat die platonische Philosophie selbst, von deren idealischer Sitten- und Staats-Lehre er ein so großer Bewunderer war, sehr vieles dazu beigetragen, daß er weniger als ein Andrer, der nicht nach so sehr abgezogenen Grundsätzen gehandelt hätte, zum Arzt eines äußerst verdorbenen Volkes geeigenschaftet war. Vielfältige Erfahrungen zu verschiedenen Zeiten und unter verschiedenen Völkern haben es gewiesen, daß die Dion, die Caton, die Brutus, die Algernon Sidney allemal unglücklich sein werden, wenn sie einen von alten bösartigen Schaden entkräfteten und zerfressenen Staats-Körper in den Stand der Gesundheit wieder herzustellen versuchen. Zu einer solchen Operation gehören viele Gehülfen; und Männer von einer so außerordentlichen Art sind unter einer Million Menschen allein: Es ist genug, wenn das Ziel, wie Solon von seinen Gesetzen sagte, das Beste ist, das in den vorliegenden Umständen zu erreichen sein mag; und Sie wollen immer das Beste, das sich denken läßt: Alle Mittel welche zugleich am gewissesten und bäldesten zu diesem Ziel führen, sind die Besten; und Sie wollen keine andre gebrauchen, als welche nach den strengesten Regeln einer oft allzuspitzfündigen Gerechtigkeit und Güte, rechtmäßig und gut sind. Löblich, vortrefflich, göttlich! – – rufen die schwärmerischen Bewunderer der heroischen Tugend – – Wir wollten gerne mitrufen, wenn man uns nur erst zeigen wollte, was diese hochgetriebene Tugend dem menschlichen Geschlecht jemals geholfen habe – – Dion zum Exempel, von den erhabenen Ideen seines Lehrmeisters eingenommen, wollte dem befreiten Syracus eine Regierungs-Form geben, welche so nah als möglich an die Platonische Republik grenzte – – und verfehlte darüber, zu seinem eignen Untergang, die Mittel, ihr diejenige zu geben, deren sie fähig war. Brutus half den Größesten der Sterblichen, den Fähigsten, eine ganze Welt zu regieren, der jemals geboren worden ist, ermorden; weil ihm, in Rücksicht auf die Mittel wodurch er zur höchsten Gewalt gelanget war, die Definition eines Tyrannen zukam. Brutus wollte die Republik wiederherstellen. Noch einen Dolch für den Marcus Antonius, (wie es der nicht so erhaben aber richtiger denkende Cassius verlangte) so wären Ströme von Blut, so wäre das edelste Blut von Rom, das kostbare Leben der besten Bürger gesparet worden, und der glückliche Ausgang der ganzen Unternehmung versichert gewesen. Hätte sich derjenige, der dem vermeinten allgemeinen Besten seines Vaterlandes ein so großes Opfer gebracht hatte als Cäsar war, ein Bedenken machen sollen, seinem majestätischen Schatten einen Antonius nachzuschicken? – – Um eine Tat, welche, ohne Succeß wie sie blieb, in den Augen seiner Zeitgenossen ein verabscheuungswürdiger Meuchelmord war, und der unparteiischern Nachwelt im gelindesten Lichte betrachtet, wahnsinniger Enthusiasmus scheinen muß, zu einer so glorreichen Unternehmung zu machen, als jemals die große Seele eines Römers geschwellt hatte. Aber Brutus hatte Bedenklichkeiten, welche ihm eine unzeitige Güte eingab; sein Ansehen entschied; Antonius bedankte sich für sein Leben, und begrub den Platonischen Brutus unter den Trümmern, der auf ewig umgestürzten Republik. Was half also sein Platonismus dem Vaterlande? Wir haben uns vielleicht zu lange bei dieser Betrachtung aufgehalten; aber die Beobachtung, die uns dazu verleitet hat, so alt sie ist, scheint uns wichtig und an practischen Folgerungen fruchtbar, deren Nutzbarkeit sich über alle Stände ausbreiten, und besonders bei denjenigen welche mit der Regierung und moralischen Disciplinierung der Menschen beschäftiget sind, sich vorzüglich äußern würde, wenn sie besser eingesehen und mit eben so viel Redlichkeit als Klugheit angewendet würden. Vielleicht würden die Augen derjenigen, welche weder durch einen Nebel noch durch gefärbte Gläser sehen, mit dem weinerlichlächerlichen Schauspiel von so vielen ehrlichen Leuten verschont bleiben, die aus allen Kräften und mit der feirlichsten Ernsthaftigkeit leeres Stroh dreschen, und wenn sie das ganze Jahr durch gedreschet haben, sich sehr verwundern, daß nichts als Stroh auf der Tenne liegt – der Patriotische Phlegon würde sich durch den allzuhitzigen Eifer, seine in allen Teilen verdorbene Republik auf einmal durch eben so hitzige Mittel wieder gesund zu machen, nicht so viel Verdruß zuziehen, und durch diesen Verdruß und die Vergeblichkeit seiner undankbaren Bemühungen nicht veranlasset werden, sich zu Tode – zu trinken – Der redliche Macrin würde sich nicht auf Unkosten seiner Freiheit und vielleicht seines Lebens in den Kopf setzen, aus einem Caligula einen Marc Aurel zu machen – Der wohlmeinende Diophant würde einsehen, wie wenig Hoffnung er sich zu machen habe, Leute, welche noch sehr weit entfernt sind erträgliche Menschen zu sein, in eine Engelähnliche Vollkommenheit hinein zu declamieren – Doch genug von einer Materie, welche um gehörig ausgeführt zu werden, eine eigene Abhandlung erfoderte.

Wie leicht es doch ist, seine nichts übels besorgende Leser in einen Labyrinth von Parenthesen und Digressionen hineinzuführen, wenn man sich einmal über eine abergläubische Regelmäßigkeit hinausgesetzt hat! Zwar haben wir die Unsrigen schon lange benachrichtiget, daß wir uns bei Gelegenheit dergleichen Freiheiten erlauben würden – – Und doch wollen wir so ehrlich sein und gestehen, daß wir uns weder in diesem Stück, noch, die Wahrheit zu sagen, in irgend einem andern, Nachahmer zu bekommen wünschen. Nicht als ob uns bange davor sei, man werde Ordnung und Zusammenhang in dieser unsrer pragmatisch-critischen Geschichte vermissen; sondern weil es in der Tat unendlich mal leichter ist Miscellanien zu schreiben, als ein ordentliches Werk, und es daher leicht geschehen könnte, daß ein junger Scribent, der sich seiner bessern Bequemlichkeit wegen unsrer Methode bedienen wollte, sich die Horazische Frage zuziehen könnte: Currente rota cur urceus exit? Und wenn auch dieses nicht zu besorgen wäre, so gibt es sehr wackere Leute, denen es schwer fällt, sich aus dergleichen mäandrischen Abschweifungen wieder herauszuhelfen, und, sobald es dem Verfasser beliebt, wieder auf dem Punct zu stehen, wo er mit ihnen ausgegangen ist. Was hat man uns, werden solche Leser, zum Exempel fragen, in diesem ganzen Capitel denn eigentlich sagen wollen? – – Merken sie auf, meine

Herren, das war es – – daß dieser Dion von dem die Rede war, und um den Sie Sich übrigens, wie ich vermute, sehr wenig bekümmern, eine ganz gute Art von Prinzen, aber doch nicht ganz so sehr ein Held von Tugend gewesen sei, wie ihn ein gewisser ehrlicher Ober-Priester zu Chäronea sich eingebildet – – oder wenn man ihm auch eingestehen wollte, daß er's gewesen sei, eben dadurch an seinem Platz nicht soviel getaugt habe, als Sie, meine Herren, indem Sie ihrem Hauswesen wohl vorstehen, sich wohl mit ihrer Gemahlin betragen, ihr Rechnungs-Buch in guter Ordnung halten, und was dergleichen mehr ist – – Nun verstehen wir einander doch?

Drittes Capitel

Eine Probe, daß die Philosophie so gut zaubern könne, als die Liebe

Die vorläufigen Nachrichten, welche wir dem Leser zu geben haben, entfernen uns ziemlich lange von unserm Helden; allein, für Eins, so sind sie zum Verständnis des Folgenden unentbehrlich; und fürs Andere, so hätten wir auch dermalen nichts wichtigers von ihm zu sagen, als daß er im Begriff sei, den Hausgöttern seines Freundes, des Kaufmanns, eine andächtige Libation zu bringen, mit seiner Familie Bekanntschaft zu machen, und nach einer leichten Abendmahlzeit von den Beschwerden der Seefahrt auszuruhen.

Dion sah die Ausschweifungen des Dionys mit der Verachtung eines kaltsinnigen Philosophen an, der keine Lust hatte Teil daran zu nehmen; und mit dem Verdruß eines Staatsmannes, der sich in Gefahr sah, durch einen Haufen junger Wollüstlinge, Lustigmacher, Pantomimen und Narren, welche kein anderes Verdienst hatten, als den Prinzen zu belustigen, von dem Ansehen, und dem Anteil an der Regierung, der ihm aus so guten Gründen gebührte, nach und nach ausgeschlossen zu werden. Bei solcher Bewandtnis hatte der Patriotismus das schönste Spiel, und die großen Beweggründe der allgemeinen Wohlfahrt, die uneigennützige Betrachtung der verderblichen Folgen, welche aus einer so heillosen Beschaffenheit des Hofes über den ganzen Staat daherstürzen mußten, wurden durch jene geheimern Triebfedern so kräftig unterstützt, daß er den festen Entschluß faßte, alles zu versuchen, um seinen Verwandten auf einen bessern Weg zu bringen.

Er urteilte, den Grundsätzen Platons zufolge, daß die Unwissenheit des Dionysius, und die Gewohnheit unter dem niedriggesinntesten Pöbel (es waren mit alle dem junge Herren von sehr gutem Adel darunter) zu leben, die Haupt-Quelle seiner verdorbenen Neigungen sei. Diesem nach hielt er sich seiner Verbesserung versichert, wenn er die beste Gesellschaft um ihn her versammeln, und ihm diese edle Wissensbegierde einflößen könnte, welche bei denenjenigen, die von ihr begeistert sind, die animalischen Triebe wo nicht gänzlich zu unterdrücken, doch gewiß zu dämmen und zu mäßigen pflegt. Er ließ also keine Gelegenheit vorbei (und die unzählichen Fehler, welche täglich in der Staats-Verwaltung gemacht wurden, gaben ihm Gelegenheit genug) dem Tyrannen die Notwendigkeit vorzustellen, Männer von einem großen Ruf der Weisheit um sich zu haben; und er führte so viele Beweggründe an, daß er, unter einer Menge sehr erhabener, die an einem Dionysius verloren gingen, endlich auch den einzigen traf, der seine Eitelkeit interessierte. Doch selbst dieser schlüpfte nur leicht an seinen Ohren hin, und ob er gleich dem Dion immer Recht gab, und die besondern Unterredungen, welche sie über dergleichen Materien hatten, allemal mit der Versicherung beschloß, daß er nicht ermangeln werde, von so gutem Rat, Gebrauch zu machen; so würde doch schwerlich jemals mit Ernst daran gedacht worden sein, wenn nicht ein kleiner physicalischer Umstand dazu gekommen wäre, der den Vorstellungen des weisen Dion eine Stärke gab, die nicht ihre eigene war.

Dionysius hatte, man weiß nicht aus welcher Veranlassung, seinem Hof, der an Glanz und verschwendederischer Üppigkeit es mit den Asiatischen aufnehmen konnte, ein Fest gegeben, welches, nach der Versicherung der Geschichtschreiber, drei Monate in einem fort daurte. Die ausschweifendeste Einbildungs-Kraft kann nicht weiter gehen, als auf der einen Seite, Pracht und Aufwand, und auf der andern Schwelgerei und asotische Freiheit an diesem langwierigen Bacchanal getrieben wurden; denn diesen Namen verdiente es um so mehr, weil, nachdem alle andre Erfindungen erschöpft waren, die letzten Tage des dritten Monats, welche in die Weinlese fielen, zu einer Vorstellung des Triumphes des Bacchus und seiner ganzen poetischen Geschichte angewendet wurden. Dionys, der durch eine Anspielung auf seinen Namen den Bacchus machte, trieb die Nachahmung so weit über das Original selbst, daß die Feder eines Aretin und der Griffel eines la Fage sich unvermögend hätten bekennen müssen, weiter zu gehen. Die Quellen der Natur wurden erschöpft, und die unmächtige Begierde ihre Grenzen zu erweitern – – Doch, wir wollen kein Gemälde machen, das bei Gegenständen dieser Art die Absicht, Abscheu zu erwecken, bei manchen verfehlen möchte. Genug daß Dionys mit den Silenen, Nymphen, Faunen und Satyren, seinen Gehülfen, die Tibere und Neronen der spätern Zeiten in die Unmöglichkeit setzte, etwas mehr als bloße Copisten von ihm zu sein. Wer sollte sich vorstellen, daß aus einer so schlammichten Quelle die heftigste Liebe der Philosophie, und eine Reformation, welche ganz Sicilien und Griechenland in Erstaunen setzte, habe entspringen können? – – Aber im Himmel und auf Erden sind eine Menge Dinge, wovon kein Wort in unserm Compendio steht – – sagt der Shakespearische Hamlet zu seinem Schulfreunde, Horazio.

Das unbändigste Temperament kann auf die Weise, wie es Dionysius anging, endlich zu paaren getrieben werden. Unsre Bacchanten fanden sich von der Unmäßigkeit, womit sie eine so lange Zeit den Göttern der Freude geopfert, und von der Wut womit sie ihre Orgya beschlossen hatten, so erschöpft, daß sie genötiget waren, aufzuhören. Insonderheit befand sich Dionys in einem Stande der Vernichtung, der ihm weder Hoffnung noch Begierden übrig ließ, jemals wieder eine solche Rolle zu spielen. Zum ersten mal seit dem berauschenden Augenblicke, da er sich im Besitz der Gewalt, allen seinen Leidenschaften den Zügel zu lassen sah, fühlte er ein Leeres in sich, in welches er mit Grauen hineinschaute – – Zum ersten mal fühlte er sich geneigt, Reflexionen zu machen, wenn er das Vermögen dazu gehabt hätte. Aber er erfuhr, mit einem lebhaften Unwillen über sich selbst und alle diejenigen, welche ihn zu einem Tier zu machen geholfen hatten, daß er nichts in sich habe, das er dem Ekel vor allen Vergnügungen der Sinne, und der Langenweile, worin er sich verzehrte, entgegenstellen könnte. Alles was er indessen sehr lebhaft fühlte, war dieses, daß er mitten unter lauter Gegenständen, welche ihm seine scheinbare Größe und Glückseligkeit ankündigten, in dem Zustande worin er war, sich selbst gegen über eine sehr elende Figur machte. Kurz, alle Fibern seines Wesens hatten nachgelassen; er verfiel in eine Art von dummer Schwermut, aus welcher ihn alle seine Höflinge nicht herauslachen, und alle seine Tänzerinnen nicht heraustanzen konnten.

In diesem kläglichen Zustande, den ihm die natürliche

Ungeduld seines Temperaments unerträglich machte, warf er sich in die Arme des Dions, der sich während der letzten drei Monate in ein entferntes Landgut zurückgezogen hatte; hörte seine Vorstellungen mit einer Aufmerksamkeit an, deren er sonst niemals fähig gewesen war; und ergriff mit Verlangen die Vorschläge, welche ihm dieser Weise tat, um so groß und glückselig zu werden, als er izt in seinen eignen Augen verächtlich und elend war. Man kann sich also vorstellen, daß er nicht die mindeste Schwierigkeiten machte, den Plato unter allen Bedingungen, welche ihm sein Freund Dion nur immer anbieten wollte, an seinen Hof zu berufen; er, der in dem Zustande, worin er war, sich von dem ersten besten Priester der Cybele hätte überreden lassen, mit Aufopferung der wertern Hälfte seiner selbst in den Orden der Corybanten zu treten.

Dion wurde bei so starken Anscheinungen zu einer vollkommenen Sinnes-Änderung des Tyrannen von seiner Philosophie nicht wenig betrogen. Er schloß zwar sehr richtig, daß die Rasereien des letzten Festes Gelegenheit dazu gegeben hätten; aber darin irrte er sehr, daß er aus Vorurteilen, die einer Philosophie eigen sind, welche gewohnt ist die Seele, und was in ihr vorgeht, allzusehr von der Maschine in welche sie eingeflochten ist, abzusondern, nicht gewahr wurde, daß die guten Dispositionen des Dionys ganz allein von einem physicalischen Ekel vor den Gegenständen, worin er bisher sein einziges Vergnügen gesucht hatte, herrühreten. Er hielt die natürlichen Folgen der Überfüllung für Würkungen der Überzeugung, worin er nunmehr stehe, daß die Freuden der Sinne nicht glücklich machen können; er setzte voraus, daß eine Menge Sachen in seiner Seele vorgegangen seien, woran Dionysens Seele weder gedacht hatte, noch zu denken vermögend war; kurz, er beurteilte, wie wir fast immer zu tun pflegen, die Seele eines andern nach seiner

Eigenen, und gründete auf diese Voraussetzung ein Gebäude von Hoffnungen, welches zu seinem großen Erstaunen zusammenfiel, sobald Dionys – – wieder Nerven hatte.

Die Berufung des Plato war eine Sache, an welcher schon geraume Zeit gearbeitet worden war; allein er hatte große Schwierigkeiten gemacht, und würde, ungeachtet des Zuspruchs seiner Freunde, der Pythagoräer in Italien, welche die Bitten Dions unterstützten, auf seiner Verweigerung bestanden sein, wenn die erfreulichen Nachrichten, die ihm Dion von der glücklichen Gemüts-Verfassung des Tyrannen gab, und die dringenden Einladungen, die in desselben Namen an ihn ergingen, ihm nicht Hoffnung gegeben hätten, der Schutzgeist Siciliens, und vielleicht der Stifter einer neuen Republik nach dem Model derjenigen, die er uns in seinen Schriften hinterlassen hat, werden zu können.

Plato erschien also am Hofe zu Syracus mit aller Majestät eines Weisen, dem die Größe seines Geistes ein Recht gibt, die Großen der Welt für etwas weniger als seines gleichen anzusehen. Denn ob es gleich damals noch keine Stoiker gab, so pflegten doch die Philosophen von Profession bereits sehr bescheidentlich zu verstehen zu geben, daß sie in ihren eigenen Augen, eine höhere Classe von Wesen ausmachten, als die übrigen Erdenbewohner. Diesesmal hatte die Philosophie das Glück eine Figur zu machen, deren Glanz dieser hohen Einbildung ihrer Günstlinge gemäß war. Plato wurde wie ein Gott aufgenommen, und würkte durch seine bloße Gegenwart eine Veränderung, welche, in den Augen der erstaunten Syracusaner, nur ein Gott zu würken mächtig genug schien. In der Tat glich das Schauspiel welches sich demjenigen, der diesen Hof vor wenigen Wochen gesehen hatte, nunmehro darstellte, einem Werke der Zauberei – – Aber – – o! cæcas hominum mentes!

Wie natürlich geht auch das außerordentlichste zu, sobald wir die wahren Triebräder davon kennen!

Der erste Schritt, welchen der göttliche Plato in den Palast des Dionysius tat, wurde durch ein feirliches Opfer, und die erste Stunde, worin sie sich mit einander besprachen, durch eine Reforme, welche sich sogleich über den ganzen Hof ausbreitete, bezeichnet. In wenigen Tagen glaubte Plato selbst in seiner Academie zu Athen zu sein, so bescheiden und eingezogen sah alles in dem Hause des Prinzen aus. Die Asiatische Verschwendung machte auf einmal der philosophischen Einfalt Platz. Die Vorzimmer, welche vorher von schimmernden Gecken, und allen Arten lustigmachender Personen gewimmelt hatten, stellten izt academische Säle vor, wo man nichts als langbärtige Weise sah, welche einzeln oder paarweise, mit gesenktem Haupt und gerunzelter Stirne, in sich selbst und in ihre Mäntel eingehüllt auf und ab schritten, bald alle zugleich, bald gar nichts, bald nur mit sich selbst sprachen, und wenn sie vielleicht am wenigsten dachten, eine so wichtige Mine machten, als ob der geringste unter ihnen mit nichts kleinerm umginge, als die beste Gesetzgebung zu erfinden, oder den Gestirnen einen regelmäßigern Lauf anzuweisen. Die üppigen Bankette, bei denen Comus und Bacchus mit tyrannischem Scepter die ganze Nacht durch geherrschet hatten, verwandelten sich in Pythagorische Mahlzeiten, wo man sich bei einem Braten und Salat mit sinnreichen Gesprächen über die erhabensten Gegenstände des menschlichen Verstandes, erlustigte; Statt frecher Pantomimen und wollüstiger Flöten ließen sich Hymnen zum Lob der Götter und der Tugend hören; und den Gaum zum Reden anzufeuchten, trank man aus kleinen Socratischen Bechern Wasser mit Wein vermischt.

Dionys faßte eine Art von Leidenschaft für den Philosophen; Plato mußte immer um ihn sein, ihn aller

Orten begleiten, zu allem seine Meinung sagen. Die begeisterte Imagination dieses sonderbaren Mannes, welche vermöge der natürlichen Ansteckungs-Kraft des Enthusiasmus sich auch seinen Zuhörern mitteilte, würkte so mächtig auf die Seele des Dionys, daß er ihn nie genug hören konnte; ganze Stunden wurden ihm kürzer, wenn Plato sprach, als ehemals in den Armen der kunsterfahrensten Buhlerin. Alles, was der Weise sagte, war so schön, so erhaben, so wunderbar! – erhob den Geist so weit über sich selbst – – warf Strahlen von so göttlichem Licht in das Dunkel der Seele! In der Tat konnte es nicht anderst sein, da die gemeinsten Ideen der Philosophie für Dionysen den frischesten Reiz der Neuheit hatten. Und nehmen wir zu allem diesem noch, daß er das wenigste recht verstund (ob er gleich, wie viele andere seines gleichen, zu eitel war, es merken zu lassen) noch alles verstehen konnte, weil der begeisterte Plato sich würklich zuweilen selbst nicht allzuwohl verstund; nehmen wir ferner die erstaunliche Gewalt, welche ein in schimmernde Bilder eingekleidetes Galimathias über die Unwissenden zu haben pflegt; so werden wir begreifen, daß niemals etwas natürlichers gewesen, als der außerordentliche Geschmack, welchen Dionys an dem Gott der Philosophen, (wie ihn Cicero nennt) gefunden; zumal da er noch über dies ein hübscher und stattlicher Mann war, und sehr wohl zu leben wußte.

Ohne daß sich die Überredungs-Kunst des göttlichen Plato, oder die Contagion der Philosophischen Schwärmerei darein mischte, teilte sich die plötzliche Wissens-Begierde des Dionys, so bald man sah, daß es Ernst war, eben so plötzlich allen seinen Höflingen mit. Nicht, als ob ihnen viel daran gelegen gewesen wäre, ihre kleinen Affen-Seelen nach dem göttlichen Modell der Ideen umzubilden, oder als ob sie sich darum bekümmert hätten, was in den überhimmlischen Räumen zu sehen sei; aber sie taten doch dergleichen; der Ton der Philosophie war nun einmal Mode; man mußte Metaphysik in geometrischen Ausdrücken reden, um sich dem Fürsten angenehm zu machen. Man trug also am ganzen Hofe keine andre als philosophische Mäntel; alle Säle des Palasts waren, nach Art der Gymnasien mit Sand bestreut, um mit allen den Dreiecken, Vierecken, Pyramiden, Achtecken und Zwanzigecken überschrieben zu werden, aus welchen Plato seinen Gott diese schöne runde Welt zusammenleimen läßt; alle Leute, bis auf die Köche, sprachen Philosophie, hatten ihr Gesicht in irgend eine geometrische Figur verzogen, und disputierten über die Materie und die Form, über das was ist und was nicht ist, über die beiden Enden des Guten und Bösen, und über die beste Republik. Alles dieses machte freilich ein ziemlich seltsames Aussehen, und konnte den Verdacht erwecken, als ob Plato an dem Syracusischen Hofe eher die Rolle eines aufgeblasenen Pedanten unter einem Haufen unbärtiger Scholaren gespielt habe, als eines weisen Mannes, der sich einen großen Zweck vorgesetzt hat, und die Mittel dazu, nach den Umständen des Orts, der Zeit und der Personen, klüglich zu bestimmen weiß. Aber man würde sich irren. Er hatte an den lächerlichen Ausschweifungen der Hofleute wenig Anteil; ob er gleich ganz gern sah, daß diese unnütze Hummeln, welche er nicht auf einmal austreiben konnte, auf solche Spielwerke verfielen, die doch immer als eine Art von Vorübungen angesehen werden konnten, wodurch sie unvermerkt von ihren vorigen Gewohnheiten abgezogen, und durch den Geschmack an Wissenschaft zu der allgemeinen Verbesserung, welche er zu bewürken hoffte, vorbereitet wurden. Allein seine eigene hauptsächlichsten Bemühungen bezogen sich unmittelbar auf den Dionysius selbst; und indem er ihn durch die Reizungen seines Umgangs und seiner Beredsamkeit zu humanisieren, und an sich zu gewöhnen suchte, trachtete er, ohne es allzudeutlich zu erkennen zu geben, dahin, ihm die Verachtung seines vorigen Zustandes, die Liebe der Tugend, Begierden nach ruhmwürdigen Taten; kurz, solche Gesinnungen einzuflößen, welche ihn durch unmerkliche Grade von sich selbst auf die Gedanken bringen würden, ein unrechtmäßiges Diadem von sich zu werfen, und sich an der Ehre, der erste unter seines gleichen zu sein, genügen zu lassen. Die Anscheinungen ließen ihn den vollkommensten Succeß hoffen. Dionys schien in wenigen Tagen nicht mehr der vorige Mann. Seine Wissens-Begierde, seine Gelehrigkeit gegen die Räte des Philosophen, das Sanfte und Ruhige in seinem ganzen Betragen übertraf alles, was sich Dion von ihm versprochen hatte. Ganz Syracus empfand sogleich die Würkungen dieser glücklichen Veränderung. Er ging mit einer unglaublichen Behendigkeit von dem höchsten Grade des tyrannischen Übermuts zu der Popularität eines Atheniensischen Archonten über; setzte alle Tage einige Stunden aus, um jedermann mit einnehmender Leutseligkeit anzuhören, nannte sie Mitbürger, wünschte sie alle glücklich machen zu können; machte würklich den Anfang, verschiedene gute Anordnungen zu veranstalten, und erweckte durch so viele günstige Vorzeichen die allgemeine Erwartung einer glückseligen Revolution, welche nun auf einmal der Gegenstand aller Wünsche, und der Inhalt aller Gespräche unter dem Volke wurde.

Es könnte genug sein, gegen diejenige, die eine so große und schnelle Verwandlung eines Prinzen, den wir für ein kleines Ungeheuer von Lastern und Ausschweifungen gegeben haben, unglaublich vorkommen möchte, uns auf die einhellige Aussage der Geschichtschreiber zu berufen; aber wir können noch mehr tun; es ist leicht, die Möglichkeit und Wahrscheinlichkeit derselben begreiflich zu machen. Aufmerksame Leser, welche einige Kenntnis des menschlichen Herzens haben, werden die Gründe hierzu in unsrer bisherigen Erzählung schon von selbsten entdeckt haben. In einem Gemüts-Zustande, worin die Leidenschaften schweigen, wo uns vor den Ergötzungen der Sinne ekelt, und der Mangel an angenehmen Eindrücken uns in einen beschwerlichen Mittelstand zwischen Sein und Nichtsein versenkt – – in einem solchen Zustande, ist die Seele begierig, einen jeden Gegenstand zu umfassen, der sie aus diesem unleidlichen Stillstand ihrer Kräfte ziehen kann, und also am besten aufgelegt, den Reiz sittlicher und intellectualischer Schönheiten zu empfinden. Allerdings würde ein trockner Zergliederer metaphysischer Begriffe sich nicht dazu geschickt haben, solche Gegenstände für einen Menschen zu zurichten, der zu einer scharfen Aufmerksamkeit eben so ungeduldig als unvermögend war. Allein die Beredsamkeit des Homers der Philosophen wußte sie auf eine so reizende Art für die Einbildungs-Kraft zu vercörpern, wußte die Leidenschaften und innersten Triebe des Herzens so geschickt für sie ins Spiel zu setzen, daß sie nicht anders als gefallen und rühren konnten. Hiezu kam noch die Jugend des Tyrannen, welche seine noch nicht verhärtete Seele neuer Eindrücke fähig machte. Warum sollte es also nicht möglich gewesen sein, ihm unter solchen Umständen auf etliche Wochen die Liebe der Tugend einzuflößen, da hiezu weiter nichts nötig war, als seinen Neigungen unvermerkt andre Gegenstände an die Stelle derjenigen, deren er überdrüssig war, zu unterschieben – – Denn in der Tat war seine Bekehrung nichts anders, als daß er nunmehr, anstatt irgend einer Wollust-atmenden Nymphe, ein schönes Phantom der Tugend umarmte, und statt in Syracusischem Weine sich in platonischen Ideen berauschte – – und daß eben diese Eitelkeit, welche ihn vor weniger Zeit angetrieben hatte, mit dem Bacchus und einer andern Gottheit, welche wir nicht nennen dürfen, in die Wette zu eifern, sich izt durch die Vorstellung kitzelte, als Regent und Gesetzgeber den Glanz der berühmtesten Männer vor ihm zu verdunkeln, die Augen der Welt auf sich zu heften, sich von allen bewundert, und von den Weisen selbst vergöttert zu sehen.

Daß dieses Urteil von der Bekehrung des Dionys richtig sei, hat sich in der Folge würklich bewiesen; und man hätte, deucht uns, ohne die Gabe der Divination zu besitzen, voraussehen können, daß eine so plötzliche Veränderung keinen Bestand haben werde. Aber wie sollten die in einer großen Angelegenheit verwickelten Personen fähig sein, so gelassen und uneingenommen davon zu urteilen, wie entfernte Zuschauer, welche das Ganze bereits vor sich liegen haben, und bei einer kalten Untersuchung des Zusammenhangs aller Umstände sehr leicht mit vieler Zuverlässigkeit beweisen können, daß es nicht anders habe gehen können, als wie sie wissen, daß es gegangen ist? Plato selbst ließ sich von den Anscheinungen betrügen, weil sie seinen Wünschen gemäß waren, und ihm zu beweisen schienen, wieviel er vermöge. Die voreilige Freude über einen Succeß, dessen er sich schon versichert hielt, ließ ihm nicht zu, sich alle die Hindernisse, die seine Bemühungen vereiteln konnten, in der gehörigen Stärke vorzustellen, und in Zeiten darauf bedacht zu sein, wie er ihnen zuvorkommen möchte. Gewohnt in den ruhigen Spaziergängen seiner Academie unter gelehrigen Schülern idealische Republiken zu bauen, hielt er die Rolle, die er an dem Hofe zu Syracus zu spielen übernommen hatte, für leichter als sie in der Tat war. Er schloß immer richtig aus seinen Prämissen; aber seine Prämissen setzten immer mehr voraus, als war; und er bewies durch sein Exempel, daß keine Leute mehr durch den Schein der Dinge hintergangen werden, als eben diejenige welche ihr ganzes Leben damit zubringen, inter Sylvas Academi dem was wahrhaftig ist nachzuspähen. In der Tat hat man zu allen Zeiten gesehen, daß es den speculativen Geistern nicht geglückt hat, wenn sie sich aus ihrer philosophischen Sphäre heraus und auf irgend einen großen Schauplatz des würksamen Lebens gewaget haben. Und wie hätte es anders sein können, da sie gewohnt waren, in ihren Utopien und Atlantiden zuerst die Gesetzgebung zu erfinden, und erst wenn sie damit fertig waren, sich so genannte Menschen zu schnitzeln, welche eben so richtig nach diesen Gesetzen handeln mußten, wie ein Uhrwerk durch den innerlichen Zwang seines Mechanismus die Bewegungen macht, welche der Künstler haben will. Es war leicht genug zu sehen (und doch sahen es diese Herren nicht) daß es in der würklichen Welt gerade umgekehrt ist. Die Menschen in derselben sind nun einmal wie sie sind; und der große Punct ist, diejenige die man vor sich hat, nach allen Umständen und Verhältnissen so lange zu studieren, bis man so genau als möglich weiß, wie sie sind. Sobald ihr das wißt, so geben sich die Regeln, wornach ihr sie behandeln müßt, wenn ihr euern Zweck erhalten wollt, von sich selbst; dann ist es Zeit moralische Projecte zu machen – – aber wenn, ihr großen Lichter unsers aller-aufgeklärtesten Jahrhunderts, wenn glaubt ihr, daß diese Zeit für das Menschen-Geschlecht kommen werde?

Viertes Capitel

Philistus und Timocrates

Während, daß die Philosophie und die Tugend durch die Beredsamkeit eines einzigen Mannes eine so außerordentliche Veränderung der Scene an dem Hofe zu Syracus hervorbrachte, waren die ehmaligen

Vertrauten des Dionysius sehr weit davon entfernt, die Vorteile, welche sie von der vorigen Denkungs-Art dieses Prinzen gezogen hatten, so willig hinzugeben, als man es aus ihrem äußerlichen Bezeugen hätte schließen sollen. Als schlaue Höflinge wußten sie zwar ihren Unmut über die sonderbare Gunst, worin Plato bei demselben stund, sehr künstlich zu verbergen. Gewohnt sich nach dem Geschmacke des Prinzen zu modeln, und alle Gestalten anzunehmen, unter welchen sie ihm gefallen oder zu ihren geheimen Absichten am besten gelangen konnten, hatten sie, so bald sie die neue Laune ihres Herrn gewahr worden waren, die ganze Außenseite des philosophischen Enthusiasmus mit eben der Leichtigkeit angenommen, womit sie eine Maskeraden-Kleidung angezogen hätten. Sie waren die ersten, die dem übrigen Hofe hierin mit ihrem Beispiel vorgingen; sie verdoppelten ihre Aufwartung bei dem Prinzen Dion, dessen Ansehen seit Platons Ankunft ungemein gestiegen war; sie waren die erklärten Bewunderer des Philosophen; sie lächelten ihm Beifall entgegen, so bald er nur den Mund auftat; alle seine Vorschläge und Maßnehmungen waren bewundernswürdig; sie wußten nichts daran auszusetzen, oder wenn sie ja Einwürfe machten, so war es nur um sich belehren zu lassen, und auf die erste Antwort sich seiner höhern Weisheit überwunden zu geben. Sie suchten seine Freundschaft so gar mit einem Eifer, worüber sie den Fürsten selbst zu vernachlässigen schienen; und besonders ließen sie sich sehr angelegen sein, die Vorurteile zu zerstreuen, die man von der vorigen Staats-Verwaltung wider sie gefaßt haben könnte. Durch diese Kunstgriffe erreichten sie zwar die Absicht, den weisen Plato sicher zu machen, nicht so vollkommen, daß er nicht immer einiges gerechtes Mißtrauen in die Aufrichtigkeit ihres Bezeugens gesetzt hätte; er beobachtete sie genau; allein da sie gar nicht zweifelten, daß er es tun würde, so war es ihnen leicht davor zu sein, daß er mit aller seiner Scharfsichtigkeit nichts sah. Sie vermieden alles, was ihrem Betragen einen Schein von Zurückhaltung, Zweideutigkeit und Geheimnis hätte geben können, und nahmen ein so natürliches und einfaches Wesen an, daß man entweder ihres gleichen sein, oder betrogen werden mußte. Diese schöne Kunst ist eine von denen, in welchen nur den Hofleuten gegeben ist, Meister zu sein. Man könnte die Tugend selbst herausfordern, in einem höhern Grad und mit besserm Anstand Tugend zu scheinen, als diese Leute es in ihrer Gewalt haben, so bald es ein Mittel zu ihren Absichten werden kann, die eigenste Mine, Farbe, und äußerliche Grazie derselben an sich zu nehmen.

Was wir hier sagen, versteht sich insonderheit von zweenen, welche bei dieser Veränderung des Tyrannen am meisten zu verlieren hatten. Philistus war bisher der vertrauteste unter seinen Ministern, und Timocrates sein Liebling gewesen. Beide hatten sich mit einer Eintracht, welche ihrer Klugheit Ehre machte, in sein Herz, in die höchste Gewalt, wozu er nur seinen Namen hergab, und in einen beträchtlichen Teil seiner Einkünfte geteilt. Izt zog die gemeinschaftliche Gefahr das Band ihrer Freundschaft noch enger zusammen. Sie entdeckten einander ihre Besorgnisse, ihre Bemerkungen, ihre Anschläge; sie redeten die Maßregeln mit einander ab, die in so critischen Umständen genommen werden mußten; und gingen, weil sie die schwache Seite des Tyrannen besser kannten, als irgend ein andrer, mit so vieler Schlauheit zu Werke, daß es ihnen nach und nach glückte, ihn gegen Platon und Dion einzunehmen, ohne daß er merkte, daß sie diese Absicht hatten.

Wir haben schon bemerkt, daß die Syracusaner, vermöge einer Eigenschaft, welche aller Orten das Volk characterisiert, der Hoffnung durch Vermittlung des Platon ihre alte Freiheit wieder zu erlangen, mit einer so voreiligen Freude sich überließen, daß die bevorstehende Staats-Veränderung der Inhalt aller Gespräche wurde. In der Tat ging die Absicht Dions bei Berufung seines Freundes auf nichts geringers. Beide waren gleich erklärte Feinde der Tyrannie und der Democratie; von denen sie (mit welchem Grunde, wollen wir hier nicht entscheiden) davorhielten, daß sie unter verschiedenen Gestalten, und durch verschiedene Wege, am Ende in einem Puncte, nämlich in Mangel der Ordnung und Sicherheit, Unterdruckung und Sclaverei zusammenliefen. Beide waren für diejenige Art der Aristocratie, worin das Volk zwar vor aller Unterdrückung hinlänglich sicher gestellt, folglich die Gewalt der Edeln, oder wie man bei den Griechen sagte, der Besten, durch unzerbrechliche Ketten gefesselt ist; hingegen die eigentliche Staats-Verwaltung nur bei einer kleinen Anzahl liegt, welche eine genaue Rechenschaft abzulegen verbunden sind. Es war also würklich ihr Vorhaben, die Tyrannie, oder was man zu unsern Zeiten eine uneingeschränkte Monarchie nennt, aus dem ganzen Sicilien zu verbannen, und die Verfassung dieser Insel in die vorbemeldte Form zu gießen. Dem Dionys zu gefallen, oder vielmehr, weil nach Platons Meinung die vollkommenste Staats-Form eine Zusammensetzung aus der Monarchie, Aristocratie und Democratie sein mußte, wollten sie ihrer neuen Republik zwei Könige geben, welche in derselben eben das vorstellen sollten was die Könige in Sparta; und Dionys sollte einer von denselben sein. Dieses waren ungefähr die Grundlinien ihres Entwurfs. Sie ließen keine Gelegenheit vorbei, dem Prinzen die Vorteile einer gesetzmäßigen Regierung anzupreisen; aber sie waren zu klug, von einer so delicaten Sache, als die Einführung einer republicanischen Verfassung war, vor der Zeit zu reden, und den Tyrannen, eh ihn Plato vollkommen zahm und bildsam gemacht haben würde, durch eine unzeitige Entdeckung ihrer Absichten in seine natürliche Wildheit wieder hineinzuschrecken.

Unglücklicher Weise war das Volk so vieler Mäßigung nicht fähig, und dachte auch ganz anders über den Gebrauch, den es von seiner Freiheit machen wollte. Ein jeder hatte dabei eine gewisse Absicht, die er noch bei sich behielt, und die gerade zu auf irgend einen Privat-Vorteil ging. Jeder hielt sich für mehr als fähig, dem gemeinen Wesen gerade in dem Posten zu dienen, wozu er die wenigste Fähigkeit hatte, oder hatte sonst seine kleine Forderungen zu machen, welche er schlechterdings bewilliget haben wollte. Die Syracusaner verlangten also eine Democratie; und da sie sich ganz nahe bei dem Ziel ihrer Wünsche glaubten, so sprachen sie laut genug davon, daß Philistus und seine Freunde Gelegenheit bekamen, den Tyrannen aus seinem angenehmen Platonischen Enthusiasmus zu sich selbst zurückzurufen.

Das erste was sie taten, war, daß sie ihm die Gesinnungen des Volkes, und die zwar von außen noch nicht merklich in die Augen fallende, aber innerlich desto stärker gärende Bewegung desselben mit sehr lebhaften Farben, und mit ziemlicher Vergrößerung der Umstände vormalten. Sie taten dieses mit vieler Vorsichtigkeit, in gelegenen Augenblicken, nach und nach, und auf eine solche Art, daß es dem Dionys scheinen mußte, als ob ihm endlich die Augen von selbst aufgingen; und dabei versäumten sie keine Gelegenheit, den Plato und den Prinzen Dion bis in die Wolken zu erheben; und besonders in Ausdrücken, welche von der schlauesten Bosheit ausgewählt wurden, von der außerordentlichen Hochachtung zu sprechen, worein sie sich bei dem Volke setzten. Um den Tyrannen desto aufmerksamer zu machen, wußten sie es durch tausend geheime Wege, wobei sie selbst nicht zum Vorschein kamen, dahin einzuleiten, daß häufige und zahlreiche Privat-Versammlungen in der Stadt angestellt wurden, wozu Dion und Plato selbst, oder doch immer jemand von den besondern Vertrauten des einen oder des andern, eingeladen wurde. Diese Versammlungen waren zwar nur auf Gastmähler und freundschaftliche Ergötzungen angesehen; aber sie gaben doch dem Philistus und seinen Freunden Gelegenheit mit einer Art davon zu reden, wodurch sie den Schein politischer Zusammenkünfte bekamen; und das war alles was sie wollten.

Durch diese und andre dergleichen Kunstgriffe gelang es ihnen endlich, dem Dionys Argwohn beizubringen. Er fing an, in die Aufrichtigkeit seines neuen Freundes ein desto größeres Mißtrauen zu setzen, da er über das besondere Verständnis, welches er zwischen ihm und dem Dion wahrnahm, eifersüchtig war; und damit er desto bälder ins Klare kommen möchte, hielt er für das Sicherste, den seit einiger Zeit vernachlässigten Timocrates wieder an sich zu ziehen; und so bald er sich versichert hatte, daß er, wie vormals auf seine Ergebenheit zählen könne, ihm seine Wahrnehmungen und geheime Besorgnisse zu entdecken. Der schlaue Günstling stellte sich anfangs, als ob er nicht glauben könne, daß die Syracusaner im Ernste mit einem solchen Vorhaben umgehen sollten; wenigstens (sagte er mit der ehrlichsten Mine von der Welt) könne er sich nicht vorstellen, daß Plato und Dion den mindesten Anteil daran haben sollten; ob er gleich gestehen müßte, daß seit dem der erste sich am Hofe befinde, die Syracusaner von einem seltsamen Geiste beseelt würden, und zu den ausschweifenden Einbildungen, welche sie sich zu machen schienen, vielleicht durch das außerordentliche Ansehen verleitet würden, worin dieser Philosoph bei dem Prinzen stehe: Es sei nicht unmöglich, daß die Republicanisch-Gesinnte sich Hoffnung machten, Gelegenheit zu finden, indessen, daß der Hof die Gestalt der Academie gewänne, dem Staat unvermerkt die Gestalt einer Democratie zu geben; indessen müsse er gestehen, daß er nicht Vertrauen genug in seine eigene Einsicht setze, seinem Herrn und Freunde in so delicaten Umständen einen sichern Rat zu geben; und Philistus, dessen Treue dem Prinzen längst bekannt sei, würde durch seine Erfahrenheit in Staats-Geschäften unendlichmal geschickter sein, einer Sache von dieser Art auf den Grund zu sehen.

Dionysius hatte so wenig Lust sich einer Gewalt zu begeben, deren Wert er nach Proportion, daß seine Fibern wieder elastischer wurden, von Tag zu Tag wieder stärker zu empfinden begann; daß die Einstreuungen seines Günstlings ihre ganze Würkung taten. Er gab ihm auf, mit aller nötigen Vorsichtigkeit, damit niemand nichts davon gewahr werden könnte, den Philistus noch in dieser Nacht in sein Cabinet zu führen, um sich über diese Dinge besprechen, und die Gedanken desselben vernehmen zu können. Es geschah; Philistus vollendete was Timocrat angefangen hatte. Er entdeckte dem Prinzen alles was er beobachtet zu haben vorgab, und sagte gerade so viel, als nötig war, um ihn in den Gedanken zu bestärken, daß ein geheimes Complot zu einer Staats-Veränderung im Werke sei, welches zwar vermutlich noch nicht zu seiner Reife gekommen, aber doch so beschaffen sei, daß es Aufmerksamkeit verdiene. Und wer kann der Urheber und das Haupt eines solchen Complots sein, fragte Dionys? – – Hier stellte sich Philistus verlegen – – er hoffe nicht, daß es schon so weit gekommen sei – – Dion bezeuge so gute Gesinnungen für den Prinzen – – Rede aufrichtig, wie du denkst, fiel ihm Dionys ein; was hältst du von diesem Dion? Aber keine Complimenten, denn du brauchst mich nicht daran zu erinnern, daß er meiner Schwester Mann ist; ich weiß es nur zu wohl – – Aber ich traue ihm nicht desto besser – – er ist ehrgeizig – – »Das ist er« – – immer finster, zurückhaltend, in sich selbst eingeschlossen – – In der Tat, so ist er, nahm Philist das Wort, und wer ihn genau beobachtete, ohne vorhin eine bessere Meinung von ihm gefaßt zu haben, würde sich des Argwohns kaum erwehren können, daß er mißvergnügt sei, und an Gedanken in sich selbst arbeite, die er nicht für gut befinde, andern mitzuteilen – – Glaubst du das, Philistus? fiel Dionys ein; so hab' ich immer von ihm gedacht; wenn Syracus unruhig ist, und mit Neuerungen umgeht, so darfst du versichert sein, daß Dion die Triebfeder von allem ist – wir müssen ihn genauer beobachten – – Wenigstens ist es sonderbar, fuhr Philistus fort, daß er seit einiger Zeit, sich eine Angelegenheit davon zu machen scheint, sich der Freundschaft der angesehensten Bürger zu versichern – (Hier führte er einige Umstände an, welche, durch die Wendung die er ihnen gab, seine Wahrnehmung bestätigen konnten.) Wenn ein Mann von solcher Wichtigkeit, wie Dion, sich herabläßt eine Popularität zu affectieren, die so gänzlich wider seinen Character ist, so kann man glauben, daß er Absichten hat – und wenn Dion Absichten hat, so gehen sie gewiß auf keine Kleinigkeiten – Was es aber auch sein mag, so bin ich gewiß, setzte er hinzu, daß Platon, ungeachtet der engen Freundschaft, die zwischen ihnen obwaltet, zu tugendhaft ist, um an heimlichen Anschlägen gegen einen Prinzen, der ihn mit Ehren und Wohltaten überhäuft, Teil zu nehmen – – Wenn ich dir sagen soll was ich denke, Philistus, so glaub' ich, daß diese Philosophen, von denen man so viel Wesens macht, eine ganz unschuldige Art von Leuten sind; in der Tat, ich sehe nicht, daß an ihrer Philosophie so viel gefährliches sein sollte, als die Leute sich einbilden; ich liebe, zum Exempel, diesen Platon, weil er angenehm im Umgang ist; er hat sich seltsame Dinge in den Kopf gesetzt, man könnte sichs nicht schnakischer träumen lassen, aber eben das belustiget mich; und bei alle dem muß man ihm den Vorzug lassen, daß er gut spricht; es hört sich ihm recht angenehm zu, wenn er euch von der Insel Atlantis, und von den Sachen in der andern Welt eben so umständlich und zuversichtlich spricht, als ob er mit dem nächsten Marktschiffe aus dem Mond angekommen wäre (hier lachten die beiden Vertrauten, als ob sie nicht aufhören könnten, über einen so sinnreichen Einfall, und Dionys lachte mit) ihr möcht lachen so lang ihr wollt, fuhr er fort; aber meinen Plato sollt ihr mir gelten lassen; er ist der gutherzigste Mensch von der Welt, und wenn man seine Philosophie, seinen Bart und seine hieroglyphische Physionomie zusammennimmt, so muß man gestehen, daß alles zusammen eine Art von Leuten macht, womit man sich, in Ermanglung eines bessern, die Zeit vertreiben kann – (o göttlicher Platon! du, der du dir einbildetest, das Herz dieses Prinzen in deiner Hand zu haben, du der sich das große Werk zutraute, einen Weisen und tugendhaften Mann aus ihm zu machen – warum standest du nicht in diesem Augenblick hinter einer Tapete, und hörtest diese schmeichelhafte Apologie, wodurch er den Geschmack, den er an dir fand, in den Augen seiner Höflinge zu rechtfertigen suchte!) In der Tat, sagte Timocrates, die Musen können nicht angenehmer reden als Plato; ich wißte nicht, was er einen nicht überreden könnte, wenn er sichs in den Kopf gesetzt hätte – Du willst vielleicht scherzen, fiel ihm der Prinz ein; aber ich versichre dich, es hat wenig gefehlt, daß er mich letzthin nicht auf den Einfall gebracht hätte, Sicilien dahinten zu lassen, und eine philosophische Reise nach Memphis und zu den Pyramiden und Gymnosophisten anzustellen, die seiner Beschreibung nach eine seltsame Art von Creaturen sein müssen – wenn ihre Weiber so schön sind, wie er sagt, so mag es keine schlimme Partie sein, den Tanz der Sphären mit ihnen zu tanzen; denn sie leben in dem Stand der vollkommen schönen Natur, und treten dir, allein mit ihren eigentümlichen Reizungen geschmückt, das ist, nackender als die Meer-Nymphen, mit einer so triumphierenden Mine unter die Augen, als die schönste Syracusanerin in ihrem reichesten Fest-Tags-Putz. – Dionys war, wie man sieht, in einem Humor, der den erhabenen Absichten seines Hof-Philosophen nicht sehr günstig war; Timocrates merkte sichs, und baute in dem nämlichen Augenblick ein kleines Project auf diese gute Disposition, wovon er sich eine besondere Würkung versprach. Aber der weiter sehende Philistus fand nicht für gut, seinen Herrn in dieser leichtsinnigen Laune fortsprudeln zu lassen. Er nahm das Wort wieder: Ihr scherzet, sprach er, über die Würkungen der Beredsamkeit Platons; es ist nur allzugewiß, daß er in dieser Kunst seines gleichen nicht hat; aber eben dieses würde mir keine kleine Sorgen machen, wenn er weniger ein rechtschaffner Mann wäre, als ich glaube daß er ist. Die Macht der Beredsamkeit übertrifft alle andre Macht; sie ist fähig fünfzigtausend Arme nach dem Gefallen eines einzigen wehrlosen Mannes in Bewegung zu setzen, oder zu entnerven. Wenn Dion, wie es scheint, irgend ein gefährliches Vorhaben brütete, und Mittel fände, diesen überredenden Sophisten auf seine Seite zu bringen, so besorg ich, Dionysius könnte das Vergnügen seiner sinnreichen Unterhaltung teuer bezahlen müssen. Man weiß was die Beredsamkeit zu Athen vermag, und es fehlt den Syracusanern nichts als ein paar solche Wortkünstler, die ihnen den Kopf mit Figuren und lebhaften Bildern warm machen, so werden sie Athenienser sein wollen, und der Erste Beste, der sich an ihre Spitze stellt, wird aus ihnen machen können was er will.

Philistus sah, daß sein Herr bei diesen Worten auf einmal tiefsinnig wurde; er schloß daraus, daß etwas in seinem Gemüt arbeitete, und hielt also inn; was für ein Tor ich war, rief Dionys aus, nachdem er eine

Weile mit gesenktem Kopf zu staunen geschienen hatte. Das war wohl der Genius meines guten Glücks, der mir eingab, daß ich dich diesen Abend zu mir rufen lassen sollte. Die Augen gehen mir auf einmal auf – – Wozu mich diese Leute mit ihren Dreiecken und Schlußreden nicht gebracht hätten? Kannst du dir wohl einbilden, daß mich dieser Plato mit seinem süßen Geschwätze beinahe überredet hätte, meine fremden Truppen, und meine Leibwache nach Hause zu schicken? Ha! nun seh ich wohin alle diese schönen Vergleichungen mit einem Vater im Schoße seiner Familie, und mit einem Säugling an der Brust seiner Amme, und was weiß ich, mit was noch mehr, abgesehen waren! Die Verräter wollten mich durch diese süßen Wiegenliedchen erst einschläfern, hernach entwaffnen, und zuletzt wenn sie mich mit ihren gebenedeiten Maximen so fest umwunden hätten, daß ich weder Arme noch Beine nach meinem Gefallen hätte rühren können, mich in ganzem Ernst, zu ihrem Wickelkind, zu ihrer Puppe, und wozu es ihnen eingefallen wäre, gemacht haben! Aber sie sollen mir die Erfindung bezahlen! Ich will diesem verrätrischen Dion – – bist du töricht genug, Philistus, und bildest dir ein, daß er sich nur im Traum einfallen lasse, diese Spießbürger von Syracus in Freiheit zu setzen? Regieren will er, Philistus; das will er, und darum hat er diesen Plato an meinen Hof kommen lassen, der mir, indessen daß er das Volk zur Empörung reizen, und sich einen Anhang machen wollte, so lange und so viel von Gerechtigkeit, und Wohltun, und goldnen Zeiten, und väterlichem Regiment, und was weiß ich von was für Salbadereien vorschwatzen sollte, bis ich mich überreden ließe, meine Galeeren zu entwaffnen, meine Trabanten zu entlassen, und mich am Ende in Begleitung eines von diesen zottelbärtigen Knaben, die der Sophist mit sich gebracht hat, als einen Neuangeworbenen nach Athen in die Academie schicken zu lassen, um unter einem Schwarm junger Gecken darüber zu disputieren, ob Dionysius recht oder unrecht daran getan habe, daß er sich in einer so armseligen Mausfalle habe fangen lassen – – Aber ists möglich, fragte Philistus mit angenommener Verwunderung, daß Plato den sinnlosen Einfall haben konnte, meinem Prinzen solche Räte zu geben? – – Es ist möglich, weil ich dir sage, daß ers getan hat. Ich habe selbst Mühe zu begreifen, wie ich mich von diesem Schwätzer so bezaubern lassen konnte – – Das soll sich Dionys nicht verdrießen lassen, erwiderte der gefällige Philistus; Plato ist in der Tat ein großer Mann in seiner Art; ein vortrefflicher Mann, wenn es darauf ankommt, den Entwurf zu einer Welt zu machen, oder zu beweisen, daß der Schnee nicht würklich weiß ist; aber seine Regierungs-Maximen sind, wie es scheint, ein wenig unsicher in der Ausübung. In der Tat, das würde den Atheniensern was zu reden gegeben haben, und es wäre wahrlich kein kleiner Triumph für die Philosophie gewesen, wenn ein einziger Sophist, ohne Schwertschlag, durch die bloße Zauberkraft seiner Worte zu Stande gebracht hätte, was die Athenienser mit großen Flotten und Kriegs-Heeren vergeblich unternommen haben – – Es ist mir unerträglich nur daran zu denken, sagte Dionys, was für eine einfältige Figur ich ein paar Wochen lang unter diesen Grillenfängern gemacht habe; hab ich dem Dion nicht selbst Gelegenheit gegeben, mich zu verachten? Was mußten sie von mir denken, da sie mich so willig und gelehrig fanden? – – Aber sie sollen in kurzem sehen, daß sie sich mit aller ihrer Wissenschaft der geheimnisvollen Zahlen gewaltig überrechnet haben. Es ist Zeit, der Comödie ein Ende zu machen – – Um Vergebung, mein Gebietender Herr, fiel ihm Philistus hier ins Wort; die Rede ist noch von bloßen Vermutungen; vielleicht ist Plato, ungeachtet seines nicht allzuwohl überlegten Rats, unschuldig; vielleicht ist es so gar

Dion; wenigstens haben wir noch keine Beweise gegen sie. Sie haben Bewunderer und Freunde zu Syracus, das Volk ist ihnen geneigt, und es möchte gefährlich sein, sie durch einen übereilten Schritt in die Notwendigkeit zu setzen, sich diesem Freiheit-träumenden Pöbel in die Arme zu werfen. Lasset sie noch eine Zeitlang in dem angenehmen Wahn, daß sie den Dionysius gefangen haben. Gebet ihnen, durch ein künstlich verstelltes Zutrauen Gelegenheit, ihre Gesinnungen deutlicher herauszulassen – – Wie, wenn Dionysius sich stellte, als ob er Lust hätte die Monarchie aufzugeben, und als ob ihn kein andres Bedenken davon zurückhielte, als die Ungewißheit, welche Regierungs-Form Sicilien am glücklichsten machen könnte. Eine solche Eröffnung wird sie nötigen, sich selbst zu verraten; und indessen, daß wir sie mit academischen Fragen und Entwürfen aufhalten, werden sich Gelegenheiten finden, den regiersüchtigen Dion in Gesellschaft seines Ratgebers mit guter Art eine Reise nach Athen machen zu lassen, wo sie in ungestörter Muße Republiken anlegen, und ihnen, wenn sie wollen, alle Tage eine andre Form geben mögen.

Dionys war von Natur hitzig und ungestüm; eine jede Vorstellung, von der seine Einbildung getroffen wurde, beherrschte ihn so sehr, daß er sich dem mechanischen Trieb, den sie in ihm hervorbrachte, gänzlich überließ; aber wer ihn so genau kannte als Philistus, hatte wenig Mühe, seinen Bewegungen oft durch ein einziges Wort, eine andere Richtung zu geben. In dem ersten Anstoß seiner unbesonnenen Hitze waren die gewaltsamsten Maßnehmungen, die ersten, auf die er fiel: Aber man brauchte ihm nur den Schatten einer Gefahr dabei zu zeigen, so legte sich die auffahrende Lohe wieder; und er ließ sich eben so schnell überreden, die sichersten Mittel zu erwählen, wenn sie gleich die niederträchtigsten waren.

Nachdem wir die wahre Triebfeder seiner vermeinten

Sinnes-Änderung oben bereits entdeckt haben, wird sich niemand verwundern, daß er von dem Augenblick an, da sich seine Leidenschaften wieder regten, in seinen natürlichen Zustand zurücksank. Was man bei ihm für Liebe der Tugend angesehen, was er selbst dafür gehalten hatte, war das Werk zufälliger und mechanischer Ursachen gewesen; daß er ihr zu lieb seinen Neigungen die mindeste Gewalt hätte tun sollen, so weit ging sein Enthusiasmus für sie nicht. Die ungebundene Freiheit worin er vormals gelebt hatte, stellte sich ihm wieder mit den lebhaftesten Reizungen dar; und nun sah er den Plato für einen verdrießlichen Hofmeister an, und verwünschte die Schwachheit, die er gehabt hatte, sich so sehr von ihm einnehmen, und in eine Gestalt, die seiner eigenen so wenig ähnlich sah, umbilden zu lassen. Er fühlte nur allzuwohl, daß er sich selbst eine Art von Verbindlichkeit aufgelegt hatte, in den Gesinnungen zu beharren, die er sich von diesem Sophisten, wie er ihn izt nannte, hatte einflößen lassen: Er stellte sich vor, daß Dion und die Syracusaner sich berechtiget halten würden, die Erfüllung des Versprechens von ihm zu erwarten, welches er ihnen gewisser maßen gegeben hatte, daß er künftig auf eine gesetzmäßige Art regieren wolle. Diese Vorstellungen waren ihm unerträglich, und hatten die natürliche Folge, seine ohnehin bereits erkaltete Zuneigung zu dem Philosophen von Athen in Widerwillen zu verwandeln; den Dion aber, den er nie geliebt hatte, ihm doppelt verhaßt zu machen. Dieses waren die geheimen Dispositionen, welche den Verführungen des Timocrates und Philistus den Eingang in sein Gemüt erleichterten. Es war schon so weit mit ihm gekommen, daß er vor diesen ehmaligen Vertrauten sich der Person schämte, die er einige Wochen lang, gleichsam unter Platons Vormundschaft, gespielt hatte; und es ist zu vermuten, daß es von dieser falschen und verderblichen Scham herrührte, daß er in so verkleinernden Ausdrücken von einem Manne, den er anfänglich beinahe vergöttert hatte, sprach, und seiner Leidenschaft für ihn einen so spaßhaften Schwung zu geben bemüht war. Er ergriff also den Vorschlag des Philistus mit der begierigen Ungeduld eines Menschen, der sich von dem Zwang einer verhaßten Einschränkung je bälder je lieber loszumachen wünscht; und damit er keine Zeit verlieren möchte, so machte er gleich des folgenden Tages den Anfang, denselben ins Werk zu setzen. Er berief den Dion und den Philosophen in sein Cabinet, und entdeckte ihnen mit allen Anscheinungen des vollkommensten Zutrauens, und indem er sie mit Liebkosungen überhäufte, daß er gesonnen sei, sich der Regierung zu entschlagen, und den Syracusanern die Freiheit zu lassen, sich diejenige Verfassung zu erwählen, die ihnen die angenehmste sein würde.

Ein so unerwarteter Vortrag machte die beiden Freunde stutzen. Doch faßten sie sich bald. Sie hielten ihn für eine von den sprudelnden Aufwallungen einer noch ungeläuterten Tugend, welche gern auf schöne Ausschweifungen zu verfallen pflegt, und hoffeten also, daß es ihnen leicht sein werde, ihn auf reifere Gedanken zu bringen. Sie billigten zwar seine gute Absicht; stellten ihm aber vor, daß er sie sehr schlecht erreichen würde, wenn er das Volk, welches immer als unmündig zu betrachten sei, zum Meister über eine Freiheit machen wollte, die es, allem Vermuten nach, zu seinem größesten Schaden mißbrauchen würde. Sie sagten ihm hierüber alles was die gesunde Politik sagen kann; und Plato insonderheit bewies ihm, daß es nicht auf die Form der Verfassung ankomme, wenn ein Staat glücklich sein solle, sondern auf die innerliche Güte der Gesetzgebung, auf tugendhafte Sitten, auf die Weisheit desjenigen, dem die Handhabung der Gesetze anvertraut sei. Seine Meinung ging dahin, daß Dionys nicht nötig habe, sich der obersten Gewalt zu begeben, indem es nur von ihm abhange, durch die vollkommene Beobachtung aller Pflichten eines weisen und tugendhaften Regenten die Tyrannie in eine rechtmäßige Monarchie zu verwandeln; welcher die Völker sich desto williger unterwerfen würden, da sie durch ein natürliches Gefühl ihres Unvermögens sich selbst zu regieren, geneigt gemacht würden, sich regieren zu lassen; ja denjenigen als eine gegenwärtige Gottheit zu verehren, welcher sie schütze, und für ihre Glückseligkeit arbeite.

Dion stimmte hierin nicht gänzlich mit seinem Freunde überein. Die Wahrheit war, daß er den Dionys besser kannte, und weil er sich wenig Hoffnung machte, daß seine guten Dispositionen von langer Dauer sein würden, gerne so schnell als möglich einen solchen Gebrauch davon gemacht hätte, wodurch ihm die Macht Böses zu tun, auf den Fall, daß ihn der Wille dazu wieder ankäme, benommen worden wäre. Er breitete sich also mit Nachdruck über die Vorteile einer wohlgeordneten Aristocratie vor der Regierung eines Einzigen aus, und bewies, wie gefährlich es sei, den Wohlstand eines ganzen Landes von dem zufälligen und wenig sichern Umstand, ob dieser Einzige tugendhaft sein wolle oder nicht, abhangen zu lassen. Er ging so weit, zu behaupten, daß von einem Menschen, der die höchste Macht in Händen habe, zu verlangen, daß er sie niemalen mißbrauchen solle, eine Forderung sei, welche über die Kräfte der Menschheit gehe; daß es nichts geringers sei, als von einem mit Mängeln und Schwachheiten beladenen Geschöpfe, welches keinen Augenblick auf sich selbst zählen kann, die Weisheit und Tugend eines Gottes zu erwarten. Er billigte also das Vorhaben des Dionys, die königliche Gewalt aufzugeben, im höchsten Grade; aber darin stimmte er mit seinem Freunde überein, daß anstatt die Einrichtung des Staats in die Willkür des Volks zu stellen, er selbst, mit Zuzug der Besten von der Nation, sich ungesäumt der Arbeit unterziehen sollte, eine daurhafte und auf den möglichsten Grad des allgemeinen Besten abzielende Verfassung zu entwerfen; wozu er dem Prinzen allen Beistand, der von ihm abhange, versprach. Dionys schien sich diesen Vorschlag gefallen zu lassen. Er bat sie, ihre Gedanken über diese wichtige Sache in einen vollständigen Plan zu bringen, und versprach, so bald als sie selbsten darüber, was man tun sollte, einig sein würden, zur Ausführung eines Werkes zu schreiten, welches ihm, seinem Vorgeben nach, sehr am Herzen lag.

Diese geheime Conferenz hatte bei dem Tyrannen eine gedoppelte Würkung. Sie vollendete seinen Haß gegen Dion, und setzte den Platon aufs Neue in Gunst bei ihm. Denn ob er gleich nicht mehr so gern als anfangs von den Pflichten eines guten Regenten sprechen hörte; so hatte er doch sehr gerne gehört, daß Plato sich als einen Gegner des popularen Regiments, und als einen Freund der Monarchie erklärt hatte. Er ging aufs neue mit seinen Vertrauten zu Rat, und sagte ihnen, es komme nun allein darauf an, sich den Dion vom Halse zu schaffen. Philistus hielt davor, daß eh ein solcher Schritt gewaget werden dürfe, das Volk beruhiget und die wankende Autorität des Prinzen wieder fest gesetzt werden müsse. Er schlug die Mittel vor, wodurch dieses am gewissesten geschehen könne; und in der Tat waren dabei keine so große Schwierigkeiten; denn er und Timocrat hatten die vorgebliche Gärung in Syracus weit gefährlicher vorgestellt, als sie würklich war. Dionys fuhr auf sein Anraten fort, eine besondere Achtung für den Plato zu bezeugen, einen Mann, der in den Augen des Volks eine Art von Propheten vorstellte, der mit den Göttern umgehe und Eingebungen habe. Einen solchen Mann, sagte Philistus, muß man zum Freunde behalten, so lange man ihn gebrauchen kann. Plato verlangt nicht selbst zu regieren; er hat also nicht das nämliche

Interesse wie Dion; seine Eitelkeit ist befriediget, wenn er bei demjenigen, der die Regierung führt, in Ansehen steht, und Einfluß zu haben glaubt. Es ist leicht, ihn, so lang es nötig sein mag, in dieser Meinung zu unterhalten, und das wird zugleich ein Mittel sein, ihn von einer genauern Vereinigung mit dem Dion zurückzuhalten. Der Tyrann, der sich ohnehin von einer Art von Instinct zu dem Philosophen gezogen fühlte, befolgte diesen Rat so gut, daß Plato davon hintergangen wurde. Insonderheit affectierte er, ihn immer neben sich zu haben, wenn er sich öffentlich sehen ließ; und bei allen Gelegenheiten, wo es Würkung tun konnte, seine Maximen im Munde zu führen. Er stellte sich, als ob es auf Einraten des Philosophen geschähe, daß er dieses oder jenes tat, wodurch er sich den Syracusanern angenehm zu machen hoffte; ungeachtet alles die Eingebungen des Philistus waren, der ohne daß es in die Augen fiel, sich wieder einer gänzlichen Herrschaft über sein Gemüt bemächtiget hatte. Er zeigte sich ungemein leutselig und liebkosend gegen das Volk; er schaffte einige Auflagen ab, welche die unterste Classe desselben am stärksten drückten; er belustigte es durch öffentliche Feste, und Spiele; er beförderte einige von denen, deren Ansehen am meisten zu fürchten war, zu einträglichen Ehrenstellen, und ließ die übrigen mit Versprechungen wiegen, die ihn nichts kosteten, und die nämliche Würkung taten; er zierte die Stadt mit Tempeln, Gymnasien, und andern öffentlichen Gebäuden: Und tat alles dieses, mit Beistand seiner Vertrauten, auf eine so gute Art, daß Plato alles sein Ansehen dazu verwandte, einem Prinzen, der so schöne Hoffnungen von sich erweckte, und seine philosophische Eitelkeit mit so vielen öffentlichen Beweisen einer vorzüglichen Hochachtung kitzelte, (ein Beweggrund, den der gute Weise sich vielleicht selbst nicht gerne gestund) alle Herzen zu gewinnen.

Diese Maßnehmungen erreichten den vorgesetzten Zweck vollkommen. Das Volk, welches nicht nur in Griechenlande, sondern aller Orten, in einer immerwährenden Kindheit lebt, hörte auf zu murmeln; verlor in kurzer Zeit den bloßen Wunsch einer Veränderung; faßte eine heftige Zuneigung für seinen Prinzen; erhob die Glückseligkeit seiner Regierung; bewunderte die prächtige Kleidung und Waffen, die er seinen Trabanten hatte machen lassen; betrank sich auf seine Gesundheit; und war bereit allem was er unternehmen wollte, seinen dummen Beifall zu zuklatschen.

Philistus und Timocrat sahen sich durch diesen glücklichen Ausschlag in der Gunst ihres Herrn aufs neue befestiget; aber sie waren nicht zufrieden, so lange sie selbige mit dem Plato teilen mußten, für welchen er eine Art von Schwachheit behielt, die ihren Grund vielleicht in der natürlichen Obermacht eines großen Geistes über einen Kleinen hatte. Timocrat geriet auf einen Einfall, wozu ihm die geheime Unterredung in dem Schlafzimmer des Dionys den ersten Wink gegeben hatte, und wodurch er zu gleicher Zeit sich ein Verdienst um den Tyrannen zu machen, und das Ansehen des Philosophen bei demselben zu untergraben hoffen konnte.

Dionys hatte, von ihm aufgemuntert, angefangen, unvermerkt wieder eine größere Freiheit bei seiner Tafel einzuführen; die Anzahl und die Beschaffenheit der Gäste, welche er fast täglich einlud, gab den Vorwand dazu; und Plato, welcher bei aller erhabenen Austerität seiner Grundsätze, einen kleinen Ansatz zu einem Hofmanne hatte, machte es, wie es gewisse ehrwürdige Männer an gewissen Höfen zu machen pflegen; er sprach bei jeder Gelegenheit von den Vorzügen der Nüchternheit und Mäßigkeit, und aß und trank immer dazu, wie ein andrer. Diese kleine Erweiterung der allzuengen Grenzen der academischen Frugalität, von welcher der Vater der Academie selbst gestehen mußte, daß sie sich für den Hof eines Fürsten nicht schicke, erlaubte den vornehmsten Syracusanern, und jedem, der dem Prinzen seine Ergebenheit bezeugen wollte, ihm prächtige Feste zu geben; wo die Freude zwar ungebundener herrschte, aber doch durch die Gesellschaft der Musen und Grazien einen Schein von Bescheidenheit erhielt, welcher die Strenge der Weisheit mit ihr aussöhnen konnte. Timocrat machte sich diesen Umstand zu Nutz. Er lud den Prinzen, den ganzen Hof, und die Vornehmsten der Stadt ein, auf seinem Landhause die Wiederkunft des Frühlings zu begehen, dessen alles verjüngende Kraft, zum Unglück für den ohnehin übelbefestigten Platonismus des Dionys, auch diesem Prinzen die Begierden und die Kräfte der Jugend wieder einzuhauchen schien. Die schlaueste Wollust, hinter eine verblendende Pracht versteckt, hatte dieses Fest angeordnet. Timocrat verschwendete seine Reichtümer ohne Maß, mit desto fröhlicherm Gesichte, da er sie eben dadurch doppelt wieder zu bekommen versichert war. Alle Welt bewunderte die Erfindungen und den Geschmack dieses Günstlings; Dionys bezeugte, sich niemals so wohl ergötzt zu haben; und der göttliche Plato, der weder auf seinen Reisen zu den Pyramiden und Gymnosophisten, noch zu Athen so etwas gesehen hatte, wurde von seiner dichterischen Einbildungs-Kraft so sehr verraten, daß er die Gefahren zu vergessen schien, welche unter den Bezauberungen dieses Orts, und dieser Verschwendung von Reizungen zum Vergnügen, laurten. Der einzige Dion erhielt sich in seiner gewöhnlichen Ernsthaftigkeit, und machte durch den starken Contrast seines finstern Bezeugens mit der allgemeinen Fröhlichkeit, Eindrücke auf alle Gemüter, welche nicht wenig dazu beitrugen, seinen bevorstehenden Fall zu befördern. Indes schien niemand darauf acht zu geben; und in der Tat ließ die Vorsorge, welche Timocrat gebraucht hatte, daß jede

Stunde, und beinahe jeder Augenblick ein neues Vergnügen herbeiführen mußte, wenig Muße, Beobachtungen zu machen. Dieser schlaue Höfling hatte ein Mittel gefunden, dem Plato selbst, bei einer Gelegenheit, wo es so wenig zu vermuten war, auf eine feine Art zu schmeicheln. Dieses geschah durch ein großes pantomimisches Ballet, worin die Geschichte der menschlichen Seele, nach den Grundsätzen dieses Weisen, unter Bildern, welche er in einigen seiner Schriften an die Hand gegeben hatte, auf eine allegorische Art vorgestellt wurde. Timocrat hatte die jüngsten und schönsten Figuren hierzu gebraucht, welche er zu Corinth und aus dem ganzen Griechenlande hatte zusammenbringen können. Unter den Tänzerinnen war eine, welche dazu gemacht schien, dasjenige, was der gute Plato in etlichen Monaten an dem Gemüte des Tyrannen gearbeitet, in etlichen Augenblicken zu zerstören. Sie stellte unter den Personen des Tanzes die Wollust vor; und würklich paßten ihre Figur, ihre Gesichtsbildung, ihre Blicke, ihr Lächeln, alles so vollkommen zu dieser Rolle, daß das anacreontische Beiwort Wollustatmend ausdrücklich für sie gemacht zu sein schien. Jedermann war von der schönen Bacchidion bezaubert; aber niemand war es so sehr als Dionys. Er dachte nicht einmal daran, der Wollust, welche eine so verführische Gestalt angenommen hatte, um seine erkaltete Zuneigung zu ihr wieder anzufeuren, Widerstand zu tun; kaum daß er noch so viel Gewalt über sich selbst behielt, um von demjenigen was in ihm vorging nicht allzudeutliche Würkungen sehen zu lassen. Denn er getraute sich noch nicht, wieder gänzlich Dionysius zu sein, ob ihm gleich von Zeit zu Zeit kleine Züge entwischten, welche dem beobachtenden Dion bewiesen, daß er nur noch durch einen Rest von Scham, dem letzten Seufzer der ersterbenden Tugend, zurückgehalten werde. Timocrat triumphierte in sich selbst; seine Absicht war erreicht;

die allzureizende Bacchidion bemächtigte sich der Begierde, des Geschmacks und so gar des Herzens des Tyrannen: Und da er den Timocrat zum Unterhändler seiner Leidenschaft, welche er eine Zeitlang geheim halten wollte, nötig hatte, so war Timocrat von diesem Augenblick an wieder der nächste an seinem Herzen. Der weise Plato bedaurte zu spät, daß er zu viel Nachsicht gegen den Hang dieses Prinzen nach Ergötzungen getragen hatte; er fühlte nun gar zu wohl, daß die Gewalt seiner metaphysischen Bezauberungen durch eine stärkere Zaubermacht aufgelöst worden sei, und fing an, um sich nicht ohne Nutzen beschwerlich zu machen, den Hof seltner zu besuchen. Dion ging weiter: Er unterstund sich, dem Dionys wegen seines geheimen Verständnisses mit der schönen Bacchidion, Vorwürfe zu machen, und ihn seiner Verbindlichkeiten mit einem Ernst zu erinnern, den der Tyrann nicht mehr ertragen konnte. Dionys sprach im Ton eines asiatischen Despoten, und Dion antwortete wie ein Mißvergnügter, der sich stark genug fühlt, den Drohungen eines übermütigen Tyrannen Trotz zu bieten. Philistus hielt den Dionys zurück, der im Begriff war alles zu wagen, indem er seiner Wut den Zügel schießen lassen wollte. Allein in den Umständen worin man mit dem beleidigten Dion war, mußte ein schleuniger Entschluß gefaßt werden. Dion verschwand auf einmal, und erst nach einigen Tagen machte Dionys bekannt: Daß ein gefährliches Complot gegen seine Person, und die Ruhe des Staats, woran Dion in geheim gearbeitet, ihn genötiget hätte, denselben auf einige Zeit aus Sicilien zu entfernen. Es bestätigte sich würklich, daß Dion in der Nacht unvermutet in Verhaft genommen, zu Schiffe gebracht und in Italien ans Land gesetzt worden war. Um das angebliche Complot wahrscheinlich zu machen, wurden verschiedene Freunde Dions, und eine noch größere Anzahl von Creaturen des Philistus, welche gegen diesen Prinzen zu reden bestochen waren, in Verhaft genommen. Man unterließ nichts, was seinem Proceß das Ansehen der genauesten Beobachtung der Justiz-Formalitäten geben konnte; und nachdem er durch die Aussage einer Menge von Zeugen überwiesen worden war, wurde seine Verbannung in ein förmliches Urteil gebracht, und ihm bei Strafe des Lebens verboten, ohne besondere Erlaubnis des Dionys, Sicilien wieder zu betreten. Dionys stellte sich, als ob er dieses Urteil ungern und allein durch die Sorge für die Ruhe des Staats gezwungen unterzeichne; und um eine Probe zu geben, wie gern er eines Prinzen, den er allezeit besonders hochgeschätzt habe, schonen möchte, verwandelte er die Strafe der Confiscation aller seiner Güter in eine bloße Zurückhaltung der Einkünfte von denselben: Aber niemand ließ sich durch diese Vorspieglungen hintergehen, da man bald darauf erfuhr, daß er seine Schwester, die Gemahlin des Dion, gezwungen habe, die Belohnung des unwürdigen Timocrat zu werden.

Plato spielte bei dieser unerwarteten Catastrophe eine sehr demütigende Rolle. Dionys affectierte zwar noch immer, ein großer Bewunderer seiner Wissenschaft und Beredsamkeit zu sein; aber sein Einfluß hatte so gänzlich aufgehört, daß ihm nicht einmal erlaubt war, die Unschuld seines Freundes zu verteidigen. Er wurde täglich zur Tafel eingeladen; aber nur, um mit eignen Ohren anzuhören, wie die Grundsätze seiner Philosophie, die Tugend selbst, und alles was einem gesunden Gemüt ehrwürdig ist, zum Gegenstand leichtsinniger Scherze gemacht wurden, welche sehr oft den echten Witz nicht weniger beleidigten als die Tugend. Und damit ihm alle Gelegenheit benommen würde, die widrigen Eindrücke, welche den Syracusanern gegen den Dion beigebracht worden waren, wieder auszulöschen, wurde ihm unter dem Schein einer besondern Ehrenbezeugung eine Wache gegeben, welche ihn wie einen Staats-Gefangenen beobachtete und eingeschlossen hielt. Der Philosoph hatte denjenigen Teil seiner Seele, welchem er seinen Sitz zwischen der Brust und dem Zwerch-Fell angewiesen, noch nicht so gänzlich gebändiget, daß ihn dieses Betragen des Tyrannen nicht hätte erbittern sollen. Er fing an wie ein freigeborner Athenienser zu sprechen, und verlangte seine Entlassung. Dionys stellte sich über dieses Begehren bestürzt an, und schien alles anzuwenden, um einen so wichtigen Freund bei sich zu behalten; er bot ihm so gar die erste Stelle in seinem Reich, und, wenn Plutarch nicht zuviel gesagt hat, alle seine Schätze an, wofern er sich verbindlich machen wollte, ihn niemals zu verlassen; aber die Bedingung, welche er hinzusetzte, bewies, wie wenig er selbst erwartete, daß seine Erbietungen angenommen werden würden. Denn er verlangte, daß er ihm seine Freundschaft für den Dion aufopfern sollte; und Plato verstund den stillschweigenden Sinn dieser Zumutung. Er beharrete also auf seiner Entlassung, und erhielt sie endlich, nachdem er das Versprechen von sich gegeben hatte, daß er wieder kommen wolle, so bald der Krieg, welchen Dionys wider Carthago anzufangen im Begriff war, geendigt sein würde. Der Tyrann machte sich eine große Angelegenheit daraus, alle Welt zu überreden, daß sie als die besten Freunde von einander schieden; und Platons Ehrgeiz (wenn es anders erlaubt ist, eine solche Leidenschaft bei einem Philosophen vorauszusetzen) fand seine Rechnung zu gut dabei, als daß er sich hätte bemühen sollen, die Welt von dieser Meinung zuheilen. Er gehe, sagte er, nur Dion und Dionys wieder zu Freunden zu machen. Der Tyrann bezeugte sich sehr geneigt hierzu, und hob, zum Beweis seiner guten Gesinnung den Beschlag auf, den er auf die Einkünfte Dions gelegt hatte. Plato hingegen machte sich zum Bürgen für seinen Freund, daß er nichts widriges gegen Dionysen unternehmen sollte. Der Abschied machte eine so traurige

Scene, daß die Zuschauer, (außer den wenigen, welche das Gesicht unter der Maske kannten) von der Gutherzigkeit des Prinzen sehr gerührt wurden; er begleitete den Philosophen bis an seine Galeeren, erstickte ihn fast mit Umarmungen, netzte seine ehrwürdigen Wangen mit Tränen, und sah ihm so lange nach, bis er ihn aus den Augen verlor: Und so kehrten beide, mit gleich erleichtertem Herzen, Plato in seine geliebte Academie, und Dionys in die Arme seiner Tänzerin zurück.

Dieser Tyrann, dessen natürliche Eitelkeit durch die Discurse des Atheniensischen Weisen zu einer heftigen Ruhmbegierde aufgeschwollen war, hatte sich unter andern Schwachheiten in den Kopf gesetzt, für einen Gönner der Gelehrten, für einen Kenner, und so gar für einen der schönen Geister seiner Zeit gehalten zu werden. Er war sehr bekümmert, daß Plato und Dion den Griechen, denen er vorzüglich zu gefallen begierig war, die gute Meinung wieder benehmen möchten, welche man von ihm zu fassen angefangen hatte; und diese Furcht scheint einer von den stärksten Beweggründen gewesen zu sein, warum er den Plato bei ihrer Trennung mit so vieler Freundschaft überhäuft hatte. Er ließ es nicht dabei bewenden. Philistus sagte ihm, daß Griechenland eine Menge von speculativen Müßiggängern habe, welche so berühmt als Plato, und zum teil geschickter seien, einen Prinzen bei Tische oder in verlornen Augenblicken zu belustigen als dieser Mann, der die Schwachheit habe ein lächerlich ehrwürdiges Mittelding zwischen einem Egyptischen Priester, und einem Staatsmanne vorzustellen, und seine unverständlich-erhabene Grillen für Grundsätze, wornach die Welt regiert werden müsse, auszugeben. Er bewies ihm mit den Beispielen seiner eigenen Vorfahren, daß ein Fürst sich den Ruhm eines unvergleichlichen Regenten nicht wohlfeiler anschaffen könne, als indem er Philosophen und Poeten in seinen

Schutz nehme; Leute, welche für die Ehre seine Tischgenossen zu sein, oder für ein mäßiges Gehalt, bereit seien, alle ihre Talente ohne Maß und Ziel zu seinem Ruhm und zu Beförderung seiner Absichten zu verschwenden. Glaubest du, sagte er, daß Hieron der wundertätige Mann, der Held, der Halbgott, das Muster aller fürstlichen, bürgerlichen und häuslichen Tugenden gewesen sei, wofür ihn die Nachwelt hält? Wir wissen was wir davon denken sollen; er war was alle Prinzen sind, und lebte wie sie alle leben; er tat was ich und ein jeder andrer tun würde, wenn wir zu unumschränkten Herren einer so schönen Insel, wie Sicilien ist, geboren wären – Aber er hatte die Klugheit, Simoniden und Pindare an seinem Hofe zu halten; sie lobten ihn in die Wette, weil sie wohl gefüttert und wohl bezahlt wurden; alle Welt erhob die Freigebigkeit dieses Prinzen, und doch kostete ihn dieser Ruhm nicht halb soviel, als seine Jagdhunde. Wer wollte ein König sein, wenn ein König das alles würklich tun müßte, was sich ein müßiger Sophist auf seinem Faulbette oder Diogenes in seinem Fasse einfallen läßt, ihm zu Pflichten zu machen? Wer wollte regieren, wenn ein Regent allen Forderungen und Wünschen seiner Untertanen genug tun müßte? Das meiste, wo nicht alles, kömmt auf die Meinung an, die ein großer Herr von sich erweckt; nicht auf seine Handlungen selbst, sondern auf die Gestalt und den Schwung, den er ihnen zu geben weiß. Was er nicht selbst tun will, oder tun kann, das können witzige Köpfe für ihn tun. Haltet euch einen Philosophen, der alles demonstrieren, einen sinnreichen Schwätzer, der über alles scherzen, und einen Poeten, der über alles Gassenlieder machen kann. Der Nutzen, den ihr von dieser kleinen Ausgabe zieht, fällt zwar nicht sogleich in die Augen; ob es gleich an sich selbst schon Vorteils genug für einen Fürsten ist, für einen Beschützer der Musen gehalten zu werden. Denn das ist in den Augen von neun und neunzig hundertteilen des menschlichen Geschlechts ein untrüglicher Beweis, daß er selbst ein Herr von großer Einsicht, und Wissenschaft ist; und diese Meinung erweckt Zutrauen, und ein günstiges Vorurteil für alles was er unternimmt. Aber das ist der geringste Nutzen, den ihr von euern witzigen Kostgängern zieht. Setzet den Fall, daß es nötig sei eine neue Auflage zu machen; das ist alles was ihr braucht, um in einem Augenblick ein allgemeines Murren gegen eure Regierung zu erregen; die Mißvergnügten, eine Art von Leuten, welche die klügste Regierung niemals gänzlich ausrotten kann, machen sich einen solchen Zeitpunct zu nutze; setzen das Volk in Gärung, untersuchen eure Aufführung, die Verwaltung eurer Einkünfte, und tausend Dinge, an welche vorher niemand gedacht hatte; die Unruhe nimmt zu, die Repräsentanten des Volks versammeln sich, man übergibt euch eine Vorstellung, eine Beschwerung um die andere; unvermerkt nimmt man sich heraus die Bitten in Forderungen zu verwandeln, und die Forderungen mit ehrfurchtsvollen Drohungen zu unterstützen; kurz, die Ruhe euers Lebens ist, wenigstens auf einige Zeit, verloren; ihr befindet euch in critischen Umständen, wo der kleinste Fehltritt die schlimmesten Folgen nach sich ziehen kann, und es braucht nur einen Dion, der sich zu einer solchen Zeit einem mißvergnügten Pöbel an den Kopf wirft, so habt ihr einen Aufruhr in seiner ganzen Größe. Hier zeigt sich der wahre Nutzen unsrer witzigen Köpfe. Durch ihren Beistand können wir in etlichen Tagen allen diesen Übeln zuvorkommen. Laßt den Philosophen demonstrieren, daß diese Auflage zur Wohlfahrt des gemeinen Wesens unentbehrlich ist; laßt den Spaßvogel irgend einen lächerlichen Einfall, irgend eine lustige Hof-Anecdote oder ein boshaftes Märchen in der Stadt herumtragen, und den Poeten eine neue Comödie und ein paar Gassenlieder machen, um dem

Pöbel was zu sehen und zu singen zu geben: So wird alles ruhig bleiben; und indessen daß die politischen Müßiggänger sich darüber zanken werden, ob euer Philosoph recht oder unrecht argumentiert habe, und die kleine ärgerliche Anecdote reichlich ausgeziert und verschönert, den Witz aller guten Gesellschaften im Atem erhält: Wird der Pöbel ein paar Flüche zwischen den Zähnen murmeln, seinen Gassenhauer anstimmen, und – bezahlen. Solche Dienste sind, deucht mich wohl wert, etliche Leute zu unterhalten, die ihren ganzen Ehrgeiz darin setzen, Worte zierlich zusammenzusetzen, Sylben zu zählen, Ohren zu kitzeln und Lungen zu erschüttern; Leute, denen ihr alle ihre Wünsche erfüllt, wenn ihr ihnen so viel gebt, als sie brauchen, kummerlos durch eine Welt, an die sie wenig Ansprüche machen, hindurchzuschlentern, und nichts zu tun, als was der Wurm im Kopf, den sie ihren Genie nennen, ihnen zum größesten Vergnügen ihres Lebens macht.

Dionys befand diesen Rat seines würdigen Ministers vollkommen nach seinem Geschmack. Philistus übergab ihm eine Liste von mehr als zwanzig Candidaten, aus denen man, wie er sagte, nach Belieben auswählen könnte. Dionys glaubte, daß man dieser nützlichen Leute nicht zuviel haben könne, und wählte alle. Alle schönen Geister Griechenlands wurden unter blendenden Verheißungen an seinen Hof eingeladen. In kurzer Zeit wimmelte es in seinen Vorsälen von Philosophen und Priestern der Musen. Alle Arten von Dichtern, Epische, Tragische, Comische, Lyrische, welche ihr Glück zu Athen nicht hatten machen können, zogen nach Syracus, um ihre Leiern und Flöten an den anmutigen Ufern des Anapus zu stimmen, und – sich satt zu essen. Sie glaubten, daß es ihnen gar wohl erlaubt sein könne, die Tugenden des Dionys zu besingen, nachdem der göttliche Pindar sich nicht geschämt hatte, die Maulesel des Hieron unsterblich zu machen.

So gar der cynische Antisthenes ließ sich durch die Hoffnung herbeilocken, daß ihn die Freigebigkeit des Dionys in den Stand setzen würde, die Vorteile der freiwilligen Armut und der Enthaltsamkeit mit desto mehr Gemächlichkeit zu studieren; Tugenden, von deren Schönheit, nach dem stillschweigenden Geständnis ihrer eifrigsten Lobredner, sich nach einer guten Mahlzeit am beredtesten sprechen läßt. Kurz, Dionys hatte das Vergnügen, ohne einen Plato dazu nötig zu haben, sich mitten an seinem Hofe eine Academie für seinen eignen Leib zu errichten, deren Vorsteher und Apollo er selbst zu sein würdigte, und in welcher über die Gerechtigkeit, über die Grenzen des Guten und Bösen, über die Quelle der Gesetze, über das Schöne, über die Natur der Seele, der Welt und der Götter, und andere solche Materien, welche nach den gewöhnlichen Begriffen der Weltleute zu nichts als zur Conversation gut sind, mit so vieler Schwatzhaftigkeit, mit so viel Subtilität und so wenig gesunder Vernunft disputiert wurde, als es in irgend einer Schule der Weisheit der damaligen Zeiten zu geschehen pflegte. Er hatte das Vergnügen sich bewundern, und wegen einer Menge von Tugenden und Helden-Eigenschaften lobpreisen zu hören, die er sich selbst niemals zugetraut hätte. Seine Philosophen waren keine Leute, die, wie Plato, sich herausgenommen hätten, ihn hofmeistern, und lehren zu wollen, wie er zuerst sich selbst, und dann seinen Staat regieren müsse. Der strengeste unter ihnen war zu höflich, etwas an seiner Lebensart auszusetzen, und alle waren bereit es einem jeden Zweifler sonnenklar zu beweisen, daß ein Tyrann, der Zueignungs-Schriften, und Lobgedichte so gut bezahlte, so gastfrei war, und seine getreuen Untertanen durch den Anblick so vieler Feste und Lustbarkeiten glücklich machte, der würdigste unter allen Königen sein müsse.

In diesen Umständen befand sich der Hof zu Syracus,

als der Held unsrer Geschichte in dieser Stadt ankam; und so war der Fürst beschaffen, welchem er, unter ganz andern Voraussetzungen, seine Dienste anzubieten gekommen war.

Fünftes Capitel

Agathon wird der Günstling des Dionysius

Agathon erfuhr die hauptsächlichsten Begebenheiten, welche den Inhalt des vorhergehenden Capitels ausmachen, bei einem großen Gastmahl, welches sein Freund der Kaufmann, des folgenden Tages gab, um Agathons Ankunft in Syracus, und seine eigene Wiederkunft feirlich zu begehen. Der Name eines Gastes, der eine Zeit lang den Griechen so viel von sich zu reden gegeben hatte, zog unter andern Neugierigen auch den Philosophen Aristippus herbei, der sowohl wegen der Annehmlichkeiten seines Umgangs, als wegen der Gnade, worin er bei dem Tyrannen stund, in den besten Häusern zu Syracus sehr willkommen war. Dieser Philosoph hatte sich, bei jener großen Migration der schönen Geister aus Griechenland nach Syracus, auch dahin begeben, mehr um einen beobachtenden Zuschauer abzugeben, als in der Absicht, durch parasitische Künste die Eitelkeit des Dionys seinen Bedürfnissen zinsbar zu machen. Agathon und Aristippus hatten einander zu Athen gekannt; aber damals contrastierte der Enthusiasmus des Ersten mit dem kalten Blut, und der Humoristischen Art zu philosophieren des Andern zu stark, als daß sie einander wahrhaftig hätten hochschätzen können, obgleich Aristipp sich öfters bei den Versammlungen einfand, welche damals aus Agathons Haus einen Tempel der Musen, und eine Academie der besten Köpfe von Athen machten. Die Wahrheit war, daß Agathon mit allen seinen schimmernden Eigenschaften in Aristipps Augen ein Phantast, dessen Unglück er seinen Vertrauten öfters vorhersagte – und Aristipp mit allem seinem Witz nach Agathons Begriffen ein bloßer Sophist war, den seine Grundsätze geschickter machten, weibische Sybariten noch sybaritischer, als junge Republicaner zu tugendhaften Männern zu machen. Der Eindruck, welcher beiden von dieser ehmals von einander gefaßten Meinung geblieben war, machte sie stutzen, da sie sich nach einer Trennung von drei oder vier Jahren so unvermutet wieder sahen. Es ging ihnen in den ersten Augenblicken, wie es uns zu gehen pflegt, wenn uns deucht, als ob wir eine Person kennen sollten, ohne uns gleich deutlich erinnern zu können, wer sie ist, oder wo und in welchen Umständen wir sie gesehen haben. Das sollte Agathon – – das sollte Aristipp sein, dachte jeder bei sich selbst, war überzeugt, daß es so sei, und hatte doch Mühe, seiner eigenen Überzeugung zu glauben. Aristipp suchte im Agathon den Enthusiasten, welcher nicht mehr war; und Agathon glaubte im Aristipp den Sybariten nicht mehr zu finden; vielleicht allein, weil seine Art, Personen und Sachen ins Auge zu fassen, seit einiger Zeit eine merkliche Veränderung erlitten hatte. Ein Umgang von etlichen Stunden lösete beiden das Rätsel ihres anfänglichen Irrtums auf, zerstreute den Rest des alten Vorurteils, und flößte ihnen Dispositionen ein, bessere Freunde zu werden. Unvermerkt erinnerten sie sich nicht mehr, daß sie einander ehmals weniger gefallen hatten; und ihr Herz liebte den kleinen Selbstbetrug, dasjenige was sie izt für einander empfanden, für die bloße Erneuerung einer alten Freundschaft zu halten. Aristipp fand bei unserm Helden, eine Gefälligkeit, eine Politesse, eine Mäßigung, welche ihm zu beweisen schien, daß Erfahrungen von mehr als einer Art eine starke Revolution in seinem Gemüte gewürkt haben mußten. Agathon fand bei dem Philosophen von Cyrene etwas mehr als Witz, einen Beobachtungs-Geist, eine gesunde Art zu denken, eine Feinheit und Richtigkeit der Beurteilung, welche den Schüler des weisen Socrates in ihm erkennen ließen. Diese Entdeckungen flößeten ihnen natürlicher Weise ein gegenseitiges Zutrauen ein, welches sie geneigt machte, sich weniger vor einander zu verbergen, als man bei einer ersten Zusammenkunft zu tun gewohnt ist. Agathon ließ seinem neuen Freunde sein Erstaunen darüber sehen, daß die Hoffnungen, welche man sich zum Vorteil Siciliens von Platons Ansehen bei dem Dionys gemacht, so plötzlich, und auf eine so unbegreifliche Art, vernichtet worden. In der Tat bestund alles was man in der Stadt davon wußte, in bloßen Mutmaßungen, die sich zum Teil auf allerlei unzuverlässige Anecdoten gründeten, welche in Städten, wo ein Hof ist von müßigen Leuten, die sich das Ansehen geben wollen, als ob sie von den Geheimnissen und Intriguen des Hofes vollkommene Wissenschaft hätten, von Gesellschaft zu Gesellschaft herumgetragen zu werden pflegen. Aristipp hatte in der kurzen Zeit, seit dem er sich an Dionysens Hofe aufhielt, die schwache Seite dieses Prinzen, den Character seiner Günstlinge, der Vornehmsten der Stadt, und der Sicilianer überhaupt so gut ausstudiert, daß er, ohne sich in die Entwicklung der geheimern Triebfedern (womit wir unsre Leser schon bekannt gemacht haben) einzulassen, den Agathon leicht überzeugen konnte, daß ein gleichgültiger Zuseher von den Anschlägen, Dions und Platons, den Dionys zu einer freiwilligen Niederlegung der monarchischen Gewalt zu vermögen, sich keinen glücklichern Ausgang habe versprechen können. Er malte den Tyrannen von seiner besten Seite als einen Prinzen ab, bei dem die unglücklichste Erziehung ein vortreffliches Naturell nicht habe verderben können; der von Natur leutselig, edel, freigebig, und dabei so bildsam und leicht zu regieren sei, daß alles bloß darauf ankomme, in was für Händen er sich befinde. Seiner Meinung nach war, eben diese allzubewegliche Gemütsart und der Hang für die Vergnügungen der Sinnen die fehlerhafteste Seite dieses Prinzen. Plato hätte die Kunst verstehen sollen, sich dieser Schwachheiten selbst auf eine feine Art zu seinen Absichten zu bedienen; aber das hätte eine Geschmeidigkeit, eine kluge Mischung von Nachgiebigkeit und Zurückhaltung erfordert, wozu der Verfasser des Cratylus und Timäus niemals fähig sein werde. Überdem hätte er sich zu deutlich merken lassen, daß er gekommen sei, den Hofmeister des Prinzen zu machen; ein Umstand, der schon für sich allein alles habe verderben müssen. Denn die schwächsten Fürsten seien allemal diejenigen, vor denen man am sorgfältigsten verbergen müsse, daß man weiter sehe als sie; sie würden sich's zur Schande rechnen, sich von dem größesten Geist in der Welt regieren zu lassen, so bald sie glauben, daß er eine solche Absicht im Schilde führe; und daher komme es, daß sie sich oft lieber der schimpflichen Herrschaft eines Cammerdieners oder einer Maitresse unterwerfen, welche die Kunstgriffe besitzen, ihre Gewalt über das Gemüt des Herrn unter sclavischen Schmeicheleien oder schlauen Liebkosungen zu verbergen. Plato sei zu einem Minister eines so jungen Prinzen zu spitzfündig, und zu einem Günstling zu alt gewesen; zudem habe ihm seine vertraute Freundschaft mit dem Dion geschadet, da sie seinen heimlichen Feinden beständige Gelegenheit gegeben, ihn dem Prinzen verdächtig zu machen. Endlich habe der Einfall, aus Sicilien eine platonische Republik zu machen, an sich selbst nichts getaugt. Der National-Geist der Sicilianer sei eine Zusammensetzung von so schlimmen Eigenschaften, daß es, seiner Meinung nach, dem weisesten Gesetzgeber unmöglich bleiben würde, sie zur republicanischen Tugend umzubilden;

und Dionys, welcher unter gewissen Umständen fähig sei ein guter Fürst zu werden, würde, wenn er sich auch in einem Anstoß von eingebildeter Großmut hätte bereden lassen, die Tyrannie aufzuheben, allezeit ein sehr schlimmer Bürger gewesen sein. Diese allgemeine Ursachen seien, was auch die nähern Veranlassungen der Verbannung des Dion und der Ungnade oder wenigstens der Entfernung des Platon gewesen sein mögen, hinlänglich begreiflich zu machen, daß es nicht anders habe gehen können; sie bewiesen aber auch (setzte Aristipp mit einer anscheinenden Gleichgültigkeit hinzu) daß ein Anderer, der sich die Fehler dieser Vorgänger zu Nutzen zu machen wißte, wenig Mühe haben würde, die unwürdigen Leute zu verdrängen, welche sich wieder in den Besitz des Zutrauens und der Autorität des Tyrannen geschwungen hätten.

Agathon fand diese Gedanken seines neuen Freundes so wahrscheinlich, daß er sich überreden ließ, sie für wahr anzunehmen. Und hier spielte ihm die Eigenliebe einen kleinen Streich, dessen er sich nicht zu ihr vermutete. Sie flüsterte ihm so leise, daß er ihren Einhauch vielleicht für die Stimme seines Genius, oder der Tugend selbsten hielt, den Gedanken zu – wie schön es wäre, wenn Agathon dasjenige zu Stande bringen könnte, was Plato vergebens unternommen hatte. Wenigstens deuchte es ihn schön, den Versuch zu machen; und er fühlte eine Art von ahnendem Bewußtsein, daß eine solche Unternehmung nicht über seine Kräfte gehen würde. Diese Empfindungen (denn Gedanken waren es noch nicht) stiegen, während daß Aristippus sprach, in ihm auf; aber er nahm sich wohl in Acht, ihn das geringste davon merken zu lassen; und lenkte, aus Besorgnis von einem so schlauen Höflinge unvermerkt ausgekundschaftet zu werden, das Gespräch auf andre Gegenstände. Überhaupt vermied er alles, was die Aufmerksamkeit der Anwesenden vorzüglich auf ihn hätte richten können, desto sorgfältiger, da er wahrnahm, daß man einen außerordentlichen Mann in ihm zu sehen erwartete. Er sprach sehr bescheiden, und nur so viel als die Gelegenheit unumgänglich erfoderte, von dem Anteil, den er an der Staats-Verwaltung von Athen gehabt hatte; ließ die Anlässe entschlüpfen, die ihm von einigen mit guter Art (wie sie wenigstens glaubten) gemacht wurden, um seine Gedanken von Regierungs-Sachen, und von den Syracusanischen Angelegenheiten auszuholen; sprach von allem wie ein gewöhnlicher Mensch, der sich auf das was er spricht versteht, und begnügte sich bei Gelegenheit sehen zu lassen, daß er ein Kenner aller schönen Sachen sei, ob er sich gleich nur für einen Liebhaber gab. Dieses Betragen, wodurch er allen Verdacht, als ob er aus besondern Absichten nach Syracus gekommen sei, von sich entfernen wollte, hatte die Würkung, daß die Meisten, welche mit einem Erwartungs-vollen Vorurteil für ihn gekommen waren, sich für betrogen hielten, und mit der Meinung weggingen, Agathon halte in der Nähe nicht, was sein Ruhm verspreche: Ja, um sich dafür zu rächen, daß er nicht so war, wie er ihrer Einbildung zu lieb hätte sein sollen, liehen sie ihm noch einige Fehler, die er nicht hatte, und verringerten den Wert der schönen Eigenschaften, welche er entweder nicht verbergen konnte, oder nicht verbergen wollte; gewöhnliches Verfahren der kleinen Geister, wodurch sie sich unter einander in der tröstlichen Beredung zu stärken suchen, daß kein so großer Unterscheid, oder vielleicht gar keiner, zwischen ihnen und den Agathonen sei – und wer wird so unbillig sein, und ihnen das übel nehmen?

Sobald sich unser Mann allein sah, überließ er sich den Betrachtungen, die in seiner gegenwärtigen Stellung die natürlichsten waren. Sein erster Gedanke, sobald er gehört hatte, daß Plato entfernt, und Dionys wieder in der Gewalt seiner ehemaligen Günstlinge und einer neuangekommenen Tänzerin sei, war gewesen, sich nur wenige Tage bei seinem Freunde verborgen zu halten, und sodann nach Italien überzufahren, wo er verschiedne Ursachen hatte zu hoffen, daß er in dem Hause des berühmten Archytas zu Tarent willkommen sein würde. Allein die Unterredung mit dem Aristippus hatte ihn auf andre Gedanken gebracht. Je mehr er dasjenige, was ihm dieser Philosoph von den Ursachen der vorgegangenen Veränderungen gesagt hatte, überlegte; je mehr fand er sich ermuntert, das Werk, welches Plato aufgegeben hatte, auf einer andern Seite, und, wie er hoffte, mit besserm Erfolg, anzugreifen. Von tausend manchfaltigen Gedanken hin und her gezogen, brachte er den größesten Teil der Nacht in einem Mittelstand zwischen Entschließung und Ungewißheit zu, bis er endlich mit sich selbst einig wurde, es darauf ankommen zu lassen, wozu ihn die Umstände bestimmen würden. Inzwischen machte er sich auf den Fall, wenn ihn Dionys an seinen Hof zu ziehen suchen sollte, einen Verhaltungs-Plan; er stellte sich eine Menge Zufälle vor, welche begegnen konnten, und setzte die Maßregeln bei sich selbst feste, nach welchen er in allen diesen Umständen handeln wollte. Die genaueste Verbindung der Klugheit mit der Rechtschaffenheit war die Seele davon. Sein eigner Vorteil kam dabei in gar keine Betrachtung; dieser Punct lag durch aus zum Grunde seines ganzen Systems; er wollte sich durch keine Art von Banden fesseln lassen, sondern immer die Freiheit behalten, sich so bald er sehen würde, daß er vergeblich arbeite, mit Ehre zurückzuziehen. Das war die einzige Rücksicht, die er dabei auf sich selbst machte. Die lebhafte Abneigung, die er, aus eigener Erfahrung gegen alle populare Regierungs-Arten gefaßt hatte, ließ ihn nicht daran denken, den Sicilianern zu einer Freiheit behülflich zu sein, welche er für einen bloßen Namen hielt, unter dessen Schutz die Edeln eines Volkes und der Pöbel einander wechselweise ärger tyrannisieren als es irgend ein Tyrann zu tun fähig ist; der so arg er immer sein mag, doch durch seinen eigenen Vorteil abgehalten wird, seine Sclaven gänzlich aufzureiben; – da hingegen der Pöbel, wenn er die Gewalt einmal an sich gerissen hat, seinen wilden Bewegungen keine Grenzen zu setzen fähig ist. Diese Reflexion traf zwar nur die Democratie; aber Agathon hatte von der Aristocratie keine bessere Meinung. Eine endlose Reihe von schlimmen Monarchen schien ihm etwas, das nicht in der Natur ist; und ein einziger guter Fürst, war, nach seiner Voraussetzung, vermögend, das Glück seines Volkes auf ganze Jahrhunderte zu befestigen; da hingegen (seiner Meinung nach) die Aristocratie anders nicht als durch die gänzliche Unterdrückung des Volks auf einen dauerhaften Grund gesetzt werden könne, und also schon aus dieser einzigen Ursache die schlimmste unter allen möglichen Verfassungen sei. So sehr gegen diese beide Regierungs-Arten eingenommen als er war, konnte er nicht darauf verfallen, sie mit einander vermischen, und durch eine Art von politischer Chemie aus so widerwärtigen Dingen eine gute Composition herausbringen zu wollen. Eine solche Verfassung deuchte ihn allzuverwickelt, und aus zu vielerlei Gewichtern und Rädern zusammengesetzt, um nicht alle Augenblicke in Unordnung zu geraten, und sich nach und nach selbst aufzureiben. Die Monarchie schien ihm also, von allen Seiten betrachtet, die einfacheste, edelste, und der Analogie des großen Systems der Natur gemäßeste Art die Menschen zu regieren; und dieses vorausgesetzt, glaubte er alles getan zu haben, wenn er einen zwischen Tugend und Laster hin und her wankenden Prinzen aus den Händen schlimmer Ratgeber ziehen; durch einen klugen Gebrauch der Gewalt, die er über sein Gemüt zu bekommen hoffte, seine Denkungs-Art verbessern; und ihn nach und nach durch die eigentümlichen Reizungen der Tugend endlich vollkommen gewinnen könnte. Und gesetzt auch, daß es ihm nur auf eine unvollkommene Art gelingen würde; so hoffte er, wofern er sich nur einmal seines Herzens bemeistert haben würde, doch immer im Stande zu sein, viel gutes zu tun, und viel Böses zu verhindern, und auch dieses schien ihm genug zu sein, um beim Schluß der Action mit dem belohnenden Gedanken, eine schöne Rolle wohl gespielt zu haben, vom Theater abzutreten. In diesen sanfteinwiegenden Gedanken schlummerte Agathon endlich ein, und schlief noch, als Aristippus des folgenden Morgens wiederkam, um ihn im Namen des Dionys einzuladen, und bei diesem Prinzen aufzuführen.

Die Seite, von der sich dieser Philosoph in der gegenwärtigen Geschichte zeigt, stimmt mit dem gemeinen Vorurteil, welches man gegen ihn gefaßt hat, so wenig überein, als dieses mit den gewissesten Nachrichten, welche von seinem Leben und von seinen Meinungen auf uns gekommen sind. In der Tat scheint dasselbe sich mehr auf den Mißverstand seiner Grundsätze und einige ärgerliche Märchen, welche Diogenes von Laerte und Athenäus, zween von den unzuverlässigsten Compilatoren in der Welt, seinen Feinden nacherzählen, als auf irgend etwas zu gründen, welches ihm unsere Hochachtung mit Recht entziehen könnte. Es hat zu allen Zeiten eine Art von Leuten gegeben, welche nirgends als in ihren Schriften tugendhaft sind; Leute, welche die Verdorbenheit ihres Herzens, und ihre geheimen Laster durch die Affectation der strengesten Grundsätze in der Sittenlehre bedecken wollen; moralische Pantomimen, qui Curios simulant & Bacchanalia vivunt; Leute, welche sich das Ansehen einer außerordentlichen Delicatesse der Ohren in moralischen Dingen geben, und von dem bloßen Schall des Worts Wollust, mit einem heiligen Schauer, errötend – – oder erblassend, zusammenfahren; kurz,

Leute, welche jedermann verachten würde, wenn nicht der größeste Haufen dazu verurteilt wäre, sich durch Masken-Gesichter, Minen, Gebärden, Inflexionen der Stimme, verdrehte Augen, und – – weiße Schnupftücher betrügen zu lassen. Diese vortrefflichen Leute, (welche wir etwas genauer beschrieben haben, weil es nicht mehr gebräuchlich ist, denenjenigen einen Bündel Heu vor die Stirne zu binden, denen man nicht allzunahe kommen darf,) taten schon damals ihr Bestes, den guten Aristipp für einen Wollüstling auszuschreien, dessen ganze Philosophie darin bestehe, daß er die Forderungen unsrer sinnlichen Triebe zu Grundsätzen gemacht, und die Kunst gemächlich und angenehm zu leben, in ein System gebracht habe.

Es ist hier der Ort nicht, die Unbilligkeit und den Ungrund dieses Urteils zu beweisen; und dieses ist auch so nötig nicht, nachdem bereits einer der ehrwürdigsten und verdienstvollesten Gelehrten unsrer Zeit, ein Mann der durch die Eigenschaften seines Verstandes und Herzens den Namen eines Weisen verdient, wenn ihn ein Sterblicher verdienen kann, ungeachtet seines Standes den Mut gehabt hat, in seiner critischen Geschichte der Philosophie diesem würdigen Schüler des Socrates Gerechtigkeit widerfahren zu lassen.

Ohne uns also um Aristipps Lehrsätze zu bekümmern, begnügen wir uns, von seinem persönlichen Character so viel zu sagen als man wissen muß, um die Person, die er an Dionysens Hofe vorstellte, richtiger beurteilen zu können. Unter allen den vorgeblichen Weisen, welche sich damals an diesem Hofe befanden, war er der einzige, der keine heimliche Absichten auf die Freigebigkeit des Prinzen hatte; ob er sich gleich kein Bedenken machte, Geschenke von ihm anzunehmen, die er nicht durch parasitische Niederträchtigkeiten erkaufte. Durch seine natürliche Denkungs-Art eben so sehr als durch seine, in der Tat ziemlich gemächliche Philosophie, von Ambition und Geldgierigkeit gleich entfernt, bediente er sich eines zulänglichen Erbguts, (welches er bei Gelegenheit durch den erlaubten Vorteil, den er von seinen Talenten zog, zu vermehren wußte) um, nach seiner Neigung, mehr einen Zuschauer als einen Acteur auf dem Schauplatz der Welt vorzustellen. Da er einer der besten Köpfe seiner Zeit war, so gab ihm diese Freiheit, worin er sich sein ganzes Leben durch erhielt, Gelegenheit sich einen Grad von Einsicht zu erwerben, der ihn zu einem scharfen und sichern Beurteiler aller Gegenstände des menschlichen Lebens machte. Meister über seine Leidenschaften, welche von Natur nicht heftig waren; frei von allen Arten der Sorgen, und in den Tumult der Geschäfte selbst niemals verwickelt, war es ihm nicht schwer, sich immer in dieser Heiterkeit des Geistes, und in dieser Ruhe des Gemütes zu erhalten, welche die Grundzüge von dem Character eines weisen Mannes ausmachen. Er hatte seine schönsten Jahre zu Athen, in dem Umgang mit Socrates und den größesten Männern dieses berühmten Zeitalters zugebracht; die Euripiden und Aristophane, die Phidias und die Polygnote, und die Wahrheit zu sagen, auch die Phrynen, und Laiden, Damen, an denen die Schönheit die geringste ihrer Reizungen war, hatten seinen Witz gebildet, und jenes zarte Gefühl des Schönen in ihm entwickelt, welches ihn die Munterkeit der Grazien mit der Severität der Philosophie auf eben diese unnachahmliche Art verbinden lehrte, die ihm den Neid aller philosophischen Mäntel und Bärte seiner Zeit auf den Hals zog. Nichts übertraf die Annehmlichkeit seines Umgangs; niemand wußte so gut wie er, die Weisheit unter der gefälligen Gestalt des lächelnden Scherzes und der guten Laune in solche Gesellschaften einzuführen, wo sie in ihrer eignen Gestalt nicht willkommen wäre. Er besaß das Geheimnis, den Großen selbst die unangenehmste Wahrheiten mit Hülfe eines Einfalls oder einer Wendung erträglich zu machen, und sich an dem langweiligen Geschlechte der Narren und Gecken, wovon die Höfe der (damaligen) Fürsten wimmelten, durch einen Spott zu rächen, den sie dumm genug waren, mit dankbarem Lächeln für Beifall anzunehmen. Die Lebhaftigkeit seines Geistes und die Kenntnis, die er von allen Arten des Schönen besaß, machte daß er wenige seines Gleichen hatte, wo es auf die Erfindung sinnreicher Ergötzlichkeiten, auf die Anordnung eines Festes, die Auszierung eines Hauses, oder auf das Urteil über die Werke der Dichter, Tonkünstler, Maler und Bildhauer ankam. Er liebte das Vergnügen, weil er das Schöne liebte; und aus eben diesem Grunde liebte er auch die Tugend: Aber er mußte das Vergnügen in seinem Wege finden, und die Tugend mußte ihm keine allzubeschwerliche Pflichten auflegen; dem einen oder der andern seine Gemächlichkeit aufzuopfern, so weit ging seine Liebe nicht. Sein vornehmster Grundsatz, und derjenige, dem er allezeit getreu blieb, war; daß es in unsrer Gewalt sei, in allen Umständen glücklich zu sein; des Phalaris glühenden Ochsen ausgenommen; denn wie man in diesem sollte glücklich sein können, davon konnte er sich keinen Begriff machen. Er setzte voraus, daß Seele und Leib sich im Stande der Gesundheit befinden müßten, und behauptete, daß es als dann nur darauf ankomme, daß wir uns nach den Umständen richten; anstatt, wie der große Haufe der Sterblichen, zu verlangen, daß sich die Umstände nach uns richten sollen, oder ihnen, zu diesem Ende Gewalt antun zu wollen. Von dieser sonderbaren Geschmeidigkeit kam es her, daß er das vielbedeutende Lob verdiente, welches ihm Horaz gibt, daß ihm alle Farben, alle Umstände des günstigen oder widrigen Glückes gleich gut anstunden; oder wie Plato von ihm sagte, daß es ihm allein gegeben war, ein Kleid von Purpur, und einen Kittel von Sackleinwand mit gleich guter Art zu tragen.

Es ist kein schwacher Beweis, wie wenig es dem Dionys an Fähigkeit das Gute zu schätzen gefehlt habe, daß er Aristippen um aller dieser Eigenschaften willen höher achtete, als alle andern Gelehrten seines Hofes; daß er ihn am liebsten um sich leiden mochte, und sich öfters von ihm durch einen Scherz zu guten Handlungen bewegen ließ, wozu ihn seine Pedanten mit aller ihrer Dialectik und schulgerechten Beredsamkeit nicht zu vermögen fähig waren.

Diese characteristische Züge vorausgesetzt, läßt sich, deucht uns, keine wahrscheinlichere Ursache angeben, warum Aristipp, so bald er unsern Helden zu Syracus erblickte, den Entschluß faßte, ihn bei dem Dionys in Gunst zu setzen, als diese; daß er begierig war zu sehen, was aus einer solchen Verbindung werden, und wie sich Agathon in einer so schlüpfrigen Stellung verhalten würde. Denn auf einige besondere Vorteile für sich selbst konnte er dabei kein Absehen haben, da es nur auf ihn ankam, ohne einen Mittelsmann zu bedürfen, sich die Gnade eines Prinzen zu Nutzen zu machen, der in einem Anstoß von prahlerhafter Freigebigkeit fähig war, die Einkünfte von einer ganzen Stadt an einen Luftspringer oder Citharspieler wegzuschenken.

Dem sei indessen wie ihm wolle, so hatte Aristipp nichts angelegners, als des nächsten Morgens den Prinzen, dem er bei seinem Aufstehen aufzuwarten pflegte, von dem neuangekommenen Agathon zu unterhalten, und eine so vorteilhafte Abschilderung von ihm zu machen, daß Dionys begierig wurde, diesen außerordentlichen Menschen von Person zu kennen. Aristipp erhielt also den Auftrag, ihn unverzüglich nach Hofe zu bringen; und er vollzog denselben, ohne unsern Helden merken zu lassen, wieviel Anteil er an dieser Neugier des Prinzen gehabt hatte.

Agathon sah eine so bald erfolgende Einladung als ein gutes Omen an, und machte keine Schwierigkeit sie anzunehmen. Er erschien also vor dem Dionys, der ihn mitten unter seinen Hofleuten auf eine sehr leutselige Art empfing. Er erfuhr bei dieser Gelegenheit abermal, daß die Schönheit eine stumme Empfehlung an alle Menschen, welche Augen haben, ist. Diese Gestalt des Vaticanischen Apollo, die ihm schon so manchen guten – – und schlimmen – – Dienst getan, die ihm die Verfolgungen der Pythia und die Zuneigung der Athenienser zugezogen, ihn in den Augen der thrazischen Bacchantinnen zum Gott, und in den Augen der schönen Danae zum liebenswürdigsten der Sterblichen gemacht hatte – – Diese Gestalt, diese einnehmende Gesichts-Bildung, diese mit Würde und Anstand zusammenfließende Grazie, welche allen seinen Bewegungen und Handlungen eigen war – – taten ihre Würkung, und zogen ihm beim ersten Anblick die allgemeine Bewunderung zu. Dionys, welcher als König zu wohl mit sich selbst zufrieden war, um über einen Privat-Mann wegen irgend einer Vollkommenheit eifersüchtig zu sein, überließ sich dem angenehmen Eindruck, den dieser schöne Fremdling auf ihn machte. Die Philosophen hofften, daß das Inwendige einer so viel versprechenden Außenseite nicht gemäß sein werde, und diese Hoffnung setzte sie in den Stand, mit einem Nasenrümpfen, welches den geringen Wert, den sie einem solchen Vorzug beilegten, andeutete, einander zu zuraunen, daß er – – schön sei. Aber die Höflinge hatten Mühe ihren Verdruß darüber zu verbergen, daß sie keinen Fehler finden konnten, der ihnen den Anblick so vieler Vorzüge erträglich gemacht hätte. Wenigstens waren dieses die Beobachtungen, welche der kaltsinnige Aristipp bei dieser Gelegenheit zu machen glaubte.

Agathon verband in seinen Reden und in seinem ganzen Betragen so viel Bescheidenheit und Klugheit mit dieser edeln Freiheit und Zuversichtlichkeit eines Weltmannes, worin er sich zu Smyrna vollkommen gemacht hatte; daß Dionys in wenigen Stunden ganz von ihm eingenommen war. Man weiß, wie wenig es oft bedarf, den Großen der Welt zu gefallen, wenn uns nur der erste Augenblick günstig ist. Agathon mußte also dem Dionys, welcher würklich Geschmack hatte, notwendig mehr gefallen, als irgend ein anderer, den er jemals gesehen hatte; und das, in immerzunehmendem Verhältnis, so wie sich, von einem Augenblick zum andern, die Vorzüge und Talente unsers Helden entwickelten. In der Tat besaß er deren so viele, daß der Neid der Höflinge, der in gleicher Proportion von Stunde zu Stunde stieg, gewisser maßen zu entschuldigen war; die guten Leute würden sich viel auf sich selbst eingebildet haben, wenn sie nur diejenigen Eigenschaften, in einem solchen Grad, einzeln besessen hätten, welche in ihm vereinigt, dennoch den geringsten Teil seines Wertes ausmachten. Er hatte die Klugheit, anfänglich seine gründlichere Eigenschaften zu verbergen, und sich bloß von derjenigen Seite zu zeigen, wodurch sich die Hochachtung der Weltleute am sichersten überraschen läßt. Er sprach von allem mit dieser Leichtigkeit des Witzes, welche nur über die Gegenstände dahinglitscht, und wodurch sich oft die schalesten Köpfe in der Welt (auf einige Zeit wenigstens) das Ansehen, Verstand und Einsichten zu haben, zu geben wissen. Er scherzte; er erzählte mit Anmut; er machte andern Gelegenheit sich hören zu lassen; und bewunderte die guten Einfälle, welche dem schwatzhaften Dionys unter einer Menge von mittelmäßigen und frostigen zuweilen entfielen, mit einer Art, welche, ohne seiner Aufrichtigkeit oder seinem Geschmack zuviel Gewalt anzutun, diesen Prinzen überzeugte, daß Agathon unendlich viel Verstand habe.

Die großen Herren haben gemeiniglich eine Lieblings-Schwachheit, wodurch es sehr leicht wird, den Eingang in ihr Herz zu finden. Der große Tanzai von

Scheschian, ein Kenner übrigens von Verdiensten, kannte doch kein größeres als die Leier gut zu spielen. Dionys hegte ein so günstiges Vorurteil für die Cithar, daß der beste Cithar-Spieler in seinen Augen der größeste Mann auf dem Erdboden war. Er spielte sie zwar selbst nicht; aber er gab sich für einen Kenner, und rühmte sich die größesten Virtuosen auf diesem wundertätigen Instrument an seinem Hofe zu haben. Zu gutem Glücke hatte Agathon zu Delphi die Cithar schlagen gelernt, und bei der schönen Danae, welche eine Meisterin auf allen Saiten-Instrumenten der damaligen Zeit war, einige Lectionen genommen, die ihn vollkommen gemacht hatten. Kurz, Agathon nahm das dritte oder vierte mal, da er mit dem Dionys zu Nacht aß, eine Cithar, begleitete darauf einen Dithyramben des Damon, (der von einer feinen Stimme gesungen, und von der schönen Bacchidion getanzt wurde) und setzte seine Hoheit dadurch in eine so übermäßige Entzückung, daß der ganze Hof von diesem Augenblick an für ausgemacht hielt, ihn in kurzem zur Würde eines erklärten Günstlings erhoben zu sehen. Dionys überhäufte ihn in der ersten Aufwallung seiner Bewunderung mit Liebkosungen, welche unserm Helden beinahe allen Mut benahmen. Himmel! dachte er, was werde ich mit einem König anfangen, der bereit ist, den ersten Neuangekommenen an die Spitze seines Staats zu setzen, weil er ein guter Citharschläger ist? Dieser erste Gedanke war sehr gründlich, und würde ihm vieles Ungemach erspart haben, wenn er seiner Eingebung gefolget hätte. Aber eine andere Stimme (war es seine Eitelkeit, oder der Gedanke ein großes Vorhaben nicht um einer so geringfügigen Ursache willen aufzugeben? – – oder war es die Schwachheit, die uns geneigt macht, alle Torheiten der Großen, welche Achtung für uns zeigen, mit nachsichtvollen Augen einzusehen?) flüsterte ihm ein: Daß der Geschmack für die Musik, und die besondere Anmutung für ein gewisses Instrument,' eine Sache sei, welche von unsrer Organisation abhange; und daß es ihm nur desto leichter sein werde, sich des Herzens dieses Prinzen zu versichern, je mehr er von den Geschicklichkeiten besitze, wodurch man seinen Beifall erhalten könne.

Die Gunst, in welche er sich in so kurzer Zeit und durch so zweideutige Verdienste bei dem Tyrannen gesetzt, stieg bald darauf, bei Gelegenheit einer academischen Versammlung, welche Dionys mit großen Feierlichkeiten veranstaltete, zu einem solchen Grade, daß Philistus, der bisher noch zwischen Furcht und Hoffnung geschwebet hatte, seinen Fall nunmehr für gewiß hielt.

Dionys hatte vom Aristipp in der Stille vernommen, daß Agathon ehmals ein Schüler Platons gewesen, und während seines Glücksstandes zu Athen für einen der größesten Redner in dieser schwatzhaften Republik gehalten worden sei. Erfreut, eine Vollkommenheit mehr an seinem neuen Liebling zu entdecken, säumte er sich keinen Augenblick, eine Gelegenheit zu veranstalten, wo er aus eigner Einsicht von der Wahrheit dieses Vorgebens urteilen könnte; denn es kam ihm ganz übernatürlich vor, daß man zu gleicher Zeit ein Philosoph, und so schön, und ein so großer Citharschläger sollte sein können. Die Academie erhielt also Befehl sich zu versammeln, und ganz Syracus wurde dazu, als zu einem Fest eingeladen, welches sich mit einem großen Schmaus enden sollte. Agathon dachte an nichts weniger, als daß er bei diesem Wettstreit eines Haufens von Sophisten (die er nicht ohne Grund für sehr überflüssige Leute an dem Hofe eines guten Fürsten ansah) eine Rolle zu spielen bekommen würde; und Aristipp hatte, aus dem obenberührten Beweggrunde, der der Schlüssel zu seinem ganzen Betragen gegen unsern Helden ist, ihm von Dionysens Absicht nichts entdeckt. Dieser eröffnete als Präsident der

Academie (denn seine Eitelkeit begnügte sich nicht an der Ehre, ihr Beschützer zu sein) die Versammlung durch einen übel zusammengestoppten, und nicht allzuverständlichen, aber mit Platonismen reich verbrämten Discurs, welcher, wie leicht zu erachten, mit allgemeinem Zujauchzen begleitet wurde; ungeachtet er dem Agathon mehr das ungezweifelte Vertrauen des königlichen Redners in den Beifall, der ihm von Standes wegen zukam, als die Größe seiner Gaben und Einsichten zu beweisen schien. Nach Endigung dieser Rede, nahm die philosophische Hetze ihren Anfang; und wofern die Zuhörer durch die subtilen Geister, die sich nunmehr hören ließen, nicht sehr unterrichtet wurden, so fanden sie sich doch durch die Wohlredenheit des einen, die klingende Stimme und den guten Accent eines andern, die paradoxen Einfälle eines dritten, und die seltsamen Gesichter, die ein vierter zu seinen Distinctionen und Demonstrationen machte, erträglich belustiget. Nachdem dieses Spiel einige Zeit gedauert hatte, und ein unhöfliches Gähnen bereits zwei Dritteile der Zuhörer zu ergreifen begann, sagte Dionys: Da er das Glück habe, seit einigen Tagen einen der würdigsten Schüler des großen Platons in seinem Hause zu besitzen; so ersuchte er ihn, zufrieden zu sein, daß der Ruhm, der ihm allenthalben vorangegangen sei, den Schleier, womit seine Bescheidenheit seine Verdienste zu verhüllen suche, hinweggezogen, und ihm in dem schönen Agathon einen der beredtesten Weisen der Zeit entdeckt habe: Er möchte sich also nicht weigern, auch in Syracus sich von einer so vorteilhaften Seite zu zeigen, und sich mit den Philosophen seiner Academie in einen Wettstreit über irgend eine interessante Frage aus der Philosophie einzulassen. Zu gutem Glücke sprach Dionys, der sich selbst gerne hörte, und die Gabe der Weitläufigkeit in hohem Maße besaß, lange genug, um unserm Manne Zeit zu geben, sich von der kleinen Bestürzung zu erholen, worein ihn diese unerwartete Zumutung setzte. Er antwortete also ohne Zaudern: Er sei zu früh aus den Hörsälen der Weisen auf den Markt-Platz zu Athen gerufen, und in die Angelegenheiten eines Volkes, welches bekannter maßen seinen Hofmeistern nicht wenig zu schaffen mache, verwickelt worden, als daß er Zeit genug gehabt haben sollte, sich seine Lehrmeister zu Nutzen zu machen; indessen sei er, wenn es Dionys verlange, aus Achtung gegen ihn bereit, eine Probe abzulegen, wie wenig er das Lob verdiene, welches ihm aus einem allzugünstigen Vorurteil beigelegt worden sei.

Dionys rief also den Philistus auf, (man weiß nicht, ob von ungefähr oder vermög einer vorhergenommenen Abrede, wiewohl das letztere nicht wahrscheinlich zu sein scheint,) eine Frage vorzuschlagen, für und wider welche von beiden Seiten gesprochen werden sollte. Dieser Minister bedachte sich eine kleine Weile, und in Hoffnung den Agathon, der ihm furchtbar zu werden anfing, in Verlegenheit zu setzen, schlug er die Frage vor – – welche Regierungs-Form einen Staat glücklicher mache, die Republicanische oder die Monarchische? – – Man wird, dachte er, dem Agathon die Wahl lassen, für welche er sich erklären will; spricht er für die Republik, und spricht er gut, wie er um seines Ruhms willen genötiget ist, so wird er dem Prinzen mißfallen; wirft er sich zum Lobredner der Monarchie auf, so wird er sich dem Volke verhaßt machen, und Dionys wird den Mut nicht haben, die Staats-Verwaltung einem Ausländer anzuvertrauen, der bei seinem ersten Auftritt auf dem Schauplatz, einen so schlimmen Eindruck auf die Gemüter der Syracusaner gemacht hat. Allein dieses mal betrog den schlauen Mann seine Erwartung. Agathon erklärte sich, ungeachtet er die Absicht des Philistus merkte, mit einer Unerschrockenheit, welche diesem keinen Triumph prophezeite, für die Monarchie; und nachdem seine

Gegner, (unter denen Antisthenes und der Sophist Protagoras alle ihre Kräfte anstrengeten, die Vorzüge der Freistaaten zu erheben) zu reden aufgehört hatten, fing er damit an, daß er ihren Gründen noch mehr Stärke gab, als sie selbst zu tun fähig gewesen waren. Die Aufmerksamkeit war außerordentlich; jedermann war mehr begierig, zu hören, wie Agathon sich selbst, als wie er seine Gegner würde überwinden können. Seine Beredsamkeit zeigte sich in einem Lichte, welches die Seelen der Zuhörer blendete, die Wichtigkeit des Augenblicks, der den Ausgang seines ganzen Vorhabens entschied, die Würde des Gegenstandes, die Begierde zu siegen, und vermutlich auch die herzliche Abneigung gegen die Democratie, welche ihm aus Athen in seine Verbannung gefolget war; alles setzte ihn in eine Begeisterung, welche die Kräfte seiner Seele höher spannte; seine Ideen waren so groß, seine Gemälde so stark gezeichnet, mit so vielem Feuer gemalt, seine Gründe jeder für sich selbst so schimmernd, und liehen einander durch ihre Zusammenordnung so viel Licht; der Strom seiner Rede, der anfänglich in ruhiger Majestät dahinfloß, wurde nach und nach so stark und hinreißend; daß selbst diejenigen, bei denen es zum voraus beschlossen war, daß er Unrecht haben sollte, sich wie durch eine magische Gewalt genötiget sahen, ihm innerlich Beifall zu geben. Man glaubte den Mercur oder Apollo reden zu hören, die Kenner (denn es waren einige zugegen, welche davor gelten konnten) bewunderten am meisten, daß er die Kunstgriffe verschmähte, wodurch die Sophisten gewohnt waren, einer schlimmen Sache die Gestalt einer guten zu geben – Keine Farben, welche durch ihren Glanz das Betrügliche falscher oder umsonst angenommener Sätze verbergen mußten; keine künstliche Austeilung des Lichts und des Schattens. Sein Ausdruck glich dem Sonnenschein, dessen lebender und fast geistiger Glanz sich den Gegenständen mitteilt, ohne ihnen etwas von ihrer eigenen Gestalt und Farbe zu benehmen.

Indessen müssen wir gestehen, daß er ein wenig grausam mit den Republiken umging. Er bewies, oder schien doch allen die ihn hörten zu beweisen, daß diese Art von Gesellschaft ihren Ursprung in dem wilden Chaos der Anarchie genommen, und daß die Weisheit ihrer Gesetzgeber sich mit schwachem Erfolg bemühet hätte, Ordnung und Consistenz in eine Verfassung zu bringen, welche ihrer Natur nach, in steter Unruh und innerlicher Gärung alle Augenblicke Gefahr laufe, sich durch ihre eigene Kräfte aufzureiben, und welche des Ruhestandes so wenig fähig sei, daß eine solche Ruhe in derselben vielmehr die Folge der äußersten Verderbnis, und gleich einer Windstille auf dem Meer, der gewisse Vorbote des Sturms und Untergangs sein würde. Er zeigte, daß die Tugend, dieses geheiligte Palladium der Freistaaten, an dessen Erhaltung ihre Gesetzgeber das ganze Glück derselben gebunden hätten, eine Art von unsichtbaren und durch verjährten Aberglauben geheiligten Götzen sei, an denen nichts als der Name verehrt werde; daß man in diesen Staaten einen stillschweigenden Vertrag mit einander gemacht zu haben scheine, sich durch den Namen und ein gewisses Phantom von Gerechtigkeit, Mäßigung, Uneigennützigkeit, Liebe des Vaterlandes und des gemeinen Besten von einander betrügen zu lassen; und daß unter der Maske dieser politischen Heuchelei, unter dem ehrwürdigen Namen aller dieser Tugenden, das Gegenteil derselben nirgends unverschämter ausgeübt werde. Es würden, meinte er, eine Menge besonderer Umstände, welche sich in etlichen tausend Jahren kaum einmal in irgend einem Winkel des Erdbodens zusammenfinden könnten, dazu erfordert, um eine Republik in dieser Mittelmäßigkeit zu erhalten, ohne welche sie von keinem Bestand sein könne: Und daher daß dieser Fall so selten sei, und von so vielen zufälligen Ursachen abhange, komme es, daß die meisten Republiken entweder zu schwach wären, ihren Bürgern die mindeste Sicherheit zu gewähren; oder daß sie nach einer Größe strebten, welche nach einer Folge von Mißhelligkeiten, Cabalen, Verschwörungen und Bürgerkriegen endlich den Untergang des Staats nach sich ziehe, und demjenigen, welcher Meister vom Kampf-Platze bliebe, nichts als Einöden zu bevölkern und Ruinen wieder aufzubauen überlasse. So gar die Freiheit, auf welche diese Staaten mit Ausschluß aller andern Anspruch machten, finde kaum in den despotischen Reichen Asiens weniger Platz; weil entweder das Volk sich demütiglich gefallen lassen müsse, was die Edeln und Reichen, ihrem besondern Interesse gemäß, schlössen und handelten; oder wenn das Volk selbst den Gesetzgeber und Richter mache, kein ehrlicher Mann sicher sei, daß er nicht morgen das Opfer derjenigen sein werde, denen seine Verdienste im Wege stehen, oder die durch sein Ansehen und Vermögen reicher und größer zu werden hoffeten. In keinem andern Staat sei es weniger erlaubt von seinen Fähigkeiten Gebrauch zu machen, selbst zu denken, und über wichtige Gegenstände dasjenige was man für gemeinnützlich halte, ohne Gefahr, bekannt werden zu lassen; alle Vorschläge zu Verbesserungen würden unter dem verhaßten Namen der Neuerungen verworfen, und zögen ihren Urhebern geheime oder öffentliche Verfolgungen zu. Selbst die Grundpfeiler der menschlichen Glückseligkeit, und dasjenige, was den gesitteten Menschen eigentlich von dem Wilden und Barbaren unterscheide, Wahrheit, Tugend, Wissenschaften, und die liebenswürdigen Künste der Musen, seien in diesen Staaten verdächtig oder gar verhaßt; würden durch tausend im Finstern schleichende Mittel entkräftet, an ihrem Fortgang verhindert, oder doch gewiß weder aufgemuntert noch belohnt; und allein zu Unterstützung der herrschenden Vorurteile und Mißbräuche verurteilt – – Doch genug! – – wir haben zu viel Ursache günstiger von freien Staaten zu denken – – wenn es auch nur darum wäre, weil wir die Ehre haben unter einer Nation zu leben, deren Verfassung selbst republicanisch ist, und in der Tat die wunderbarste Art von Republik vorstellt, welche jemals auf dem Erdboden gesehen worden ist – – als daß wir diesen Auszug einer für den Ruhm der Freistaaten so nachteiligen Rede ohne Widerwillen sollten fortsetzen können. Es geschah aus diesem nämlichen Grunde, daß wir, anstatt den Discurs des Agathon seinem ganzen Umfange nach aus unsrer Urkunde abzuschreiben, uns begnügt haben, einige Züge davon, als eine wiewohl sehr unvollkommene Probe des Ganzen anzuführen. Ferne soll es allezeit von uns sein, irgend einem Erdenbewohner die Stellung worin er sich befindet, unangenehmer zu machen, als sie ihm bereits sein mag; oder Anlaß zu geben, daß die Gebrechen einiger längst zerstörten Griechischen Republiken, aus denen Agathon seine Gemälde hernahm, zur Verunglimpfung derjenigen mißbraucht werden könnten, welche in neuern Zeiten als ehrwürdige Freistätte und Zufluchts-Plätze der Tugend, der gesunden Denkungs-Art, der öffentlichen Glückseligkeit und einer politischen Gleichheit, welche sich der natürlichen möglichst nähert, angesehen werden können. Unsrer übrigens ganz unmaßgeblichen Meinung nach, gehört die Frage, über welche hier disputiert wurde, unter die wichtigen Fragen – – ob Scaramuz, ob Scapin besser tanze – – und so viele andre von diesem Schlage, (wenn sie gleich ein ernsthafteres Ansehen haben) worüber bis auf unsre Tage so viel Zeit und Mühe – von Gänsespulen, Papier und Dinte nichts zu sagen – – verloren worden, ohne daß sich absehen ließe, wie, worin oder um wieviel die Welt jemals durch ihre Auflösung sollte gebessert werden können. Wir könnten diese unsre Meinung rechtfertigen; aber es ist unnötig; ein jeder hat die Freiheit anders zu meinen wenn er will, ohne daß wir ihn zur Rechenschaft ziehen werden; hanc veniam petimus, damusque vicissim; denn in der Tat, ein Buch würde niemalen zu Ende kommen, wenn der Autor schuldig wäre, alles zu beweisen, und sich über alles zu rechtfertigen. Wir übergehen also auch, aus einem andern Grunde, den wir den Liebhabern der Rätsel und Logogryphen zu erraten geben, die Lobrede, welche Agathon der monarchischen Staats-Verfassung hielt. Die Beherrscher der Welt scheinen (mit Recht, würde Philistus sagen, denn ich machte es an ihrem Platz auch so) ordentlicher Weise sehr gleichgültig über die Meinung zu sein, welche man von ihrer Regierungs-Art hat – – Es gibt Fälle, wir gestehen es, wo dieses eine Ausnahme leidet – – aber diese Fälle begegnen selten, wenn man die Vorsichtigkeit gebraucht, hundert und fünfzigtausend wohlbewaffnete Leute bereit zu halten, mit deren Beistand man sehr wahrscheinlich hoffen kann, sich über die Meinung aller friedsamen Leute in der ganzen Welt hinwegsetzen zu können. Sind nicht eben diese hundert und fünfzigtausend – – oder wenn ihrer auch mehr sind; desto besser! – – ein lebendiger, augenscheinlicher, ja der beste Beweis, der alle andre unnötig macht, daß eine Nation glücklich gemacht wird? – – Genug also (und dieser Umstand allein gehört wesentlich zu unsrer Geschichte) daß diese Rede, worin Agathon alle Gebrechen verdorbener Freistaaten und alle Vorzüge wohlregierter Monarchien, in zwei contrastierende Gemälde zusammendrängte, das Glück hatte, alle Stimmen davon zu tragen, alle Zuhörer zu überreden, und dem Redner eine Bewunderung zu zuziehen, welche den Stolz des eitelsten Sophisten hätte sättigen können. Jedermann war von einem Manne bezaubert, welcher so seltne Gaben mit einer so großen Denkungs-Art und mit so menschenfreundlichen Gesinnungen vereinigte. Denn Agathon hatte nicht die Tyrannie, sondern die Regierung eines Vaters angepriesen, der seine Kinder wohl erzieht und glücklich zu machen sucht. Man sagte sich selbst, was für goldene Tage Sicilien sehen würde, wenn ein solcher Mann das Ruder führte. Er hatte nicht vergessen, im Eingang seines Discurses dem Verdacht vorzukommen, als ob er die Republiken aus Rachsucht schelte, und die Monarchie aus Schmeichelei und geheimen Absichten erhebe: Er hatte bei dieser Gelegenheit zu erkennen gegeben, daß er entschlossen sei, nach Tarent überzugehen, um in der ruhigen Dunkelheit des Privatstandes, welchen er seiner Neigung nach allen andern vorziehe, dem Nachforschen der Wahrheit und der Verbesserung seines Gemüts obzuliegen – – (Redensarten, die in unsern Tagen seltsam und lächerlich klingen würden, aber damals ihre Bedeutung und Würde noch nicht gänzlich verloren hatten.) Jedermann tadelte oder bedaurte diese Entschließung, und wünschte, daß Dionys alles anwenden möchte, ihn davon zurückzubringen. Niemalen hatte sich die Neigung des Prinzen mit den Wünschen seines Volkes so gleichstimmig befunden wie dieses mal. Die starke Zuneigung, die er für die Person unsers Helden, und die hohe Meinung, die er von seinen Fähigkeiten gefasset hatte, war durch diesen Discurs auf den höchsten Grad gestiegen. So wenig beständiges auch in Dionysens Character war, so hatte er doch seine Augenblicke, wo er wünschte, daß es weniger Verleugnung kosten möchte, ein guter Fürst zu sein. Die Beredsamkeit Agathons hatte ihn wie die übrige Zuhörer mit sich fortgerissen; er fühlte die Schönheit seiner Gemälde, und vergaß darüber, daß eben diese Gemälde eine Art von Satyre über ihn selbst enthielten. Er setzte sich vor, dasjenige zu erfüllen, was Agathon auf eine stillschweigende Art von seiner Regierung versprochen hatte; und um sich die Pflichten, die ihm dieser Vorsatz auferlegte, zu erleichtern, wollte er sie durch eben denjenigen ausüben lassen, der so gut davon reden konnte. Wo konnte er ein tauglicheres Instrument finden, den Syracusanern seine Regierung beliebt zu machen? Wo konnte er einen andern Mann finden, der so viele angenehme Eigenschaften mit so vielen nützlichen vereinigte? – – Dionys hatte sich, wie wir schon bemerkt haben, angewöhnt, zwischen seine Entschließungen und ihre Ausführung so wenig Zeit zu setzen als möglich war. Alles was er einmal wollte, das wollte er hastig und ungeduldig; denn, in so fern er sich selbst überlassen blieb, sah er eine Sache nur von einer Seite an; und dieses mal entdeckte er sich niemand als dem Aristipp, der nichts vergaß, was ihn in seinem Vorhaben bestärken konnte. Dieser Philosoph erhielt also den Auftrag, dem Agathon Vorschläge zu tun. Agathon entschuldigte sich mit seiner Abneigung vor dem geschäftigen Leben, und bestimmte den Tag seiner Abreise. Dionys wurde dringender. Agathon bestand auf seiner Weigerung, aber mit einer so bescheidenen Art, daß man hoffen konnte, er werde sich bewegen lassen. In der Tat war seine Absicht nur, die Zuneigung eines so wenig zuverlässigen Prinzen zuvor auf die Probe zu stellen, eh er sich in Verbindungen einlassen wollte, welche für das Glück anderer und für seine eigene Ruhe so gute oder so schlimme Folgen haben konnten.

Endlich, da er Ursache hatte zu glauben, daß die Hochachtung die er ihm eingeflößt hatte, etwas mehr als ein launischer Geschmack sei, gab er seinem Anhalten nach; aber nicht anders als unter gewissen Bedingungen, welche ihm Dionys zugestehen mußte. Er erklärte sich, daß er allein in der Qualität seines Freundes an seinem Hofe bleiben wollte, so lange als ihn Dionys dafür erkennen, und seiner Dienste nötig zu haben glauben würde; er wollte sich aber auch nicht fesseln lassen, und die Freiheit behalten sich zurückzuziehen, so bald er sähe, daß sein Dasein zu nichts nütze sei. Die einzige Belohnung, welche er sich befügt halte für seine Dienste zu verlangen, sei diese, daß Dionys seinen Räten folgen möchte, so lange er werde zeigen können, daß dadurch jedesmal das Beste der Nation, und die Sicherheit, der Ruhm und die Privat-Glückseligkeit des Prinzen zugleich befördert werde. Endlich bat er sich noch aus, daß Dionys niemals einige heimliche Eingebungen oder Anklagen gegen ihn annehmen möchte, ohne ihm solche offenherzig zu entdecken, und seine Verantwortung anzuhören.

Dionys bedachte sich um so weniger, alle diese Bedingungen zu unterschreiben, da er entschlossen war ihn zu haben, wenn es auch die Hälfte seines Reichs kosten sollte. Agathon bezog also die Wohnung, welche man im Palast aufs prächtigste für ihn ausgerüstet hatte; Dionys erklärte öffentlich, daß man sich in allen Sachen an seinen Freund Agathon, wie an ihn selbst, wenden könne; die Höflinge stritten in die Wette, wer dem neuen Günstling seine Unterwürfigkeit auf die sclavenmäßigste Art beweisen könne; und Syracus sah mit froher Erwartung der Wiederkunft der Saturnischen Zeiten entgegen.

Wir machen hier eine kleine Pause, um dem Leser Zeit zu lassen, dasjenige zu überlegen, was er sich selbst in diesem Augenblick für oder wider unsern Helden zu sagen haben mag. Vermutlich mag einigen der Eifer mißfällig gewesen sein, womit er, aus Haß gegen sein undankbares Vaterland, wider die Republiken überhaupt gesprochen; indessen daß vielleicht andere sein ganzes Betragen, seit dem wir ihn an dem Hofe des Königs Dionys sehen, einer gekünstelten Klugheit, welche nicht in seinem Character sei, und ihm eine schielende Farbe gebe, beschuldigen werden. Wir haben uns schon mehrmalen erklärt, daß wir in diesem Werke die Pflichten eines Geschichtschreibers und nicht eines Apologisten übernommen haben; indessen bleibt uns doch erlaubt, von den Handlungen eines Mannes, dessen Leben wir zwar nicht für ein Muster, aber doch für ein lehrreiches Beispiel geben, eben so frei nach unserm Gesichtspunct zu urteilen, als es unsre Leser aus dem ihrigen tun mögen. Was also den ersten Punct betrifft, so haben wir bereits erinnert, daß es unbillig sein würde, dasjenige was Agathon wider die Republiken seiner Zeit gesprochen, für eine, von ihm gewiß nicht abgezielte, Beleidigung solcher Freistaaten anzusehen, welche (wie er als möglich erkannt hat) unter dem Einfluß günstiger Umstände, durch ihre Lage selbst vor auswärtigem Neid, und vor ausschweifenden Vergrößerungs-Gedanken gesichert, durch weise Gesetze, und was noch mehr ist, durch die Macht der Gewohnheit, in einer glückseligen Mittelmäßigkeit fortdauern, und die Gebrechen kaum dem Namen nach kennen, welche Agathon an den Republiken seiner Zeit für unheilbar angesehen. Ob er aber diesen letztern zuviel getan habe, mögen diejenigen entscheiden, welche mit den besondern Umständen ihrer Geschichte bekannt sind. Hat die Empfindung des Unrechts, welches ihm selbst zu Athen zugefügt worden, etwas Galle in seine Critik gemischt; so ersuchen wir unsre Leser (nicht dem Agathon zu lieb; denn was kann diesem durch ihre Meinung von ihm zu- oder abgehen?) sich an seinen Platz zu stellen, und sich alsdann zu fragen, wie wert ihnen ein Vaterland sein würde, welches ihnen so mitgespielt hätte? Sie mögen sich erinnern, daß es insgemein nur auf eine kleine Beleidigung ihrer Eigenliebe ankommt, um ihre Hochachtung gegen eine Person in Verachtung, ihre Liebe in Abscheu, ihre Lobsprüche in Schmähreden, ihre guten Dienste in Verfolgungen zu verwandeln. Wie oft, meine Herren, hat sich schon um einer nichts bedeutenden Ursache willen, ihre ganze Denkungs-Art von Personen und Sachen geändert? – – Antworten Sie Sich selbst so leise als Sie wollen; denn wir verlangen nichts davon zu hören; und wenn Sie, nach diesem kleinen Blick in sich selbst, unserm Helden nicht vergeben können, daß er ein Vaterland nicht liebte, welches alles mögliche getan hatte, sich ihm verhaßt zu machen: So müssen wir zwar die Strenge ihrer Sittenlehre bewundern; aber – – doch gestehen, daß wir Sie noch mehr bewundern würden, wenn Sie so lange, bis Sie gelernt hätten etwas weniger Parteilichkeit für sich selbst zu hegen, etwas mehr Nachsicht gegen andre sich empfohlen sein lassen wollten.

Überhaupt hat man Ursache zu glauben, daß Agathon gesprochen habe wie er dachte, und das ist zu Rechtfertigung seiner Redlichkeit genug. Und warum sollten wir an dieser zu zweifeln anfangen? Sein ganzes Betragen, während daß er das Herz des Tyrannen in seinen Händen hatte, bewies, daß er keine Absichten hegete, welche ihn genötiget hätten, ihm gegen seine Überzeugung zu schmeicheln. Es ist wahr, er hatte Absichten, bei allem was er von dem Augenblick, da er den Fuß in Dionysens Palast setzte, tat; sollte er vielleicht keine gehabt haben? Was können wir, nach der äußersten Schärfe, mehr fodern, als daß seine Absichten edel und tugendhaft sein sollen; und so waren sie, wie wir bereits gesehen haben. Es scheint also nicht, daß man Grund habe, ihm aus der Vorsichtigkeit einen Vorwurf zu machen, womit er, in der neuen und schlüpfrigen Situation, worin er war, alle seine Handlungen einrichten mußte, wenn sie Mittel zu seinen Absichten werden sollten. Wir geben zu, daß eine Art von Zurückhaltung und Feinheit daraus hervorblickt, welche nicht ganz in seinem vorigen Character zu sein scheint. Aber das verdient an sich selbst keinen Tadel. Es ist noch nicht ausgemacht, ob diese Unveränderlichkeit der Denkungs-Art und Verhaltungs-Regeln, worauf manche ehrliche Leute sich so viel zu gute tun, eine so große Tugend ist, als sie sich vielleicht einbilden. Die Eigenliebe schmeichelt uns zwar sehr gerne, daß wir so wie wir sind, am besten sind; aber sie hat Unrecht uns so zu schmeicheln. Es ist unmöglich, daß indem alles um uns her sich verändert, wir allein unveränderlich sein sollten; und wenn es auch nicht unmöglich wäre, so wär' es unschicklich. Andre Zeiten erfordern andre Sitten; andre Umstände, andre Bestimmungen und Wendungen unsers Verhaltens. In moralischen Romanen finden wir freilich Helden, welche sich immer in allem gleich bleiben – – und darum zu loben sind – – denn wie sollte es anders sein, da sie in ihrem zwanzigsten Jahre Weisheit und Tugend bereits in eben dem Grade der Vollkommenheit besitzen, den die Socraten und Epaminondas nach vielfachen Verbesserungen ihrer selbst kaum im sechzigsten erreicht haben? Aber im Leben finden wir es anders. Desto schlimmer für die, welche sich da immer selbst gleich bleiben – – Wir reden nicht von Toren und Lasterhaften – – Die Besten haben an ihren Ideen, Urteilen, Empfindungen, selbst an dem worin sie vortrefflich sind, an ihrem Herzen, an ihrer Tugend, unendlich viel zu verändern. Und die Erfahrung lehrt, daß wir selten zu einer neuen Entwicklung unsrer Selbst, oder zu einer merklichen Verbesserung unsers vorigen innerlichen Zustandes gelangen, ohne durch eine Art von Medium zu gehen, welches eine falsche Farbe auf uns reflectiert, und unsre wahre Gestalt eine Zeitlang verdunkelt. Wir haben unsern Helden bereits in verschiedenen Situationen gesehen; und in jeder, durch den Einfluß der Umstände, ein wenig anders als er würklich ist. Er schien zu Delphi ein bloßer speculativer Enthusiast; und man hat in der Folge gesehen, daß er sehr gut zu handeln wußte. Wir glaubten, nachdem er die schöne Cyane gedemütiget hatte, daß ihm die Verführungen der Wollust nichts anhaben könnten, und Danae bewies, daß wir uns betrogen hatten; es wird nicht mehr lange anstehen, so wird eine neue vermeinte Danae, welche seine schwache Seite ausfündig gemacht zu haben glauben mag, sich eben so betrogen finden. Er schien nach und nach ein andächtiger Schwärmer, ein Platonist, ein Republicaner, ein Held, ein Stoiker, ein Wollüstling; und war keines von allen, ob er gleich in verschiedenen Zeiten durch alle diese Classen ging, und in jeder eine Nüance von derselben bekam. So wird es vielleicht noch eine Zeitlang gehen – – Aber von seinem Character, von dem was er würklich war, worin er sich unter allen diesen Gestalten gleich blieb, und was zuletzt, nachdem alles Fremde und Heterogene durch die ganze Folge seiner Umstände davon abgeschieden sein wird, übrig bleiben mag – – davon kann dermalen die Rede noch nicht sein. Ohne also eben so voreilig über ihn zu urteilen, wie man gewohnt ist, es im täglichen Leben alle Augenblicke zu tun – – wollen wir fortfahren, ihn zu beobachten, die wahren Triebräder seiner Handlungen so genau als uns möglich sein wird auszuspähen, keine geheime Bewegung seines Herzens, welche uns einigen Aufschluß hierüber geben kann, entwischen lassen, und unser Urteil über das Ganze seines moralischen Wesens so lange zurückhalten, bis – – wir es kennen werden.

Zehentes Buch

Erstes Capitel

Von Haupt- und Staats-Actionen
Betragen Agathons am Hofe des Königs Dionys

Man tadelt an Shakespear – – demjenigen unter allen Dichtern seit Homer, der die Menschen, vom Könige bis zum Bettler, und von Julius Cäsar bis zu Jack Fallstaff am besten gekannt, und mit einer Art von unbegreiflicher Intuition durch und durch gesehen hat – – daß seine Stücke keinen, oder doch nur einen sehr fehlerhaften unregelmäßigen und schlecht ausgesonnenen Plan haben; daß comisches und tragisches darin auf die seltsamste Art durch einander geworfen ist, und oft eben dieselbe Person, die uns durch die rührende Sprache der Natur, Tränen in die Augen gelockt hat, in wenigen Augenblicken darauf uns durch irgend einen seltsamen Einfall oder barokischen Ausdruck ihrer Empfindungen wo nicht zu lachen macht, doch dergestalt abkühlt, daß es ihm hernach sehr schwer wird, uns wieder in die Fassung zu setzen, worin er uns haben möchte. – – Man tadelt das – – und denkt nicht daran, daß seine Stücke eben darin natürliche Abbildungen des menschlichen Lebens sind.

Das Leben der meisten Menschen, und (wenn wir es sagen dürften) der Lebenslauf der großen Staats-Körper selbst, in so fern wir sie als eben so viel moralische Wesen betrachten, gleicht den Haupt- und Staats-Actionen im alten gothischen Geschmack in so vielen Puncten, daß man beinahe auf die Gedanken kommen möchte, die Erfinder dieser letztern seien klüger gewesen als man gemeiniglich denkt, und hätten, wofern sie nicht gar die heimliche Absicht gehabt, das menschliche Leben lächerlich zu machen, wenigstens die Natur eben so getreu nachahmen wollen, als die Griechen sich angelegen sein ließen sie zu verschönern. Um izo nichts von der zufälligen Ähnlichkeit zu sagen, daß in diesen Stücken, so wie im Leben, die wichtigsten Rollen sehr oft gerade durch die schlechtesten Acteurs gespielt werden – – was kann ähnlicher sein, als es beide Arten der Haupt- und Staats-Actionen einander in der Anlage, in der Abteilung und Disposition der Scenen, im Knoten und in der Entwicklung zu sein pflegen. Wie selten fragen die Urheber der einen und der andern sich selbst, warum sie dieses oder jenes gerade so und nicht anders gemacht haben? Wie oft überraschen sie uns durch Begebenheiten, zu denen wir nicht im mindesten vorbereitet waren? Wie oft sehen wir Personen kommen und wieder abtreten, ohne daß sich begreifen läßt, warum sie kamen, oder warum sie wieder verschwinden? Wie viel wird in beiden dem Zufall überlassen? Wie oft sehen wir die größesten Würkungen durch die armseligsten Ursachen hervorgebracht? Wie oft das Ernsthafte und Wichtige mit einer leichtsinnigen Art, und das Nichtsbedeutende mit lächerlicher Gravität behandelt? Und wenn in beiden endlich alles so kläglich verworren und durch einander geschlungen ist, daß man an der Möglichkeit der Entwicklung zu verzweifeln anfängt; wie glücklich sehen wir durch irgend einen unter Blitz und Donner aus papiernen Wolken herabspringenden Gott, oder durch einen frischen Degen-Hieb den Knoten auf einmal zwar nicht aufgelöst, aber doch aufgeschnitten, welches in so fern auf eines hinaus lauft, daß auf die eine oder andere Art das Stück ein Ende hat, und die Zuschauer klatschen oder zischen können, wie sie wollen oder – – dürfen. Übrigens weiß man, was für eine wichtige Person in den comischen Tragödien, wovon wir reden, der edle Hans Wurst vorstellt, der sich, vermutlich zum ewigen Denkmal des Geschmacks unsrer Voreltern, auf dem Theater der Hauptstadt des deutschen Reichs erhalten zu wollen scheint. Wollte Gott, daß er seine Person allein auf dem Theater vorstellte! Aber wie viele große Aufzüge auf dem Schauplatze der Welt hat man nicht in allen Zeiten mit Hans Wurst – – oder, welches noch ein wenig ärger ist, durch Hans Wurst – – aufführen gesehen? Wie oft haben die größesten Männer, dazu geboren, die schützenden Genii eines Throns, die Wohltäter ganzer Völker und Zeitalter zu sein, alle ihre Weisheit und Tapferkeit durch einen kleinen schnakischen Streich von Hans Wurst, oder solchen Leuten vereitelt sehen müssen, welche ohne eben sein Wams und seine gelben Hosen zu tragen, doch gewiß seinen ganzen Character an sich trugen? Wie oft entsteht in beiden Arten der Tragi-Comödien die Verwicklung selbst lediglich daher, daß Hans Wurst durch irgend ein dummes oder schelmisches Stückchen von seiner Arbeit den gescheiten Leuten, eh sie sich's versehen können, ihr Spiel verderbt? – – Manum de tabula! – – Aber wenn diese Vergleichung, wie wir besorgen, ihren Grund hat; so mögen wir wohl den Weisen und Rechtschaffenen Mann bedauren, den sein Schicksal dazu verurteilt hat, unter einem schlimmen, oder – – welches ist ärger? – – unter einem schwachen Fürsten, in die Verwaltung der öffentlichen Angelegenheiten verwickelt zu sein? Was wird es ihm helfen, Einsichten und Mut zu haben, nach den besten Grundsätzen und nach dem richtigsten Plan zu handeln; wenn das verächtlichste Ungeziefer, wenn ein Sclave, ein Kuppler, eine Bacchidion, oder etwas noch schlimmers, irgend ein Parasite, dessen ganzes Verdienst in Geschmeidigkeit, Verstellung und Schalkheit besteht, es in ihrer Gewalt haben, seine Maßregeln zu verrücken, aufzuhalten, oder gar zu hintertreiben? Indessen bleibt ihm, wenn er sich einmal an ein so gefahrvolles Abenteuer gewagt hat, wie zum Exempel dasjenige, welches Agathon würklich zu bestehen hat, kein andres Mittel übrig, sich selbst zu beruhigen, und auf alle Fälle sein Betragen vor dem unparteiischen Gericht der Weisen und der Nachwelt rechtfertigen zu können – – als daß er sich, eh er die Hand ans Werk legt, einen regelmäßigen Plan seines ganzen Verhaltens entwerfe. Wenn gleich alle Weisheit eines solchen Entwurfs ihm für den Ausgang nicht Gewähr leisten kann; so bleibt ihm doch der tröstende Gedanke, alles getan zu haben, was ihn, ohne Zufälle die er entweder nicht vorhersehen, oder nicht hintertreiben konnte, des glücklichen Erfolgs hätte versichern können.

Dieses war also die erste Sorge unsers Helden, nachdem er sich anheischig gemacht hatte, die Person eines Ratgebers und Vertrauten bei dem Könige Dionys zu spielen. Er sah alle, oder doch einen großen Teil der Schwierigkeiten, einen solchen Plan zu machen, der ihm durch den Labyrinth des Hofes und des öffentlichen Lebens zum Leitfaden dienen könnte. Aber er glaubte, daß der mangelhafteste Plan besser sei, als gar keiner; und in der Tat war ihm die Gewohnheit, seine Ideen worüber es auch sein möchte, in ein System zu bringen, so natürlich geworden, daß sie sich, so zu sagen, von sich selbst in einen Plan ordneten, welcher vielleicht keinen andern Fehler hatte, als daß Agathon noch nicht völlig so übel von den Menschen denken konnte, als es diejenigen verdienten, mit denen er zu tun hatte. Indessen dachte er doch lange nicht mehr so erhaben von der menschlichen Natur, als ehmals; oder richtiger zu reden, er kannte den unendlichen Unterschied zwischen dem metaphysischen Menschen, welchen man sich in einer speculativen Einsamkeit erträumt; dem natürlichen Menschen, in der rohen Einfalt und Unschuld, wie er aus den Händen der allgemeinen Mutter der Wesen hervorgeht; und dem gekünstelten Menschen, wie ihn die Gesellschaft, ihre

Gesetze, ihre Gebräuche und Sitten, seine Bedürfnissen, seine Abhänglichkeit, der immer währende Contrast seiner Begierden mit seinem Unvermögen, seines Privat-Vorteils mit den Privat-Vorteilen der übrigen, die daher entspringende Notwendigkeit der Verstellung, und immerwährenden Verlarvung seiner wahren Absichten, und tausend dergleichen physicalische und moralische Ursachen in unzähliche betrügliche Gestalten ausbilden – – er kannte, sage ich, nach allen Erfahrungen, die er schon gemacht hatte, diesen Unterschied der Menschen von dem was sie sein könnten, und vielleicht sein sollten, bereits zu gut, um seinen Plan auf platonische Ideen zu gründen. Er war nicht mehr der jugendliche Enthusiast, der sich einbildet, daß es ihm eben so leicht sein werde, ein großes Vorhaben auszuführen, als es zu fassen. Die Athenienser hatten ihn auf immer von dem Vorurteil geheilt, daß die Tugend nur ihre eigene Stärke gebrauche, um über ihre Hässer obzusiegen. Er hatte gelernt, wie wenig man von andern erwarten kann; wie wenig man auf sie Rechnung machen, und (was das wichtigste für ihn war) wie wenig man sich auf sich selbst verlassen darf. Er hatte gelernt, wieviel man den Umständen nachgeben muß; daß der vollkommenste Entwurf an sich selbst oft der schlechteste unter den gegebenen Umständen ist; daß sich das Böse nicht auf einmal gut machen läßt; daß sich in der moralischen Welt, wie in der materialischen, nichts in gerader Linie fortbewegt, und daß man selten anders als durch viele Krümmen und Wendungen zu einem guten Zweck gelangen kann – – Kurz, daß das Leben, zumal eines echten Staats-Mannes, einer Schiffahrt gleicht, wo der Pilot sich gefallen lassen muß, seinen Lauf nach Wind und Wetter einzurichten; wo er keinen Augenblick sicher ist durch widrige Ströme aufgehalten oder seitwärts getrieben zu werden; und wo alles darauf ankommt, mitten unter tausend unfreiwilligen Abweichungen von der Linie, die er sich in seiner Carte gezogen hat, endlich dennoch, und so bald und wohlbehalten als möglich, an dem vorgesetzten Ort anzulangen.

Diesen allgemeinen Grundsätzen zufolge bestimmte er die Absichten bei allem was er unternahm, den Grad des Guten, welches er sich zu erreichen vorsetzte, und sein Verhalten gegen diejenige, welche ihm dabei am meisten hinderlich oder beförderlich sein könnten – – jenes, nach dem Zusammenhang aller Umstände, worin er die Sachen antraf – – dieses nach Beschaffenheit der Personen mit denen er's zu tun hatte, oder richtiger zu reden, nach der zum teil wenig sichern Vorstellung, die er sich von ihrem Character machte.

Er konnte, seit dem er den Dionys näher kannte, nicht daran denken, ein Muster eines guten Fürsten aus ihm zu machen; aber er hoffte doch nicht ohne Grund, seinen Lastern ihr schädlichstes Gift benehmen, und seiner guten Neigungen, oder vielmehr seiner guten Launen, seiner Leidenschaften und Schwachheiten selbst, sich zum Vorteil des gemeinen Besten bedienen zu können. Diese Meinung von seinem Prinzen war in der Tat so bescheiden, daß er sie nicht tiefer herabstimmen konnte, ohne alle Hoffnung zu Erreichung seiner Entwürfe aufzugeben; und doch zeigte sich in der Folge, daß er noch zu gut von ihm gedacht hatte. Dionys hatte in der Tat Eigenschaften, welche viel gutes versprachen; aber unglücklicher Weise hatte er für jede derselben eine andere, welche alles wieder vernichtete, was jene zusagte; und wenn man ihn lange genug in der Nähe betrachtet hatte, so befand sich's, daß seine vermeinten Tugenden würklich nichts anders als seine Laster waren, welche von einer gewissen Seite betrachtet, eine Farbe der Tugend annahmen. Indessen ließ sich doch Agathon durch diese guten Anscheinungen so verblenden, daß er die Unverbesserlichkeit eines Characters von dieser Art, und also den Ungrund aller seiner Hoffnungen nicht eher einsah, als bis ihm diese Entdeckung zu nichts mehr nutzen konnte.

Die größeste Schwachheit des Prinzen, seiner Meinung nach, war sein übermäßiger Hang zur Gemächlichkeit und Wollust. Er hoffte dem ersten dadurch zu begegnen, daß er ihm die Geschäfte so leicht und so angenehm zu machen suchte als möglich war; und dem andern, wenn er ihn wenigstens von den wilden Ausschweifungen abgewöhnte, zu denen er sich bisher hatte hinreißen lassen. Unsre Vergnügungen werden desto feiner, edler und sittlicher, je mehr die Musen Anteil daran haben. Aus diesem richtigen Grundsatz bemühte er sich, dem Dionys mehr Geschmack an den schönen Künsten beizubringen, als er bisher davon gehabt hatte. In kurzem wurden seine Paläste, Landhäuser und Gärten, mit Meisterstücken der besten Maler und Bildhauer Griechenlandes angefüllt. Agathon zog die berühmtesten Virtuosen in allen Gattungen von Athen nach Syracus; er führte ein prächtiges Odeon nach dem Muster dessen, worauf Perikles den öffentlichen Schatz der Griechen verwendet hatte, auf; und Dionys fand so viel Vergnügen an den verschiedenen Arten von Schauspielen, womit er, unter der Aufsicht seines Günstlings, fast täglich auf diesem Theater belustiget wurde, daß er, seiner Gewohnheit nach, eine Zeitlang allen Geschmack an andern Ergötzlichkeiten verloren zu haben schien. Indessen war doch eine andre Leidenschaft übrig, deren Herrschaft über ihn allein hinlänglich war, alle guten Absichten seines neuen Freundes zu hintertreiben. Gegenwärtig befand sich die Tänzerin Bacchidion im Besitz derselben; aber es fiel bereits in die Augen, daß die unmäßige Liebe, welche sie ihm beigebracht, sehr viel von ihrer ersten Heftigkeit verloren hatte. Es würde vielleicht nicht schwer gehalten haben, die Würkung seiner natürlichen Unbeständigkeit um etliche Wochen zu beschleunigen. Aber Agathon hatte Bedenklichkeiten, die ihm wichtig genug schienen, ihn davon abzuhalten. Die Gemahlin des Prinzen war in keinerlei Betrachtung dazu gemacht, einen Versuch, ihn in die Grenzen der ehlichen Liebe einzuschränken, zu unterstützen. Dionys konnte nicht ohne Liebeshändel leben; und die Gewalt, welche seine Maitressen über sein Herz hatten, machte seine Unbeständigkeit gefährlich. Bacchidion war eines von diesen gutartigen fröhlichen Geschöpfen, in deren Phantasie alles rosenfarb ist, und welche keine andre Sorge in der Welt haben, als ihr Dasein von einem Augenblick zum andern wegzuscherzen, ohne sich jemals einen Gedanken von Ehrgeiz und Habsucht, oder einigen Kummer über die Zukunft anfechten zu lassen. Sie liebte das Vergnügen über alles; immer aufgelegt es zu geben und zu nehmen, schien es unter ihren Tritten aufzusprossen; es lachte aus ihren Augen, und atmete aus ihren Lippen. Ohne daran zu denken, sich durch die Leidenschaft des Prinzen für sie wichtig zu machen, hatte sie aus einer Art von mechanischer Neigung, vergnügte Gesichter zu sehen, ihre Gewalt über sein Herz schon mehrmalen dazu verwandt, Leuten die es verdienten, oder auch nicht verdienten (denn darüber ließ sie sich in keine Untersuchung ein) gutes zu tun. Agathon besorgte, daß ihre Stelle leicht durch eine andere besetzt werden könnte, welche sich versuchen lassen möchte, einen schlimmern Gebrauch von ihren Reizungen zu machen. Er hielt es also seiner nicht unwürdig, mit guter Art, und ohne daß es schien, als ob er einige besondere Aufmerksamkeit auf sie habe, die Neigung des Prinzen zu ihr mehr zu unterhalten als zu bekämpfen. Er verschaffte ihr Gelegenheit, ihre belustigende Talente in einer Mannichfaltigkeit zu entfalten, welche ihr immer die Reizungen der Neuheit gab. Er wußte es zu veranstalten, daß Dionys durch öftere kleine Entfernungen verhindert wurde, sich zu bald an dem Vergnügen zu ersättigen, welches er in den

Armen dieser angenehmen Creatur zu finden schien. Er ging endlich gar so weit, daß er bei Gelegenheit eines Gesprächs, wo die Rede von den allzustrengen Grundsätzen des Plato über diesen Artikel war, sich kein Bedenken machte, zu sagen: Daß es unbillig sei, einen Prinzen, welcher sich die Erfüllung seiner großen und wesentlichen Pflichten mit gehörigem Ernst angelegen sein lasse, in seinen Privat-Ergötzungen über die Grenzen einer anständigen Mäßigung einschränken zu wollen. Alles, was ihm hierüber wiewohl in allgemeinen Ausdrücken, entfiel, schien die Bedeutung einer stillschweigenden Einwilligung in die Schwachheit des Prinzen für die schöne Bacchidion zu haben, und in der Tat war dieses sein Gedanke. Wir lassen dahin gestellt sein, ob die gute Absicht die er dabei hatte, hinlänglich sein mag, eine so gefährliche Äußerung zu rechtfertigen; aber es ist gewiß, daß Dionys, der bisher aus einer gewissen Scham vor der Tugend unsers Helden sich bemüht hatte, seine schwache Seite vor ihm zu verbergen, von dieser Stunde an weniger zurückhaltend wurde, und aus dem vielleicht unrichtigen aber sehr gemeinen Vorurteil, daß die Tugend eine erklärte Feindin der Gottheiten von Cythere sein müsse, einen Argwohn gegen unsern Helden faßte, wodurch er um einige Stufen herab, und mit ihm selbst und den übrigen Erdenbewohnern, in Absicht gewisser Schwachheiten, in die nämliche Linie gestellt wurde – – ein Verdacht, der zwar durch die sich selbst immer gleiche Aufführung Agathons bald wieder zum Schweigen gebracht, aber doch nicht so gänzlich unterdrückt wurde, daß sein geheimer Einfluß in der Folge den Beschuldigungen der Feinde Agathons, den Zugang in das Gemüt eines Prinzen nicht erleichtert hätte, welcher ohnehin so geneigt war, die Tugend entweder für Schwärmerei oder für Verstellung zu halten. Indessen gewann Agathon durch seine Nachsicht gegen die Lieblings-Fehler dieses Prinzen, daß er sich desto williger bewegen ließ, an den Geschäften der Regierung mehr Anteil zu nehmen, als er gewohnt war; und wir an unserm teil können es ihm verzeihen, daß er das viele Gute, welches er dadurch erhielt, für eine hinlängliche Vergutung des Tadels ansah, den er sich durch diese Gefälligkeit bei gewissen Leuten von strengen Grundsätzen zuzog, welche in der weiten Entfernung von der Welt, worin sie leben, gute Weile haben, an andern zu verdammen, was sie an derselben Platz, vielleicht noch schlimmer gemacht haben würden.

Außer der schönen Bacchidion, welche, wie wir gesehen haben, allen ihren Ehrgeiz darein setzte, das Vergnügen eines Prinzen, den sie liebte, auszumachen – – war Philistus, durch die Gnade, worin er bei Dionysen stund, die beträchtlichste Person unter allen denjenigen, mit denen Agathon in seiner neuen Stelle mehr oder weniger in Verhältnis war. Dieser Mann spielt in diesem Stück unsrer Geschichte eine Rolle, welche begierig machen kann, ihn näher kennen zu lernen. Und über dem ist es eine von den geheiligten Pflichten der Geschichte, den verfälschenden Glanz zu zerstreuen, welchen das Glück und die Gunst der Großen sehr oft über nichtswürdige Creaturen ausbreitet, um der Nachwelt, zum Exempel, zu zeigen, daß dieser Pallas, welchen so viele Decrete des Römischen Senats, so viele Statuen und öffentliche Ehren-Mäler eben dieser Nachwelt als einen Wohltäter des menschlichen Geschlechts, als einen Halb-Gott ankündigen, nichts bessers noch größers als ein schamloser lasterhafter Sclave war. Wenn Philistus in Vergleichung mit einem Pallas oder Tigellin nur ein Zwerg gegen einen Riesen scheint, so kommt es in der Tat allein von dem unermeßlichen Unterschied zwischen der Römischen Monarchie im Zeitpunct ihrer äußersten Höhe, und dem kleinen Staat, worin Dionys zu gebieten hatte, her. Eben dieser Teufel, der seinem schlimmen Humor Luft zu machen, eine Herde Schweine ersäufte, würde mit ungleich größerm Vergnügen den ganzen Erdboden unter Wasser gesetzt haben, wenn er Gewalt dazu gehabt hätte: Und Philistus würde Pallas gewesen sein, wenn er das Glück gehabt hätte, in den Vorzimmern eines Claudius aufzuwachsen. Die Proben, welche er in seiner kleinen Sphäre von dem was er in einer größern fähig gewesen wäre, ablegte, lassen uns nicht daran zweifeln. Ein geborner Sclave, und in der Folge einer von den Freigelassenen des alten Dionys, hatte er sich schon damals unter seinen Cameraden durch den schlauesten Kopf und die geschmeidigste Gemüts-Art hervorgetan, ohne daß es ihm jedoch einigen besondern Vorzug bei seinem Herrn verschaffet hätte. Philistus grämte sich billig über diese wiewohl nicht ungewöhnliche Laune des Glücks; aber er wußte sich selbst zu helfen. Glücklichere Vorgänger hatten ihm den Weg gezeigt, sich ohne Mühe und ohne Verdienste zu dieser hohen Stufe emporzuschwingen, nach welcher ihm eine Art von Ambition, die sich in gewissen Seelen mit der verächtlichsten Niederträchtigkeit vollkommen wohl verträgt, ein ungezähmtes Verlangen gab. Wir haben schon bemerkt, daß der jüngere Dionys von seinem Vater ungewöhnlich hart gehalten wurde. Philistus war der einzige, der den Verstand hatte zu sehen, wieviel Vorteil sich aus diesem Umstande ziehen lasse. Er fand Mittel, die Nächte des jungen Prinzen angenehmer zu machen als seine Tage waren. Brauchte es mehr, um als ein Wohltäter von ihm angesehen zu werden, dessen gute Dienste er niemals genug werde belohnen können? Philistus ließ es nicht dabei bewenden; er fiel auf den Einfall, zu gleicher Zeit, und durch einen einzigen kleinen Handgriff, sich dieser Belohnung würdiger und bälder teilhaft zu machen. Eine bösartige Colik, wozu er das Recept hatte, beschleunigte das Ende des alten Tyrannen; Philistus war der erste; der seinem jungen Gebieter die freudige Nachricht brachte, und nun sah er sich auf einmal in dem geheimesten Vertrauen eines Königs, und in kurzem am Ruder des Staats. Diese wenigen Anecdoten sind zureichend, uns einen so sichern Begriff von dem moralischen Character dieses würdigen Ministers zu geben, daß er nunmehr das ärgste dessen ein Mensch fähig ist, begehen könnte, ohne daß wir uns darüber verwundern würden. Aber was für ein Physiognomist müßte der gewesen sein, der diese Anecdoten in seinen Augen hätte lesen können? Es ist wahr, Agathon dachte anfangs nicht allzuvorteilhaft von ihm; aber wie hätte er, ohne besondere Nachrichten zu haben, oder selbst ein Philistus zu sein, sich vorstellen sollen, daß Philistus das sein könnte, was er war? Wenige kannten die inwendige Seite dieses Mannes; und diese wenige waren zu gute Hofmänner, um ihren bisherigen Gönner eher zu verraten, als sein Sturz gewiß war, und sie wissen konnten, was sie dadurch gewinnen würden; und Aristipp, für den sein wahrer Character gleichfalls kein Geheimnis war, hatte sich vorgesetzt, einen bloßen Zuschauer abzugeben. Agathon konnte also desto leichter hintergangen werden, da Philistus alle seine Verstellungs-Kunst anstrengte, sich bei ihm in Achtung zu setzen. Zu seinem großen Mißvergnügen konnte er mit aller Kenntnis, die er (nach einem gewöhnlichen, wiewohl sehr betrüglichen Vorurteil der Hofleute) von den Menschen zu haben glaubte, die schwache Seite unsers Helden nicht ausfündig machen. Es blieb ihm also kein andrer Weg übrig, als durch eine große Arbeitsamkeit und Pünctlichkeit in den Geschäften sich bei dem neuen Günstling in das Ansehen eines brauchbaren Mannes, und durch Tugenden, die er eben so leicht als man eine Maskerade-Kleidung anzieht, affectieren konnte, so bald er ihrer vonnöten hatte, sich endlich so gar in das Ansehen eines ehrlichen Mannes zu setzen. Da zu diesen Eigenschaften, welche Agathon in ihm zu finden glaubte, noch die Achtung, welche Dionys für ihn trug, und die Betrachtung hinzukam, daß es für den Staat weniger sicher sei, einen ehrgeizigen Minister abzudanken, als ihn mit scheinbarer Beibehaltung seines Ansehens in engere Schranken zu setzen: So geschah es, daß sich diejenige in ihrer Meinung betrogen fanden, welche den Fall des Philistus für eine unfehlbare Folge der Erhebung Agathons gehalten hatten. Das Ansehen desselben schien sich eher zu vermehren, indem er zum Vorsteher aller der verschiednen Tribunalien ernennt wurde, unter welche Agathon, mit der erforderlichen Einschränkung und Subordination, diejenige Gewalt verteilte, welche vormals von den Vertrauten des Prinzen willkürlich ausgeübt worden war: In der Tat aber wurde er dadurch beinahe in die Unmöglichkeit gesetzt, böses zu tun, wofern ihn etwan eine Versuchung dazu ankommen sollte; da er bei allen seinen Handlungen von so vielen Augen beobachtet, und verbunden war, von allem Rechenschaft zu geben, und nichts ohne die Einstimmung des Prinzen, oder, welches eine Zeitlang einerlei war, seines Repräsentanten, zu unternehmen.

Wir könnten ohne Zweifel viel schönes von der Staats-Verwaltung Agathons sagen, wenn wir uns in eine ausführliche Erzählung aller der nützlichen Ordnungen und Einrichtungen ausbreiten wollten, welche er in Absicht der Staats-Oeconomie, der Einziehung und Verwaltung der öffentlichen Einkünfte, der Policei, der Landwirtschaft, des Handlungs-Wesens, und (welches in seinen Augen eines der wesentlichsten Stücke war) der öffentlichen Sitten und der Bildung der Jugend, teils würklich zu machen anfing, teils gemacht haben würde, wenn ihm die Zeit dazu gelassen worden wäre. Allein alles dieses gehört nicht zu dem Plan des gegenwärtigen Werkes; und es wäre in der Tat nicht abzusehen, wozu ein solcher Détail in unsern

Tagen nutzen sollte, worin die Kunst zu regieren einen Schwung genommen zu haben scheint, der die Maßregeln und das Beispiel unsers Helden eben so unnütz macht, als die Projecte des guten Abbts von Saint Pierre, patriotischen Gedächtnisses. Die Art, wie sich Agathon ehmals seines Ansehens und Vermögens zu Athen bedient hat, kann unsern Lesern einen hinlänglichen Begriff davon geben, wie er sich einer beinahe unumschränkten Macht und eines königlichen Vermögens bedient haben werde.

Nur einen Umstand können wir nicht vorbeigehen, weil er einen merklichen Einfluß in die folgende Begebenheiten unsers Helden hatte. Dionys befand sich, als Agathon an seinen Hof kam, in einen Krieg mit den Carthaginensern verwickelt, welche durch verschiedene kleine Republiken des südlichen und westlichen Teils von Sicilien unterstützt, unter dem Schein sie gegen die Übermacht von Syracus zu schützen, sich der innerlichen Zwietracht der Sicilianer, als einer guten Gelegenheit bedienen wollten, diese für ihre Handlungs-Absichten unendlich vorteilhaft gelegene Insel in ihre Gewalt zu bringen. Einige von diesen kleinen Republiken wurden von so genannten Tyrannen beherrscht; und diese hatten sich bereits in die Arme der Carthaginenser geworfen; die andren hatten sich bisher noch in einer Art von Freiheit erhalten, und schwankten, zwischen der Furcht von Dionysen überwältiget zu werden, und dem Mißtrauen in die Absichten ihrer anmaßlichen Beschützer, in einem Gleichgewicht, welches alle Augenblicke auf die Seite der letztern überzuziehen drohte. Timocrates, dem Dionys die oberste Befehlhabers-Stelle in diesem Kriege anvertraute, hatte sich bereits durch einige Vorteile über die Feinde den oft wohlfeilen Ruhm eines guten Generals erworben; aber mehr darauf bedacht, bei dieser Gelegenheit Lorbeern und Reichtümer zu sammeln, als das wahre Interesse seines Prinzen zu besorgen, hatte er das Feuer der innerlichen Unruhen Siciliens mehr ausgebreitet als gedämpft, und durch seine Aufführung sich bei denenjenigen, welche noch keine Partei genommen hatten, so verhaßt gemacht, daß sie im Begriff waren sich für Carthago zu erklären. Agathon glaubte, daß seine Beredsamkeit dem Dionys in diesen Umständen größere Dienste tun könne, als die ganze, wiewohl nicht verächtliche Land- und Seemacht, welche Timocrates unter seinen Befehlen hatte. Er hielt es für besser Sicilien zu beruhigen, als zu erobern; besser es zu einer Art von freiwilliger Übergabe an Syracus zu bewegen, als es den Gefahren und verderblichen Folgen eines Kriegs ausgesetzt zu lassen, der, wenn er auch am glücklichsten für den Dionys ausfiele, ihm doch nichts mehr als den zweideutigen Vorteil verschaffen würde, seine Untertanen um eine Anzahl gezwungner und mißvergnügter Leute vermehrt zu haben, auf deren guten Willen er keinen Augenblick hätte zählen können. Dionys konnte den Gründen, womit Agathon sein Vorhaben, und die Hoffnung des gewünschten Ausgangs unterstützte, seinen Beifall nicht versagen. Überhaupt galt es ihm gleich, durch was für Mittel er zu ruhigem Besitz der höchsten Gewalt in Sicilien gelangen könnte, wenn er nur dazu gelangte; und ob er gleich klein genug war, sich auf die zwar wenig entscheidende aber desto prahlerischer vergrößerte Siege seines Feldherrn eben so viel einzubilden, als ob er sie selbst erhalten hätte; so war er doch auch feigherzig genug, sich zu dem unrühmlichsten Frieden geneigt zu fühlen, so bald er mit einiger Aufmerksamkeit an die Unbeständigkeit des Kriegs-Glückes dachte. Die edlern Beweggründe unsers Helden fanden also leicht Eingang bei ihm, oder richtiger zu reden, Agathon schrieb die gefällige Disposition, die er bei ihm fand, dem Eindruck seiner eignen Vorstellungen zu, ohne wahrzunehmen, daß sie ihren eigentlichen Grund in der niederträchtigen Gemütsart des Prinzen hatte. Er begab sich also ingeheim (denn es war ihm daran gelegen, daß Timocrates von seinem Vorhaben keinen Wink bekäme) in diejenige Städte, welche im Begriff stunden, die Partei von Carthago zu verstärken. Es gelang ihm, die widrigen Vorurteile zu zernichten, womit er alle Gemüter gegen die gefürchtete Tyrannie Dionysens eingenommen fand; er überzeugte sie so vollkommen davon, daß das Beste eines jeden besondern Teils von dem Besten des ganzen Sicilien unzertrennlich sei; machte ihnen ein so schönes Gemälde von dem glücklichen Zustande dieser Insel, wenn alle Teile derselben durch die Bande des Vertrauens und der Freundschaft, sich in Syracus als in dem gemeinschaftlichen Mittelpunct vereinigen würden – – daß er mehr erhielt als er gehofft hatte, und so gar mehr als er verlangte. Er wollte nur Bundsgenossen, und es fehlte wenig, so würden sie in einem Anstoß von überfließender Zuneigung zu ihm, sich ohne Bedingung zu Untertanen eines Prinzen ergeben haben, von dessen Minister sie so sehr bezaubert waren.

Die Veränderung, welche hiedurch in den öffentlichen Angelegenheiten gemacht wurde, brachte den Krieg so schnell zu Ende, daß Timocrates keine Gelegenheit bekam, durch ein entscheidendes Treffen (es möchte allenfalls gewonnen oder verloren sein) Ehre einzulegen. Man kann sich vorstellen, ob Agathon sich dadurch die Freundschaft dieses Mannes, den sein großes Vermögen und die Verschwägerung mit dem Prinzen zu einer wichtigen Person machte, erworben; und mit welchen Augen Timocrates den allgemeinen Beifall, die frohlockenden Segnungen der Nation, welche unsern Helden nach Syracus zurückbegleiteten, die Merkmale der Hochachtung, womit er von dem Prinzen empfangen wurde, und das außerordentliche Ansehen, worin er sich durch diese friedsame Eroberung befestigte, angeschielt haben werde. Genötigt, seinen

Unwillen und Haß gegen einen so siegreichen Nebenbuhler in sich selbst zu verschließen, laurte er nur desto ungeduldiger auf Gelegenheiten, in geheim an seinem Untergang zu arbeiten; und wie hätte es ihm an einem Hofe, und an dem Hofe eines solchen Fürsten, an Gelegenheiten fehlen können?

Zweites Capitel

Beispiele, daß nicht alles, was gleißt, Gold ist

Wenn Agathon während einer Staats-Verwaltung, welche nicht ganz zwei Jahre daurte, das vollkommenste Vertrauen seines Prinzen und die allgemeine Liebe der Nation, welche er regierte, gewann, und sich dadurch auf diese hohe Stufe des Ansehens und der scheinbaren Glückseligkeit emporschwang, welche unverdienter Weise, der Gegenstand der Bewunderung aller kleinen, und des Neides aller zugleich boshaften Seelen zu sein pflegt: So müssen wir gestehen, daß diese launische unerklärbare Macht, welche man Glück oder Zufall nennt, den wenigsten Anteil daran hatte. Die Verdienste, die er sich in so kurzer Zeit um den Prinzen sowohl als die Nation machte, die Beruhigung Siciliens, das befestigte Ansehen von Syracus, die Verschönerung dieser Hauptstadt, die Verbesserung ihrer Policei, die Belebung der Künste und Gewerbe, und die allgemeine Zuneigung, welche er einer vormals verabscheueten Regierung zuwandte – – alles dieses legte ein unverwerfliches Zeugnis für die Weisheit seiner Staats-Verwaltung ab; und da alle diese Verdienste durch die Uneigennützigkeit und Regelmäßigkeit seines Betragens in ein Licht gestellt wurden, welches keine Mißdeutung zu zulassen schien; so blieb seinen heimlichen Feinden, ohne die ungewisse Hülfe irgend eines Zufalls, von dem sie selbst noch keine Vorstellung hatten, wenig Hoffnung übrig, ihn so bald wieder zu stürzen, als sie es für ihre Privat-Absichten wünschen mochten.

Die heimlichen Feinde Agathons – – wie konnte ein Mann, der sich so untadelich betrug, und um jedermann Gutes verdiente, Feinde haben? – – werden diejenige vielleicht denken, welche bei Gelegenheit, zu vergessen scheinen, daß der weise Mann notwendig alle Narren, und der Rechtschaffene, unvermeidlicher Weise, alle die es nicht sind, zu öffentlichen, oder doch gewiß zu immerwährenden heimlichen Feinden haben muß. Eine Wahrheit, welche in der Natur der Sachen so gegründet, und durch eine nie unterbrochene Erfahrung so bestätiget ist, daß wir weit bessere Ursache zu fragen haben: Wie sollte ein Mann, der sich so wohl betrug, keine Feinde gehabt haben? Es konnte nicht anders sein als daß derjenige, dessen beständige Bemühung dahin ging, seinen Prinzen tugendhaft, oder doch wenigstens seine Schwachheiten unschädlich zu machen, sich den herzlichen Haß dieser Höflinge zuziehen mußte, welche (wie Montesquieu von allen Hofleuten behauptet) nichts so sehr fürchten, als die Tugend des Fürsten, und keinen zuverlässigern Grund ihrer Hoffnungen kennen, als seine Schwachheiten. Sie konnten nicht anders als den Agathon für denjenigen ansehen, der allen ihren Absichten und Entwürfen im Wege stund. Er verlangte zum Exempel, daß man vorher Verdienste haben müsse, eh man an Belohnungen Ansprüche mache; sie wußten einen kürzern und bequemern Weg; einen Weg auf welchem zu allen Zeiten (die Regierungen der Antonine und Juliane ausgenommen) die nichtswürdigsten Leute an Höfen ihr Glück gemacht haben – – kriechende Schmeichelei, blinde Gefälligkeit gegen die Leidenschaften unsrer Obern, Gefühllosigkeit gegen alle Regungen des Gewissens und der Menschlichkeit, Taubheit gegen die Stimme aller Pflichten, unerschrockne

Unverschämtheit sich selbst Talente und Verdienste beizulegen, die man nie gehabt hat; fertige Bereitwilligkeit jedes Bubenstück zu begehen, welches eine Stufe zu unsrer Erhebung werden kann – – und diesen Weg hatte ihnen Agathon auf einmal versperrt. Sie sahen, so lange dieser seltsame Mann den Platz eines Günstlings bei Dionysen behaupten würde, keine Möglichkeit, wie Leute von ihrer Art sollten gedeihen können. Sie hasseten ihn also; und wir können versichert sein, daß in den Herzen aller dieser Höflinge eine Art von Zusammen-Verschwörung gegen ihn brütete, ohne daß es dazu einiger geheimen Verabredung bedurfte. Allein von allem diesem wurde noch nichts sichtbar. Die Maske, welche sie vorzunehmen für gut fanden, sah einem Gesicht so gleich, daß Agathon selbst dadurch betrogen wurde; und sich gegen die Philiste und Timocrate, und ihre Creaturen eben so bezeugte, als ob die Hochachtung, welche sie ihm bewiesen, und der Beifall, den sie allen seinen Maßnehmungen gaben, aufrichtig gewesen wäre. Diese wackern Männer hatten einen gedoppelten Vorteil über ihn – – daß er, weil er sich nichts Böses zu ihnen versah, nicht daran dachte, sie scharf zu beobachten – – und daß sie, weil sie sich ihrer eigenen Bosheit bewußt waren, desto vorsichtiger waren, ihre wahren Gesinnungen in eine undurchdringliche Verstellung einzuhüllen. Versichert wie sie waren, daß ein Mensch notwendig eine schwache Seite haben müsse, gaben sie sich alle mögliche Mühe die seinige zu finden, und stellten ihn, ohne daß er einen Verdacht deswegen auf sie werfen konnte, auf alle mögliche Proben. Da sie ihn aber gegen Versuchungen, denen sie selbst zu unterliegen pflegten, gleichgültig oder gewaffnet fanden; so blieb ihnen, bis auf irgend eine günstige Gelegenheit nichts übrig, als ihn durch den magischen Dunst einer subtilen Schmeichelei einzuschläfern, welche er desto leichter für Freundschaft halten konnte, da sie alle Anscheinungen derselben hatte; und je mehr er berechtiget war, in einem Lande, worin er sich um alle verdient machte, einen jeden für seinen Freund zu halten. Diese Absicht gelang ihnen, und man muß gestehen, daß sie dadurch schon ein großes über ihn gewonnen hatten.

Übrigens können wir nicht umhin, es mag nun unserm Helden nachteilig sein oder nicht, zu gestehen, daß zu einer Zeit, da sein Ansehen den höchsten Gipfel erreicht hatte; da Dionys ihn mit Beweisen einer unbegrenzten Gunst überhäufte; da er von dem ganzen Sicilien für seinen Schutzgott angesehen wurde, und das seltne, wo nicht ganz unerhörte Glück zu genießen schien, in einem so blendenden Glücksstande lauter Bewundrer und Freunde, und keinen Feind zu haben – – die Damen zu Syracus die einzigen waren, welche ihre wenige Zufriedenheit mit seinem Betragen ziemlich deutlich merken ließen. Mit einer Figur wie die seinige, mit allem dem was den Augen und Herzen nachstellt in so außerordentlichem Grade begabt, war es sehr natürlich, daß er die Aufmerksamkeit der Schönen auf sich ziehen mußte. Die Damen zu Syracus hatten so gut Augen wie die zu Smyrna – – und Herzen dazu – – oder wenn sie keine hatten, so hatten sie doch etwas, dessen Bewegungen sehr gewöhnlich mit den Bewegungen des Herzens verwechselt werden; oder wenn sie auch das nicht hatten, so hatten sie doch Eitelkeit, und konnten also nicht gleichgültig gegen die eigensinnige Unempfindlichkeit eines Mannes sein, welcher eben dadurch ein Feind wurde, dessen Überwindung seine Siegerin zur Liebenswürdigsten ihres Geschlechts zu erklären schien. In den Augen der meisten Schönen ist der Günstling eines Monarchen allezeit ein Adonis; wie natürlich war also der Wunsch, einen Adonis empfindlich zu machen, der noch dazu der Liebling eines Königs, und in der Tat, den Namen, und eine gewisse Binde um den Kopf ausgenommen, der König selbst war? Man kann sich auf die Geschicklichkeit der schönen Sicilianerinnen verlassen, daß sie nichts vergessen haben werden, seiner Kaltsinnigkeit auch nicht den Schatten einer anständigen Entschuldigung übrig zu lassen. Und womit hätte sie wohl entschuldiget werden können? Es ist wahr, ein Mann, der mit der Sorge für einen ganzen Staat beladen ist, hat nicht so viel Muße als ein junger Herr, der sonst nichts zu tun hat, als sein Gesicht alle Tage ein paarmal im Vorzimmer zu zeigen, und die übrige Zeit von einer Schönen, und von einer Gesellschaft zur andern fortzuflattern. Aber man mag so beschäftiget sein als man will, so behält man doch allezeit Stunden für sich selbst, und für sein Vergnügen übrig; und obgleich Agathon sich seinen Beruf etwas schwerer machte, als er in unsern Zeiten zu sein pflegt, nachdem man das Geheimnis erfunden hat, die schweresten Dinge mit einer gewissen unsern plumpern Vorfahren unbekannten Leichtigkeit – – vielleicht nicht so gut, aber doch artiger – – zu tun; so war es doch Augenscheinlich, daß er solche Stunden hatte. Der Einfluß, den er in die Staats-Verwaltung hatte, schien ihm so wenig zu schaffen zu machen; er brachte so viel Freiheit des Geistes, so viel Munterkeit und guten Humor zur Gesellschaft, und zu den Ergötzlichkeiten, wo ihn Dionys fast immer um sich haben wollte, daß man die Schuld seiner seltsamen Aufführung unmöglich seinen Geschäften beimessen konnte. Man mußte also sie begreiflich zu machen auf andere Hypothesen verfallen. Anfangs hielt eine jede die andere im Verdacht, die geheime Ursache davon zu sein; und so lange dieses daurte, hätte man sehen sollen, mit was für Augen die guten Damen einander beobachteten, und wie oft man in einem Augenblicke eine Entdeckung gemacht zu haben glaubte, welche der folgende Augenblick wieder vernichtigte. Endlich befand sich's, daß man einander Unrecht getan hatte;

Agathon war gegen alle gleich verbindlich, und liebte keine. Auf eine Abwesende konnte man keinen Argwohn werfen; denn was hätte ihn bewegen sollen, den Gegenstand seiner Liebe von sich entfernt zu halten? Es blieben also keine andre als solche Vermutungen übrig, welche unserm Helden auf die eine oder andre Art nicht sonderliche Ehre machten; ohne daß sie den gerechten Verdruß vermindern konnten, den man über ein so wenig natürliches und in jeder Betrachtung so verhaßtes Phänomen empfinden mußte.

Unsre Leser, welche nicht vergessen haben können, was Agathon zu Smyrna war, werden so gleich auf einen Gedanken kommen, welcher freilich den Damen zu Syracus unmöglich einfallen konnte – – nämlich, daß es ihnen vielleicht an Reizungen gefehlt habe, um einen hinlänglichen Eindruck auf ein Herz zu machen, welches nach einer Danae (welch ein Gemälde macht dieses einzige Wort!) nicht leicht etwas würdig finden konnte, seine Neugier rege zu machen. Allein wenn die Nachrichten, denen wir in dieser Geschichte folgen, Glauben verdienen, so hat eine den mehr bemeldten Damen so wenig schmeichelnde Vermutung nicht den geringsten Grund: Syracus hatte Schönen, welche so gut als Danae, den Polycleten zu Modellen hätten dienen können; und diese Schönen hatten alle noch etwas dazu, das die Schönheit gelten macht; einige Witz, andre Zärtlichkeit; andre wenigstens ein gutes Teil von dieser edeln Unverschämtheit, welche eine gewisse Classe von modernen Damen zu characterisieren scheint, und zuweilen schneller zum Zweck führt als die vollkommensten Reizungen, welche unter dem Schleier der Bescheidenheit versteckt, ein nachteiliges Mißtrauen in sich selbst zu verraten scheinen. Es konnte also nicht das sein – – Gut! So wird er sich etwan des Socratischen Geheimnisses bedient, und in den verschwiegenen Liebkosungen irgend einer gefälligen Cypassis das leichteste Mittel gefunden haben, sich vor der Welt die Mine eines Xenocrates zu geben? – – Das auch nicht! wenigstens sagen unsre Nachrichten nichts davon. Ohne also den Leser mit vergeblichen Mutmaßungen aufzuhalten, wollen wir gestehen, daß die Ursache dieser Kaltsinnigkeit unsers Helden, etwas so natürliches und einfältiges war, daß, so bald wir es entdeckt haben werden, Schah Baham selbst sich einbilden würde, er habe wo nicht eben das, doch ungefähr so etwas erwartet.

Der Kaufmann, mit welchem Agathon nach Syracus gekommen war, war einer von denjenigen, welchen er ehmals zu Athen das Bildnis seiner Psyche zu dem Ende gegeben hatte, damit sie mit desto besserm Erfolg aller Orten möchte aufgesucht werden können. Gleichwohl erinnerte er sich dieses Umstands nicht eher, bis er einsmals bei einem Besuch, den er ihm machte, dieses Bildnis von ungefähr in dem Cabinet seines Freundes ansichtig wurde. Dasjenige was Agathon in diesem Augenblick empfand, war wenig von dem unterschieden, was er empfunden hätte, wenn es Psyche selbst gewesen wäre. Die Ideen seiner ersten Liebe wurden dadurch wieder so lebhaft, daß er, so schwach auch seine Hoffnung war, das Urbild jemals wieder zu sehen, sich aufs Neue in dem Entschluß bestätigte, ihrem Andenken getreu zu bleiben. Die Damen von Syracus hatten also würklich eine Nebenbuhlerin, ob sie gleich nicht erraten konnten, daß diese zärtlichen Seufzer, welche jede unter ihnen seinem Herzen abzugewinnen wünschte, in mitternächtlichen Stunden vor einer gemalten Gebieterin ausgehaucht wurden.

Unter allen denjenigen, welche sich durch die Unempfindlichkeit unsers Helden beleidiget fanden, konnte keine der schönen Cleonissa in Absicht aller Vollkommenheiten, welche Natur und Kunst in einem Frauenzimmer vereinigen können, den Vorzug streitig machen. Eine vollkommen regelmäßige Schönheit ist (mit Erlaubnis aller derjenigen, welche dabei interessiert sein mögen, die Grazien ihrer Königin vorzuziehen) unter allen Eigenschaften, die eine Dame haben kann, diejenige welche den allgemeinsten, geschwindesten und stärksten Eindruck macht; und für tugendhafte Personen hat sie noch diesen Vorteil, daß sie das Verlangen von der Besitzerin eines so seltnen Vorzugs geliebt zu sein, in dem nämlichen Augenblick durch eine Art von mechanischer Ehrfurcht zurückscheucht, deren sich der verwegenste Satyr kaum erwehren kann. Cleonissa besaß diese Vollkommenheit in einem Grade, der den kaltsinnigsten Kennern des Schönen nichts daran zu tadeln übrig ließ; es war unmöglich sie ohne Bewunderung anzusehen. Aber die ungemeine Zurückhaltung, welche sie affectierte, das Majestätische, das sie ihrer Mine, ihren Blicken und allen ihren Bewegungen zu geben wußte, mit dem Ruf einer strengen Tugend, worein sie sich dadurch gesetzt hatte, verstärkte die bemeldte natürliche Würkung ihrer Schönheit so sehr, daß niemand kühn genug war, sich in die Gefahr zu wagen, den Ixion dieser Juno abzugeben. Die Mittelmäßigkeit ihrer Herkunft, und sowohl der Stand als die Vorsicht eines eifersüchtigen Ehmannes, hatten sie während ihrer ersten Jugend in einer so großen Entfernung von der Welt gehalten, daß sie eine ganz neue Erscheinung war, als Philistus (der sie, wir wissen nicht wie, aufgespürt, und Mittel gefunden hatte, sie mit guter Art zur Witwe zu machen) sie in Qualität seiner Gemahlin an den Hof der Princessinnen brachte; unter welchen Namen die Mutter, die Gemahlin, und die Schwestern des Dionys begriffen wurden. Nicht viel geneigter als sein Vorgänger, eine Frau von so besondern Vorzügen mit einem andern, und wenn es Jupiter selbst gewesen wäre, zu teilen, hatte er anfangs alle Behutsamkeit gebraucht, welche der geizige Besitzer eines kostbaren Schatzes nur immer anwenden kann, um ihn vor der schlauesten Nachstellung zu verwahren. Aber die Tugend der Dame, und die herrschende Neigung, welche Dionys in den ersten Jahren seiner Regierung für diejenige Classe von Schönen zeigte, welche nicht so viel Schwierigkeiten machen; vielleicht auch eine gewisse Laulichkeit, welche die Eigentümer dieser wundertätigen Schönheiten gemeiniglich nach Verfluß zweier oder dreier Jahre, oft auch viel früher, unvermerkt zu überschleichen pflegt; hatten seine Eifersucht so zahm gemacht, daß er in der Folge kein Bedenken trug, sie den Princessinnen so oft sie wollten zur Gesellschaft zu überlassen. Wir wollen nicht untersuchen, ob Cleonissa damals würklich so tugendhaft war, als die Sprödigkeit ihres Betragens gegen die Manns-Personen und die strengen Maximen, wornach sie andre von ihrem Geschlecht beurteilte, zu beweisen schienen. Genug daß die Princessinnen, und was noch mehr ist, ihr Gemahl, vollkommen davon überzeugt waren, und daß sich noch keiner von den Höflingen unterstanden hatte, eine so ehrwürdige Tugend auf die Probe zu setzen. Während der Zeit, da Plato in so großem Ansehen bei Dionysen stund, war Cleonissa eine von den eifrigsten Verehrerinnen dieses Weisen, und diejenige, welche den erhabenen Jargon seiner Philosophie am geläufigsten reden lernte. Es mag nun aus Begierde sich durch ihren Geist eben so sehr als durch ihre Figur über die übrigen ihres Geschlechts zu erheben, (eine ziemlich gewöhnliche Schwachheit der eigentlich so genannten Schönen,) oder aus irgend einem reinern Beweggrunde geschehen sein; so ist gewiß, daß sie alle Gelegenheiten den göttlichen Plato zu hören mit solcher Begierlichkeit suchte, eine so ausnehmende Hochachtung für seine Person, einen so unbedingten Glauben an seine Begriffe von Schönheit und Liebe, und alle übrige Teile seines Systems zeigte, und mit einem Wort, in kurzer Zeit, an Leib und Seele einer Platonischen Idee so ähnlich sah: Daß dieser weise Mann, stolz auf eine solche Schülerin, durch den besondern Vorzug, den er ihr gab, die allgemeine Meinung von ihrer Weisheit unendlich erhöhte. Es ist wahr, es wäre nur auf ihn angekommen, bei gewissen Gelegenheiten gewisse Beobachtungen in ihren schönen Augen zu machen, welche ihn ohne eine lange Reihe von Schlüssen auf die Vermutung hätten bringen können, daß es nicht unmöglich sein würde, diese Göttin zu humanisieren. Aber der gute Plato hatte damals schon über sechzig Jahre, und machte keine solche Beobachtungen mehr. Cleonissa blieb also in dem Ansehen eines lebendigen Beweises des Platonischen Lehrsatzes, daß die äußerliche Schönheit ein Widerschein der intellectualischen Schönheit des Geistes sei; das Vorurteil für ihre Tugend hielt dem Eindruck, welchen ihre Reizungen hätten machen können, das Gleichgewicht; und sie hatte das Vergnügen, die vollkommne Gleichgültigkeit, welche Dionys für sie behielt, der Weisheit ihres Betragens zu zuschreiben, und sich dadurch ein neues Verdienst bei den Princessinnen zu machen.

Aber – – o! wie wohl läßt sich jener Solonische Ausspruch, daß man niemand vor seinem Ende glücklich preisen solle, auch auf die Tugend der Heldinnen anwenden! Cleonissa sah den Agathon, und – – hörte in diesem Augenblick auf Cleonissa zu sein – – Nein, das eben nicht; ob es gleich nach dem Platonischen Sprachgebrauch richtig gesprochen wäre; aber sie bewies, daß die Princessinnen, und sie selbst, und ihr Gemahl, und der Hof, und die ganze Welt, den göttlichen Plato mit eingeschlossen, sich sehr geirret hatten, sie für etwas anders zu halten als sie war, und als sie einem jeden mit Vorurteilen unbefangenen Beobachter, einem Aristipp zum Exempel, in der ersten Stunde zu sein scheinen mußte.

Sich über einen so natürlichen Zufall zu verwundern, würde unserm Bedünken nach, eine große Sünde gegen das nie genug anzupreisende Nil admirari sein, in wel-

chem (nach der Meinung erfahrner Kenner der menschlichen Dinge) das eigentliche große Geheimnis der Weisheit, dasjenige was einen wahren Adepten macht, verborgen liegt. Die schöne Cleonissa war ein Frauenzimmer, und hatte also ihren Anteil an den Schwachheiten, welche die Natur ihrem Geschlecht eigen gemacht hat, und ohne welche diese Hälfte der menschlichen Gattung weder zu ihrer Bestimmung in dieser sublunarischen Welt so geschickt, noch in der Tat, so liebenswürdig sein würde als sie ist. Ja wie wenig Verdienst würde selbst ihrer Tugend übrig bleiben, wenn sie nicht durch eben diese Schwachheiten auf die Probe gesetzt würde?
Dem sei nun wie ihm wolle, die Dame fühlte, so bald sie unsern Helden erblickte, etwas, das die Tugend einer gewöhnlichen Sterblichen hätte beunruhigen können. Aber es gibt Tugenden von einer so starken Complexion, daß sie durch nichts beunruhiget werden; und die ihrige war von dieser Art. Sie überließ sich den Eindrücken, welche ohne Zutun ihres Willens auf sie gemacht wurden, mit aller Unerschrockenheit, welche ihr das Bewußtsein ihrer Stärke geben konnte. Die Vollkommenheit des Gegenstandes rechtfertigte die außerordentliche Hochachtung, welche sie für ihn bezeugte. Große Seelen sind am geschicktesten, einander Gerechtigkeit widerfahren zu lassen; und ihre Eigenliebe ist so sehr dabei interessiert, daß sie die Parteilichkeit für einander sehr weit treiben können, ohne sich dadurch besonderer Absichten verdächtig zu machen. Ein so unedler Verdacht konnte ohnehin nicht auf die erhabene Cleonissa fallen; indessen war doch nichts natürlicher, als die Erwartung, daß sie in unserm Helden eben diesen, wo nicht einen noch höhern Grad der Bewunderung erwecken werde, als sie für ihn empfand. Diese Erwartung verwandelte sich eben so natürlich in ein mit Unmut vermischtes Erstaunen, da sie sich darin betrogen sah; und was

konnte aus diesem Erstaunen anders werden, als eine heftige Begierde, ihrer durch seine Gleichgültigkeit äußerst beleidigten Eigenliebe eine vollständige Genugtuung zu verschaffen? Auch wenn sie selbst gleichgültig gewesen wäre, hätte sie mit Recht erwarten können, daß ein so feiner Kenner ihren Wert zu empfinden, und eine Cleonissa von den kleinern Sternen, welchen nur in ihrer Abwesenheit zu glänzen erlaubt war, zu unterscheiden wissen werde. Wie sehr mußte sie sich also beleidiget halten, da sie mit diesem edeln Enthusiasmus, womit die privilegierte Seelen sich über die kleinen Bedenklichkeiten gewöhnlicher Leute hinwegsetzen, ihm entgegengeflogen war, und die Beweise ihrer sympathetischen Hochachtung nicht so lange zurückzuhalten gewürdiget hatte, bis sie von der seinigen überzeugt worden wäre? Da es nur von ihrer Eigenliebe abhing, die Größe des Unrechts nach der Empfindung ihres eignen Werts zu bestimmen; so war die Rache, welche sie sich an unserm Helden zu nehmen vorsetzte, die grausamste, welche nur immer in das Herz einer beleidigten Schönen kommen kann. Sie wollte die ganze vereinigte Macht aller ihrer intellectualischen und körperlichen Reizungen, verstärkt durch alle Kunstgriffe der schlauesten Coketterie (wovon ein so allgemeines Genie als das ihrige wenigstens die Theorie besitzen mußte) dazu anwenden, ihren Undankbaren zu ihren Füßen zu legen; und wenn sie ihn durch die gehörige Abwechslungen von Furcht und Hoffnung endlich in den kläglichen Zustand eines von Liebe und Sehnsucht verzehrten Seladons gebracht, und sich an dem Schauspiel seiner Seufzer, Tränen, Klagen, Ausrufungen und aller andern Ausbrüche der verliebten Torheit lange genug ergötzt haben würde – – ihn endlich auf einmal die ganze Schwere der kaltsinnigsten Verachtung fühlen lassen. So wohlausgesonnen diese Rache war; so eifrig und mit so vieler Geschicklichkeit wurden die Anstalten dazu ins Werk gesetzt; und wir müssen gestehen, daß wenn der Erfolg eines Projects allein von der guten Ausführung abhinge, die schöne Cleonissa den vollständigsten Triumph hätte erhalten müssen, der jemals über den Trotz eines widerspenstigen Herzens erhalten worden wäre. Ob diese Dame, wenn Agathon sich in ihrem Netze gefangen hätte, fähig gewesen wäre, die Rache so weit zu treiben als sie sich selbst versprochen hatte? – – ist eine problematische Frage, deren Entscheidung vielleicht sie selbst, wenn der Fall sich ereignet hätte, in keine kleine Verlegenheit gesetzt haben würde. Aber Agathon ließ es nicht so weit kommen. Er legte eine neue Probe ab, daß es nur einer Danae gegeben war, die schwache Seite von seinem Herzen ausfündig zu machen. Cleonissa hatte bereits die Hälfte ihrer Künste erschöpft, ehe er nur gewahr wurde, daß ein Anschlag gegen ihn im Werke sei; und von dem Augenblick, da er es gewahr wurde, stieg sein Kaltsinn, nach dem Verhältnis wie ihre Bemühungen sich verdoppelten, auf einen solchen Grad; oder deutlicher zu reden, der Absatz, den ihre zuletzt bis zur Unanständigkeit getriebene Nachstellungen mit der affectierten Erhabenheit ihrer Denkungs-Art, und mit der Majestät ihrer Tugend machten, tat eine so schlimme Würkung bei ihm, daß die schöne Cleonissa sich genötiget sah, die Hoffnung des Triumphs, womit sich ihre Eitelkeit geschmeichelt hatte, gänzlich aufzugeben. Die Wut, in welche sie dadurch gesetzt wurde, verwandelte sich nach und nach in den vollständigsten Haß, der jemals (mit Shakespear zu reden) die Milch einer weiblichen Brust in Galle verwandelt hat. Alles was sie ihrer Tugend in diesen Umständen zu tun gab, war, die Bewegungen dieser Leidenschaft so geschickt zu verbergen, daß weder der Hof noch Agathon selbst gewahr wurde, mit welcher Ungeduld sie sich nach einer Gelegenheit sehnte, ihn die Würkungen davon empfinden zu lassen.

In dieser Situation befanden sich die Sachen, als Dionys, des ruhigen Besitzes der immer gefälligen Bacchidion, und ihrer Tänze überdrüssig, sich zum ersten mal einfallen ließ, die Beobachtung zu machen, daß Cleonissa schön sei. Er hatte sie noch nicht lange mit einiger Aufmerksamkeit beobachtet, so deuchte ihn, daß er noch nie keine so schöne Creatur gesehen habe; und nun fing er an sich zu verwundern, daß er diese Beobachtung nicht eher gemacht habe. Endlich erinnerte er sich, daß die Dame sich jederzeit durch eine sehr spröde Tugend und einen erklärten Hang für die Metaphysik unterschieden hatte; und nun zweifelte er nicht mehr, daß es dieser Umstand gewesen sein müsse, was ihn verhindert habe, ihrer Schönheit eher Gerechtigkeit widerfahren zu lassen. Eine Art von maschinalischer Ehrfurcht vor der Tugend, die von seiner Indolenz und der furchtbaren Vorstellung herkam, welche er sich von den Schwierigkeiten sie zu besiegen in den Kopf gesetzt hatte, würde ihn vielleicht auch diesesmal in den Grenzen einer untätigen Bewunderung gehalten haben, wenn nicht einer von diesen kleinen Zufällen, welche so oft die Ursachen der größesten Begebenheiten werden, seine natürliche Trägheit auf einmal in die ungeduldigste Leidenschaft verwandelt hätte. Da dieser Zufall jederzeit eine Anecdote geblieben ist, so können wir nicht gewiß sagen, ob es (wie einige Sicilianische Geschichtschreiber vorgeben) der nämliche gewesen, wodurch in neuern Zeiten die Schwester des berühmten Herzogs von Marlborough den ersten Grund zu dem außerordentlichen Glück ihrer Familie gelegt haben soll; oder ob er sie vielleicht von ungefähr in dem Zustand überrascht haben mochte, worin der Actäon der Poeten das Unglück hatte, die schöne Diana zu erblicken. Das ist indessen ausgemacht, daß von dieser geheimen Begebenheit an, die Leidenschaft und die Absichten des Dionys einen Schwung nahmen, wodurch sich die

Tugend der allzuschönen Cleonissa in keine geringe Verlegenheit gesetzt befand, wie sie in einer so schlüpfrigen Situation dasjenige, was sie sich selbst schuldig war, mit den Pflichten gegen ihren Prinzen vereinigen wollte. Dionys war so dringend, so unvorsichtig – – und sie hatte so viele Personen in Acht zu nehmen – – sie, die in jedem andern Frauenzimmer eine Nebenbuhlerin hatte, und bei jedem Schritt von hundert eifersüchtigen Augen belauret wurde, welche nicht ermangelt haben würden, den kleinsten Fehltritt, den sie gemacht hätte, durch eben so viele Zungen der ganzen Welt in die Ohren flüstern zu lassen. Auf der einen Seite, ein von Liebe brennender König zu ihren Füßen, bereit eine unbegrenzte Gewalt über ihn selbst und über alles was er hatte, um die kleinste ihrer Gunstbezeugungen hinzugeben – – auf der andern, der glänzende Ruhm einer Tugend, welche noch kein Sterblicher für fehlbar zu halten sich unterstanden hatte, das Vertrauen der Princessinnen, die Hochachtung ihres Gemahls – – Man muß gestehen, tausend andre würden sich zwischen zweien auf so verschiedene Seiten ziehenden Kräften nicht zu helfen gewußt haben. Aber Cleonissa wußte es, ob sie sich gleich zum ersten mal in dieser Schwierigkeit befand, so gut, daß der ganze Plan ihres Betragens sie schwerlich eine einzige schlaflose Nacht kostete. Sie sah beim ersten Blick, wie wichtig die Vorteile waren, welche sie in diesen Umständen von ihrer Tugend ziehen konnte. Das nämliche Mittel, wodurch sie ihren Ruhm sicher stellen, und die Freundschaft der Princessinnen erhalten konnte, war unstreitig auch dasjenige, was den unbeständigen Dionys, bei dem vorsichtigen Gebrauch der erforderlichen Aufmunterungen, auf immer in ihren Fesseln behalten würde. Sie setzte also seinen Erklärungen, Verheißungen, Bitten, Drohungen, (zu den feinern Nachstellungen war er weder zärtlich noch schlau genug) eine Tugend entgegen, welche ihn durch ihre Hartnäckigkeit notwendig hätte ermüden müssen, wenn das Mitleiden mit dem Zustand, worein sie ihn zu setzen gezwungen war, sie nicht zu gleicher Zeit vermocht hätte, seine Pein durch alle die kleinen Palliative zu lindern, welche im Grunde für eine Art von Gunstbezeugungen angesehen werden können, ohne daß gleichwohl die Tugend, bei einem Liebhaber wie Dionys war, dadurch zuviel von ihrer Würde zu vergeben scheint. Die zärtliche Empfindlichkeit ihres Herzens – – die Gewalt welche sie sich antun mußte, einem so liebenswürdigen Prinzen zu widerstehen – – die stillschweigenden Geständnisse ihrer Schwachheit, welche zu eben der Zeit, da sie ihm den entschlossensten Widerstand tat, ihrem schönen Busen wider ihren Willen entflohen – – o! tugendhafte Cleonissa! Was für eine gute Actrice warest du! – – Was hätte Dionys sein müssen, wenn er bei solchen Anscheinungen die Hoffnung aufgegeben hätte, endlich noch glücklich zu werden?

Inzwischen war, ungeachtet aller Behutsamkeit, welche Cleonissa, und Dionys selbst gebrauchte, die Leidenschaft dieses Prinzen, und die unüberwindliche Tugend seiner Göttin, ein Geheimnis, welches der ganze Hof wußte, wenn man schon nicht dergleichen tat, als ob man Augen oder Ohren hätte. Cleonissa hatte die Vorsicht gebraucht, die Schwestern des Prinzen, von dem Augenblicke, da sie an seiner Leidenschaft nicht mehr zweifeln konnte, zu ihren Vertrauten zu machen; diese hatten wieder im Vertrauen alles seiner Gemahlin entdeckt, und die Gemahlin seiner Mutter. Die Princessinnen, welche seine bisherigen Ausschweifungen immer vergebens beseufzet, und besonders gegen die arme Bacchidion einen Widerwillen gefaßt hatten, wovon sich kein andrer Grund, als die launische Denkungs-Art dieser Damen angeben läßt, waren erfreut, daß seine Neigung endlich einmal auf einen tugendhaften Gegenstand gefallen war. Die ausnehmende Klugheit der schönen Cleonissa machte ihnen Hoffnung, daß es ihr gelingen würde, ihn unvermerkt auf den rechten Weg zu bringen. Cleonissa erstattete ihnen jedes mal getreuen Bericht von allem was zwischen ihr und ihrem Liebhaber vorgegangen war – – oder doch von allem, was die Princessinnen davon zu wissen nötig hatten; alle Maßregeln, wie sie sich gegen ihn betragen sollte, wurden in dem Cabinet der Königin abgeredet; und diese gute Dame, welche das Unglück hatte, die Kaltsinnigkeit ihres Gemahls gegen sie lebhafter zu empfinden, als es für ihre Ruhe gut war, gab sich alle mögliche Bewegungen, die Bemühungen zu befördern, welche von der tugendhaften Cleonissa angewandt wurden, den Prinzen in die Schranken der Gebühr zurückzubringen. Alles dieses machte eine Art von Intrigue aus, bei welcher, ungeachtet der anscheinenden Ruhe, der ganze Hof in innerlicher Bewegung war. Der einzige Philistus, derjenige der am meisten Ursache hatte, aufmerksam zu sein, wußte nichts von allem was jedermann wußte; oder bewies doch wenigstens in seinem ganzen Betragen eine so seltsame Sicherheit, daß wir, wenn uns das außerordentliche Vertrauen nicht bekannt wäre, welches er in die Tugend seiner Gemahlin zu setzen Ursache hatte, fast notwendig auf den Argwohn geraten müßten, als ob er gewisse Absichten bei dieser Aufführung gehabt haben könnte, welche seinem Character keine sonderliche Ehre machen würden.

Alles ging wie es gehen sollte; Dionys setzte die Belagerung mit der äußersten Hartnäckigkeit und mit Hoffnungen fort, welche der tapfre Widerstand der weisen Cleonissa ziemlich zweideutig machte – – die Liebe schien noch wenig über ihre Tugend erhalten zu haben, obgleich diese allmählich anfing, von ihrer Majestät nachzulassen, und zu erkennen zu geben, daß sie nicht ganz ungeneigt wäre, unter hinlänglicher

Sicherheit sich in ein geheimes Verständnis, in so fern es eine bloße Liebe der Seele zur Absicht hätte, einzulassen – – Die Princessinnen sahen mit dem vollkommensten Vertrauen auf die keuschen Reizungen ihrer Freundin, der Entwicklung des Stücks entgegen – – und Philistus war von einer Gefälligkeit, von einer Indolenz, wie man niemals gesehen hat: Als Agathon, zum Unglück für ihn und für Sicilien, durch einen Eifer, der an einem Staats-Mann von so vieler Einsicht kaum zu entschuldigen war, sich verleiten ließ, den glücklichen Fortgang der verschiedenen Absichten, welchen Dionys – – Cleonissa – – die Princessinnen – – und vielleicht auch Philistus – – schon so nahe zu sein glaubten, durch seine unzeitige Dazwischenkunft zu unterbrechen.

Drittes Capitel

Große Fehler wider die Staats-Kunst, welche Agathon beging – – Folgen davon

Die Vertraulichkeit, worin Dionys mit seinen Günstlingen zu leben pflegte, und das natürliche Bedürfnis eines Verliebten, jemand zu haben, dem er sein Leiden oder seine Glückseligkeit entdecken kann – – hatten ihm nicht erlaubt, dem Agathon aus seiner neuen Liebe ein Geheimnis zu machen; und dieser trieb die Gefälligkeit anfänglich so weit, sich von dem schwatzhaftesten Liebhaber, der jemals gewesen war, mit den Angelegenheiten seines Herzens ganze Stunden durch Langeweile machen zu lassen, in denen es dem guten Prinzen kein einziges mal einfiel, daß diese Angelegenheiten einem dritten unmöglich so wichtig vorkommen könnten, als sie ihm selbst waren. Ohne seine Wahl geradezu zu mißbilligen (wovon er eine schlechte Würkung hätte hoffen können) begnügte er sich anfangs, ihm die Schwierigkeiten, welche er bei einer Dame von so strenger und systematischer Tugend finden würde, so fürchterlich abzumalen, daß er ihn von einer Unternehmung, welche sich dem Ansehen nach, wenigstens in eine entsetzliche Länge hinausziehen würde, abzuschrecken hoffte. Wie er aber sah, daß Dionys anstatt durch den Widerstand, über den er sich beklagte, ermüdet zu werden, von Tag zu Tag mehr Hoffnung schöpfte, diese beschwerliche Tugend durch hartnäckig wiederholte Anfälle endlich selbst abzumatten: So glaubte er der schönen Cleonissa nicht zu viel zu tun, wenn er sie im Verdacht eines gekünstelten Betragens hätte, welches die Leidenschaft des Prinzen zu eben der Zeit aufmunterte, da sie ihm alle Hoffnung zu verbieten schien. Je schärfer er sie beobachtete, je mehr Umstände entdeckte er, welche ihn in diesem Argwohn bestärkten; und da seine natürliche Antipathie gegen die majestätischen Tugenden das ihrige mit beitrug, so hielt er sich nun vollkommen überzeugt, daß die weise und tugendhafte Cleonissa weder mehr noch weniger als eine Betrügerin sei, welche durch einen erdichteten Widerstand zu gleicher Zeit sich in dem Ruf der Unüberwindlichkeit zu erhalten, und den leichtglaubigen Dionys desto fester in ihrem Garn zu verstricken im Sinne habe. Nunmehr fing er an die Sache für ernsthaft anzusehen, und sich so wohl durch die Pflichten der Freundschaft für einen Prinzen, für den er bei allen seinen Schwachheiten eine Art von Zuneigung fühlte, als aus Sorge für den Staat, verbunden zu halten, einem Verständnis, welches für beide sehr schlimme Folgen haben könnte, sich mit Nachdruck zu widersetzen. Bacchidion, welche, ohne eine so regelmäßige Schönheit zu sein, in seinen Augen unendlichmal liebenswürdiger war als Cleonissa, schien ihm ihres Herzens – – oder richtiger zu reden, ihrer glücklichen Organisation wegen – – ungeachtet des gemeinen und gerechten

Vorurteils gegen ihren Stand, in Vergleichung mit dieser tugendhaften Dame eine sehr schätzbare Person zu sein: Und da sie in der Unruhe, worein sie die immer zunehmende Kaltsinnigkeit des Prinzen zu setzen anfing, ihre Zuflucht zu ihm nahm, so machte er sich desto weniger Bedenken, sich ihrer mit etwas mehr Eifer als die Würde seines Characters vielleicht gestatten mochte, anzunehmen. Dionys liebte sie nicht mehr; aber er maßte sich noch immer Rechte über sie an, welche nur die Liebe geben sollte. Die schöne Bacchidion wurde nur zu deutlich gewahr, daß sie nur die Stelle ihrer Nebenbuhlerin in seinen Armen vertreten sollte; und ob sie gleich nur eine Tänzerin war, so deuchte sie sich doch zu gut, Flammen zu löschen, welche eine andere angezündet hatte. Dionys schien bei der anhaltenden Strenge seiner neuen Gebieterin, einer solchen Gefälligkeit mehr als jemals benötiget zu sein; und eben darum gab ihr Agathon den Rat, an ihrem Teil auch die Grausame zu machen, und zu versuchen, ob sie durch ein sprödes und läunisches Betragen, mit einer gehörigen Dosi von Coketterie vermischt, nicht mehr als durch zärtliche Klagen und verdoppelte Gefälligkeit gewinnen würde. Dieser Rat hatte einen so guten Erfolg, daß Agathon, der sich des Sieges zu früh versichert hielt, izo den gelegenen Augenblick gefunden zu haben glaubte, dem Dionys offenherzig zu gestehen, wie wenig Achtung er für die angebliche Tugend der Dame Cleonissa trage. Die Folgen der geheimen Unterredung, welche sie mit einander über diese Materie hatten, entsprachen der Erwartung unsers Helden nicht. Alles Nachteilige, was Agathon dem Prinzen von seiner neuen Göttin sagen konnte, bewies höchstens, daß sie nicht so viel Hochachtung verdiene als er geglaubt hatte; aber es verminderte seine Begierden nicht; desto besser für seine Absichten, wenn sie nicht so tugendhaft war. Diesen edlen Gedanken ließ er zwar den Agathon nicht sehen; aber Cleonissa wurde ihn desto deutlicher gewahr. Dionys hatte nicht so bald erfahren, daß die Tugend der Dame nur ein Popanz sei, so eilte er was er konnte, Gebrauch von dieser Entdeckung zu machen, und setzte sie durch ein Betragen in Erstaunen, welches mit seinem vorigen, und noch mehr mit der Majestät ihres Characters, einen höchst beleidigenden Contrast machte. Er war zwar Discret genug, ihr nicht geradezu zu sagen, was für Begriffe man ihm von ihr beigebracht habe; aber sein Bezeugen sagte es so deutlich, daß sie nicht zweifeln konnte, es müßte ihr jemand schlimme Dienste bei ihm geleistet haben. Dieser Umstand setzte sie in der Tat in keine geringe Verlegenheit, wie sie dasjenige was sie ihrer beleidigten Würde schuldig war, mit der Besorgnis, einen Liebhaber von solcher Wichtigkeit durch allzuweit getriebene Strenge gänzlich abzuschrecken, zusammenstimmen wollte. Allein ein Geist wie der ihrige weiß sich aus den schwierigsten Situationen herauszuwickeln; und Dionys ging überzeugter als jemals von ihr, daß sie die Tugend selbst, und allein durch die Stärke der Sympathie, wodurch ihre zum ersten mal gerührte Seele gegen die seinige gezogen werde, fähig werden könnte, die Hoffnungen dereinst zu erfüllen, welche sie ihm weder erlaubte noch gänzlich verwehrte. Von dieser Zeit an nahm seine Leidenschaft und das Ansehen dieser Dame von Tag zu Tag zu; die schöne Bacchidion wurde förmlich abgedankt; und Agathon würde in den Augen seines Herren gelesen haben, wenn er es nicht aus seinem eignen Munde vernommen hätte, daß er gute Hoffnung habe, in wenigen Tagen den letzten Seufzer der sterbenden Tugend von den Lippen der zärtlichen, und nur noch schwach widerstehenden Cleonissa aufzufassen. Izo glaubte er, daß es die höchste Zeit sei einen Schritt zu tun, der nur durch die äußerste Notwendigkeit gerechtfertiget werden konnte, aber seiner Meinung nach, das unfehlbarste Mittel war, dieser gefährlichen Intrigue noch in Zeiten ein Ende zu machen. Er ließ also den Philistus zu sich rufen, und entdeckte ihm mit der ganzen Vertraulichkeit eines ehrlichen Mannes, der mit einem ehrlichen Manne zu reden glaubt, die nahe Gefahr, worin seine Ehre und die Tugend seiner Gemahlin schwebe. Freilich entdeckte er dem edeln Philistus nichts, als was dieser in der Tat schon lange wußte; aber Philistus machte nichts desto weniger den Erstaunten; indessen dankte er ihm mit der lebhaftesten Empfindung für ein so unzweifelhaftes Merkmal seiner Freundschaft, und versicherte, daß er auf ein schickliches Mittel bedacht sein wollte, seine Gemahlin, von welcher er übrigens die beste Meinung von der Welt habe, gegen alle Nachstellungen der Liebesgötter sicher zu stellen.

Man hat wohl sehr recht, uns die Lehre bei allen Gelegenheiten einzuschärfen, daß man sich die Leute nach ihrer Weise verbindlich machen müsse, und nicht nach der unsrigen. Agathon glaubte sich kein geringes Verdienst um den Philistus gemacht zu haben, und würde nicht wenig über die Apostrophen erstaunt gewesen sein, welche dieser würdige Minister an ihn machte, so bald er sich wieder allein sah. In der Tat mußte es diesen notwendig ungehalten machen, sich durch eine so unzeitige Vorsorge für seine Ehre auf einmal aller Vorteile seiner bisherigen discreten Unachtsamkeit verlustiget zu sehen. Indessen konnte er nun, ohne sich in Agathons Augen zum Verräter seiner eigenen Ehre zu machen, nicht anders; er mußte den Eifersüchtigen spielen. Die Comödie bekam dadurch auf etliche Tage einen sehr tragischen Schwung – – Wie viel Mühe hätten sich die Haupt-Personen dieser Farce ersparen können, wenn sie die Maske hätten abnehmen, und sich einander in puris naturalibus zeigen wollen? Aber diese Leute aus der großen Welt sind so pünctliche Beobachter des Wohlstands! – – und sind darum zu beloben; denn es beweiset doch immer, daß sie sich ihrer wahren Gestalt schämen, und die Verbindlichkeit etwas bessers zu sein als sie sind, stillschweigend anerkennen – – Cleonissa rechtfertigte sich also gegen ihren Gemahl, indem sie sich auf die Princessinnen, als unverwerfliche Zeugen der untadelhaften Unschuld ihres Betragens berief. Niemals ist ein erhabneres und pathetischeres Stück von Beredsamkeit gehört worden, als die Rede war, wodurch sie ihm die Unbilligkeit seines Verdachts vorhielt; und der gute Mann wußte sich endlich nicht anders zu helfen, als daß er den Freund nannte, von dem er, wiewohl aus guter Absicht, in diesen kleinen Anstoß einer, wie er nun vollkommen erkannte, höchst unnötigen und sträflichen Eifersucht gesetzt worden sei. Die Wut einer stürmischen See – – einer zur Rache gereizten Hornisse – – oder einer Löwin, der ihre Jungen geraubt worden, sind nur schwache Bilder in Vergleichung mit der Wut, in welcher Cleonissens tugendhafter Busen bei Nennung des Namens Agathon aufloderte. Würklich war nichts mit ihr zu vergleichen, als die Wollust, womit der Gedanke sie berauschte, daß sie es nun endlich in ihrer Gewalt habe, die lange gewünschte Rache an diesem undankbaren Verächter ihrer Reizungen zu nehmen. Sie mißhandelte den Dionys, (den sie für die unerträgliche Beleidigung, welche sie von ihrem Gemahl erduldet hatte, zur Rechenschaft zog) so lange und so grausam, bis er ihr, wiewohl ungern, (denn er wollte seinen Günstling nicht aufopfern) entdeckte, wie wenig sie dem Agathon für seine Meinung von ihr verbunden sei. Nunmehr klärte sich, wie sie sagte, das ganze Geheimnis auf; und in der Tat mußte sie sich nur über ihre eigene Einfalt verwundern, da sie sich eines bessern zu einem Manne versehen hatte, von dessen Rache sie natürlicher Weise das Schlimmste hätte erwarten sollen – – Wenn Dionys bei diesen

Worten stutzte, so kann man sich einbilden, was er für eine Mine machte, da sie ihm, vermittelst einer Confidenz, wozu sie durch ihre eigene Rechtfertigung gezwungen war, umständlich entdeckte, daß der Haß Agathons gegen sie allein daher entsprungen sei, weil sie nicht für gut befunden habe, seine Liebe genehm zu halten. Dieses war nun freilich nicht nach der Schärfe wahr. Aber da sie nun einmal dahin gebracht war, sich selbst verteidigen zu müssen; so war natürlich, daß sie es lieber auf Unkosten einer Person, die ihr verhaßt war, als auf ihre eigene tat. So viel ist gewiß, daß sie ihre Absicht dadurch mehr als zu gut erreichte. Dionys geriet in einen so heftigen Anfall von Eifersucht über seinen unwürdigen Liebling – – dieser Mann, der der Liebe eines Dionys unwürdig war, war Agathon! – – daß Cleonissa, (welche besorgte, daß ein plötzlicher Ausbruch zu mißbeliebigen Erläuterungen Anlaß geben könnte) alle ihre Gewalt über ihn anwenden mußte, ihn zurückzuhalten. Sie bewies ihm die Notwendigkeit, einen Mann, der zu allem Unglück der Abgott der Nation wäre, vorsichtig zu behandeln. Dionys fühlte die Stärke dieses Beweises, und hassete den Agathon nur um so viel herzlicher. Die Princessinnen mischten sich auch in die Sache, und legten unserm Helden sehr übel aus, daß er, anstatt den Prinzen von Ausschweifungen abzuhalten, eine Creatur wie Bacchidion mit so vielem Eifer in seinen Schutz genommen hatte. Man scheuete sich nicht, diesem Eifer so gar einen geheimen Beweggrund zu leihen; und Philistus brachte unter der Hand verschiedene Zeugen auf, welche in dem Cabinet des Prinzen verschiedene Umstände aussagten, die ein zweideutiges Licht auf die Enthaltsamkeit unsers Helden und die Treue der schönen Bacchidion zu werfen schienen. Dieser Minister fand vermutlich die Absichten seines Herrn auf seine tugendhafte Gemahlin so rein und unschuldig, daß es anstößig, und lächerlich gewesen wäre, über die Freundschaft, womit er sie beehrte, eifersüchtig zu sein. Ein täglicher Zuwachs der königlichen Gunst rechtfertigte und belohnte eine so edelmütige Gefälligkeit. Timocrat fand bei diesen Umständen Gelegenheit, sich gleichfalls wieder in das alte Vertrauen zu setzen; und beide vereinigten sich nunmehr mit der triumphierenden Cleonissa, den Fall unsers Helden desto eifriger zu beschleunigen, je mehr sie ihn mit Versicherungen ihrer Freundschaft überhäuften.

Wir haben in diesem und dem vorigen Capitel ein so merkwürdiges Beispiel gesehen, (und wollte Gott! diese Beispiele kämen uns nicht so oft im Leben selbst vor) wie leicht es ist, einem lasterhaften Character, einer schwarzen, hassenswürdigen Seele, den Anstrich der Tugend zu geben. Agathon erfuhr nunmehr, daß es eben so leicht ist, die reineste Tugend mit verhaßten Farben zu übersudeln. Er hatte dieses zu Athen schon erfahren; aber bei der Vergleichung die er zwischen jenem Fall und seinem izigen anstellte, schienen ihm seine Atheniensische Feinde, im Gegensatz mit den verächtlichen Creaturen, denen er sich nun auf ein mal aufgeopfert sah, so weiß zu werden, als sie ihm ehmals, da er noch keine schlimmere Leute kannte, schwarz vorgekommen waren. Vermutlich verfälschte die Lebhaftigkeit des gegenwärtigen Gefühls sein Urteil über diesen Punct ein wenig; denn in der Tat scheint der ganze Unterschied zwischen der republicanischen und höfischen Falschheit darin zu bestehen, daß man in Republiken genötiget ist, die ganze äußerliche Form tugendhafter Sitten anzunehmen; da man hingegen an Höfen genug getan hat, wenn man den Lastern, welche des Fürsten Beispiel adelt, oder wodurch seine Absichten befördert werden, tugendhafte Namen gibt. Allein im Grunde ist es nicht ekelhafter, einen hüpfenden, schmeichelnden, untertänigen, vergoldeten Schurken zu eben der Zeit, da er sich vollkommen wohl bewußt ist, nie keine Ehre gehabt zu haben, oder in diesem Augenblick im Begriff ist, wofern er eine hätte, sie zu verlieren – – von den Pflichten gegen seine Ehre reden zu hören; als einen gesetzten, schwerfälligen, gravitätischen Schurken zu sehen, der unter dem Schutz seiner Nüchternheit, Eingezogenheit und pünctlichen Beobachtung aller äußerlichen Formalitäten der Religion und der Gesetze, ein unversöhnlicher Feind aller derjenigen ist, welche anders denken als er, oder nicht zu allen seinen Absichten helfen wollen; und sich nicht das mindeste Bedenken macht, so bald es seine Convenienz erfordert, eine gute Sache zu unterdrücken, oder eine böse mit seinem ganzen Ansehen zu unterstützen. Unparteiisch betrachtet, ist dieser noch der schlimmere Mann; denn er ist ein eigentlicher Heuchler: Da jener nur ein Comödiant ist, der nicht verlangt, daß man ihn würklich für das halten solle, wofür er sich ausgibt; vollkommen zufrieden, wenn die Mitspielenden und Zuschauer nur dergleichen tun, ohne daß es ihm einfällt sich zu bekümmern, ob es ihr Ernst sei, oder nicht.

Agathon hatte nunmehr gute Muße, dergleichen Betrachtungen anzustellen; denn sein Ansehen und Einfluß nahm zusehends ab. Äußerlich zwar schien alles noch zu sein, wie es gewesen war. Dionys und der ganze Hof liebkoseten ihm so sehr als jemals, und die Dame Cleonissa selbst schien es ihrer unwürdig zu halten, ihm einige Empfindlichkeit zu erkennen zu geben. Aber desto mehr Mißvergnügen wurde ihm durch geheime, schleichende, und indirecte Wege gemacht. Er mußte zusehen, wie nach und nach, unter tausend falschen und nichtswürdigen Vorwänden, seine besten Anordnungen als schlecht ausgesonnen, überflüssig, oder schädlich, wieder aufgehoben, oder durch andere unnütze gemacht – – wie die wenigen von seinen Creaturen, welche in der Tat Verdienste hatten, entfernt – – wie alle seine Absichten mißdeutet, alle seine Handlungen aus einem willkürlich falschen Gesichts-Punct beurteilt, und alle seine Vorzüge oder Verdienste lächerlich gemacht wurden. Zu eben der Zeit, da man seine Talente und Tugenden erhob, behandelte man ihn eben so, als ob er nicht das geringste von den einen noch von den andern hätte. Man behielt zwar noch, aus politischen Absichten (wie man es zu nennen pflegt) den Schein bei, als ob man nach den nämlichen Grundsätzen handle, denen er in seiner Staats-Verwaltung gefolget war: In der Tat aber geschah in jedem vorkommenden Falle gerade das Widerspiel von dem, was er getan haben würde; und kurz, das Laster herrschte wieder mit so despotischer Gewalt als jemals.

Hier wäre es Zeit gewesen, die Clausul gelten zu machen, welche er seinem Vertrag mit dem Dionys angehängt hatte, und sich zurückzuziehen, da er nicht mehr zweifeln konnte, daß er am Hofe dieses Prinzen zu nichts mehr nütze war. Und dieses war auch der Rat, den ihm der einzige von seinen Hoffreunden, der ihm getreu blieb, der Philosoph Aristippus gab. Du hättest, sagte er ihm in einer vertraulichen Unterredung über den gegenwärtigen Lauf der Sachen, du hättest dich entweder niemals mit einem Dionysius einlassen, oder an dem Platz, den du einmal angenommen hattest, deine moralische Begriffe – – oder doch wenigstens deine Handlungen nach den Umständen bestimmen sollen. Auf diesem Theater der Verstellung, der Betrügerei, der Intriguen, der Schmeichelei und Verräterei, wo Tugenden und Pflichten bloße Rechen-Pfenninge, und alle Gesichter Masken sind; kurz, an einem Hofe, gilt keine andre Regel als die Convenienz, keine andre Politik, als einen jeden Umstand mit unsern eignen Absichten so gut vereinigen als man kann. Im übrigen ist es vielleicht eine Frage, ob du so wohl getan hast, dich um einer an sich wenig bedeutenden Ursache willen mit Dionysen abzuwerfen. Ich gestehe es, in den Augen eines Philosophen ist die Tänzerin Bacchidion viel schätzbarer, als diese majestätische Cleonissa, welche mit aller ihrer Metaphysik und Tugend weder mehr noch weniger als eine falsche, herrschsüchtige und boshafte Creatur ist. Bacchidion hat dem Staat keinen Schaden getan, und Cleonissa wird unendlich viel Böses tun – – Aus dieser Betrachtung (unterbrach ihn Agathon) habe ich mich für jene und gegen diese erklärt – – Und doch war es leicht vorherzusehen, daß Cleonissa siegen würde, sagte Aristipp – – Aber ein rechtschaffener Mann, Aristipp, erklärt sich nicht für die Partei, welche siegen wird, sondern für die, welche Recht, oder doch am wenigsten Unrecht hat – – Mein lieber Agathon, ein rechtschaffener Mann muß, so bald er an einem Hofe leben will, sich eines guten Teils von seiner Rechtschaffenheit abtun, um ihn seiner Klugheit zu zulegen. Ist es nicht Schade, daß so viel Gutes, das du schon getan hast, so viel Gutes, das du noch getan haben würdest, bloß darum verloren sein soll, weil du eine schöne Dame nicht verstehen wolltest, da sie dir's so deutlich, daß es der ganze Hof (einen einzigen ausgenommen) verstehen konnte, zu erkennen gab, daß sie schlechterdings – – geliebt sein wollte. Doch dieser Fehler hätte sich vielleicht wieder gut machen lassen, wenn du nur gefällig genug gewesen wärest, ihre Absichten auf Dionysen zu befördern. Wolltest du auch dieses nicht, war es denn nötig ihr entgegen zu sein? Was für Schaden würde daraus erfolgt sein, wenn du neutral geblieben wärest? Die kleine Bacchidion würde nicht mehr getanzt haben, und Cleonissa hätte die Ehre gehabt, ihren Platz einzunehmen, bis er ihrer eben so wohl überdrüssig geworden wäre als so vieler andrer. Das wäre alles gewesen. Und gesetzt, du hättest auch die Gewalt über ihn mit ihr teilen müssen; so würdest du ihr wenigstens das Gleichgewicht gehalten, und noch immer Ansehen genug behalten haben, viel Gutes zu tun. Dem Schein nach in gutem Vernehmen mit ihr, würde dir dein Platz, und die Vertraulichkeit mit dem Prinzen tausend Gelegenheiten gegeben haben, sie, so bald ihre Gunstbezeugungen aufgehört hätten, etwas neues für ihn zu sein, unvermerkt und mit der besten Art von der Welt wieder auf die Seite zu schaffen – – Aber ich kenne dich zu gut, Agathon; du bist nicht dazu gemacht dich zu Verstellung, Ränken und Hofkünsten herabzulassen; dein Herz ist zu edel, und wenn ich es sagen darf, deine Einbildungs-Kraft zu warm, um dich jemals zu der Art von Klugheit zu gewöhnen, ohne welche es unmöglich ist, sich lange in der Gunst der Großen zu erhalten. Auch kenne ich den Hof nicht, welcher wert wäre, einen Agathon an seiner Spitze zu haben. Das alles hätte ich dir ungefähr vorher sagen können, als ich dich überreden half, dich mit Dionysen einzulassen; aber es war besser durch deine eigne Erfahrung davon überzeugt zu werden. Ziehe dich izt zurück, ehe das Ungewitter, das ich aufsteigen sehe, über dich ausbrechen kann. Dionys verdient keinen Freund wie du bist. Wie sehr hättest du dich betrogen, wenn du jemals geglaubt hättest, daß er dich hochachte! Woher sollte denen von seiner Art die Fähigkeit dazu kommen? Selbst damals, da er am stärksten für dich eingenommen war, liebte er dich aus keinem andern Grunde, als warum er seinen Affen und seine Papageien liebt – – weil du ihm Kurzweil machtest. Seine Gunst hätte eben so leicht auf einen andern Neuangekommenen fallen können, der die Cither noch besser gespielt hätte als du. Nein, Agathon, du bist nicht gemacht, mit solchen Leuten zu leben, ziehe dich zurück; du hast genug für deine Ehre getan. Die Torheit der neuen Staats-Verwaltung wird die Weisheit der deinigen am besten rechtfertigen. Deine Handlungen, deine Tugenden, und ein ganzes Volk, welches deine Zeiten zurückwünschen, und dein

Andenken segnen wird, werden dich am besten gegen die Verleumdungen und den albernen Tadel eines kleinen Hofes voll Toren und schelmischer Sclaven verteidigen, deren Haß dir mehr Ehre macht als ihr Beifall. Du befindest dich in Umständen, in einem unabhängigen Privatstande mit Würde leben zu können. Deine Freunde zu Tarent werden dich mit offnen Armen empfangen. Ich wiederhole es, Agathon, verlaß einen Fürsten, der seiner Sclaven, und Sclaven die eines solchen Fürsten wert sind; und denke nun daran, wie du selbst des Lebens genießen wollest, nachdem du den Versuch gemacht, wie schwer, wie gefährlich, und insgemein wie vergeblich es ist, für andrer Glück zu arbeiten.

So sprach Aristipp; und Agathon würde wohl getan haben, einem so guten Rate zu folgen. Aber wie sollte es möglich sein, daß derjenige, welcher selbst eine Haupt-Rolle in einem Stücke spielt, so gelassen davon urteilen sollte, als ein bloßer Zuschauer? Agathon sah die Sachen aus einem ganz andern Gesichts-Punct. Er betrachtete sich als einen Mann, der die Verbindlichkeit auf sich genommen habe, die Wohlfahrt Siciliens zu befördern. Warum kam ich nach Syracus? – – sagte er zu sich selbst – – und mit welchen Absichten übernahm ich das Amt eines Freundes und Ratgebers bei diesem Tyrannen? Tat ich es, um ein Sclave seiner Leidenschaften, oder ein Werkzeug der Tyrannie zu sein? Oder hatte ich einen großen und rechtschaffenen Zweck? Würde ich mich jemals mit ihm eingelassen haben, wenn er mir nicht Hoffnung gemacht hätte, daß die Tugend endlich die Oberhand über seine Laster erhalten würde? Er hat mich betrogen, und die Erfahrungen, die ich von seiner Gemüts-Art habe, überzeugen mich, daß er unverbesserlich ist. Aber würde es edel von mir gehandelt sein, ein Volk, dessen Wohlfahrt der Endzweck meiner Bemühungen war, ein Volk, welches mich als seinen Wohltäter ansieht, den Launen dieses weibischen Menschen, und der Raubsucht seiner Schmeichler und Sclaven Preis zu geben? Was für Pflichten hab' ich gegen ihn, welche sein undankbares, niederträchtiges Verfahren gegen mich nicht aufgehoben, und vernichtet hätte? Oder wenn ich noch Pflichten gegen ihn habe; sind nicht diejenigen unendlichmal heiliger, welche mich an ein Land binden, das durch meine Wahl, und die Dienste, die ihm ich geleistet habe, mein zweites Vaterland worden ist? – – Wer ist denn dieser Dionys? Was für ein Recht hat er an die höchste Gewalt, der er sich anmaßt? Wem anders als dem Agathon hat er das einzige Recht zu danken, worauf er sich mit einigem Schein berufen kann? Seit wenn ist er aus einem von aller Welt verabscheueten Tyrannen ein König geworden, als seit dem ich ihm durch eine gerechte und wohltätige Regierung die Liebe des Volks zugewandt habe? Er ließ mich arbeiten; er verbarg seine Laster hinter meine Tugenden; eignete sich meine Verdienste zu, und genoß die Früchte davon, der Undankbare! – – und nun, da er sich stark genug glaubt, mich entbehren zu können, überläßt er sich wieder seinem eigenen Character, und fängt damit an, alles Gute das ich in seinem Namen getan habe, wieder zu vernichten; gleich als ob er sich schäme, eine Zeitlang aus seinem Character getreten zu sein, und als ob er nicht genug eilen könne, die ganze Welt zu belehren, daß es Agathon, nicht Dionys gewesen sei, der den Sicilianern eine Morgenröte beßrer Zeiten gezeigt, und Hoffnung gemacht, sich von den Mißhandlungen einer Reihe schlimmer Regenten wieder zu erholen. Was würd' ich also sein, wenn ich sie in solchen Umständen verlassen wollte, wo sie meiner mehr als jemals benötiget sind? Nein – – Dionys hat Beweise genug gegeben, daß er unverbesserlich ist, und durch die Nachsicht gegen seine Laster nur in der lächerlichen Einbildung bestärkt wird, daß man ihnen Ehrfurcht schuldig sei.

Es ist Zeit der Comödie ein Ende zu machen, und diesem kleinen Theater-Könige den Platz anzuweisen, wozu ihn seine persönliche Eigenschaften bestimmen.

Unsere Leser sehen aus dieser Probe der geheimen Gespräche, welche Agathon mit sich selbst hielt, daß er noch weit davon entfernt ist, sich von diesem enthusiastischen Schwung der Seele Meister gemacht zu haben, der bisher die Quelle seiner Fehler sowohl als seiner schönsten Taten gewesen ist. Wir haben keinen Grund in die Aufrichtigkeit dieses Monologen einigen Zweifel zu setzen; seine Seele war gewohnt, aufrichtig gegen sich selbst zu sein. Wir können also als gewiß annehmen, daß er zu dem Entschluß, eine Empörung gegen den Dionys zu erregen, durch eben so tugendhafte Gesinnungen getrieben zu werden glaubte, als diejenigen waren, welche fünfzehn Jahre später einen der edelsten Sterblichen, die jemals gelebt haben, den Timoleon von Corinth, aufmunterten, die Befreiung Siciliens zu unternehmen. Allein es ist darum nicht weniger gewiß, daß die lebhafte Empfindung des persönlichen Unrechts, welches ihm zugefüget wurde, der Unwille über die Undankbarkeit des Dionys, und der Verdruß sich einer verachtenswürdigen Buhler-Intrigue aufgeopfert zu sehen, einen großen Einfluß in seine gegenwärtige Denkens-Art gehabt, und zur Entzündung dieses heroischen Feuers, welches in seiner Seele brannte, nicht wenig beigetragen habe. Im Grunde hatte er keine andre Pflichten gegen die Sicilianer, als welche aus seinem Vertrag mit dem Dionys entsprangen, und vermöge eben dieses Vertrags aufhörten, so bald diesem seine Dienste nicht mehr angenehm sein würden. Syracus war nicht sein Vaterland. Dionys hatte durch die stillschweigende Anerkenntnis der Erbfolge, kraft deren er nach seines Vaters Tode den Thron bestieg, eine Art von Recht erlangt. Agathon selbst würde sich nicht in seine Dienste begeben haben, wenn er ihn nicht für einen rechtmäßigen Fürsten gehalten hätte. Die nämlichen Gründe, welche ihn damals bewogen hatten, die Monarchie der Republik vorzuziehen, und aus diesem Grunde sich bisher den Absichten des Dion zu widersetzen, bestunden noch in ihrer ganzen Stärke. Es war sehr ungewiß, ob eine Empörung gegen den Dionys die Sicilianer würklich in einen glücklichern Stand setzen, oder ihnen nur einen andern, und vielleicht noch schlimmern Herrn geben würde, da sie schon so viele Proben gegeben hatten, daß sie die Freiheit nicht ertragen könnten. Dionys hatte Macht genug, seine Absetzung schwer zu machen; und die verderblichen Folgen eines Bürgerkriegs waren die einzigen gewissen Folgen, welche man von einer so zweifelhaften Unternehmung voraussehen konnte – – Alle diese Betrachtungen würden kein geringes Gewicht auf der Waagschale einer kalten unparteiischen Überlegung gemacht, und vermutlich den entgegenstehenden Gründen das Gleichgewicht gehalten haben. Aber Agathon war weder kalt noch unparteiisch; er war ein Mensch. Seine Eigenliebe war an ihrem empfindlichsten Teil verletzt worden. Der Affect, in welchen er dadurch gesetzt werden mußte, gab allen Gegenständen, die er vor sich hatte, eine andre Farbe. Dionys, dessen Laster er ehmals mit freundschaftlichen Augen als Schwachheiten betrachtet hatte, stellte sich ihm izt in der häßlichen Gestalt eines Tyrannen dar. Je besser er vorhin von Philistus gedacht hatte, desto abscheulicher fand er izt seinen Character, nachdem er ihn einmal falsch und niederträchtig gefunden hatte; es war nichts so schlimm und schändlich, das er einem solchen Manne nicht zutraute. Die reizenden Bilder, welche er sich von der Glückseligkeit Siciliens unter seiner Verwaltung gemacht hatte, erhielten durch den Unmut, sie vor seinen Augen vernichten zu sehen, eine desto größere Gewalt über seine Einbildungs-Kraft. Es war ihm unerträglich, Leute, welche nur darum seine Feinde waren, weil sie Feinde alles Guten, Feinde der Tugend und der öffentlichen Wohlfahrt waren, einen solchen Sieg davontragen zu lassen. Er hielt es für eine allgemeine Pflicht, sich den Unternehmungen der Bösen zu widersetzen, und die Stelle, welche er beinahe zwei Jahre lang in Sicilien behauptet hatte, machte (wie er glaubte) seinen Beruf zur besondern Ausübung dieser Pflicht in gegenwärtigem Falle unzweifelhaft. Diese Betrachtungen hatten, außer ihrer eigentümlichen Stärke, noch sein Herz und seine Einbildungs-Kraft auf ihrer Seite; und mußten also notwendig alles überwägen, was die Klugheit dagegen einwenden konnte.

Sobald Agathon seinen Entschluß genommen hatte, so arbeitete er an der Ausführung desselben. Dion, welcher sich damals zu Athen befand, hatte einen beträchtlichen Anhang in Sicilien, durch welchen er bisher alle mögliche Bewegungen gemacht hatte, seine Zurückberufung von dem Prinzen zu erhalten. Er hatte sich deshalben vorzüglich an den Agathon gewandt, so bald ihm berichtet worden war, in welchem Ansehen er bei Dionysen stehe. Aber Agathon dachte damals nicht so gut von dem Character Dions als die Academie zu Athen. Eine Tugend, welche mit Stolz, Unbiegsamkeit und Austerität vermischt war, schien ihm, wo nicht verdächtig, doch wenig liebenswürdig; er besorgte mit einiger Wahrscheinlichkeit, daß die Gemüts-Art dieses Prinzen ihn niemals ruhig lassen, und daß er, ungeachtet seiner republicanischen Grundsätze, eben so ungelehrig sein würde, das höchste Ansehen im Staat mit jemand zu teilen, als ohne Ansehen zu leben. Er hatte also, anstatt seine Zurückberufung bei dem Dionys zu befördern, diesen der äußersten Abneigung, die er davor zeigte, überlassen, und sich durch diese Aufführung einiges Mißvergnügen von Seiten der Freunde Dions zugezogen, welche es ihm eben so übel nahmen, daß er nichts für diesen Prinzen tat, als ob er gegen ihn agiert hätte. Allein seitdem seine eigene Erfahrung das schlimmste, was Dionysens Feinde von ihm denken konnten, rechtfertigte, hatte sich auch seine Gesinnung gegen den Dion gänzlich umgewandt. Dieser Prinz, welcher unstreitig große Eigenschaften besaß, stellte sich ihm izt unter dem Bilde eines rechtschaffenen Mannes dar, in welchem der langwierige Anblick des gemeinen Elendes unter einer heillosen Regierung, und die immer vergebliche Bemühung, dem reißenden Strom der Verderbnis entgegen zu arbeiten, einen anhaltenden gerechten Unmut erregt hat, der ungeachtet des Scheins einer gallsüchtigen Melancholie, im Grunde die Frucht der edelsten Menschenliebe ist. Er beschloß also, mit ihm gemeine Sache zu machen. Er entdeckte sich den Freunden Dions, welche, erfreut über den Beitritt eines Mannes, der durch seine Talente und seine Gunst beim Volke ihrer Partei das Übergewicht zu geben vermögend war, ihm hinwieder die ganze Beschaffenheit der Angelegenheiten Dions, die Anzahl seiner Freunde, und die geheimen Anstalten entdeckten, welche in Erwartung irgend eines günstigen Zufalls, bereits zu seiner Zurückkunft nach Sicilien gemacht worden waren: Und so wurde Agathon in kurzer Zeit aus einem Freund und ersten Minister des Dionys, das Haupt einer Conspiration gegen ihn, an welcher alle diejenigen Anteil nahmen, die aus edlern oder eigennützigern Bewegursachen, mit der gegenwärtigen Verfassung unzufrieden waren. Agathon entwarf einen Plan, wie die ganze Sache geführt werden sollte; und dieses setzte ihn in einen geheimen Briefwechsel mit Dion, wodurch die bessere Meinung, welche einer von dem andern zu fassen angefangen hatte, immer mehr befestiget wurde. Der Hof, in Lustbarkeiten und ein wollüstiges Vergessen aller Gefahren versunken, begünstigte den Fortgang der Conspiration durch eine

Sorglosigkeit, welche so wenig natürlich schien, daß die Zusammenverschwornen dadurch beunruhiget wurden. Sie verdoppelten ihre Wachsamkeit, und (was bei Unternehmungen von dieser Art am meisten zu bewundern, und dennoch sehr gewöhnlich ist) ungeachtet der großen Anzahl derjenigen, die um das Geheimnis wußten, blieb alles so verschwiegen, daß dem Ansehen nach niemand auf einigen Argwohn verfallen wäre, wenn nicht auf der einen Seite die Unwahrscheinlichkeit, daß Agathon seinen Fall würklich so gleichgültig ansehen könne, als er es zu tun schien; und auf der andern die Nachrichten, welche von den nicht sehr geheimen Zurüstungen des Dion eingingen, den von Natur mißtrauischen Philistus endlich aufmerksam gemacht hätten. Von diesem Augenblick an wurde Agathon und alle diejenige, welche als Freunde Dions bekannt waren, von tausend unsichtbaren Augen aufs schärfste beobachtet; und es glückte endlich dem Philist, sich eines Sclaven zu bemächtigen, der mit Briefen an Agathon von Athen gekommen war. Aus diesen Briefen, welche die Ursachen enthielten, warum Dion die vorhabende Landung in Sicilien nicht sobald, als es unter ihnen verabredet gewesen, ausführen könne, erhellete zwar deutlich, daß Agathon und die übrigen Freunde Dions an der eigenmächtigen Wiederkunft desselben Anteil hätten; aber von einem Anschlag gegen die gegenwärtige Regierung und die Person des Dionys, war außer einigen unbestimmten Ausdrücken, welche ein Geheimnis zu verbergen scheinen konnten, nichts darin enthalten. Man kann sich die Bewegung vorstellen, welche diese Entdeckung in dem Cabinet des Dionys verursachte. Man war sich Ursachen genug bewußt, das ärgste zu besorgen; aber eben darum hielt Philistus für ratsamer, die Sache als ein Staats-Geheimnis zu behandeln. Agathon wurde, unter dem Vorwande verschiedener Staats-Verbrechen in Verhaft genommen, ohne daß dem Publico etwas bestimmtes, am allerwenigsten aber die wahre Ursache, bekannt wurde. Man fand für besser, die Partei des Dion, (welche man sich aus Panischem Schrecken größer vorstellte als sie würklich war) in Verlegenheit zu setzen, als zur Verzweiflung zu treiben; und gewann indessen, daß man sich begnügte sie aufs genaueste zu beobachten, Zeit, sich gegen einen feindlichen Überfall in gehörige Verfassung zu setzen.

Wir sind es schon gewohnt, unsern Helden niemals größer zu sehen als im widrigen Glücke. Auf das ärgste gefaßt, was er von seinen Feinden erwarten konnte, setzte er sich vor, ihnen den Triumph nicht zu gewähren, den Agathon zu etwas das seiner unwürdig wäre, erniedriget zu haben. Er weigerte sich schlechterdings, dem Philistus und Timocrates, welche zu Untersuchung seiner angeblichen Verbrechen ernannt waren, Antwort zu geben. Er verlangte von dem Prinzen selbst gehört zu werden, und berief sich deshalb auf den Vertrag, der zwischen ihnen errichtet worden war. Aber Dionys hatte den Mut nicht, eine geheime Unterredung mit seinem ehmaligen Günstling auszuhalten. Man versuchte es, seine Standhaftigkeit durch eine harte Begegnung und Drohungen zu erschüttern; und die schöne Cleonissa würde ihre Stimme zu dem strengesten Urteil gegeben haben, wenn die Furchtsamkeit des Tyrannen, und die Klugheit seines Ministers gestattet hätten, ihren Eingebungen zu folgen. Sie mußte sich also durch die Hoffnung zufrieden stellen lassen, die man ihr machte, ihn, sobald man sich den Dion, auf eine oder die andere Art, vom Halse geschafft haben würde, zu einem öffentlichen Opfer ihrer Rache-dürstenden Tugend zu machen.

Inzwischen stunden die Freunde Agathons seinetwegen in desto größern Sorgen, da sie seinen Feinden Bosheit genug zutrauten, dem Tyrannen das ärgste gegen ihn einzugeben; und diesem Schwachheit genug, sich von ihnen verführen zu lassen. Denn das Unvermögen ihren Lieblingen zu widerstehen, macht öfters wollüstige Fürsten, wider ihre natürliche Neigung, grausam. Sie wendeten also unter der Hand alles an, was ohne einen Aufstand zu wagen, dessen Erfolg allzu unsicher gewesen wäre, die Rettung Agathons befördern konnte. Dion gab bei dieser Gelegenheit eine Probe seiner Großmut, indem er durch ein freundschaftliches Schreiben an Dionysen sich verbindlich machte, seine Kriegs-Völker wieder abzudanken, und seine Zurückberufung als eine bloße Gnade von dem guten Willen seines Prinzen zu erwarten, in so fern Agathon freigesprochen würde, dessen einziges Verbrechen darin bestehe, daß er sich für seine Zurückkunft in sein Vaterland interessiert habe. So edel dieser Schritt war, und so wohlfeil dem Dionys dadurch die Aussöhnung mit dem Dion angetragen wurde; so würde er doch dem Agathon wenig geholfen haben, wenn seine italiänischen Freunde nicht geeilet hätten, dem Tyrannen einen noch dringendern Beweggrund vorzulegen. Aber zu eben dieser Zeit langten Gesandte von Tarent an, um im Namen des Archytas, welcher alles in dieser Republik vermochte, die Freilassung seines Freundes zu bewürken, und im Notfall zu erklären, daß diese Republik sich genötiget sehen würde, die Partei Dions mit ihrer ganzen Macht zu unterstützen, wofern Dionys sich länger weigern wollte, diesem Prinzen sowohl als Agathon vollkommne Gerechtigkeit widerfahren zu lassen. Dionys kannte den Character des Archytas zu gut, um an dem Ernst dieser Drohung zweifeln zu können. Er hoffte sich also am besten aus der Sache zu ziehen, wenn er unter der Versicherung, daß er von einer Aussöhnung mit seinem Schwager nicht abgeneigt sei, in die Entlassung Agathons einwilligte. Aber dieser erklärte sich, daß er seine Entlassung weder als eine Gnade von dem Dionys annehmen, noch der Fürbitte seiner Freunde zu danken haben wolle. Er verlangte, daß die Verbrechen, um derentwillen er in Verhaft genommen worden, öffentlich angezeigt, und in Gegenwart des Dionys, der Gesandten von Tarent und der Vornehmsten zu Syracus, untersucht, seine Rechtfertigung gehört, und sein Urteil nach den Gesetzen ausgesprochen werden sollte. Da er sich bewußt war, daß außer seinen neuerlichen Verbindungen mit dem Dion, welche leicht zu rechtfertigen waren, seine boshaftesten Hässer nichts mit einigem Schein der Wahrheit gegen ihn aufbringen könnten; so hatte er gut auf eine so feierliche Untersuchung zu dringen. Aber dazu konnten es die Cleonissen und die Philiste, und der Tyrann selbst, der bei allem diesem sehr verlegen war, nicht kommen lassen; und da die Tarentiner ihnen keine Zeit lassen wollten, die Sache in die Länge zu ziehen; so sahe Dionys sich endlich genötiget, öffentlich zu erklären: Daß eine starke Vermutung, als ob Agathon sich in eine Conspiration gegen ihn habe verwickeln lassen, die einzige Ursache seines Verhafts gewesen sei; und daß er keinen Augenblick anstehen wolle, ihm seine Freiheit wiederzugeben, sobald er sich, unter Verbürgung der Tarentiner, durch ein feirliches Versprechen, auf keinerlei Weise künftighin gegen Dionysen etwas zu unternehmen, sich von diesem Verdacht am besten gereiniget haben werde. Die Bereitwilligkeit, womit die Gesandten von Tarent sich diesen Antrag gefallen ließen, bewies, daß es dem Archytas allein um die Befreiung Agathons zu tun war; und wir werden vielleicht in der Folge den Grund entdecken, warum dieses Haupt einer in diese Sache nicht unmittelbar verwickelten Republik, sich dieses Puncts mit so außerordentlichem Eifer annahm. Aber Agathon, der seine Freiheit keinem unedeln Schritt zu danken haben wollte, konnte lange nicht überredet werden, eine Erklärung von sich zu geben, welche als eine Art von

Geständnis angesehen werden konnte, daß er die Partei, die er genommen hatte, verleugne. Doch diese in Ansehung seiner Umstände, in der Tat allzuspitzfündige Delicatesse mußte endlich der gründlichern Betrachtung weichen, daß er durch Ausschlagung eines so billig scheinenden Verglichs sich selbst in Gefahr setzen würde, ohne daß seiner Partei einiger Vorteil dadurch zuginge; indem Dionys viel eher einwilligen würde, ihn in der Stille aus dem Wege räumen zu lassen, als zu zugeben, daß er mit soviel neuen Reizungen zur Rache die Freiheit bekommen sollte, der Faction des Dions wieder neues Leben einzuhauchen, und sich mit diesem Prinzen zu seinem Untergang zu vereinigen. Die reizenden Schilderungen, so ihm die Tarentiner von dem glücklichen Leben machten, welches in dem ruhigen Schoße ihres Vaterlandes, und in der Gesellschaft seiner Freunde auf ihn warte, vollendeten die Würkung, welche natürlicher Weise der gewaltsame Zustand von Unruhe, Sorgen und heftigen Leidenschaften, worin er einige Zeit her gelebt hatte, auf ein Gemüte wie das seinige machen mußte; und gaben ihm zu gleicher Zeit den ganzen Abscheu vor dem geschäftigen Leben, welchen er nach seiner Verbannung von Athen dagegen gefaßt, und den ganzen Hang, welchen er zu Delphi für das Contemplative gehabt hatte, wieder. Er bequemte sich also endlich, einen Schritt zu tun, der ihm von den Freunden Dions für eine feigherzige Verlassung der guten Sache ausgelegt wurde; in der Tat aber das einzige war, was ihm in den Umständen, worin er sich befand, vernünftiger Weise zu tun übrig blieb. Wie viel dunkle Stunden würde er sich selbst, und wie viele Sorgen und Mühe seinen Freunden erspart haben, wenn er dem Rate des weisen Aristippus ein paar Monate früher gefolget hätte!

Einer von den zuverlässigsten und seltensten Beweisen der Tugend eines ersten Ministers ist, wenn er armer oder doch wenigstens nicht reicher in seine einsame Hütte zurückkehrt, als er gewesen war, da er auf den Schauplatz des öffentlichen Lebens versetzt wurde. Die Epaminondas, die Walsinghams, die More, und Tessins sind freilich zu allen Zeiten selten; aber wenn etwas, welches den verstocktesten Tugend-Leugner, einen Hippias selbst, zwingen muß, die Würklichkeit der Tugend zu gestehen, und auch wider seinen Willen ihre Göttlichkeit zu erkennen: So sind es die Beispiele solcher Männer. Der Himmel verhüte, daß ich die Hippiasse jemals einer andern Widerlegung würdigen sollte! Sie mögen nach Aekerö reisen! Und wenn sie den einzigen Anblick unter dem Himmel, auf welchen (nach dem Ausdruck eines weisen Alten) die Gottheit selbst mit Vergnügen herabsieht, wenn sie den ehrwürdigen Greis gesehen haben, der daselbst, zufrieden mit der edeln beneidenswürdigen Armut des Fabricius und Cincinnatus, doch zu tugendhaft um stolz darauf zu sein, die einzige Belohnung eines langen, ruhmwürdigen, Gott, seinem Könige und seinem Vaterland aufgeopferten Lebens in dem stillen Bewußtsein seiner Selbst, und (so oft er seinen Telemach erblickt) in der Hoffnung, nicht ganz umsonst gearbeitet zu haben, findet – – und, vergessen, vielleicht so gar verfolgt von einer undankbaren Zeit, sich ruhig in seine Tugend und den Glauben einer bessern Unsterblichkeit einhüllt – – wenn sie ihn gesehen haben, diesen wahrhaftig großen Mann, und dieser Anblick nicht zu wege bringt, was alle Discurse der Platonen und Seneca nicht vermocht haben – – Nun, so mögen sie glauben was sie wollen, und tun, was sie ungestraft tun können; sie verdienen eben so wenig Widerlegung, als ihre Besserung möglich ist – – Und du, ruhmvoller und liebenswürdiger alter Mann, empfange dieses wiewohl allzuvergängliche Denkmal von einem, dessen Feder niemals durch feiles, oder gewinnsüchtiges Lob der Großen dieser Welt entweiht worden ist – – Ich habe keine Belohnung, keinen Vorteil von dir zu hoffen – – du wirst dieses niemals lesen – – Meine Absicht ist rein, wie deine Tugend – empfange dieses schwache Merkmal einer aufrichtigen Hochachtung von einem, der wenig Hochachtungswürdiges unter der Sonne sieht – – diese, und die Dankbarkeit für die stillen Tränen der Entzückung, die ihm (in einem Alter, wo seine Augen zu dieser reinsten Wollust der Menschlichkeit noch nicht versieget waren) das Lesen deiner Tugend-atmenden Briefe aus den Augen lockte – – diese Empfindungen allein haben ihn bei dieser Gelegenheit dahingerissen – – er hat sich nicht entschließen können, seinem Herzen Gewalt anzutun – – und bittet niemand, der dieses Buch lesen wird, wegen dieser Abschweifung um Verzeihung.

Agathon hatte über den Sorgen für die Wohlfahrt Siciliens, und über der Bemühung andre glücklich zu machen, sich selbst so vollkommen vergessen, daß er nicht reicher aus Syracus gegangen wäre, als er gewesen war, da er Delphi verließ, oder da er aus Athen verbannt wurde; wenn ihm nicht zu gutem Glücke, bald nach seiner Erhebung zu einer Würde, welche ihm in allen Griechischen Staaten kein geringes Ansehen gab, ein Teil seines väterlichen Vermögens wieder zugefallen wäre. Die Athenienser waren damals eben zu gewissen Handlungs-Absichten der Freundschaft des Königs Dionys benötiget; und fanden daher für gut, ehe sie sich um die Vermittlung Agathons bewarben, ihm durch ihre Abgesandte ein Decret überreichen zu lassen, kraft dessen nicht nur sein Verbannungs-Urteil aufgehoben, sondern auch der ganze Prozeß, wodurch er ehmals seines väterlichen Erbguts beraubt worden war, cassiert, und der unrechtmäßige Inhaber desselben verurteilt wurde, ihm alles unverzüglich wieder abzutreten. Agathon hatte zwar großmütiger Weise nur die Hälfte davon angenommen; und diese war nicht so beträchtlich, daß sie für die

Bedürfnisse eines Alcibiades oder Hippias zureichend gewesen wäre: Aber es war noch immer mehr, als ein Weiser selbst von der Secte des Aristippus, nötig hätte, um frei, gemächlich und angenehm zu leben; und soviel war für einen Agathon genug.

Unser Held verweilte sich, nach dem er wieder in Freiheit war, nicht längere Zeit zu Syracus, als er gebrauchte, sich von seinen Freunden zu beurlauben. Dionys, welcher (wie wir wissen) den Ehrgeiz hatte, alles mit guter Art tun zu wollen, verlangte, daß er in Gegenwart seines ganzen Hofes Abschied von ihm nehmen sollte. Er überhäufte ihn, bei dieser Gelegenheit, mit Lobsprüchen und Liebkosungen, und glaubte, einen sehr feinen Staatsmann zu machen, indem er sich stellte, als ob er ungern in seine Entlassung einwilligte, und als ob sie als die besten Freunde von einander schieden. Agathon hatte die Gefälligkeit, diesen letzten Auftritt der Comödie mitspielen zu helfen; und so entfernte er sich, in Gesellschaft der Gesandten von Tarent, von jedermann beurteilt, von vielen getadelt, und von den wenigsten, selbst unter denen, welche günstig von ihm dachten, gekannt, aber von allen Rechtschaffenen vermißt und oft zurückgeseufzt, aus einer Stadt und aus einem Lande, worin er das Vergnügen hatte, viele Denkmäler seiner ruhmwürdigen Administration zu hinterlassen; und aus welchem er nichts mit sich hinausnahm, als eine Reihe von Erfahrungen, welche ihn in dem Entschluß bestärkten – – keine andre von dieser Art mehr zu machen.

Viertes Capitel

Nachricht an den Leser

Dank sei (so ruft hier der Autor des griechischen Manuscripts, als einer, dem es auf einmal ums Herz leichter wird, aus) Dank sei den Göttern, daß wir unsern Helden aus dem gefährlichsten aller schlimmen Orte, wohin ein ehrlicher Mann verirren kann, unversehrt, und was beinahe unglaublich ist, mit seiner ganzen Tugend davon gebracht haben! Er hat allerdings von Glück zu sagen, fährt das Manuscript fort; aber – – beim Hund (dem großen Schwur des weisen Socrates) was hatte er auch an einem Hofe zu tun? Er, der sich weder zu einem Sclaven, noch zu einem Schmeichler, noch zu einem Narren geboren fühlte, was wollte er am Hofe eines Dionysius machen? – – Was für ein Einfall – – und wenn ist jemals ein solcher Einfall in das Gehirn eines klugen Menschen gekommen? – – einen lasterhaften Prinzen tugendhaft zu machen! – – Oder welcher rechtschaffene Mann, der einen Fond von gesunder Vernunft und gutem Willen in sich gefühlt, ist jemals damit an einen Hof gegangen, wenn er im Sinne hatte, von dem einen oder dem andern Gebrauch zu machen? – – Man muß gestehen, es ist eine ganz hübsche Sache um den Enthusiasmus – – eines Lycurgus, der aus einem Monarchen ein Bürger wird, um sein Vaterland glücklicher zu machen – – oder eines Leonidas, der mit dreihundert eben so entschlossenen Männern als er selbst, sich dem Tode weiht, um eben so vielen Myriaden von Barbaren den Mut, mit Griechen zu fechten, zu benehmen. Doch so groß, so schön diese Taten sind; so sind sie durch die Kräfte der Natur möglich, und diejenige, welche sie unternahmen, konnten sich versprechen, daß sie ihre Absichten erreichen würden. Aber wenn hat man jemals gehört, daß ein Mensch, oder ein Held, der Sohn einer Göttin, oder eines Gottes, oder ein Gott selbst, dasjenige zu Stande gebracht hätte, was Agathon unternahm, da er mit der Cither in der Hand sich überreden ließ, der Mentor eines Dionys zu werden.

Auf diesen humoristischen Eingang, womit unser

Autor dieses Capitel beginnt, folget eine lange, und wie es scheint, ein wenig milzsüchtige Declamation gegen diejenige Classe der Sterblichen, welche man große Herren nennt; mit verschiedenen Digressionen über die Maitressen – – über die Jagdhunde – – und über die Ursachen, warum es für einen ersten Minister gefährlich sei, zuviel Genie, zuviel Uneigennützigkeit, und zuviel Freundschaft für seinen Herrn zu haben – – So viel man sehen kann, ist dieses Capitel eines von den merkwürdigsten, und sonderbarsten in dem ganzen Werke. Aber unglücklicher Weise, befindet sich das Manuscript an diesem Ort halb von Ratten aufgegessen; und die andre Hälfte ist durch Feuchtigkeit so übel zugerichtet worden, daß es leichter wäre, aus den Blättern der Cumäischen Sibylle, als aus den Bruchstücken von Wörtern, Sätzen und Perioden, welche noch übrig sind, etwas Zusammenhängendes herauszubringen. Wir gestehen, daß uns dieser Verlust so nahe geht, daß wir uns eher der sinnreichen Ergänzungen, welche Herr Naudot zum Petronius in seinem Kopfe gefunden hat, oder der sämtlichen Werke des Ehrwürdigen Paters *** beraubt wissen wollten. Indessen ist doch dieser Verlust in Absicht des Lobes der großen Herren um so leichter zu ertragen, da wir über den weiten Umfang der Einsichten, die Größe der Seelen, die edlen Gesinnungen und den guten Geschmack, welcher ordentlicher Weise die großen Herren von den übrigen Erden-Söhnen zu unterscheiden pflegt, in dem besten und schlimmsten Buche (je nachdem es Leser bekommt; welches wir übrigens ganz unpräjudicierlich und niemand zu Leide gesagt haben wollen) das in unserm Jahrhundert zur Welt gekommen ist, in dem Buche des Herrn Helvetius, alles gesagt finden, was sich über einen so reichen und edeln Stoff nur immer sagen läßt. Eine gleiche Bewandtnis hat es mit der Digression über die Maitressen, und über die Jagdhunde; über welche Materien der geneigte Leser in des Grafen Anton Hamiltons Beiträgen zur Histoire amoureuse des Hofes Carls des zweiten von England, und in den bewundernswürdigen Schriften eines gewissen neuern Staatsmannes (den wir seiner Bescheidenheit zu schonen, nicht nennen wollen) mehr als hinlängliche Auskunft finden kann. Aber den Verlust der dritten Digression bedauren wir von Herzen, indem, (nach der Versicherung eines der größesten Bücher-Kenner von Europa) dermalen noch kein Buch in der Welt ist, in welchem diese interessante und ziemlich verwickelte Materie recht auseinandergesetzt und gründlich ausgeführt wäre. Zum Unglück ist dieses Capitel eben an diesem Ort am mangelhaftesten. Doch läßt sich aus einigen Worten, welche zum Schlusse dieser Digression zu gehören scheinen, abnehmen, daß der Verfasser neun und dreißig Ursachen angegeben habe; und wir gestehen, daß wir begierig wären, diese neun und dreißig Ursachen zu wissen.

Fünftes Capitel

Moralischer Zustand unsers Helden

Der Autor der alten Handschrift, aus welcher wir den größesten Teil dieser Geschichte gezogen zu haben gestehen, triumphiert, wie man gesehen hat, darüber, daß er seinen Helden mit seiner ganzen Tugend von einem Hofe hinweggebracht habe. Es würde allerdings etwas sein, daß einem Wunder ganz nahe käme, wenn es sich würklich so verhielte; aber wir besorgen, daß er mehr gesagt habe, als er der Schärfe nach zu beweisen im Stande wäre. Wenn es nicht etwan moralische Amulete gibt, welche der ansteckenden Beschaffenheit der Hofluft auf eben die Art widerstehen, wie der Krötenstein dem Gift, so deucht uns ein wenig unbegreiflich, daß das Getümmel des beschäftigten Lebens, die schädlichen Dünste der Schmeichelei, welche ein Günstling, er wolle oder wolle nicht, unaufhörlich einsaugt – – die Notwendigkeit, von den Forderungen der Weisheit und Tugend immer etwas nachzulassen, um nicht alles zu verlieren – – und was noch schädlicher als dieses alles ist, die unzählichen Zerstreuungen, wodurch die Seele aus sich selbst herausgezogen wird, und über der Aufmerksamkeit auf eine Menge kleiner vorbeirauschender Gegenstände, die Aufmerksamkeit auf sich selbst verliert – – nicht einige nachteilige Einflüsse in den Character seines Geistes und Herzens gehabt haben sollten. Indessen müssen wir gestehen, daß es ihm hierin eben so erging, wie es, vermöge der täglichen Erfahrung, allen andern Sterblichen zu gehen pflegt. Er wurde diese eben so unmerkliche als unleugbare Einflüsse, und die Veränderungen, welche sie verstohlner Weise in seiner Seele verursacheten, eben so wenig gewahr, als ein gesunder Mensch die geheimen und schleichenden Zerrüttungen empfindet, welche die Unbeständigkeit der Witterung, die kleinen Unordnungen in der Lebensart, die heterogene Beschaffenheit der Nahrungs-Mittel, und das langsam würkende Gift der Leidenschaften, stündlich in seiner Maschine verursachen. Die Veränderungen, die in unsrer innerlichen Verfassung vorgehen, müssen beträchtlich sein, wenn sie in die Augen fallen sollen; und wir fangen gemeiniglich nicht eher an, sie deutlich wahrzunehmen, bis wir uns genötigt finden, zu stutzen, und uns selbst zu fragen, ob wir noch eben dieselbe Person seien, die wir waren? Aus diesem Grunde geschah es vermutlich, daß Agathon die Progressen, welche die schon zu Smyrna angefangene Revolution in seiner Seele während seinem Aufenthalt zu Syracus machte, ohne das mindeste Mißtrauen in sie zu setzen, ganz allein den neuen oder bestätigten Erfahrungen zuschrieb, welche er in dieser ausgebreiteten Sphäre zu machen, so viele Gelegenheiten hatte.

Es ist unstreitig einer der größesten Vorteile, wo nicht der einzige, den ein denkender Mensch aus dem Leben in der großenWelt mit sich nimmt, wofern es ihm jemals so gut wird, sich wieder aus derselben herauswinden zu können – – daß er die Menschen darin kennen gelernt hat. Es läßt sich zwar gegen diese Art von Kenntnis der Menschen, aus guten Gründen eben so viel einwenden, als gegen diejenige, welche man aus der Geschichte, und den Schriften der Dichter, Sittenlehrer, Satyristen und Romanenmacher zieht – – oder gegen irgend eine andere: Aber man muß hingegen auch gestehen, daß sie wenigstens eben so zuverlässig ist, als irgend eine andre; ja daß sie es noch in einem höhern Grade ist, wenn anders das Subject, bei dem sie sich befindet, mit allen den Eigenschaften versehen ist, die zu einem Beobachter erfordert werden. Denn freilich kann nichts lächerlicher sein als ein Geck, der nachdem er zehn oder fünfzehn Jahre seine Figur durch alle Länder und Höfe der Welt herumgeführt, etliche Dutzend zweideutige Tugenden besiegt, und eben so viel schale Histörchen oder verdächtige Beiträge zur Chronique scandaleuse eines jeden Ortes, wo er gewesen ist, zusammengebracht hat, mit deren Hülfe er zween oder drei Tage eine Tischgesellschaft lachen oder gähnen machen kann – – sich selbst mit dem Besitz einer vollkommenen Kenntnis der Welt und der Menschen schmeichelt, und denjenigen mit dummem Hohnlächeln von der Seite ansieht, der vermöge einer vieljährigen tiefen Erforschung der menschlichen Natur, gelegenheitlich von Charactern und Sitten urteilt, ohne die sieben Türme gesehen, oder der Vermählung des Doge von Venedig mit dem adriatischen Meer beigewohnt zu haben. Wir wissen nicht, wie groß ungefähr die Anzahl der so genannten Welt-Leute sein mag, die in diese Classe gehören: Aber das scheint uns gewiß zu sein, daß ein Mann von Genie und aufgeklärtem Verstande (denn die bloße Empirie reicht hier so wenig zu, als in irgend einer andern practischen Wissenschaft) durch das Leben in der großen Welt, (in so fern wir dieses Wort in seiner echten Bedeutung nehmen) durch die Verhältnisse, worin er an einem beträchtlichen Platze mit allen Arten von Ständen und Charactern kömmt, durch die häufigen Gelegenheiten die er hat, diejenige so er beobachtet, unter allerlei Umständen, mit und ohne Maske zu sehen, sie auf allerlei Proben zu setzen, und so wohl durch den Gebrauch, den man von ihnen macht, als den sie von andern zu machen suchen, ihre herrschenden Neigungen und geheime Springfedern ausfündig zu machen – – daß er dadurch zu einer unmittelbarern, ausgebreitetern und richtigern Kenntnis der Menschen gelangt, als andre, welche ihre Theorie lediglich den Geschichtschreibern, Metaphysikern und Moralisten (drei sehr wenig zuverlässigen Gattungen von Lehrern) zu danken – – oder welche ihre Beobachtungen nur in dem Microcosmus ihres eigenen Selbst angestellt haben.

Es ist oben schon bemerkt worden, daß Agathon bei seinem Auftritt auf dem Schauplatz, von dem er nun wieder abgetreten ist, lange nicht mehr so erhaben und idealisch von der menschlichen Natur dachte, als zu Delphi; denn es macht einen beträchtlichen Unterschied, ob man unter Bildsäulen von Göttern und Helden, oder unter Menschen lebt; aber nachdem er die Beobachtungen, die er zu Athen und Smyrna schon gesammelt, noch durch die nähere Bekanntschaft mit den Großen, und mit den Hofleuten bereichert hatte, sank seine Meinung von der angebornen Schönheit und Würde dieser menschlichen Natur, von Grade zu Grade so tief, daß er zuweilen in Versuchung geriet, gegen die Stimme seines Herzens (welche eben so wohl, dachte er, die Stimme der

Eigenliebe oder des Vorurteils sein könnte,) alles was der göttliche Plato erhabenes und herrliches davon gesagt und geschrieben hatte, für Märchen aus einer andern Welt zu halten. Unvermerkt kamen ihm die Begriffe, welche sich Hippias davon machte, nicht mehr so ungeheuer vor, als damals, da er sich in den Garten dieses wollüstigen Weisen in den Mondschein hinsetzte, und Betrachtungen über den Zustand der entkörperten Geister anstellte. Endlich kam es gar so weit, daß ihm diese Begriffe wahrscheinlich genug deuchten, um sich vorstellen zu können, wie Leute, die in ihrem eigenen Herzen nichts fanden, das ihnen eine edlere Meinung von ihrer Natur zu geben geschickt wäre, durch einen langen Umgang mit der Welt dazu gelangen könnten, sich gänzlich von der Wahrheit desselben zu überreden.

Soweit hätte Agathon gehen können, ohne die Grenzen der weisen Mäßigung zu überschreiten, welche uns in unsern Urteilen über diesen wichtigen Gegenstand, und alles was sich auf ihn bezieht, langsam und zurückhaltend machen sollen. Aber in Stunden, da der Unmut seine schönsten Hoffnungen durch die Torheit oder Bosheit derjenigen mit denen er leben mußte, vor seinen Augen vernichten zu sehen, eine mehr als gewöhnliche Verdüsterung in seiner Seele verursachte, ging er noch um einen Schritt weiter. Nein, sagte er dann zu sich selbst, die Menschen sind nicht wofür ich sie hielt, da ich sie nach mir selbst, und mich selbst nach den jugendlichen Empfindungen eines gefühlvollen Herzens, und nach einer noch ungeprüften Unschuld beurteilte. Meine Erfahrungen rechtfertigen das Schlimmste, was Hippias von ihnen sagte; und wenn sie nichts bessers sind, was für Ursache habe ich, mich darüber zu beschweren, daß sie sich nicht nach Grundsätzen behandeln lassen, die in keinem Ebenmaß mit ihrer Natur stehen? An mir war der Fehler, an mir, der einen Mercur aus einem knotichten Feigenstock schnitzeln wollte. Sagte er mir nicht vorher, daß ich nichts anders zu gewarten hätte, wenn ich den Plan meines Lebens nach meinen Ideen einrichten würde. Seine Vorhersagung hätte nicht richtiger eintreffen können. Hätte ich seinen Grundsätzen gefolgt, hätte ich mich ehmals zu Athen, oder hier zu Syracus so betragen, wie Hippias an meinem Platze getan haben würde – – so würde ich meine Absichten ausgeführt haben; so würde ich glücklich gewesen sein – – und der Himmel weiß, ob es den Sicilianern desto schlimmer ergangen wäre. Dieses ist nun das zweite mal, daß Philistus, ein echter Anhänger des Systems meines Sophisten, ob er gleich nicht fähig wäre es so zusammenhängend und scheinbar vorzutragen, über Weisheit und Tugend den Sieg davon getragen hat. – – Und habe ich noch der Erfahrung vonnöten, um zu wissen, daß er eben so gewiß über einen andern Plato, und über einen andern Agathon siegen würde? – – Wieviel ließ ich von meinen Grundsätzen nach, wie tief stimmte ich mich selbst herab, da ich die Unmöglichkeit sah, diejenigen mit denen ich's zu tun hatte, so weit zu mir heraufzuziehen? Wozu half es mir? – – ich konnte mich nicht entschließen niederträchtig zu handeln, ein Schmeichler, ein Kuppler, ein Verräter an dem wahren Interesse des Fürsten und des Landes zu werden – – und so verlor' ich die Gunst des Fürsten, und die einzige Belohnung, die ich für meine Arbeiten verlange, die Vorteile, welche dieses Land von meiner Verwaltung zu genießen anfing, auf einmal, weil ich mich nicht dazu bequemen konnte, alles für anständig und recht zu halten, was nützlich ist – – O! gewiß Hippias, deine Begriffe und Maximen, deine Moral, deine Staatskunst, gründen sich auf die Erfahrung aller Zeiten. Wenn sind die Menschen jemals anders gewesen? Wenn haben sie jemals die Tugend hochgeschätzt, als wenn sie ihrer Dienste benötigt waren; und wenn ist sie ihnen nicht verhaßt gewesen, so bald sie ihren Leidenschaften im Lichte stund?

Diese Betrachtungen führten unsern Helden bis an die äußerste Spitze des tiefen Abgrunds, der zwischen dem System der Tugend, und dem System des Hippias liegt; aber der erste schüchterne Blick, den er hinunter wagte, war genug, ihn mit Entsetzen zurückfahren zu machen. Die Begriffe des wesentlichen Unterschieds zwischen Recht und Unrecht, und die Ideen des sittlichen Schönen, hatten zu tiefe Wurzeln in seiner Seele gefaßt, waren zu genau mit den zartesten Fibern derselben verflochten und zusammengewachsen, als daß es möglich gewesen wäre, daß irgend eine zufällige Ursache, so stark sie immer auf seine Einbildung und auf seine Leidenschaften würken mochte, sie hätte ausreuten können. Die Tugend hatte bei ihm keinen anderen Sachwalter nötig als sein eignes Herz. In eben dem Augenblick, da eine nur allzugegründete Misanthropie ihm die Menschen in einem verächtlichen Lichte, und vielleicht wie gewisse Spiegel, um ein gutes Teil häßlicher zeigte, als sie würklich sind, fühlte er mit der vollkommensten Gewißheit, daß er, um die Crone des Monarchen von Persien selbst, weder Hippias noch Philistus sein wollte; und daß er, sobald er sich wieder in die nämliche Umstände gesetzt sähe, eben so handeln würde, wie er gehandelt hatte, ohne sich durch irgend eine Folge davon erschrecken zu lassen. Hingegen konnte es nicht wohl anders sein, als daß diese Betrachtungen, denen er sich seit seinem Fall, und sonderheitlich während seiner Gefangenschaft, fast gänzlich überließ, den Überrest des moralischen Enthusiasmus, von dem wir ihn bei seiner Flucht aus Smyrna erhitzt gesehen haben, vollends verzehren mußten. Der Gedanke für das Glück der Menschen, für das allgemeine Beste der ganzen Gattung zu arbeiten, verliert seinen mächtigen Reiz, sobald wir klein von dieser Gattung denken. Die

Größe dieses Vorhabens ist es eigentlich, was den Reiz derselben ausmacht – – und diese schrumpft natürlicher Weise sehr zusammen, sobald wir uns die Menschen als eine Herde von Creaturen vorstellen, deren größester Teil seine ganze Glückseligkeit, den letzten Endzweck aller seiner Bemühungen auf seine körperliche Bedürfnisse einschränkt, und dabei dumm genug ist, durch eine niederträchtige Unterwürfigkeit unter eine kleine Anzahl der schlimmsten seiner Gattung, sich fast immer in den Fall zu setzen, auch dieser bloß tierischen Glückseligkeit nur selten oder auf kurze Zeit, bittweise oder verstohlner Weise habhaft zu werden. Jedes Tier sucht seine Nahrung – – gräbt sich eine Höhle, oder baut sich ein Nest – – begattet sich – – schläft – – und stirbt. Was tut der größeste Teil der Menschen mehr? Das beträchtlichste Geschäfte, das sie von den übrigen Tieren voraus haben, ist die Sorge sich zu bekleiden, welche die hauptsächlichste Beschäftigung vieler Millionen ausmacht. Und ich sollte, (sagte Agathon in einer von seinen schlimmsten Launen zu sich selbst) ich sollte meine Ruhe, meine Vergnügungen, meine Kräfte, mein Dasein der Sorge aufopfern, damit irgend eine besondere Herde dieser edeln Creaturen besser esse, schöner wohne, sich häufiger begatte, sich besser kleide, und weicher schlafe als sie zuvor taten, oder als andere ihrer Gattung tun? – – Ist das nicht alles was sie wünschen? Und gebrauchen sie mich dazu? Was sollte mich bewegen, mir diese Verdienste um sie zu machen? Ist vielleicht nur ein einziger unter ihnen, der bei allem was er unternimmt, eine edlere Absicht hat, als seine eigne Befriedigung? Bin ich ihnen etwan einige Hochachtung oder Dankbarkeit dafür schuldig, daß sie für meine Bedürfnisse oder für mein Vergnügen arbeiten? Ich bin schuldig, sie dafür zu bezahlen; das ist alles was sie wollen, und alles was sie an mich fordern können.

Himmel! – – so deucht mich, höre ich hier einige rührende Stimmen ausrufen – – ist's möglich? Konnte Agathon so denken? So klein, so unedel – – So kalt, meine schönen Damen, so kalt! Und sie werden mir gestehen, daß man in einer Einkerkerung von zween oder drei Monaten, die man sich ganz allein durch große und edle Gesinnungen zugezogen, gute Gelegenheit hat, sich von der Hitze der großmütigen Schwärmerei ein wenig abzukühlen – – Aber was wird nun aus der Tugend unsers Helden werden? – – Was ist die Tugend ohne dieses schöne Feuer, ohne diese erhabene Begeisterung, welche den Menschen über die übrigen seiner Gattung, welche ihn über sich selbst erhöht, und zu einem allgemeinen Wohltäter, zu einem Genius, zu einer subalternen Gottheit macht? – – Wir gestehen es, sie ist ohne diese ätherische Flamme ein sehr unansehnliches, sehr wenig glänzendes Ding – – »Und wie traurig ist es, die Tugend unsers Helden gerade da unterliegen zu sehen, wo sie sich in ihrer größesten Stärke zeigen sollte? – – Wie? – – erliegen, weil man Widerstand findet? Die gute Sache aufgeben, weil man, und vielleicht ohne Not, an einem glücklichen Ausgang verzweifelt? Was ist denn die wahre Tugend anders, als ein immerwährender Streit mit den Leidenschaften, Torheiten und Lastern – – in uns, und außer uns?« – – Vortrefflich! – – und in Bunyans Reise so wohl ausgeführt, meine Herren, daß ihr uns hier weiter nichts zu sagen braucht. Es ist bedaurlich, daß unser Held seine Rolle nicht besser behauptet – – Aber allem Ansehen nach, war er wohl niemals ein Held – – und wir hatten Unrecht ihm einen so ehrenvollen Namen beizulegen – – »Das eben nicht; er fing vortrefflich an; er war ein Held, da er sich den zudringlichen Liebkosungen der verführischen Pythia entriß« – – Das konnte die scheue und schamhafte Unschuld der unbärtigen Jugend getan haben; und liebte er damals nicht die schöne Psyche? – – »So verdiente er doch ein Held genennt zu werden, als er den Mut hatte, sich eines verlassenen Unschuldigen gegen eine mächtige Partei anzunehmen?« – – Ihr könntet vielleicht eben soviel aus Ehrgeiz – – oder aus Haß gegen einen der Feinde eures Clienten – – oder aus einer geheimen Absicht auf die Gemahlin eures Clienten – – oder um vierzig tausend Livres aus der Casse eures Clienten tun? – – und ihr hättet in keinem von diesen Fällen eine Heldentat getan. Daß Agathon damals aus edeln Gesinnungen handelte, wissen wir – – von ihm selbst; und wir haben Gründe, es ihm zu glauben – – aber er konnte sich mit der größesten Wahrscheinlichkeit einen glänzenden Succeß versprechen; und was für ein Triumph war das für die Ruhmbegierde eines Jünglings von zwanzig Jahren? – – »Nun, so war er doch gewiß ein Held, da er gleichmütig und unerschütterlich sich dem ungerechten Verbannungs-Urteil der Athenienser unterzog, und lieber das äußerste erdulden, als seine Lossprechung einer Niederträchtigkeit zu danken haben wollte! – – So war er's damals, da er von sich sagen konnte: Ich verwies es der Tugend nicht, daß sie mir den Haß und die Verfolgungen der Bösen zugezogen hatte; ich fühlte, daß sie sich selbst belohnt.« – – In der Tat, er war in diesem Augenblick groß; aber wir müssen nicht vergessen, daß er sich damals in einem außerordentlichen Zustande, auf dem äußersten Grade dieses Enthusiasmus der Tugend befand, der den Menschen vergessen macht, daß er nur ein Mensch ist. Diese Art von Heldentum daurt natürlicher Weise nicht länger, als der Paroxysmus des Affects. Agathon war sich damals, als er so dachte, einer unbefleckten Tugend bewußt; und zu was für einem Stolz mußte dieses Gefühl seine Seele in einem Augenblick aufschwellen, da sich ganz Athen zusammenverschworen zu haben schien, ihn zu demütigen; in einem Augenblick, da dieser Stolz der ganzen Last seines Unglücks das

Gleichgewicht halten mußte, und ihm den Triumph verschaffte, die Herren über sein Schicksal die ganze Obermacht, die ihm seine Tugend über sie gab, fühlen zu lassen? Diese Art von Stolz gleicht in ihren Würkungen der Wut eines tapfern Mannes der zur Verzweiflung getrieben wird. Die Gewißheit des Todes, in den er sich hineinstürzt, macht, daß er Taten eines Unsterblichen tut. Aber Agathon hatte dermalen nicht mehr soviel Ursache, auf seine Tugend stolz zu sein. Eben diese enthusiastische Gemüts-Beschaffenheit, welche ihm bei seiner Verbannung zu Athen die Gesinnungen eines Gottes eingehaucht, hatte ihn zu Smyrna den Schwachheiten eines gemeinen Menschen ausgesetzt. Er dachte nicht mehr so groß von sich selbst, und da ihm nun, in ähnlichen Umständen, dieser heroische Stolz nicht mehr zu statten kommen konnte, so mußte sich derselbe notwendig in diejenige Art von Misanthropie verwandeln, welche sich über die ganze Gattung erstreckt. In diesem Stücke, wie in vielen andern, ist die Geschichte Agathons die Geschichte aller Menschen. Wir denken so lange groß von der menschlichen Natur, als wir groß von uns selber denken; unsere Verachtung hat alsdann nur einzelne Menschen oder kleinere Gesellschaften zum Gegenstand. Aber sobald wir in unsrer Meinung von uns selbst fallen, sinkt durch eine innerliche Gewalt über welche wir nicht Meister sind, unsre Meinung von der ganzen Gattung zu welcher wir gehören; wir verwundern uns, daß wir nicht eher wahrgenommen, daß die Torheiten, die Laster derjenigen, unter denen wir leben, Gebrechen der Natur selbst sind, denen (mehr oder weniger, auf diese oder eine andre Art, je nachdem Zeit, Umstände, Temperament und Gewohnheit es mit sich bringen) ein jeder unterworfen ist; je genauer wir die Menschen untersuchen, je mehr Gründe finden wir, so zu denken; und diese Denkungsart flößet uns, zu eben der Zeit, da sie uns eine gewisse

Geringschätzung gegen die ganze Gattung gibt, mehr Nachsicht gegen die Fehler und Gebrechen der einzelnen Personen, und besondern Gesellschaften, mit denen wir in Verhältnis stehen, ein; so daß wir das, was wir an jenem tugendhaften Schwulst, welchen die Einfalt übereilter Weise für die Tugend selbst hält, verlieren, zu eben der Zeit an den notwendigsten und liebenswürdigsten Tugenden, an Geselligkeit und Mäßigung gewinnen: Tugenden, welche zwar nichts blendendes haben, aber desto mehr Wärme geben, und uns desto geschickter machen, unter Geschöpfen zu leben, welche ihrer alle Augenblicke benötiget sind.

Es ist ein gemeiner und oft getadelter Fehler des menschlichen Geschlechts, daß sie das Wunderbare mehr lieben als das Natürliche, und das Glänzende mehr als was nicht so gut in die Augen fällt, wenn es gleich brauchbarer und dauerhafter ist. Diese Art von dem Werte der Sachen zu urteilen ist nirgends betrüglicher, als wenn sie auf moralische Gegenstände angewendet wird. Der Schluß, den man öfters von der Erhabenheit der Begriffe und Empfindungen einer Person, und von der Fertigkeit eine gewisse Sprache der Begeistrung zu reden, welche (wie die homerische Göttersprache) allen Dingen andre Namen gibt, ohne daß die Dinge selbst darum etwas anders sind, als sie unter ihren gewöhnlichen Namen sind, auf eine außerordentliche Vortrefflichkeit des Characters dieser Person zu machen pflegt, ist eben so falsch, als das Vorurteil, welches viele gegen eine gelassene und bescheidene Tugend gefaßt haben, welche, ohne sich durch feirliches Gepränge, hochfliegende Ideen, anmaßliche Privilegien von den Gebrechen der menschlichen Natur, und unerbittliche Strenge gegen dieselben anzukündigen, nur darum weniger zu versprechen scheint, um im Werke selbst desto mehr zu leisten. Dieses vorausgesetzt könnten wir vielleicht mit gutem Grunde behaupten, daß die Tugend unsers Helden, durch die neuerliche Veränderung, die in seiner Denkensart vorging, in verschiedenen Betrachtungen, große Vorteile erhalten habe. Aber (wir wollen es nur gestehen) was sie dabei auf einer Seite gewann, verlor sie auf einer andern wieder. Die Begriffe, welche wir uns von unsrer eignen Natur machen, haben einen entscheidenden Einfluß auf alle unsre übrigen Begriffe. So irrig, so lächerlich und kindisch es ist, wenn wir uns einbilden (und doch bilden sich das die Meisten ein) daß der Mensch die Hauptfigur in der ganzen Schöpfung, und alles andere bloß um seinetwillen da sei – – So natürlich ist hingegen, daß er es in dem besondern System seiner eignen Ideen ist. In dieser kleinen Welt ist und bleibt er, er wolle oder wolle nicht, der Mittelpunct – – der Held des Stücks, auf den alles sich bezieht, und dessen Glück oder Fall alles entscheidet. Alles ist groß, wichtig, interessant, wenn die Hauptperson wichtig ist, und eine große Rolle zu spielen hat; aber wenn Scapin oder Harlekin der Held ist, was kann das ganze Stück anders sein, als eine Farce?

Man erinnert sich vermutlich noch der Zweifel, worin sich Agathon verwickelt fand, als er die bezauberten Ufer von Jonien verließ, wo er, vielleicht zu seinem Vorteil, erfahren hatte, daß die Ideen, welche sich in den Hainen zu Delphi seiner jugendlichen Seele bemächtiget, und durch den Unterricht und Umgang des göttlichen Platons zu Athen noch mehr darin befestiget hatten, ihm bei einer Gelegenheit, wo er sich mit vollkommner Sicherheit auf ihre Stärke und beschützende Kraft verlassen hatte, mehr nachteilig als nützlich gewesen waren, ja sich endlich (zu einem billigen Verdacht gegen ihre Realität) von ganz entgegengesetzten so unmerklich und gutwillig hatten verdrängen lassen, daß er die Veränderung nicht eher wahrgenommen, als da sie schon völlig zu Stande gekommen war. Agathon hatte damals keine Zeit, dieser

Zweifel wegen mit sich selbst einig zu werden; er glaubte zwar, oder hoffte vielmehr überhaupt, daß dasjenige was in seinen vormaligen Grundsätzen wahres sei, sich mit seinen neuerlangten Begriffen sehr wohl vereinigen lassen werde – – aber er sah doch noch nicht deutlich genug, wie? – und wurde beim ersten Anblick Lücken gewahr, welche ihm desto mehr Sorge machten, je weniger er geneigt war, sie nach dem Exempel der Meisten, die sich in dieser Schwierigkeit befinden, mit dem ersten Besten, es möchte Stroh, Leimen, Lumpen oder was ihm sonst in die Hände fiele, sein, auszustopfen. Indes hatten doch damals seine vorigen Lieblings-Ideen noch einen starken Anhang in seinem Herzen, und er beruhigte sich, auf die Eingebungen desselben hin, mit der Hoffnung, daß es ihm, sobald er in ruhigere Umstände käme, leicht sein würde, die Harmonie zwischen seinem Kopf und seinem Herzen vollkommen wieder herzustellen. Allein die Geschäfte und die Zerstreuungen, welche zu Syracus alle seine Zeit verschlangen, hatten ihn genötigt, eine für ihn so wichtige Arbeit lange genug aufzuschieben, um sie durch immer neu hervorbrechende Schwierigkeiten ungleich schwerer zu machen, als sie anfangs gewesen wäre. Die ungereimte und lächerliche Seite der menschlichen Meinungen, Leidenschaften, und Gewohnheiten ist gemeiniglich die erste, welche sie einem Manne von Verstand und Witz zeigen, der die Muße nicht hat, sie mit anhaltender Aufmerksamkeit zu betrachten. Agathon gewöhnte sich also unvermerkt an diese Art, die Sachen anzuschauen; die natürliche Heiterkeit und Lebhaftigkeit seiner Sinnesart disponierte ihn ohnehin dazu; und die Syracusaner, deren Character eine Vermischung des Atheniensischen und Corinthischen, oder eine Composition von den widersprechendesten Eigenschaften, welche ein Volk nur immer haben kann, ausmachte – – und ein Hof, wie Dionysens Hof war – – versahen ihn so reichlich mit comischen Charactern, Bildern und Begebenheiten, daß der Absatz, welchen der gegenwärtige Ton seiner Seele (wenn man uns dieses malerische Kunst-Wort hier erlauben will) mit seinem ehmaligen machte, von Tag zu Tag immer stärker werden mußte. Der Oromasdes und Arimanius der alten Persen werden uns nicht als tödlichere Feinde vorgestellt, als es der comische Geist, und der Geist des Enthusiasmus sind; und die natürliche Antipathie dieser beiden Geister wird dadurch nicht wenig vermehrt, daß beide gleich geneigt sind, über die Grenzen der Mäßigung hinauszuschweifen. Der Enthusiastische Geist sieht alles in einem strengen feierlichen Licht; der Comische alles in einem milden und lachenden; nichts ist dem ersten leichter als so weit zugehen, bis ihm alles, was Spiel und Scherz heißt, verdammlich vorkommt; nichts dem andern leichter, als gerade in demjenigen, was jener mit der größesten Ernsthaftigkeit behandelt, am meisten Stoff zum Scherzen und Lachen zu finden.

Nehmen wir zu diesem noch, daß der leichtsinnige und scherzhafte Ton von jeher den Höfen vorzüglich eigen gewesen ist – – und den besondern Umstand, daß die anmaßlichen Academisten, oder Hof-Philosophen des Dionys, den einzigen Aristipp ausgenommen, eine Art von Tragi-comischen Narren vorstellten, welche recht mit Fleiß dazu ausgesucht zu sein schienen, um die erhabenen Wissenschaften, für deren Priester und Mystagogen sie sich ausgaben, so verächtlich zu machen, als sie selbst waren – – Nehmen wir alles dieses zusammen, so werden wir uns kaum verwundern können, wie es möglich gewesen, daß unser Held nach und nach sich endlich auf einem Punct befand, wo ihn damals, da er in der Grotte der Nymphen auf Erscheinungen der Götter wartete – – oder da er die Grundsätze, die Verheißungen und die Freundschaft des Sophisten Hippias mit einem so feurigen Unwillen von sich stieß – – vermutlich niemand, oder nur die schlauesten Kenner des menschlichen Herzens erwartet haben mögen – – nämlich da, wo ihm ein großer Teil seiner vormaligen Ideen, an denen er zu Smyrna nur zu zweifeln angefangen hatte, nun selbsten ganz schimärisch und belachenswert, und diejenigen, deren Gegenstände ihm zwar ehrwürdig bleiben mußten, doch subjectivisch betrachtet, in der barokischen Gestalt, wie sie in der Einbildung der Sterblichen verkleinert, verzerrt, vermischt oder verkleidet werden, zu nichts anderm zu taugen schienen, als lustig damit zu machen.

Unsere nachdenkenden Leser werden nunmehr ganz deutlich begreifen, warum wir Bedenken getragen haben, dem Urheber der Griechischen Handschrift in seinem allzugünstigen Urteil von dem gegenwärtigen moralischen Zustande unsers Helden, Beifall zu geben. Wir können uns nicht verbergen, daß dieser Zustand für seine Tugend gefährlich ist, und desto gefährlicher, je mehr man in demselben durch eine gewisse Behaglichkeit, Munterkeit des Geistes, und andre Anscheinungen einer völligen Gesundheit, sicher gemacht zu werden pflegt, sich in seinem natürlichen Zustande zu glauben. Nicht als ob es uns eben so leid sei, unsern Helden (den wir mit allen seinen Fehlern eben so sehr lieben, als ob er ein Sir Carl Grandison wäre) auf dem Wege zu sehen, von allen Arten der Schwärmerei von Grund aus geheilt zu werden – – Denn so viel schönes und gutes sich immer zu ihrem Vorteil sagen lassen mag, so bleibt doch gewiß, daß es besser ist gesund sein, und keine Entzückungen haben, als die Harmonie der Sphären hören, und an einem hitzigen Fieber liegen – aber wir besorgen billig, daß die allzustarke Nachlassung, welche in der Seele eben sowohl als im Leibe, auf eine übermäßige Spannung zu folgen pflegt, seinem Herzen wenigstens so nachteilig werden könnte, als es die liebenswürdige Schwärmerei, womit wir ihn behaftet gesehen haben, seiner Vernunft sein mochte. Der neue Schwung, den seine Denkungsart zu Syracus bekam, würde uns ziemlich gleichgültig sein, wenn die Veränderung sich bloß auf speculative Begriffe oder den Ton und die Verteilung des Lichts und Schattens in seiner Seele erstreckte: Aber wenn er dadurch weniger rechtschaffen, weniger ein Liebhaber der Wahrheit, weniger empfindlich für das Beste des menschlichen Geschlechts, weniger edelgesinnt, und wohltätig, weniger zur vorzüglichen Teilnehmung an der Glückseligkeit irgend einer besondern Gesellschaft (ohne welche die anmaßliche Welt-Bürgerschaft gewisser Leute bloße Großsprecherei oder höchstens eine Art von Don-Quischotterie ist) und zur Freundschaft, diesem Lieblings-Phantom schöner Seelen, weniger aufgelegt würde – – erlaubet mir, ihr strengen Anti-Platonisten, denen alles Schimäre heißt, was sich nicht geometrisch beweisen läßt, erlaubet mir noch weiter zu gehen – – wenn dieser schöne, herzerhöhende, wohltätige, und der Tugend so vorteilhafte Gedanke – – für eine größere Sphäre als dieses animalische Leben, für eine edlere Art von Existenz, für vollkommnere Gegenstände, und zu einer vollkommnern Art von Activität, als unsre dermalige bestimmt zu sein – – und die begeisternden, wiewohl träumerischen Aussichten, die uns dieser Beste aller Gedanken gibt – – wenn er keinen Reiz, keine Macht auf seine Seele mehr hätte – – O! Agathon, Agathon! dann würdest du, nicht unsern Haß, nicht eine lieblose Beurteilung, nicht eine triumphierende Freude über deinen Fall, aber – – unser Mitleiden verdienen.

Die Gemüts-Verfassung worin wir ihn in diesem Capitel gesehen haben, scheint allerdings nicht sehr geschickt zu sein, uns über diesen Punct seinetwegen außer Sorgen zu setzen. Es ist eine so unbeständige Sache um die Begriffe, Meinungen und Urteile eines

Menschen! Die Umstände, der besondere Gesichts-Punct, in den sie uns stellen, die Gesellschaft worin wir leben, tausend kleine Einflüsse, die wir einzeln nicht gewahr werden, haben soviel Gewalt über dieses unerklärbare, launische, widersinnische Ding, unsre Seele! – – daß wir nicht Bürge dafür sein wollten, was aus unserm Helden hätte werden können, wofern er mit solchen Dispositionen in eine Gesellschaft von Hippiassen und Alcibiaden, oder zurück in die schöne Welt zu Smyrna versetzt worden wäre. Zu gutem Glück sehen wir ihn im Begriff, zu Leuten zukommen, welche ihn mit der Menschheit wieder aussöhnen, und seinem schon erkaltenden Herzen diese beseelende Wärme wieder mitteilen werden, ohne welche die Tugend eine bloße Speculation ist, die zwar einen unerschöpflichen Stoff zu scharfsinnigen Betrachtungen gibt, aber unter den vielerlei chymischen Processen, welche die allzuspitzfündige Vernunft mit ihr vornimmt, endlich ein so abgezogenes, so feines, so delicates Ding wird, daß sich kein Gebrauch davon machen läßt.

So sehr sich auch die Einbildungs-Kraft unsers Helden abgekühlt hat, so unzuverlässig, übertrieben und grillenhaft er die Geister-Lehre und die metaphysische Politik seines Freundes Plato zu finden glaubt; so comisch ihm seine eigene Ausschweifungen in dem Stande der Bezauberung, worin er sich ehemals befunden, vorkommen; so klein er überhaupt von den Menschen denkt, und so fest er entschlossen zu sein vermeint, von dem schönen Phantom, wie er es izo nennt, von dem Gedanken, sich Verdienste um seine Gattung zu machen, in seinem Leben sich nicht wieder täuschen zu lassen; so ist es doch bei weitem noch nicht an dem, daß er diese zarte Empfindlichkeit der Seele, und diesen eingewurzelten Hang zu dem idealischen Schönen verloren haben sollte, der das geheime Principium seiner ehemaligen Begeisterung, und aller der manchfaltigen Schwärmereien, Bezauberungen und Entzückungen, in deren magischem Labyrinthe sie ihn, nach Maßgabe der Umstände, herumgeführt, gewesen ist. Die verstohlnen Blicke, die er noch so gerne in die Scenen seiner glücklichen Jugend wirft; das Bild der liebenswürdigen Psyche, welches durch alle Veränderungen, die in seiner Seele vorgegangen, nichts von seinem Glanze verloren hat; die Erinnerung dieser reinen, unbeschreiblichen, fast vergötternden Wollust, in welcher sein Herz zerfloß, als er es noch in seiner Gewalt hatte, Glückliche zu machen; und als die Reinigkeit dieser göttlichen Lust noch durch keine Erfahrungen von der Undankbarkeit und Bosheit der Menschen verdüstert und trübe gemacht wurde – – diese Bilder, denen er sich noch so gerne überläßt – welche sich selbst in seinen Träumen seiner gerührten Seele so oft und so lebhaft darstellen – – die Seufzer, die Wünsche, die er diesen geliebten verschwindenden Schatten nachschickt – – alle diese Symptomen sind uns Bürge dafür, daß er noch Agathon ist; daß die Veränderung in seinen Begriffen und Urteilen, die neue Theorie von allem dem, was würklich ein Gegenstand unsrer Nachforschung zu sein verdient, oder von Eitelkeit und Vorwitz dazu gemacht worden, welche sich in seiner Seele zu entwickeln angefangen, die edlern Teile seines Herzens nicht angegriffen habe; kurz, daß wir uns Hoffnung machen können, aus dem Streit der beiden widerwärtigen und feindlichen Geister, wodurch seine ganze innerliche Verfassung seit einiger Zeit erschüttert, verwirrt und in Gärung gesetzt worden, zuletzt eine eben so schöne Harmonie von Weisheit und Tugend hervorkommen zu sehen, wie nach dem System der alten Morgenländischen Weisen, aus dem Streit der Finsternis und des Lichts, diese schöne Welt hervorgegangen sein soll.

Eilftes Buch

Erstes Capitel

Apologie des griechischen Autors

Bis hieher scheint die Geschichte unsers Helden, wenigstens in den hauptsächlichsten Stücken, dem ordentlichen Lauf der Natur, und den strengesten Gesetzen der Wahrscheinlichkeit so gemäß zu sein, daß wir keinen Grund sehen, an der Wahrheit derselben zu zweifeln. Aber in diesem eilften Buch, wir müssen es gestehen, scheint der Autor aus dieser unsrer Welt, welche, unparteiisch von der Sache reden, zu allen Zeiten nichts bessers als eine Werkel-Tags-Welt (wie Shakespear sie irgendwo nennt) gewesen ist, ein wenig in das Land der Ideen, der Wunder, der Begebenheiten, welche gerade so ausfallen, wie man sie hätte wünschen können, und um alles auf einmal zu sagen, in das Land der schönen Seelen, und der utopischen Republiken verirret zu sein. Es stehet bei den Lesern, ihm hierin soviel Glauben beizumessen, als sie gerne wollen; wir an unserm Teil nehmen uns der Sache weiter nichts an; unsere Absichten sind bereits erreicht, und die glücklichen oder unglücklichen Umstände, welche dem Agathon noch bevorstehen mögen, haben nichts damit zu tun. Indessen glauben wir doch, daß der Autor allen den gutherzigen Leuten, welche sich für den Helden einer solchen Geschichte nach und nach interessieren, und gerne haben, wenn sich am Ende alles zu allerseitigem Vergnügen, mit Entdeckungen, Erkennungen, glücklichem Wiederfinden der verlornen Freunde, und etlichen Hochzeiten endet, einen Gefallen getan habe, seinen Helden, nachdem er eine hinlängliche Anzahl guter und schlimmer Abenteuer bestanden hat, endlich für seine ganze übrige Lebens-

Zeit glücklich zu machen. Es mag sein, daß der Verfasser der griechischen Handschrift hierin seinem guten Naturell den Lauf gelassen hat; denn in der Tat, scheint es ein Zeichen eines harten und grausamen Herzens zu sein, welches ein Vergnügen an der Qual und den Tränen seiner unschuldigen Leser findet, wenn man alles anwendet, uns für den Helden und die Heldin einer wundervollen Geschichte einzunehmen, bloß um uns zuletzt durch einen so jämmerlichen Ausgang, als eine schwermütige, menschenfeindliche Imagination nur immer erdenken kann, in einen desto empfindlichern und unleidlichern Schmerz zu versenken, da es lediglich bei dem guten Willen des Autors stund, uns desselben zu überheben. Gleichwohl aber scheint uns unser edler gesinnte Verfasser noch eine andre Absicht dabei gehabt zu haben, welche er, ohne sich einer noch größern Unwahrscheinlichkeit schuldig zu machen, nicht wohl anders als durch diese nicht allzuwahrscheinliche Verbindung glücklicher Umstände, worein er seinen Helden in diesem Buche setzt, erreichen konnte – – Und was für eine Absicht mag das wohl sein? – – Ich will es ihnen unverblümt und ohne Umschweife sagen, meine Herren und Damen, ob ich gleich besorgen muß, daß die ungewöhnliche Offenherzigkeit, welche ich ihnen in dem ganzen Laufe dieses Werkes habe sehen lassen, mir von einem oder dem andern aus ihrem Mittel übel aufgenommen werden möchte – – Unser Verfasser wollte dem Vorwurf ausweichen, welchen Horaz gleichnisweise in dem bekannten Verse – –

Amphora cœpit
Institui – – currente rota cur urceus exit? – –

denjenigen Dichtern macht, in deren Werken das Ende sich nicht zu dem Anfang schickt. Er wollte in seinem Helden, dessen Jugend und erste Auftritte in der Welt so große Hoffnungen erweckt hatten, nachdem er ihn durch so viele verschiedene Umstände geführt, als er für nötig hielt seine Tugend zu prüfen, zu läutern und zu der gehörigen Consistenz zu bringen, am Ende einen so weisen und tugendhaften Mann darstellen, als man nur immer unter der Sonne zu sehen wünschen, oder nach Gestalt der Sachen, erwarten könnte. Der Enthusiasmus, der die eigentliche Anlage seines Helden zu einem mehr als gewöhnlichen Grade moralischer Vollkommenheit enthielt, verhinderte ihn zu eben der Zeit da er seine Tugend erhöhte, so weise zu sein, als man sein muß, um nicht mit den erhabensten Begriffen, und den edelsten Gesinnungen, von sich selbst und von andern betrogen zu werden. Eine Art zu denken, welche ihn zu einer höhern Classe von Wesen als die gewöhnlichen Menschen sind, zu erheben schien, setzte ihn dem Neid, der verkehrten Beurteilung, den Nachstellungen und Verfolgungen dieser Menschen aus; und machte ihn, welches für seine Tugend das Schlimmste war, unvermerkt vergessen, daß er im Grunde doch immer weder mehr noch weniger sei, als ein Mensch. Die Erfahrungen, die er endlich hierüber bekam, öffneten ihm die Augen, und zerstreuten einen Teil der Bezauberung; er lernte sich selbst besser kennen; aber er kannte die Welt noch nicht genug. Ein neues und großes Theater, auf welches er versetzt wurde, half diesem Mangel ab; eine immer weiter ausgebreitete und vervielfältigte Erfahrung stimmte seine allzuidealische Denk-Art herab, und überführte ihn, daß er, wie der großmütige, tugendhafte und tapfre Ritter von Mancha (dieses lehrreiche Bild der Schwachheiten und Verirrungen des menschlichen Geistes!) Windmühlen für Riesen, Wirtshäuser für bezauberte Schlösser, und Dorf-Nymphen für göttliche Dulcineen angesehen hatte. Er wurde weiser, aber auf Unkosten seiner Tugend. So wie die Bezauberung seiner Einbildungs-Kraft verging, hörte auch die Begierde auf, große Taten zu tun, allem Unrecht in der Welt zu steuern, mit den Feinden der allgemeinen Glückseligkeit sich herumzuschlagen, und die Menschen, wider ihren Dank und Willen, glücklich machen zu wollen. Nun sage man mir, nachdem es mit unserm Helden dazu gekommen war, (und, alles wohl erwogen, mußte es auf eine oder andere Art endlich dazu kommen; denn die edelste, die liebenswürdigste Schwärmerei, wenn sie gar zu lange dauert, und sich so gar durch die Maul-Esel-Treiber von Jangois nicht austreiben lassen will, wird endlich zu Narrheit,) was sollte, was konnte unser Autor nun weiter mit ihm anfangen? Einen misanthropischen Einsiedler aus ihm machen? – – Dazu war sein Kopf zu heiter und sein Herz zu schwach – – oder zu zärtlich – – oder zu gut; was ihr wollt; und zudem mochte unser Autor, der ein Grieche war, und wenigstens in die Zeiten des Alciphrons gesetzt werden muß, (wie die Gelehrten ohne unser Erinnern bemerkt haben) vermutlich von der Vortrefflichkeit einer einsiedlerischen Tugend die erhabenen Begriffe nicht haben, welche man sich in den wundervollen Zeiten des dreizehnten und vierzehnten Jahrhunderts bis zu unsern philosophischen Zeiten davon gemacht hat, und (allem Ansehen nach) in einigen Ländern noch lange machen wird. Ihn wieder in die weite Welt zurückzuführen, wäre nichts anders gewesen, als ihn der augenscheinlichsten Gefahr aussetzen, in seiner antiplatonischen Denk-Art durch immer neue Erfahrungen bestärkt, und durch die Gesellschaft witziger und liebenswürdiger Leute, welche entweder gar keine Grundsätze, oder nicht viel bessere als der weise Hippias, gehabt hätten, nach und nach auch um diesen kostbaren Überrest seiner ehemaligen Tugend gebracht zu werden, den er glücklicher Weise aus der verpesteten Luft der großen Welt noch davon gebracht hat. Vielleicht hätte er in solchen Umständen noch immer eine Art von Mittel zwischen Weisheit und Torheit, eine mehr lächerliche als hassenswürdige Composition von kühnem Witz und unschlüssiger Vernunft, von wahren und willkürlichen Begriffen, von Aberglauben und Unglauben, von guten und bösen Leidenschaften, Gewohnheiten und Launen, von gleich betrüglichen Tugenden und Lastern; kurz, eine so vortreffliche Art von Geschöpfen werden können, wie ungefähr die meisten von uns andern sind, wir mögen es nun einsehen – – und wenn wir's einsehen, eingestehen – – oder nicht. Bei so bewandten Umständen, und da es (wie gesagt) nun einmal die Absicht des Autors war, aus seinem Helden einen tugendhaften Weisen zu machen, und zwar solchergestalt, daß man ganz deutlich möchte begreifen können, wie ein solcher Mann – – so geboren – – so erzogen – – mit solchen Fähigkeiten und Dispositionen – – mit einer solchen besondern Bestimmung derselben – – nach einer solchen Reihe von Erfahrungen, Entwicklungen und Veränderungen – – in solchen Glücks-Umständen – – an einem solchen Ort und in einer solchen Zeit – – in einer solchen Gesellschaft – – unter einem solchen Himmels-Strich – – bei solchen Nahrungs-Mitteln (denn auch diese haben einen stärkern Einfluß auf Weisheit und Tugend, als sich manche Moralisten einbilden) – – bei einer solchen Diät – – kurz, unter solchen gegebenen Bedingungen, wie alle diejenigen Umstände sind, in welche er den Agathon bisher gesetzt hat, und noch setzen wird – – ein so weiser und tugendhafter Mann habe sein können, und (diejenigen, welche nicht gewohnt sind zu denken, mögen es nun glauben oder nicht,) unter den nämlichen, oder doch sehr ähnlichen Umständen, es auch noch heutzutage werden könnte: Da, sage ich, dieses seine Absicht war, so blieb ihm freilich kein andrer Weg übrig, als seinen Helden in diesen Zusammenhang glücklicher Umstände zu setzen, in welchen er sich nun bald, zu seinem eigenen Erstaunen, befinden wird. Freilich ist ein solcher Zusammenfluß glücklicher Umstände allzuselten, um wahrscheinlich zu sein. Aber wie soll sich ein armer Autor helfen, der (alles wohl überlegt) nur ein einziges Mittel vor sich sieht, aus der Sache zu kommen, und dieses ein gewagtes? Man hilft sich wie man kann, und wenn es auch durch einen Sprung aus dem Fenster sein sollte. Der kleine Held der Königin von Golconde ist nicht der erste, der sich durch dieses Mittel helfen mußte: Julius Cäsar würde ohne einen solchen Sprung das Vergnügen nicht gehabt haben, als Herr der Welt (wie man, zwar lächerlich genug, zu sprechen gewohnt ist,) durch die Straßen Roms ins Capitolium einzuziehen.

Und soviel mag dann zur Rechtfertigung unsers Autors gesagt sein; wenn es anders zu seiner Rechtfertigung dienen kann, welches wir den Kunstrichtern überlassen müssen. Das Urteil mag indessen ausfallen wie es will, so beladet sich der Herausgeber, wie er schon erklärt hat, dessen im geringsten nicht. Die Absichten, warum er die alte Urkunde, welche zufälliger Weise in seine Hände gekommen ist, in einen Auszug von derjenigen Form und Beschaffenheit, wie die vorhergehenden zehen Bücher weisen, gebracht hat, sind bereits erreicht. Es ist verhoffentlich unnötig, sich hierüber näher zu erklären. Doch soviel können wir wohl sagen, daß er niemalen daran gedacht hat, einen Roman zu schreiben, wie sich vielleicht manche, ungeachtet des Titels und der Vorrede, zu glauben in den Kopf gesetzt haben mögen – – und da dieses Buch, in so fern der Herausgeber Teil daran hat, kein Roman ist, noch einer sein soll; so hat er sich auch um die so genannte Schürzung des Knotens, und ob der Verfasser der Urkunde seinen Knoten geschickt oder ungeschickt entwickelt oder zerschnitten hat, wenig zu bekümmern.

Zweites Capitel

Die Tarentiner
Character eines liebenswürdigen alten Mannes

Archytas, durch dessen nachdrückliche Verwendung Agathon der Hände seiner Feinde zu Syracus entrissen worden, war ein vertrauter Freund seines Vaters Stratonicus gewesen; ihre beiden Familien waren durch die Bande des Gastrechts (welches bekannter maßen den Griechen sehr heilig war) von uralten Zeiten her verbunden; der ausgebreitete Ruhm, welchen sich der Philosoph von Tarent, als der Würdigste unter den Nachfolgern des Pythagoras, als ein tiefer Kenner der Geheimnisse der Natur und der mechanischen Künste, als ein weiser Staatsmann, als ein geschickter und allezeit glücklicher Feldherr, und was allen diesen Vorzügen die Crone aufsetzt, als ein rechtschaffener Mann, in der vollkommensten Bedeutung dieses Worts erworben, hatte den Namen des Archytas unserm Helden schon lange ehrwürdig gemacht; und hiezu kam noch, daß dessen jüngerer Sohn, Critolaus, in den Zeiten des höchsten Wohlstandes Agathons zu Athen zwei Jahre in seinem Hause zugebracht, und mit allen ersinnlichen Freundschafts-Erweisungen überhäuft, eine Zuneigung von derjenigen Art für ihn gefaßt hatte, welche in schönen Seelen (denn damals gab es noch schöne Seelen) sich nur mit dem Leben endet. Diese Freundschaft war zwar durch zufällige Ursachen, und den Aufenthalt Agathons zu Smyrna eine Zeitlang unterbrochen, aber sogleich nach seinem Entschluß, bei dem Dionys zu leben, wieder erneuert, und seither sorgfältig unterhalten worden. Agathon hatte während seiner Staats-Verwaltung sich öfters bei der weisen Erfahrenheit des Archytas Rats erholt; und die verschiedenen Verhältnisse, worin die Tarentiner und Syracusaner, besonders in Absicht der Handelschaft, mit einander stunden, hatten ihm öfters Gelegenheit gegeben, sich um die ersten verdient zu machen. Bei allen diesen Umständen ist leicht zu ermessen, daß er den zärtlichen und dringenden Einladungen seines Freundes Critolaus um so weniger widerstehen konnte, als die Pflichten der Erkenntlichkeit gegen seine Erretter ihm keine Freiheit zu lassen schienen, andere Beweggründe bei der Wahl seines Aufenthalts in Betrachtung zu ziehen.

In der Tat hätte er sich auch keinen zu seinen nunmehrigen Absichten bequemern Ort erwählen können als Tarent. Diese Republik war damals gerade in dem Zustande, worin ein jeder patriotischer Republicaner die seinige zu sehen wünschen soll – zu klein, um ehrgeizige Projecte zu machen, und zu groß, um den Ehrgeiz und die Vergrößrungs-Sucht ihrer Nachbarn fürchten zu müssen; zu schwach, um in andern Unternehmungen, als in den Künsten des Friedens, ihren Vorteil zu finden; stark genug, sich gegen einen jeden nicht allzuübermächtigen Feind (und solche Feinde hat eine kleine Republik selten) in ihrer Verfassung zu erhalten. Archytas hatte sie, in einer Zeit von mehr als dreißig Jahren, in welcher er sieben mal die Stelle des obersten Befehlhabers in der Republik bekleidete, an die weisen Gesetze, die er ihnen gegeben hatte, so gut angewöhnt, daß sie mehr durch die Macht der Sitten als durch das Ansehen der Gesetze regiert zu werden schienen. Der größeste Teil der Tarentiner bestund aus Fabricanten und Handelsleuten. Die Wissenschaften und schönen Künste stunden in keiner besondern Hochachtung bei ihnen; aber sie waren auch nicht verachtet. Diese Gleichgültigkeit bewahrte die Tarentiner vor den Fehlern und Ausschweifungen der Athenienser, bei denen jedermann, bis auf die Gerber und Schuster, ein Philosoph und Redner, ein witziger Kopf und ein Kenner sein wollte. Sie waren eine gute

Art von Leuten, einfältig von Sitten, emsig, arbeitsam, regelmäßig, Feinde der Pracht und Verschwendung,* leutselig und gastfrei gegen die Fremden, Hässer des Gezwungnen, Spitzfündigen und Übertriebenen in allen Sachen, und aus eben diesem Grunde, Liebhaber des Natürlichen und Gründlichen, welche bei allem mehr auf die Materie als auf die Form sahen, und nicht begreifen konnten, daß eine fein gearbeitete Schüssel aus corinthischem Erz besser sein könne, als eine schlechte aus Silber, oder daß ein Narr liebenswürdig sein könne, weil er artig sei. Sie liebten ihre Freiheit, wie eine Gattin, nicht wie eine Beischläferin, ohne Leidenschaft, und ohne Eifersucht; sie setzten ein billiges Vertrauen in diejenige, denen sie die Vormundschaft über den Staat anvertrauten; aber sie forderten auch, daß man dieses Vertrauen verdiene. Der Geist der Emsigkeit, der dieses achtungswürdige und glückliche Volk beseelte – der unschuldigste und wohltätigste unter allen sublunarischen Geistern, die uns bekannt sind – machte, daß man sich zu Tarent weniger, als in den meisten mittelmäßigen Städten zu geschehen pflegt, um andre bekümmerte; in so fern man sie durch keine gesetzwidrige Tat, oder durch einen beleidigenden Contrast mit ihren Sitten ärgerte, konnte jeder leben wie er wollte. Alles dieses zusammengenommen, machte, wie uns deucht, eine sehr gute Art von republicanischem Character; und Agathon hätte schwerlich einen Freistaat finden können, welcher geschickter gewesen wäre, seinen gegen dieselbe gefaßten Widerwillen zu besänftigen. Ohne Zweifel hatte dieses Volk auch seine Fehler, wie alle andre; aber der weise Archytas, unter welchem der National-Character

* Der Character, der hier den Tarentinern gegeben wird, macht einen starken Absatz mit demjenigen, den sie zu den Zeiten des Königs Pyrrhus hatten, und bis zum Untergang ihrer Freiheit behielten; allein es ist zu bemerken, daß Archytas und Pyrrhus wenigstens 80 Jahre von einander entfernt sind.

der Tarentiner erst eine gesetzte und feste Gestalt gewonnen hatte, wußte diejenige Art derselben, welche man die Temperaments-Fehler eines Volks nennen kann, so klüglich zu behandeln, daß sie durch die Vermischung mit ihren Tugenden, beinahe aufhörten, Fehler zu sein – – eine notwendige und vielleicht die größeste Kunst eines Gesetzgebers, deren genauere Untersuchung und Analyse wir, beiläufig, denenjenigen empfohlen haben wollen, welche zu der schweren, und vermutlich spätern Zeiten aufbehaltnen, aber möglichen Auflösung eines Problems, welches nur von Lilliputtischen Seelen für schimärisch gehalten wird, der Aufgabe, welche Gesetzgebung unter gegebenen Bedingungen, die beste sei? etwas beizutragen sich berufen fühlen.

Agathon entdeckte beim ersten Blick an die Italischen Ufer, seinen Freund Critolaus, der mit einem Gefolge der edelsten Jünglinge von Tarent ihm entgegengeflogen war, um ihn in einer Art von freundschaftlichem Triumph in eine Stadt einzuführen, welche sich's zur Ehre rechnete, von einem Manne wie Agathon, vor andern zu seinem Aufenthalt erwählt zu werden. Die angenehme Luft dieser von einem günstigen Himmel umflossenen Ufer, der Anblick eines der schönsten Länder unter der Sonne, und der noch süßere Anblick eines Freundes, von dem er bis zur Schwärmerei geliebt wurde, machten unsern Helden in einem einzigen Augenblick alles Ungemach vergessen, das er in Sicilien und in seinem ganzen Leben ausgestanden hatte. Ein frohes ahnendes Erwarten der Glückseligkeit, die in diesem zum erstenmal betretenen Lande auf ihn wartete, verbreitete eine Art von angenehmer Empfindung durch sein ganzes Wesen, welche sich nicht beschreiben läßt. Die unbestimmte Wollust, welche alle seine Sinnen zugleich einzunehmen schien, war nicht dieses seltsame zauberische Gefühl, womit ihn die Schönheiten der Natur und die Empfindung ihrer reinsten Triebe, in seiner Jugend durchdrungen hatte – dieses Gefühl, diese Blüte der Empfindlichkeit, diese zärtliche Sympathie mit allem was lebt oder zu leben scheint; dieser Geist der Freude, der uns aus allen Gegenständen entgegenatmet; dieser magische Firniß der sie überzieht, und uns über einem Anblick, von dem wir zehn Jahre später kaum noch flüchtig gerührt werden, in stillem Entzücken zerfließen macht – dieses beneidenswürdige Vorrecht der ersten Jugend verliert sich mit dem Anwachs unsrer Jahre unvermerkt, und kann nicht wieder gefunden werden; aber es war etwas, das ihm ähnlich war; seine Seele schien dadurch wie von allen verdüsternden Flecken seines unmittelbar vorhergehenden Zustandes ausgewaschen, und zu den zärtlichen Eindrücken vorbereitet zu werden, welche sie in dieser neuen Periode seines Lebens bekommen sollte.

Eine seiner glückseligsten Stunden, (wie er in der Folge öfters zu versichern pflegte) war diejenige, worin er die persönliche Bekanntschaft des Archytas machte. Dieser ehrwürdige Greis hatte der Natur und der Mäßigung, welche von seiner Jugend an ein unterscheidender Zug seines Characters gewesen war, den Vorteil einer Lebhaftigkeit aller Kräfte zu danken, welche in seinem Alter etwas seltnes ist, aber bei den alten Griechen lange nicht so selten war, als bei den meisten Europäischen Völkern unsrer Zeit, bei denen es zur Gewohnheit zu werden angefangen hat, die erste Hälfte des Lebens so unbesonnen zu verschwenden, daß man in der andern die geheimsten Kräfte der Arznei-Kunst zu Hülfe rufen muß, um einen schmachtenden Mittelstand von Sein und Nichtsein, von einem Tag zum andern erbettelter Weise fortschleppen zu können. So erkaltet als die Einbildungs-Kraft unsers Helden war, so konnte er doch nicht anders als etwas idealisches in dem Gemische von Majestät und Anmut, welches über die ganze Person dieses liebenswürdigen Alten ausgebreitet war, zu empfinden – – und es desto stärker zu empfinden, je stärker der Absatz war, den dieser Anblick mit allem demjenigen machte, woran sich seine Augen seit geraumer Zeit hatten gewöhnen müssen – – Und warum konnte er nicht anders? Die Ursache ist ganz simpel; weil dieses idealische nicht in seinem Gehirne, sondern in dem Gegenstande selbst war. Stellet euch einen großen stattlichen Mann vor, dessen Ansehen beim ersten Blick ankündiget, daß er dazu gemacht ist, andre zu regieren, und dem ihr ungeachtet seiner silbernen Haare noch ganz wohl ansehen könnet, daß er vor fünfzig Jahren ein schöner Mann gewesen ist – – Ihr erinnert euch ohne Zweifel dergleichen gesehen zu haben; aber das ist es noch nicht – Stellet euch vor, daß dieser Mann in dem ganzen Laufe seines Lebens ein tugendhafter Mann gewesen ist; daß eine lange Reihe von Jahren seine Tugend zu Weisheit gereift hat; daß die unbewölkte Heiterkeit seiner Seele, die Ruhe seines Herzens, die allgemeine Güte wovon es beseelt ist, das stille Bewußtsein eines unschuldigen und mit guten Taten erfüllten Lebens, sich in seinen Augen und in seiner ganzen Gesichts-Bildung mit einer Wahrheit, mit einem Ausdruck von stiller Größe und Würdigkeit abmalt, dessen Macht man fühlen muß, man wolle oder nicht – das ist, was ihr vielleicht noch nicht gesehen habt – das ist das idealische, das ich meinte; und das war es was Agathon sah – Ihr erinnert euch doch der guten alten Frau Shirley? – welche ich, für meinen Teil, so reizend und selbst idealisch auch immer die Henrietten Byrons, und ihre Rivalinnen sind, dennoch in gewissen Stunden einem ganzen Serail von Henrietten, Clementinen und Emilien, (die Charlotten, Olivien und alle andern Göttinnen von dieser Art, zusamt der schönen Magellone, mit eingerechnet,) vorziehen wollte – Gut; ein Gemälde von dieser nämlichen alten Frau, von der Hand eines van

Dyk, (wenn es noch einen van Dyk gäbe) würde ein Cabinetstück machen, um welches ich alle Liebes-Göttinnen und Grazien der Vanloos und Bouchers, so wenig ich sonst ein Feind von ihnen wäre, mit Freuden geben würde. Archytas, von der Hand eines Apelles (wenn zu seiner Zeit ein Apelles gewesen wäre) würde das Gegenbild davon sein. Agathon hatte nichts nötig, als ihn anzusehen, um überzeugt zu sein, daß er endlich gefunden habe, was er so oft gewünscht, aber noch nie gefunden zu haben geglaubt hatte, ohne daß er in der Folge auf eine oder die andere Art seines Irrtums überführt worden wäre – – einen wahrhaftig weisen Mann, einen Mann, der nichts zu sein scheinen wollte, als was er würklich war, und an welchem das scharfsichtigste Auge nichts entdecken konnte, das man anders hätte wünschen mögen. Die Natur schien sich vorgesetzt zu haben, durch ihn zu beweisen, daß die Weisheit nicht weniger ein Geschenke von ihr sei, als der Genie; und daß, wofern es gleich der Kunst nicht unmöglich ist, ein schlimmes Naturell zu verbessern, und aus einem Silen, so der Himmel will, einen Socrates zu machen, (ein Triumph, den die Kunst gleichwohl sehr selten davon trägt,) es dennoch der Natur allein zukomme, diese glückliche Temperatur der Elemente, woraus der Mensch zusammengesetzt ist, hervorzubringen, welche, unter einem Zusammenfluß eben so glücklicher Umstände, endlich zu dieser vollkommnen Harmonie aller Kräfte und Bewegungen des Menschen, worin Weisheit und Tugend in Einem Punct zusammenfließen, erhöht werden kann. Archytas hatte niemalen weder eine glühende Einbildungs-Kraft, noch heftige Leidenschaften gehabt; eine gewisse Stärke, welche den Mechanismus seines Kopfs und seines Herzens characterisierte, hatte von seiner Jugend an die Würkung der Gegenstände auf seine Seele gemäßiget; die Eindrücke, die er von ihnen bekam, waren deutlich und nett genug, um seinen Verstand mit wahren Bildern zu erfüllen, und die Verwirrung zu verhindern, welche in dem Gehirne derjenigen zu herrschen pflegt, deren allzuschlaffe Fibern nur schwache und matte Eindrücke von den Gegenständen empfangen; aber sie waren nicht so lebhaft und von keiner so starken Erschütterung begleitet, wie bei denjenigen, welche, durch zärtlichere Werkzeuge und reizbarere Sinnen zu den enthusiastischen Künsten der Musen bestimmet, den zweideutigen Vorzug einer zauberischen Einbildungs-Kraft und eines unendlich empfindlichen Herzens durch die Tyrannie der Leidenschaften, der sie, mehr oder weniger, unterworfen sind, teuer genug bezahlen müssen. Archytas hatte es dem Mangel dieses eben so schimmernden, als wenig beneidenswerten Vorzugs zu danken, daß er wenig Mühe hatte, Ruhe und Ordnung in seiner innerlichen Verfassung zu erhalten; daß er anstatt von seinen Ideen und Empfindungen beherrscht zu werden, allezeit Meister von ihnen blieb, und die Verirrungen des Geistes und des Herzens nur aus der Erfahrung andrer kannte, von denen das schwärmerische Volk der Helden, Dichter und Virtuosen aller Arten aus seiner eigenen sprechen kann. Und daher kam es auch, daß die Pythagoräische Philosophie, in deren Grundsätzen er erzogen worden war – eben diese Philosophie, welche in dem Gehirne so vieler andrer zu einem seltsamen Gemische von Wahrheit und Träumerei wurde, – sich durch Nachdenken und Erfahrung in dem seinigen zu einem System von eben so simpeln, als fruchtbaren und practischen Begriffen ausbildete; zu einem System, welches der Wahrheit näher zu kommen scheint, als irgend ein anders; welches die menschliche Natur veredelt, ohne sie aufzublähen, und ihr Aussichten in bessere Welten eröffnet, ohne sie fremd und unbrauchbar in der gegenwärtigen zu machen; welches durch das Erhabenste und Beste, was unsre Seele von Gott, von

dem Welt-System, und von ihrer eigenen Natur und Bestimmung zu denken fähig ist, ihre Leidenschaften reiniget und mäßiget, ihre Gesinnungen verschönert, und (was kein so kleiner Vorteil ist, als neunhundert und neun und neunzig Menschen unter tausenden sich einbilden,) sie von der tyrannischen Herrschaft dieser pöbelhaften Begriffe befreiet, welche die Seele verunstalten, sie klein, niederträchtig, furchtsam, falsch und sclavenmäßig machen; jede edle Neigung, jeden großen Gedanken abschrecken und ersticken, und doch darum nicht weniger von politischen und religiosen Demagogen unter dem größten Teile des menschlichen Geschlechts, aus Absichten, woraus diese Herren billig ein Geheimnis machen, eifrigst unterhalten werden.
Die zuverlässigste Probe über die Güte der Philosophie des weisen Archytas ist, wie uns deucht, der moralische Character, den ihm das einstimmige Zeugnis der Alten beilegt. Diese Probe, es ist wahr, geht bei einem System von metaphysischen Speculationen nicht an; aber die Philosophie des Archytas war ganz practisch. Das Exempel so vieler großer Geister, welche in der Bestrebung, über die Grenzen des menschlichen Verstandes hinauszugehen, verunglückt waren, hätte ihn in diesem Stücke vielleicht nicht weiser gemacht, wenn er mehr Eitelkeit und weniger kaltes Blut gehabt hätte; aber so wie er war, überließ er diese Art von Speculationen seinem Freunde Plato, und schränkte seine Nachforschungen über die bloß intellectualischen Gegenstände lediglich auf diese einfältigen Wahrheiten ein, welche das allgemeine Gefühl erreichen kann, welche die Vernunft bekräftiget, und deren wohltätiger Einfluß auf den Wohlstand unsers Privat-Systems so wohl als auf das allgemeine Beste allein schon genugsam ist, ihren Wert zu beweisen. Es läßt sich also ganz sicher von dem Leben eines solchen Mannes auf die Güte seiner Denkens-Art schließen. Archytas verband alle häuslichen und bürgerlichen

Tugenden, mit dieser schönsten und göttlichsten unter allen, welche sich auf keine andre Beziehung gründet, als das allgemeine Band, womit die Natur alle Wesen verknüpft. Er hatte das seltene Glück, daß die untadeliche Unschuld seines öffentlichen und Privat-Lebens, die Bescheidenheit, wodurch er den Glanz so vieler Verdienste zu mildern wußte, und die Mäßigung, womit er sich seines Ansehens bediente, endlich so gar den Neid entwaffnete, und ihm die Herzen seiner Mitbürger so gänzlich gewanne, daß er (ungeachtet er sich seines hohen Alters wegen von den Geschäften zurückgezogen hatte) bis an sein Ende als die Seele des Staats und der Vater des Vaterlands angesehen wurde, und in dieser Qualität eine Autorität beibehielt, welcher nur die äußerlichen Zeichen der königlichen Würde fehlten. Niemals hat ein Despot unumschränkter über die Leiber seiner Sclaven geherrschet, als dieser ehrwürdige Greis über die Herzen eines freien Volkes; niemals ist der beste Vater von seinen Kindern zärtlicher geliebt worden. Glückliches Volk! welches von einem Archytas regiert wurde, und den ganzen Wert dieses Glücks so wohl zu schätzen wußte! – Und glücklicher Agathon, der in einem solchen Mann einen Beschützer, einen Freund, und einen zweiten Vater fand.

Drittes Capitel

Eine unverhoffte Entdeckung

Archytas hatte zwei Söhne, deren wetteifernde Tugend die seltene und verdiente Glückseligkeit seines Alters vollkommen machte. Diese liebenswürdige Familie lebte in einer Harmonie beisammen, deren Anblick unsern Helden in die selige Einfalt und Unschuld des goldnen Alters versetzte. Niemals hatte er eine so schöne Ordnung, eine so vollkommne Eintracht, ein so regelmäßiges und schönes Ganzes gesehen, als das Haus des weisen Archytas darstellte. Alle Hausgenossen, bis auf die unterste Classe der Bedienten, waren eines solchen Hausvaters würdig. Jedes schien für den Platz, den es einnahm, ausdrücklich gemacht zu sein. Archytas hatte keine Sclaven; der freie, aber sittsame Anstand seiner Bedienten, die Munterkeit, die Genauigkeit, der Wetteifer, womit sie ihre Pflichten erfüllten, das Vertrauen, welches man auf sie setzte, bewies, daß er Mittel gefunden hatte, selbst diesen rohen und mechanischen Seelen ein Gefühl von Ehre und Tugend einzuflößen; die Art wie sie dienten, und die Art, wie ihnen begegnet wurde, schien das unedle und demütigende ihres Standes auszulöschen; sie waren stolz darauf, einem so vortrefflichen Herrn zu dienen, und es war nicht einer, der die Freiheit auch unter den vorteilhaftesten Bedingungen angenommen hätte, wenn er der Glückseligkeit hätte entsagen müssen, ein Hausgenosse des Archytas zu sein. Das Vergnügen mit seinem Zustande leuchtete aus jedem Gesicht hervor; aber keine Spur dieses üppigen Übermuts, der gemeiniglich den müßiggängerischen Haufen der Bedienten in großen Häusern bezeichnet; alles war in Bewegung; aber ohne dieses lärmende Geräusch, welches den schweren Gang der Maschine ankündiget; das Haus des Archytas glich dem inwendigen Mechanismus des animalischen Körpers, in welchem alles in rastloser Arbeit begriffen ist, ohne daß man eine Bewegung wahrnimmt, wenn die äußern Teile ruhen.

Agathon befand sich noch in diesem angenehmen Erstaunen, welches in den ersten Stunden, die er in einem so sonderbaren Hause zubrachte, sich mit jedem Augenblick vermehren mußte, als er auf einmal, und ohne daß ihn die mindeste innerliche Ahnung dazu vorbereitet hätte, durch eine Entdeckung überrascht wurde, welche ihn beinahe dahin gebracht hätte, alles was er sah, für einen Traum zu halten.

Das Gynäceum war, wie man weiß, bei den Griechen den Fremden, welche in einem Hause aufgenommen wurden, ordentlicher Weise, eben so unzugangbar als der Harem bei den Morgenländern. Aber Agathon wurde in dem Hause des Archytas nicht wie ein Fremder behandelt. Dieser liebenswürdige Alte führte ihn also, nachdem sie sich ein paar Stunden, welche unserm Helden sehr kurz wurden, mit einander besprochen hatten, in Begleitung seiner beiden Söhne in das Innerste des Hauses, welches von dem weiblichen Teil der Familie bewohnt wurde; um, wie er sagte, seinen Töchtern ein Vergnügen, worauf sie sich schon so lange gefreuet hätten, nicht länger vorzuenthalten. Stellet euch vor, was für eine süße Bestürzung ihn befiel, da die erste Person, die ihm beim Eintritt in die Augen fiel, seine Psyche war! – Augenblicke von dieser Art lassen sich besser malen, als beschreiben – diese Erscheinung war so unerwartet, daß sein erster Gedanke war, sich durch eine zufällige Ähnlichkeit dieser jungen Dame mit seiner geliebten Psyche betrogen zu glauben. Er stutzte; er betrachtete sie von neuem; und wenn er nunmehr auch seinen Augen nicht hätte trauen wollen, so ließ ihm das, was in seinem Herzen vorging, keinen Zweifel übrig. Und doch kam es ihm so wenig glaublich vor, daß er glücklich genug sein sollte, nach einer so langen Abwesenheit und bei so wenigem Anschein, sie jemals wieder zu sehen, sie in dem Gynäceo seiner Freunde zu Tarent wieder zu finden! Ein andrer Gedanke, der in diesen Umständen sehr natürlich war, vermehrte seine Verwirrung, und hielt ihn zurück, sich der Freude zu überlassen, welche ein eben so erwünschter als wenig verhoffter Anblick über seine Seele ergoß. Psyche sah nicht so aus, als ob sie eine Sclavin in diesem Hause vorstelle; was konnte er also anders denken, als daß sie die Gemahlin eines von den Söhnen des Archytas sein müßte? Es ist wahr, er hätte eben so wohl denken können, daß sie seine wiedergefundene Tochter sein könnte; aber in solchen Umständen bildet man sich immer das ein, was man am meisten fürchtet. In der Tat erriet er die Sache aufs erstemal; Psyche war seit einigen Monaten die Gemahlin des Critolaus.

Unsere Leser sehen nun auf den ersten Blick, was für schöne Gelegenheit zu pathetischen Beschreibungen und tragischen Auftritten uns dieser kleine Umstand gibt – – was für eine Situation! Den Gegenstand der zärtlichsten Neigung seines Herzens, seine erste Liebe, nach einer langen schmerzlichen Trennung unverhofft wieder finden, aber nur dazu wieder finden, um sie in den Armen eines andern, und was uns nicht einmal das Recht zu klagen, zu wüten und Rache zu schnauben übrig läßt, in den Armen unsers liebsten Freundes zu sehen! – – Zu gutem Glück für unsern Helden – – und für den Autor – – waren diejenigen, welche in diesem Augenblick Zeugen von seiner Bestürzung waren, keine so passionierte Liebhaber pathetischer Auftritte, daß sie hätten fähig sein können, an seiner Qual Vergnügen zu finden. Sie wollten sich ein Vergnügen daraus machen, ihn zu überraschen; aber es würde grausam gewesen sein, eine Tragödie mit ihm zu spielen, so glücklich auch am Ende die Entwicklung immer hätte sein mögen. Die zärtliche Psyche sah etliche Augenblicke seiner Verwirrung zu; aber länger konnte sie sich nicht zurückhalten. Sie flog ihm mit offnen Armen entgegen, und indem ihre Freuden-Tränen seine glühende Wangen betauten, hörte er sich mit einem Namen benennen, der ihre zärtlichste Liebkosungen selbst in Gegenwart eines Gemahls rechtfertigte.

Wäre die Liebe, welche sie ihm in dem Hain zu Delphi eingeflößt hatte, weniger platonisch gewesen, so würde die Entdeckung einer Schwester in der Geliebten seines Herzens nicht so erfreulich gewesen sein, als sie ihm war. Aber man erinnert sich noch, daß ihre Liebe, so ausnehmend zärtlich sie auch gewesen war, doch mehr der Liebe, welche die Natur zwischen Geschwistern von übereinstimmender Gemüts-Art stiftet, als derjenigen geglichen hatte, welche sich auf die Zauberei eines andern Instincts gründet, von dessen fiebrischen Symptomen die ihrige allezeit frei geblieben war. Sie hatten damals schon ein sonderbares Vergnügen daran gefunden, sich einzubilden, daß ihre Seelen wenigstens einander verschwistert seien, da sie nicht Grund genug hatten, so sehr sie es auch wünschten, die unschuldige Anmutung, welche sie für einander fühlten, der Würkung der Sympathie des Blutes zu zuschreiben. Agathon befand sich also über alles was er hätte wünschen können, glücklich, da er, nach den Erläuterungen, welche ihm gegeben wurden, nicht mehr zweifeln konnte, in Psyche eine Schwester, welche er nach der ehmaligen Erzählung seines Vaters für tot gehalten hatte, wieder zu finden, und durch sie ein Teil einer Familie zu werden, für welche sein Herz bereits so eingenommen war, daß der Gedanke sich jemals wieder von ihr zu trennen, ihm unerträglich gewesen sein würde. Nun meine zärtlichen Leserinnen, mangelte ihm, um so glückselig zu sein, als es Sterbliche sein können, nichts als daß Archytas – nicht irgend eine liebenswürdige Tochter oder Nichte hatte, mit der wir ihn vermählen könnten. Aber unglücklicher Weise für ihn hatte Archytas keine Tochter; und wofern er Nichten hatte, welches wir nicht für gewiß sagen können, so waren sie entweder schon verheiratet, oder nicht dazu gemacht, das Bild der schönen Danae, und die Erinnerungen seiner ehmaligen Glückseligkeit, welche von Tag zu Tag wieder lebhafter in seinem Gemüte wurden, auszulöschen.

Diese Erinnerungen hatten schon zu Syracus in melancholischen Stunden wieder angefangen einige Gewalt über sein Herz zu bekommen; der Gram, wovon seine Seele in der letzten Periode seines Hof-Lebens, ganz verdüstert und niedergeschlagen wurde, veranlaßte ihn, Vergleichungen zwischen seinem vormaligen und nunmehrigen Zustande anzustellen, welche unmöglich anders als zum Vorteil des ersten ausfallen konnten. Er machte sich selbst Vorwürfe, daß er das liebenswürdigste unter allen Geschöpfen, in einem Anstoß von schwärmerischem Heldentum, aus so schlechten Ursachen, auf die bloße Anklage eines so verächtlichen Menschen als Hippias, über welche sie sich vielleicht, wenn er sie gehört hätte, vollkommen hätte rechtfertigen können, verlassen habe. Diese Tat, auf welche er sich damals, da er sie für einen herrlichen Sieg über die unedlere Hälfte seiner selbst, für ein großes Versöhn-Opfer, welches er der beleidigten Tugend brachte, ansah, so viel zu gut getan hatte, schien ihm izt undankbar und niederträchtig; es schmerzte ihn, wenn er dachte, wie glücklich er durch die Verbindung seines Schicksals mit dem ihrigen hätte werden können; und der Enthusiasmus gewann nichts dabei, wenn er zugleich dachte, durch was für schimärische Vorstellungen und Hoffnungen er ihn um seine Privat-Glückseligkeit gebracht habe. Aber der Gedanke, daß er durch ein so schnödes Verfahren die schöne Danae gezwungen habe, ihn zu verachten, zu hassen, sich der Zärtlichkeit, die er ihr eingeflößt, niemals anders als wie einer unglücklichen Schwachheit zu erinnern, deren Andenken sie mit Gram und Reue erfüllen mußte – dieser Gedanke war ihm ganz unerträglich; Danae, so sehr sie auch beleidigt war, konnte ihn unmöglich so sehr verabscheuen, als er in den Stunden, da diese Vorstellungen seine Vernunft überwältigten, sich selbst verabscheuete. Allein diese Stunden gingen endlich vorüber, und das ungeduldige Gefühl der gegenwärtigen Übel trug nicht wenig dazu bei, ihm die Ursachen und Umstände seiner Entfernung von

Smyrna in einem so splenetischen Lichte vorzustellen. Die glückliche Veränderung, welche die Versetzung in den Schoß der liebenswürdigsten Familie, die vielleicht jemals gewesen ist, in seinen Umständen hervorbrachte, veränderte notwendiger Weise auch die Farbe seiner Einbildungs-Kraft. Hätte er Danae nicht verlassen, so würde er weder seine Schwester gefunden, noch mit dem weisen Archytas persönlich bekannt worden sein. Diese Folgen seiner tugendhaften Untreue machten den Wunsch, sie nicht begangen zu haben, unmöglich; aber sie beförderten dagegen einen andern, der in den Umständen, worin er zu Tarent lebte, sehr natürlich war. Die heitre Stille, welche in seinem ohnehin zur Freude aufgelegten Gemüt in kurzem wieder hergestellt wurde; die Freiheit von allen Geschäften und Sorgen; der Genuß alles dessen, womit die Freundschaft ein gefühlvolles Herz beseligen kann; der Anblick der Glückseligkeit seines Freundes Critolaus, welche im Besitz der liebenswürdigen Psyche alle Tage zu zunehmen schien; der Mangel an Zerstreuungen, wodurch die Seele verhindert wird, sich in die Sphäre ihrer angenehmsten Ideen und Empfindungen zu concentrieren; die natürliche Folge hievon, daß diese Ideen und Empfindungen desto lebhafter werden müssen – alles dieses vereinigte sich, ihn nach und nach wieder in Dispositionen zu setzen, welche die zärtlichste Erinnerungen an die einst so sehr geliebte Danae erweckten, und ihn von Zeit zu Zeit in eine Art von sanfter wollüstiger Melancholie setzten, worin sein Herz sich ohne Widerstand in diese zauberischen Scenen von Liebe und Wonne zurückführen ließ, welche – – aus Ursachen, die wir den Moralisten zu entwickeln überlassen wollen – – durch die in seiner Seele vorgegangene Revolution ungleich weniger von ihrem Reiz verloren hatten, als die abstractern und bloß intellectualischen Gegenstände seines ehmaligen Enthusiasmus. Können wir ihn verdenken, daß er in solchen Stunden die schöne Danae unschuldig zu finden wünschte – – daß er dieses so oft und so lebhaft wünschte, bis er sich endlich überredete, sie für unschuldig zu halten – – und daß die Unmöglichkeit, ein Gut wieder zu erlangen, dessen er sich selbst so leichtglaubig und auf eine so verhaßte Art beraubt hatte, ihn zuweilen in eine Traurigkeit versenkte, die ihm den Geschmack seiner gegenwärtigen Glückseligkeit verbitterte, und sich nur desto tiefer in sein Gemüt eingrub, weil er sich nicht entschließen konnte, sein Anliegen denjenigen anzuvertrauen, denen er, diesen einzigen Winkel ausgenommen, das Innerste seiner Seele aufzuschließen pflegte – – Wohin uns diese Vorbereitung wohl führen soll? – – werden vielleicht einige von unsern scharfsinnigen Lesern denken – – ohne Zweifel wird man uns nun auch die Dame Danae von irgend einem dienstwilligen Sturmwind herbeiführen lassen, nachdem uns, ohne zu wissen, wie? das gute Mädchen Psyche, durch einen wahren Schlag mit der Zauberrute, aus dem Gynäceo des alten Archytas entgegengesprungen ist – – »Und warum nicht? – – nachdem wir nun einmal wissen, wie glücklich wir unsern Freund Agathon dadurch machen könnten« – Aber wo bleibt alsdann das Vergnügen der Überraschung, welches andre Autoren ihren Lesern mit so vieler Mühe und Kunst zu zuwenden pflegen. Es bleibt aus, meine Herren; und Diderot kann Ihnen, wenn Sie wollen, sagen, warum Sie wenig oder nichts dabei verlieren werden. Inzwischen ist uns lieb, erinnert worden zu sein, daß wir Ihnen einige Nachricht schuldig sind, wie Psyche (welche wir, in einen Ganymed verkleidet, in den Händen eines Seeräubers verlassen hatten,) dazu gekommen sei, die Gemahlin des Critolaus und die Schwester Agathons zu werden. Ein kurzer Auszug aus der Erzählung, welche dem Agathon teils von seiner Schwester selbst, teils von ihrer Amme gemacht wurde, (und die letzte hatte den Fehler, ein wenig weitläufiger in ihren Erzählungen zu sein, als wir selbst,) wird hinlänglich sein, dero gerechte Wissens-Begierde über diesen Punct zu befriedigen.

Ein heftiger Sturm ist ein sehr unglücklicher Zufall für Leute, die sich mitten auf der offenen See, nur durch die Dicke eines Brettes von einem feuchten Tode geschieden finden; aber für die Geschichtschreiber der Helden und Heldinnen ist es beinahe der glücklichste unter allen Zufällen, welche man herbeibringen kann, um sich aus einer Schwierigkeit herauszuhelfen. Es war also ein Sturm, (und Sie haben sich nicht darüber zu beschweren, meine Herren, denn es ist, unsers Wissens, der erste in dieser Geschichte,) der die liebenswürdige Psyche aus der fürchterlichen Gewalt eines verliebten Seeräubers rettete. Das Schiff scheiterte an der Italiänischen Küste, einige Meilen von Capua; und Psyche, von den Nereiden oder Liebes-Göttern beschirmt, war die einzige Person auf dem Schiffe, welche auf einem Brette glücklich von den Zephyrn ans Land getragen wurde. Die Zephyrn allein wären hiezu vielleicht nicht hinreichend gewesen; aber mit Hülfe einiger Fischer, welche glücklicher Weise bei der Hand waren, hatte die Sache keine Schwierigkeit. Das war nun alles sehr glücklich; aber es ist nichts in Vergleichung mit dem, was nun folgen wird. Einer von den Fischern (der mitleidigste ohne Zweifel) führte die verkleidete Psyche, welche sehr vonnöten hatte, sich zu trocknen, und von dem ausgestandenen Ungemach zu erholen, zu seinem Weib in seine Hütte. Die Fischerin, (eine hübsche, dicke Frau von drei oder vier und vierzig Jahren) welche die Mine hatte, in ihrer Jugend kein unempfindliches Herz gehabt zu haben, bezeugte ungemeines Mitleiden mit dem Unglück eines so liebenswürdigen jungen Herrn, als die schöne Psyche zu sein schien; sie pflegte seiner, so gut es nur immer möglich war, und konnte sich nicht satt an ihm sehen. Es war ihr immer, sagte sie, als ob sie schon einmal ein solches Gesicht gesehen hätte, wie das seinige; und sie konnte es kaum erwarten, bis der schöne Fremdling im Stande war, nach eingeführter Gewohnheit, seine Geschichte zu erzählen. Aber Psyche hatte der Ruhe vonnöten; sie wurde also zu Bette gebracht; und bei dieser Gelegenheit entdeckte die Fischerin, welche auf die kleinsten Umstände aufmerksam war, daß der vermeinte Jüngling ein überaus schönes Mädchen – – aber doch nicht mehr so schön war, als sie in ihren Manns-Kleidern ausgesehen hatte. Es war natürlich, über diese Verwandlung im ersten Augenblick ein wenig mißvergnügt zu sein; aber dieser kleine vorübergehende Unmut verwandelte sich bald in die lebhafteste und zärtlichste Freude – kurz, es entdeckte sich, daß die Fischerin Clonarion, die Amme der schönen Psyche war, welche, mit Hülfe dieses Namens, ihrer geliebten Amme sich wieder eben so gut zu erinnern glaubte, als diese aus den Gesichts-Zügen der Psyche, aus ihrer Ähnlichkeit mit ihrer Mutter, Musarion, und besonders aus einem kleinen Mal, welches sie unter der linken Brust hatte, ihre allerliebste Pflegtochter erkannte. Clonarion war die vertrauteste Sclavin der Mutter unsrer Heldin gewesen, und ihrer Pflege wurde nach dem Tode derselben die kleine Psyche, oder Philoclea, wie sie eigentlich hieß, anvertraut; denn Psyche war nur ein Liebkosungs-Name, den ihr ihre Amme aus Zärtlichkeit gab, und welchen die kleine Philoclea, weil sie sich niemals anders als Psyche oder Psycharion nennen gehört hatte, in der Folge als ihren würklichen Namen angab. Stratonicus hatte der Clonarion mit der noch unmündigen Psyche eine hinlängliche Summe Gelds übergeben, und befohlen, sie in der Nähe von Corinth zu erziehen, weil er dort die beste Gelegenheit hatte, sie von Zeit zu Zeit unerkannt zu sehen. Die junge Psyche, die Freude und der Stolz ihrer zärtlichen Amme, von der sie wie ihr eigenes Kind geliebet wurde, wuchs so schön heran, daß man nichts liebenswürdigers sehen konnte. Die Hoffnung des Gewinsts reizte endlich einige Bösewichter, sie, da sie ungefähr fünf bis sechs Jahre alt war, heimlich wegzustehlen, und an die Priesterin zu Delphi zu verkaufen. Ein Halsgeschmeide, woran ein kleines Bildnis ihrer Mutter hing, und womit die junge Psyche allezeit geschmückt zu sein pflegte, wurde zugleich mit ihr verkauft, und diente in der Folge zur Bestätigung, daß sie würklich die Tochter des Stratonicus sei. Clonarion raufte sich einen guten Teil ihrer Haare aus, da sie ihre Psyche vermißte; und nachdem sie eine ziemliche Zeit zugebracht hatte, sie allenthalben (außer da, wo sie würklich war,) zu suchen, wußte sie kein ander Mittel, sich bei ihrem Herrn von der Schuld einer strafbarn Nachlässigkeit entledigen zu können, als vorzugeben, daß sie gestorben sei; und Stratonicus konnte desto leichter hintergangen werden, weil er damals eben in Geschäfte verwickelt war, welche ihn lange Zeit hinderten, nach Corinth zu kommen. Inzwischen hatte die allenthalben herumirrende Clonarion eine Menge Abenteuer, welche sich endlich damit endigten, daß sie die Gattin eines schon ziemlich bejahrten Fischers aus der Gegend von Capua wurde, in dessen Augen sie damals wenigstens so schön als Thetis und Galathea war. Sie hatte ihre geliebte Pflegtochter in so zärtlichem Andenken behalten, daß sie einer Tochter, von der sie selbst entbunden wurde, den Namen Psyche gab, bloß um sich derselben beständig zu erinnern. Der Tod dieses Kindes, der beinahe in eben dem Alter erfolgte, worin Psyche geraubt worden war, riß die alte Wunde wieder auf; und da ihr durch diese Umstände das Bild der jungen Psyche immer gegenwärtig blieb, so hatte sie desto weniger Mühe, sie wieder zu erkennen, ungeachtet vierzehn oder fünfzehn Jahre einige Veränderung in ihren Gesichts-Zügen gemacht haben mußten. Unsre Heldin vermehrte also nunmehr die kleine Familie des alten Fischers, welcher seinen Aufenthalt veränderte, und in die Gegend von Tarent zog, wo er sie, weil sie alle unbekannt waren, für seine Tochter ausgeben konnte. Psyche bequemte sich so gut in die schlechten Umstände, worin sie bei ihrer Pflegmutter leben mußte, als ob sie niemals in bessern gelebt hätte, und ließ sich nichts angelegner sein, als ihr durch emsiges Arbeiten die Last ihres Unterhalts zu erleichtern. Endlich fügte es sich zufälliger Weise, daß der junge Critolaus unsre Heldin zu Gesicht bekam, welche in ihrem bäurischen, aber reinlichen Anzug, und mit frischen Blumen geschmückt, demjenigen, dem sie in einem Haine begegnete, eher eine von den Gespielen der Diana, als die Tochter eines armen Fischers scheinen mußte. Critolaus faßte die heftigste Leidenschaft für sie; weil seine Liebe eben so tugendhaft, als zärtlich war, so brachte er bald die mitleidige Clonarion auf seine Seite; und da Psyche selbst nunmehr wußte, daß Agathon ihr Bruder sei, so war kein Grund, warum sie gegen die Zuneigung eines so liebenswürdigen jungen Menschen unempfindlich hätte sein sollen. In der Tat war Critolaus in mehrern Absichten der zweite Agathon; allein die Umstände ließen so wenig Hoffnung zu, daß eine rechtmäßige Verbindung zwischen ihnen möglich sein könnte, daß Psyche sich verbunden hielt, ihm dasjenige, was zu seinem Vorteil in ihrem Herzen vorging, desto sorgfältiger zu verbergen, je entschlossener er war, seiner Liebe alle andre Betrachtungen aufzuopfern. Endlich wußte er sich nicht anders zu helfen, als daß er das Geheimnis seines Herzens demjenigen entdeckte, dessen Beifall er am wenigsten zu erhalten hoffen konnte. Die ganze Beredsamkeit der begeisterten Liebe würde über einen Weisen, wie Archytas war, wenig vermocht haben; aber Critolaus sagte so viel außerordentliches von dem Geist und der Tugend seiner Geliebten, daß sein Vater endlich aufmerksam zu werden anfing. Archytas hatte die Macht des Dämons der Liebe nie erfahren; aber er war menschlich, gütig, und über die gemeine Vorurteile und Absichten erhaben. Ein schönes und tugendhaftes Mädchen war in seinen Augen ein sehr edles Geschöpfe, dessen Wert durch den Schatten der Niedrigkeit und Armut nur desto mehr erhoben wurde. Kaum wurde der junge Critolaus gewahr, daß sein Vater zu wanken anfing; so wagte er's, ihm das Geheimnis der Geburt seiner Geliebten zu entdecken, welches ihm Clonarion, in Hoffnung, daß es gute Folgen haben könnte, ohne Wissen der schönen Psyche vertraut hatte. Archytas, welchem Stratonicus ehmals seine heimliche Verbindung mit Musarion entdeckt hatte, war über diesen Zufall nicht wenig erfreut; er wünschte nichts mehr, als daß diejenige, für welche sein Sohn so heftig eingenommen war, die Tochter seines liebsten Freundes sein möchte; aber er wollte gewiß sein, daß sie es sei; und hiezu schien ihm das bloße Zeugnis eines Fischer-Weibs zu wenig. Er veranstaltete es, daß er Psychen und ihre angebliche Amme selbst zu sehen bekam; er glaubte, in der Gesichtsbildung der ersten einige Züge von ihrem Vater zu entdecken; und die Unterredung, die er mit ihr hatte, bestätigte den günstigen Eindruck, den ihr Anblick auf sein Gemüt gemacht hatte. Er ließ sich ihre Geschichte mit allen Umständen erzählen, und fand nun immer weniger Ursache, an der Wahrheit dessen zu zweifeln, was sein Sohn auf die bloße Aussage der Amme, ohne die mindeste Untersuchung, für die ausgemachteste Wahrheit hielt. Das Halsgeschmeide, welches Psyche in den Händen der Pythia hatte zurücklassen müssen, schien ihm allein noch abzugehen, um ihn gänzlich zu überzeugen. Er schickte deswegen einen seiner Vertrauten nach Delphi ab; und die Pythia, da sie sah, daß ein Mann von solcher Wichtigkeit sich des Schicksals ihrer ehemaligen Sclavin annahm, machte keine Schwierigkeiten, dieses Merkzeichen der Abkunft derselben auszuliefern. Nunmehr glaubte Archytas berechtigt zu sein, Psyche als die Tochter eines Freundes, dessen Andenken ihm teuer war, anzusehen; und nun hatte er selbst nichts angelegners, als sie je eher je lieber in seine Familie zu verpflanzen. Sie wurde also die Gemahlin des glücklichen Critolaus; und diese Verbindung gab natürlicher Weise neue Beweggründe, sich der Befreiung Agathons mit so lebhaftem Eifer anzunehmen, als es, obenerzählter maßen, geschehen war.

Viertes Capitel

Etwas, das man ohne Divination vorhersehen konnte

Agathon hatte zwar viel früher zu leben angefangen, als es gemeiniglich geschieht; aber er war doch noch lange nicht alt genug, um sich von der Welt gänzlich zurückzuziehen. Indessen hielt er sich, nachdem er schon zu zweien malen eine nicht unansehnliche Rolle auf dem Schauplatz des öffentlichen Lebens gespielt, und sie für einen jungen Mann gut genug gespielt hatte, berechtiget, so lange er keinen besondern Beruf erhalten würde, seiner Nation zu dienen, oder so lange sie seiner Dienste nicht schlechterdings vonnöten hätte, sich in den Cirkel des Privat-Lebens zurückzuziehen; und hierin stimmten die Grundsätze des weisen Archytas völlig mit seiner Art zu denken überein. Ein Mann von mehr als gewöhnlicher Fähigkeit, sagte Archytas, hat zu tun genug, an seiner eigenen Besserung und Vervollkommnung zu arbeiten; er ist am geschicktesten zu dieser Beschäftigung, nachdem er durch eine Reihe beträchtlicher Erfahrungen sich selbst und die Welt kennen zu lernen angefangen hat; und indem er solchergestalt an sich selbst arbeitet, arbeitet er würklich für die Welt, indem er dadurch um soviel geschickter wird, seinen Freunden, seinem Vaterland, und den Menschen überhaupt, nützlich zu sein, und es sei nun mit vielem oder wenigem Gepränge, in einem größern oder kleinern Cirkel, auf eine öffentliche oder nicht so merkliche Art, zum allgemeinen Besten des Systems mitzuwürken.

Dieser Maxime zufolge beschäftigte sich Agathon, nachdem er zu Tarent einheimisch zu sein angefangen hatte, hauptsächlich mit den mathematischen Wissenschaften, mit Erforschung der Kräfte und Eigenschaften der natürlichen Dinge, mit der Astronomie, kurz mit demjenigen Teil der speculativen Philosophie, welche uns, mit Hülfe unsrer Sinnen und behutsamer Vernunft-Schlüsse zu einer zwar mangelhaften, aber doch zuverlässigen Erkenntnis der Natur und ihrer majestätisch-einfältigen, weisen und wohltätigen Gesetze führt. Er verband mit diesen erhabenen Studien, worin ihm die Anleitung des Archytas vorzüglich zu statten kam, das Lesen der besten Schriftsteller von allen Classen, insonderheit der Geschichtschreiber, und das Studium des Altertums, welches er, so wie die Verbal-Critik, für eine der edelsten und nützlichsten, oder für eine der nichtswürdigsten Speculationen hielt, je nachdem es auf eine philosophische oder bloß mechanische Art getrieben werde. Nicht selten setzte er diese anstrengenden Beschäftigungen bei Seite, um, wie er sagte, mit den Musen zu scherzen; und der natürliche Schwung seines Genie machte ihm diese Art von Gemüts-Ergötzung so angenehm, daß er Mühe hatte sich wieder von ihr loszureißen. Auch die Malerei und die Musik, die Schwestern der Dichtkunst, deren höhere Theorie sich in den geheimnisvollesten Tiefen der Philosophie verliert, hatten einen Anteil an seinen Stunden, und halfen ihm, das allzueinförmige in den Beschäftigungen seines Geistes, und die schädlichen Folgen, die aus der Einschränkung desselben auf eine einzige Art von Gegenständen entspringen, zu vermeiden.

Die häufigen Unterredungen, welche er mit dem weisen Archytas hatte, trugen viel und vielleicht das Meiste bei, seinen Geist in den tiefsinnigern Speculationen über die metaphysischen Gegenstände, von Abwegen zurückzuhalten. Agathon, welcher ehmals, da alles in seiner Seele zur Empfindung wurde, seinen Beifall zu leicht überraschen ließ; fand izt, seitdem er mit kälterm Blute philosophierte, beinahe alles zweifelhaft; die Zahl der menschlichen Begriffe und Meinungen, welche die Probe einer ruhigen, gleichgültigen und genauen Prüfung aushielten, wurde alle Tage kleiner für ihn; die Systeme der dogmatischen Weisen verschwanden nach und nach, und zerflossen vor den Strahlen der prüfenden Vernunft, wie die Luft-Schlösser und Zauber-Gärten, welche wir zuweilen an Sommer-Morgen im düftigen Gewölke zu sehen glauben, vor der aufgehenden Sonne. Der weise Archytas billigte den bescheidnen Scepticismus seines Freundes; aber indem er ihn von allzukühnen Reisen im Lande der Ideen zu den wenigen einfältigen, aber desto schätzbarern Wahrheiten zurückführte, welche der Leitfaden zu sein scheinen, an welchem uns der allgemeine Vater der Wesen durch diesen Labyrinth des Lebens sicher hindurchführen will – – verwahrte er ihn vor dieser gänzlichen Ungewißheit des Geistes, welche eine eben so große Unentschlossenheit und Mutlosigkeit des Willens nach sich zieht, und dadurch eine Quelle so vieler schädlicher Folgen für die Tugend und Religion, und also für die Ruhe und Glückseligkeit unsers Lebens wird, daß der Zustand des bezaubertesten Enthusiasten dem Zustand eines solchen Weisen vorzuziehen ist, der aus immerwährender Furcht zu irren, sich endlich gar nichts mehr zu bejahen oder zu verneinen getraut. In der Tat gleicht die

Vernunft in diesem Stück ein wenig dem Doctor Peter Rezio von Aguero; sie hat gegen alles, womit unsre Seele genährt werden soll, soviel einzuwenden, daß diese endlich eben sowohl aus Inanition verschmachten müßte, wie die unglücklichen Statthalter der Insel Barataria bei der Diät, wozu sie das verwünschte Stäbchen ihres allzuscrupulosen Leibarztes verurteilte. Das beste ist in diesem Falle, sich wie Sancho zu helfen. Der Instinct und dieses am wenigsten betrügliche Gefühl des Wahren und Guten, welches die Natur allen Menschen zugeteilt hat, können uns am besten sagen, woran wir uns halten sollen; und dahin müssen, früher oder später, die größesten Geister zurückkommen, wenn sie nicht das Schicksal haben wollen, wie die Taube des Altvaters Noah allenthalben herumzuflattern und nirgends Ruhe zu finden.

Bei allen diesen manchfaltigen Beschäftigungen, womit unser ehmaliger Held seine Muße zu seinem eigenen Vorteil erfüllte, blieben ihm doch viele Stunden übrig, welche der Freundschaft und dem geselligen Vergnügen gewidmet waren – – und für seine Ruhe nur allzuviele, in denen eine Art von zärtlicher Schwermut, deren er sich nicht erwehren konnte, seine Seele in die bezauberten Gegenden zurückführte, deren wir im vorigen Capitel schon Erwähnung getan haben. In einer solchen Gemüts-Disposition liebt man vorzüglich den Aufenthalt auf dem Lande, wo man Gelegenheit hat, seinen Gedanken ungestörter nachzuhängen, als unter den Pflichten und Zerstreuungen des geselligern Stadt-Lebens. Agathon zog sich also öfters in ein Landgut zurück, welches sein Bruder Critolaus, ungefähr zwo Stunden von Tarent besaß, und wo er sich in seiner Gesellschaft zuweilen mit der Jagd belustigte. Hier geschah es einsmals, daß sie von einem Ungewitter überrascht wurden, welches wenigstens so heftig war, als dasjenige, wodurch, auf Veranstaltung zwoer Göttinnen, Aeneas und Dido in die nämliche Höhle zusammengescheucht wurden – – Aber da zeigte sich nirgends keine wirtschaftliche Höhle, welche ihnen einigen Schirm angeboten hätte; und das schlimmste war, daß sie sich von ihren Leuten verloren hatten, und eine geraume Zeit nicht wußten, wo sie waren; ein Zufall, der an sich selbst wenig außerordentliches hat, aber wie man sehen wird, eines der glücklichsten Abenteuer veranlassete, das unserm Helden jemals zugestoßen ist. Nachdem sie sich endlich aus dem Walde herausgefunden hatten, erkannte Critolaus die Gegend wieder; aber er sah zugleich, daß sie etliche Stunden weit von Haus entfernt waren. Das Ungewitter wütete noch immer fort, und es fand sich kein näherer Ort, wohin sie ihre Zuflucht nehmen konnten, als ein einsames Landhaus, welches seit mehr als einem Jahr von einer fremden Dame von sehr sonderbarem Character bewohnt wurde. Man vermutete aus einigen Umständen, daß sie die Witwe eines Mannes von Ansehen und Vermögen sein müsse; aber es war bisher unmöglich gewesen, ihren Namen und vorigen Aufenthalt, oder was sie bewogen haben könnte, ihn zu verändern, und in einer gänzlichen Abgeschiedenheit von der Welt zu leben, auszuforschen. Das Gerüchte sagte Wunder von ihrer Schönheit; indessen war doch niemand der sich rühmen konnte, sie gesehen zu haben. Überhaupt hatte man eine Zeit lang vieles und desto mehr von ihr gesprochen, je weniger man wußte; allein da sie fest entschlossen schien, sich nichts darum zu bekümmern; so hatte man endlich auf einmal aufgehört von ihr zu reden, und es der Zeit überlassen, das Geheimnis, das unter dieser Person und ihrer sonderbaren Lebens-Art verborgen sein möchte, zu entdecken. Vielleicht, sagte Critolaus, ist es eine zweite Artemisia, die sich, ihrem Schmerz ungestört nachzuhängen, in dieser Einöde lebendig begraben will. Ich bin schon lange begierig gewesen sie zu sehen; dieser Sturm hoff' ich, soll uns Gelegenheit dazu geben. Sie kann uns eine Zuflucht in ihrem Hause nicht versagen; und wenn wir nur einmal drinnen sind, so wollen wir wohl Mittel finden, vor sie zu kommen, ob wir gleich die ersten in dieser Gegend wären, denen dieses Glück zu Teil würde. Man kann sich leicht vorstellen, daß Agathon, so gleichgültig er auch seit seiner Entfernung von der schönen Danae gegen die Damen war, dennoch begierig werden mußte, eine so außerordentliche Person kennen zu lernen. Sie kamen vor dem äußersten Tor eines Hauses an, welches einem verwünschten Schlosse ähnlicher sah, als einem Landhause in Jonischem oder Corinthischem Geschmacke. Das schlimme Wetter, ihr anhaltendes Bitten, und vielleicht auch ihre gute Mine brachte zuwegen, daß sie eingelassen wurden. Einige alte Sclaven führten sie in einen Saal, wo man sie mit vieler Freundlichkeit nötigte, alle die kleinen Dienste anzunehmen, welche sie in dem Zustande, worin sie waren, nötig hatten. Die Figur dieser Fremden schien die Leute des Hauses in Verwundrung zu setzen, und die Meinung von ihnen zu erwecken, daß es Personen von Bedeutung sein müßten; aber Agathon, dessen Aufmerksamkeit bald durch einige Gemälde angezogen wurde, womit der Saal ausgeziert war, wurde nicht gewahr, daß er von einer Sclavin mit noch weit größerer Aufmerksamkeit betrachtet wurde. Diese Sclavin, (wie Critolaus in der Folge erzählte, denn anfangs hielt er's bloß für eine Würkung der Schönheit unsers Helden) schien einer Person gleich zu sehen, welche nicht weiß, ob sie ihren Augen trauen soll; und nachdem sie ihn einige Minuten mit verschlingenden Blicken angestarrt hatte, verlor sie sich auf einmal aus dem Saal. Sie lief so hastig dem Zimmer ihrer Gebieterin zu, daß sie ganz außer Atem kam. Und wer meinen sie wohl, gnädige Frau, keuchte sie, daß unten im Saal ist? Hat es ihnen ihr Herz nicht schon gesagt? – – Diana sei mir gnädig! Was für ein Zufall das ist! Wer hätte sich das nur im Traum einbilden können? Ich weiß vor Erstaunen nicht wo ich bin – – In der Tat deucht mich, du bist nicht recht bei Sinnen, sagte die Dame ein wenig betroffen; und wer ist denn unten im Saal? – – O! bei den Göttinnen! ich hätte es bei nahe meinen eignen Augen nicht geglaubt – – aber ich erkannte ihn auf den ersten Blick, ob er gleich ein wenig stärker worden ist; es ist nichts gewisser – – er ist es, er ist es! – – Plage mich nicht länger mit deinem geheimnisvollen Galimathias, rief die Dame, immer mehr bestürzt; rede Närrin, wer ist es? – – Aber sie erraten doch auch gar nichts, gnädige Frau – – wer ist es? – – Ich sage ihnen, daß Agathon unten im Saal ist, ja Agathon, es kann nichts gewisser sein – – er selbst, oder sein Geist, eines von beiden unfehlbar, denn die Mutter die ihn geboren hat, kann ihn nicht besser kennen, als ich ihn erkannt habe, sobald er den Mantel von sich warf, worin er anfangs eingewickelt war – – Das gute Mädchen würde noch länger in diesem Ton fortgeplaudert haben, denn ihr Herz überfloß von Freude – – wenn sie nicht auf einmal wahrgenommen hätte, daß ihre Gebieterin ohnmächtig auf ihren Sopha zurückgesunken war. Sie hatte einige Mühe sie wieder zu sich selbst zu bringen; endlich erholte sich die schöne Dame wieder, aber nur, um über sich selbst zu zörnen, daß sie sich so empfindlich fand. Sie machen einem ja ganz bange, Madam, rief die Sclavin – – wenn sie schon bei seinem bloßen Namen in Ohnmacht fallen, wie wird es ihnen erst werden, wenn sie ihn selbst sehen? – – Soll ich gehen, und ihn geschwinde heraufholen? – – Ihn heraufholen? versetzte die Dame; nein wahrhaftig; ich will ihn nicht sehen! – – Sie wollen ihn nicht sehen, Madam? Was für ein Einfall! Aber es kann nicht ihr Ernst sein! O! wenn sie ihn nur sehen sollten – – er ist so schön – – so schön als er noch nie gewesen ist, deucht mich; ich hätte ihn mit den Augen aufessen mögen; sie müssen ihn sehen, Madam – – das wäre ja unverantwortlich, wenn sie ihn wieder fortgehen lassen wollten, ohne daß er sie gesehen hätte – – wofür hätten sie sich dann – – Schweige, nichts weiter, rief die Dame; verlaß mich – – aber untersteh dich nicht wieder in den Saal hinunter zu gehen; wenn er es ist, so will ich nicht, daß er dich erkennen soll; ich hoffe doch nicht, daß du mich schon verraten haben solltest? – – Nein, Madam, erwiderte die Vertraute; er hat mich noch nicht wahrgenommen, denn er schien ganz in die Betrachtung der Gemälde vertieft, und mich deuchte, ich hörte ihn ein oder zweimal seufzen; vermutlich – – Du bist nicht klug, fiel ihr die Dame ins Wort; verlaß mich – – ich will ihn nicht sehen, und er soll nicht wissen, in wessen Hause er ist; wenn er's erfährt, so hast du eine Freundin verloren – – Die Sclavin entfernte sich also, in Hoffnung, daß ihre Gebieterin sich wohl eines bessern besinnen würde, und – – die schöne Danae blieb allein.

Eine Erzählung alles dessen, was in ihrem Gemüte vorging, würde etliche Bogen ausfüllen, ob es gleich weniger Zeit als sechs Minuten einnahm. – – Was für ein Streit! Was für ein Getümmel von widerwärtigen Bewegungen! Sie hatte ihn bis auf diesen Augenblick so zärtlich geliebt – – und glaubte izt zu fühlen, daß sie ihn hasse – – Sie fürchtete sich vor seinem Anblick – – und konnte ihn kaum erwarten. Was hätte sie vor einer Stunde gegeben, diesen Agathon zu sehen, der, auch undankbar, auch ungetreu, über ihre ganze Seele herrschte; dessen Verlust ihr alle Vorzüge ihres ehmaligen Zustandes, den Aufenthalt zu Smyrna, ihre Freunde, ihre Reichtümer, unerträglich gemacht hatte – – dessen Bild, mit allen den zauberischen Erinnerungen ihrer ehmaligen Glückseligkeit, das einzige Gut, das einzige Vergnügen war, welches sie noch zu empfinden fähig war. Aber nun da sie wußte, daß es in ihrer Gewalt war, ihn wieder zu sehen, wachte auf einmal ihr ganzer Stolz auf, und schien etliche Augenblicke sich nicht entschließen zu können ihm zu vergeben. Und wenn auch einen Augenblick darauf die Liebe wieder die Oberhand erhielt; so stürzte sie die Furcht, ihn unempfindlich zu finden, sogleich wieder in die vorige Verlegenheit. Zu allem diesem kam noch eine andre Betrachtung, welche vielleicht bei der schönen Danae allzuspitzfündig scheinen könnte, wenn wir nicht zu ihrer Rechtfertigung sagen müßten, daß die Flucht unsers Helden, die Entdeckung der Ursachen, welche ihn zu einem so gewaltsamen Entschluß getrieben, der Gedanke daß ihre eigene Fehltritte sie in den Augen des einzigen Mannes, den sie jemals geliebt, verächtlich gemacht – – eine Veränderung in ihrer ganzen Denkens-Art hervorgebracht hatte, wozu sie durch den Umgang mit Agathon und jene Seelen-Mischung, wovon wir bereits im fünften Buche gesprochen haben, vorbereitet worden war. Danae ließ sich durch die Vorwürfe, welche sie sich selbst zu machen hatte, und von denen vielleicht ein guter Teil auf ihre Umstände fiel, nicht von dem edeln Vorsatz abschrecken, sich in einem Alter, wo dieser Vorsatz noch ein Verdienst in sich schloß, der Tugend zu widmen. In der Tat hatte eine Art von verliebter Verzweiflung den größesten Anteil an dem außerordentlichen Schritt, sich aus einer Welt, worin sie angebetet wurde, freiwillig in eine Einöde zu verbannen, wo die Freiheit, sich mit ihren Empfindungen zu unterhalten, das einzige Vergnügen war, welches sie für den Verlust alles dessen, was sie aufopferte, entschädigen mußte. Aber es gehörte doch eine große, und zur Tugend gebildete Seele dazu, um in den glänzenden Umständen, worin sie lebte, einer solchen Verzweiflung fähig zu sein, und in einem Vorsatz auszuhalten, unter welchem eine jede schwächere Seele gar bald hätte erliegen müssen. Wäre Danae nur wollüstig gewesen, so würde sie zu Smyrna, und allenthalben Gelegenheit genug gefunden haben, sich wegen des Verlusts ihres Liebhabers zu trösten. Aber ihre Liebe war, wie man sich vielleicht noch erinnern wird, von einer edlern Art, und so nahe mit der Liebe der Tugend selbst verwandt, daß wir Ursache haben, zu vermuten, daß in der gänzlichen Abgeschiedenheit, worin unsre Heldin lebte, jene sich endlich gänzlich in dieser verloren haben würde. Allein eben darum, weil ihre Liebe zur Tugend aufrichtig war, machte sie sich ein gerechtes Bedenken, bei dem Bewußtsein der unfreiwilligen Schwachheit ihres Herzens für den allzuliebenswürdigen Agathon, sich der Gefahr auszusetzen, durch eine nur allzumögliche Wiederkehr seiner ehmaligen Empfindungen mit dahin gerissen zu werden; ein Gedanke, der ohne eine übertriebne Meinung von ihren Reizungen zu haben, in ihr entstehen konnte, und durch das Mißtrauen in sich selbst, womit die wahre Tugend allezeit begleitet ist, kein geringes Gewicht erhalten mußte. Solchergestalt kämpften Liebe, Stolz und Tugend für und wider das Verlangen, den Agathon zu sehen, in ihrem unschlüssigen Herzen – – mit welchem Erfolg läßt sich leicht erraten. Die Liebe müßte nicht Liebe sein, wenn sie nicht Mittel fände, den Stolz und die Tugend selbst endlich auf ihre Seite zu bringen. Sie flößte jenem die Begierde ein, zu sehen wie sich Agathon halten würde, wenn er so plötzlich und unerwartet der einst so sehr geliebten, und so grausam beleidigten Danae unter die Augen käme; und munterte diese auf, sich selbst Stärke genug zu zutrauen, von den Entzückungen, in welche er vielleicht bei diesem Anblick geraten möchte, nicht zu sehr gerührt zu werden. Kurz; der Erfolg dieses innerlichen Streites war, daß sie eben im Begriff war, ihre Vertraute (die einzige Person, welche sie bei ihrer Entfernung von Smyrna mit sich genommen hatte) hereinzurufen, um ihr die nötige Verhaltungs-Befehle zu geben; als diese Sclavin selbst hereintrat, und ihrer Dame sagte, daß die beiden Fremden durch einen von den Sclaven, von denen sie bedient worden waren, auf eine sehr dringende Art um die Erlaubnis anhalten ließen, vor die Frau des Hauses gelassen zu werden – – Neue Unentschlossenheit, über welche sich niemand wundern wird, der das weibliche Herz kennt. In der Tat klopfte der guten Danae das ihrige in diesem Augenblick so stark, daß sie nötig hatte, sich vorher in eine ruhigere Verfassung zu setzen, ehe sie es einer so schweren Probe auszustellen sich getrauen durfte.

Unterdessen, bis diese schöne Dame mit sich selbst einig wird, wozu sie sich entschließen, und wie sie sich bei einer so erwünschten, und so gefürchteten Zusammenkunft verhalten wolle, kehren wir einen Augenblick zu unserm Helden in den Saal zurück. Je mehr Agathon die Gemälde betrachtete, womit die Wände desselben behänget waren, je lebhafter wurde die Einbildung, daß er sie in dem Landhause der Danae zu Smyrna gesehen habe. Allein er konnte sich so wenig vorstellen, wie sie von dem Orte, wo er sie vor zweien Jahren gesehen hätte, hieher gekommen sein sollten, daß er für weniger unmöglich hielt, von seiner Einbildung betrogen zu werden. Zudem konnte ja der nämliche Meister unterschiedliche Copien von seinen Stücken gemacht haben. Aber wenn er wieder die Augen auf ein Stück heftete, welches die Göttin Luna vorstellte, wie sie mit Augen der Liebe den schlafenden Endymion betrachtet – – so glaubte er es so gewiß für das nämliche zu erkennen, vor welchem er in einem Garten-Saal der Danae zu Smyrna oft Viertelstunden lang in bewundernder Entzückung gestanden, daß es ihm unmöglich war, seiner Überzeugung zu widerstehen. Die Verwirrung, in die er dadurch gesetzt wurde, ist unbeschreiblich – Sollte Danae – aber wie könnte das möglich sein? – Und doch schien alles das Sonderbare, was ihm Critolaus von der Dame dieses Hauses gesagt hatte, den Gedanken zu bekräftigen, der in ihm aufstieg, und den er sich kaum auszudenken getrauete. Die schöne Danae hätte zufrieden sein können, wenn sie gesehen hätte, was in seinem Herzen vorging. Er hätte nicht erschrockner sein können, vor das Antlitz einer beleidigten Gottheit zu treten, als er es vor dem Gedanken war, sich dieser Danae darzustellen, welche er seit geraumer Zeit gewohnt war, sich wieder so unschuldig vorzustellen, als sie ihm damals, da er sie verließ, verächtlich und hassenswürdig schien. Allein das Verlangen sie zu sehen, verschlang endlich alle andre Empfindungen, von denen sein Herz erschüttert wurde. Seine Unruhe war so sichtbar, das Critolaus sie bemerken mußte. Agathon würde besser getan haben, ihm die Ursache davon zu entdecken; aber er tat es nicht, und behalf sich mit der allgemeinen Ausflucht, daß ihm nicht wohl sei. Dem ungeachtet bezeugte er ein so ungeduldiges Verlangen, die Dame des Hauses zu sehen, daß Critolaus aus allem was er an ihm wahrnahm, zu mutmaßen anfing, daß irgend ein Geheimnis darunter verborgen sein müsse, dessen Entwicklung er begierig erwartete. Inzwischen kam der Sclave, den sie abgeschickt hatten, sie bei seiner Gebieterin zu melden, mit der Antwort zurück, daß er Befehl habe sie in ihr Zimmer zu führen. Und hier ist es, wo wir mehr als jemals zu wünschen versucht sind, daß dieses Buch von niemand gelesen werden möchte, der keine schönen Seelen glaubt. Die Situation, worin man unsern Helden in wenigen Augenblicken sehen wird, ist vielleicht eine von den delicatesten, in welche man in seinem Leben kommen kann. Wäre hier die Rede von solchen phantasierten Charactern, wie diejenige, welche aus dem Gehirn der Verfasserin der geheimen Geschichte von Burgund, und der Königin von Navarra hervorgegangen sind, so würden wir uns kaum in einer kleinern Verlegenheit befinden, als Agathon selbst, da er mit pochendem Herzen und schweratmender Brust dem Sclaven folgte, der ihn ins Vorgemach einer Unbekannten führte, von der er fast mit gleicher Heftigkeit wünschte und fürchtete, daß es Danae sein möchte. Allein da Agathon und Danae so gut historische Personen sind als Brutus, Portia, und hundert andre, welche darum nicht weniger existiert haben, weil sie nicht gerade so dachten, und handelten wie gewöhnliche Leute: So bekümmern wir uns wenig, wie dieser Agathon und diese Danae, vermöge der moralischen Begriffe des einen oder andern, der über dieses Buch gut oder übel urteilen wird, hätten handeln sollen, oder gehandelt haben würden, wenn sie nicht gewesen wären, was sie waren. Das Recht zu urteilen kann und soll niemandem streitig gemacht werden; unsre Pflicht ist zu erzählen, nicht zu dichten; und wir können nichts dafür, wenn Agathon bei dieser Gelegenheit sich nicht weise und heldenmäßig genug, um die Hochachtung strenger Sittenrichter zu verdienen, verhalten; oder wenn Danae die Rechte des weiblichen Stolzes nicht so gut behaupten sollte, als viele andre, welche dem Himmel danken, daß sie keine Danaen sind, an ihrem Platze getan haben würden.

Die schöne Danae erwartete, auf ihrem Sopha sitzend, den Besuch, den sie bekommen sollte, mit so vieler Stärke als eine weibliche Seele nur immer zu haben fähig sein mag, welche zugleich so zärtlich und lebhaft ist, als eine solche Seele sein kann – Ob es wohl weibliche Seelen gibt? – O mein Herr, ich sagte ihnen ja, daß der letzte Teil dieses Capitels nicht für sie geschrieben sei – Sie mögen vielleicht überall in Zweifel ziehen, ob die Weiber Seelen haben; denn wenn sie Seelen haben, so sind es weibliche Seelen, der Himmel bewahre uns vor den Penthesileen und Männinnen, an denen nichts als die Figur weiblich ist! –

Doch darüber wollen wir izt nicht streiten. Danae erwartete also den Anblick ihres Flüchtlings mit ziemlicher Standhaftigkeit; aber was in ihrem Herzen vorging, mögen unsre zärtlichen Leserinnen, welche fähig sind, sich an ihre Stelle zu setzen, in ihrem eigenen Herzen lesen. Sie wußte, daß Agathon einen Gefährten hatte, und dieser Umstand kam ihr zu statten; aber Agathon befand sich wenig dadurch erleichtert. Die Türe des Vorzimmers wurde ihnen von der Sclavin eröffnet – er erkannte beim ersten Anblick die Vertraute seiner Geliebten, und nun konnte er nicht mehr zweifeln, daß die Dame, die er in einigen Augenblicken sehen würde, Danae sei. Er raffte seinen ganzen Mut zusammen, indem er zitternd hinter seinem Freunde Critolaus fortwankte – Er sah sie, wollte auf sie zugehen, konnte nicht, heftete seine Augen auf sie, und sank, vom Übermaß seiner Empfindlichkeit überwältiget, in die Arme seines Freundes zurück. Auf einmal vergaß die schöne Danae alle die großen Entschließungen von Gelassenheit und Zurückhaltung, welche sie mit so vieler Mühe gefaßt hatte. Sie lief in zärtlicher Bestürzung auf ihn zu, nahm ihn in ihre Arme, ließ dem ganzen Strom ihrer Empfindungen den Lauf, und dachte nicht daran, daß sie einen Zeugen davon hatte, der über alles was er sah und hörte, erstaunt sein mußte. Allein die Güte seines Herzens, und diese Sympathie, welche schöne Seelen in wenigen Augenblicken vertraut mit einander macht, gab ihm in einer Situation, auf die er sich so wenig hatte gefaßt machen können, gerade die nämliche Art des Betragens ein, die er hätte haben können, wenn er schon von Jahren her ihr Vertrauter gewesen wäre. Er trug seinen Freund auf den Sopha, auf welchen sich Danae neben ihn hinwarf, und da er nun schon genug wußte, um zu sehen, daß er hier weiter nichts helfen konnte, so entfernte er sich unvermerkt weit genug, um unsre Liebenden von dem Zwang einer

Zurückhaltung zu entledigen, welche in so sonderbaren Augenblicken ein größeres Übel ist, als die unempfindlichen Leute sich vorstellen können. Allmählich bekam Agathon, an der Seite der gefühlvollen Danae, und von einem ihrer schönen Arme umschlungen, das Vermögen zu atmen wieder; sein Gesicht ruhte an ihrem Busen, und die Tränen, welche ihn zu benetzen anfingen, waren das erste, was ihr seine wiederkehrende Empfindung anzeigte. Ihre erste Bewegung war, sich von ihm zurückzuziehen; aber ihr Herz versagte ihr die Kraft dazu; es sagte ihr, was in dem seinigen vorging, und sie hatte den Mut nicht, ihm eine Linderung zu entziehen, welche er so nötig zu haben schien, und in der Tat nötig hatte. Allein in wenigen Augenblicken machte er sich selbst den Vorwurf, daß er einer so großen Gütigkeit unwürdig sei – er raffte sich auf, warf sich zu ihren Füßen, umfaßte ihre Knie mit einer Empfindung, welche mit Worten nicht ausgedrückt werden kann, versuchte es sie anzusehen, und sank, weil er ihren Anblick nicht auszuhalten vermochte, mit Tränen beschwemmtem Gesicht, auf ihren Schoß nieder. Danae konnte nun nicht zweifeln, daß sie geliebt werde, und es kostete sie, die Entzückung zurückzuhalten, worin sie durch diese Gewißheit gesetzt wurde; aber es war notwendig, dieser allzuzärtlichen Scene ein Ende zu machen. Agathon konnte noch nicht reden – und was hätte er reden sollen? – Ich bin zufrieden, Agathon, sagte sie mit einer Stimme, welche wider ihren Willen verriet, wie schwer es ihr wurde, ihre Tränen zurückzuhalten – Ich bin zufrieden – du findest eine Freundin wieder – und ich hoffe du werdest sie künftig deiner Hochachtung weniger unwürdig finden, als jemals – Keine Entschuldigungen mein Freund, (denn Agathon wollte etwas sagen, das einer Entschuldigung gleich sah, und woraus er sich in der heftigen Bewegung, worin er war, schwerlich zu seinem Vorteil gezogen hätte) du wirst keine Vorwürfe von mir hören – wir wollen uns des Vergangenen nur erinnern, um das Vergnügen eines so unverhofften Wiedersehens desto vollkommner zu genießen – Großmütige, göttliche Danae! rief Agathon in einer Entzückung von Dankbarkeit und Liebe – Keine Beiwörter, Agathon, unterbrach ihn Danae, keine Schwärmerei! Du bist zu sehr gerührt; beruhige dich – wir werden Zeit genug haben, uns von allem, was seitdem wir uns zum letzten mal gesehen haben, vorgegangen ist, Rechenschaft zu geben – Laß mich das Vergnügen dich wieder gefunden zu haben unvermischt genießen; es ist das erste, das mir seit zweien Jahren zu Teil wird.

Mit diesen Worten (und in der Tat hätte sie die letztern für sich selbst behalten können, wenn es möglich wäre, immer Meister von seinem Herzen zu sein) stund sie auf, näherte sich dem Critolaus, und ließ dem mehr als jemals bezauberten Agathon Zeit, sich in eine ruhigere Gemütsfassung zu setzen.

Cœtera intus agentur – Unsere schönen Leserinnen wissen nun schon genug, um sich vorstellen zu können, was diese zärtliche Scene für Folgen haben mußte. Danae und Critolaus wurden gar bald gute Freunde. Dieser junge Mann gestund, seine Psyche ausgenommen, nichts vollkommners gesehen zu haben, als Danae; und Danae erfuhr mit vielem Vergnügen, daß Critolaus der Gemahl der schönen Psyche, und Psyche die wiedergefundene Schwester Agathons sei. Sie hatte nicht viel Mühe ihre Gäste zu bereden, das Nachtlager in ihrem Hause anzunehmen; unsre Liebenden hätten also die Schuld sich selbst beimessen müssen, wenn sie keine Gelegenheit gefunden hätten, sich umständlich zu besprechen, und gegen einander zu erklären. Die schöne Danae meldete ihrem Freunde, daß sie die Verräterei des Hippias, und die Ursache der heimlichen Entweichung Agathons, bei ihrer Zurückkunft nach Smyrna bald entdeckt habe. Sie verbarg ihm nicht, daß der Schmerz ihn verloren zu haben, sie zu dem seltsamen Entschluß gebracht, der Welt zu entsagen, und in irgend einer entlegenen Einöde sich selbst für die Schwachheiten und Fehltritte ihres vergangenen Lebens zu bestrafen; jedoch setzte sie hinzu, hoffe sie, daß wenn sie einmal Gelegenheit haben würde, ihm eine ganz aufrichtige und umständliche Erzählung der Geschichte ihres Herzens bis auf die Zeit, da sein Umgang und die Begeistrung, worein sie durch ihn allein zum ersten mal in ihrem Leben gesetzt worden, ihrer Seele wie ein neues Wesen gegeben, zu machen – er Ursache finden würde sie, wo nicht immer zu entschuldigen, doch mehr zu bedauren als zu verdammen. Die Furcht, den Gedanken in ihr zu veranlassen, als ob sie durch das was ehmals zwischen ihnen vorgegangen war, von seiner Hochachtung verloren hätte, zwang unsern Helden eine geraume Zeit, die Lebhaftigkeit seiner Empfindungen in seinem Herzen zu verschließen. Danae wurde indessen mit der Familie des Archytas bekannt, man mußte sie lieben, sobald man sie sah; und sie gewann desto mehr dabei, je besser man sie kennen lernte. Es war überdies eine von ihren Gaben, daß sie sich sehr leicht und mit der besten Art in alle Personen, Umstände und Lebens-Arten schicken konnte. Wie konnte es also anders sein, als daß sie in kurzem durch die zärtlichste Freundschaft mit dieser liebenswürdigen Familie verbunden werden mußte? Selbst der weise Archytas liebte ihre Gesellschaft, und sie machte sich ein Vergnügen daraus, einem alten Manne von so seltnen Verdiensten die Beschwerden des hohen Alters durch die Annehmlichkeiten ihres Umgangs erleichtern zu helfen. Aber nichts war der Liebe zu vergleichen, welche Psyche und Danae einander einflößten. Niemalen hat vielleicht unter zwo Frauenzimmern, welche so geschickt waren, Rivalinnen zu sein, eine so zärtliche, und vollkommne Freundschaft geherrschet. Man kann sich einbilden, ob Agathon dabei verlor. Er sah die schöne Danae alle Tage; er hatte alle Vorrechte eines Bruders bei ihr – aber wie sollte es möglich gewesen sein, daß er sich immer daran begnügt hätte? – Es gab Augenblicke, wo er, von den Erinnerungen seiner ehmaligen Glückseligkeit berauscht, sich die Rechte eines begünstigten Liebhabers herausnehmen wollte. Aber Danae wurde durch den vertrauten Umgang mit so tugendhaften Personen, als diejenigen waren, mit denen sie nunmehr lebte, in ihrer neuen Denkungs-Art so sehr bestärkt, daß die zärtlichsten Verführungen der Liebe nichts über sie erhielten. In diesem Stücke wollte sie nicht mehr Danae für ihn sein. Das ist unwahrscheinlich, werden die Kenner sagen; unwahrscheinlich, antworte ich, aber möglich. Mit einem Worte, Danae bewies durch ihr Exempel, daß es einer Danae möglich sei; und Agathon erfuhr es so sehr, daß Psyche endlich selbst Mitleiden mit ihm zu haben anfing. Sie wußte die geheime Geschichte ihrer Freundin; Danae hatte Tugend genug gehabt, ihr eine aufrichtige Erzählung davon zu machen. Die Bedenklichkeiten sind leicht zu erraten, welche der Glückseligkeit dieser Liebenden, welche so ganz für einander geschaffen zu sein schienen, im Wege stunden. Aber waren sie wichtig genug, um ihrentwillen unglücklich zu sein? – Hatte er nicht das Beispiel des großen Perikles vor sich? Verdiente Danae nicht in allen Betrachtungen das Schicksal der Aspasia? – – Es wäre uns leicht, unsern Lesern hierüber aus dem Wunder zu helfen; aber wir überlassen es ihnen zu erraten, was er tat – – oder auszumachen, was er hätte tun sollen.

Fünftes Capitel

Abdankung

Und nun, nachdem wir in diesem letzten Buche zu Gunsten unsers Helden alles getan zu haben glauben, was die zärtlichsten Freunde, die er sich erworben haben kann, (und wir hoffen, daß er einige haben werde,) nur immer zu seinem Besten wünschen konnten – – Nachdem er so glücklich ist, als es vielleicht noch kein Sterblicher gewesen ist – – oder es doch in seiner Gewalt hat, glücklich zu sein – – Nun bleibt uns nichts übrig, als unsern Lesern und Leserinnen, welche Geduld genug gehabt haben, bis zu diesem Blatte fortzulesen – – dafür zu danken – – und sie zu versichern, daß es uns sehr angenehm sein sollte, wenn sie soviel Geschmack an dieser Geschichte gefunden hätten, um sie noch einmal zu lesen – – und noch angenehmer, wenn sie weiser oder besser dadurch geworden sein sollten. Indessen ist das ihre Sache. Der Herausgeber dieser Geschichte schmeichelt sich wenigstens, (und wer schmeichelt sich nicht?) daß er ihnen viele Gelegenheit zu dem einen und zu dem andern gegeben habe; und wofern der Erfolg seiner Erwartung nicht entsprechen sollte, so wird er sich durch das tägliche Beispiel so vieler tausend Anstalten und Bemühungen, welche ihren Zweck verfehlen, beruhigen, und mit Horaz, sich in die Tugend seiner Absicht einwickeln.

Übrigens kann er nicht umhin, seinen Freunden im Vertrauen zu entdecken, daß ihn das griechische Manuscript, welches er in Händen hat, in den Stand setzt, noch einige Nachträge oder Zugaben zu der Geschichte des Agathon zu liefern, welche ihrer Neugier vielleicht nicht unwürdig sein möchten. Es ist zum Exempel nicht unmöglich, daß sie begierig sein könnten, das System des weisen Archytas genauer zu kennen; oder zu wissen, wie Agathon in seinem fünfzigsten Jahre über alles was im Himmel und auf Erden ein Gegenstand unsers Nachforschens, unsrer Gedanken – – Neigungen – – Wünsche – – oder Träume zu sein verdient, gedacht habe. Vielleicht möchte es ihnen auch nicht unangenehm sein, die Geschichte der schönen Danae (so wie sie den Mut gehabt, sie dem Agathon zu einer Zeit zu erzählen, da er nicht mehr so enthusiastisch, aber desto billiger dachte) in einer ausführlichen Erzählung zu lesen? – – Mit allem diesem könnten wir dem Verlangen unsrer Freunde ein Genüge tun – – wenn wir erst gewiß davon wären, daß sie ein solches Verlangen hätten – – und wenn wir einige Ursache finden sollten zu hoffen, daß dem Publico durch diese Nachträge nur ein halb so großer Dienst geleistet würde, als der französische Verfasser des Tractats von den Nachtigallen (dessen Helvetius erwähnt) dem menschlichen Geschlechte durch sein Buch geleistet zu haben glaubte.

Ende

Anhang

Zur Textgestalt

Als Vorlage diente der von Fritz Martini und Reinhard Döhl erarbeitete Text in: Christoph Martin Wieland: *Werke*. Bd. 1. Hrsg. von Fritz Martini und Hans Werner Seiffert. München: Hanser, 1964. S. 373–866. Dieser Text beruht auf der bei Orell, Geßner und Compagnie in Zürich, aber mit fingiertem Druckort erschienenen

> Geschichte | des Agathon. | – quid Virtus & quid Sapientia possit | Utile proposuit nobis exemplar. – | Erster Theil. | Frankfurt und Leipzig, 1766

und

> Geschichte | des | Agathon. | – quid Virtus & quid Sapientia possit | Utile proposuit nobis exemplum – | Zweyter Theil. | Frankfurt und Leipzig, 1767.

Die dort gegebene Beschreibung zur Textgestaltung wird hier unter Kürzungen wiederholt:

Der leichteren Lesbarkeit halber wird die Rechtschreibung dem heutigen Gebrauch vorsichtig angenähert, jedoch so, daß Lautstand und Sprachduktus und alle Spracheigentümlichkeiten des Originals gewahrt bleiben.

Druckfehler: Der Erstdruck der *Geschichte des Agathon* enthält eine Vielzahl von Druckfehlern. Soweit Wieland sie im jeweiligen Errataverzeichnis vermerkt hat, werden sie stillschweigend beseitigt; ebenfalls dort nicht notierte, aber offensichtliche Druckfehler. Gelegentlich werden grammatisch als falsch erkannte Formen ohne weitere Anmerkung verbessert, wenn sie nicht als Spracheigentümlichkeiten des Erstdrucks zu werten sind. Schließlich werden einige Korruptelen konjiziert und an entsprechender Stelle der Anmerkungen notiert. In keinem Fall werden Wörter, deren Sinn sich grundlegend gewandelt hat, nach dem heutigen Gebrauch ersetzt. Dasselbe gilt für dialektbestimmte Wörter.

Orthographie: Vor allem für die früheren Wieland-Drucke gilt eine typische Inkonsequenz der Orthographie. Kann man sonst in Fragen der Spracheigenheit, der Eigenmächtigkeit des Druckers, des vermutlichen Druckfehlers die spätere Fassung heranziehen, so verbietet sich hier dieses Verfahren, da die späteren Fassungen und Drucke Wielands Tendenz zur Normierung gemäß der hochdeutschen Schriftsprache zeigen, die dem Druckbild der Erstausgabe unangemessen wäre und philologische Unrichtigkeiten zur Folge

hätte. Es ergibt sich, daß man bei einer behutsamen Annäherung der Rechtschreibung an den heutigen Gebrauch nicht normativ verfahren, vielmehr häufig nur von Fall zu Fall entscheiden kann.
Eigennamen: Eigennamen sind in der Wielandschen Schreibung beibehalten, auch dann, wenn, wie z. B. ›Smyrna‹ und ›Smirna‹, verschiedene Schreibweisen vorkommen. Nur in Fällen, in denen neben einer überwiegenden Schreibweise vereinzelt eine andere erscheint, wird gemäß der vorherrschenden Schreibweise eingegriffen.
Fremdwörter: Sie werden ähnlich wie die Eigennamen behandelt. Endsilben ›iren‹ werden zu ›ieren‹ normiert. Wielands Verhältnis zum Fremdwort entspricht, daß die Schreibung des Erstdrucks in allen Fällen beibehalten wird, in denen nicht verschiedene, aber im Einzelfall doch überwiegende Schreibweisen zu einer Normierung veranlassen.
Abkürzungen, Akzente: Abkürzungen werden beibehalten. Getilgt werden verschiedentlich in lateinischen Zitaten gesetzte Akzente.
Groß- und Kleinschreibung: Sie wird entsprechend der Erstausgabe beibehalten. Dies gilt auch für die häufige Großschreibung nach Doppelpunkten oder Semikola und für die Kleinschreibung nach Frage- oder Ausrufezeichen. Nur im Fehlerfall oder um Mißverständnisse zu vermeiden, wird gelegentlich eingegriffen.
Getrenntschreibung: Getrenntschreibungen, Zusammenschreibungen und die mit Bindestrich erscheinenden Komposita werden wie die Groß- und Kleinschreibung beibehalten; eingegriffen wird nur im Fall von Fehlern oder möglichen Mißverständnissen.
Grammatische Eigenarten: Es wird nur bei eindeutig grammatischen Unrichtigkeiten normiert, nicht aber dort, wo historisch oder persönlich begründete Abweichungen vom heutigen Gebrauch sich ergeben.
Interpunktion: Gemessen an der heutigen normierten Zeichensetzung setzt Wieland meist zu wenige, in einigen Fällen zu viele Satzzeichen. Nach Tendenz seiner Zeit werden z. B. Relativ- und Infinitivsätze überwiegend nicht durch Kommata abgetrennt; oder das Komma erscheint am Schluß. Und- und Oder-Verknüpfungen der Hauptsätze werden oft nicht durch Kommata abgetrennt; in Nebensätzen erscheint dann ein Komma. Adverbielle Bestimmungen werden gern in Kommata eingeschlossen. Lange Hauptsätze werden wiederholt durch Kommata unterbrochen und derart gegliedert. Gelegentlich findet sich am Ende eines

Satzes oder Satzfragments statt des Punktes ein Gedankenstrich, vor allem in Dialogen oder dargestellter Erzählung. Dieser Gedankenstrich kann eine optische oder wörtliche Funktion haben (als durchgestrichener Gedanke) oder als Interpunktionszeichen gemeint sein. Fragezeichen werden gern an den Schluß gerückt.
Wielands Interpunktion entspringt weitgehend einer rhetorisch-phonetischen Gliederung. Deshalb wird in sie nur eingegriffen, wenn es sich um augenscheinliche Fehler handelt oder Mißverständnisse eintreten können. In den Überschriften ist nach heutigem Druckgebrauch der Schlußpunkt eliminiert; die Satzzeichen werden innerhalb der Überschriften belassen.
Klammern sind entsprechend der Antiquaschrift durch runde Klammern ersetzt. Die Vielgestalt der Gedankenstriche wurde entsprechend vereinfacht. Die Anführungszeichen, die im Erstdruck jede Zeile der wörtlichen Rede fortlaufend kennzeichnen, sind nach heutigem Gebrauch nur zu Beginn und am Ende der wörtlichen Rede gesetzt. Die Wielandsche Sparsamkeit im Setzen von Anführungszeichen wird gewahrt; an mißverständlichen Stellen werden sie ergänzt oder eliminiert.
Hervorhebungen: Der Erstdruck ist in Fraktur gesetzt. Daraus ergeben sich typographische Möglichkeiten und Konsequenzen, die für den Satz in der Antiquaschrift nicht übernommen werden können. So wurde auf Hervorhebungen im Text verzichtet, ebenso auf die Hervorhebung lateinischer Einschübe, da sie nicht sachlich begründet sind, sondern nur durch die Fremdsprache.
Generell wurde die Korrektur der Schreibung in der Erstausgabe mit viel Zurückhaltung vorgenommen. Es ist für den Leser leicht, einen vermeintlichen Druckfehler, eine nicht eigentliche Spracheigenheit während der Lektüre zu verbessern; hingegen kann eine fehlgreifende Korrektur bis zu einer falschen Interpretation der betroffenen Textstelle verleiten.

R. D., F. M.

Anmerkungen

Die Anmerkungen beschränken sich auf notwendig erscheinende Sach- und Worterläuterungen sowie auf Begründungen der Eingriffe, die eine kritische Textrevision nötig machte. Es wurde nicht versucht, die Zahl der verdeckten Zitierungen und Anspielungen aufzuspüren, die Wieland seinem Roman eingelegt hat. Dies kann nur ein sehr umfangreicher und niemals erschöpfender Kommentar leisten. Die von Wieland der »Geschichte des Agathon« bei späterer Ausgabe (»Sämmtliche Werke«, Leipzig: Göschen, 1794 ff.) angehängten Noten und Anmerkungen wurden benutzt, jedoch nur dann übernommen, wenn sie den Text erläutern und kommentieren. Weiterhin konnte Wilhelm Kurrelmeyers Erläuterungsanhang (in: »Wielands Gesammelte Schriften«, hrsg. von der Deutschen Kommission der Preußischen Akademie der Wissenschaften, Bd. 8, 2, Abt. 1, Berlin 1937) zu seiner Ausgabe der letzten Fassung des Romans (ebd., Bd. 6) genutzt werden. Auf ihn stützen sich die Erläuterungen, die dem Neudruck der Editio princeps der »Geschichte des Agathon«, bearbeitet von Klaus Schäfer (Berlin: Akademie-Verlag, 1961), beigelegt sind und die gleichfalls benutzt wurden. In einigen Fällen bin ich der Redaktion der Wieland-Ausgabe unter Leitung von Professor Dr. Hans Werner Seiffert in der Deutschen Akademie der Wissenschaften, Berlin, für Auskünfte zu Dank verpflichtet. Die Auswahl dessen, was knapp erläutert wurde, ist durch die Rücksicht auf den Leser bestimmt, dem Verständnismühen erspart werden sollten. Vielleicht gilt noch heute für Ausmaß und Begrenzung solcher Erläuterungen eine Anmerkung von Wieland zur Ausgabe von »Der neue Amadis« (1794): »Ein Dichter ist berechtiget, bei seinen Lesern einige Kenntnis der Mythologie und Geschichte, und einige Belesenheit in Romanen, Schauspielen und andern Werken der Einbildungskraft und des Witzes vorauszusetzen; und es würde daher unnötig sein, zu allen solchen Namen Anmerkungen zu machen, die einem jeden bekannt sind, der nur den kleinsten Grad von Belesenheit hat«.

D i e e r s t e F a s s u n g 1766/67 wurde für diese Edition der »Geschichte des Agathon« gewählt, weil sie die historische Situation, in der dieser Roman niedergeschrieben wurde, und die historische Situation seines Autors vergegenwärtigt. Die erste Fassung ist, mit allen ihren sprachlichen Eigenheiten, die erste Objektivation des zu seiner Individualität und geschichtlichen Wirkung gelangten Erzählers Wieland. Von dieser Fassung ging ein literaturgeschichtlich progressiver Anstoß aus, nicht dagegen von den späteren Umarbeitungen, Ergänzungen und sprachlichen Glättungen in der zweiten und dritten Fassung. Auf ihr beruht auch die Anerkennung, die der Autor durch bedeutende Zeitgenossen fand, und der Einfluß, den er auf die jüngere Generation bis zu Goethe hin ausgeübt hat. Auf Grund der Erstfassung des »Agathon« hat Christian Friedrich von Blanckenburg seinen »Versuch über den Roman« (1774), die erste ausführliche deutsche Theorie des Romans, entwickelt. Wieland hat selbst gegenüber seinem Verleger und Freund Salomon Geßner 1769 trotz seiner Neigung, immer wieder selbstkritisch an neuen Auflagen zu ändern und zu bessern, den Rückgriff auf die ersten Ausgaben legitimiert: »Da ich aber gleichwohl [...] für billig halte, daß die Werke meiner jüngern Jahre, als Denkmäler der allmäligen Entwickelung meines Geistes, das was sie sind, so lange bleiben sollen, als sie können und mögen« (*Br.* 3, 583).

Die zweite Ausgabe der »Geschichte des Agathon« im Jahr 1773 ist um die »Geschichte der Danae«, welche sich, in das Empfindsame getönt und als schöne Seele gezeichnet, der Entsagung ergibt, und um einen »Schluß des ganzen Werkes« erweitert, der kurz Agathons nun erreichte Weltanschauung schildert. Wieland beseitigte ferner satirisch-polemische Stellen und Gegenwartsanspielungen, literarische Anspielungen und Zitate, auch griff er unter Einfluß von Friedrich Jacobi ändernd in den Dialog zwischen Hippias und Agathon ein. Neu kamen hinzu der Vorbericht »Über das Historische im Agathon« und die dazugehörenden historischen Anmerkungen. Die dritte Ausgabe von 1794 wurde durch den Besuch des Hippias während der Verhaftung Agathons in Syrakus, den sich dabei entwickelnden Dialog (12. Buch, 10. und 11. Kapitel), durch den Dialog und Diskurs, in dem Archytas das System seiner Philosophie darstellt (16. Buch), erweitert. In beiden Ausgaben wurde die Kapiteleinteilung geändert. Wieland nahm erhebliche stilistische Änderungen vor, die sich auf die Syntax (z. B. Verknappung überdehnter und verschachtelter Satzperioden) wie auf den Wortgebrauch bezogen und seinem Sprachstil mehr Leichtigkeit, Beweglichkeit und rhythmische Abtönung geben sollten. Dazu gehören u. a. Kürzungen, Auslassungen, die Einschränkung der direkten Erzählerzwischenreden, der Anreden an den Leser u. a. m. Die Ausgabe von 1794 wird durch mehrere Vorreden eingeleitet: den »Vorbericht zur ersten Ausgabe« von 1766, einen »Vorbericht zu dieser neuen Ausgabe« und »Über das Historische im Agathon« (mit Anmerkungen).

3 – *quid Virtus ... exemplar* [recte: exemplum]: ... Was die Tugend und die Weisheit vermögen, hat uns nützlich das Beispiel gezeigt (Horaz, »Episteln« I, 2, 17 f.).

5,8 f. *ein Agathon gewesen:* Ein Dramatiker (um 446–401 v. Chr.) in Athen trug diesen Namen. Von seinem Werk sind nur wenige Titel und Fragmente überliefert. Er löste den Chor aus dem Handlungszusammenhang heraus und ließ ihn nur noch Zwischenaktmusik ausführen, auch wählte er statt der tragischen Stoffe aus Mythos und Sage frei erfundene Stoffe. Wieland nannte weiterhin den »Ion« des Euripides (um 485–406 v. Chr.) als Anregung zu seinem Helden Agathon.

5,11 f. *den Freunden der Schriften Platons:* Platon (428 oder 427–347 v. Chr.), griechischer Philosoph.

6,35 *Chevalier de Mouhy:* 1701–84; Verfasser von »Lamekis, ou les Voyages extraordinaires d'un Égyptien dans la terre intérieure, avec la découverte de l'isle des Silphides« (1735/37).

7,14 f. *Lebensbeschreibungen des Plutarch:* Plutarch (um 46–125) verfaßte eine Sammlung von Biographien berühmter Griechen und Römer. Sie war sowohl Wieland wie seinen Zeitgenossen vertraute Lektüre und hat ihm viel Stoff zu seinem Roman geliefert.

7,17 *des Hippias:* Hippias von Elis (um 400 v. Chr.), griechischer Philosoph und Rhetor, bekannt durch seine Redekunst, Vielseitigkeit und seinen Materialismus.

8,9 *der junge Chärea:* Figur aus dem »Eunuchus« des römischen Lustspieldichters Publius Terentius Afer (201–159 v. Chr.). In III, 5: Chärea bemüht sich, in der Verkleidung eines Eunuchen seiner Geliebten sich zu nähern, und betrachtet ein Gemälde, das darstellt, wie sich Jupiter als goldener Regen Danae, der Tochter des Königs Akrisios von Argos, als Liebender nähert.

8,14 f. *Ego homuncio ...:* Ich kleiner Mensch sollte das nicht tun? Ich werde es sogar gern tun.

8,33–36 *wenn uns nicht die Anmerkung ...:* Es handelt sich um die vom Verlag ohne Vorkenntnis Wielands hinzugefügte Fußnote, die eine Sicherung gegenüber der Zensur bedeuten sollte:

»Zur Verhütung alles Mißverstandes berichtet der Verfasser, daß, was Hippias hier und forthin Scheinbares zur Behauptung des Epicureismus vormalet, im folgenden Teile, worin eine der wahren Religion und christlichen Tugend vollkommen günstige Philosophie die Oberhand behält, gründlich wird widerlegt werden; so daß dieses Blendwerk, wo die in den Zeiten des Perikles herrschende Philosophie, nach der historischen Wahrheit, in der Hülle einer Geschichte vorgetragen wird, vor der Wahrheit verschwinden soll, wie der Nebel vor der Sonne.« Wieland nahm diese Anmerkung übel auf und vermerkte in dem Druckfehlerverzeichnis: »deleatur die sehr überflüssige Anmerkung.«

9,18 *Tindal:* Matthew T. (1653–1733), Religionsphilosoph. Er konvertierte 1685 zum katholischen Glauben und kehrte 1687 zur anglikanischen Kirche zurück. Sein Buch »Christianity as old as the Creation« (1730) wurde eine Programmschrift des Deismus.

Bolingbroke: Henry Saint-John, Viscount of B. (1678–1751), englischer Staatsmann, Schriftsteller, Vertreter der religiösen und politischen Aufklärung, u. a. durch seine »Letters on the Study of History« (1751).

10,37 *Diogenes den Sophisten:* D. von Sinope am Schwarzen Meer (gest. 323 v. Chr.), griechischer Philosoph. Die Anekdote, auf die Wieland hier anspielt, fand er in Pierre Bayles (1647 bis 1706) »Dictionnaire historique et critique« (1695/97), übersetzt durch Gottsched 1741/44.

16,6 f. *Weisen der Stoiker:* Epikuros (341–271 v. Chr.), griechischer Philosoph. Seneca schreibt von ihm in »Epistolae« 66: »Auch Epikur sagt, daß der Weise, wenn er im Ochsen des Phalaris verbrannt werde, ausrufen würde: Es ist süß und geht mich nichts an.«

16,8 *Ochsen des Phalaris:* Der in Akragas (Agrigent) herrschende Tyrann Ph. (570–554 v. Chr.) soll die zum Tode Verurteilten in einen eisernen, zum Glühen gebrachten Stier eingesperrt haben.

16,9 *Bassa:* (türk.) Pascha, hoher Beamter und Offizier.

16,10 *Circasserin:* Zirkassier oder Tscherkessen, wohnhaft in Teilen des Kaukasus und der Türkei.

16,34 *Cyprischem Wein:* Die Insel Zypern war wegen ihres Weinbaus berühmt.

17,2 *Psyche:* (griech.) Seele. Nach der Sage war sie ein junges, anmutiges Mädchen, mit der sich Amor, der Gott der Liebe, vermählt hat.

17,16 *Homer:* »Ilias« XIV, 233.

17,27 *Ritter von Mancha:* Der Roman »Don Quijote de la Mancha« (1605/15) des Miguel de Cervantes Saavedra (1547–1616) war ein bestimmendes Vorbild für Wielands Roman »Der Sieg der Natur über die Schwärmerei; oder Die Abenteuer des Don Sylvio von Rosalva« (1764).

18,8 *Thracischen Weibern:* Thrakien, im Osten der Balkanhalbinsel, zwischen dem Ägäischen und Schwarzen Meer.

18,9 *Orphischen Wut:* Nach der Sage soll der Sänger Orpheus die sog. orphischen Kultmysterien gestiftet haben, die u. a. in ekstatischer Weise den Gott Bacchus feierten.

18,12 *Zuges des Bacchus aus Indien:* Bacchus (Dionysos), Sohn des Zeus und der Semele, Gott der Naturkräfte und des Weins, soll, um den Weinanbau zu verbreiten, bis nach Indien gezogen sein. Die Bacchus gewidmeten Feste (Dionysien) wurden alle zwei Jahre zur Zeit des kürzesten Tages lediglich von Frauen und Mädchen begangen.

18,14 *la Fage:* Raymond la F. (1656–90), französischer Zeichner.

18,23 *Thyrsos:* Kultstab bei den Dionysosfesten, umwunden von Weinlaub und Efeu.

18,25 *Dithyramben:* Chor- und Reigenlieder, dem Gott Dionysos bei seinen Festen geweiht.

19,6 *Rubens:* Peter Paul R. (1577–1640), niederländischer Maler.
Girardons: François G. (1628–1715), französischer Bildhauer.

19,18 *Pentheus:* Nach der Sage ein König von Theben, der – weil er den Dionysoskult zu verhindern suchte – von den ekstatischen Frauen, darunter seiner eigenen Mutter, für ein wildes Tier gehalten und zerrissen wurde.

19,19 *Mänaden:* ekstatische Frauen (Bacchantinnen), die Dionysos bei seinen Umzügen begleiteten; Frauen, die das Dionysosfest in kultischen Rauschzuständen feierten.

19,29 *Silenen:* Dämonen des fließenden, fruchtbaren Wassers, Begleiter des Dionysos.
Ziegenfüßigen Faunen: lüsterne, häßliche Waldgötter, die hier Dionysos als Satyrn begleiten.

19,37 *Evan, Evan!:* kultischer Feierruf beim Dionysosfest.

20,20 *Ariadnen:* Ariadne, Gefährtin des Dionysos.

20,27 *Orpheus:* Der thrakische Sänger und Zitherspieler wurde nach der Sage von den Mänaden in der Festekstase zerrissen.

21,3 *Cilicischer Seeräuber:* Kilikien, Landschaft im südöstlichen Kleinasien.
21,9 *Orgya:* Bezeichnung für religiöse ekstatische Geheimkulte und Mysterienfeste (Orgien).
23,4 *Aurora:* Göttin der Morgenröte.
23,6 *Virgil:* Publius Vergilius Maro (70–19 v. Chr.). Anspielung auf »Aeneis« II, 265.
23,7 f. *Göttin Schwester:* Aphrodite, Göttin der Liebe.
23,19 f. *Liebling des Horaz:* Quintus Horatius Flaccus (65–8 v. Chr.). Gemeint ist »Oden«, Buch 2, V: der Knidier Gyges, den »wallende Locken und Mädchenantlitz« zieren.
25,1 *Delphi:* sehr altes griechisches Heiligtum in der Landschaft Phokis, seit dem 8. Jh. der bedeutendste Ort des Apollo-Kultes, Sitz des Orakels der Pythia, Mittelpunkt des religiösen Lebens in Griechenland.
25,4 *Syracus:* große Stadt in Sizilien, 734 v. Chr. von Korinthern begründet.
25,7 *Corinth:* griechischer Stadtstaat, reiche Handelsstadt am Isthmus von Korinth.
26,4 *elysische Gegenden:* Elysium, mythologischer Aufenthalt der Seligen.
27,15 *Sträußermädchen:* Wieland setzte später dafür »Blumenhändlerinnen« ein; Mädchen der leichten Liebe.
29,1 *Euböa:* Insel an der Ostküste des griechischen Festlandes. Sie wurde 446–411 v. Chr. von Athen beherrscht.
29,24 *Cycladen:* Inselgruppe im Ägäischen Meer.
30,13 *Ganymedes:* Nach der Sage wurde er als trojanischer Königssohn von Zeus wegen seiner Schönheit entführt und zum Mundschenk und Liebling des Götterfürsten erhoben.
Tritonen: Meeresgeister, ausgerüstet mit gewundenen Muscheltrompeten.
30,14 *Nereiden:* weibliche Meeresgeister, Töchter des Meergottes Nereus.
30,24 *Erledigung:* zu verstehen als ›Befreiung‹.
32,30 *Smirna:* Smyrna, reiche ionische Handelsstadt, heute türkisch, Izmir.
33,6 *Syrenen:* Homer schildert sie als dämonische Inselgeister, die mit dem Zauber ihres Gesanges die Schiffer anlockten, sie töteten oder scheitern ließen.
33,30 *Crotona:* griechische Kolonie, heute italienisch: Crotone.
35,15 *Cecrops:* nach der Sage der Gründer von Athen.

Theseus: nach der Sage der vergöttlichte Sohn des Königs Ägeus von Athen.

35,36 *Oxus:* Fluß in Turkestan, heute Amu-Darja. Wieland ververlegt den Ursprung des orphischen Kultes nach Asien.

36,17 *Tartarus:* Unterwelt der Griechen, in der stets Nacht herrscht und die Toten ihre Vergehen auf Erden büßen müssen.

38,3 *Gärten der Hesperiden:* Ort der ewigen Jugend, in dem göttliche Schwestern, unterstützt durch einen Drachen, den Baum bewachten, von dem Herkules als elfte seiner berühmten Taten die goldenen Äpfel rauben mußte.

39,24 *des großen Königs:* Gemeint ist der König von Persien.

40,15 f. *Barbados:* Insel in der Gruppe der Kleinen Antillen, in der Antike bekannter Sklavenhandelsplatz.

41,14 *zwei Talente:* Handelsgewicht bzw. Geldsumme. Zwei Talente entsprachen etwa 52,4 kg Silber.

42,7 *Sophisten:* Lehrer der Philosophie und Redekunst, gegen Bezahlung, vielfach auf Wanderschaft.

42,13 *Alchymisten:* Die Alchimisten versuchten im Mittelalter und später durch chemische Mischungen künstlich Gold herzustellen.

42,18 *Socratischen:* Philosophie des Sokrates in Athen (469–399 v. Chr.).

44,34 *policierten Teilen:* kultivierten Gebieten.

45,1 *Demosthenes:* Politiker und Redner in Athen (um 384–322 v. Chr.), Vorkämpfer der griechischen Freiheit gegen Makedonien.

45,2 *Lysias:* griechischer Redner (um 450–380 v. Chr.).

47,3 f. *daß sie ihr Vaterland zu Grunde richteten:* Anmerkung Wielands 1794: »Die Demagogen, welche sich seit drei oder vier Jahren der höchsten Gewalt in Frankreich bemächtigt haben, werfen ein helles Licht auf diese Stelle, welche vor dreißig Jahren von den meisten Deutschen nur sehr unvollkommen verstanden werden konnte.«

48,6 *Callias:* der Schöne, griechischer Name.

48,26 *Gastmahl des Alcinous:* Homer, »Odyssee«, Buch 8.

49,23 *Leda:* Zeus näherte sich ihr als Schwan und zeugte mit ihr die Söhne Kastor und Pollux, die Tochter Helena.

49,25 *Nestor:* König von Troja, berühmt durch sein Alter und seine Weisheit.

49,31 *Sybarite:* Einwohner der durch ihre Üppigkeit berüchtigten Stadt Sybaris in Unteritalien.

49,34 f. *Alexander von Phera:* Tyrann in der Stadt Phera im südlichen Thessalien (369–358 v. Chr.), berüchtigt durch seine Härte.

49,36 *Phryne:* griechische Hetäre im 4. Jh. v. Chr.

51,3 *Xenocrates:* griechischer Philosoph (396–314 v. Chr.). Er galt gegenüber erotischen Verführungen als enthaltsam, jedoch im fragwürdigen Sinne. Vgl. Anm. zu 172, 12 f.

52,15 *des tejischen Dichters:* des Lyrikers Anakreon (495–410 v. Chr.), geboren in Teos (Ionien).

53,3 *Homerist:* Vorleser aus Homers Epos.

53,25 *Najaden:* weibliche Geister der Flüsse und Quellen.

57,7 *Medeen:* Medea, Tochter des Königs Äetes in Kolchis, tötete durch ein zauberkräftiges Gewand ihre Nebenbuhlerin Kreusa und ihre beiden Söhne. Sie hat nach der Sage auch Jason, der sie später verstieß, durch Liebeszauber für sich erobert. Ihr wurde überhaupt der Besitz aller erdenklichen Zaubermittel zugesprochen.

Circen: Kirke, Zauberin, die Männer in Schweine verwandelte (»Odyssee« X, 210 ff.).

59,10 f. *Woher kennst du diesen obersten Geist?:* Anmerkung Wielands 1794: »Der Verfasser wollte, zur Warnung derjenigen, welche über viele Gegenstände wie Hippias denken, ohne die Folgen seiner Grundsätze zu übersehen, zeigen, daß sie gerades Weges zum Atheismus führen. Hippias leugnet zwar das Dasein eines höchsten Wesens nicht; aber er behauptet, daß man es nicht beweisen könne, und daß der Begriff desselben kein Verhältnis gegen unsre übrigen Begriffe habe, folglich gar nicht in die Reihe unsrer Begriffe gehöre. Diese Art von Skepticismus ist wahre Atheisterei, und raubt dem Menschen, wie Agathon ganz richtig bemerkt, das kräftigste Mittel, alle die Hindernisse, welche sich der Tugend entgegen setzen, zu überwinden. Agathon hält sich bei diesem Beweise gegen die Grundsätze des Hippias am meisten auf, weil er der einleuchtendste ist. Wir wollen damit den so genannten metafysischen Beweisen nicht allen Wert abgesprochen haben: aber selbst diejenigen, die ihnen eine Evidenz, wobei die Vernunft sich beruhigen könne, zuschreiben, können nicht in Abrede sein, daß der moralische Beweis, welchen Agathon gegen den Sofisten geltend macht, das Herz überzeugt; und dies war, nach Agathons damaliger Gemütsstimmung, die vollkommenste Art von Überzeugung. Daß übrigens dem Hippias nicht zu viel geschehen sei, indem man ihn als einen skeptischen Atheisten vorgestellt hat, ist desto wahrscheinlicher, da wir von einem seiner Professionsverwandten, dem Protagoras, zuverlässig wissen, daß er aus Athen verbannt worden, weil er öffentlich gelehrt hatte: ›Er sehe keine Gründe, das Dasein der Götter weder zu bejahen, noch zu verneinen.‹ Cicero de Nat. Deor. I, 28.«

59,13 *Phidias:* Bildhauer in Athen (5. Jh. v. Chr.).

61,23 *Ajax:* Held im Griechenheer vor Troja. Er stürzte sich, weil er die Waffen des getöteten Achilleus nicht erhielt, im Zustand der Raserei in sein Schwert. Irrtum Wielands, der wahrscheinlich an den rasenden Pentheus dachte, welcher nach Euripides' Drama »Bacchae« und Vergils »Aeneis« zwei Sonnen und ein doppeltes Theben sah.

64,11 *Egyptern:* Ägypten galt als Land esoterischer Weisheit und Geheimlehren.

64,11 f. *Chaldäern:* semitisches Volk, ansässig im Gebiet des heutigen Armenien, berühmt durch Sternkunde.

65,1 *Sylphen:* männliche Luftgeister, zu den Elementargeistern gehörig.

67,11 *Flöte eines Damon:* Damon war Musiklehrer in Athen.

68,16 *Ulysses:* Odysseus, König von Ithaka, dessen Irrfahrten nach dem Ende des Trojanischen Krieges Homer in der »Odyssee« beschrieben hat.

68,19 f. *Calypso:* Ulysses (Odysseus) wurde von der Meernymphe Kalypso auf einer Insel festgehalten; erst nach sieben Jahren konnte er die Insel verlassen.

69,5 *Theophrast:* griechischer Philosoph (um 372–287 v. Chr.), der trotz seines hohen Alters angesichts seines Todes über die Kürze des menschlichen Lebens geklagt haben soll.

70,21 *Petron:* Petronius, römischer Autor (gest. 66 n. Chr.). Er schrieb in seinem fragmentarischen Roman »Satirae«: ». . . aequum est induere nuptam ventum textilem, palam prostare nudam in nebula linea?« (». . . ist es recht und billig, daß die Frau einen gewebten Wind anzieht, daß sie ihre Blöße feilbietet in einem leinenen Nebel?«)

71,16 *Medusa:* Ungeheuer, dessen Anblick versteinerte.

72,2 *Bonze:* Medizinmann, Priester.

76,4 *Alcamene:* Alkamenes, griechischer Bildhauer (5. Jh. v. Chr.). *Polygnote:* Polygnot, griechischer Maler (5. Jh. v. Chr.).

78,21 *ehernen Götzenbildes:* der aus dem Alten Testament bekannte Moloch, ein eisernes, stierköpfiges Kultbild, das zu Glut erhitzt und dem zum Opfer Kinder in die Arme gelegt wurden, die dann verbrannten (3. Mose 18, 21; 2. Kön. 23, 10; Jer. 32, 35).

79,24 *Heraclitus:* griechischer Philosoph aus Ephesos (etwa 500 v. Chr.). Seine Schriften galten bereits den Griechen als schwer verständlich.

80,20 *ambrosischen Geruchs:* Ambrosia war die Speise der griechischen Götter.

80,23 f. *empyreischen Gegenden:* Empyreum bedeutete ›Feuerhimmel‹, empyreisch meint ›himmlisch, überirdisch‹.

81,16 f. *klagende Phädra:* Gattin des Theseus. Sie büßte ihre Liebe zu ihrem Stiefsohn Hyppolitos durch den Tod. Wieland bezieht sich auf die Tragödie »Hyppolitos« von Euripides.

81,24 *Schild des Achilles:* Homer, »Ilias«, 18. Gesang.

83,3 *Alcibiades:* Feldherr, Staatsmann in Athen (451–404 v. Chr.), befreundet mit Sokrates.

84,10 *Diogenes ... Corinth:* Der griechische Philosoph soll, von Seeräubern gefangen und in Kreta als Sklave auf den Markt gebracht, von einem Korinther als Lehrer für dessen Söhne gekauft worden sein.

84,12 *Arcadien:* Landschaft im Peloponnes, galt als Landschaft des Friedens und der einfachen Sitten, als ein pastorales idyllisches Paradies.

84,28 f. *Sogdianers:* Sogdiana, Landschaft in Kleinasien unter persischer Herrschaft.

84,36 *Phyllis:* Tochter eines thrakischen Königs, die sich, von ihrem Geliebten verlassen, tötete und in einen Baum verwandelt wurde.

85,23 *wie Plato homerisiert:* wie Platon dichtet (in »Phaedrus«).

88,36 *Hippokrates:* griechischer Arzt (um 460–377 v. Chr.). Seine Schüler: allgemein die Ärzte.

89,14 f. *Venus des Praxiteles:* Praxiteles, griechischer Bildhauer (4. Jh. v. Chr.).

89,32 *Anaxagoras:* griechischer Philosoph in Athen (um 500–428 v. Chr.).

89,36 *König Philippus:* Philipp II. von Makedonien (um 382 bis 336 v. Chr.), Vater Alexanders des Großen.

91,3 *Mercure:* Der römische Gott Merkur (gleich dem griechischen Hermes) galt u. a. als Schutzgott der Dichter und Redner.

91,34 *Zeuxes:* griechischer Maler in Athen (Anfang 4. Jh. v. Chr.).

92,2 *Midas:* nach der Sage ein König von Phrygien, der dadurch unermeßlich reich wurde, daß sich alles, was er berührte, zu Gold verwandelte.

93,12 *Paphos:* Stadt auf der Insel Zypern, berühmt durch den Tempel der Schönheits- und Liebesgöttin Aphrodite.

94,5 f. *nur in freien Staaten Platz zu finden:* Anmerkung Wielands 1794: »Hippias spricht hier als ein Mann, der von einer auf Grundgesetze gebauten und mit der Freiheit des Volkes sehr wohl verträglichen monarchischen Verfassung keinen Begriff hatte. Zu seiner Zeit kannte man nichts als despotische Reiche und Freistaaten.«

94,28 *Solon:* Staatsmann in Athen (um 640–561 v. Chr.), Gesetzgeber, bereits im Altertum zu den Sieben Weisen gezählt.

94,29 *Leonidas:* König von Sparta, berühmt durch den heldenhaften Widerstand gegen die Perser am Paß von Thermopylae 480 v. Chr.

94,29 f. *Themistokles:* Redner, Staatsmann und Feldherr in Athen (um 525–460 v. Chr.), begründete die Seemacht der Stadt, führte die Griechen zum Sieg über die Perser 480 und 479 v. Chr., wurde aber 471 aus der Stadt verbannt.

94,30 *Perikles:* Staatsmann, Feldherr und Förderer der Künste (um 500–429 v. Chr.), seit 461 an der Spitze des Staates Athen, der ihm die Zeit (Perikleisches Zeitalter) seiner größten Macht und Blüte verdankte.

95,3 *Artaxerxes:* Name mehrerer persischer Könige.

95,5 *Aspasia:* Gefährtin des Perikles, berühmte, geistvolle Hetäre.

95,27 *Aristides:* Staatsmann und Feldherr in Athen (um 540 bis 467 v. Chr.).

96,27 *Grammatici:* Sprach- und Redelehrer.

96,36 *Antiphon:* Antiphon von Rhamnus, politischer Redner (um 480–411 v. Chr.).

97,7 *Satrapen:* Provinzstatthalter in Persien.

97,21 *Gnathonen:* Parasiten, Schmarotzer.

99,9 *Serer:* Chinesen.

99,15 *Metze:* öffentliches Mädchen, Hure.

99,25 *Persepolis:* (griech.) Perserstadt, Hauptstadt des alten Persien.

100,18 *Pygmalion:* König von Zypern und Elfenbeinschnitzer. Die Göttin Aphrodite erweckte eine Mädchenstatue, die er geschaffen und in die er sich verliebt hatte, aus Mitleid mit seiner Leidenschaft zum Leben.

100,20 f. *in eben dem Aufzug:* nackt.

102,10 *Scythen:* Nomaden nördlich des Schwarzen Meeres.
104,17 *Lais:* griechische Hetäre.
105,1 *Flötenspieler von Aspondus:* Cicero berichtet von ihm, er habe alles nur für sich selbst gesungen (»In Verrem« II, 1, c. 20).
105,26 *Bildsäulen des Dädalus:* Dädalus wurde von der Sage als der erste Meister an den Ursprung der griechischen Kunst gesetzt; sein Ruhm beruhte auf der Naturähnlichkeit seiner Bildwerke.
105,31 *Polemarchus zu Athen:* hoher Beamter in Athen, verantwortlich für Kriegswesen, auswärtige Angelegenheiten, später auch für Rechtsfragen betr. Fremder.
106,15 *Knicker:* Geizhals.
106,24 *Cimon:* Feldherr in Athen (um 507–449 v. Chr.).
106,36 *Archonten:* Titel der neun obersten Beamten in Athen, die befristet gewählt wurden und der Aristokratie bzw. dem Geldadel angehörten.
107,3 f. *der emphatischen Peripherie:* einer stattlichen Umfangslinie.
107,11 *Vezier:* hoher türkischer Beamter.
109,20 *Bramine:* Angehöriger der obersten Kaste im Hinduismus, in dem Brahma als höchster Gott verehrt wurde.
114,15 *Momus:* in der griechischen Mythologie ein göttlicher Sohn der Nacht, dessen Tätigkeit in Kritik und Herabsetzung bestand.
114,27 *Apostrophe:* hier ›Gegenrede‹.
115,1 f. *Flammen des Phlegeton:* Fluß in der Unterwelt, der statt aus Wasser aus Feuer besteht und in dem glühende Felsen treiben.
118,12 *Priestern der Cybele:* Kybele wurde als Landesgöttin in Phrygien verehrt; ihre Priester waren verschnitten.
119,18 *Leontium:* Hetäre in Athen.
120,11 *Aegide:* Schutz, Führung.
121,12 *Aglaophon:* griechische Sirene. Der Name ist hier falsch am Platz; Wieland hat ihn in der späteren Fassung des Romans durch »Polygnot« ersetzt.
123,3 *Zephyr:* milder Westwind.
125,15 *Pythokles:* Der Name bedeutet soviel wie ›durch Rat oder mit Hilfe des pythischen Apollon berühmt‹.
127,4 f. *die comischen Dichter:* Plutarch zitiert im »Leben des Perikles« den griechischen Lustspieldichter Kratinos (um 520 bis

423 v. Chr.): »Die Hera Aspasia gebärt ihm die Geilheit als eine hundsäugige Dirne.«

127,32 *Danae des Acrisius:* Sie wurde von ihrem Vater, dem König Akrisios zu Argos, in einen unterirdischen, ehernen Raum eingekerkert, da er dem Orakel entgehen wollte, er würde durch einen von ihr geborenen Sohn getötet werden. Danae empfing durch Zeus, der sich in einen goldenen Regen verwandelte, den Sohn Perseus.

129,16 *dem jüngern Cyrus:* persischer Fürst, Statthalter von Kleinasien (423–401 v. Chr.). Er wurde im Aufstand gegen seinen älteren Bruder, Artaxerxes II., der die Herrschaft innehatte, 401 v. Chr. in der Schlacht von Kunaxa getötet.

129,18 *Feder des Xenophon:* Der griechische Schriftsteller Xenophon (um 430–354 v. Chr.), Schüler des Sokrates, nahm am Feldzug des jüngeren Cyrus (Kyros) teil, führte nach Kunaxa die griechischen Hilfstruppen zurück und hat diese Ereignisse in seiner Schrift »Anabasis« geschildert. Vielleicht auch Anspielung auf dessen »Kyropädie«.

129,20 *des ersten Cyrus:* Kyros II., der Große, seit 559 v. Chr. König der Perser und Begründer ihrer Großmacht.

129,30 *Sardes:* Hauptstadt Lydiens, persischer Regierungssitz.

130,5 *Anacreon:* Siehe Anm. zu 52,15.

143,6 *Von unsern Helden:* Wieland meint Agathon, eine Pluralform ist von ihm nicht beabsichtigt: Es kann sich auch um einen Druckfehler handeln.

144,31 *Gradationen:* Entwicklungsstufen, Steigerungen in Übergängen.

146,21 f. *Fieldings:* Henry Fielding (1707–54) veröffentlichte 1749 den Roman »Tom Jones, the History of a Foundling«. Wieland hat ihm für seine Romane inhaltlich und in der Erzählweise viele Anregungen entnommen. Die Anspielung bezieht sich auf Buch 6, Ende des 1. Kapitels.

147,6 *Sancho:* der komische und getreue Schildknappe des Don Quijote.

150,19 *Socratische Diotima:* Vgl. Platons »Gastmahl«. Diotima gilt dort als die Lehrerin der wahren Liebeskunst.

151,9 *sechszehnten Gesang des befreiten Jerusalems:* Torquato Tasso (1544–95) verfaßte das Epos »La Gerusalemme liberata« (1575).

151,11 *Armide:* Figur in Tassos Epos, die mit Rinaldo sich in einem Garten befindet, der im 16. Gesang beschrieben wird.

154,3 *Anagnosten:* Vorleser.
154,26 f. *Cautelen:* Vorsichtsmaßnahmen.
155,3 *Zoroaster:* griechischer Name für Zarathustra, den altiranischen Propheten und Religionsgründer (vermutlich 630–553 v. Chr.).
158,32 *Zephyr:* hier: zartes Stoffgewebe.
159,6 *des Guidi:* Carlo Alessandro G. (1650–1712), italienischer Lyriker, veröffentlichte »Poesie di Alessandro Guidi« (1681).
159,24 *Molly Seagrim:* Tom Jones in Fieldings Roman glaubte in ihr eine Unschuldige verführt zu haben, mußte aber erkennen, daß er einen Vorgänger gehabt hatte und sie nicht zuverlässig in Liebesdingen war.
162,24 *Pythagorischen Weisen:* Der griechische Philosoph Pythagoras (um 580–500 v. Chr.) gründete in Süditalien eine Schule der Weisheit. Er verstand unter ›Harmonie der Sphären‹ eine für Menschen unhörbare Musik, welche die Bewegungen der Himmelssphären durch ihre harmonische Zusammenstimmung erzeugten.
162,31 *Byssus:* zartes Gewebe aus Baumwolle oder Leinen.
163,15 *Homerische Juno:* Homer schilderte die Götterfürstin (griech. Hera, röm. Juno) als mit Grund eifersüchtig infolge der Liebesirrungen ihres Gatten Zeus.
164,10 f. *Liebhabers der schönen Laura:* Francesco Petrarca (1304 bis 1374) sprach in seinen Sonetten an die von ihm geliebte Laura von der Kraft ihrer Stimme, selbst Tote wieder zu beseelen (178. Sonett).
164,37 *kluge Ulysses:* Homer, »Odyssee« XII, 39 ff.
165,13 *wenigen Tagen:* Wieland hat vielleicht gemeint: wenigen Takten.
165,37 f. *aus seinem Sitz:* die Ausgabe von 1773 schreibt »um nicht aus seinem Sitze . . .«.
167,14 *Prometheus:* Er hatte nach der Sage, die ihn als Titanen darstellt, das den Göttern geraubte Feuer zu den Menschen gebracht; er galt als der Schöpfer der Menschen, die er aus Ton und Tierteilen formte und deren Körpern er die Seele einflößte.
167,31 *Vielleicht ist . . .:* Polemik Wielands gegen den empfindsam-moralischen Romantypus, den Samuel Richardson (1698 bis 1761) in »Pamela« (1740), »Clarissa« (1747/48), »Sir Charles Grandison« (1753) geschaffen hatte und von dem eine breite Wirkung auf den europäischen Roman ausging, welcher sich auch Wieland zunächst nicht entzogen hatte.

168,19 f. *Maximen des Epictets:* Die Lehren des griechischen Philosophen Epiktetos (um 55–135 n. Chr.) wurden durch seinen Schüler Flavius Arrianus (2. Jh. n. Chr.) überliefert.

168,27 *Zoilus:* griechischer Rhetor (um 285–247 v. Chr.); er war wegen seiner Kritik an Homer berüchtigt.

169,31 *guten Bischofs Heliodorus:* Verfasser des Romans »Aithiopika« (3. Jh. n. Chr.). Er war wahrscheinlich Bischof von Trikka in Thessalonien. Dies Werk wurde vorbildlich für den europäischen Roman im 17. Jahrhundert.

169,37 f. *Crebillon:* Claude Prosper Jolyot de Crébillon (1707 bis 1777), französischer Schriftsteller; s. Nachwort S. 650.

170,23 *Artabanus:* Hauptfigur in dem Roman »Cleopâtra« (1647) des französischen Erzählers Gautier des Costes de La Calprenède (1610–63).

170,24 *Grafen von Comminges:* François de Baculard d'Arnaud (1718–1805), französischer Schriftsteller, veröffentlichte 1767 den Roman »Le comte de Comminge«.

171,25 f. *einen Deum ex Machina:* Göttererscheinung im griechischen Drama, die am Ende der Handlung durch helfendes Eingreifen die Verwicklung löst und mittels einer technischen Apparatur von der Höhe auf die Bühne hinabgelassen wurde.

171,36 *Don Esplandians:* Figur aus dem Roman »Amadis de Gaula«.

172,12 f. *von dem weisen Xenocrates:* Phryne (griechische Hetäre, 4. Jh. v. Chr.) soll, erotisch enttäuscht, ihn eine Statue genannt haben. Vgl. Anm. zu 51,3.

172,18 *Thomsons:* James Thomson (1700–48) verfaßte »The Seasons« (1726/30, letzte Fassung 1746) als Ausdruck eines neuen empfindungsvollen Naturerlebens.
Geßners: Salomon Geßner (1730–88) schrieb in rhythmischer Prosa, antike Anregungen in einen empfindsamen Rokokostil umgießend, »Idyllen« (1756; 5 Bde. 1772).

173,27 *Angola's und Versorand's:* Louis de la Mortière (gest. 1785) schrieb die erotischen Romane »Angola, Histoire Indienne« (1746) und »Mémoires de Versorand ou le Libertin devenu philosophe« (1750).

174,28 f. *Johann Jacob Rousseau:* Jean-Jacques R. (1712–78) schrieb in dem zitierten »Brief an d'Alembert« (1758): »Das Herz bewilligt umsonst, was der Wille verweigert. Der Ehrenhafte und der Liebhaber enthalten sich, selbst wenn man es erhalten könnte. Diese stillschweigende Einwilligung abnötigen, das heißt, das ganze Ungestüm gebrauchen, das in der Liebe erlaubt ist.«

174,31 *Dalembert:* Jean d'Alembert (1717–83), französischer Philosoph, Mitbegründer der »Grande Encyclopédie« (1751–80).

175,5 f. *Widerstand zu tun:* Anmerkung Wielands 1794: »In den älteren Ausgaben dieses Werkes lieset man hier folgenden Beisatz: ›Wagen wir zu viel, wenn wir einen solchen Widerstand in seinen Umständen für unmöglich erklären, nachdem er einem Agathon unmöglich gewesen ist?‹ – Die Frage scheint zwar diesen Ausspruch in ein Problem zu verwandeln: aber es fällt deutlich genug in die Augen, daß sie eine bloße Wendung ist, um das Auffallende desselben in etwas zu mildern. Der Verfasser hat sich also gedrungen gefunden, diese Stelle wegzustreichen, da sie, (nach seiner dermaligen Überzeugung) zwei falsche Sätze in sich schließt. Denn, erstens, ist Agathon, wie groß auch seine Vorzüge sein mögen, nur ein einzelner Mensch, dessen Tugend nicht zum Maßstabe der moralischen Kräfte der menschlichen Natur gemacht werden kann; und zweitens, ist es falsch, daß Agathon selbst den Widerstand, den er nicht getan hat, nicht hätte tun können, wenn er sich aller Kräfte eines vernünftigen und freien Wesens, folglich aller moralischen Hülfsquellen der Tugend, die in seiner Gewalt waren, so wie es seine Pflicht war, bedient hätte. Der Zusatz: ›in seinen Umständen‹, macht die Behauptung nicht richtiger; denn die Umstände können wohl die Schuld vermindern, aber nicht entschuldigen, geschweige denn rechtfertigen.«

176,34 *Correggio:* der italienische Maler Antonio Allegri, gen. Correggio (um 1494–1534).

180,6 *Herrn von Büffon:* George Louis Leclerc Graf von Buffon (1707–88), französischer Naturforscher, Verfasser der »Histoire naturelle« (1749–88) in 63 Bänden.

180,17 *Carneades:* griechischer Philosoph, Skeptiker (214–129 v. Chr.).

Sextus: Sextus Empiricus, griechischer Philosoph, Skeptiker (Ende des 2. Jh.s n. Chr.).

Cornelius Agrippa: Heinrich Cornelius A. von Nettesheim (1486 bis 1535), humanistischer Arzt, Philosoph und Alchimist.

180,34 *fünf und vierzigsten der Briefe der neuen Heloise:* J.-J. Rousseau veröffentlichte den Roman »Julie, ou la nouvelle Héloïse« 1761. Es müßte richtig heißen: 55. Brief des 1. Teils.

181,1 f. *Helvetischen Epictets:* J.-J. Rousseaus.

181,3 *Saint Preux:* der Geliebte der Julie in Rousseaus Roman.

182,26 f. *Jam alligata . . .:* Schon hatten die in wechselseitiger Umarmung verbundenen Körper eine Vermischung auch der Seelen bewirkt (»Satirae« des Petronius, vgl. Anm. zu 70,21).

182,28 f. *des Kaisers Nero:* Der wegen seiner Willkür, Verschwendungssucht und Grausamkeit berüchtigte römische Kaiser regierte 54–68 n. Chr.

182,32 f. *Et transfudimus . . .:* Und über unsere Lippen strömten die schweifenden Seelen hinüber und herüber (»Satirae«).

183,9 f. *einer unsrer tugendhaftesten Dichter:* Johann Jacob Bodmer (1698–1783), dessen Gast und Schüler der junge Wieland in Zürich von 1752 bis 1754 war.

183,22 *Schaftesbury:* Anthony Ashley Cooper, Earl of Shaftesbury (1671–1713), Philosoph und Schriftsteller. Sein Essay »A Letter concerning Enthusiasm« in Bd. 1 der »Characteristics of Men, Opinions, Times« (1711) hat Wieland sehr beeinflußt.

183,23 *Lucrez:* Titus Lucretius Carus (99/96–55 v. Chr.), römischer Dichter, Verfasser des Lehrepos »De natura rerum« in sechs Büchern.

184,5 *Aristipp:* griechischer Philosoph, Begründer der sog. kyrenäischen oder hedonischen Schule (um 435–355 v. Chr.).

185,36 *felices errore suo:* glücklich in ihrem Irrtum (Lucanus, »Pharsalia« I, 458 ff.). Marcus Annaeus Lucanus (39–65 n. Chr.), römischer Dichter.

190,32 und 191,14 *Callias:* korrigiert gegenüber dem Erstdruck, in dem an beiden Stellen irrtümlich der weder Danae noch Hippias bisher bekannte Name *Agathon* erscheint.

196,8 f. *Daphnen und Chloen:* Namen pastoraler Dichtung; z. B. des Liebespaares in dem Roman »Daphnis und Chloe« von Longos, wahrscheinlich Ende des 2. Jh.s, vielleicht in Lesbos.

196,16 *Vorurteilen:* Verbessert gegenüber der im Erstdruck befindlichen Korruptele *Vorteilen.*

196,23 f. *Vater Silen:* im Gefolge des Bacchus; häßlich-groteske Verkörperung der Trunksucht.

200,12 *welchen Plato . . .:* »Gastmahl«, Kap. 23.

200,22 *Apologistin:* Lobrednerin.

201,27 f. *Geheimnissen von Cythere:* Gemeint ist die Liebeskunst. Cythere war der Beiname der Liebesgöttin Aphrodite nach ihrem Tempel auf der Insel Kythera.

201,31 *Juvenal:* Gemeint ist »Satiren« VI, 63 ff.

202,33 *Präsident von Montesquieu:* Charles de Secondat, Baron de la Brède et de M. (1689–1755), Verfasser der »Lettres persanes« (1721) und von »L'Esprit des Lois« (1748). Von starkem Einfluß auf Wielands Denken.

204,22 *Nectars:* Nektar war der Trank der griechischen Götter.

205,18 *Cubus:* Würfel.

208,31 *seine Verbindung mit Psyche:* verbessert gegenüber dem Erstdruck, wo es irrtümlich *seine Verbindung mit Danae* heißt.

216,8 *Particularen:* Privatmännern.

218,22 *Darici:* persische Münzsorte.

219,9 *Orphischen Philosophie:* die religiöse Mystik der Griechen, mit dem Namen des Orpheus verbunden. Lehre von der Reinheit der Seele mit asketischen Grundsätzen, von Seelenwanderung, Unsterblichkeit und Vergeltung nach dem Tod.

219,37 f. *gefühlvollen:* verbessert gegenüber der im Erstdruck befindlichen Korruptele *gefühllosen.*

221,21 *En animam . . .:* Da habt ihr die Seele, den Geist, mit dem die Götter bei Nacht Zwiesprache halten mögen (Juvenal, »Satiren« VI, 531).

222,11 *Endymion:* ein schöner Jüngling, wurde nach der griechischen Sage von der Mondgöttin Selene als Geliebter in Besitz genommen.

223,6 *Blinden:* Vertiefungen. Wandnischen.

223,11 *Hermes:* Er galt u. a. als Erfinder der Magie und Alchimie.

223,19 *Geschichte der Semele:* Die Tochter des Kadmos von Theben ließ sich von der eifersüchtigen Hera zu dem Wunsch bewegen, den sie liebenden Zeus im Glanz seiner Göttlichkeit sehen zu dürfen; bei seinem Anblick verbrannte sie. Ihr Sohn Dionysos wurde jedoch von Zeus gerettet.

223,36 *glücklichen Inseln:* Pindar, »2. Olympisches Siegeslied« V, 70/77.

226,10 *Thetis:* Mutter des Achilles. Wieland verwechselt sie mit ihrer Großmutter Tethys, welche die Tochter des Uranos war.

228,10 *Lethe:* Fluß in der Unterwelt, aus dem zu trinken Vergessen bedeutet.

231,1 *Pylades:* der treue Freund des Orest, des Sohnes von Agamemnon.

231,11 *Liverei:* Kleidung eines Bedienten.

232,7 *Ceres:* griech. Demeter, Göttin der Fruchtbarkeit, der Feldfrüchte und der Ehe.

234,16 *wenn sie, sichtbar zu werden:* verbessert gegenüber dem Erstdruck, in dem es irrtümlich *unsichtbar* heißt.

239,22 f. *Juno, mit dem Gürtel der Venus geschmückt:* Homer, »Ilias« XIV, 293 ff.

246,3 *daß sie staunte:* im Sinne von ›gedankenvoll sinnen, träumen‹.

252,1 *tragische Phädra:* Hauptfigur in der Tragödie »Hyppolitos« von Euripides.

262,16 *Parrhasius:* griechischer Maler zur Zeit des Peloponnesischen Krieges.

267,23 f. *Pelopponesischen Kriege:* Krieg zwischen dem Stadtstaat Athen und dem Peloponnesischen Bund, an dessen Spitze Sparta stand (431–404 v. Chr.).

272,16 *aura popularis:* Volksgunst. Horaz, »Oden« III, 2, 20: »Nec sumit aut ponit secures arbitrio popularis aurae.«

275,8 *Schule des Platons:* Der Philosoph gründete 387 v. Chr. die sog. platonische Akademie in Athen.

275,10 *Gorgias:* G. von Leontinoi (gest. um 380 v. Chr.), Redner und Philosoph, einer der bedeutenden Sophisten. Platon gab einem Dialog seinen Namen.

275,11 *Prodicus:* Prodikos aus Keos, Sophist, Zeitgenosse von Sokrates.

275,26 f. *Vorwurf, welchen Aristophanes . . .:* in der Komödie »Die Wolken« (423 v. Chr.).

275,30 *Timäus:* Dialog von Platon (griech. Timaios), genannt nach einem pythagoreischen Philosophen, der um 400 v. Chr. lebte.

275,31 *Republik:* Schrift von Platon über das Ideal der Staatsverfassung.

282,32 *Handlung:* Handelsbeziehungen.

289,22 *Harmodius und Aristogiton:* zwei junge befreundete Athener, die als Helden demokratischer Freiheit geehrt wurden, da sie 514 v. Chr. Hipparchos, den Sohn des Tyrannen Pisistratos, ermordeten. Das Geschlecht der Pisistratiden war mit ihm erloschen.

291,3 *Aristides:* Er wurde 482 v. Chr. auf Veranlassung von Themistokles aus Athen durch Volksabstimmung verbannt. Vgl. Anm. zu 95,27.

293,2 f. *unbeschmitzt:* unbeschmutzt.

296,30 f. *des jungen Dionysius zu Syracus:* seit 367 v. Chr. Tyrann über Syrakus in Sizilien.

299,26 *Palladium:* Schutzheiligtum.

300,31 *Apologie:* Verteidigungsrede, Lobrede.

303,26 *dem weisen und guten Socrates:* Anspielung auf den 399 v. Chr. unter Anklage der Gottlosigkeit zum Tode verurteilten Sokrates.

306,2 *Contagion:* gegenseitige Ansteckung.

307,3 *Gymnosophisten:* eigentlich ›nackte Weise‹; fromme asketische Einsiedler und Weisheitslehrer.

309,22 *Hyrcanier:* Bewohner einer Landschaft am Südufer des Kaspischen Meeres.

309,23 *Massageten:* Bewohner der Nordostküste des Kaspischen Meeres.

Hibernier: Bewohner der Insel Irland.

Lästrigonen: nach der Sage und Homers »Odyssee« (X, 8 ff.) Menschenfresser im fernen Westen.

316,7 *des Saint Evremond:* Charles de Marguetel de Saint Denis, Marquis de Saint Évremont (1610–1703), französischer Schriftsteller.

316,7 f. *Ninon Lenclos:* Ninon de L. (1620–1705) gehörte zu den Frauen, die im Paris des 17. Jh.s ein geselliges literarisches Leben um sich sammelten. Zu diesem Kreis gehörte der Marquis von Sévigné, mit dem sie Briefe wechselte: »Lettres [. . .] au Marquis de Sévigné«, 2 Bde., 1750.

316,21 *Marino:* Giambattista M. (1569–1625) schilderte in »Adone« (1623), einem Versepos, die Geschichte der Liebe zwischen Venus und Adonis.

316,32 *Enothea:* Liebeshexe in dem Roman des Petronius.

330,3 f. *Verführung Jupiters:* Homers »Ilias«, 14. Gesang.

330,34 *Marcus Antoninus:* Marc Aurel, römischer Kaiser (121 bis 180), Verfasser von 12 Büchern philosophischer Selbstbetrachtung in griechischer Sprache.

330,35 *Montaigne:* Michel Eyquem de M. (1533–92), französischer Schriftsteller, Verfasser von autobiographischen Essays.

335,17 *Dryaden:* Baumgottheiten, Baumnymphen.

342,10 *Hyperides:* griechischer Rhetor und Politiker im 4. Jh. v. Chr.

342,24 *Julius Cäsars:* Er trennte sich von seiner Gattin Pompeia, als Clodius in ihren Räumen in Frauenverkleidung beim Fest der Bona Dea entdeckt wurde.

345,19 *Hebe:* griechische Göttin der Jugendanmut.

346,25 *aufgezogen:* im Sinne von ›aufgehalten, hingehalten, aufgeschoben‹. Die 2. Ausgabe 1773 verändert zu *aufgeschoben.*

350,9 *Critobulus:* Die Geschichte, auf die Wieland anspielt, findet sich in Buch 1, Kap. 3 der »Denkwürdigkeiten des Sokrates« von Xenophon.

352,21 *Roman du jour:* Moderoman.

354,33 *wie Schah Baham:* Figur in »Le sopha, conte moral« von C. P. J. de Crébillon.

356,3 *moralischen Laudanums:* moralischen Opiums.

357,6 *Rat des alten Cato:* Vgl. Horaz, »Satirae« I, 2, 31 ff.: »Als ein Bekannter das Bordell verließ, sagte er entsprechend der göttlichen Ansicht des Kato: ›Heil dir wegen deiner Tugend, denn sobald die schändliche Wollust das Blut in Wallung gebracht hat, ist es recht und billig, daß junge Männer an diesen Ort gehen und nicht fremde Ehefrauen beschlafen‹.«

357,24 *die Tartüffen:* die Scheinheiligen, nach Molières Komödie »Tartuffe« (1664).

357,36 *Claville:* Charles François Nicolas Lemaitre de C. (1670 bis 1740), französischer Moralschriftsteller, Verfasser des »Traité du vrai merite de l'homme« (1734).

357,37 *Abbt:* Thomas A. (1738–66), Moralschriftsteller, Verfasser von »Vom Verdienst« (1765).

359,4 f. *zu Ende des dritten Capitels:* Im Erstdruck heißt es irrtümlich *des vierten Capitels.*

362,5 *Plato bei dem jüngeren Dionysius:* Der griechische Philosoph Platon versuchte zuerst um 390 v. Chr. am Hof des Tyrannen von Syrakus, Dionysios dem Älteren, Prinzipien seines Idealstaates zu verwirklichen. Er wurde jedoch, darin scheiternd, von dem Tyrannen als Sklave verkauft. Den zweiten Versuch unternahm Platon nach dem Tode von Dionysios (367 v. Chr.) am Hof von dessen Sohn, dem jüngeren Dionysios, doch gelangte er nicht zu seinem Ziel.

364,3 *Veneris Passerculus:* kleiner Sperling der Göttin Venus.

365,12 f. *Confucius:* chin. Kung-(fu-)tse (um 551 – um 479 v. Chr.), chinesischer Philosoph.

365,13 *König Salomon:* 1. Kön. 11, 4: »Und da er nun alt war, neigten seine Weiber sein Herz fremden Göttern zu, daß sein Herz nicht ganz war mit dem Herrn, seinem Gott, wie das Herz seines Vaters David.«

367,22 *eines vortrefflichen Schrift-Stellers:* François Vincent Toussaint (1715–72), Verfasser von »Les Mœurs« (1749).

371,36 *Priester zu Sais:* die wegen ihrer Weisheit berühmten Priester am Tempel der Göttin Neith in der ägyptischen Stadt Sais.

Auf dem verschleierten Bild der Göttin soll sich die Inschrift befunden haben: »Ich bin alles, was war, ist und sein wird, und meinen Schleier hat niemand aufgedeckt.«

374,23–25 *der Verfasser des gefährlichsten . . .:* Anspielung auf J.-J. Rousseaus Vorrede zu »Julie, ou la nouvelle Héloïse«.

375,1 *Sopha:* »Le sopha« von Crébillon.

375,1 f. *Puppe des Hrn. Bibiena:* Der französische Schriftsteller Jean Galli de Bibbiena (1709–79) verfaßte den Roman »La Poupée« (1744).

375,14 *Deanira:* Wieland verwechselt Deïanira, die Gattin des Herkules, mit Omphale, Königin der Lyder, die dessen Geliebte war.

375,33 *Gay:* John Gay (1688–1732) veröffentlichte 1726 eine Sammlung von Fabeln, darunter »The Lady and the Wasp«. Die Lady duldet die Wespe wegen ihrer Schmeicheleien.

377,24 *asotische Witzling:* lüsterne Witzling; Anspielung auf die Komödie »Lysistrate« von Aristophanes. – *asotisch:* von lat. asotus, Verschwender, Wüstling.

378,12 *Nemea:* Name einer Flötenspielerin.

378,14 f. *Plutarch sagt uns . . .:* »Leben des Alkibiades« XVI.

381,3 *Alexis:* Komödiendichter aus Thurioi, der sehr alt wurde und 245 Stücke verfaßt haben soll.

Menander: Menandros (342–291 v. Chr.), Komödiendichter in Athen.

Diphilus: Komödiendichter, Zeitgenosse Menanders, Verfasser zahlreicher Stücke.

381,3 f. *Philemon:* Komödiendichter, seit 307/306 v. Chr. Bürger von Athen (gest. um 364/363); Verfasser sehr vieler Spiele.

381,4 *Apollodorus:* Bekannt sind zwei Komödiendichter dieses Namens, von denen einer aus Karystos (Euboia), der andere aus Gela (Sizilien) stammt.

381,9 *Solon:* Darüber berichtet Plutarch in dessen Lebensbeschreibung.

381,16 *den weisen Socrates:* darüber Xenophon, »Denkwürdigkeiten«, 1. Buch, 3. Kap.

381,25 *wenn Plato . . .:* in Platons Dialog »Menexones«, Kap. 3.

381,31 *Paphischen Göttin:* Siehe Anm. zu 93,12.

382,13 *Anathema:* Fluch.

382,21 *Martial:* Marcus Valerius Martialis (um 40–104), Verfasser von Gedichten und Epigrammen.

Apulejus: Lucius Apulejus (um 123–180), Verfasser von »Der goldene Esel«.

383,25 f. *die punctierte Seele:* Jan Amos Komenský, latinisiert: Comenius (1592–1670), Verfasser des »Orbis sensualium pictus quadrilinguis«. Vgl. die Nürnberger Ausgabe von 1679, S. 166/167, Nr. XLII.

387,7 *dem äsopischen Hund:* Die Fabel erzählt von einem Hund, der, von einem Trugbild betrogen, gierig die ihm bereits sichere Beute fallen läßt und sich damit selbst betrügt.

387,15 *Factionen:* Parteiungen.

387,28 *Hände des Dionysius:* Der Tyrann Dionysios der Ältere herrschte über Syrakus 406–367 v. Chr.

387,31 *dem jüngeren Dionysius:* Er folgte seinem Vater 367 v. Chr. und wurde 343 vertrieben, lebte danach als Privatmann in Korinth.

390,2 *Convenienz:* Geschicklichkeit.

391,10 *Augusten:* der erste römische Kaiser C. Octavius Augustus (63 v. Chr. – 14 n. Chr.).

391,11 *Trajanen:* Der römische Kaiser Marcus Ulpius Trajanus regierte 98–117 mit großen politischen und kulturellen Erfolgen.

391,15 *Heliogabale:* der römische Kaiser Heliogabalus (218–222).

392,2 *Dion:* Schwager und Schwiegersohn von Dionysos d. Ä. in Syrakus (409–354 v. Chr.), Anhänger des Platon, aus politischen Gründen aus Syrakus nach Athen verbannt. 351 eroberte er Syrakus, scheiterte aber bei dem Versuch der Verwirklichung einer Staatsverfassung nach der Lehre Platons. 354 ermordet.

392,33 f. *Champions:* Vorkämpfers.

392,35 *dem Plato einen Ausdruck abzuborgen:* aus dem Dialog »Kratylos«.

393,19 *Hutchinson:* Francis Hutcheson (1694–1746), Begründer der sog. Schottischen Schule in Glasgow. Verfasser von »Inquiry into the original or our ideas of Beauty and Virtue« (1725) und »An essay on the nature and conduct of the passions and affections« (1728, dt. 1760). Wieland bezieht sich auf die deutsche Übersetzung.

394,25 *Austerität:* Strenge, Düsterheit, Herbheit.

396,16 *Plutarch:* »Das Leben Dions« XXXVII, 4.

396,33 *die Caton:* Marcus Porcius Cato Uticensis (95–47 v. Chr.), Führer der republikanischen Partei in Rom und Gegner Caesars.

Brutus: Marcus Junius B. (um 79–42 v. Chr.) leitete die Verschwörung der römischen Senatspartei gegen Caesar und beteiligte sich an dessen Ermordung.

Algernon Sidney: Der englische Lord, Sohn des Grafen von Leicester (1622–83), beteiligte sich an einer Verschwörung gegen die Herrschaft des Hauses Stuart und wurde unter Karl II. hingerichtet.

397,29 *Marcus Antonius:* römischer Staatsmann (um 82–30 v. Chr.), seit 44 Konsul, Verwandter und Anhänger Caesars, später, nach dessen Ermordung, einer der drei Triumvirn.

397,30 *Cassius:* Gajus C. Langinus (gest. 42 v. Chr.), ein Mitverschworener gegen Caesar, verlangte die gleichzeitige Ermordung des Marcus Antonius, der sich Brutus widersetzte.

398,31 *der Patriotische Phlegon:* griechischer Schriftsteller, erste Hälfte des 2. Jh.s n. Chr.

398,37 *Der redliche Macrin:* Macrinus Opelius, Gardekommandant unter Kaiser Caracalla, den er 217 n. Chr. ermorden ließ. Er wurde, nach der Wahl von Heliogabalus zum Kaiser, getötet. Das Beiwort *redlich* dürfte nicht passend sein.

399,3 *Caligula:* römischer Kaiser (37–41 n. Chr.), berüchtigt wegen seiner grausamen, verschwendungssüchtigen und despotischen Regierung.

399,4 *Diophant:* griechischer Redner, Freund des Demosthenes. Weil die Götter verhindert hätten, daß Philipp II. von Makedonien durch die Thermopylen in Griechenland eindrang, schlug er eine festliche Dankfeier vor.

399,28 f. *Horazische Frage ...:* Horaz, »Ars poetica« 22: »Warum kommt ein Wasserkrug heraus, wenn die Töpferscheibe sich dreht?«

400,6 *Ober-Priester zu Chäronea:* der in Chäronea geborene Plutarch.

400,24 *Libation:* Trankopfer.

402,25 *Aretin:* der italienische Satiriker Pietro Aretino (1492 bis 1556).

402,34 *Tibere:* Tiberius Claudius Nero, römischer Kaiser, regierte von 14 bis 37 n. Chr. mit despotischer Härte.

403,6 *Hamlet:* I, 5.

404,16 *Orden der Corybanten:* die Priester der phrygischen Göttin Kybele.

405,37 *o! cæcas ...:* Oh! Blinde Sinne der Menschen! (Lukrez, »De rerum natura« II, 14).

406,25 *Çomus:* Er galt als Gott der Freßsucht.

407,21 *Galimathias:* Unsinnsrede, Kauderwelsch.

407,25 *Cicero:* »Laßt nur den Platon hören gleichsam als Gott der Philosophen (»De natura deorum« II, 12, 32).

411,37 f. *inter Sylvas Academi:* unter den Bäumen der Akademie (Horaz, »Episteln« II, 2, 45).

412,8 *Atlantiden:* Beschreibungen (z. B. von Platon) der sagenhaften Insel Atlantis.

412,29 *Philistus:* historisch beglaubigt als Verwandter des älteren Dionysios, der von ihm verbannt, von dessen Sohn aber wieder zurückgerufen wurde. Auch Timokrates ist historisch belegt. Wieland hat jedoch ihre Charaktere und Handlungen frei gestaltet.

423,15 *daß der Schnee nicht ...:* Cicero berichtete (»Acad. priorum« II, XXIII, 72), Anaxagoras habe gesagt, der Schnee sei schwarz.

437,5 *Hieron:* Hiero I., Herrscher über Syrakus 477–467 v. Chr.

437,14 *Simoniden:* Platon überliefert die Nachricht, der griechische Lyriker Simonides (um 556–468 v. Chr.) sei mit Hieron bekannt gewesen.

Pindare: Hinweis auf Pindars 1. Olympische Ode, ferner auf den 1. bis 3. Pythischen Gesang. In ihnen hat Pindar Hieron gefeiert.

439,33 *Anapus:* Fluß an der Ostküste von Sizilien.

439,37 *Maulesel des Hieron:* Sie sind nicht von Pindar, sondern von Simonides besungen worden.

440,1 *Antisthenes:* griechischer Philosoph (um 440–370 v. Chr.), Schüler des Sokrates, Begründer des sog. Kynismus.

441,15 *Aristippus:* Vgl. Anm. zu S. 184,5. Nach Plutarch war er zur gleichen Zeit wie Platon in Syrakus.

441,20 *Migration:* Wanderung.

444,10 *Verfasser des Cratylus:* Platon.

447,6 *Archytas zu Tarent:* Er regierte die griechische Kolonie Tarent in Unteritalien (um 400–365 v. Chr.); als Mathematiker, Philosoph, Staatsmann sehr geachtet.

449,22 f. *Diogenes von Laerte:* Verfasser einer Geschichte der griechischen Philosophen (»De vitis, dogmatis et apophtegmatis clarorum philosophorum«). Lebte in der ersten Hälfte des 3. Jh.s n. Chr. in Kilikien.

449,23 *Athenäus:* Er hat Aristipp in seiner Schrift »Deipnosop« kritisch geschildert (Ende des 2. und Anfang des 3. Jh.s, zuletzt in Rom).

449,32 f. *qui Curios ...:* Heuchler (Pantomimen), die sich den

Anschein von Männern wie Curius geben und dabei ausschweifend leben (Juvenal, »Satiren« II, 3). Curius galt als Vorbild altrömischer Mannestugend.

450,3 f. *Inflexionen der Stimme:* Modulationen, Veränderungen.

450,17 f. *einer der ehrwürdigsten:* Jakob Brucker (1696–1770), Verfasser der »Historia critica philosophiae, a mundi incunabilis ad nostram usque aetatem deducta« (1742/1744). Von Wieland viel benutzt.

451,27 *Severität:* Ernsthaftigkeit.

452,32 *welches ihm Horaz gibt:* Horaz, »Episteln« I, XVII, 23 f.

452,34 *wie Plato:* nach Diogenes von Laerte II, 67.

460,1 f. *der Sophist Protagoras:* Philosoph (um 485–415 v. Chr.), vor allem in Athen. Platon benannte nach ihm einen Dialog.

463,29 f. *ob Scaramuz, ob Scapin:* komische Masken der italienischen Commedia dell'Arte.

464,3 f. *hanc veniam ...:* Diese Gunst erbitten und gewähren wir (Horaz, »Ars poetica«).

464,8 f. *Logogryphen:* Worträtsel.

467,23 *Saturnischen Zeiten:* Nach der Sage hat Saturnus, Gott des fruchtbaren Ackerbaues, in der Gestalt eines Königs in Latium über ein Landvolk geherrscht und Frieden und Glück gesichert.

468,18 *für unheilbar angesehen:* Anmerkung Wielands 1794: »Übrigens ist es vielleicht bemerkenswert, daß alles Nachteilige, was Agathon von den Republiken sagt, durch die neu entstandene Französische Republik so völlig bestätiget wird, daß es Zug vor Zug nach ihr gezeichnet zu sein scheint, wiewohl es vor mehr als fünf und zwanzig Jahren geschrieben wurde; zu einer Zeit, da sich noch niemand in der größten Fieberhitze hätte träumen lassen, daß, noch vor Ausgang dieses Jahrhunderts, aus dem Moder der aufgelösten Französischen Monarchie ein politisches Ungeheuer hervor steigen werde, das uns schon in den ersten Jahren seines Daseins den gräßlich ekelhaften Anblick aller der Unordnungen, Ungerechtigkeiten, Torheiten, Verbrechen und Greueltaten, im Großen darstellt, welche uns die Geschichte an jenen berühmten Freistaaten des alten Griechenlandes, in der Epoke ihrer höchsten Verderbnis, im Kleinen zeigt. Welche Wahrscheinlichkeit, daß eben dieselben Ursachen, die den Untergang jener alten Republiken nach sich zogen, in Frankreich die Quellen des Gedeihens, der Dauerhaftigkeit und des blühenden Wohlstandes einer neu gebornen Mißgeburt von Republik, die das Princip ihrer baldigen Auflösung gleich mit auf die Welt brachte, sollten werden können?«

470,14 *Epaminondas:* Staatsmann und Feldherr (um 418–362 v. Chr.) in Theben.

472,7 f. *Jack Fallstaff:* Sir John Falstaff, aus Shakespeares »Heinrich IV.« und »Die Lustigen Weiber von Windsor«.

474,1 f. *Theater der Hauptstadt:* Wien und seine Tradition des Volkstheaters.

474,20 *Manum de tabula!:* Die Hand vom Tisch!

481,32 *Pallas:* »Pallas war ein freigelassener, der mit Narcissen das Herz des Kaisers Claudius geteilt hatte« (Wieland, »Zwölf moralische Briefe« II, 192).

Tigellin: Gajus Sofonius Tigellinus, Genosse Kaiser Neros in seinen Ausschweifungen und Untaten.

484,11 f. *Tribunalien:* Staatsbehörden.

485,4 f. *Abbts von Saint Pierre:* Charles Irénée Castel, Abbé de Saint-Pierre (1658–1743), Verfasser von »Projet de paix perpétuelle« (1713).

489,31 *Antonine:* Die römischen Kaiser Antonius Pius (138–161) und Marcus Aurelius Antoninus (161–180) galten als gerechte, glückschaffende Regenten.

489,31 f. *Juliane:* der römische Kaiser Flavius Claudius Julianus (361–363).

493,24 *Polycleten:* Polyklet, griechischer Bronzebildner (2. Hälfte des 5. Jh.s v. Chr.).

493,35 *des Socratischen Geheimnisses:* Xenophon, »Denkwürdigkeiten« I, III, 14.

495,21 f. *Ixion dieser Juno:* Ixion, nach der Sage thessalischer König, der, von Zeus unter die Götter geladen, um die Gunst der Hera (Juno) warb. Zeus täuschte ihn durch eine ihr ähnliche Frau. Als sich Ixion der Gunst Heras rühmte, ließ ihn der Götterfürst mit Schlangen an ein ewig um die Erde kreisendes glühendes Rad fesseln.

497,12 *Platonischen Lehrsatzes:* Platons »Lysis« 216; »Symposium« 201; 204.

497,21 f. *Solonische Ausspruch:* Herodot II, Kap. 32.

497,37 *Nil admirari:* Nichts bewundern (Horaz, »Episteln« I, VI, 1).

499,31 *Seladons:* Céladon, sentimentaler, schwärmerischer Liebhaber in dem Schäferroman »Astrée« (1607/27) von Honoré d'Urfé (1586–1625).

501,17 *furchtbaren:* hier zu verstehen als ›furchtsam‹.

501,29 f. *Schwester des berühmten Herzogs . . .:* Wieland denkt an die »Mémoires du Comte de Grammont« des Anthony Graf von Hamilton (1646–1720). Dort wird erzählt, daß die schöne Arabella Churchill bei einem Sturz vom Pferde ihre Reize so sehr enthüllte, daß der ihr helfende Herzog von York – der spätere König Jakob II. – sie zu seiner Geliebten machte. Ihren Bruder ernannte er zum Herzog von Marlborough.

519,19 *Timoleon von Corinth:* republikanischer Feldherr (410 bis 336 v. Chr.). Er unterstützte 347 die Syrakusaner im Aufstand gegen Dionysios, nach dessen Vertreibung lehnte er die Herrscherwürde ab.

525,22 f. *Gesandte von Tarent:* Plutarch berichtet, Archytas habe durch Gesandte die Freilassung Platons in Syrakus gefordert.

528,4 *die Walsinghams:* Sir Francis Walsingham (1530–90) verbrauchte als Staatssekretär der englischen Königin Elisabeth sein Vermögen und starb in Armut.

die More: Sir Thomas M. (1478–1535), Lordkanzler König Heinrichs VIII., Verfasser des Staatsromans »De optimo statu rei publicae deque nova insula Utopia« (1516). Er wurde, weil er Heinrichs Heirat mit Anna Boleyn und dessen Oberhoheit über die englische Kirche ablehnte, hingerichtet.

528,5 *Tessins:* Der schwedische Staatsmann Graf Tessin (1695 bis 1770) legte, da er mit dem König nicht übereinstimmte, seine Ämter nieder und zog sich auf sein Landgut Åkerö zurück.

528,17 *Fabricius:* Gajus Luscinus F., römischer Konsul (3. Jh. v. Chr.), war wegen Sittenstrenge und Rechtlichkeit berühmt.

528,18 *Cincinnatus:* Lucius Quintius C., 458 v. Chr. vom Pflug weg zum römischen Diktator ernannt, legte nach seinem Sieg über die Äquer und Sabiner freiwillig sein Amt nieder, um zu seinem Landgut zurückzukehren.

528,22 *Telemach:* Sohn des Odysseus; hier im Sinne von ›Zögling, Schüler‹.

529,10 *deiner Tugend-atmenden Briefe:* Graf Tessin veröffentlichte 1751 »Briefe eines alten Mannes an einen jungen Prinzen«.

531,21 *Lycurgus:* König von Sparta (9. Jh. v. Chr.), der die Spartaner verpflichtete, die von ihm bestimmte Verfassung während seiner Abwesenheit nicht zu ändern, sie dann verließ und in der Fremde den freiwilligen Hungertod starb.

531,23 *Leonidas:* Vgl. Anm. zu S. 94,29.

532,15 *Blättern der Cumäischen Sibylle:* Die Sibyllen galten als prophetische Jungfrauen, durch welche die Götter sprachen. Die Sibylle von Kumä (nahe Neapel) soll dem Kaiser Tarquinius Superbus eine Sammlung von Weissagungen in griechischen Versen verkauft haben.

532,20 *Herr Naudot:* François Nodot gilt als Verfasser von »La Contre-critique de Pétrone« (1700).

532,33 *des Herrn Helvetius:* Claude Adrien Helvétius (1715–71), Philosoph der materialistischen Aufklärung, verfaßte »De l'esprit« (1758). Das 1759 als staats- und religionsgefährlich verbrannte Werk war Wieland sehr vertraut und hat ihn stark beeinflußt.

535,24 *Chronique scandaleuse:* Dieser Titel wurde 1611 dem Neudruck einer Schrift, die Jean de Roye (geb. um 1425) über den französischen König Ludwig XI. 1488 verfaßt hatte, gegeben.

541,26 *Bunyans Reise:* Der englische religiöse Schriftsteller John Bunyan (1628–88) veröffentlichte »The Pilgrim's Progress from this World to That which is to come« (1678/84).

542,7 *Livres:* französische Münzen (lat. libra, ›Pfund‹).

547,6 *Oromasdes und Arimanius:* Der gute Gott der alten Perser war Oromasdes, während Arimanius, der mit ihm die Weltherrschaft teilte, der Urheber alles Bösen war.

547,29 *Mystagogen:* eigentlich: Führer zum Mysterium für Neueinzuweihende; allgemein: Verkünder von Geheimlehren.

548,26 *Sir Carl Grandison:* Samuel Richardson (1698–1761) veröffentlichte 1753 den Roman »The History of Sir Charles Grandison«, der eine neue Phase in der europäischen Romangeschichte einleitete.

552,12 *Werkel-Tags-Welt:* Shakespeare, »As you like it«, I, III, 12. »O, how full of briers is this working-day world.«

553,31 f. *Amphora cœpit ...:* Horaz, »Ars poetica« 21 f. Anfangs wird ein Weinkrug auf die Töpferscheibe gestellt – warum kommt ein Wasserkrug heraus, wenn sie sich dreht?

554,33 *Dulcineen:* die imaginierte Idealgeliebte Dulcinea im »Don Quijote« von Cervantes.

555,8 f. *Maul-Esel-Treiber von Jangois:* »Don Quijote«, T. 1, Kap. 15.

555,16 *des Alciphrons:* Der griechische Rhetor Alkiphron lebte im 3. Jh. n. Chr.

557,6 *Der kleine Held:* nach »La Reine de Golconde« in »Œuvres du Chevalier de Boufflers« (1780). Ein fünfzehnjähriger Edelknabe hatte ein Abenteuer mit einem unbekannten Bauernmädchen, das er nach einigen Jahren als Gattin des Marquis de Castlemont, wiederum nach einigen Jahren als Königin von Golconde in den Kolonien wiedertraf. Durch einen Sprung aus dem Fenster rettete er sich vor dem König, der ihn ertappt hatte.

560,34 f. *des Königs Pyrrhus:* König von Epirus (319–272 v. Chr.). Er unterstützte erfolglos Tarent im Widerstand gegen die römische Herrschaft.

561,12 *Lilliputtischen Seelen:* Zwergenseelen, kleine Geister und Gehirne, nach Jonathan Swifts (1667–1745) Roman »Travels into several Remote Nations of the World by Lemuel Gulliver« (1726).

563,29 *der guten alten Frau Shirley:* wie die folgenden Namen (bis Olivien) Figuren aus Richardsons Roman »The History of Sir Charles Grandison«.

563,35 *der schönen Magellone:* Titelheldin eines französischen Romans in Prosa, der 1457 gedruckt wurde und als Volksbuch »Von der schönen Magelona« in deutscher Sprache 1535 erschien.

564,3 *Vanloos:* Charles André Vanloo (1705–65), französischer Maler im Stil des Rokoko.

Bouchers: François Boucher (1703–70), französischer Maler im Stil des Rokoko.

564,5 f. *Apelles:* griechischer Maler (4. Jh. v. Chr.).

569,3 *Gynäceum:* Frauenwohnung.

569,14 *seinen Töchtern:* genauer: Schwiegertöchtern.

573,1 *splenetischen Lichte:* schwermütigen Lichte.

574,27 *Diderot:* Denis D. (1713–84), französischer Philosoph, Dramatiker, Erzähler. Er verfaßte u. a. »De la Poésie dramatique, à mon ami Monsieur Grimm«, übersetzt von G. E. Lessing 1760.

576,17 *Clonarion:* Wieland fand den Namen bei Lukian, »Dialogi meretricii« (»Hetärengespräche«).

577,27 *Galathea:* Meeresnymphe; ihr Liebhaber Akis wurde von dem Kyklopen Polyphem erschlagen.

583,1 f. *Doctor Peter Rezio von Aguero:* »Don Quijote«, T. 2, Kap. 47.

583,4 *Inanition:* Entkräftung.

583,6 *der Insel Barataria:* »Don Quijote«, ebd.

583,8 f. *wie Sancho zu helfen:* Sancho entschied, es sei ein Gottesdienst, einen elenden Arzt totzuschlagen, der nur ein Henkersknecht der Menschen ist (ebd.).

584,1 *Aeneas und Dido:* Vergil, »Aeneis«, 4. Buch.

584,35 *eine zweite Artemisia:* Artemisia, Gattin des griechischen Königs Mausolos, ließ ihm nach seinem Tod (um 353 v. Chr.) in Halikarnassos das berühmte Grabmal (Mausoleum) bauen.

591,35–37 *Verfasserin der geheimen Geschichte . . .:* Charlotte Rose de Caumont de la Force veröffentlichte »Histoire secrète de Bourgogne« (1694) und »Histoire de Marguerite de Valois, Reine de Navarre« (1696).

592,7 *Brutus:* Decimus Junius Albinus B. (um 84–43 v. Chr.) nahm führend an der Verschwörung gegen Julius Caesar teil.
Portia: Gemahlin des Marcus Brutus.

592,36 *Penthesileen:* nach griechischer Sage war Penthesilea die Königin der Amazonen.

595,20 *Cœtera intus agentur:* Das übrige wird innen vollzogen.

598,26 *mit Horaz:* »Carmina« III, 29, 55.

599,16 f. *der französische Verfasser . . .:* Helvétius erwähnt in »De l'esprit« II, Kap. VIII, den »Traité du Rossignol franc ou chanteur« (1751) von Louis Daniel Arnault de Nobleville.

F. M.

Literaturhinweise

[Christoph Martin Wieland:] Geschichte des Agathon. 2 Tle. Frankfurt/Leipzig [d. i. Zürich: Orell, Geßner und Comp.,] 1766–67.

Christoph Martin Wieland: Geschichte des Agathon. Unveränderter Abdruck der Editio princeps (1767). Bearb. von Klaus Schaefer. Berlin: Akademie Verlag, 1961.

Christoph Martin Wieland: Geschichte des Agathon. In: Ders.: Sämmtliche Werke. Bd. 1–3. Leipzig: Göschen, 1794. Reprogr. Nachdr. Nördlingen: Greno, 1984.

Christoph Martin Wieland: Werke. Hrsg. von Fritz Martini und Hans Werner Seiffert. Bd. 1. Bearb. von Fritz Martini und Reinhard Döhl. München: Hanser, 1964.

Christoph Martin Wieland: Geschichte des Agathon. Hrsg. von Klaus Manger. Frankfurt a. M.: Deutscher Klassiker Verlag, 1986. (Werke in zwölf Bänden. Bd. 3.) [Erste Fassung von 1766/67. Mit einer synoptischen Übersicht über die Kapitelfolge der ersten und der letzten Fassung sowie den Zusätzen und Ergänzungen von 1773, 1794 und 1800.]

Wielands Briefwechsel. Hrsg. von der Deutschen Akademie der Wissenschaften zu Berlin. Institut für deutsche Sprache und Literatur. Hrsg. von Hans Werner Seiffert. Berlin: Akademie Verlag, 1963 ff. [Zitiert als: *Br.*]

Gustav Wilhelm: Die zwei ersten Ausgaben von Wielands »Agathon«. Graz 1896.

Otto Freise: Die drei Fassungen von Wielands »Agathon«. Diss. Göttingen 1910.

Erich Groß: C. M. Wielands »Geschichte des Agathon«. Entstehungsgeschichte. Diss. Berlin 1930. Nachdr. Nendeln 1967.

Georg Raederscheidt: Entstehungsgeschichte, Analyse und Nachwirkungen von Wielands »Agathon«. Diss. Frankfurt a. M. 1930.

E. E. Miller: Zur Textgeschichte von Wielands »Agathon«. Diss. Baltimore 1933.

Barbara Schlagenhaft: Wielands »Agathon« als Spiegelung aufklärerischer Vernunft- und Gefühlsproblematik. Erlangen 1935.

Victor Michel: C. M. Wieland. La Formation et l'évolution de son esprit jusqu'en 1772. Paris [1938].

Marga Barthel: Das Gespräch bei Wieland. Untersuchungen über Wesen und Form seiner Dichtung. Frankfurt a. M. 1939. Nachdr. Hildesheim 1973.

Horst Rüdiger: Wielands »Agathon« und die geistigen Kräfte des deutschen Rokoko. In: Zeitschrift für deutsche Geisteswissenschaft 3 (1940/41) S. 24–35.

Fritz Martini: C. M. Wieland und das 18. Jahrhundert. In: Festschrift für Paul Kluckhohn und Hermann Schneider. Tübingen 1948. S. 243–265.

Friedrich Sengle: Wieland. Stuttgart 1949.

Hans Wolffheim: Wielands Begriff der Humanität. Hamburg 1949.

Fritz Martini: Wieland-Forschung. In: Deutsche Vierteljahrsschrift für Literaturwissenschaft und Geistesgeschichte 24 (1950) S. 269–280.

Karl Heinz Kausch: Das Kulturproblem bei Wieland. Diss. Göttingen 1954.

Hans Werner Seiffert: Wieland und Wieland-Forschung. In: Wieland. Vier Biberacher Vorträge. Wiesbaden 1954. S. 80–102.

Wolfgang Kayser: Entstehung und Krise des modernen Romans. Stuttgart 1955.

Fritz Martini: Chr. M. Wieland. Zu seiner Stellung in der deutschen Dichtungsgeschichte im 18. Jahrhundert. In: Der Deutschunterricht 8 (1956) H. 5. S. 87–112.

Heinrich Vormweg: Die Romane Chr. M. Wielands. Zeitmorphologische Untersuchungen. Diss. Bonn 1956.

Helmut Kind: Christoph Martin Wieland und die Entstehung des historischen Romans in Deutschland. In: Gedenkschrift für Ferdinand Josef Schneider. Hrsg. von Karl Bischoff. Weimar 1956. S. 158–172.

Gerd Matthecka: Die Romantheorie Wielands und seiner Vorgänger. Diss. Tübingen 1957.

Otto Brückl: Wielands Erzählungen. Eine formale Untersuchung im Hinblick auf die weltanschauliche und literarische Entwicklung der ersten Hälfte des 18. Jahrhunderts. Ein Beitrag zur Revision des Wieland-Bildes. Diss. Tübingen 1959. [Masch.]

Fritz Martini: Der Bildungsroman. Zur Geschichte des Wortes und der Theorie. In: Deutsche Vierteljahrsschrift für Literaturwissenschaft und Geistesgeschichte 35 (1961) S. 44–63.

Peter Michelsen: Lawrence Sterne und der deutsche Roman des 18. Jahrhunderts. Göttingen 1962.

Wolfgang Preisendanz: Die Auseinandersetzung mit dem Nachahmungsprinzip in Deutschland und die besondere Rolle der Romane Wielands (Don Sylvio, Agathon). In: Nachahmung und Illusion. Hrsg. von Hans Robert Jauß. München 1964. S. 72–93.

Regine Schindler-Hürlimann: Wielands Menschenbild. Eine Interpretation des »Agathon«. Zürich 1964.

Hanna B. Schumann: Zur Literatur über Wielands Sprache und Stil. In:

Studien zur neueren deutschen Literatur. Hrsg. von Hans Werner Seiffert. Berlin 1964. S. 7–31.
Kurt Wölfel: Daphnes Verwandlungen. Zu einem Kapitel in Wielands »Agathon«. In: Jahrbuch der Deutschen Schillergesellschaft 8 (1964) S. 41–56.
Wolfram Buddecke: Ch. M. Wielands Entwicklungsbegriff und die »Geschichte des Agathon«. Göttingen 1966.
Victor Lange: Zur Gestalt des Schwärmers im deutschen Roman des 18. Jahrhunderts. In: Festschrift für Richard Alewyn. Hrsg. von Herbert Singer und Benno von Wiese. Köln/Graz 1967. S. 151–164.
Norbert Miller: Der empfindsame Erzähler. Untersuchungen an Romananfängen des 18. Jahrhunderts. München 1968.
Alessandro Pellegrini: Wieland e La Classicità Tedesca. Florenz 1968.
Jürgen Jacobs: Wielands Romane. Bern/München 1969.
Michael von Poser: Der abschweifende Erzähler. Rhetorische Tradition und deutscher Roman im 18. Jahrhundert. Homburg v. d. H. 1969.
Gerhart Mayer: Die Begründung des Bildungsromans durch Wieland. Die Wandlung der »Geschichte des Agathon«. In: Jahrbuch der Raabe-Gesellschaft (1970) S. 7–36.
Steven Richard Miller: Die Figur des Erzählers in Wielands Romanen. Göppingen 1970.
Hermann Müller-Solger: Der Dichtertraum. Studien zur Entwicklung der dichterischen Phantasie im Werk C. M. Wielands. Göppingen 1970.
Klaus Oettinger: Phantasie und Erfahrung. Studien zur Erzählpoetik C. M. Wielands. München 1970.
Klaus Schaefer: Das Problem der sozialpolitischen Konzeption in Wielands »Geschichte des Agathon« 1766/67. Ein Beitrag zur Untersuchung des idealistischen Menschenbildes in der Literatur der deutschen Aufklärung. In: Weimarer Beiträge 16 (1970) H. 10. S. 171–196.
Gürsel Aytaç: Die ›Glückseligkeit‹ in Wielands »Geschichte des Agathon«. Ankara (Ankara Universitesi Basimevi) 1971.
Jan-Dirk Müller: Wielands späte Romane. Untersuchungen zur Erzählweise und erzählten Wirklichkeit. München 1971.
Hildegard Emmel: Geschichte des deutschen Romans. Bd. 1. Berlin/München 1972.
Jürgen Jacobs: Wilhelm Meister und seine Brüder. Untersuchungen zum deutschen Bildungsroman. München 1972.
Lea Ritter-Santini: Der goldene und der bleierne Pfeil. Die Wunde der Nymphe Daphne. In: Jahrbuch der Deutschen Schillergesellschaft 16 (1972) S. 659–688.

M. H. Würzner: Die Figur des Lesers in Wielands »Geschichte des Agathon«. In: Dichter und Leser. Studien zur Literatur. Hrsg. von Ferdinand van Ingen [u. a.]. Groningen 1972. S. 151–155.

John A. McCarthy: Wielands Metamorphose. In: Deutsche Vierteljahrsschrift für Literaturwissenschaft und Geistesgeschichte 49 (1975) Sonderheft »18. Jahrhundert«. S. 149*–167*.

Wolfgang Paulsen: Christoph Martin Wieland. Der Mensch und sein Werk in psychologischen Perspektiven. Bern/München 1975.

Monika Schrader: Mimesis und Poiesis. Poetologische Studien zum Bildungsroman. Berlin/New York 1975.

Martin Swales: An unreadable novel? Some observations on Wieland's Agathon and the ›Bildungsroman‹ tradition. In: Publications of English Goethe Society N. S. 45 (1975) S. 101–130.

Klaus-Detlef Müller: Autobiographie und Roman. Studien zur literarischen Autobiographie der Goethezeit. Tübingen 1976.

Horst Thomé: Roman und Naturwissenschaft. Eine Studie zur Vorgeschichte der deutschen Klassik. Frankfurt a. M. 1977.

– Menschliche Natur und Allegorie sozialer Verhältnisse. Zur politischen Funktion philosophischer Konzeptionen in Wielands »Geschichte des Agathon« (1766/67). In: Jahrbuch der Deutschen Schillergesellschaft 22 (1978) S. 205–234.

Gerd Hemmerich: Christoph Martin Wielands »Geschichte des Agathon«. Eine kritische Werkinterpretation. Nürnberg 1979.

Elisabeth Boa: Sex and sensibility. Wielands's portrayal of relationships between the sexes in the »Comische Erzählungen«, »Agathon« and »Musarion«. In: Lessing Yearbook 12 (1980) S. 189–218.

Jürgen Jacobs: Die Theorie und ihr Exempel. Zur Deutung von Wielands »Agathon« in Blankenburgs »Versuch über den Roman«. In: Germanisch-Romanische Monatsschrift 31 (1981) S. 32–42.

Gottfried Günther / Heidi Zeilinger: Wieland-Bibliographie. Berlin/Weimar 1983. Fortgef. in: Wieland-Studien 1 (1991); 2 (1994); 3 ff. (1996 ff.).

Jürgen Jacobs: Wieland und der Entwicklungsroman des 18. Jahrhunderts. In: Handbuch des deutschen Romans. Hrsg. von Helmut Koopmann. Düsseldorf 1983. S. 170–183, 613 f.

Hans-Jürgen Schings: Agathon – Anton Reiser – Wilhelm Meister. Zur Pathogenese des modernen Subjekts im Bildungsroman. In: Goethe im Kontext. Kunst und Humanität, Naturwissenschaft und Politik von der Aufklärung bis zur Restauration. Ein Symposium. Hrsg. von Wolfgang Wittkowski. Tübingen 1984. S. 42–68.

Thomas C. Starnes: Christoph Martin Wieland. Leben und Werk. Aus zeitgenössischen Quellen chronologisch dargestellt. 3 Bde. Sigmaringen 1987.

Werner Frick: »Quid virtus, et quid sapientia possit ...« – Moralteleologie und skeptischer Realismus in Wielands »Geschichte des Agathon« (1767). In: W. F.: Providenz und Kontingenz. Untersuchungen zur Schicksalssemantik im deutschen und europäischen Roman des 17. und 18. Jahrhunderts. Tübingen 1988. S. 383–495.

Ellis Shookman: Intertextuality, »Agathon« and »Ion«. Wieland's novel, Euripides's tragedy, Plato's dialogue. In: Lessing Yearbook 22 (1990) S. 199–217.

Walter Erhart: Entzweiung und Selbstaufklärung. Christoph Martin Wielands »Agathon«-Projekt. Tübingen 1991.

Lieselotte E. Kurth-Voigt: Wielands »Geschichte des Agathon«: Zur journalistischen Rezeption des Romans. In: Wieland-Studien 1 (1991) S. 9–42.

– Wielands »Geschichte des Agathon«: Zur journalistischen Rezeption des Romans in England. In: Wieland-Studien 2 (1994) S. 54–96.

Klaus Schaefer: Christoph Martin Wieland. Stuttgart/Weimar 1996. (Sammlung Metzler. 295.)

Nachwort

> »Daß ich in wenigen Jahren eine Apologie für mich und meine Schriften werde nöthig haben, sahe ich schon lange voraus; Agathon, der in allen Betrachtungen *ärgerlicher* ist als Silvio, wird Murrens und Schreiens genug erwecken. Ich bin aber gewiß, daß ich am Ende allezeit die Vernünftigen auf meiner Seite haben werde.«
>
> (*Br.* 3, 207)

Die geschichtliche und ästhetische Bedeutung der *Geschichte des Agathon* von Christoph Martin Wieland (1733–1813) liegt in der Fülle der Perspektiven, die sie zur Tradition des europäischen Romans zurück bis zum spätgriechischen Erzählen, zur Entwicklung des europäischen Romans im 18. Jahrhundert und zu der an sie anknüpfenden deutschen Romangeschichte eröffnet. Durch den *Agathon* blickt noch die Romantypik des 17. Jahrhunderts hindurch: in der Anlage zum Reise- und Prüfungs- bzw. Läuterungsroman, in dem Geflecht von Trennung und Wiederfinden, in der Rolle des Zufalls als Arrangeur der Begebenheiten, in dem Einsatz in medias res und in vielen einzelnen Toposelementen. Bestimmend für die Entwicklung im 18. Jahrhundert sind, um nur wenige Stichworte zu geben, die Tendenz zu einem auf Gesetze der Natur und Psyche wie auf Kausalität im Lauf der Welt bezogenen Realismus, die rationale Komposition des Gesamtgefüges, das reflektierende und analysierende Erzählen, das Interesse an der Psychologie, an der Erkenntnis des Menschen und seiner Einbettung in ein ihn bestimmendes Milieu sowie ein moralisch-philosophischer Entwicklungsbegriff. Indem man diesen Begriff narrativ und exemplarisch seit Goethes *Wilhelm Meisters Lehrjahre* zur Geschichte des deutschen Entwicklungs- bzw. Bildungsromans erweiterte, erhielt die *Geschichte des Agathon* als dessen Vorstufe eine geradezu kanonische Geltung. In der jüngeren und jüngsten Wieland-Interpretation hat sich hingegen der Akzent verändert: Man erkennt im *Agathon* eine frühe, komplex ausgestaltete Form der psychologischen Entwicklungsgeschichte eines auf Individualität angelegten Menschen, den ersten deutschen gewichtigen und »modernen« psychologischen Roman.

Dieses Phänomen der »Modernität« eines Romans, der bald nach Mitte des 18. Jahrhunderts in erster Fassung publiziert wurde, hat sich darüber hinaus unter vielen Aspekten erweitert. Dem »modernen« Roman greift voraus, wie Wieland das Stoffliche, seine äußerlichen Spannungswirkungen reduziert hat, um sie in die innere, moralisch-psychologische Geschichte, in die Bewußtseinsgeschichte seines Helden und in die Form seines Erzählens zu verlegen. Der Erzählstoff wird in die erzählende Reflexion aufgelöst, die mittels des Erzählmediums den inneren und eigentlichen Zusammenhang des Romans herstellt und seine Perspektiven über die einzelne dargestellte Zentralfigur und ihre historische Geschichte hinaus erweitert. Agathon ist mehr als eine Individualität; er wird, wie die anderen Figuren, wie seine jeweilige Umwelt, entindividualisiert und entaktualisiert, damit an ihm generelle und, nach Ansicht des Autors, immer geltende Gesetze des menschlich-natürlichen Verhaltens, Denkens, Fühlens, Handelns durchsichtig gemacht werden können. Was Wieland hier erzählt, soll als das Modell einer Gesetzlichkeit aufgenommen werden, in der alles »dem ordentlichen Lauf der Natur, und den strengesten Gesetzen der Wahrscheinlichkeit so gemäß zu sein scheint« (S. 552), daß es für jeden Menschen unter jenen Bedingungen und Umständen, die Agathon zugeordnet wurden, als verbindlich betrachtet werden kann. Die Gedanklichkeit, die den Erzählgang und die Erzählform des Romans bestimmt und auch dort, wo bildhaft-sinnlich erzählt wird, zugrunde liegt, zielt ebenso auf diese typologische Verallgemeinerung wie die Enthaltsamkeit des Autors gegenüber individuellem Detail in der Schilderung von Figuren, Umwelt und Begebenheiten.

Dank dieser Rationalität gelingt es jedoch Wieland bzw. dem fiktiven Erzähler, analytisch zu einer Vielschichtigkeit und Vieldeutigkeit der psychologischen Beschaffenheit des Menschen und seiner Lebenswelt vorzudringen, die sich nicht mehr nur rational einkreisen läßt und die eine ihnen entsprechende Erzählform erfordert. Denn es ist für die »Modernität« von Wielands Roman symptomatisch, daß erst in dem Prozeß des Erzählens, das den inneren Prozeß in Agathon entwickelt, das Erzählte aufgebaut wird, daß erst in dem Wie des Erzählens das, *was* erzählt werden soll, sich darstellt. Damit wird an den Leser eine historisch bisher nicht ähnlich anzutreffende Forderung gestellt. Die *Geschichte des Agathon* wurde als der erste deutsche Roman bezeichnet, der, mehrdimensional angelegt, »gleichzeitig auf zwei sehr verschiedenen, dabei aber doch ständig aufeinander bezogenen Bewußtseinsebenen geschrieben wurde und von seinen Lesern in dieser Doppelschichtigkeit auch erfaßt werden will« (Wolfgang Paulsen). Mit anderen Worten: Die Perspektive des Erzählers, der sich rational-ironisch der Beschränkungen durch die Realität stets bewußt ist, und die Perspektive der erzählten Hauptfigur, die lange diese Beschränkungen nicht erkennt oder sich mit idealischem Schwung über sie hinwegtäuscht, bilden ein Spannungsfeld, das den Leser immer wieder zu einem Perspektivenwechsel nötigt, ihn nicht festlegt, sondern zum kritischen Beobachter nach beiden Seiten hin macht.

Konstitutiv ist in diesem Roman nicht der stoffliche Zusammenhang, der nur locker, sprunghaft, zudem nicht chronologisch erzählt wird. Konstitutiv ist die erzählende Reflexion. Sie wird von dem Erzähler und von den dargestellten Figuren geleistet und, als Verarbeitung und Beurteilung dessen, was ihm hier aus verschiedenen Perspektiven erzählt wird, dem Leser abgefordert, der als Partner in dem Erzählvorgang beständig präsent gehalten wird. Nicht nur der Erzähler erzählt hier eine Geschichte, sie wird ebenfalls von den Figuren erzählt, reflektiert und diskutiert, und sie muß von dem Leser als für ihn nicht nur wahrscheinlich, sondern gültig mitvollzogen werden. Zusammen mit der Subjektivität des allwissenden Erzählers, mag er auch wiederholt hinter epischer Objektivierung sich verbergen, wird zugleich eine Subjektivität der erzählten Figuren und des Lesers gesetzt. Der Erzähler macht sich selbst und den Leser, neben den Figuren, zu einem erzählten Gegenstand, und sein Roman reflektiert sich gleichsam selbst im Prozeß seiner Verwirklichung als Roman. Er reflektiert sich als das, was er sein soll, wie in dem, was er nicht sein will. Poetik des Romans und deren Verwirklichung fallen in eins zusammen. In dem Verhältnis zwischen dem Erzähler und seiner Hauptfigur, das zwischen Sympathie und Ironie reich facettiert ist, in seinem ähnlich angelegten Verhältnis zu den anderen Figuren und in dem zu seinen Lesern, im Verhältnis seiner Leser zu diesen Figuren ergibt sich eine beständige perspektivische Brechung und Verschiebung. Sie dient nicht nur dem analytischen Ziel, das, was erzählt wird, von möglichst vielen verschiedenen Seiten im pro et contra zu beleuchten, in allen seinen Möglichkeiten und Konsequenzen zu spiegeln, die Mannigfaltigkeit der Impulse, Antriebe und Reaktionen in ihrer Breite zu entfalten. Sie dient auch dem »philosophischen« Ziel des Romans: der Verknüpfung des Individuellen mit dem Generellen, des Besonderen mit dem gesetzlich Typischen, soll doch der Leser in der *Geschichte des Agathon* die Natur- und Seelengeschichte des Menschen überhaupt verstehen, wie sie immer war, zumindest jederzeit wahrscheinlich ist und immer wieder sein kann, wenn nicht von Natur her geradezu sein muß. Wielands Roman soll darstellen und verständlich machen, was, wenn es auch so nicht geschehen ist, doch »hätte geschehen können, oder noch einmal wirklich geschehen werde« (S. 6), was mit dem Gesetz der Kausalität, der Natur oder »dem Lauf der Welt« (S. 5) übereinstimmt, derart »so wohl die innere als die relative Möglichkeit« (S. 5) in sich trägt, und immerfort sich zutragen kann. Dies gilt für die Natur des menschlichen Herzens und, im staatlich-politischen Bereich, für die Art des öffentlich-gesellschaftlichen Verhaltens. Neben die innermenschliche Psychologie, die sich insbesondere im Verhältnis zum Moralischen und zum Erotischen abzeichnet, tritt die

Sozio-Psychologie im Priesterstaat, in der Republik und der Despotie. Damit hatte Wieland eine ihm erfaßbare Totalität in seiner *Geschichte des Agathon* dargestellt. Ihre Voraussetzung war sowohl die von ihm angenommene Deckung von Naturwahrheit und moralisch-psychologischer Wahrheit wie die Annahme einer ahistorischen Konstanz gesellschaftlicher Strukturen und ihrer psychologischen Auswirkungen.

Den anfänglichen Antrieb zu dem Roman bildete Wielands Bedürfnis einer Selbstanalyse und Autodeskription. Er wollte seine eigene Geschichte, die ihn durch auffällige Wandlungen und Sinnesveränderungen geführt und ihm in der literarischen Öffentlichkeit genug an Mißtrauen und Vorwürfen zugezogen hatte, begründen, erklären und rechtfertigen. Dazu kam seine Isolierung von literarischen Hilfsquellen in seiner Heimatstadt Biberach. Sie nötigte ihn zu sich selbst zurück; er mußte in sich selbst finden, was ihm von außen nicht zugetragen wurde. »Ich bin genöthiget immer aus mir selbst herauszuspinnen, und Agathons, Atlantiden und Schlaraffenländer sind alles, was ich zu Stande bringen kan« (*Br.* 3, 152). Der erste Entwurf zum *Agathon* ist wohl bereits in dem Plan der *Lebensgeschichte des Philosophen Chärephon* enthalten, womit, wie Wieland am 1. März 1761 schrieb, »ich im vorigen Jahre schon angefangen mich zu beschäftigen; [...] es Soll in Form eines Romans das meiste von meinen Grundsätzen Erfahrungen und Gedanken enthalten« (*Br.* 3, 29). Die erste Nachricht vom *Agathon*, »einen Roman [...] welchen ich die Geschichte des Agathon nenne« und den er, wie stets großzügig in den Terminangaben, vor etlichen Monaten angefangen zu haben behauptet, unterstreicht den autobiographischen Bezug und daß für ihn der Roman eine Selbstrettung, ein Ersatz dessen bedeutete, was ihm in seiner Biberacher Umwelt versagt war. »Ich schildre darinn mich selbst, wie ich in den Umständen Agathons gewesen zu seyn mir einbilde, und mache ihn am Ende so glüklich als ich zu seyn wünschte. Die Moralisten mögen sagen was sie wollen, so behaupte ich daß man nur in gewissen Umständen glüklich seyn könne, und da sich nicht leicht ein Mensch in Umständen befindet die ihm angemessen sind, so macht meine Unzufriedenheit sehr oft hieraus den Schluß, daß Leute von meiner Art dazu bestimmt seyen unglüklich zu seyn« (*Br.* 3, 61). Das Romanziel war festgelegt; es brauchte sehr viel Zeit, vieler Arbeitspausen, der Bestätigung durch die Freunde, die das unvollendete Manuskript lesen durften, angestrengter Mühen, es zu verwirklichen. Aber Wieland hat um 1760/61 gewiß nicht geahnt, daß fast vierzig Jahre vergehen mußten, bis er sein Hauptwerk in der dritten Fassung definitiv 1798 publizierte.

Schon in jener ersten Ankündigung begegnet ein Zwiespalt: Wie sollte er Agathon zum Glück führen, wenn es ihm auf Grund seiner eigenen Erfahrung mit der ihn umgebenden Wirklichkeit schien, er sei zum Unglück verurteilt? Im folgenden Monat gesteht Wieland dem Freund Johann Georg Zimmermann, Agathon »ruhet seit etlichen Monaten« (*Br.* 3, 66). Doch kann er im Juli/August 1762 von einer »starken Parthie« seines »Griechischen Romans« sprechen (*Br.* 3, 95). Gleichwohl, er zögert, verschiebt, er weicht zu anderen Arbeiten wie der parallel gearbeiteten Shakespeare-Übersetzung, im Sommer 1763 zu dem »kleinen Roman« *Don Sylvio von Rosalva* aus (*Br.* 3, 169), es entstehen die *Comischen Erzählungen*, *Musarion*, *Idris und Zenide*. Die Fortführung des Romans machte ihm aus inneren Gründen Schwierigkeiten, auch wurde ihm seine provokatorische Anlage bewußt. Er holte die Urteile von Freunden wie Obereit, Zimmermann, Tscharner, Julie Bondeli ein, er fing aber auch frühzeitig an, sich nach einem Verleger umzusehen, er träumte sogar schon von einer französischen Übersetzung, die den *Agathon* in die Weltliteratur einführen sollte, obwohl die Energie der Jahre 1761/62 erloschen zu sein schien und er unsicher war, wie er seinen Plan zum Ziel bringen konnte. »Aber es wird Kopf-Arbeit brauchen, den Agathon, nach dem er durch alle die media durch gegangen seyn wird, die ihm noch bevorstehen, wieder an eben den Punct zu bringen, von dem er ausgelaufen ist. Sie glauben mit Recht, Hippias werde finstre Gesichter bekommen; und doch ist *Hippias* nur ein Sophist; es wird im vierten Theil noch ein *Philosoph* zum Vorschein kommen, der ein noch weit gefährlicherer Mann ist als jener, weil er zugleich ein *ehrlicher* Mann ist. Kurz, der Himmel weiß, was aus dem guten Enthusiasten Agathon noch werden kan, und ich stehe Ihnen nicht davor, daß er nicht in seinem vierzigsten Jahr in die Arme der schönen Danae zurükkehren wird, aus denen er sich im fünf und Zwanzigsten loßgerissen« (*Br.* 3, 140).

Der Roman hat sich ersichtlich von den ursprünglichen autobiographischen Intentionen abgelöst. »Agathon ist das erste Buch, das ich für die Welt schreibe; alles vorige war nur für mich und etliche gute Freunde oder Freundinnen geschrieben« (*Br.* 3, 163). Doch die Hoffnung, der Roman könne in vier Bänden noch 1763 erscheinen, bleibt trügerisch. Die Fortsetzung dieses Werkes »de longue haleine« muß weiterhin warten; im Oktober 1763 faßt Wieland als den definitiven Publikationstermin des ganzen Romans das Jahr 1765 ins Auge. Fast sieht, was er dem ungeduldigen Verleger Salomon Geßner in Zürich im Juli 1764 schreibt, nach einem neuen Einsatz aus; was er bisher am *Agathon* schrieb, ist ihm offenbar nur noch ungenau im Gedächtnis: »[...] schicken Sie mir aufs baldeste alles noch ungedrukte Manuscript das sie haben; denn ich habe vom Agathon nicht das mindeste, als meinen Entwurf vom Plan des ganzen Werks und die ersten gedrukten Bogen die Sie mir schon vor 1. Jahr eingesandt« (*Br.* 3, 294). Die Ungewißheit setzte sich auch 1765 fort; erst im Sommer dieses Jahres scheint Wieland ernsthaft an die Arbeit zu gehen, und endlich kann die erste Fassung der *Geschichte des Agathon* abgeschlossen in zwei Teilen 1766 und 1767 herauskommen. »Ich habe mein möglichstes gethan, und bißher öfters einen Theil der Nacht dazu nehmen müßen, um fertig zu werden« (*Br.* 3, 373). Er hatte den ursprünglichen Plan offenbar erheblich gekürzt, um den Roman »nur einmal vom Halse zu kriegen« (*Br.*

3, 388). Der Terminzwang zum Abschluß ließ Mißbehagen in Wieland zurück; zugleich hoffnungsvoll und skeptisch sah er dem Erfolg seines Experiments entgegen. »Agathon wird wie ich hoffe von Hrn. Moses Mändelson recensirt werden, welches mir angenehm seyn sollte – und noch angenehmer, wenn Sie mir längstens in 2 Jahren schreiben können, daß Sie eine neue Auflage machen wollten. Denn ich habe, sonderheitl. am Styl des 2ten Theiles bey einer kürzlich vorgenomenen Durchblätterung Vieles zu verbessern gefunden. Ein dritter Theil, wird, wenn ich sehe, wie die beyden ersten aufgenommen werden, unfehlbar folgen. Es ist wahr, Ihre Aufmunterung allein sollte mir mehr als genung seyn; aber ich muß Ihnen meine Schwachheit gestehen; lieber will ich müßig gehen, als mein Gehirn für eine ganz unempfindliche und undanckbare nation aufzehren« (*Br.* 3, 468 f.).

Das kurze Nachwort erlaubt nicht, den weiten geistes- und literaturgeschichtlichen Rahmen abzustecken, in den der Roman Wielands eingelagert ist. Die Anspielungen, die direkten oder verdeckten Zitierungen und Auseinandersetzungen sind zahlreich. Wieland kannte sich, mit direkter oder vermittelter Kenntnis, in der griechischen und römischen Literatur und Philosophie aus, er war, wiederum teils aus eigener Lektüre, teils auch wohl durch die zeitgenössische Diskussion, mit der progressiven Philosophie und Psychologie in Frankreich (Montesquieu, Bonnet, Helvétius, Rousseau, Robinet) vertraut. Er war informiert in der Geschichte des europäischen Erzählens vom spätgriechischen Roman über die italienischen Epiker bis zu Cervantes, und er beherrschte den zeitgenössischen Roman, Fielding in England, den französischen moralisch-didaktischen und psychologischen Roman (Fénelon, Barthélemy, Ramsay). Auf Parallelen zu einem Roman von Claude Prosper Jolyot de Crébillon, *Les égarements du cœur et de l'esprit ou mémoires de Mr. de Meilcour* (1736/38), hat Friedrich Sengle hingewiesen. Wieland nahm viele Anregungen auf; dennoch ist die Philologie bei der Suche nach einem von ihm nachgeahmten »Vorbild«

nicht fündig geworden. Mag man die *Geschichte des Agathon* auch eine »Nachschöpfung« nennen, sie ist als solche selbständig, mit eigenem Gewicht und Anspruch aus den Erfahrungen Wielands entstanden und hat als Roman ihren unabhängigen Charakter. Sie ist durchprägt von den Gedanken und dem Stil ihres Autors. Sie erhält aus ihnen ihre Modernität.
Schon der vorhergehende Plan zu einer *Lebensgeschichte des Philosophen Chärephon* zeigt: Wieland bedurfte bei autobiographischer Intention der stofflichen und historischen Distanz, der Entfernung vom partikular Individuellen, einer intellektuellen Objektivierung, um im Eigenen das Typisch-Generelle in großen Umrissen zu erfassen. Er schrieb in der *Geschichte des Agathon* einen »philosophischen« Roman, in dem es um verallgemeinerte Erkenntnisse, nicht um Reize des genrehaft Stofflichen und um das sinnlich-atmosphärische Detail der Schilderungen ging. Die Wahl des pseudohistorischen »Griechischen Romans«, angesiedelt im fernen Griechenland, Kleinasien, Sizilien und Süditalien des 4. Jahrhunderts v. Chr., kam jener Abstraktion entgegen, die auf die Herausarbeitung grundsätzlicher geistiger und gesellschaftlicher Strukturen zielte. Wieland konnte seine Figuren und seine Probleme, gerade weil er sie unter Einwirkung der französischen Sozio-Psychologie in ihrer jeweiligen Milieubedingtheit erkannte, nicht in der kleinlich-engen, verwickelten und verwinkelten deutschen Realität unterbringen. Sie hätte seinen Roman in das nur partikular Individuelle und nur Aktuelle abgedrängt und seine Figuren verkümmern lassen. Die Konstruktion seines Romans, dessen Modellcharakter forderten eine »Geschichts«welt, in der große Verhältnisse, exemplarische Lebensräume und -zustände vorgegeben waren, die sich zu jenen Bedeutungen konzentrieren ließen, deren er bedurfte, um den engen Zusammenhang zwischen Charakter und Umwelt, Lebensgesinnung und allgemeiner Lebensverfassung darzustellen. Eine Biographie Agathons in einer schwäbischen Klosterschule, in einer Kleinstadt wie Biberach, in einem Klein-

fürstentum wie Württemberg hätte ihre geistigen und gesellschaftlichen Dimensionen eingebüßt. Insofern ist die Wahl eines sehr fernen, im Grunde imaginären Griechenland indirekt eine sozialgeschichtliche Aussage.
Zugleich gab ihm die Fiktion eines griechischen Manuskripts, dessen Herausgeber er zu sein behauptet, um so mehr Chancen zu einer in abstrakter Allegorik der Darstellung abgeschirmten Aktualität.
Die philosophischen Systeme, die in dem Roman diskutiert werden und jeweils den typischen Charakter jener bestimmen, die sich mit ihnen identifizieren, die psychologischen, moralischen und politischen Probleme, die in ihm reflektiert werden, entstammen dem europäischen 18. Jahrhundert. Sie besaßen für die Zeitgenossen einen hohen Aktualitätsgrad. Zwar wollte Wieland sie aus den immerfort geltenden Gesetzen der Natur und der menschlichen wie gesellschaftlichen Psychologie, also naturwissenschaftlich, anthropologisch und ahistorisch verstanden wissen. Er mußte einerseits diese Aktualität verschlüsseln, er mußte andererseits von ihr abstrahieren. Indem er die Mißstände in der Republik Athen zu jenen in den zeitgenössischen Stadtrepubliken in Bezug brachte und die Despotie in Syrakus mit ihrer Günstlings-, Intriganten- und Mätressenwirtschaft zu den absolutistischen Höfen und dabei zeigte, wie bei aller Unterschiedlichkeit in beiden die gleichen Triebe, Egoismen und Schwächen regierten, gewann er ein generelles kritisches Bild der Republik und des Absolutismus schlechthin, abgelöst von konkreten, historisch-spezifischen Voraussetzungen. Der Griff zur realen deutschen Gesellschaft hätte seine Figuren zu sehr standesspezifisch eingeschränkt; innerhalb der abstrahierten und klischeehaften Roman-Antike konnte er ihnen eine in den deutschen Verhältnissen nicht vorgegebene soziale Mobilität zuweisen. Indem er Agathon, Psyche und Archytas einer ideell-bürgerlichen, patrizischen Aristokratie, den Sophisten Hippias und die Hetäre Danae einer Schicht zuwies, die sich durch Weltklugheit, Intelligenz und Skrupellosigkeit in der öffentlichen Gesellschaft

zu Reichtum und Ansehen emporgeholfen hatte, gelangen ihm jedoch Analogien zur zeitgenössischen Gesellschaft. Sie ist moralpsychologisch erfaßt – auch in ihren Auswirkungen in den Denksystemen dieser Figuren. Es ist allerdings eine simplifizierende Konstruktion, wenn man, wie Klaus Schaefer, Agathon im positiven Sinne einem aufklärerisch-bürgerlichen Idealismus zuschlägt, der sich zwar im Widerspruch zwischen idealem Menschheitsglücksversprechen und objektiv dagegen verstoßender Praxis befindet, Hippias hingegen einer parasitär-feudalistischen, materialistisch-egoistischen Genußmoral des Adels. Wieland vermeidet solche Antithesen, sein Urteil über beide ist ambivalent. Gewiß verweist Wieland diesen radikal empiristischen Aufklärer Hippias in die Welt der »Großen«, aber er verweigert der Konsequenz seiner philosophischen Argumentation nicht eine verdeckte Zustimmung. Doch was er seiner Theorie zugibt, kann er in ihren praktischen Folgen als Verstoß gegen das allgemeine Glück nicht anerkennen. Denn in ihr zeichnet sich, wie Horst Thomé eindringlich gezeigt hat, die »Herrschaftsausübung« des Absolutismus ab. Agathon bildet zu ihm den bürgerlich-idealistischen Gegenpol; in ihm wirkt sich ein subjektivistisch radikalisierter, metaphysisch fundierter Moralanspruch sich selbst und der Gesellschaft gegenüber aus. Diese humane Moralität, die sich vom Postulat des sozialen Gemeinwohls bestimmen läßt, macht ihn zum Überlegenen, zu dem »Helden«, dessen moralische Integrität trotz der Enttäuschung seiner Lebensillusionen unverstört bleibt. Daß aber der »Schwärmer« Agathon als Staatsmann und als Fürstenerzieher scheitert, erweist, daß auch sein idealistisches Moralsystem fragwürdig ist, ihn zu politischen Fehlhandlungen verleitet, und setzt ihn derart der Ironie seines Erzählers aus. Weder Hippias noch Agathon werden den Notwendigkeiten der Gesellschaft, soweit es um das allgemeine Glück in ihr geht, gerecht. Hippias kann sich auf eine »schlechte« Gesellschaft stützen – Agathon ist während des ganzen Romans nur auf sich zurückgewiesen, ein »Außenseiter«, der sich allein befindet. Die grundsätzlich gleiche Polarität zeichnet sich zwischen Danae, der lebenssouveränen ehemaligen Fürstengeliebten, und ihrer Kunst der Erotik einerseits, Psyche, der spirituell-tugendhaften Seelenfreundin, andererseits ab. Daß Danae durch Agathon und dann in dem Märchenstaat zu Tarent zu einer Verinnerlichung gelangt, Psyche die ihr gebührende gesellschaftliche Position erreicht, entspricht der utopisch harmonisierenden Konstruktion dieses Romanschlusses. Gewiß stellt Wieland dem Trieb- und Interessenchaos der Republik Athen und der Tyrannis von Syrakus in der Staats- und Familienidylle von Tarent den patriarchalisch regierten Bürgerstaat als eine ideale Positivität gegenüber. Aber dieser Staat, in dem Tugend und Vernunft, Fürst und Volk zwangsfrei-friedlich zusammenwirken, ist so vage und märchenartig gezeichnet, daß er auf die Gegensätze in der Gesellschaft, die der Roman aufgerissen hat, keine lösende Antwort geben kann; auch nicht auf die Gegensätzlichkeiten in sich selbst, in die Agathon hineingetrieben wurde – entgegen jener Anlage zur Vermittlung zwischen Gegensätzen, die sein Handeln in Athen und Syrakus bestimmte und scheitern ließ und die zunächst, in Smyrna, auch in seinem Verhältnis zu Danae scheitern mußte, widersprach ihrer Auswirkung doch seine spontan-subjektive Innerlichkeit und seine fehlleitende moralische Lebenstheorie. Erst Tarent löst ihn aus ihr und seinem Alleinlauf, aber diese hier erreichte Station der Befriedung stellt sich zugleich ambivalent als Station der Resignation und Entsagung dar. Agathon muß, bis zu Tarent, den Freund, die Gemeinsamkeit, die soziale Schicht entbehren, die ihn hätte stützen können. Man darf wohl gerade darin eine Aussage Wielands über die sozialgeschichtliche Situation des idealistischen Bürgers sehen, ebenso in der generellen Konfliktsituation zwischen einer dadurch noch radikalisierten spontan-subjektiven Innerlichkeit und der gesellschaftlichen Bewußtseins- und Zustandslage, die für Agathon erst in dem eben nur »gedichteten«, nicht mehr den Naturgesetzen der Gesellschaft gemäßen Tarent behoben wird. Wieland hat in der *Ge-*

schichte des Agathon die deutsche Realität nicht dargestellt, aber er hat sie gleichwohl seinem Roman unterlegt.

Die Geschichte seiner eignen Wandlungen in den zurückliegenden Lebensjahren, in denen trotz ihrer befremdenden Umschläglichkeit Wieland einer unverwandelten Grundgesinnung gewiß war, hat sich in der *Geschichte des Agathon* zur Geschichte eines jungen und reifenden Menschen im Spannungsfeld sich wiederholender Enttäuschungen und Prüfungen auf jeweils wechselnden Schauplätzen objektiviert und systematisiert. Er setzte für sie das Instrumentarium des traditionellen Wanderungs- und Reiseromans ein, für dessen Begebenheitsverknüpfungen der Zufall eine Funktion übernimmt, baute es jedoch so um, daß die Stationen, die Agathon durchschreiten muß, in Kontrast und Wiederholung einen inneren, notwendigen Zusammenhang erhalten und eine spiralenhafte Entwicklung, von sich fort und zu sich zurück, bedeuten. Agathon wird in die Konflikte zwischen einer enthusiastischen Einbildungskraft, einer spontanen idealistischen Subjektivität und einer Erfahrungsrealität getrieben, die seinem Glauben an eine mögliche idealische Vollkommenheit in der allgemeinen Weltverfassung und in sich selbst, in dem, was er sein und verwirklichen will, entschieden widerspricht. Die *Geschichte des Agathon* wird derart zur inneren Geschichte einer Zentralfigur, zu deren Erfahrungs- und Entwicklungsprozeß in der Auseindersetzung mit Prüfungen und Entscheidungen, in denen sie jeweils auf sich selbst zurückgewiesen ist. Diese Entscheidungen werden Agathon im Privat-Innerlichen, d. h. im Moralischen und im Erotischen, wie im Gedanklichen, d. h. Philosophischen, und im Handeln, also im Öffentlichen auferlegt. Problematisiert wird dabei ebenso das Ich in seinen Selbsttäuschungen und Irrwegen wie die ihm konfrontierte Wirklichkeit, die Agathon zugleich scheitern läßt und in seinem eigenen Ich korrigiert.

Die Stationen, die er durchlaufen muß, sind zugleich Stationen seiner Widerlegung und seiner Selbsterkenntnis, die sich bei der Wiederbegegnung mit der in Smyrna verlassenen

Danae bis zum Schuldbewußtsein steigert. Sein Idealismus der spontanen Subjektivität, des guten Willens und des reinen Herzens – Eigenschaften, die den Charakter des »höheren«, zum moralisch Wahren und Schönen angelegten Menschen ausmachen – ist verknüpft mit der phantasie- und empfindungsvollen Neigung zu Selbsttäuschung und wahnhaftem Vertrauen zu sich selbst und anderen, was ihn die Beschränkungen der empirischen Realität verkennen läßt. Er muß sie mißachten, da er, unfähig zu rationalem Abmessen und Erwägen, aus seiner Einbildungskraft, aus Phantasie und Gefühl heraus lebt, reagiert und handelt. Es liegen in Agathon die Voraussetzungen zu einer Tragödie der weltlosen Introversion. Allerdings war sein Erzähler weder geneigt noch fähig, ihn als einen tragischen Helden zu gestalten. Wielands Plan sah vor, daß Agathon, gegensätzlich zu den Erfahrungen seines Autors, glücklich werden sollte. Dennoch ist es vielleicht keine Übertreibung zu sagen, daß Agathon in seiner Grundanlage in die Vorgeschichte des Faust gehört, so wie Hippias, der Versucher, in die Vorgeschichte des Mephistopheles, auch wenn seine Verführung des Agathon in die Arme der Danae nicht tragisch endet.

Agathons »Character« wird, im einfachen Aufbauverfahren von Wiederholung, Kontrast und beidem eingelegter Steigerung, »auf verschiedene Proben gestellt«, wie es im Vorbericht des Romans heißt, der 1766 die Ausgabe des ersten Teils einführte und rechtfertigte, »durch welche seine Denkensart und seine Tugend erläutert, und dasjenige, was darin übertrieben, und unecht war, nach und nach abgesondert würde«. Der Angriff falscher Priester auf den gläubigen Jüngling in Delphi und dessen gewaltsame Trennung von der mit aller schwärmerischen Unschuld geliebten Psyche, das Scheitern seines staatsmännischen und sozialen Handelns in der bürgerlichen Republik Athen, der von Hippias eloquent angelegte Versuch seiner Verführung zu einem materialistisch-egozentrischen Lebensgenuß, die Bezauberung durch die mit Kunst genießende und empfindende erotische Liebe zu Danae, die ihn seine Jugendliebe vergessen macht, inmitten der üppigen Weltlichkeit von Smyrna, endlich sein Ehrgeiz, zugleich den Tyrannen von Syrakus zu einem guten Fürsten zu erziehen und seinen Staat zu reformieren, der ihn von der anfänglichen Erfolgshöhe in die Tiefe der Einkerkerung stürzt – dies sind die Stationen einer Erprobung, die stets mit einer Desillusionierung enden. Agathons äußerer und innerer Lebensweg, betrogen in seinem Idealismus, scheiternd an der Hypertrophie dieses Idealismus wie an der Realität der gesellschaftlichen und politischen Wirklichkeit, vollzieht sich in fallender Linie. Die *Geschichte des Agathon* ist ein früher Desillusionsroman, noch vor der Krise der Aufklärung gegen Ende des Jahrhunderts, als deren Antworten radikal problematisiert und unanwendbar wurden. Doch diese Stationen der Enttäuschung haben eine doppelte Funktion: sie zeigen die Schwächen und Irrtümer, in die seine schwärmerisch-idealistische Einbildungskraft ihn hineintreibt, sie zeigen, wie leicht er sich über die Wirklichkeit und sich selbst täuscht, daß auch ihm die Schwächen des natürlichen Menschen wie Ruhmbegierde, Ehrgeiz und vieles andere anhaften und er in immer wieder anderer Erscheinung sich darbieten mußte: »ein andächtiger Schwärmer, ein Platonist, ein Republicaner, ein Held, ein Stoiker, ein Wollüstling« (S. 471). Sie zeigen aber auch, »worin er sich unter allen diesen Gestalten gleich blieb« (S. 471), unzerstörbar im substantiellen, positiven Kern seines Wesens. Wieland dachte an sich selbst, wenn er an der gleichen Stelle sentenziös reflektiert: » – – Die Besten haben an ihren Ideen, Urteilen, Empfindungen, selbst an dem worin sie vortrefflich sind, an ihrem Herzen, an ihrer Tugend, unendlich viel zu verändern. Und die Erfahrung lehrt, daß wir selten zu einer neuen Entwicklung unsrer Selbst, oder zu einer merklichen Verbesserung unsers vorigen innerlichen Zustandes gelangen, ohne durch eine Art von Medium zu gehen, welches eine falsche Farbe auf uns reflectiert, und unsre wahre Gestalt eine Zeitlang verdunkelt« (S. 470).

In der Negativität der Erfahrungen Agathons mit sich selbst und mit der von ihm falsch eingeschätzten Wirklichkeit liegt zugleich die Positivität seiner Entwicklung und Wandlung. Der Desillusionsroman sollte derart nicht die letzte Antwort geben, sondern die innere Voraussetzung des Entwicklungsromans sein. Der Phantast kommt schließlich dazu, sich so kritisch oder nach Wielands Sprachgebrauch »philosophisch« anzusehen, wie es sein Erzähler von Anfang an getan hat. Er kommt zur Erkenntnis seiner Übertreibungen und Täuschungen und pendelt damit in eine mittlere Lage ein: »weder mehr noch weniger [...] als ein Mensch« (S. 554) zu sein. Wieland verhehlt nicht, daß darin auch ein Verlust enthalten war, eine Herabstimmung seines Helden zu einem fragwürdigen Kompromiß.« »So wie die Bezauberung seiner Einbildungs-Kraft verging, hörte auch die Begierde auf, große Taten zu tun, allem Unrecht in der Welt zu steuern, mit den Feinden der allgemeinen Glückseligkeit sich herumzuschlagen, und die Menschen, wider ihren Dank und Willen, glücklich machen zu wollen« (S. 554 f.). Resignation liegt über dem Schluß des Romans – trotz seiner Auflösung der Widersprüche zwischen dem Ich und der Welt in einer romanhaften, vom Erzähler selbst ironisch reflektierten Utopie. Von dieser Problematik des Schlusses wird noch später zu sprechen sein.

Die erste Fassung der *Geschichte des Agathon* widersetzt sich der Kategorisierung als Bildungsroman, wenn man darunter die Bildung eines Ich zur Übereinstimmung mit sich selbst und mit der ihm aufgegebenen und auferlegten gesellschaftlichen Realität versteht. Zwar wird Agathon in Tarent in einen »Cirkel des Privat-Lebens« (S. 580) geführt, der, nach dem Wort des Archytas, ihm genug Zeit läßt, »an seiner eigenen Besserung und Vervollkommnung zu arbeiten« (S. 580), um so künftig »zum allgemeinen Besten des Systems mitzuwürken« (S. 581). Aber dies bleibt nur Programm, eine vage mögliche Zukunft. Der Roman selbst führt vor, wie diese Einkehr Agathons zu sich selbst und in die idyllische Familien-, Freundes- und Staatsharmonie, in diesen vom Erzähler selbst als unwahrscheinlich ironisierten »Zusammenfluß glücklicher Umstände« (S. 556), nur mit Entsagung, unter Verzicht auf Aktion und unter Voraussetzung einer märchenähnlichen Utopie erkauft wird.

Wieland war sich der Bedeutung und der Provokation bewußt, die seinem Roman eingelegt waren. Die *Geschichte des Agathon* wurde das Hauptwerk in seinem schriftstellerisch ungemein produktiven Leben, und mit ihm stellte er sich, trotz der Zensurschwierigkeiten, die sich ihm schon früh in Zürich und später in Wien entgegenstellten, an die Spitze seiner literarischen Zeitgenossen. Er wußte, daß er gegen die moralische und ästhetische Konvention des Romans verstieß, und er hat im erzählten Dialog mit dem Leser dies nachdrücklich akzentuiert. An die Stelle einer spannenden Fabel und einer idealistisch-didaktischen, eindeutigen Moralität setzte er eine detaillierte Psychologie der Schwächen und Täuschbarkeiten, der Verführbarkeit und Unvollkommenheit des Menschen. Er baute den Lebenslauf seines immer wieder mit Ironie angesprochenen »Helden« nicht nach Traditionen des moralisch verschönernden Fiktionsromans, als eine aus der Einbildungskraft erzeugte »gedichtete« Erzählung auf, sondern von Erfahrungen und Erkenntnissen her, die ihm der Wirklichkeit und Wahrheit des menschlichen Lebens zu entsprechen schienen. Er wählte den Titel *Geschichte des Agathon* und die Fiktion eines ihm vorliegenden, wenn auch verstümmelten, der Ergänzungen bedürftigen griechischen Manuskripts, um diesen »Realismus« zu unterstreichen und von dem nur »gedichteten« Roman abzuheben. Die Provokation lag weiterhin darin, wie er die traditionelle Heldenfigur psychologisch problematisierte, darin, wie er überhaupt die generelle Problematik des menschlichen Lebens in ihr und in ihren Erfahrungen mit dem Ich und mit der Gesellschaft ganz in das Innerweltliche legte. Der Mensch wird in dem Roman aus einem objektiven überweltlichen Bezugssystem herausgenommen, er wird auf sich selbst allein gestellt. Die infame und pervertierte Nachdrücklichkeit, mit der der religiöse Enthusiasmus und Spiritualismus des jungen Agathon in dem Priesterstaat von Delphi betrogen wurde, mußte für die Zeitgenossen trotz der pseudohistorischen Entfernung ins Griechische wie ein Affront wirken. Was sich hier unter den Masken von Frömmigkeit und kirchlicher Würde abspielte, entlarvte sich als eine durch Priester und Priesterin verdoppelte Betrugsinszenierung, um so schlimmer, da sie eine noch kindliche Arg- und Wehrlosigkeit voraussetzte und zu mißbrauchen versuchte. Agathon wird durch sein sicheres Reinheitsgefühl und durch seine körperlose Liebe zu Psyche gerettet. Daß sich das Unreine der Glaubens- und Kirchenautorität bediente, war für den Leser als eine noch aktuelle Anspielung entschlüsselbar.

Eine Provokation lag weiterhin darin, wie in dem Roman auf bisher ungewohnte Weise das Erotische bis zu Nuancen der Sinnlichkeit ausgestaltet wurde. Daß die Verlockung zu ihr vor allem von der weiblichen Verführungskraft ausgeht, deutet noch auf die sehr alte Identifikation des Weiblichen mit dem Sinnlichen zurück. Den Liebesangeboten in Delphi, Athen und Syrakus vermag der Held standhaft zu widerstehen; er verfällt jedoch dem ästhetisch-sinnlichen Raffinement des Liebeswerbens der Danae, und zwar dadurch gerechtfertigt, daß nicht nur in ihm, sondern auch in der schönen Verführerin, die zunächst nur an das ihr von Hippias suggerierte erotische Experiment denkt, ein Gefühl echter, natürlicher Liebesverbundenheit erweckt wird. Wieland verteufelt das Sinnliche nicht, er erkennt und schildert es als eine bestimmende Lebensmacht mit allen psychischen und körperlichen Facettierungen und mit einer beredsamen Intensität, die in dem, was für die Zeitgenossen anstößig erschien, das Schöne und Natürliche zu verstehen gab. Die geistige Liebe, verkörpert durch Psyche, die irdisch-sinnliche Liebe, bezwingend in Danae verkörpert, schließen einander, auch wenn sie zunächst von Agathon als gegensätzlich empfunden und erfahren werden, nicht aus. Am Schluß des Romans sind Psyche und Danae freundschaftlich miteinander vereinigt: Psyche als Agathons nun endlich entdeckte und zudem schon verheiratete Schwester, die Hetäre als seine entsagende Freundin, die sich gegenüber dem Werben Agathons als standhaft erweist und damit beider Situation in Smyrna umkehrt. Wieland ließ mittels raffinierter sprachlicher Um- und Überschichtungen das Seelenhafte in das Sinnliche und dies wiederum in das Seelenhafte übergehen, so daß beides, gegensätzlich zu den Tugendpostulaten der Moralisten, zur natürlichen Gemeinsamkeit wurde. So wurde er der Psychologe des Erotischen, der Impulse, Triebe und Gefühlsabläufe bis in das Unbewußte oder nur halb Bewußte hinein aufspürte, die man bisher zu verhüllen vorzog oder nicht zu erkennen vermochte. Er brachte zwar das allzu weltangepaßte, weltschlaue, materialistisch-egozentrische und atheistische Genußsystem des Hippias dadurch, daß sich ihm Agathon widersetzt, unter negativen Aspekt. Aber er legte Hippias' Gedanken eine Konsequenz und eine Eloquenz ein, der gewiß nicht jeder Leser und auch nicht sein Erzähler widerstehen konnte. Zwar erklärte er Hippias im Vorbericht gegenüber seinen vernünftigen und ehrlichen Lesern »für einen schlimmen und gefährlichen Mann« und »sein System für ein Gewebe von Trugschlüssen« (S. 9); er versuchte ihn mit dem doppelsinnigen Hinweis zu distanzieren, daß »der größeste Teil derjenigen, welche die große Welt ausmachen, wie Hippias denkt« (S. 10). Aber er konnte nicht verbergen, daß er nicht lediglich um des Kontrastes zu Agathon willen diesen »Sophisten«, der nach seinem Briefwort »nicht allezeit Sophist ist«, mit so viel an Logik der Argumentation und an weltmännischem Charme ausgestattet hat. Wieland schreibt im gleichen Brief im Oktober 1768 seinem Freund Friedrich Justus Riedel in Erfurt: »Entre nous, der Discurs dieses nämlichen *Hippias* ist nicht unwürdig, ein wenig *studiert* zu werden; [...] es ist gar viel Wahres darin, das unsere guten Deutschen noch nicht recht verstehen. Mir ist, als ob noch kein deutscher Kopf so sehr organisirt gewesen sey, den Meinigen zu verstehen, als wie der *Ihrige«* (*Br.* 3, 551). Und geben Agathons Erfahrungen und Enttäuschungen in Smyrna und Syrakus nicht doch dem Hippias ein zumindest relatives Recht? Nicht zufällig denkt Agathon an ihn, als ihm in Syrakus das Wahnhafte seines politisch-sozialen Bemühens bewußt wird. Am Ende des Romans scheint, falls Agathon auf diesem Welttheater weiterleben soll, dies nur unter der Bedingung möglich, daß er selbst zu einem Hippias wird. Solche Ambivalenz in der Wertung von Romanfiguren, zumal wenn sie ein betontes Gewicht wie die Figur des Hippias für die Zentralfigur eines Romans erhalten, war den deutschen Lesern ungewohnt. Der Erzähler Wieland mußte sie erst zum Verständnis solcher Mehrschichtigkeit des Erzählens, das bei der Darstellung der einen Seite stets die andere impliziert, heranbilden.

Wie schockierend mußte endlich die Figur der verführerischen Hetäre Danae wirken – als frühes Beispiel einer in ihrer Lebensführung und ästhetischen Sinnlichkeit wie in Intelligenz und Unabhängigkeit emanzipierten Frau, für die es in der deutschen gesellschaftlichen Wirklichkeit noch keinen Platz gab. Was von ihrer Lebensgeschichte erzählt wird, zeigt sie einerseits als ein Opfer der Gesellschaft, andererseits als eine Virtuosin in der Kunst, sie auszunutzen und in sich selbst eine höchst weltliche Einheit des Ästhetischen, Intellektuellen und Sinnlichen auszuformen. Es war vielleicht noch schockierender, daß er der Hetäre, die vom zeitgenössischen Tugendbild der Frau unendlich weit entfernt war, ein echtes Gefühl für Agathon einlegte und so die Verführungssituation zur Gefühlssituation erweiterte. Die falsche Priesterin ließ er der Verachtung und Lächerlichkeit anheimfallen; der Hetäre, die ihre Unabhängigkeit gewinnbringender Erotik verdankt, gibt er eine innere Wahrhaftigkeit und Menschlichkeit mit, und er läßt am Ende des Romans Agathon, der sich von ihr im innersten Gefühl betrogen geglaubt hatte, mit bitteren Selbstvorwürfen an ihr schuldig erscheinen. Wiederum ist damit in Tarent die Situation von Smyrna umgekehrt: Danae wird jetzt durch die Überlegenheit einer aufrichtigen und verkannten Gefühlsliebe ausgezeichnet, die erlaubt, sie in die Archytas-Familie aufzunehmen: als die reuig entsagende und gereinigte Büßerin eines unbürgerlichen Lebens. Spielte bei der Entsagung, die Wieland der Danae und damit auch dem Agathon auferlegt, vielleicht auch eine Rolle, daß Wieland seinen Lesern eine Ehe zwischen seinem Helden und der Hetäre nicht zuzumuten wagte? Und daß, wenn er in Tarent Agathon, Danae und Psyche zu wunschlos-schöner Harmonie zusammenfügte, er zum Schluß auch in eine Harmonie mit seinen Lesern eintreten wollte, die er oft während der Erzählung des Romans provoziert und schockiert hatte? Sollte der Schluß des Romans nicht nur im immanenten Erzählgewebe, sondern auch gegenüber den Lesern ausgleichen, was während des Erzählens zu Bedenklichkeit und Widerspruch gereizt hatte? Die Ironie, mit der der Erzähler zu diesem Schluß hinführt, problematisiert auch ihn zur Mehrdeutigkeit.

Wieland ließ dem Leser bis zum Schluß die Erwartung, er werde Agathon zu einem tugendhaften und weisen Mann machen. So war es wohl bereits in dem ursprünglichen Plan festgelegt, so wird es auch in der ersten Ankündigung seiner *Geschichte des Agathon* in dem schon zitierten Brief an Zimmermann vom 5. Januar 1762 versprochen: »und mache ihn am Ende so glüklich als ich zu seyn wünschte.« Was einschloß, er würde in gewisse Umstände versetzt, die, nach der Milieutheorie, ermöglichen, daß er »glüklich seyn könne«. Damit war wohl in dem Plan die harmonische Staatsidylle von Tarent und das Vaterbild des Archytas vorgezeichnet. Sicher war weiterhin, Agathon, obwohl gewiß kein »idealisches Modell«, wenn auch »ein sonderbarer Mensch« (*Br.* 3, 112), sollte in der Substantialität seines Wesens ungebrochen bleiben, was ihm auch an Prüfungen und Enttäuschungen zugemutet würde. Der Agathon des Schlusses sollte gleichsam in einem Kreislauf geläutert zu dem Agathon zurückkehren, der er schon in Delphi vor seiner ersten Enttäuschung gewesen war. Der anfängliche

Plangrundriß läßt noch den traditionellen Typus des Prüfungs- und Läuterungsromans durchblicken, dem der nicht weniger typische Aufbau in der Form von Wanderschaft, Trennung und Wiederfinden, Wechsel und Wiederkehr der Begegnungen zwischen den Figuren entspricht. Doch je mehr sich der analysierende psychologische Roman durchsetzte und je ernster Wieland sein Vorhaben durchdachte, aus der Erfahrung der wahren Wirklichkeit im Menschen und in der Gesellschaft zu erzählen und sich an den Lauf der Welt zu halten, um so schwieriger mußte der Übergang zu dem harmonischen Schluß werden. Briefäußerungen deuten auf solche Verunsicherung. Noch im Sommer 1766 fragt er Zimmermann, der fast vom Beginn an in den entstehenden Roman eingeweiht war: »Was sagen Sie zum Agathon? Wie glauben Sie daß er *reden* werde? Und wie wünschten Sie, daß er reden sollte? Seyn Sie so gütig und antworten Sie mir ein wenig ausführlich hierüber, ich will Ihnen gerne Zeit dazu lassen« (*Br.* 3, 388).

Das Planziel war aus seinem eigenen Bedürfnis wie aus der moralischen Bewußtseinslage der Zeit heraus festgelegt: Es sollte die Entwicklung Agathons zur Kalokagathie, zu einer Humanität des glücklichen Ausgleichs, in dem sich Tugend, Vernunft, Gefühl und das Ästhetische vereinigen, abschließen. Aber der bisher erzählte Lebenslauf Agathons hatte sich in umgekehrter Richtung bewegt: Agathon wurde an sich selbst, an seinen idealisch-guten Absichten irre und in der Gesellschaft zum Scheitern gebracht. Wieland hatte einen Desillusionsroman mit fallender Linie geschrieben – wie sollte er die Widersprüche versöhnen, die nach der Katastrophe von Syrakus in seinem Helden selbst und in dessen Verhältnis zur Gesellschaft aufklafften? Agathon ist an einem Punkt angelangt, an dem er sich selbst aufzugeben scheint. Seine Erfahrungen haben seinen Idealismus, sein Vertrauen auf sich selbst und auf die Gesellschaft gründlich zerstört. Der Glaube seines Enthusiasmus droht, enttäuscht, in bittere Ironie und verneinende Satire gegenüber dieser Wirklichkeit und seinem eigenen guten Wollen umzuschlagen. Er befindet sich nach den Erlebnissen in Syrakus »da, wo ihm ein großer Teil seiner vormaligen Ideen, an denen er zu Smyrna nur zu zweifeln angefangen hatte, nun selbsten ganz schimärisch und belachenswert, und diejenigen, deren Gegenstände ihm zwar ehrwürdig bleiben mußten, doch subjectivisch betrachtet, in der barokischen Gestalt, wie sie in der Einbildung der Sterblichen verkleinert, verzerrt, vermischt oder verkleidet werden, zu nichts anderm zu taugen schienen, als lustig damit zu machen« (S. 548). Agathon ist nahe daran, ein Menschenverächter zu werden. Oder aber ein resignierter, weltabgekehrter Einsiedler. Doch paßte diese christliche Ausflucht, die noch zum Inventar des Romans im 17. Jahrhundert gehörte, schlecht in den »Griechischen Roman«. Sollte Agathon weiter im Welttreiben bleiben, dann drohte endlich die Philosophie des Hippias sich seiner zu bemächtigen. Der gescheiterte Idealist wäre zu dem Amoralismus und Egoismus von dessen Genuß- und Anpassungssystem in der »verpesteten Luft der großen Welt« (S. 555) hinabgesunken oder bestenfalls ein gewöhnlicher Mensch geworden, »wie ungefähr die meisten von uns andern sind, wir mögen es nun einsehen – – und wenn wir's einsehen, eingestehen – – oder nicht« (S. 556).

Doch seinen Helden so enden zu lassen, dem er so viel an Güte des Herzens, an edlem Willen und Reinheit der Gesinnung mitgegeben hatte, war Wieland unmöglich und hätte auch den Erwartungen des Publikums gegenüber dem Roman widersprochen. Der Erzähler war ehrlich genug, den Leser zu orientieren, in welche Konflikte er geraten war, und er war raffiniert genug, um ihn zum Zeugen zu machen, wie er, der Erzähler, sich aus ihnen herausfädelte. Er verschleiert die »gedichtete« Künstlichkeit des Romanschlusses nicht, er akzentuiert sie vielmehr mit Selbstironie und mit Ironie gegenüber den ästhetischen Romankonventionen. Und er verstärkt angesichts dieser Künstlichkeit, daß es ihm im Erzählverlauf, und zwar nicht nur inhaltlich, auch in der Form des Erzählens, auf Wirklichkeit und

Wahrheit angekommen ist. Er rundete zwar den Roman zu einem harmonischen Schluß, aber er nahm ihn gleichzeitig ironisch als ein mehr oder weniger imaginatives, also erdichtetes utopisches Märchen zurück, das sich an den eigentlichen Kriterien seines Romans nicht messen läßt. In der »Apologie des griechischen Autors« (S. 552), die das Elfte Buch einleitet, wirft er ihm – und damit natürlich sich selbst – vor, daß er einen Entwicklungslauf, der bisher »dem ordentlichen Lauf der Natur, und den strengesten Gesetzen der Wahrscheinlichkeit so gemäß zu sein« schien, jetzt, zur sich selbst problematisierenden Fiktion ausweichend, »in das Land der schönen Seelen, und der utopischen Republiken« (S. 552) zurückgeführt habe und dem Helden damit die Rettungstaue in die Hand drücke. Agathon, noch nicht reif und sicher, um aus der Autonomie seines Charakters rettende und heilende Lebensprinzipien zu finden, wird in eine Welt idyllischer Harmonie mittels eines leichthin arrangierten Erzählertricks, einer neuen Veränderung des Milieus, versetzt. Hier findet er Psyche als Schwester, Danae als schöne Büßerin und entsagende Freundin wieder. So wird er des erotischen Konflikts, der ihn in Smyrna in den Armen der Danae mit leisem Selbstvorwurf an Psyche zurückdenken ließ, enthoben. In Tarent findet Agathon in dem aufgeklärt-patriarchalischen Landesherrn und -vater den tugendhaften Lehrer praktischer Lebens- und Weltweisheit, den er bisher entbehren mußte. Er wird eingebettet in familiäre und staatliche Zustände und Gesittungen, die ihm jenes Gleichgewicht sichern, dessen er bedürftig ist. Der Erzähler räumt ein, daß solche »Verbindung glücklicher Umstände« (S. 553) nicht allzu wahrscheinlich sei und daß seine Geschichte Agathons, bisher bestimmt vom Anspruch auf Wirklichkeit und Wahrheit, um des utopischen Konstrukts des Schlusses willen nun doch zu einem »Roman« geworden sei, obwohl sie doch kein »Roman« sein sollte. Dies geschah nicht nur um der Leser willen, nicht nur, um den »höheren« Menschen nicht zum Misanthropen oder zweiten Hippias werden oder in der Gewöhnlichkeit versinken zu lassen. Wieland wählte diese Ausflucht in die Staats- und Bürgeridylle von Tarent, in der alle mit Maß und Vernunft in sozialem Frieden leben, weil sein Entwurf humaner Entwicklung sie sozio-psychologisch voraussetzte: als den Ausgleich zwischen Herz und Kopf, zwischen Tugend und ästhetischem Weltsinn, zwischen Gefühl und Wirklichkeit, zwischen dem Einzelnen und dem Ganzen. Die Tarentiner Republik gönnt den Frieden, der zwischen den Extremen vermittelt, durch die Agathon bisher getrieben worden war.

Die Schwäche des Schlusses liegt nicht nur darin, daß der Erzähler selbst zugeben muß, in ihm ein Märchen zu inszenieren, auch darin, wie er Agathon gleichsam zum Stillstand verpflichtet. In Tarent werden keine Triebe oder Leidenschaften in ihm erregt, es wird von ihm kein politisches Handeln erwartet, und im Erotischen wird jeder Konflikt ihm erspart. So wird der Idyllenzustand zugleich für ihn zu einem Zustand der Entsagungen, der zu der Figur, die der Leser auf den langen Strecken des Romans gut genug studieren konnte, nicht recht passen will. Auch Archytas wird nur beschrieben, aber nicht in einer Aktion gezeigt. Wieland war sich des fragmentarischen Charakters seines Romanschlusses bewußt, er bricht zu Andeutungen ab, er gibt den Fortgang der Lebens- und Entwicklungsgeschichte als Frage an den Leser weiter – »aber wir überlassen es ihnen zu erraten, was er tat – – oder auszumachen, was er hätte tun sollen« (S. 597) –, und er verspricht »noch einige Nachträge oder Zugaben zu der *Geschichte des Agathon*« (S. 598), die in der zweiten und dritten Fassung, wenn auch nicht überzeugend, folgten. Auch sie blieben nur Notlösungen angesichts eines Konflikts zwischen spontaner Subjektivität und der Wirklichkeit, einer von Wieland als gesellschaftlich erkannten Wirklichkeit, den er in seinem Roman zwar bewußt machte, aber nicht auflösen konnte. Friedrich Sengle hat bereits treffend gesagt, daß »gerade in dieser Ergebnislosigkeit, in dieser Offenheit die Wahrheit« – eine Wahrheit des Fragments – des Romans liegt.

Der Erzähler verfährt mit der gleichen Wahrhaftigkeit, wenn er die Scheinlösung als eine Scheinlösung durchschaubar macht. Solche Offenheit des Schlusses, die die harmonische Rundung als Fiktion aufdeckt, ist ein zusätzliches Symptom für die Modernität der *Geschichte des Agathon*. Es war ihrem Autor, trotz aller Variationen des ironischen Erzählspiels, ernst um dies Buch. Er wußte, es ging in ihm nicht allein um sein persönliches, sondern um ein aktuell-generelles Bewußtseins- und Gesellschaftsproblem, er wußte, daß sein fragmentarischer Schluß auf eine allgemeine bewußtseins- und gesellschaftshistorische Krisensituation zurückverwies: im Spannungsfeld zwischen einem moralisch-ästhetischen und intellektuellen Autonomiebedürfnis und der Erfahrung der Gesellschaftsabhängigkeit des Menschen, das mit den geistigen Antworten der Aufklärung nicht mehr befriedet werden konnte. Es war ihm ernst um das Buch, »dessen Urheber ich bin, und wozu ich bereit bin, mich zu bekennen, sobald es angefochten wird«.
Die Titelwahl bedeutete ein romanpoetologisches Programm. Es schloß im Begriff der »Geschichte« die Fiktion aus willkürlicher Einbildungskraft aus. Wieland bestimmte das Verhältnis zwischen dem Wirklichen und Wunderbaren in strikter Gegensätzlichkeit zu der bisher geltenden Poetik. Er zielte auf pragmatische, kontrollierbare Wirklichkeit und die Wahrheit des Natürlichen. Die Kontrolle war der kritischen Reflexion aufgegeben. Er schrieb nicht nur einen »philosophischen« Roman, er verlangte auch philosophische Leser. Er wies sie ausdrücklich zurück, soweit sie stoffliche Spannungen erwarteten. Er setzte damit seinen Roman den zeitgenössischen Erwartungen entgegen: sein Roman war, er hat es vielmals in ihm gesagt, zugleich eine Kritik am vorausgegangenen und zeitgenössischen üblichen Roman. Aber ihm blieb gegenwärtig, so wenig seine *Geschichte des Agathon* als Roman gelten sollte, daß er dennoch einen Roman schrieb. Ebenso interpretierte er den Helden um; fort von der Tradition der makellosen Figur, »aber destomehr ein Mensch« (S. 171), das »Bild eines wirklichen Menschen«

(S. 7), wie es ihn in den griechischen Zeiten gab, noch heute gibt und immerfort, je nach Milieu und Umständen, geben wird. Der Fiktion der Authentizität diente die Berufung auf ein ergänzungsbedürftiges, weil lückenhaftes griechisches Manuskript. Es diente ihm auch als Versteck, wagte er sich zu weit vor, denn er konnte ihm anlasten, womit man ihn selbst belasten würde. Daß diese Fiktion durchsichtig war, erhöhte die Möglichkeiten des Erzählspiels. Es war Ernst und Ironie zugleich, wenn er wiederholt versicherte, daß »dieses Buch, in so fern der Herausgeber Teil daran hat, kein Roman ist, noch einer sein soll« (S. 557). Er kehrte das Verhältnis zwischen Geschichte und Dichtung schon am Anfang des Buches um: »Und daher scheint es zu kommen, daß die Geschichte zuweilen viel seltsamere Begebenheiten erzählt als ein Romanen-Schreiber zu dichten wagen dürfte« (S. 17).

Philosophie, verstanden als moralische Psychologie von menschlichen und gesellschaftlichen Verhaltensweisen, begründet die vornehmlich reflektierende und analysierende Erzählführung. Die gedankliche Selbstaussprache, der Diskussionsdialog zwischen den erzählten Figuren, der zwischen bildsinnlichem Darstellen und analysierenden Erklärungen, Kommentaren und Einwürfen wechselnde Bericht des Erzählers, seine vielen einbeziehenden Wendungen an die Leser, seine oft ironischen, oft korrigierenden Plädoyers zu ihnen hin nehmen einen nicht nur für den gegenwärtigen Leser oft übermäßig erscheinenden Raum ein. Relativ verselbständigte Erzählblöcke gefährden den epischen Zusammenhang. Die Selbständigkeit der Teile war epische Tradition, kehrt jedoch im modernen Roman wieder. Typisch für Wielands Erzählverfahren ist das Nebeneinander von bildsinnlichem Darstellen und reflektierender Analyse, die ins Essayistische und mitunter auch Traktathafte übergeht. Erzählte Vorgänge werden durch Reflexionen eingeleitet, die sie zu bestätigen haben; oder Reflexionen schließen sich an sie an und akzentuieren so ihren Demonstrationscharakter als erzählte Exempel für eine sentenziös generelle Überlegung. Wo der gegenwärtige Leser eine individuelle Detailgegenständlichkeit erwartet, fertigt der Erzähler des *Agathon* ihn zumeist mit wenigen toposhaften Versatzstücken ab. Die Grundanlage des Romans, der es um das Typische und Generelle und das immerfort Mögliche, Wahrscheinliche geht, mußte das nur Individuelle und Genrehafte vermeiden und es immer, selbst um den Preis von Abstraktion, zum Allgemeinen offenhalten. Wieland versuchte zwar, die Wendung an die Einbildungskraft und an den Intellekt seiner Leser in einem Gleichgewicht zu halten; er machte durch Tonfall und Rhythmus der Sprache deutlich, daß es in dem Roman und für die Figuren sich nicht nur um abstrakte Systeme und Gedankenabläufe, sondern auch um ein Affekte auslösendes, von Gefühlen, Trieben und Leidenschaften durchpulstes Leben handelt. Es sollte dem Leser, gegensätzlich zu der statischen, aufs Eindeutige angelegten Erzählmanier des vorausgehenden Romans, auch durch die Art der Darstellung vergegenwärtigt werden, daß es in der *Geschichte des Agathon* um einen inneren Prozeß, um ein werdendes, sich entwickelndes Denken geht.

Ihm entspricht im Erzählstil eine kombinierende und kontrastierende Beweglichkeit; ihr Medium ist vor allem die ironische Sprachführung. Wieland war sich bewußt, daß in ihr seine besondere Stärke lag und er mit ihr etwas Neues in das Erzählen einbrachte. Auf ihr beruht der Perspektivenwechsel zwischen einerseits dem Erzähler und andererseits der erzählten Zentralfigur, ebenso der Perspektivenwechsel gegenüber den anderen Figuren wie Hippias und Danae. Auf Ironie ist weiterhin das mannigfaltig abgetönte Spiel mit dem Leser abgestellt. Sie ermöglicht die permanenten wechselseitigen Brechungen zwischen dem Subjektiven und dem Objektiven, und sie wird zum Medium der Vermittlung zwischen kontrastierenden, einander scheinbar negierenden Polen. Sie bewirkt die Mehrschichtigkeit und Mehrdeutigkeit, mit der Wieland seinen Roman erzählt. Sie suggeriert dem Leser Sympathie und Distanz gegenüber dem, was ihm erzählt wird. Denn er soll zugleich sich mit Agathon identifizieren und ihn kritisch sehen – ebenso mit Danae. Eindeutig entwirft Wieland nur seine deshalb auch blaß und problemlos ausgefallenen Idealgestalten Psyche und Archytas und jene Figuren, angesichts derer die Ironie sich zur satirischen Verwerfung verschärft, also den Priester und die Priesterin in Delphi oder die Intriganten am Hof des Tyrannen Dionys in Syrakus. Doch selbst für diesen schlechten Machthaber bietet er die Möglichkeit zu einer Beurteilung von mehreren Seiten her an. Er ist nicht an sich schlecht, sondern durch falsche Erziehung und falsche Ratgeber verdorben, die das Gute mißbrauchen, das in ihm angelegt ist. Wieland hat dem älteren Roman einen Roman entgegengeschrieben, der den Menschen in der Mehrschichtigkeit seiner geistig-seelisch-körperlichen Existenz, in den Spannungen und Widersprüchen seiner intellektuell-moralischen Mischungen erkennen läßt; der ihn weiterhin in den Brechungen durch die jeweils auf ihn einwirkenden gesellschaftlichen Umstände vorführt.

Die *Geschichte des Agathon* ist nicht einlinig aufgebaut. Sie läuft in sprunghaft vorwärts- und zurückweisenden Phasen ab. Sie setzt nach Tradition des spätgriechischen Romans in medias res ein, fast schon in der Mitte des erzählten Lebens Agathons. Wielands Erzählkomposition arbeitet mit Wiederholungen, die steigern, und mit Kontrastierungen. Sie bilden das Strukturmuster des Romans. Die Stationen von Agathons Leben werden wiederholungs- und kontrastsymmetrisch einander zugeordnet: Delphi kehrt am Schluß in Tarent wieder, im reineren Zustande. Im absolutistisch regierten Syrakus wiederholt sich das Scheitern des Staatsmannes Agathon in der bürgerlichen Republik von Athen. Syrakus wie Athen wird Tarent als die ideale Republik unter einem aufgeklärten Herrn konfrontiert. Smyrna, im Mittelteil des Romans, deutet zurück zu Delphi, voraus zu Tarent. Mit ähnlicher Kontrastsymmetrie, die im einzelnen auszulegen sich hier verbietet, sind die Figuren einander zu- und entgegengeordnet: Psyche und Danae, Agathon und

Hippias, Dionys und Archytas, weiterhin: Agathon zwischen Psyche und Danae, Danae zwischen Agathon und Hippias. Was für den Aufbau im ganzen gilt, trifft auch im einzelnen zu. Nur ein Hinweis auf den Romananfang sei erlaubt: Äußerste Gefahr und wunderbare Rettung, wenn auch sofort wieder zu Not und Unglück umschlagend, drängen sich in knapper Folge. Agathon, eben vom Tod durch berauschte Mänaden bedroht, erwacht, ein Gefangener der Seeräuber, im Angesicht der vermummten Psyche. Da sie für lange Zeit aus dem Roman entschwindet, erzählt sie schon jetzt ihre Geschichte seit beider Trennung in Delphi; Agathon wird in Smyrna die Vorgeschichte dieser Trennung nachtragen. Mitten in der erotischen Erfüllungszeit mit Danae werden in seiner Erzählung Psyche, das Glück und Unglück in Delphi, sein politischer Sturz in Athen vergegenwärtigt. Was ihm geschehen ist, wird sich wiederholen: daß er »schon so oft bald von den Menschen, bald vom Glücke, bald von seinen eigenen Einbildungen betrogen worden« (S. 310) ist: in Smyrna, in Syrakus.

Diese Strukturierung mittels Wiederholung und Kontrast zeigt, wie rational Wieland seinen Romangrundriß angelegt hat. Ihr entspricht das kontrastive Verfahren im Erzählakt. Der Erzähler verfährt einerseits als ein allwissender und kritischer Beobachter, der alles einer analysierenden Reflexion unterzieht und, mit einer bis dahin unbekannten Intensität, den Leser zu ihr aktiviert. Der Leser wird so gesteuert, daß er mitdenken und miturteilen muß. Aber die »geheime Geschichte« des Menschen weist andererseits über das rationale Erfassen hinaus, indem sie zu Natur und Wirklichkeit der Triebe und Emotionen im privaten wie im öffentlichen Bereich hinführt. Der Erzähler nähert sich in der *Geschichte des Agathon* dem Irrationalen, das dem Menschen, der Gesellschaft, den Lebensverstrickungen, an denen der Zufall wesentlich Anteil hat, inneliegt. Die Allwissenheit des Erzählers wird dadurch begrenzt und relativiert, daß mit jedem Faktum, Gedanken oder Urteil eine nur bedingte, subjektive Perspektive sich verbindet, derart Wirklichkeit und Wahrheit immer nur subjektiv vergegenwärtigt werden können. Das Erzählen nimmt damit – auch dies weist auf den modernen Roman – einen hypothetischen Charakter an. Damit ergibt sich eine für die *Geschichte des Agathon* eigentümliche, ihr geistiges Niveau und ihre Diktion bestimmende Offenheit der Perspektiven bis zu dem Schluß hin. Der Grundton der erzählerischen Ironie bewirkt solche Offenheit zu mehreren Schichten des Verstehens, und sie akzentuiert die Problematik, die mit der subjektiven Wahrnehmung von Wirklichkeit und Wahrheit verbunden ist. Sie hält, wenn auch oft nur spielerisch, um nämlich das rechte Maß einzuhalten, den Leser beständig in einer Bewegung des Denkens, soll ihm doch, was erzählt wird, unter vielen Beziehungsperspektiven vergegenwärtigt werden. Wieland weist ihn im Vorbericht ausdrücklich darauf hin: Agathon soll ihm »in einem manchfaltigen Licht, und von allen seinen Seiten« (S. 6) bekannt gemacht werden. Die Ironie hat die Funktion, Gegensätze in Agathon selbst, in den anderen Figuren, in Agathons disproportioniertem Verhältnis zu der ihn jeweils umgebenden Wirklichkeit aufzudecken und zugleich zu vermitteln.

Es ist einem knappen Nachwort nicht möglich, nachzuweisen, wie sich die Erzählform des Großgefüges im Detail von Sprachstil und Sprachführung wiederholt. Es muß dazu auf die Forschungsliteratur verwiesen werden, in der vom Einzelbeispiel ausgehend die Strukturierung und die Gestik dieser Diktion dargelegt wird. Wieland beherrscht alle Register in den Kunstformen der Rhetorik; wie er Hippias und Agathon selbst meisterhafte Redner sein läßt, wie er ihre Dialoge und Deduktionen mit rhetorischer Brillanz ausstattet, so ist er es selbst als Erzähler, der, zu seinem Leser gewandt, ihn mit virtuoser Handhabung und Abwechslung der rhetorischen Mittel fesseln, überreden und überzeugen will. Allerdings hat der gegenwärtige Leser Schwierigkeiten. Er stößt auf viele Digressionen, die ihm als unnötige, wiederholende Abschweifungen erscheinen mögen, zumal sich das Verhältnis zur Erzählzeit, entsprechend der gesamten Veränderung des Verhältnisses zum Zeitrhythmus, zwischen dem 18. und 20. Jahrhundert erheblich verschoben hat. Wieland hat selbstkritisch zugestanden, er habe kein Talent zum »Laconisme« und zu der Kunst, mit wenigem viel zu sagen. Doch hat die breite Ausführlichkeit seiner Beschreibungen, Gedankenexplikationen und Satzführungen nicht nur persönliche Gründe. Er mußte seine Leser in eine ihnen ungewohnte psychologische Analyse und »philosophische« Argumentation einüben; er mußte erklären und nochmals erklären, woraus sein Bemühen um Klarheit und Verständlichkeit resultiert, das sich selbst übertreibt. Denn: »Es ist hier darum zu tun, den Agathon zu schildern; ein wenig genauer und richtiger zu schildern, als es ordentlicher Weise in den Personalien einer Leichenpredigt geschieht« (S. 383). Die Umständlichkeiten und Abschweifungen im Erzählprozeß des ganzen Romans korrespondieren dabei durchaus den gleichen Erscheinungen in der einzelnen Satzführung. Man muß jedoch genau hinsehen: Es zeigt sich dann, wie die scheinbaren Abschweifungen und Ausbuchtungen auf das Zentralthema bezogen sind und zu ihm einen Beitrag leisten, der nicht übersprungen werden darf. So komplex wie dies Zentralthema sind überwiegend die Sätze gebaut: ihre verwickelten hypotaktischen Konstruktionen entsprechen der Mehrdimensionalität dessen, was erzählt wird. Und sie sind dazu bestimmt, die Aufmerksamkeit des Lesers auf den Erzählvorgang selbst zu lenken, der in seinem »Wie« das »Was« nachzeichnet. Sie machen zudem das Erzählmedium präsent, das den Erzählvorgang lenkt. Je mehr es sich um Gedankliches handelt, um so breiter erstrecken sich die Sätze in ihren verschachtelnden Verknüpfungen und Gliederungen. Sie verkürzen sich, wo Wieland bildsinnlich erzählt oder Dialoge gestaltet. Darstellungsziel und Darstellungsmittel stimmen überein. Indem Wieland den Satz aus verknüpften Einzelgliedern aufbaut, um dann sein Resultat summierend zusammenzufassen, vollzieht er, um was es ihm geht:

Er analysiert einen komplexen Zusammenhang gedanklicher, psychologischer Art, um damit sein Ergebnis faßbar zu machen. Der Leser soll es in seinen einzelnen Schritten mit allen seinen Bedingungen und Relativierungen kontrollieren und verstehen. Ähnlich baut Wieland größere Gesprächszusammenhänge, die Figuren, das Geschehen auf. Er setzt jeweils aus vielen Einzelheiten, mit einer relativen Selbständigkeit der Teile, zusammen, um endlich die Summe des Ganzen zu ziehen. Die analytische, zum Resultat pointierte Bauform bestimmt die Erzählstruktur wie das noch so kleine Detail der Diktion. Man kann diesen Stil auf eine Methode der intellektuellen Pädagogik beziehen, aber ebenso auf Wielands Erzählmittel der Ironie. Sie bildet umständliche Satzverkettungen zu Überraschungs- oder Widerspruchsverkettungen aus, sie präpariert im ausholenden Anlauf die angezielten Pointen und Spannungen, um sie dann plötzlich zu unvorhergesehenen Wendungen zu bringen oder auch im Offenen abbrechen zu lassen. Denn wie die erzählte Geschichte sich als ein Erzählprozeß darstellt und der Erzähler zu ihrem konstituierenden und organisierenden Medium wird, so soll sich auch die sprachlich-syntaktische Führung als ein bewegter Prozeß, als eine Aktion darbieten. Wieland merkte bei einer Überprüfung der ersten Fassung bald, daß er, was wohl auch in der Simultaneität von Denken und Schreiben einen Grund fand, in der Häufung der Relativsätze, der hypotaktischen Verschachtelungen zuviel getan hatte. Vielleicht hat auch die Anstrengung und Ungeduld zum vorläufigen Abschluß seines Romans zu einer Ermüdung der stilistischen Sorgfalt beigetragen. Er schrieb im November 1767 seinem Freund Zimmermann: »Insonderheit ist es nur allzugewiß, daß vornehmlich im zweyten Theil die Perioden zuweilen fürchterlich lang sind, und daß der Styl dadurch schleppend wird. Wenn bey der grossen Gleichgültigkeit, womit die edle deutsche Nation dergleichen Wercke wie Agathon ist, anzusehen pflegt, eine Zweyte Auflage möglich seyn und würcklich werden sollte, so werde ich auch diesem Fehler zu helfen suchen« (*Br.*

3, 478 f.). Sechs Jahre mußten bis zu dieser zweiten Fassung, erschienen 1773, vergehen.
Wieland sah mit Selbstbewußtsein und Mißtrauen der Wirkung seines Romans entgegen. Die literarische Kritik hatte ihn oft, berechtigt und unberechtigt, angegriffen und verletzt. Er wollte provozieren, aber er war empfindlich angesichts der von ihm provozierten Wirkungen. »Der Henker hole die Autorschaft, wenn Sie mir von allen Enden Deutschlands nichts als Verdruß zuziehen soll! Dem Agathon wird es nicht besser gehen, ungeachtet, in dem Gesichtspunkte, worin ich ihn ansehe, und nicht anders ansehen kann, niemalen ein unschuldigeres Buch geschrieben worden ist. Ich weiß wohl, daß sich ein Autor das laudatur ab his, culpatur ab illis gefallen lassen muß; – aber immer gescholten und öffentlich gescholten, – von Niemand, oder nur sub sigillo amicitiae approbirt zu werden, das ist mehr, als meine Geduld ertragen kann« (*Br.* 3, 426). Als die Rezensionen einsetzten, enttäuschte ihn ihr Mangel an Verständnisfähigkeit und -bereitschaft im Lob wie in der Aburteilung. »Inzwischen urteilen die deutschen Kunstrichter von meinen Schriften, als ob ich, wie die mehrsten unter ihnen, sonst nichts zu tun hätte, als die Presse seufzen zu machen. Insonderheit wird der arme Agathon so abscheulich gelobt, und so dumm getadelt, daß man nicht weiß, ob man lachen, weinen oder nach dem spanischen Rohre greifen soll [. . .] Das Lustigste ist, daß keiner, auch nicht ein einziger, die Absicht und den Zusammenhang des Ganzen ausfindig gemacht hat« (Mai 1769). Ihn reizte und kränkte, daß die Bedeutung seines Romans als ein »Phänomen«, als ein »wichtiges Buch« (*Br.* 3, 520) zwar bestätigt, aber nicht verstanden wurde, und er dachte daran, »den einfältigen Schelmen von Bewunderern und Tadlern selbst zu sagen, was ich von ihnen und meinem Buche halte«. Er hat diesen Einfall nicht ausgeführt; er hat auch auf die Fortsetzung des *Agathon*, auf die sein fragmentarischer Schluß und briefliche Äußerungen hindeuten, warten lassen. Die spekulativischen Unterredungen des weisen Ar-

chytas und Agathons über die Religion, die er schon 1767 ins Auge faßte (*Br.* 3, 487), blieben wohl mit guten Gründen ungeschrieben, der zweiten Ausgabe der *Geschichte des Agathon* wurde nur die von ihr selbst erzählte Geschichte der Danae hinzugefügt – um, nach Wielands eigenem Geständnis, mehr Leserinnen anzuziehen.

Angesichts der enttäuschenden öffentlichen Wirkung – »daß die deutschen Kunstrichter und Leser zusammen genommen durch ihre mehr als phlegmatische Gleichgültigkeit über ein Werk von dieser Art *meine Erwartung übertroffen* haben. Seltsame Nation, wer würde für dich arbeiten wollen, wenn der Reiz der Musen nicht mächtiger wäre, als deine Indolenz!« (*Br.* 3, 498 f.) – wurde um so gewichtiger, daß Lessing, dessen Kritik Wieland zu fürchten Anlaß hatte, scheinbar nebenbei, im 69. Stück der *Hamburgischen Dramaturgie* Dezember 1767, aus eindringlichem Verständnis dem *Agathon* zustimmte. Anläßlich von Überlegungen zur Mischung von Tragischem und Komischem nahm er Wielands Reflexion über Shakespeare (Buch 10, Kap. 1) auf, die auf die natürliche Widerspruchsmischung von Ernsthaftem und Komischem, von Sinnvollem und Widersinnigem, von Vernunft und Torheit »auf dem Schauplatze der Welt« in seinem eigenen Roman zielt. Lessing fährt fort, er habe diese Gedanken »mit Vergnügen aus einem Werke abgeschrieben, welches unstreitig unter die vortrefflichsten unseres Jahrhunderts gehört, aber für das deutsche Publikum noch viel zu früh geschrieben zu sein scheinet. In Frankreich und England würde es das äußerste Aufsehen gemacht haben; der Name seines Verfassers würde auf allen Zungen sein. Aber bei uns? Wir haben es, und damit gut.« Er sprach von seiner Bewunderung und in Bestätigung vieler brieflicher Unmutsausbrüche Wielands von seiner »äußersten Befremdung [...] welches tiefe Stillschweigen unsere Kunstrichter darüber beobachten, oder in welchem kalten und gleichgültigen Tone sie davon sprechen«. Er schloß: »Es ist der erste und einzige Roman für den denkenden Kopf, von klassischem Geschmacke. Roman?

Wir wollen ihm diesen Titel nur geben, vielleicht, daß es einige Leser mehr dadurch bekömmt. Die wenigen, die es darüber verlieren möchte, an denen ist ohnedem nichts gelegen«.

In wenigen Worten traf Lessing, was Wieland angestrebt hatte, mit wenigen Worten kennzeichnete er die generelle Situation des Romans in der literarischen Öffentlichkeit der Zeit. Die *Geschichte des Agathon* wurde ein folgenreicher Anstoß, sie zu verändern. Diese Leistung inspirierte den preußischen Offizier Christian Friedrich von Blanckenburg zu dem *Versuch über den Roman* (1774). Blanckenburg entwarf für den Roman ein Regelsystem, legitimierte ihn künstlerisch und wies ihm auf der Basis von Philosophie, Psychologie und Naturwahrheit und als folgerichtiger Entwicklungs- und Vervollkommnungsgeschichte des individuellen inneren Menschen – also als der inneren Geschichte einer Charakterbildung – eine umfassende Bildungsaufgabe zu.

Noch fehlt die längst wünschenswerte, rezeptionsgeschichtlich wichtige Sammlung der zeitgenössischen Kritiker- und Leserstimmen zu den Publikationen Wielands. Klaus Schaefer danken wir den Nachweis einer in einen Roman von 1778 f. eingelegten, zwar fiktiven, aber wohl authentischen Leserreaktion auf den *Agathon*. In dem Roman *Reizenstein. Die Geschichte eines deutschen Officiers* (Bd. 1, S. 55 f.) läßt der Autor David Christoph Seybald seinen Helden schreiben: »Wie Wielands *Agathon* erschien, schrieben die Journalisten Wunder! und ich blieb kalt. Bei der ersten Lektüre überschlug ich die Kapitel, die Abschweifungen enthielten [...] Die Stellen also, worinnen Wieland moralisirte, oder politisirte, überschlug ich, um den Faden der Geschichte nicht zu verlieren. Ich las das Buch wieder nach einiger Zeit, und nahm auch die überhüpften Stellen mit. Das Buch gefiel mir schon besser. Ich las es noch ein-, zweysechsmal, und mit jeder neuen Lektüre steigt in mir der Werth des Buches um Prozente, so daß es izt bey mir die Stelle eines der ersten Bücher der Nation hat, und ich mich wundere, wie es mir nicht gleich von Anfang so gefallen hat.«

Georg Christoph Lichtenberg notierte: »Wieland ist ein großer Schriftsteller, er hat verwegene Blicke in eine Seele getan, in die seinige oder eines andern, mitten in dem Genuß seiner Empfindung greift er nach Worten und trifft, wie durch einen Trieb, unter Tausenden von Ausdrücken oft den, der augenblicklich Gedanken wieder zu Empfindungen macht. Dieses hat er mit dem Shakespear gemein, ich meine hiermit nicht, daß er ihn nachahmt. [...] Wieland ist aber weit über alles was ich kenne in den Schilderungen der sinnlichen Wollust, so wie sie sich einer schönen Einbildungskraft entkörpert, und sie in den geistigen Genuß unendlicher Wonne versenkt, in welcher eine durch alle Sinne einströmende Wollust wie ein Tropfen verschwindet; durch die der Adept Könige und Churfürsten hinter sich läßt, sich gegen eine Welt gewogen stolz den Ausschlag gibt und Taten aufwiegt, wovon der Ruf durch Jahrtausende durchhallt.«

Inhalt

Deutsche Dichter

Leben und Werk deutschsprachiger Autoren

Herausgegeben von
Gunter E. Grimm und Frank Rainer Max

Band 1: Mittelalter. 480 S. UB 8611
Band 2: Reformation, Renaissance und Barock. 471 S. UB 8612
Band 3: Aufklärung und Empfindsamkeit. 418 S. UB 8613
Band 4: Sturm und Drang, Klassik. 437 S. UB 8614
Band 5: Romantik, Biedermeier und Vormärz. 624 S. UB 8615
Band 6: Realismus, Naturalismus und Jugendstil. 495 S. UB 8616
Band 7: Vom Beginn bis zur Mitte des 20. Jahrhunderts. 572 S. UB 8617
Band 8: Gegenwart. 620 S. UB 8618

Das achtbändige, insgesamt über 4000 Seiten umfassende Werk *Deutsche Dichter* ist deutschsprachigen Autoren vom Mittelalter bis zur jüngeren Gegenwart gewidmet. Auf anschauliche Weise schreiben Fachleute in Beiträgen von 5 bis zu 50 Seiten Umfang über Leben und Werk von rund 300 bedeutenden Dichtern. Ein Porträt des Autors und bibliographische Hinweise ergänzen die einzelnen Darstellungen.

Philipp Reclam jun. Stuttgart